I0647005

Ines C. Binkenstein

Ennes Ruh

Roman

Ines C. Binkenstein

Ennes Ruh

Roman

Heimdall Verlag
Digital Edition

Hier ein Hinweis auf eine gemeinnützige Vereinigung, die Familien unterstützt, deren Kinder eine Gruppe von Außenseitern bilden:
Die Hochbegabtenförderung e. V., Bochum.
Um diese Organisation in ihrer Arbeit ein wenig zu unterstützen, spendet die Autorin jeweils 1,- DM des Reinerlöses aus dem Verkauf eines jeden Buches an den Förderverein Hbf. e. V.

Heimdall Verlag
Digital Edition _____

Hergestellt in Deutschland • 1. Auflage 2000
© Heimdall Verlag • Postfach 16 44 • 58406 Witten
Satz: DTP-Service • 58453 Witten
Druck: LIBRI Digitaldruck, Hamburg
ISBN 3-9807087-2-1

Es gibt Dinge...

Dämmerung gleitet in den Tag wie ein Papiersegler durch das Klassenzimmer. Sie verwischt Konturen und läßt Reales unwirklich erscheinen. Ein kleiner gekrümmter Schatten lugt über den Sockel des Hauses. Das Mädchen schaut zu, wie er sich ein wenig aufrichtet und seinen grauen Kopf erhebt.

„Hallo." haucht er.

„Sprichst du mit mir?" wundert sich das Mädchen.

„Hast du die Kerze angezündet?" fragt der Schatten zurück.

„Ja, es dämmerte, und ich mag Kerzenlicht."

„Dann spreche ich mit dir."

„Über Kerzenlicht?"

„Nein. Über die Dinge..." und jetzt flüstert er geheimnisvoll, „zwischen Himmel und Erde."

„Was für Dinge?"

„Dinge, von denen du dir wünschen würdest, du wüßtest nichts von ihnen."

„Warum willst du mir dann davon erzählen?" erschrickt das Mädchen.

„Weil ich ein Wesen der Dunkelheit bin." kichert der Schatten.

„Du bist doch aber mein Schatten."

„Na und," sagt dieser und erhebt sich ächzend, „dieser Teil von dir ist ebenfalls ein Wesen der Dunkelheit. Aber da gibt es andere..."

„Davon will ich nichts wissen." erklärt das Mädchen resolut.

„Siehst du, wie ich schon sagte. Und dennoch. Es gibt Wesenheiten, die in ihrer eigenen Realität völlig normal erscheinen. Tauchen sie in unserem Hier und Jetzt auf, werden aus weißen Hasen schwarze Bestien...aus schattenhaften Wesen..." jetzt richtet er sich auf, als zöge er sich mit einem Klimmzug am Dachvorsprung herauf, „...werden unberechenbare Monster!"

„Hör auf!" schimpft das Mädchen.

„Aus Träumen werden Traumen." geifert der Schatten.

Das Mädchen bläst die Kerze aus.

Dunkelheit zieht in den Abend ein wie der Siegeszug durch den Triumphbogen.

Der Schatten hatte seine Zunge verschluckt.

Inhalt

Prolog

Ein Hochsommerabend

Die Hitze war in diesen Tagen beinahe unerträglich, obwohl der Sommer ziemlich mies angefangen hatte. Der Juni begann mit Regen, der an zwei von drei Tagen das Land unter Wasser setzte. An jedem dritten Tag riß der Himmel ein Stückchen auf und die Sonne trocknete Straßen und Dächer, Wiesen und Felder, soweit sie kam. Im Laufe der Monate entwickelte sich daraus ein Muster, nachdem die Wochen sich glichen wie ein Ei dem anderen. Bis dann endlich August war, und die Sonne unbarmherzig die Macht am Himmel übernahm. Menschen und Tiere litten unter der Hitze, am meisten aber litt wohl die Vegetation; alles, was sich nicht verstecken konnte, verdorrte und da, wo noch wenige Wochen zuvor Pfützen standen und die Erde aufgeweicht war, klafften nun Risse im ausgetrockneten Boden.

So vergingen die Tage nur langsam, und man dachte sehnsüchtig an die vergangenen Monate.

Erst spät am Abend konnte man die Luft atmen, ohne das Gefühl zu haben, sie hätte sich in feuchtwarmen Teig verwandelt. Wenn zu vorgerückter Stunde die Temperaturen endlich erträglich wurden, entfaltete sich die Düfte. Die blühenden Büsche und Kletterpflanzen, besonders aber das Geißblatt, dufteten so stark und betörend, wie nie zuvor. Von überall her zogen verschiedenste Geräusche die Aufmerksamkeit auf sich, und an manchen Abenden fühlte man sich beinahe in die Sumpflandschaften südlicher Gegenden versetzt. Das Zirpen der Grillen, das Summen der Mücken und Quaken der Frösche; dieses Spektakel der Stimmen unterstrich nur noch das betäubende Bouquet der Sommernacht, als hätten auch sie tagsüber nicht die Kraft mehr zu tun, als nur auf den Abend zu warten. Woche um Woche.

Wie die Menschen, nicht wahr?

Wie Letitia Aden, die auf ihrer kleinen Terasse aus quadratischen Gehwegplatten an der hinteren Giebelwand ihres Hauses saß und darauf wartete, daß... nun, daß *irgendwas* geschah. Nicht aus einem besonderen Grund. Einfach nur so.

Ebenso abwartend saßen auch die Urlauber auf dem Bauernhof nebenan, die Grabbels aus Arl. Vater Heiner, Mutter Lena, Tochter Tina. Die Gastgeber, Johann und Luise Kater, deren Sohn Jens und dazu die Ehefrauen Luise und Sophia saßen ebenfalls draußen, auf ihrer Terrasse, während die Urlauber unter der alten Linde hinter dem umgebauten alten Stall saßen. Der neue Stall, ein modernes Gebäude, das allen technischen Finessen gewachsen schien, befand sich etwas außerhalb des Wohngrundstückes.

Hinni-Jimmi, der Postbote Benjamin Hinrichsen, schaukelte in seiner Hängematte zwischen einer Kastanie und einer Eberesche und schlug auf einem unsichtbaren Schlagzeug den Rhythmus zu der Musik in seinen Kopfhörern.

Inzwischen war es fast zehn Uhr, und die Luft wurde immer angenehmer. Wie stets um diese Zeit knatterte ein Moped die kleine Allee entlang und als es nach einer Fehlzündung endlich Ruhe gab, stieg ein korpulenter junger Mann namens Jo Tölles herunter und klemmte es sich unter den Arm. „Bis nach Haus schaffst du's immer noch, was?" brummte er und schüttelte lachend den Kopf. „Schmuckstück!" Jo hatte täglich bis um neun im Zigarrenladen seiner Tante zu tun, wo er mehr tat, als nur Zigarren zu verkaufen. Er hörte zu, gab Ratschläge, die er vom Zuhören behalten hatte; lachte über die Witze der Kunden, und erzählte sie dann weiter, worüber andere lachten. Zuweilen half er beim Lottoscheinausfüllen und Kreuzworträtselraten und fühlte sich rundherum zufrieden.

Nun brachte er sein Moped in den Schuppen, holte sich eine 1,5-Liter-Cola und marschierte nach hinten in den Garten, um seiner Tante Klara einen schönen Abend zu wünschen. Die Tante wartete schon mit einer 2-Liter-Kanne kaltem Hagebuttentee mit rund hundert Löffel Zucker darin auf ihren Neffen. Klara Früchtchen war eine freundliche, aber recht resolute ältere Dame, die ihren Neffen über alles liebte.

Neben den Menschen atmeten auch die Tiere am Abend auf. Ein paar Hunde begannen zu bellen, und zwar so, als unterhielten sie sich miteinander. Das Gespräch angefangen hatte Cäsar, der Terrier von Letitia Aden. Er hieß Cäsar nach der Hundefutterreklame. Cäsar war manchmal frech, aber meistens gehorsam und gesprächig. Ach ja, und er biß gelegentlich, vorzugsweise, wenn er jemanden nicht leiden konnte. Letitias Bekannten Robert zum Beispiel.

Die gebellte Antwort kam von Brutus, dem jungen Boxer der Müllerjohans'. Heinz-Arend Müllerjohans machte verschiedenste Geschäfte, von denen niemand im Dörfchen etwas wußte. Einschließlich seiner Frau Marlene, die, wie man glauben sollte, daran nicht besonders interessiert war. Sie führte ihr eigenes Leben, wenn er in sein Auto stieg und davonfuhr.

Als dritte im Bunde bellte eine Hündin durch die nahende Nacht: Bella. Und dieser Name stimmte in zweierlei Hinsicht. Erstens war sie wunderschön und zweitens hatte sie eine bezaubernde Stimme. Jedenfalls für Hundeohren.

Bella gehörte den Geschwistern Katrina, Tönjes und Berit Poppen. Ihre Mutter, Maria Poppen half zweimal in der Woche als Arzthelferin aus. Ulfert Poppen, ein zappeliger Mann mit früher Stirnglatze, hatte vor langer Zeit einmal Jura studiert. Bald nach dem Tag, an dem er den Job als Notar in einer Anwaltspraxis -Jürgens und Kalau- bekam, bemerkte er die Brillanz seiner Chefs und gab sich damit zufrieden, ein unermüdlicher, wenn auch kleiner Angestellter zu sein.

Inzwischen waren alle Hundenachrichten ausgetauscht und die drei Vierbeiner gaben endlich Ruhe. Langsam senkte sich pechschwarze Dunkelheit wie ein Glocke über Ennes Ruh und während die Grabbels sich in ihren *Stall* zurückzogen, bog leise ein vollgepackter Caravan in die einzige Straße - und damit auch Hauptstraße - ein und begann vorsichtig das Einparkmanöver. Mit der Rückkehr der Ausflügler war die Einwohnerschaft komplett; nun endlich konnte sich der Sonntag verabschieden und ein wenig später der immer wiederkehrende, nervtötende, unnachgiebige Montag die Regie übernehmen.

1. Einkehr
Ennes Ruh

Ennes Ruh - ein seltsamer Name für ein kleines Dorf unweit der Deiche. Natürlich gibt es eine Legende dazu, wie es einmal entstanden ist und zu seinem Namen kam. Eigentlich gibt es sogar gleich zwei. Das kommt daher, daß die Leute nie ganz *genau* gewußt haben, welche der beiden Geschichten die Wahre ist; denn es gibt immer diejenigen, die das Eine glauben, und die anderen, die vom Gegenteil überzeugt sind.

Der Historie zufolge lebte vor rund dreihundert Jahren ein Großbauer im Niedern Land, dem, weil er den größten Hof, die größte Scheune und das meiste Vieh besaß, das Recht zustand, das Amt des Deichgrafen innezuhaben. Als solcher hätte er die Wiesen hinter dem alten Deich zur Mahd an die Bauern aufteilen sollen, deren Nutzung von jeher freiwillig und umsonst möglich war. Er hätte Recht sprechen und im Notfall Hilfe gewähren sollen, wie es der Brauch verlangte.

Doch nicht so dieser neue Deichgraf: Ennes von Momwarfen. Er teilte die Mahd nicht auf, sondern er verkaufte sie. Die ärmeren Bauern kamen so nicht zu ihrem kostenlosen Heu, sondern mußten hart dafür arbeiten. Wer kein Geld oder andere Güter hatte, mit denen er zahlen konnte, mußte verzichten. Nach und nach wurde er reicher und reicher. Bald herrschte er unumschränkt in der Gegend; ihm gehörte der Markt und ein Zehntel aller Erlöse, man zahlte ihm Pacht für Weiden, Marktstände und Fuhrwerke.

Aber er verkaufte auch Dinge, die ihm gar nicht gehörten; zum Beispiel die Kühe seiner Nachbarn, wenn einer von ihnen „vergessen" hatte, die Weidezäune zu schließen und der Deichgraf die Tiere bei Nacht zufällig auf seinen eigenen Weiden wiederfand.

Er sprach nicht mehr Recht, und gewährte keine Hilfe mehr. Es gab niemanden, der sich ihm in den Weg stellte und nichts, was ihn hindern konnte, immer skrupelloser zu Werke zu gehen.

Und eines Nachts, als er mit einer Kerze in der Hand hinter seiner Scheune stand und versuchte, die schemenhafte Gestalt auszumachen, die sich vorsichtig durch das tiefe Dunkel näherte, erlitt er einen Infarkt oder Schlaganfall (oder Keulenschlag?), denn (und das ist der Augenblick, an dem die Legende zwei Wege für den Pilgerer bereithält) er fiel augenblicklich tot um. Die Gestalt, so sagten manche, müsse der Sensenmann persönlich gewesen sein, denn der war wohl der einzige, vor dem der Momwarfner sich fürchtete. Wie dem auch sei, die Leute kamen wie durch Zauberhand getrieben hinter der Scheune zusammen und beinahe war es so, als hätten sie alle nur auf diesen Augenblick gewartet. Einige brachten Schaufeln mit und so wurde eilends ein Grab ausgehoben und der noch warme Leichnam hineingelegt. Andere hatten den Dorfgeistlichen geholt und als dieser am Grab eintraf, war das hölzerne Kreuz schon errichtet und die Trauergemeinde stand mit gefalteten Händen davor und wartete auf die letzten Worte, die nun gesprochen werden sollten.

An einer Stelle soll ein Murmeln den Geistlichen unterbrochen haben: „Na hoffentlich gibt der Ennes Ruh, jetzt, wo er unten ist!" Die Worte „Ennes Ruh" sollen dann in das Holzkreuz geschnitzt worden sein, um den Seufzer zu einem Segenswunsch zu erheben.

Die zweite Version beginnt genauso, nur endet sie in veränderter Form: Nachdem der Deichgraf hinter seiner Scheune zusammengebrochen war, lebte er noch wenige Minuten. Ein Fremder, von irgendwo aus dem Dunkel erschienen, einen Spaten über der Schulter tragend, kam an der Scheune vorbei und fragte, ob er helfen könne. Ennes, der von jeher weder um Hilfe gebeten noch Hilfe erteilt hatte, polterte mit letzten Kräften: „Mir kannst du nicht helfen, dazu bist du zu dumm. Wenn du dir aber selbst helfen willst, dann grabe ein mannstiefes Loch und stürz dich gleich hinein! Dann hat der Ennes Ruh!" Diesen Ratschlag befolgte der Mann, allerdings war es dann doch Ennes von Momwarfen, der in die Grube fiel. Einer derer, die ihm das letzte Geleit gaben -denn wie in Version 1 zog Ennes' früher Tod die Leute an wie Kuhdung die Fliegen- hatte ein hölzernes Kreuz aus einer zerbrochenen Latte zurecht gemacht und die beiden Worte hineingeschnitzt: *Ennes Ruh.*

Wie dem auch sei, irgendwo im Dörfchen, vielleicht unter dem zweihundert Jahre alten großen Baum, oder unter dem Sommerweg, der zwischen den Feldern entlangkriecht..., irgendwo da unten lag er und liegt er vielleicht immernoch.

Ganz egal, welcher der beiden Geschichten man Glauben schenken will, und auch egal, wie man sie sich ausschmückt und wie man sie interpretiert, eines ist sicher: Ennes Ruh hat in seinem Namen dem bösen Mann ein Denkmal gesetzt.

Damals allerdings und noch ungefähr ein ganzes Jahrhundert lang mieden die Menschen *seinen* Grund und Boden; selbst dann noch, als die Scheune längst verfallen und zum Unterschlupf für Ratten und Eulen geworden war.

Viel, viel später, erst, nachdem die letzte Seele, die ihn noch vom Hörensagen kannte, die von ihm noch nicht nur als Märchenfigur wie etwa dem bösen Wolf hörte; erst, als diese letzte gläubige Seele verschwunden war, siedelten sich wieder Menschen hier an. Sie rissen die Scheune *(nreste)* und das verfallene Haus nieder, pflügten den Acker um, ohne auf ihn zu stoßen, weil der Fremde mit der Schaufel vor Urzeiten ganze Arbeit geleistet hatte.

Dann bauten sie eigene Häuser und Scheunen, legten Felder und Gärten an und suchten nach einem Namen für dieses gelobte Stück Land, das bisher niemand haben wollte. Und wer weiß, warum, so stießen sie bei ihrer Suche auf etwas, das aussah wie ein Stück verwittertes Holz, das mit einer Schnitzerei verziert war. Vielleicht war es eine Latte aus der Rückenlehne einer alten Bank, die womöglich am Wegesrand gestanden hatte und bereit war, dem müden Wanderer eine kleine Pause zu gönnen...? Und, welch ein Zufall, da war doch auch noch die alte Bank, die sie aus dem Haus holten, bevor sie es abbrachen, weil sie sie noch für gut genug hielten, um ihre Milchkannen darauf abzustellen. So nagelten sie die Latte mit der hübsch geschnitzten Inschrift auf der Bank fest, und bevor sie sich versahen, nannten sie ihr Dörfchen, das zaghaft im Entstehen war, *Ennes Ruh* .

Und wieder dauerte es lange, sehr lange, bis sie erfuhren, wer Ennes von Momwarfen war, und daß er ganz bestimmt einem müden Wanderer das letzte Hemd ausgezogen, ihm aber sicher keine Pause gegönnt hätte.

Aber wie dem auch sei: „Schnaps is Schnaps und Bier is Bier", sagten die Leute, „bis jetzt ging's auch, dann bleibt's dabei!"

1. Kapitel

Ei, wie langsam, ei, wie langsam kommt der Schneck' von seinem Fleck!
Sieben lange Tage braucht er von dem Eck ins and're Eck.

Montag

1.

Die Nacht war kurz und wenig erfrischend, und der beginnende Montag stürzte sich mit einem grellorangenen Morgenmantel auf die Bewohner von Ennes Ruh. Schon in aller Frühe war Hinni-Jummi aufgestanden, oder besser gesagt, aus der Hängematte gefallen. Er mußte wohl unter den Kopfhörern eingeschlafen sein, aber eine Art innerer Uhr bewahrte ihn davor, zu verschlafen. Er hatte eine Menge innerer Dinge, die ihn vor irgendwas bewahrten, aber leider auch mindestens so viele, die ihn zu irgendwas verführten. So war das eben.

Nachdem seine innere Uhr ihn geweckt hatte, schickte ihn seine Blase hinters Haus und zerrte sein Magen ihn in die Küche. Sein Kopf schrie nach Kaffee, aber seine Hände gehorchten noch nicht. Das Kaffeepulver krümelte vom Meßlöffel. In der Absicht, besonders vorsichtig zu sein, verschüttete er auch noch den Rest. Wütend pustete er die Kaffeekrümel vom Küchenschrank. Als Hinni-Jimmi endlich eine neue Ladung Kaffee in der Maschine hatte, bemerkte er, daß er die Filtertüte vergessen hatte.

„Iiiimmmhh Mist! Miniminiminimist!" Er schrie in hohen Tönen und klopfte sich mit den Fingerknöcheln gegen den Kopf. „Paßaufpaßaufpaßauf paß auf!" Und dann zu seinen Händen: „Das macht ihr nachher wieder sauber!"

Nach dem Frühstück ging er ins Bad, dann ins Schlafzimmer und zog sich neue Sachen an. Er pfiff auf die Bekleidungsordnung der Post und trug ein verblaßtes lila Oberhemd, dem er Ärmel und Kragen abgeschnitten hatte, dazu Boxershorts in Tarnfarben. Davon abgesehen, daß er ein hervorragend funktionierender Postbote war, schnell und gewissenhaft, wenn's um den Job an sich ging, konnte er allein seiner Figur wegen alles tragen. Wahrscheinlich würde er in einem Football-Spieler-Out-fit sogar authentisch wirken.

Punkt sechs Uhr zwölf saß er hinter dem Steuer seines Post-Golfs und fuhr zur Poststelle, um nach dem Sortieren der Post seine Packbox ins Auto zu stellen und wieder loszudüsen. Diesmal, um die Briefe und Postsendungen *breitzufahren*.

Hinni-Jimmi zwängte sich also acht Uhr dreißig wieder hinters Lenkrad, zog seine langen, kräftigen Beine hinterher und schloß die Tür. Ebenso alle Fenster. Er zog laute Musik frischer Luft vor; und seitdem er wegen Lärmbelästigung im Straßenverkehr belehrt worden ist, ließ er eben die Fenster zu. Dann befahl er: „Zündung! Kupplung! Gang rein! Handbremse los! Radio und volle Kraft zurück!" Das kleine gelbe Auto preschte rückwärts aus der Parklücke, im Inneren sah man den jungen Mann im lila Hemd heftige rhythmische Bewegungen ausführen, und es sah so aus, als sänge er lauthals. Tat er aber nicht, sondern er brüllte Befehle. „Zuerst in die Hofmannstraße. Links, rechts, links. Genau 8 Minuten. Und los! Yea! Hey, und .... rum-rum-rum-rum..." So fuhr er meistens Auto, und es machte ihm höllischen Spaß. Die wenigsten seiner Mitmenschen wußten von diesem speziellen Umgangston, den er mit sich selbst pflegte. Das kam aber nicht zuletzt davon, daß er irgendetwas in sich hatte, daß ihn davon abhielt, Freundschaften zu schließen und andere näher an sich heran zu lassen. Aber das störte Hinni-Jimmi wenig, er liebte seinen Job; und wenn er gegen drei Uhr nachmittags nach einem „Handbremse! Tür auf! Tür zu! Yea!" und einem freundlichen Dachklopfen die leere Packbox ins Postgebäude tragen wird, wird er immernoch genauso zufrieden aussehen, wie am Morgen.

2.

Die Ausflügler wachten am heißen Montagmorgen nicht auf, sie schliefen noch bis zum Mittag mit heruntergelassenen Rollos. Das Summen der Traktoren auf den Feldern ringsum hörten sie nicht; das einzige, was ihre Ruhe stören konnte, war das leise Brummeln der Fliegen, die sich letzte Nacht ins Haus gerettet hatten, um in der Abgeschiedenheit kühler dunkler Zimmer ihre Paarungstänze aufzuführen, um ihre Art auch ins übernächste Jahrtausend hinüber zu retten.

Erst das Klappern des Briefschlitzes an der Wohnungstür holte Volker Devries langsam aus dem Reich der Träume zurück. Er wanderte gerade an einem langen, weißen Sandstrand entlang, der auf der Landseite von einer Häuserreihe gesäumt wurde, die wie luxuriöse Hotelanlagen mit riesigen Einkaufspassagen aussah. Dann hörte er aus der Ferne ein metallisches Klappern, das er sich nicht erklären konnte, und suchte den Horizont nach einem Dampfschiff oder etwas ähnlichem ab. Einem Mississippi-Raddampfer vielleicht. Aber die See lag ruhig und nichts war zu sehen. Es klapperte noch einmal, und sein Blick wandte sich nun zu den Schlaftempeln auf der anderen Seite. Dort sah er es. Ein Bauer in zerrissener Kleidung trug eine Art Bauchladen vor sich her und hielt eine kleine, metallene Schippe in der Hand. Damit fuhr er kräftig in den Bauchladen, und als er das tat, schepperte es, als ob jemand eine Pyramide leerer Blechdosen umgeworfen hätte. Dann zog der Bauer die kleine Schaufel wieder vorsichtig heraus und warf sein Saatgut breitflächig auf den Sand, der sie wie ein Schwamm aufsog.

Devries blinzelte und versuchte, nicht auf die Sonnenstrahlen zu achten, die sich heimlich durch die Schlitze im Rollo hindurch schoben. Irgend etwas fehlte noch an seinem Traum, und er versuchte, ihn noch ein paar Sekunden zu halten.

Plötzlich knisterte es gefährlich hinter seinem Ohr, als zwei der vermehrungssüchtigen Fliegen diesem Platz für ihre Kabbelei benutzten. Ärgerlich packte er den Zipfel seiner Decke und zog sie über den Kopf. Der Traum floh, und Devries beschwor mit aller Kraft den Strand und den landseits säenden Bauern herauf. Und da, ganz zaghaft kam das Bild wie ein Nebel, der die Reste einer versunkenen Stadt umweht. Dann schwand der Nebel, und am Strand war die Saat bereits aufgegangen. Überall dort, wo die Samenkörner des Bauern in den feinen weißen Sand eingedrungen waren, glitzerten stecknadelkopfgroße Punkte. Silbern oder wasserfarben, glitzernd wie Tautropfen am Morgen.

Die Fliegen fanden sein linkes Nasenloch und so fuhr der Träumer mit einem Schrei aus dem Bett.

„Herrje, diese verdammten Viehcher!" Als er stand, hatte er den Traum vergessen. Nur dieses Gefühl, das ihn beschwor, vorsichtig zu sein, dieses ungute Gefühl war ihm geblieben.

3.

Für die übrigen Enneser war es ein Tag wie jeder andere. Die Urlauber aus Arl mußten aufstehen, als die Hitze im alten Stall nicht mehr zu ertragen war. Mit den Menschen wachten auch die Fliegen auf und die schon fast vergessenen Gerüche nach Kühen und ihren Ausscheidungen; sie ließen sich kaum noch durch chemische Geruchsnoten überdecken.

Vater und Sohn Kater trafen sich schon früh am Morgen im Stall. Der junge, weil er morgens immer seine Kühe begrüßte und der Alte, weil er den Lokus am hinteren Ende des neuen Stalles benutzt hatte, obwohl im modernisierten Haus ein schönes großes Bad existierte; mit Toilette, Wanne und Dusche, jeweils von einander durch gefliste Wände abgetrennt und üppige Pflanzen begrünt. Aber genau das störte die alten Katers, sie wollten es so einfach wie nötig und so bescheiden wie möglich. Und nachdem im Frühjahr die Kunde von einem bevorstehenden Umbau des Haupthauses umging, bei dem aus dem großen Wohnzimmer und dem winzigen Kontor zwei schöne (Kinder?) Zimmer werden sollten, hielt die Alten nur noch die fehlende Unterkunft im Hause. Aber dieses Problem war bereits seiner Lösung nahe; die Grabbels sollten die letzten Urlauber sein, die im alten Stall hausten, denn spätestens zum Herbst hin wollten Luise und Johann Kater dort einziehen. Aber bis jetzt hatten sie es noch niemandem erzählt, und deshalb schüttelte Jens Kater auch nur ärgerlich den Kopf, als er seinen Vater vom Lokus kommen sah, sagte nichts sondern dachte sich, daß der Dickschädel es schon aufgeben würde, wenn der Winter gekommen ist und der Weg bis zum neuen Stall hin durch Nässe und Kälte immer länger würde.

4.

Letitia Aden war schon in der Mittagspause, als Devries auf der Bettkante über seinen vergessenen Traum nachdachte. Daheim sprang Cäsar übermütig in den Zimmern herum und bellte nach Herzenslust, als er das Briefkastenklappern hörte. Er wußte nicht, daß es nur der Postbote war und nicht das Frauchen, das gerade mit Joghurt und Apfel bewaffnet auf der Bank im winzigen Hinterhof der Filiale der Zingeler Versicherungen Platz nahm. Ihr Vorgesetzter, Herr Sperling, blieb drinnen. Nicht, weil er keine Mittagspause hatte; sondern weil Herr Sperling auch privat mit Letitia zusammen *arbeitete* und glaubte, selbstverständlich auch dort ihr Chef zu sein. Letitia sah das anders und Cäsar, der sonst so brave Cäsar, schnappte neuerdings während verschiedener Wortwechsel nach Sperlings Bein. Es sah fast ein wenig danach aus, als verstünde er die Palaver und schlüge sich auf Letitias Seite. Irgendwie erhöhte das ihr Selbstvertrauen und so traten die beiden nach einem offenen Gespräch erst einmal in eine Art zwischenmenschliche Pause. Im privaten Bereich, nicht im Zingeler. Sie waren nach wie vor ein funktionstüchtiges Team und jeder Kunde der Versicherungsfiliale war eindeutig der Meinung, die beiden müßten ein hübsches Pärchen abgeben.
Als am späten Nachmittag die Geschäftszeit vorüber war, trennten sie sich mit Handschlag, nachdem sie vorschriftsmäßig abgeschlossen hatten.
Sperling versuchte ein Comeback: „Titi, ich...“
„Ich heiße Letitia.“
„Letitia, ich möchte dich zum Essen einladen. Wir könnten doch zum Griechen gehen, dachte ich.“
„Tut mir leid, Sperling, ich hab' schon was vor.“

„Was?"

„Was?" Letitia schüttelte ungläubig den Kopf. „Geht dich nichts an, stimmt's? Aber ich sag's dir trotzdem. Ich esse heute mit Jo."

„*Mit Jo?*" Diese Worte schrie er fast. „Der Fleischberg sollte Nulldiät...!"

„Du bist widerlich, Sperling." Damit drehte sie sich um und ging. Eigentlich war sie nicht bei Jo, sondern bei Klara Früchtchen eingeladen, zum Pflaumenkuchenessen, aber Sperling hätte das nicht geglaubt und weiter gebohrt. Während sie dann zu ihrem Auto ging, lächelte sie bei dem Gedanken an Pflaumen auf Hefeboden mit Butterstreuseln obendrauf.

In Ennes Ruh lächelte Klara Früchtchen genau dasselbe kiebige Lächeln, als sie das Blech aus dem Backofen holte und ihr ein feiner bittersüßer Butterpflaumenhefeduft in die Nase stieg. Jo kam, auch an der Nase herbeigeführt, aus seinem Schuppen, den er als Garage nutzte. Montags war der Zigarrenladen geschlossen, denn die Durchgangskundschaft am kleinen Bahnhof Junkersried war sonntags am größten. Montags war Flaute. Dienstags gings gerade so und ab Mittwoch ging es wieder aufwärts.

Aber natürlich war nicht nur Letitia eingeladen, denn das Pflaumenkuchenessen bei Klara hatte schon beinahe Tradition. Pünktlich zum Anschnitt würden dann Katrina, Tönjes und Berit erscheinen, ebenso die zehnjährige Tina Grabbel, der man keine Mahlzeit im Umkreis von hundert Metern verheimlichen konnte und die beiden Devries-Jungen Tim und Jan. Letitia wußte das, aber sie sagte es Sperling nicht. Auch im vergangenen Jahr, als die beiden noch fester liiert waren, verschwieg sie ihm diese Feierlichkeit. Klara Früchtchens Pflaumenkuchen sollte so etwas wie ihr Geheimtip bleiben. Etwas, das zu ihrem Leben in Ennes Ruh gehörte; und vielleicht hätte er gar nicht verstanden, daß sie darauf nicht verzichten wollte.

5.

Ungefähr zur selben Zeit, als sich die Kuchenesser zu ihrem Stelldichein trafen, tauchte der eifrige Postbote Hinni-Jimmi wieder auf. Er hatte noch ein wenig herumgebummelt und im IM-NU-Markt noch einige Kleinigkeiten eingekauft, und so war die Zeit irgendwie vergangen. Seine innere Uhr machte manchmal Pause.

Nun schloß er die Tür zu seinem Häuschen auf, das auch ein ehemaliger Stall war, aber für ihn gerade gut genug. Zwei Zimmer, Miniküche, Minibad und ein Flur zum Fußballspielen. Er trat ein und sah einen braunen Brief auf dem Boden liegen. Das wunderte ihn etwas, weil er nie Post bekam. Außer Werbung natürlich. Der Brief war länglich, unten mit einer Falte, so daß er beinahe so aussah, wie diese bunten, glänzend bedruckten Geschenktüten. Die Briefmarke in der rechten Ecke zeigte einen Bauern, der die Saat auswarf. Oben war die Kante zweimal umgeknickt und mit einem bronzefarbenen Knopf verschlossen. Hinni-Jimmi wußte, daß auf der Rückseite der Falz die beiden Schenkel des Knopfes ein unnatürliches Spagat praktizierten. Das tat ihm leid. Schnell hob er den Brief auf und entfernte die Papierniete. Er glättete ihre Beinchen und legte sie in die Schublade zu den übrigen malträtierten Gebrauchsgegenständen. Da waren abgebrochene Messerklingen und rostige Rasierklingen, der angelaufene Griff einer alten Kühlschranktür neben dem blankgescheuerten Griff einer Schrankschublade. Ein Spachtel mit einer fehlenden Ecke und ein verbogenes Stück Eisenstange. Mehrere Zaunreiter mit Kringeln und Spitzen und eine Radkappe. Massenhaft Reißzwecken und Nägel und: Büroklammern. Eine Papierniete.

Dann stand er da mit dem Brief in der Hand und las die Adresse. Tatsächlich stimmte sie, und so hielt er atemlos den ersten Brief seines Erwachsenenlebens in der Hand.

„Herrn Benjamin Hinrichsen" las er laut vor. Seine innere Stimme rief <vorlesen vorlesen> und so zog er vorsichtig den zusammengefalteten Zettel aus der braunen Hülle.

„Lieber Benjamin! -Yea, das bin ich!" <Klar. Lies weiter.>

„Dies ist eine Art Kettenbrief. Ich weiß, daß du als Postbote Kettenbriefe verabscheuen mußt. Aber in Wahrheit liebst du sie, stimmt's? Also, dies ist so etwas ähnliches. Du mußt u n b e d i n g t alle Anweisungen genau befolgen. Tust du das? Wenn nicht, dann würde das sehr bedauerlich sein. Sag jetzt, daß du es machen willst!"

Da war der Brief zuende. Der Rest der Seite war leer. <Dreh das Blatt um.>

„He?"

<Du sollst das Blatt umdrehen, aber sag erst, daß du machst, was da steht!>

„Ja, ich will alles machen, wie es da steht." Hinni-Jimmi hörte immer auf seine innere Stimme, und deshalb drehte er nach seinem Versprechen das Blatt um und las weiter.

„In dem Umschlag findest du ein kleines Samenkorn. Du trägst es in den Garten und suchst ein schönes sonniges Plätzchen aus. Dort pflanzt du den Samen ein. Paß auf, daß keine Bäume im Wege stehen und vergiß nicht, es zu begießen. Aber nicht mit Wasser, sondern mit Liebe. Gieße jeden Morgen einen Teil deiner Liebe über ihm aus und es wird schnell heranwachsen.

Du findest in dem Umschlag aber noch etwas anderes. Es ist eine kleine Pinzette, mit der du dem Pflänzchen ein einziges Mal wehtun mußt. Ein Mal nur.
Rupfe ihm ein Blütenblättchen aus, wenn alle vier so groß sind, wie das Samenkorn jetzt. (Du wirst bemerken, daß mein Pflänzchen vier solcher Samenkörner als Blütenblätter trägt.) Dann schreibe diesen Brief ab und lege das
Samenkorn-Blütenblatt zusammen mit der Pinzette in einen Umschlag und
schicke ihn an jemandem, von dem du dir s i c h e r bist, daß er diese Anweisungen erfüllen wird."
Benjamin stockte. Wen kannte er denn überhaupt? Geschweige denn, so gut?
„Lieber Benjamin, mach dir keine Sorgen, ich helfe dir etwas bei der Auswahl." , stand da plötzlich. Wie konnte das jetzt da stehen? Na egal. Es stand
eben da. Hinni-Jimmi kicherte nervös und legte das Blatt neben den Umschlag. Keine Unterschrift stand da, nur ein D a n k e s c h ö n .
Sofort bekam er eine Gänsehaut. Aber trotzdem holte er das Pflanzholz aus
der Kammer und ging mit dem Samenkörnchen in den Garten.

Dienstag
1.
Volker Devries haßte es, einen Traum zu verlieren. Deshalb veranlaßte er sein
Unterbewußtsein, denn er war sich sicher, daß es für die Träume verantwortlich sei, in der Nacht zum Dienstag den Traum vom Montagmorgen zu wiederholen. Leider umsonst.

2.
Devries haßte es überhaupt, in irgend einer Sache zu versagen; tat er es dennoch, gestand er es sich nicht gern ein. Er versuchte, das Beste daraus zu machen. In der letzten Zeit allerdings kam er immer öfter ins Grübeln darüber,
ob das auch wirklich so richtig wäre. Anlaß für solcherlei Betrachtungen war
meist seine Ehe mit der unbeugsamen Fenna.
Eigentlich resultierte seine Beziehung zu Fenna weniger auf Zuneigung, denn
auf dem Wunsch, seine Intelligenz durch das Schmieden von Intrigen zu beweisen. Damals, bevor die Devries' nach Ennes Ruh zogen und Volker ein
kleiner Managerposten in einer Firma winkte, die sogenannte „Läutsysteme"
produzierte, den er aber dann doch nicht bekam, arbeitete er in einer kleinen
Gießerei als Assistent der Geschäftsleitung. Zu seiner Überraschung präsen-
tierte die Geschäftsleitung aber etwa ein halbes Jahr nach seiner Arbeitsauf-
nahme einen weiteren Assistenten. Von nun an, so hieß es, sollten die beiden

Hand in Hand zusammenarbeiten und Licht in das Dunkel der Werkhallen bringen. Dieses System funktionierte solange, bis der Zweite, so der interne Name des Letzgekommenen, seine Arbeit wirklich ernst nahm und sich in die Angelegenheiten Devries' einmischte. Devries war äußerst wütend, über Monate hinweg hatte er versucht, mit dem Zweiten Krieg zu führen, aber alles Mobbing half nichts, der Assistent der Geschäftsleitung Nummer Zwei saß sehr fest in seinem Sattel.

Irgendwann allerdings spitzte sich die Situation zwischen den beiden heftig zu und es kam zu einem einzigen, aber folgenschweren Gefecht.

Der Zweite saß an diesem Nachmittag auf Devries' Stuhl *hinter* dem Schreibtisch und telefonierte. Als Devries dem Raum betrat, grinste ihn der Zweite an und tat so, als bemerke er ihn nur am Rande. Devries brodelte und zog den Stecker aus der Wand. Der Zweite grinste immernoch und sagte dann: „Ein Mann wie Sie wird es niemals weit bringen. Sie haben sich nicht in der Gewalt. Ich wette, Sie haben nicht mal Freunde, geschweige denn, eine Frau... Stimmts?" Dabei griente er wie ein Honigkuchenpferd.

Devries überlegte rasend schnell. Erstens: er könnte ihn mit einem rechten Haken vom Tisch holen und aus dem Fenster werfen. Im Erdgeschoß keine große Sache. Zweitens: er könnte kontern und ihn einen schwulen Drecksack nennen, einen arschkriechenden Hinterwäldler usw. Längere Diskussion ohne große Wirkung. Drittens: er könnte lächelnd die Wette annehmen.

„Okay." Er schob die Ärmel seines Jacketts etwas nach oben und erwog beinahe die erste Möglichkeit. Dann schüttelte er den Kopf und schluckte.

„Okay. Wetten wir."

„Wie bitte? Was wetten wir?"

„Wir wetten, daß ich Ihnen spätestens in drei Tagen meine Frau - meine Verlobte - vorstelle."

Mit einem Mal verzog sich sein Gesicht zu einem schmierigen Lächeln. Er hatte eine unwiderstehliche Idee gehabt. Gerade ist ihm klargeworden, wie sehr er die Wette gewinnen würde.

„So, und nun verlassen Sie meinen Platz und gesellen sich zu Ihresgleichen."

Er zeigte aus dem Fenster, hinter dem sich eine saftige Wiese ausdehnte, die schon seit mehreren Tagen von wolligen, aber reichlich uninteressiert dreinblickenden Schafen abgeweidet wurde. „Blöd blökend und beschissen bekackt." Das war sein Standardsatz zu diesem Thema; er mochte Schafe nicht. Überhaupt nicht. Nachdem der Zweite den Raum verlassen hatte, machte sich Devries daran, seine Wette zu gewinnen, indem er ein weiteres Schaf in seine

Beobachtung einbezog. Das Schaf hieß Fenna Lochling und war eher eine Wölfin im Schafspelz. Aber an eine solche Möglichkeit dachte Devries natürlich nicht. Und Fenna Lochling war die offizielle Herzdame des Zweiten. Aus genau diesem Grund steckte er nun den Telefonstecker wieder in die Dose und wählte die 9, die Telefonzentrale der Gießerei. Da er den Text kannte, der nun folgen würde, ließ er den Hörer zum Fenster hinaus schauen. Er murmelte das „Bla-bla-bla" der Ansage mit und flötete dann:

„Fenna Lochling? Hallo? Hören Sie mich?"

„Ja, ich höre Sie. Was kann ich für Sie tun?"

„Nichts, danke schön", sagte er mit einer Stimme, die vor Freundlichkeit beinahe zu zerschmelzen schien, „aber womöglich könnte ich etwas für Sie tun. Ich soll Ihnen von einem Freund ausrichten, daß er sie in zwei Minuten an der Schafsweide treffen möchte." Dann legte er auf. Er nahm nicht an, daß sie kommen würde. Aber er täuschte sich, und sie schaffte es tatsächlich in zwei Minuten. Er betrachtete sie vom Fenster aus. Sie gefiel ihm, auch wenn sie nicht sein Typ war. Er stand auf rotes Haar, sie hatte welches in einer unwirklichen Farbe. Ein verblassendes Violett etwa, das teilweise veilchenrosa unterlegt war. Ihr Hintern war ganz passable, die Beine allerdings zu dünn. Darauf kann sie bestimmt nicht lange standhaft bleiben, wenn's drauf an kommt, dachte er bei sich. Dann räusperte er sich und öffnete das Fenster.

„Hallo, hier!" rief er und winkte ihr.

„Sind Sie der Freund? Komische Methode für eine Verabredung. Machen Sie das immer so?" Schon stand sie vor ihm und reichte ihm ihre Hand durchs Fenster.

„Fenna..."

„Ich weiß. Volker Devries. Angenehm."

„Ebenfalls. Was wollen Sie nun eigentlich..." Wieder unterbrach er sie schnell.

„Mit Ihnen ausgehen." So genau hatte er sich seine Vorgehensweise nicht zurechtgelegt, aber er konnte auch nicht ahnen, daß sie so kurz angebunden fragen würde. Nun ließ er seinen Gedanken freien Lauf und sprach aus dem Gefühl heraus. „Essen, tanzen, einkaufen, Museum, egal; was immer Sie wollen."

„Ach, und warum?"

Scheiße, blöde Frage, dachte er.

„Weil ich Sie liebe. Respektive Ihre Stimme."

Noch mal Scheiße, dachte er, das kam zu cool. Glaubt die blöde Kuh niemals. Deshalb streckte er, ohne eine Reaktion abzuwarten, die Hände aus dem Fenster und zog sie brutal zu sich heran.

„Weil ich dich liebe...Fenna, ich liebe dich, seit ich das erste Mal deine Stimme gehört habe. Aber ich halte es nicht mehr länger aus." Er hauchte die Worte in sie hinein.

„Was denn?"

„Was? Was?" Scheiße zum Dritten, was will die eigentlich? Langsam wurde er ungeduldig.

„Was hälst du nicht mehr länger aus?"

„Oh, das will ich dir sagen." Er knutschte an ihrem Hals herum, während er sich überlegte, was zum Teufel er nicht mehr aushielt. Na gut, dachte er schließlich, manchmal muß eben gesagt werden, was gesagt werden muß.

„Ich will bei dir sein, dich in meinen Armen halten, endlich..." hauchte er und dachte, sie solle sich nicht so anstellen, eben das ganze Programm.

„Du meinst das ernst, nicht wahr?" Sie schmiegte sich an ihn und er begann, ihre Hitze zu spüren. Ihr Atem hing wie eine reife Frucht über ihm, die zu zerplatzen drohte, sollte er sich bewegen. Ihr Oberkörper, eine andere Bezeichnung hatte er dafür nicht, begann, ihm den Atem zu nehmen. Ihre Hände krallten sich wie die Klauen eines Raubvogels in seinen Rücken. Panik schlich sich in sein Herz. Er packte sie an den Oberarmen und riß sie von sich. Dann lächelte er und suchte in ihren Augen nach einer Art Belustigung, aber er sah nur ...Verlangen? Irgendwie sah dieses Verlangen nicht wie zarte Liebesglut aus, sondern eher wie der Hunger einer Tigerin, die endlich das gefunden hatte, was ihn stillen konnte.

„Ja, ich meine es ernst."

„Heute abend?"

„Mit dem größten Vergnügen."

So einfach hatte er es sich nicht vorgestellt. Trotzdem kam alles, wie es kommen sollte. Als er am nächsten Tag hinter seinem Schreibtisch saß und dem Zweiten zuhörte, klingelte das Telefon.

„Ah, Fenna..." rief er in den Hörer. Der Zweite stand auf und wollte danach greifen, aber Devries zeigte mit dem Daumen auf seine Brust.

„Fenna, Liebling!" hauchte er noch einmal. Der Zweite verschluckte sich an einer Luftblase und drohte zu ersticken, als Fenna am anderen Ende der Leitung etwas sagte, das Devries vollkommen unberücksichtigt gelassen hatte. Sein Lächeln fiel ihm aus dem Mundwinkel.

„Moment mal!" rief er, knallte den Telefonhörer auf den Tisch und beugte sich über den Rücken seines Mitarbeiters, um ihm zu helfen. Er schlug so heftig auf den Zweiten ein, daß dessen Husten noch schlimmer wurde. Was hatte dieses Flittchen gerade behauptet? Vor Zeugen die Ehe versprochen? Ringe kaufen?

„Ist schon gut, Devries, Sie bringen mich um!" krächzte der Zweite und ließ sich in den schäbigen Sessel vor dem Schreibtisch fallen. Und da fiel es Devries wieder ein. Er hatte noch im *Restaurant* zu ihr gesagt: „Heirate mich, Fenna. Werde meine kleine Frau!" Hatte er wirklich *kleine* Frau gesagt, überlegte er jetzt? Aber wahrscheinlich schon. Manchmal neigte er zu solchen Klischees. Tja, sagte er sich, da mußt du nun durch.

Er nahm den Hörer wieder auf und erwiderte: „Fenna, Liebling? Hörst du? Ja, wie du meinst. Um Ringe zu kaufen, ist mir ein Tag so recht wie der andere."

Das also war seine Liebesgeschichte. Aus welchem Grund auch immer, er kam nicht mehr von ihr los. Vielleicht wollte er das auch gar nicht. Nicht, seitdem sie diese beiden prächtigen Söhne bekommen hatten.

Kaum zwei Jahre später schlug sie ihn zum ersten Mal krankenhausreif, und er bekam nach seiner Genesung den Job als Vertreter für Haustelefone und Klingeln. Die Firma verhalf ihnen zu einem Haus, das sie mieten konnten. Auf dem Land. Zwischen Schafen und Rindviechern. Aber seine beiden Jungen waren in Ordnung. Tolle Burschen, und sie sahen seiner Frau gar nicht ähnlich.

Als er nun am Dienstagmorgen über diese ganze Geschichte, seine Geschichte, nachdachte, widerstand er nicht zum ersten Mal dem dringenden Wunsch, sich auf sie zu stürzen und sie zu erwürgen. Statt dessen drehte er sich noch einmal um und vertröstete sich auf den nächsten Tag. Dann würde er wieder unterwegs sein.

3.

Zu selben Stunde erwachte Hinni-Jimmi, frühstückte schnell, zog sich an und lief danach in den Garten. Er hatte einen schönen Platz für sein Samenkörnchen ausgesucht, wo kein Baum seinen Wuchs behindern und ihm die Sonne nehmen konnte. So stand er also neben der Pflanzstelle, die er sorgfältig mit einem Hölzchen markiert hatte, und goß es mit seiner Liebe. Er wußte nicht ganz genau, was er da tun sollte, und deshalb tat er, was er immer tat: er redete. „Mußt schön wachsen, mußt groß werden. Mußt aus der Erde kriechen und die Sonne angucken. Naja, und ich muß jetzt zur Arbeit. Post breitfahren. Toller Job, macht Spaß. Also Tschüß!"

Damit drehte er sich um und ging.

Hinter ihm erklang ein so zartes *Ping*, daß er es gar nicht hörte. Er war mit seinen Gedanken schon weit weg. Und mit dem *Ping* erschien ein winziges Pünktchen, nicht größer als der Kopf einer Stecknadel.

4.

Volker Devries erwachte aus einem äußerst kurzen Schlaf. Er hatte das Gefühl, ein scharfes metallenes Geräusch gehört zu haben, das er mit einem glänzendem Pünktchen in Verbindung brachte. Und er erschrak darüber.

Mittwoch

1.

Am Morgen des darauffolgenden Tages war für Devries die Welt wieder in Ordnung. Er verließ das Haus, nachdem er seine Söhne zum Abschied geküßt hatte, ohne sich noch einmal umzudrehen. Er wußte, daß ihm niemand nachschauen würde, denn es war noch sehr zeitig. Am liebsten hätte er seine beiden Jungs mitgenommen, aber sie hätten sich nur gelangweilt, während er versuchen mußte, die Kartons mit den BA-TA-Läutsystemen an den Mann, beziehungsweise an die Frau zu bringen. Die meisten seiner Kunden waren ohnehin Kundinnen, denn die Männer, mit denen er einen Handel abzuschließen versuchte, waren eher der Meinung, ein kräftiger Faustschlag genüge in den meisten Fällen, sollte eine Klingel aus Altersgründen versagen.

Er blickte kurz hinüber zu seinen Nachbarn, die auch seine ersten Kunden damals waren. Maria Poppen sagte zu ihm, er solle mit ihrem Mann sprechen, der gäbe das Geld der Familie aus, und wüßte am besten, was gebraucht würde. Und obwohl dieser Satz meistens bedeutete, daß die ganze Sache im Sande verlaufen würde, lief es hier recht gut. Ulfert Poppen, der Notar, ließ sich mehrere verschiedene Klingelanlagen zeigen und vorführen. Eine ganz einfache mit KLING-KLONG, eine mit Melodie, eine mit einer Melodie-Reihenschaltung, wobei sich jeweils 4 verschiedene Melodien ständig abwechselten. Dann gab es noch eine BA-TA SPEZIAL, für besondere Kunden, die musikalisch genug waren, um ein Klangspiel selbst zu komponieren, und es dann (auf einem Band gespeichert) auf Knopfdruck als Geläut ertönen zu lassen. Die Kollektion umfaßte weiter einen Frauenschrei, ein Kuh-Muhen, und für ängstliche Leute das Bellen von Hunden. Wobei hier wieder zwischen Kläffen, einer Art Bellgesang und einem aggressiven Kampfgebell gewählt werden konnte. Das Ganze gab es mit einem, zwei und vier Lautsprechern sowie mit und ohne

Gegensprechanlage. Wenn mit, dann als einfache Hör-Sprech-Funktion oder als Haus-Tel-Funktio („Liebling, sind die Kinder bei dir oben und ist der Fernseher auch aus?") und auch mit separatem Anklingeln möglich. Barkovitsch und Tattell hatten einfach an alles gedacht. Ulfert Poppen entschied sich nach *sehr* langem Hin und Her für eine BA-TA-Kling-Klong mit zwei Lautsprechern und Haus-Tel-Funktio. Wobei das Anklingeln nur von seinem Arbeitszimmerapparat möglich sein sollte, um störende Anrufe von unten auszuschließen.

Devries lächelte, während er zu Poppens hinüber sah und an die Szenen dachte, die sich damals abspielten. Es war fast ein wenig wie bei Theaterproben gewesen, und damals hatte sogar Maria noch häufiger gelacht. Über ihren Mann und seine unfreiwillige Komik, die er an den Tag legte.

Dann öffnete er die Tür seines Kombis, der bis zum Dach mit BA-TA's vollgestopft war und stieg ein.

2.

Maria Poppen stand hinter der Gardine und beobachtete die ganze Zeit, wie Volker Devries verträumt zu ihrem Haus hinübersah. Sie hatte gerade den Frühstückskaffee angesetzt. Dabei fiel ihr ein, wie er damals ihrem Mann eine Klingel mit eingebautem Hausruf verkauft hatte. Sie mochte Volker eigentlich, aber *das* hätte er lieber nicht getan. Ihr Mann nannte das Haustelefon „Dienstmädchenwecksystem", womit natürlich sie gemeint war. Zu Anfang klingelte er nur manchmal, um sie etwas zu fragen oder um etwas zu bitten („Maria, sei doch so gut und mach mir einen Kaffee, ja? Danke!"). Später erinnerte er sie an bestimmte Dinge („Du denkst an meinen Kaffee um halb fünf?!- Ach, und BITTE wirf endlich das weiße Hemd mit den Bisen weg, ich sehe damit aus wie ein Homose...na, du weißt schon!"). Ja, dachte Maria damals, aber wie ein kleiner, glatzköpfiger, der gern etwas größer und stärker wäre. Aber im Grunde war es ihr egal, ob sich jemand geschlechtsgleich verliebte oder hetero oder beides.

Jetzt, nachdem das DMWS schon seit Jahren erfolgreich ihr Leben mitbestimmte, faßte er sich kürzer. Außerdem hing das Haustelefon nicht mehr an der Wand neben der Tür, sondern stand auf seinem Schreibtisch. Er brauchte sich nur nach vorn zu beugen, den Knopf zu drücken und „Kaffee!" zu rufen. Oder: „Maria, Scheiße!" Dann war irgendwas runtergefallen, oder er hatte den Kaffee verkleckert. Bei: „Maria schnell!" hatte er sich mit der Papierschere geschnitten oder beim Aufpulen von Heftklammern eine in den Finger gestochen. Bei: „MAA-RIII-AA!" fand er eine Akte nicht oder hatte einen ärgerlichen Anruf oder sich verschrieben, oder war aus einem anderen Grund wütend. Dann stampfte er, wenn sie die Tür öffnete, auf Papieren auf dem Boden herum und fuchtelte wild mit den Armen und sah aus wie Rumpelstielzchen. Im Allgemeinen beruhigte sie sich damit, daß er ja täglich bis 18.00 Uhr außer Haus war, und erst danach den großen Macker spielen konnte.

Trotzdem war das weder für ihre Psyche noch ihre Ohren gut. Sie haßte ihn in solchen Momenten. Manchmal kamen dann Depressionen in so kurzen Abständen, daß es kaum noch zu ertragen war. Wenn sie einen guten Tag hatte, konnte sie es wegstecken. Dann lachte sie innerlich und fragte sich, was um alles in der Welt sie vor elfeinhalb Jahren bewogen haben könnte, dieses Rumpelstielzchen zu heiraten. Aber sie wußte es natürlich. Damals war er das liebe Rumpelstielzchen gewesen, das in ihre eintönigen Tage goldene Träume gesponnen hatte, das immer ein kleines wärmendes Feuer in seinem Herzen bewahrte und das für Gerechtigkeit und Chancengleichheit aufstand. Er hätte sich nicht aufgeregt, wenn jemand ihn eines Hemdes wegen „Süßer" genannt hätte. Deshalb hatte sie das Hemd mit den Bisen auch nicht weggeworfen. Und mit schöner Regelmäßigkeit bekam er es immer wieder einmal morgens auf seinen Ankleidestuhl gelegt. Auf die Frage: „Ist *das* mein letztes?" antwortete sie dann nicht.

3.

Als Volker Devries seinen Kombi anließ, erschauerte Maria, weil sie das Motorengeheul aus einer tranceähnlichen Stimmung holte. Sie stand immernoch am Küchenfenster, die Sonne stand schon grellgelb am Horizont und es versprach, ein sehr schöner Tag zu werden. Dann drehte sie sich um und plötzlich hatte sie das lähmende Gefühl, ohnmächtig zu werden. Sie hielt sich an der Fensterbank fest und schloß kurz, für einen Sekundenbruchteil nur, die Augen. Als sie wieder öffnete, war auf einmal die Küche weg und sie stand im Dunkeln, in einer Schlucht, einem Tunnel ohne Licht am Ende. Sie riß die Augen auf, aber die waren ja auf und die Schwärze um sie herum ließ nicht nach. Ein Gedanke huschte an ihr vorbei, der Gedanke, in einen Alptraum hineinzurutschen. Maria bekam Angst, sie wollte schreien, aber brachte keinen Laut heraus. In ihrem Kopf schrie es: „ICHBINBLIND ICHBINBLIND! MEINE AUGEN!" Sie registrierte, wie ihre Knie weich wurden, dann sackte sie auch schon zusammen. Panisch begann sie zu keuchen. Als sie sich mit den Händen abzufangen versuchte, fühlte sie nackte festgestampfte Erde unter sich.

Das irritierte sie, aber sie wußte nicht, warum. Sie atmete schnell und flach, so, wie sie es bei ihren Entbindungen tun mußte. 'Konzentriere dich auf deine Atmung', hatte ihre Hebamme gesagt. Dann hätte sie keine Zeit, Angst zu haben. Dabei tastete sie mit den Fingerspitzen ihre unmittelbare Umgebung ab, nicht mit Bedacht, sondern in der vagen Hoffnung, irgendwo einen Lichtschalter zu finden. Was sie fand, ließ sie zusammenzucken. Ein greller Schrei zischte aus ihrer Kehle. Es war ein feuchtes Bündel, etwas feucht-lauwarmes Stoffliches. Sie zog ihre Finger zurück und roch daran. Das Bündel stank. Dann bemerkte Maria, daß es überhaupt stank; die Luft, die zum Schneiden dick war und das Mauerwerk. Es war kühl, muffig, feucht. Es stank nach Dreck, Schweiß, Urin und alten, in Kleidern festgesetzten Küchengerüchen. Marias Magen rebellierte. Sie weigerte sich, dem Drang ihres Magens nachzugeben. Dann stinkt es noch nach Erbrochenem, das halte ich niemals aus, dachte sie. Statt dessen versuchte sie, irgendetwas in ihrer Nähe zu sehen. Die Augen hatten sich ein wenig an die Dunkelheit gewöhnt, und sie konnte Schemen ausmachen. NICHT BLIND! jubelte sie heimlich. Sie zählte sieben hockende Gestalten, die Säcken ähnlicher waren als Menschen. Und sie sah sie durch eine nebelähnliche Masse. Einige der Sack-Wesen bewegten wie in Zeitlupe die Zipfel ihrer Umhänge(?), als schüttelten sie sie aus. Andere von ihnen schaukelten in angsterregender Langsamkeit vor und zurück. Dann plötzlich, als Maria sich beinahe an die Szenerie gewöhnt hatte, plärrte eine Sirene blechern in die lautlose Dunkelheit. Ebenfalls verzerrt, verlangsamt, weit weg und durch Nebelfilter abgeschwächt, aber mit der erschreckenden Stimme, die Sirenen immer an sich haben. Die Gestalten auf der anderen Seite der Dunstwand kamen in Bewegung, sie schlurften herum und Maria befürchtete schon, sie könnten zu ihr herüber kommen...Was, wenn die Sirene der Freßruf war und sie selbst die Mahlzeit? Aber sie blieben alle auf ihrer Seite, wuselten geduckt herum und als ganz, ganz weit weg ein Lichtpünktchen erschien, steuerten sie alle darauf zu wie in Kutten gehüllte Mönche, die um Mitternacht ihr Kloster durch ein kleines Törchen verlassen.

Dann war die Küche wieder da.
Sie saß auf dem kleinen Flickenteppich unter dem Fenster, und Bella hatte sich neben sie gelegt. Die Sonne schien herein und es duftete nach Kaffee.

4.

Fast um die gleiche Zeit, als Ulfert Poppen die Treppe vom ersten Stock in die Küche herunter gestiegen kam, seine Frau unter dem Küchenfenster sitzen sah und darüber verständnislos den Kopf schüttelte, kletterte Heinz-Arend *Heinard* Müllerjohans schwerfällig in seinen Wagen. Seine langen Beine konkurrierten mit seinem dicken Bauch. Jeder Körperteil wollte zuerst drinsitzen in dem Fahrzeug, das für Heinard, wie man ihn gemeinhin nannte, Freund und Geliebte und Heimat war. Mit einem Seufzer griff er hinter sich und löste die Sperre der Rückenlehne, um ein wenig mehr Bewegungsfreiheit zu bekommen. Dann packte er den Beifahrersitz und hievte sich mit einem Ruck, dem er mit seinem linken Bein etwas Schwung gab, auf seinen Platz hinter dem Lenkrad. Eigentlich war Heinard keineswegs schwerfällig, aber für seine Größe war das Auto einfach nicht geräumig genug. Er maß einen Meter und neunundachtzig Zentimeter von den Füßen bis zum Scheitel, sein Bauch hatte einen Umfang von einem Meter und neunundachtzig Zentimeter und so machte er, nicht ganz unfreiwillig, einen zylindrischen Eindruck.

Kein Zufall, denn er konnte Unmengen essen und trinken. Wenn die Müllerjohans zum Grillen eingeladen werden würden, müßten sie einen Korb mit Steaks, Würstchen, Brot und mindestens zwei Gläsern Gewürzgurken mitbringen, um sicherzugehen, daß die Gastgeber hinterher nicht den Eindruck hätten, daß einer der Gäste hungrig nach hause gegangen wäre. Gurken aß Heinard immer so zwischendurch; er stopfte sich zwei oder drei Stück in den Mund, gab einen Schluck Bier dazu und zermalmte das Ganze ausdauernd zu einem Brei. Dann öffnete er vorsichtig den Mund und schob ein Häppchen Brot hinterher, kaute kurz durch und schluckte alles hinter. Darauf grinste er zufrieden und freute sich über die bewundernden (?) Blicke Marlenes. Wer dieses Schauessen zum ersten Mal sah, war meist eher entsetzt.

Als Heinard endlich saß und den Motor angelassen hatte, erschien Marlene mit Brutus an der Haustür. Sie hielt ein gigantisches Freßpaket in den Händen und rief Heinard zu, er solle es sich holen.

„Du hast deine Eier vergessen, komm noch mal zurück!"

Heinard machte ein zerknirschtes Gesicht. Er wollte und konnte nicht nochmals aussteigen. „Sei lieb und bring sie mir rüber." rief er lustlos. Marlene schwenkte die Tüte und rief: „Zucker, Zucker, Zucker..."

„Marlene!" Das klang schon ärgerlich.

„Sei ein Mann und hol' dir die Eier!"

„Wenn ich jetzt aussteige, dann bestimmt nicht, um mir die Eier zu holen."

33

Der Hund bemerkte, im Gegensatz zu seinem Frauchen, den gereizten Unterton in Heinards Stimme und begann zu bellen. Dann sprang er die wenigen Stufen vorm Haus herunter auf die Straße. Mit erhobenem Kopf und nach hinten gestemmten Beinen bellte er, so laut er konnte. Alles Rufen von Marlene half nichts, der junge Boxer hatte die Aufforderung zum Tanz verstanden. Daß sie nicht ihm galt, war gleichgültig. Im Haus gegenüber stellte Bella ihre Vorderbeine auf die Fensterbank um zusehen, wer da draußen was zu sagen hatte.

Heinard ließ den Motor aufheulen und als Brutus nicht zur Seite ging, hupte er. Nun standen auch Bellas Menschen am Fenster. „Wieder der Kampf ums Zepter", murmelte Ulfert Poppen mißmutig, „die sollten sich langsam entscheiden, wer das Sagen hat."

„Vielleicht ist das gar kein echter Kampf, vielleicht gehört das zu ihrem...?" Maria zuckte die Schultern.

„Balzverhalten?" fragte ihr Mann und grinste. Dann setzten sie sich wieder und vergaßen fast die Müllerjohans auf der Straße. Heinard plusterte sich in seinem Auto (Käfig) auf und holte zu einem letzten Versuch, Marlene zu sich zu rufen, Luft. Er sah aus wie ein Sumo-Ringer, der sich stark konzentriert. Plötzlich hob er den Kopf, hielt sich mit beiden Händen am Lenkrad fest und öffnete so langsam den Mund, als sei diese Kieferbewegung besonders kompliziert. Dabei atmete er tief ein, wie ein kampfbereiter Gorilla. Die großen Ohren schienen sich nach vorn zu neigen, auf die prächtige Kinnpartie zu. Seine Zähne blitzten.

„MAAR-LEE-NE!" (Das klang so ähnlich wie MARIA!, dachte Maria und fand, daß Männer sich manchmal verdammt ähnelten.)

„Schieb deinen Hintern *sofort* hierher! Denn sonst bin schneller bei dir, als dir lieb wäre! Ich waaarne dich!"

Das hatten alle gehört, die schon munter waren und Marlene ließ es sich auch nicht zweimal sagen.

Mit ausgestrecktem Arm hielt sie ihm das Paket durch die geöffnete Autotür, aber ihr Mann griff schneller nach ihrem Handgelenk, als sie es zurückziehen konnte. Er packte sie und wußte, daß sie wußte, daß er ihr wehtun würde. Aber sie würde nicht schreien, auch das wußte er. Seine Fingerknöchel wurden weiß und während er die Zähne bleckte wie ein wiehernder Hengst, wurde ihr Gesicht immer blasser. Dann preßte er drei Worte durch die Zähne, als sei keine Luft weiter zum Reden übrig.

„Ich habe gewonnen."

Marlene kämpfte inzwischen mit einer Ohnmacht, hielt sich aber tapfer aufrecht und sagte: „Ja, Liebling, heute." Dafür drückte er noch einmal kräftig zu und warf ihren Arm dann weg. Brutus, den das Hupen zurück zum Haus gejagt hatte, kam wieder näher und leckte Marlene die Hand.

Lächelnd zog Heinard die Tür heran, legte den Gang ein und fuhr los. Marlene blieb auf der Stelle stehen und sah ihm nach. So hatte sie sich den Ausgang der Machtprobe nicht vorgestellt. Aber nun wußte sie *genau,* daß er heute erst spät nach hause kommen würde. Heute würde er sie spüren lassen, was es hieß, den ganzen Tag allein, ohne Auto, ohne Einkaufsmöglichkeit und ohne Gesellschaft zu verbringen. Er wußte, daß sie das krank machen würde. Wußte? lächelte Marlene innerlich. Aber er wußte nicht, daß sie ihr Problem inzwischen gelöst hatte. Und er wußte auch nicht, wie leicht er sich von ihr manipulieren ließ. Sie brauchte nur ein wenig aufsässig zu sein. Ihn provozieren. Ihn auslachen. Dann hatte sie für den Rest des Tages Ruhe vor ihm. Nicht, daß sie ihn nicht liebte. Seine imposante Gestalt bewunderte sie genauso wie sein Talent, Geld heranzuschaffen. Davon hatten sie reichlich. Sie wußte nicht genau, womit er es verdiente; auf alle Fälle mit Intelligenz. Auch seine väterliche Strenge schätzte sie, denn sonst würde sie sich verlieren. Zu viel Unsinn anstellen, vielleicht wieder mit Drogen, oder einfach nur ausflippen, sich irgendwann zwischen Abfallbehältern oder im Bahnhofsklo wiederfinden. So, wie Heinard sie gefunden hatte.

Langsam stieg eine nostalgische Stimmung in ihr auf. Es war wie ein modernes Märchen. Großer gutaussehender, zahlungskräftiger Mann findet abgetakelte Fregatte auf der Kellertreppe eines Nachtclubs und nachdem er sie aufgepäppelt hat, macht er sie trotz einiger seltsamer Charaktereigenschaften zu seiner Frau. Marlene träumte vor sich hin.

5.

Dann fuhr ein dunkelroter Kleinbus vor und hielt neben ihr am Straßenrand; da, wo Heinard noch vor kurzem in seinem Auto saß. Ein ebenfalls riesiger, gutaussehender junger Mann, blond und braungebrannt, in weißen Hosen, weißem Golfhemd und Segeltuchschuhen, einen champagnerfarbenen, flauschigen Pullover lässig um die Schultern geworfen, stieg aus. Brutus, der den Straßenrand einer ausführlichen Beschnüffelung unterzogen hatte, kam näher und leckte ihm die Finger. Eine der großen, weichen Hände schloß sich um Brutus' Maul und knetete es kräftig. Die andere Hand kraulte den faltigen Kopf des Boxers. „Guter Hund."

Marlenes Tagtraum zerplatzte wie eine Seifenblase. Sie ging zum Haus und öffnete ihrem Besucher die Tür.

6.

Stunden später hätte man Marlene und den Mann mit den weichen Händen immernoch auf dem Bett liegen sehen können, wenn man um das Haus herumgeschlichen, über die Buchsbaumhecken gestiegen und vorsichtig zwischen den Stämmchenrosen hindurch ins Schlafzimmer geschaut hätte. Klara Früchtchen dachte zwar daran, genauso wie sie manchmal daran dachte, den Feldstecher aus dem Jagdschrank ihres verstorbenen Mannes zu holen und statt dessen den Fernseher auszulassen. In der unmittelbaren Nachbarschaft gäbe es sicher bessere Soap-Operas zu sehen, als sich manche Programmdirektoren vorstellen könnten. Aber auch daran dachte sie nur.

Bis auf dieses eine Mal. Das war aber schon sehr, sehr lange her. Damals war sie noch im Schuldienst und hatte vor, mit den Kindern über Tierbeobachtung zu sprechen. *Deshalb* probierte sie das Fernglas aus und während sie einen Grünfinken mit den Linsen verfolgte, glitt sie hinein ins Wohnzimmer von Marie Linde...in dem inzwischen die Poppens lebten... Marie Linde war eine verschlossene, traurige Person gewesen, die wahrscheinlich nur wenige glückliche Jahre erlebt hatte. Vielleicht, so dachte Klara manchmal, sollte sie mit Maria Poppen darüber reden. Maria hatte einen ähnlich traurigen Blick, der in den letzten Jahren immer trauriger wurde. Den meisten Menschen schien das nicht aufgefallen zu sein, Marias Mann am wenigsten. Aber Klara bemerkte die Ähnlichkeit der Augen, den zusammengekniffenen Mund, der aussah, wie ein schmaler grauer Strich. Die Ringe unter den Augen und die schlurfenden Schritte, wenn sie sich unbeobachtet glaubte. Vielleicht, so überlegte Klara, kann ich Maria helfen, wenn ich ihr erzähle, daß Marie irgendwann aufgewacht ist und ihre Situation erkannte und ...

Und was? Nun, sie hatte ihr ganzes Geld zusammengekratzt, vielleicht ihren Schmuck verkauft, oder ein Darlehen bekommen und dann ist sie verschwunden. Sie hatte sich verabschiedet und eine Weltreise gemacht. Eine Postkarte hatte Klara kurz nach der Abreise bekommen und dann nichts mehr von ihr gehört. Klara dachte in stillen Stunden oft darüber nach, was wohl aus Marie Linde geworden war. In ihrer Phantasie lebte Marie irgendwo mit einem netten Mann zusammen, in einem großen weißen Haus. Sie hätte es verdient, denn wie sie damals zusammengerollt unter ihrem Wohnzimmertisch lag... damals, als die Lehrerin Klara Früchtchen den Finken beobachtete...

36

Wie ein Baby im Mutterleib, zusammengekrümmt, die Beine angezogen, als ob sie fröre. Die Arme hielten eine alte, in Lumpen gewickelte Babypuppe an den Bauch gepreßt und ihr Mund war zu einer Schreckensmaske verzerrt. Die Augen starrten ins Leere und Klara wußte, daß Marie in diesem Moment nicht in ihrem Haus in Ennes Ruh war, sondern irgendwo in Dresden, 1943. Damals waren Maries Mann und ihr Kind im Bombenhagel umgekommen. Gottlieb Linde war von einer schweren Verletzung gerade genesen und wegen seines amputierten Beines für kriegsuntauglich erklärt worden. Er war mit dem Baby Zuhause geblieben, als Marie einkaufen ging. Dann war plötzlich Bombenalarm und als Marie zurückkam, war das Haus in der Kirchgasse verschwunden. Einfach weg, mit all seinen Bewohnern.

Marie Linde hatte Klara nicht erzählt, daß sie die ständige Last, die ihr Gewissen sie zu tragen zwang, nicht länger aushalten konnte. Deshalb hatte sie sich irgendwann in einen Zug nach Dresden gesetzt und wollte dahin fahren, wo sie glaubte, entweder leben oder sterben zu können. Aber je näher sie der Elbe kam, desto weniger konnte sie es ertragen. Deshalb öffnete sie ihre Handtasche und nahm die kleinen Röhrchen heraus, die sie für den Notfall aufgespart hatte. Am anderen Morgen fanden die Schaffner sie in einer Ecke sitzen und schlafen. Als sie sie wecken wollten, bemerkten sie, daß Marie Linde endlich daheim angekommen war. In der Kirchgasse, die von mehrstöckigen Häusern gesäumt und ausladenden Bäumen überschattet war. Am anderen Ende dieses grünen Tunnels stand ein Mann mit nur einem Bein und mit einem kleinen Mädchen an der Hand, das vor Freude gar nicht mehr ruhig stehen konnte. Es hüpfte unruhig vor und zurück und ihr Vater hatte Mühe, sein Gleichgewicht zu halten. Aber dann war Marie da und auf wundersame Weise war sie wieder jung und stark. Sie packte Gottlieb mit der Linken um die Hüfte und trug ihr kleines Mädchen auf dem rechten Arm. Eine glückliche Familie, nach so vielen Jahren.

7.

Aber davon wußte Klara Früchtchen nichts, und auch nicht, daß Marie auf dem Krankenhausfriedhof einer kleinen märkischen Stadt begraben wurde und daß auf der schlichten Tafel nicht Marie Linde, sondern Marie Butti stand. Im Moment wußte Klara Früchtchen nur, daß der rote Lieferwagen mit schöner Regelmäßigkeit einmal die Woche kam und immer länger zu bleiben schien. Und sie wußte, daß Heinard schon als kleiner Junge jähzornig war, trotz seines manchmal guten Herzens.

Donnerstag

1.

Schon gegen sechs Uhr tauchten die ersten böig getriebenen Wolken über Ennes Ruh auf, und der beinahe goldene Morgen verdüsterte sich. Blätter raschelten im Wind und Insekten klatschten gemeinsam mit plötzlich fallenden Regentropfen an die Scheiben. Die Regentropfen fielen langsam, vereinzelt und mit erstaunlicher Treffsicherheit. Der Rhythmus ihrer Landung erinnerte an einen schwermütigen Blues, und sie klopften ihn auf das Wellblechdach des alten Stalles, in dem die Grabbels schliefen. Sie waren groß und schwer und wo einer zerplatzte, entstand eine Pfütze, in der ein mittelgroßer Käfer zwei Züge schwimmen konnte.

Dann begannen kleine Blitze zu zucken und mit der Zeit wurden sie größer und greller. Der Regen hatte aus dem gemütlichen Blues einen verrückten Reggae gemacht und zur Betonung erklangen ein paar Paukenschläge. Ab und zu setzten Trommelwirbel und der hohe pfeifende Gesang des Sturmes wie ein Solo ein. Es klang wie der abgehobene Versuch, aus einem Kinderlied eine Rockoper zu machen.

Die Grabbels konnten bei dieser Komposition der Natur nicht ruhig in ihren Betten liegen. Sie waren nicht besonders musikalisch, aber auch nicht hörgeschädigt; und durch das Trommeln des Regens auf das blecherne Dach konnten sie sich weder unterhalten noch schlafen. Fröstelnd standen Heiner und Lena in der Stalltür und sahen die Welt zu ihren Füßen in den Fluten eines Schlammbächleins verschwinden. Als sie vor einer Woche hier angekommen waren, war es heißer als je zuvor und niemals wären sie auf den Gedanken gekommen, daß es *hier* regnen könnte. Die Vorstellung, den ganzen Tag in diesem Stall zu verbringen, die niedrige, gewölbte Decke über sich; vier winzige Fensterchen, jedes nicht größer als ein DIN A3 Zeichenblatt, in den vierzig Zentimeter starken Wänden; diese Vorstellung wäre für sie gleichbedeutend mit einer Einkerkerung, aber nicht mit einem Urlaub auf dem Bauernhof gewesen. Heiner hüpfte von einem Bein auf das andere und meinte, er müsse jetzt wirklich um den Stall herum, den altbäuerlichen Lokus besuchen.

„In Schlappen?" fragte Lena und dachte daran, daß der Sohlenkleister solche Durchweichung kaum aushalten würde. „Geh' doch lieber barfuß!"

„Nee, is' mir zu kalt. Oder zu glitschig. Alles Matsch. Haste meine Gummistiefel eingepackt? Nee? Oh, Mann, 's bleibt ei'm auch nischt erspart!" Heiners Unterhaltung mit Lena ähnelte einem Selbstgespräch, denn Lena lehnte gähnend in der Tür und konnte nur Kopfschütteln. So stieg er mit weitausholenden Schritten über Pfützen, spürte Dreck an seine Waden spritzen und wurde sich erst jetzt bewußt, daß er in Unterhosen und Pulli unterwegs war. Lena schlüpfte zurück ins Bett und während sie den leicht säuerlichen Geruch von verschwitzten Laken und den frischen Duft nasser Wiesen einatmete, dachte sie darüber nach, wie sie geworden ist, was sie jetzt war: eine Frau Anfang Vierzig, die eine zehnjährige Tochter hatte und die so einsam war, wie man nur einsam sein konnte. So einsam, daß sie Frauen auf der Straße ansprach, von denen sie glaubte, sie würde sie kennen. In Gespräche verwickelte und hoffte, keine würde merken, daß sie nur versuchte, einsame Zeit totzuschlagen. Ihr Mann hatte nie Zeit, er war immer unterwegs um Kunden für seine marode Wäscherei aufzutun; oder er stand den ganzen Tag an den Maschinen und bediente im Laden. Und obwohl sie diejenige war, die im Büro saß und den Schreibkram, die Buchhaltung zum Teil und den Schriftverkehr zum Ganzen machte, Telefondienst hatte und auch noch aushelfen mußte, wenn Cord Schorrele, Rechte Hand und Fahrer krank oder Willi an der Mangel wieder betrunken war; trotz dessen hatte sie niemandem, mit dem sie *reden* konnte. Diesen Urlaub hier, in einem alten Kuhstall, ohne Bad und Dusche, diversen anderen Annehmlichkeiten wie Fernseher oder Kühlschrank, dafür aber für ein Taschengeld zu haben, hatten sie sich von den Fingern absparen müssen. Aber irgendwie hatte Heiner immernoch die Hoffnung, mit der Zeit würde er die alte Wäscherei seiner Vorfahren wieder in Gang bringen. Ein blühendes Unternehmen ist sie einst gewesen. Und immer nur von den männlichen Familienmitgliedern geführt, nur mit männlichem Personal. Das war früher die Firmenphilosophie und sollte sie auch immer bleiben; jedenfalls nach dem Wunsch seiner Vorväter. *EMWA* - so nannte der Gründer Karl Grabbel seine Firma - *Erste männliche Waschanstalt.* Karl Grabbel war ein begeisterter Haushälter, aber vor allem das Waschen hatte es ihm angetan. Seine Frau bestärkte ihn darin, sie hatte mit den Kindern und dem Garten hinterm Haus ohnehin genug Arbeit. Und als Karl 1920 die EMWA gründete, hatte er so großen Erfolg damit, daß er tatsächlich glaubte, der Name Grabbel würde noch in hundert Jahren existieren, als Grabbel-Konzern oder Grabbel-Imperium zum Beispiel. Aber nun, in der dritten Generation, fand man ihn zum Beispiel im Branchenbuch nur unter Waschsalons, allerdings mit einer Extraspalte, die unheimlich viel extra kostete:

Wäscherei Grabbel - Familienbetrieb - kein Automatensalon!

vorm. Fred Grabbel gegr.1920 Karl Grabbel

QUALITÄT   mit   TRADITION

Lena hatte damals mit dem traurigen Vertreter der Gelben Seiten gehandelt, so gut sie konnte, aber der Spielraum war zu klein bemessen. Tatsächlich sah der junge Mann so aus, als hätte er schon lange in keinem guten Bett mehr geschlafen und besonders satt sah er auch nicht aus.

Die Anzeige war damals genauso teuer wie diese Unterkunft hier, dachte sie noch und schlief fast augenblicklich ein.

2.

Heiner kam zu Tür herein und sah aus, wie ein Grizzly nach dem Fischen. Naß, aber glücklich. Er wußte nicht, warum; es war vielleicht mehr so eine Eingebung, aber als er ein leichtes metallisches Kratzen gehört hatte, oder vielmehr ein zartes gläsernes Zirpen, da wußte er, daß alles gut werden würde. Dann legte er sich hin und schlief so fest wie ein Bär.

Hinni-Jimmi hörte und sah dieses leise Schieben nicht, das in seinem Garten vor sich ging. Seit bereits einer halben Stunde hatte er das Haus verlassen. „Tür zu! Bis heute abend!" Dabei klopfte er an die Tür, um sich vom Haus zu verabschieden. Gleich nach dem Aufstehen, noch vor dem großen Regen, hatte er ganz hinten im Garten gestanden und sich über das winzige Pünktchen gebeugt. „Morgen, kleines Knöpfchen. Sieh mal an, du bist ja schon richtig rausgekrochen. Vielleicht seh' ich ja morgen noch mehr von dir, was?"

Zwölf nach sechs fuhr er davon und so war Heiner Grabbel -Wäschereibesitzer- der einzige, der, wenn auch ohne es zu verstehen, etwas vom Wachsen des kleinen Knöpfchens mitbekommen hatte.

3.

Gegen Mittag hörte der Regen auf, und als es schließlich Nachmittag war, schien der Tag aus einer anderen Welt zu sein. Es roch nach feuchtem Laub und der Wind hatte von irgendwoher einen Hauch Moder mitgebracht. Die verschleiert am Himmel stehende Sonne strahlte eine Traurigkeit aus, die an Schnüre mit zum Trocknen aufgefädelten Pilzen und Apfelringen denken ließ. Es schien so, als habe der Sommer einen Kurzurlaub eingelegt und seinen Vetter, den Herbst, gebeten, auf Land und Leute aufzupassen.

Dieser Donnerstagnachmittag erinnerte Klara Früchtchen an einen ganz besonderen Tag vor beinahe zwanzig Jahren. Es war zwar September, und es hatte auch kein morgendliches Gewitter gegeben, aber die *Stimmung* war dieselbe. Die Stimmung von... vergehenden Tagen... Sehnsucht nach dem Herbst...

An einem solchen Nachmittag ging sie mit einer Freundin zum Jahresabschluß-fest der Zirsus-Anstalten. Ein paar Dinge stimmen so nicht ganz, dachte Klara immer, wenn ihre Gedanken darauf stießen. Zum Ersten hießen die Zirsus-Anstalten schon lange nicht mehr Anstalten (sondern Lehr-und Wohnheime für behinderte Menschen), und außerdem lebte der Gründer Dr. Emanuel Zirsus auch schon lange nicht mehr. Trotzdem nannte jeder die *Heime* eben Zirsus-Anstalten. Und zum Zweiten fand das Jahresabschlußfest auch nicht im Dezember, sondern so Mitte September statt. Na ja, und eine Freundin in diesem Sinne war Else nie für sie gewesen. Eher eine Art älterer Schwester; denn wie sagt man: eine Freundin kann man sich aussuchen, eine Schwester nicht. Trotzdem fiel Klaras Wahl auf Else.

Nun, an diesem Nachmittag waren die beiden Frauen zusammen dorthin ge-fahren, um sich umzuschauen. Noch nie waren sie im Inneren der Zirsus-Anstalten gewesen. Natürlich lag es daran, daß sie sich ein wenig scheuten, so vielen Menschen zu begegnen, die krank waren - krank auf eine besondere Art. Für Klara war es aber manchmal gar nicht so klar, wer eigentlich wirklich krank war...Vielleicht war die Gesellschaft außerhalb der Anstalten viel krän-ker - kaputter-hinfälliger - morbider - als man es sich gemeinhin vorstellte. Es war eine Art gesunder Scheu und bereitwilliger Achtung, die sie bisher davon abgehalten hatte, hinzugehen. Aber als sie dann einmal *da war*, fügte sie sich ein in das Gewühl der Leute, wurde ein Teil von ihnen, wie eine Kugel in einem Kugellager nur eine von vielen ist.

Damals lebte August noch, August Früchtchen, der Zigarren-Oberst, wie er auch genannt wurde. August wäre niemals auch nur in die Nähe der Zirsus-Anstalten gegangen (deshalb mußte Else mitgehen), denn er empfand in der Gegenwart geistig Behinderter so eine Art beschämter Betroffenheit. Er sagte einmal zu Klara, er könne es nicht ertragen, Menschen zu sehen, die einen so glücklichen Eindruck machen und doch nicht (und schlimmer - vielleicht doch) wissen, wie es um sie steht. Sie lachen und sich umarmen sehen und wissen, daß sie nie selbständig einkaufen, in den Urlaub fahren oder sich einen Job suchen können. Er empfand es dann als ungerecht, daß er das konnte und sie nicht.

Als Klara und Else sich auf dem Gelände umsahen, entdeckten sie zwischen kleinen Ständen mit selbstgemachter Marmelade und nachgelesenen Kartof-feln, gestickten Deckchen und gestrickten Topflappen, einen Stand mit Über-bleibseln. Heute würde man Flohmarktartikel sagen, aber als Klara das erste Mal einen Ladentisch mit solchen Dingen sah, war das nach dem Krieg, als viele Leute versuchten, ihre Überbleibsel aus besseren Tagen zu veräußern, um sich davon zu kaufen, was sie im Moment dringender brauchten.

Da waren Keramikschälchen, Baumwollspitze, Aschenbecher aus Glas, Kerzenständer aus Holz, Ketten, Uhren, Ringe, Deckchen und Bilder und Uhrenketten und zwei japanische Lacktabletts und eine Spieluhr.

Klara hatte eine Schwäche für Ketten, und obwohl sie nicht danach suchte, fand sie sofort eine, die sie haben mußte. Es war eine Glasperlenkette, mit Perlen in verschiedenen Größen und Formen, alle in den Farben des Meeres - grün, grünblau, blauviolett, azur. Sie band sie gleich um; es sah aus, als gehöre sie schon immer ihr. Obwohl Klara es nie zugeben wollte, machte es sie ungeheuer stolz, ihrer Sammlung eine weitere Kette hinzufügen zu können. Ihr Gang veränderte sich und Else äußerte, daß es *denen hier* eh egal wäre, ob sie mit Kette oder ohne Schuhe herumliefe, Klara könne nun also ihre Feder aus dem Hintern nehmen und aufhören, den Pfau zu spielen. Klara erwiderte nichts, allerdings wurde ihr nun wieder bewußt, warum sie Else eigentlich so gern mochte: wegen ihrer schonungslosen Art, die Dinge beim Namen zu nennen. Die beiden Frauen begannen zu lachen und hielten sich schließlich die Hände vor den Mund, damit sie wieder aufhören konnten. Sie fühlten sich wohl und genossen die Sonne dieses spätsommerlichen Tages.

Die Bewohner dieser „kleinen Stadt" hatten sich prächtig herausgeputzt. Man sah sie in Anzügen daherkommen, in Nadelstreifen und Smokings sogar. Die Damen trugen farbige Hosenanzüge und weiße Blusen, lange Kleider und klirrenden Schmuck. Alle sahen sie sehr feierlich aus. Es waren auch viele buntgekleidete Besucher unterwegs, mit Schlaghosen und gehäkelten Jäckchen. Die jungen Männer und Frauen trugen lange Haare und überall saßen Gruppen von Leuten mit Gitarren und Tamburins. Sie hielten sich an den Händen, sangen und tanzten. Klara und Else setzten sich auf einen Stapel Steine, der am Rand eines größeren Platzes aufgehäuft war und lauschten dem Stimmen- und Geräuschemeer, das auf und ab wogte und sie tatsächlich alles um sich herum vergessen ließ.

Plötzlich stürmte jemand auf Klara zu und griff nach der Kette. Noch bevor Klara richtig zu sich kam und sich wehren konnte, riß die Schnur und die Perlen sprangen in allen Richtungen davon. Klara schrie. Die Person fiel auf die Knie und begann, weinend und schimpfend die Perlen aufzuklauben. Klara bückte sich und wollte helfen, wurde aber brüsk zurück geschoben.

Dann betraten zwei stämmige junge Männer die Szene und führten die klagende Frau weg. Else sammelte schnell die restlichen Perlen auf und legte sie

Klara in den Schoß. Später brachten die beiden Frauen die Reste der zerrissenen Kette zu einer der Krankenschwestern, die in dem Zelt mit dem roten Kreuz saßen und erkundigten sich, was da eigentlich passiert war. Warum der Angriff auf die Kette? Die Krankenschwester konnte Klara keine Auskunft geben und verwies sie an das Zirsus-Personal.

In diesem Moment legte jemand eine Hand auf ihre Schulter. Klara drehte sich um und sah in die aufregendsten Augen, in die sie je gesehen hatte. Innerhalb von Bruchteilen einer Sekunde wurde sie sich bewußt, daß sie die Fünfundvierzig gerade überschritten hatte, zudem verheiratet und mit ihrer Freundin (Gouvernante) hier war.

Er hatte stahlblaue glänzende und unwahrscheinlich *wissende* Augen. Er war muskulös, hatte sehr kurze, beinahe geschorene Haare, was für die siebziger Jahre recht ungewöhnlich war. Er trug Jeans, die ausgewaschen und an den Knien schon hauchdünn waren, ein geripptes, ärmelloses T-Shirt, das an ein gefärbtes Unterhemd erinnerte und eine Jeansweste, deren abgeschnittene Ärmel darauf aufmerksam machten, daß sie mal eine Jacke gewesen war. Und er war mindestens zehn Jahre jünger. Fünfzehn.

Alles das ging Klara während des zweiten Blickes hektisch durch den Kopf. Sie machte einen so verwirrten Eindruck, daß der Blauäugige sie fragte, ob es ihr gut ginge.

„Ja, ja es geht mir gut." stammelte Klara. Ihr Gegenüber schaute skeptisch. „Doch, alles in Ordnung."

„Gut. Ich bin Stanislaus. Die meisten sagen Laus oder Lauser, ganz nach Belieben."

„Klara. Klara Früchtchen." Sie wartete auf die üblichen Bemerkungen, ihren Namen betreffend, aber sie blieben aus. Seine Hand fühlte sich stark an, trocken trotz der Wärme hier in der Sonne.

„Kommen Sie mit, Klara; wir sagen hier immer nur die Vornamen, der Einfachheit halber, okay?"

„Ja, sicher." *Verunsichert*, dachte Klara. Aber als ob er ihre Unsicherheit bemerken würde, griff er wieder nach ihrer rechten Hand, diesmal mit seiner linken, und führte sie wie ein Schulkind auf den Weg.

„Dies hier ist die Goldstraße, irgendwo steht auch ein Straßenschild, und wir gehen jetzt über die Goldstraße zum Rotkehlchenweg. Schön, nicht wahr? Dort können wir uns abseits ein bißchen unterhalten."

Dasmußeintraumsein, das muß einfach ein Traum sein, dachte Klara.

Irgendwann, Minuten oder Stunden später, saßen sie gemeinsam auf einer

Bank und hielten Händchen, während Stanislaus ihr erzählte, warum die Frau ihr die Kette vom Hals gerissen hatte. Die Kette hatte ursprünglich einmal ihrer Schwester gehört, die vor Jahren gestorben war und deren Habe in den Fundus gewandert sei. Für sie allerdings war der Tod der Schwester erst wenige Tage alt und das enge Verhältnis zu ihr habe den Kummer über den Tod nie ganz enden lassen. Als sie nun die Kette sah...aber das alles war eine Geschichte, an die Klara später zurückdenken würde. Im Moment dachte sie an den ersten Tag mit Stanislaus.

5.

Sie saßen nebeneinander auf der Bank und er redete und sie hörte zu. Allerdings nur mit einem Ohr, denn sie lauschte vielmehr den Worten, die ihre Gefühle sprachen. Dann hörte er auf zu sprechen und sah Klara an. Sie schlug die Augen nieder. Aus irgendeinem Grund hatte sie Angst, er könnte sonst durch ihre Augen in ihr Innerstes hinein sehen. Sie war so furchtbar verwirrt, „voll durch'n Wind", würden ihre Schüler gesagt haben.

„Ich glaube nicht, daß *das* unser Problem wäre." Stanislaus lächelte sehr ernsthaft.

„Wie bitte?"

„Ich bin zweiundvierzig Jahre alt. Vielleicht sehe ich etwas jünger aus, aber das kommt von dem Umgang mit den vielen jungen Leuten hier." sagte er grinsend.

„Woher wußten Sie...?"

„Du. Okay? Ich dachte es mir. Wie alt bist du?"

„Sechsundvierzig."

„Gut. Paßt."

„Paßt wofür, bitte? Was glaubst du, was unser Problem wäre?" Klara stand auf. Plötzlich hatte sie furchtbare Angst, etwas falsch zu machen. Irgend*jemandem* in die Hände zu fallen. Als Stanislaus ebenfalls aufstand und sie mit beiden Händen an den Armen faßte, durchschoß sie so etwas wie ein Blitz. Sie zuckte und sah ihn erschrocken an.

„Klara, ich glaube an Liebe auf den ersten Blick. Das ist unser Problem."

Ja, dachte Klara, das könnte ein Problem werden; ich glaube das nämlich auch. Den Rest des Tages saßen sie im Park der Zirsus-Anstalten und erzählten sich gegenseitig ihre Lebensgeschichten und plauderten in den Abend hinein. Else hatten sie vergessen. Aber Else hatte verstanden, daß sie sie vergessen mußten. Sie war fair. Und sie wußte, daß Klara wußte, daß der Zigarrenladen am

Bahnhof Junkersried mittwochs bis neun Uhr auf Hochtouren lief. Das war schon immer so.

6.

Klara saß verträumt im Garten hinter ihrem Haus und dachte an die wunderschöne Zeit, die Stanislaus und sie zusammen hatten. Eine Zeit, die irgendwann zu Ende war, weil der Alltag die Geschäfte übernommen hatte. Stanislaus und sie hatten sich regelmäßig gesehen, er besuchte sie manchmal oder sie trafen sich, ohne jemals über das gesprochen zu haben, was sie wirklich quälte. Als August dann starb, war Klara zweiundfünfzig Jahre alt. Und Stanislaus besuchte sie immernoch, wenn er jetzt auch über Nacht blieb. Manchmal verbrachten sie das Wochenende zusammen, und von der Ferne sahen die beiden umschlungenen Figuren wie ein Ehepaar aus, das bereits ein halbes Jahrhundert zusammen verbracht hatte. Nur gehörte die schöne Zeit des Kennenlernens und der Ungeduld des Wartens bereits der Mutter aller Tage, der Erinnerung.

Freitag
1.

Der Morgen erhob sich wie ein alter Mann, dessen Beine ihm nicht mehr gehorchen wollten. Träge zog die Dämmerung einen Zipfel ihres langen Gewandes vom Himmel, doch als sie nach dem anderen griff, floß ihr dicker Nebel aus der durchlöcherten Manteltasche. Der legte sich silbrig weich über Straßen, Wiesen und Felder.

Die Sonne versteckte sich hinter düsteren Wolken und obwohl der Tag noch keine sechs Stunden alt war, hatte er schon das traurige Gesicht eines Novembernachmittags um siebzehn Uhr.

Genauso schleichend wie der Tag bewegte sich Hinni-Jimmi in seinem Häuschen von einem Zimmer zum anderen. Scheinbar ziellos wankte er herum und rief nach seiner Hose. „Hoose, Hoose - mensch wo steckst...-hhpffhh" Mit einem tiefen Seufzer ließ er sich in einen Sessel fallen. Und da lag sie auch schon, gegenüber auf dem Fernseher. Ein zweiter Seufzer half ihm aus dem Sessel und ein dritter in die Hose.

Ein wenig später hatte er ein spärliches Frühstück zu sich genommen - einen Rest Eistee aus dem Tetra-Pack und einen Schokoladenkeks. Dann sah er aus dem Fenster in den Garten und seine innere Stimme sagte lapidar <Nebel>. „Ja, dicker Nebel." antwortete er. <Sechs Uhr> sagte seine innere Stimme und

Hinni-Jimmi antwortete, daß es jetzt wohl Zeit sei, nach dem kleinen Knöpfchen zu sehen. <Nimm die Pinzette mit, es ist so weit.>

„Meinst du?"

<Tu es einfach. Aber sei vorsichtig.>

Hinni-Jimmi ging in die Küche, zog die Schublade mit den Metall-Fundstükken auf und entnahm ihr eine kleine silberne Pinzette. Dann zog er seine Gummistiefel an. Im Nebel trug er immer Gummistiefel, aus einer Art wissender Bekümmertheit heraus; er traute dem Nebel und seiner Substanz nicht so ganz über den Weg. Als kleiner Junge hatte er einmal eine Katze beobachtet, die sichtlich vor dem Nebel zurückscheute und umkehrte, und nicht lange danach kam etwas aus dem Nebel gekrochen, das einem bösen schleimigen Ungeheuer verdammt ähnlich gesehen hatte. Es war letztlich nichts anderes als eine Plastikfolie, von Pflugscheren zerfetzt, von Erde und Laub gefärbt und durch den Wind getrieben; aber für Benjamin Hinrichsen war es ein plausibler Grund, im Nebel Gummistiefel anzuziehen.

Mit großen, vorsichtigen Schritten gelangte er zu der Stelle, die die schönste in seinem Garten war. Kaum sah er auf das kleine Knöpfchen herunter, schon öffnete sich die gläsern funkelnde Knospe und es spreizten sich vier samenkorngroße Blütenblätter wie ein vierblättriges Kleeblatt auseinander. Dabei ertönte eine Melodie, die an Perlen erinnerte, die von einer Schnur sprangen und auf ein Silbertablett kullerten. Hinni-Jimmi nahm mit der linken Hand vorsichtig das Köpfchen des Pflänzchens und mit der Pinzette in der rechten Hand zupfte er schnell und exakt ein Blütenblättchen ab. Als es geschafft war, drehte er sich um und lief, ohne ein Wort zu sagen, zurück ins Haus. Ihm steckte ein gewaltiger Kloß in der Kehle und er nahm sich vor, gleich nach der Arbeit ein wenig Liebe über dem kleinen Knöpfchen auszugießen.

Drinnen legte er das Blättchen, oder den Samen, zusammen mit der Pinzette auf den Tisch.

<Sechs Uhr zwölf> erinnerte ihn seine innere Stimme. <Gehn wir.>

2.

Am Nachmittag erfüllte er sein Versprechen, nicht ohne ein wenig Furcht, das kleine (gerupfte) Knöpfchen könnte ihm die Tat des Morgens übelnehmen. Dann machte er sich daran, ein weiteres zu erfüllen, das er schon eher gegeben hatte.

„Dann schreibe diesen Brief ab und lege das Samenkorn-Blütenblatt zusammen mit der Pinzette in einen Umschlag und schicke ihn an jemandem, von

dem du Dir s i c h e r bist, daß er diese Anweisungen erfüllen wird."
Außerdem stand da noch, daß *er?* bei der Auswahl desjenigen helfen würde.
Aber wie?
<Nimm den Stift und fang einfach an. Schreibe Freund.>
„Gute Idee!" Hinni-Jimmi nahm den Füller - er schrieb immernoch mit dem
Füller, den er von seinen Großeltern bekam, als er die Lehre bei der Post
begann - und schrieb die erste Zeile.

Lieber Freund!
In seiner kleinen, vorsichtig-zaghaften Schülerhandschrift sah der Satz eher
traurig als auffordernd aus, fand er. Dabei mußte der Brief doch so überzeu-
gend wirken, daß derjenige, an den er gerichtet war, auch tat, was getan werden mußte. Er stand auf und schritt im Zimmer auf und ab. Seine innere Stimme blieb stumm. Als er sich wieder setzte, sah er etwas Erstaunliches.
Auf dem Blatt Papier stand:

Liebe Sophia!
<Nichts ist so, wie es scheint, nicht wahr?> flüsterte die innere Stimme. Sie
war sichtlich verwirrt, nicht mehr so selbstsicher, wie sonst immer.
Das stimmte, denn obwohl es so aussah, als schriebe Benjamin Hinrichsen
den Kettenbrief an Sophia Kater, erschien auf dem Papier ein anderes Wort,
kaum daß es beendet war. Es war wie eine schriftliche Simultanübersetzung.
Aus Postbote wurde Bäuerin, obwohl das ja nicht ganz korrekt war.
Benjamin schrieb den Brief genauso ab, wie er ihn las.
Dann nahm er einen Briefumschlag, einen einfachen weißen und schrieb die
Adresse darauf. Es war schon ein seltsames Gefühl, einen solchen Brief zu
schreiben. Außerdem hoffte er, daß Sophia nicht allzu böse über die Bezeichnung „Bäuerin" sein würde. Sie war gelernte Krankenschwester und arbeitete
seit kurzem wieder in ihrem Beruf, allerdings mußte sie eine nicht geringe
Fahrzeit bis hinüber nach Abenhausen in Kauf nehmen, das zwischen Kloster
Aux und Kolburg lag. Wie würde sich Hinni-Jimmi aber wundern, wenn er
wüßte, daß Sophia das sogar ganz witzig fand und daß sie den Brief absichtlich
auf dem Tisch liegen ließ, weil sie wußte, daß Luise manchmal ganz gern in
fremden Briefen las. Luise allerdings würde ärgerlich sein, weil sie Sophia für
alles andere als eine Bäuerin hielt.
Hinni-Jimmi überlegte, ob er den Brief zum Briefkasten mitnehmen oder gleich
hinüberbringen sollte, entschied sich aber, erst einmal zu schauen, ob sein

Brief überhaupt einen Poststempel hatte.
- Fehlanzeige - Auf dem Briefumschlag klebte keine Marke mehr.

3.

Eine halbe Stunde später hielt Sophia den Umschlag ohne Marke in der Hand und fragte sich, wer ihr wohl solch einen Brief mit einer derartigen Aufforderung durch den Briefschlitz gesteckt haben könnte. Dann erinnerte sie sich daran, daß sie früher, in der Schule, auch heimlich die Kettenbriefe in die Schultaschen ihrer Freundinnen gesteckt hatte, um die Briefmarken zu sparen. Sie lächelte. Der Brief kam also von jemandem, der sie kannte. Wer weiß, vielleicht hatte ihn eine der ehemaligen Schwesternschülerinnen vorbeigebracht, mit der zusammen sie gelernt hatte; vielleicht auf dem Weg zur Arbeit?
Sie lächelte. Eine neue Zucchinisorte, das sähe denen ähnlich. Während der Ausbildung waren alle verrückt nach Zucchini.
Immer noch lächelnd, aber ganz anders jetzt, legte sie den Brief auf den Küchentisch und ging mit dem Samenkorn in den Garten.

4.

„Bäuerin!" schimpfte Luise verächtlich, „Daß ich nicht lache! Hat sie jemals etwas zustande gebracht, was auch im Entferntesten mit Landwirtschaft zu tun hat?"
„Sei nicht so ungerecht, Luise." Johann Kater nahm seiner Frau den Brief aus der Hand und legte ihn wieder auf den Küchentisch.
„Ja, nimm sie nur in Schutz!"
„Luise, ich nehme sie nicht in Schutz. Aber mir fällt gerade ein, daß *du* auch nicht in der Landwirtschaft aufgewachsen bist. Als du damals hier auf den Hof kamst, mußtest du dir erklären lassen, was der Unterschied zwischen Kühen und Bullen ist. *Stadtmädel* !"
„Woher sollte ich denn ... es war Krieg und ich hatte noch nie eine Kuh von der Nähe gesehen!" Luise kämpfte, wie so oft in den letzten Jahren, mit den Tränen. Seit sie Schwiegermutter geworden war und mit Johann pro forma aufs Altenteil gezogen ist, fühlte sie sich zurückgesetzt. Aber die jungen Leute brauchten ein Zuhause, und schon von altersher gehört dem Bauern und seiner Familie die große Wohnung im Paterre und den Alten die kleine Wohnung über dem Vorratskeller.
„Ist schon gut, Liesel, komm mit und laß die Kinder in Ruhe."

5.

Am Abend desselben Tages saßen die beiden in ihrem kleinen Wohnzimmer. Luise hatte beim Fernsehen ein wenig gestrickt und war darüber eingenickt. Auch das kam in den letzten Monaten immer häufiger vor. Dabei ist sie doch zehn Jahre jünger als ich, dachte Johann. Aber sie war ja schon immer eine zarte Natur.

Während er so an vergangene Zeiten dachte, lief vor seinen Augen diese Art von Tagtraum ab, der ein Wiedererleben von längst vergessenen Momenten ermöglicht. Schon lange nicht mehr hatte Johann an die Zeit zurückgedacht, die Zeit nach dem Krieg, über den er niemals gesprochen hatte. Nicht ein einziges Mal hatte er mit jemandem darüber gesprochen, daß er in Hitlers trauriger Armee gedient hatte; daß er schon kurz nach seinem Eintreffen in Norwegen auf ungeklärte Weise in ein mehrwöchiges hohes Fieber mit anschließendem Koma gefallen war und daraus in einem Feldhospital in Kriegsgefangenschaft aufwachte. Wahrscheinlich, so sagte er sich, wurde er erst gefangengenommen und bekam dann das Fieber, aber in seiner Erinnerung waren die Einzelheiten sehr verschwommen. Er war sich schon bewußt, daß er da etwas verdrängte, aber das fand er in Ordnung.

Wie ein Stück eines Filmes sah er einen jungen Mann eine Karte mit dem Satz: *Es geht nach Norwegen.* in den Briefkasten werfen; ihn sich schuldbewußt umschauen, ob ihn auch niemand beobachtete; er wußte nicht, ob es erlaubt war, den Eltern den Zielort mitzuteilen. Der junge Mann mit Johanns jungem Gesicht war sich in keiner Beziehung sicher. Weder, was den Krieg als solchen betraf, noch, ob er als Soldat sterben wollte und auch nicht, ob er jemals wieder nach hause zurückkehren würde.

Dann wechselte das Bild und Johann sah denselben Bahnhof viele Jahre später. Ein stark gealterter junger Johann mit einem riesigen Pflaster über der Nase und zur Hälfte zugeschwollenem Auge stieg gerade aus dem Zug. Unten drehte er sich um und half einem dreizehnjährigem Mädchen, das noch wie ein zehnjähriges Kind aussah, die Treppe herunter. Luise. Johann lächelte. Damals mußte er ihr wie ein Schreckgespenst erschienen sein, mit dem zerschlagenen Gesicht und dem Verband darüber. Es geschah kurz nach der Entlassung aus der Gefangenschaft. Johann hatte einen weiten Weg bis nach hause und kein Geld für die Eisenbahn. Deshalb versuchte er, Geld beim Kartenspiel zu gewinnen. So ungefähr das einzige, was er in den Jahren wirklich gelernt hatte. Natürlich gewann er, nur leider hatte er nicht damit gerechnet, daß sein Spielpartner sich (nicht ganz zu Unrecht) betrogen fühlen und versuchen würde, das verlorene Geld wieder aus Johann herauszuprügeln.

Dann im Abteil saß da ein kleines Mädchen und irgendwie hatte Johann so eine Ahnung, daß es für ihn besser wäre, sich hierher zu setzen und nicht weiter hinten hin, wo die Reihen leer waren.

Johann und Luise unterhielten sich später während der Reise und so erfuhr er, daß sie zu den Kindern gehörte, die von einem Städtischen Kinderheim aufs Land geschickt wurden, damit sie ein bisschen gesünder wurden. Nun, wahrscheinlich soll sie aufgepäppelt werden, dachte Johann, als sie ihm zart und bleich und furchtbar dünn gegenüber saß. „Wo kommst du denn hin?" fragte er und sie antwortete spitzbübisch: „Zum gestiefelten Kater." - „Wohin bitte?" Sie zeigte ihm einen Zettel, darauf stand in ordentlichen Druckbuchstaben: Familie Ernst Kater, Ennes Ruh, Ennes Weg 5

5.

So lernte Johann seine Frau kennen. Damals war Luise allerdings noch lange keine Frau. Wie sie so zart und durchscheinend auf der harten Bank hockte, die Knie angezogen und den Kopf gegen die Fensterscheibe gelehnt, sah sie eher aus wie ein Porzellanpüppchen. So eines, wie Johanns Mutter in der Vitrine in der guten Stube zu stehen hatte, als er noch ein Junge war...

Luise blieb damals sechs Wochen, kam zwei Jahre später noch einmal ein halbes Jahr zum Arbeiten in den Sommerferien und schrieb jedes Jahr zu Weihnachten und zum Geburtstag von Johannes Mutter einen Brief. Als Ernst Kater dreiundachtzigjährig starb, kam die achtzehnjährige Luise zur Beerdigung und wurde von Johann und seiner Mutter aufgefordert, zu bleiben. Sie blieb gerne, und als sie volljährig wurde, heirateten Johann und Luise. Das war 1955.

Und vor zwei Jahren war Luise von Sophia genauso verdrängt worden, wie Luise seine Mutter verdrängt hatte. Es ist der Lauf der Welt, dachte Johann. Dann tauchte vor ihm ein neues Bild auf. Luise mit dem kleinen Jens auf dem Arm, und er erinnerte sich daran, wie sie sagte, sie wolle niemals wieder ein Kind bekommen. Die Schmerzen, die Tränen, der Kampf und Schreie. Nie wieder, hatte sie gesagt, und seine Mutter hatte sie beiseite genommen und zu beruhigen versucht. Aber Luise blieb dabei. Sie hatte ihrem Sohn später, als er größer war und nach Geschwistern gefragt hatte, immer erklärt, sie könne keine Kinder mehr bekommen. Eine Notlüge, beschwichtigte sie Johann. Später vielleicht. Später. Johann hatte sieben Geschwister, zwei seiner Brüder sind gefallen und eine Schwester an Lungenentzündung gestorben; so hatte er nach dem Krieg nur noch drei Schwestern und einen Bruder. Zwei seiner Schwestern lebten noch, sie sahen sich sogar ab und zu.

Johann betrachtete die schlafende Luise.

Sie hat sich verändert, dachte er. Hat sogar vergessen, wie sie früher war. Letztes Weihnachten hatte sie für Jens und Sophia Pantoffeln gekauft. Jens bekam große, weiche, lammfellgefütterte Hausschuhe, die bis zum Knöchel reichten und für Winterabende in der Arktis geeignet wären; Sophia hingegen hatte sie hölzerne Latschen mit einem Lederriemen eingepackt.

„Eine Bäuerin muß immer schnell im Stall und wieder im Haus sein," sagte sie, „da kannst du nicht viel Zeit mit Schuhewechseln vertun. Und in Holzschlappen wirst du wenigstens nicht weich."

Es war kein besonders fröhliches Fest.

6.

Ein letztes Bild erschien vor Johanns geistigem Auge. Er sah Sophia, wie sie unter etwas stand, das wie eine dreiflüglige schwarze Libelle aussah, die auf einem undenkbar hohen, metallisch glänzenden Halm saß und ihre Flügel in der Sonne badete. Sophia sprach mit der Libelle und als sie sich umdrehte und davongehen wollte, schaute sie noch einmal zurück - Johann hatte das Gefühl, sie schaute *ihn* an, wie er so in seinem Stuhl saß - und hob die Hand und winkte ihm. Dann ging sie davon, über die Felder hinter dem Libellending, wurde immer kleiner und kleiner. Verdammt, was tut sie denn? dachte Johann. Wieso geht sie denn weg?

Sekunden später schlief er auch in seinem Sessel ein.

Als er erwachte, war es ein Uhr nachts. Er weckte Luise.

„Glaubst du, daß mit Sophia alles in Ordnung ist?"

„Wieso?" Luise rieb sich verschlafen die Augen. „Komm, laß uns schlafen gehen."

„Sie wird doch nicht weggehen?"

„Nein, du alter Zausel." sagte sie und streichelte liebevoll seinen Arm.

2. Einkehr
Ennes Ruhe

Nicht lange, vielleicht eine Stunde oder höchstens zwei, nachdem Ennes unter der Erde war, spürte er plötzlich, daß sich etwas ganz Außergewöhnliches tat. Tief in seinem Inneren saß etwas, das ihm eine Art Wissen verlieh. Das sagte ihm, daß man ihn begraben hatte. Er wußte, daß das in Ordnung war, denn er *wußte* außerdem, daß er tot war. Aber welcher Tote konnte das schon wissen? Dann stellte sich langsam ein anderes Gefühl ein und er merkte, er war wütend darüber, daß er nicht im Himmel oder wenigstens in der Hölle gelandet war, wie man ihn gelehrt hatte. Hier unten war rein gar nichts. Nur ein erdiges Loch. Eine dunkle Grube, aus der er irgendwie herauskommen wollte. Während er noch mit diesem Problem beschäftigt war, spürte er, wie er immer leichter wurde. Unkörperlich leicht, beinahe so leicht wie Luft. *Wie ein Furz,* dachte er, *ffft t, und weg bis'te.* Er hatte das Gefühl, in sich selbst zu schweben und ihm kam der Gedanke, ob das nicht eigentlich die Lösung war. Er versuchte, seine *Kräfte* zu sammeln und in eine Richtung zu drücken, oder zu schieben, sich auszudehnen oder zusammenzuziehen. Erfolglos; ja, es begann sogar zu kribbeln. Ennes fand das widerlich, er verabscheute solche Gefühle schon zu Lebzeiten. Dessen wurde er sich ganz deutlich bewußt. Zu Lebzeiten. Aber seine Bemühungen nützten nichts, er mußte sich nach einem anderen Ausweg umsehen. *Zum Glück,* so überlegte er später, *haben die Tölpel vergessen, Silbermünzen auf meine Augen zu legen.* Dabei fiel ihm ein, daß sie gar keine besaßen, denn die wenigen, die es im Dorf überhaupt gegeben hatte, hatte er ihnen schon vor Jahren abgenommen. Außerdem, bemerkte er, hatten sie ihm den Kiefer nicht mit einem Tuch nach oben gebunden und als die Totenstarre einsetzte, blieb der leicht geöffnete Mund einen Spalt breit offen. So konnte Ennes nicht zurückgehalten werden und sein Geist schickte sich an, aus dem leblosen Körper zu schlüpfen. Ennes' Geist häutete sich wie eine Schlange; genau *das* war seine Empfindung während dieser Prozedur.
Es machte ihm einige Mühe, die ineinander verschlungenen Finger wieder frei zu bekommen. Die Füße lösten sich wie von selbst und er registrierte, daß er ohne Schuhe begraben worden ist. *Wer zum Henker hatte wohl den Mut, mir die Schuhe auszuziehen?* wunderte er sich.
Plötzlich kribbelte es wieder wie eingeschlafene Füße, die gerade aufwachen, und er glaubte, zwischen zwei - Materie-Ebenen - eingeklemmt zu sein. Dann gab eine von beiden nach und plötzlich war er frei. Frei und unbeschwert und unendlich leicht.

2. Kapitel

Ringlein, Ringlein, du mußt wandern, von der einen Hand zur andern.
Oh, wie schön, oh, wie schön, niemand darf das Ringlein sehn.

Gurkenkind, wachs geschwind

1.

Als Sophia an jenem Freitagabend mit dem Samenkorn in den Garten ging, begegnete ihr Tina, der ein wenig langweilig war und die nun wissen wollte, was Sophia so spät am Abend im Garten zu tun hatte. Sophia mochte das Mädchen und war gern bereit, den vermeintlichen Zucchinikern zu verschenken. Sie überreichte Tina mit feierlicher Geste den Kern und erzählte ihr vom Inhalt des dazugehörigen Briefes und versprach, ihn am nächsten Tag vorbei zu bringen. Aber wieder hatte sich der Text auf wundersame Weise geändert, als Tina ihn in den Händen hielt. Aus *Sophia* war Tina geworden, die *Bäuerin* zur Schülerin mutiert. Damit, so hatte Tina das Gefühl, gehörte sie jetzt richtig zu Ennes Ruh und seinen Bewohnern.

Obwohl sie nicht erklären konnte, warum; es war ganz einfach eine Sache jenes besonderen Verständnisses, das sie plötzlich für alle Enneser und die Dinge, die passierten, hatte. Sicher lag kein besonderer Grund dafür vor, aber trotzdem fühlte sie sich im Nachhinein irgendwie schuldig, als sie von Hinni-Jimmis Pech hörte. Am Freitagabend war er aus seiner Hängematte gefallen, die er wegen der feuchteren Witterung schon im Haus angebracht hatte.

Tina stand, schon beinahe in tiefe Meditation versunken, vor dem frisch eingepflanzten 'Zucchinikern' und begoß ihn mit ihrer Liebe. Im Gegensatz zu Benjamin, dem alles leichter fiel, wenn er es nur aussprechen konnte, schwieg Tina. Im Geiste allerdings sprach sie mit ihrem neuen Schützling, und das *Pusselchen* wuchs ihr recht schnell ans Herz. Dann hörte sie dieses Gepolter, dem ein Schrei folgte. Sie hatte keine Ahnung, wer oder was es gewesen sein könnte; denn hinter der Scheune auf dem Feld konnte sie eigentlich gar nichts hören außer den Wind in den Bäumen und den jauchzenden Vögeln. Und doch *hatte* sie es gehört - also lief sie auf die Straße, um sich umzusehen.

Erst am nächsten Tag erfuhr Tina, daß der Postbote aus dem Haus gegenüber zur Unfallchirurgie gefahren wurde und daß er dort einen Gipsstiefel bekam, weil er, als er aus der Hängematte stürzte, mit dem rechten Fuß umknickte und sich so eine Fraktur oberhalb des Sprunggelenkes einhandelte.

2.

Am Samstagmorgen machte sich Hinni-Jimmi noch Sorgen, denn er konnte (und durfte auch noch nicht) hinausgehen und sein kleines Knöpfchen begießen. Deshalb saß er am Fenster und schaute hinüber. Langsam, ganz langsam hatte er das schwerelose Gefühl, hinüberzudämmern in einen Tagtraum, einen Schwebezustand, der es möglich macht, zwischen herumwirbelnden Herbstblättern zu fliegen oder mit auf einem Papierflieger zu sitzen und auf warmen Lüften zu segeln...denn während er nach dem kleinen Knöpfchen Ausschau hielt, kam es Stück für Stück näher... und näher... bis es unterm Fenster stand und ihm zuhörte.

„Liebes kleines Knöpfchen! Siehst du, jetzt bin ich ein bißchen kaputt. Der Fuß. Kann nicht mehr laufen, jedenfalls heute nicht. Morgen auch nicht. Und ich glaube, ich werde jetzt eine ganze Weile zu hause bleiben. Hier bei dir. Ich kann jetzt den ganzen Tag mit dir reden. Mußt mir gut zuhören und schön wachsen. Ich weiß schon, was ich dir alles erzählen werde. Von meinen Träumen zum Beispiel. Meinen Wünschen. Du glaubst es vielleicht nicht, aber ich habe viel Phantasie."

Plötzlich ertönte ein scharfes Zischen. Es klang so ähnlich wie Kreide auf einer fast trockenen, oder noch leicht feuchten Tafel quietscht. Ohne aus seiner Trance zu erwachen, reagierte Hinni-Jimmi darauf und fuhr fort:

„Entschuldige, natürlich glaubst du es. Ich glaube sogar, du weißt es. Vielleicht kennst du mich ja auch ganz genau. Ja, ich schätze, du kennst mich schon recht gut. Wie ein Freund den anderen kennt..."

Das kleine Knöpfchen schnurrte wie eine Katze. Es reckte und streckte sich und wuchs ein kleines Stückchen. Hinni-Jimmi lächelte. „Fliegen. Ja, fliegen, das kann ich zum Beispiel mit meiner Phantasie. Ich hole tief Luft und mache mich ganz leicht. Dann schwinge ich die Arme auf und ab und rudere in der Luft herum. Das sieht komisch aus, besonders, wenn man sich selbst zuguckt, wie das im Traum manchmal so ist. Also ich bewege die Arme, als ob ich in der Luft schwimmen würde und dann hebe ich ab. Es ist kaum zu glauben, aber es funktioniert! Dann lege ich mich auf die Luft, denn ich bin so leicht wie ein Vogel. Trotzdem muß ich immer aufpassen, daß ich mich nicht zu ruckartig bewege, denn obwohl ich schon weit herumgeflogen bin, habe ich immernoch Angst, ich könnte abstürzen. Ich fliege über Städte, von denen ich mal Postkarten gesehen habe. Ich war sogar schon am Eiffelturm und über der Golden Gate Bridge... oh, Mann, ich war sogar schon fast an der Chinesischen Mauer! Aber dann hatte der Wecker geklingelt und ich *wäre* beinahe abgestürzt, wenn mir nicht zum Glück eingefallen wär', daß ich in Ruhe nach hause fliegen kann, weil der Wecker ja später noch mal klingelt.

Ja, so Sachen passieren mir beim Träumen..." Immernoch lächelnd hielt er inne und schlief ein.

Dann, später, glaubte er aufzuwachen und rieb sich die Augen. Noch stand das junge Pflänzchen unterm Fenster. Er kniff die Augen fest zu und riß sie weit auf. In diesem Moment war es verschwunden, um im darauf Folgenden an seiner alten Stelle hinten im Garten aufzutauchen.

„Das gibt's doch nicht..." flüsterte er, „...oder?"

<Es gibt nichts, was es nicht gibt.> antwortete seine innere Stimme weise.

3.

Aber auch die anderen Bewohner des kleinen Örtchens bekamen nach und nach ihre Kettenbriefe. Tina gab einen an Sophia zurück, die die *Zucchinizucht* zwar für überflüssig, aber nicht direkt störend hielt. Lediglich die seltsame Form des jungen Triebes verwunderte sie etwas. (Aus Spaß an der Sache steckte sie später trotzdem einen weiteren Kettenbrief in den Kasten von Letitia Aden.) Am Dienstagabend sah sie dabei zu, wie Tina ihrem Pusselchen ein Blättchen auszupfte; und als sie den dazugehörigen Brief in der ordentlichen, etwas verschnörkelten Mädchenhandschrift in grüner Tinte vor sich liegen sah, mußte sie plötzlich lachen. Einerseits fühlte sie sich in ihre eigene Kindheit zurückversetzt, zum Anderen hatte sie aber die eigenartige Befürchtung, es könnte sich bei all dem um ein sonderbares Ritual handeln. Wofür auch immer. Dann lachte sie wieder. Sollte es sich um die Anbetung einer Gurke handeln, war sie gern bereit, Götzendienst zu leisten.

Zum zweiten Mal ging sie nun mit einem metallisch glänzenden Samen hinaus aufs Feld, das eigentlich ein Gemüsegarten sein sollte, und grub mit den Händen ein Loch in die feuchte Erde. Tina kam herbei und die beiden unterhielten sich darüber, wer sich wohl um das Pusselchen kümmern würde, wenn die Grabbels zurück nach Arl fahren müßten. Es war Dienstag, und am Donnerstag in aller Frühe würden sie aufbrechen müssen.

„Vielleicht tust du es ja selbst. Wie wäre es, wenn du dein Pusselchen mitnimmst?"

„Ja, das wär' toll!" Tina war begeistert, daran hatte sie noch gar nicht gedacht. Kein Problem, dachte sie, zu hause in einem Blumentopf gedeiht es sicher genauso gut.

Sophia rief ihr noch zu, sie sollte zuerst ihre Eltern fragen; aber als sie sah, wie übermütig Tina am Klettergerüst einen Überschwung nach dem anderen machte, schüttelte sie den Kopf. Es war wohl egal, Tinas Entscheidung war gefallen. Ein Blick auf die Uhr ließ sie aufschrecken. Sophia spießte den kleinen Brief mit seinem Inhalt auf ein dünnes Stöckchen und nahm sich vor, später am Abend noch einmal herzukommen und es endlich einzupflanzen.

4.

Aber auch diesmal pflanzte nicht sie selbst den Samen. Luise kam ihr zuvor. Wie an jedem Abend, so stand Luise auch an diesem am Fenster und blickte versonnen über die Felder. Wie an jedem der letzten Abende beobachtete sie Tina und war fast ein wenig stolz darauf, wie sorgfältig und aufmerksam *ihr* Urlaubskind sich für ein Ding interessierte, das auf dem Felde wuchs. Sie sah an diesem Abend, wie unbeholfen Sophia ein Loch mit den Händen grub und wie sie dann plötzlich das noch ungeborene Pflänzchen zurück ließ, um sich anderen Dingen zu widmen. Natürlich wußte Luise nicht, daß Sophia einen Weiterbildungskurs im Kreiskrankenhaus hatte; aber wahrscheinlich hätte das keinen Unterschied gemacht. Luise zog sich also die hölzernen Gartenschuhe an und bewaffnete sich mit einem Pflanzholz. Sie stieg die Treppe herunter, wobei sie genug Lärm erzeugte, um eine Schar hungriger Krähen zu verscheuchen. Die kleine grüne Plastikgießkanne stand wie immer unter dem Ausguß. Luise füllte sie halbvoll und trabte hinaus aufs Feld. Ein etwas giftiges Lächeln huschte über ihr Gesicht, als sie das Pflanzholz in die Erde rammte. Zog es heraus und riß das Briefchen schwungvoll mitsamt dem Stöckchen aus dem Boden. So, dachte sie bei sich, jetzt werde ich erledigen, was meine Schwiegertochter so lange vor sich herschiebt. „Es gehört wirklich nicht viel dazu, ein so kleines Dingelchen in die Erde zu bringen." sagte sie laut, öffnete den Umschlag ein wenig und schüttelte das vierte Blütenblättchen von Tinas Pusselchen heraus. Nachdem sie Erde in das Loch gegeben und die Oberfläche sorgsam festgeklopft hatte, griff sie nach der Gießkanne. In diesem Moment erhob sich ein Summen, ein Pfeifen, das aus allen Himmelsrichtungen zu kommen schien. Erschrocken stellte Luise die Gießkanne ab, und das Geräusch verebbte genauso schnell, wie es begonnen hatte. Allerdings bemerkte sie ein fast unhörbares Vibrieren der Luft, ein Nachschwingen, wie das einer Feuersirene, die langsam zum Stehen kommt; und sie hatte das Gefühl, das es in ihrem Kopf flimmert. Vorsichtig bückte sie sich seitlich, um wieder nach der Kanne zu greifen. Sofort verstärkte sich das Flimmern zu einem Schreien. Hastig richtete sie sich wieder auf. Diesmal dauerte das Flimmern etwas länger an. Sie konnte sogar die Richtung bestimmen, aus der es kam. Es kam eindeutig von rechts. Von gegenüber, von der anderen Straßenseite. Aus der rechten Gehirnhälfte? Das rechte Ohr tat ihr weh. Wütend trat sie auf die glattgeklopfte Stelle neben der Gießkanne. Sofort spürte sie die Reaktion darauf in ihrer rechten Schläfe. Vorsichtig griff sie sich an die Stirn, als erwartete sie, dort ein Horn vorzufinden. Es war keines da. Und dann dämmerte es ihr plötzlich: Damals, als sie in der Küche den Brief las, der Sophia als Bäuerin bezeichnete, stand etwas von *begieße es mit deiner Liebe, nicht mit Wasser.* Hatte es deshalb diesen Lärm gegeben? Nun, egal, jedenfalls hatte sie ihr Werk getan und sollte sich doch nun die Bäuerin Sophia darum kümmern. Für Luise hatte das eben Geschehene ein wenig zu viel Mystik an sich und sie zog es vor, nichts mehr damit zu tun zu haben. Wieder griff sie nach der Gießkanne und trug sie weg. Auf halbem Weg zum Haus registrierte sie, daß sie diesmal weder Schrei noch Schmerz fühlte, als sie die grüne Kanne wegtrug. „Wegtragen, das ist die Lösung!" flüsterte sie, und als sie Zehntelsekunden später versuchte, diesen Geistesblitz noch einmal zu fassen, war er bereits vergessen.

Viel später an diesem Abend, es war eigentlich schon Nacht, lief Sophia hinaus um endlich den Samen einzupflanzen. Sie fand das leere, mit ihren Händen gegrabene Loch und daneben den Abdruck eines Holzschuhs auf frisch bearbeitetem Boden. „So, so, Luise hat gesprochen." flüsterte sie grinsend. Dann kauerte sie sich nieder und streichelte die kalte Erde. Und ohne es zu wissen, goß sie zum ersten Mal *Liebe* darüber aus. „He, Gurkenkind, hat dir die olle Luise auch nichts getan? Die kann manchmal echt gräßlich sein. Mir geht sie jedenfalls meistens tierisch auf die Nerven. 'Sophia mach dies anders, Sophia mach das richtig'" sagte sie mit verstellter Stimme, und fügte traurig hinzu: „nicht mal Tee kochen könnte ich richtig. Aber vergessen wir das. Dann bis morgen, Gurkenkind." Sie lachte und während sie zum Haus ging, sang sie fröhlich: „Gurkenkind, wachs geschwind, Gurkenkind, Gurkenkind...„

5.

Den ersten jener Briefe erhielt an einem heißen Augustmontag Hinni-Jimmi, der Postbote Benjamin Hinrichsen. Das war der letzte Montag im August; und bis zur *Ernte* dauerte es fünf Tage, wobei der fünfte Tag auch jeweils der Erste war. Obwohl davon nichts im Brief stand, schien es aber ein jeder *eilig* zu haben, den ihm zugedachten Teil der Verantwortung in diesem seltsamen Staffellauf hinter sich zu bringen.

An einem Freitag steckte Benjamin also den zweiten der Kettenbriefserie in den Katerschen Briefschlitz. Der Letzte in dieser Runde erhielt den ihm zugedachten Samen ebenfalls an einem Montag; inzwischen war der frühe Herbst gekommen; und ehe sie sich versahen, begann der Kreis sich zu schließen.

Ende eines Urlaubs

1.

Am Mittwochmorgen, dem letzten Tag vor der Abreise nach Arl, ging Tina mit einem Spaten, einem Schippchen, das einem scharf angeschliffenen Löffel ähnelte, und einem Plastikblumentopf den schmalen Trampelpfad zum Gemüsegarten entlang. Eigentlich gab es keinen Weg vom alten Stall, der Urlauberunterkunft, zum Gemüsegarten; aber Tina hatte in den drei Wochen, die sie nun hier war, einen schmalfüßigen, aber soliden Weg über den Kartoffelacker geschaffen. Beim Pusselchen angekommen, legte sie die Utensilien ab und begann, mit dem Pflänzchen zu sprechen. Sie erzählte ihm von der schönen Wohnung in Arl, die über der Wäscherei ihres Vaters lag. Sie hatte zwar noch nicht so ganz kapiert, warum es die Wäscherei ihres *Vaters* war, und nicht die ihrer Eltern, aber es hatte wohl irgendwas mit den seltsamen Geschichten zu tun, die ihr Vater manchmal von Opa und Uropa erzählte. (Männertradition, und Männer sind die besseren Hausfrauen und ähnlichen unverständlichen Phrasen.) Eigentlich war ihr das aber egal. Auf der anderen Seite gab es in der Verwandtschaft ihrer Mutter ebenfalls eine Art Familientradition, nur daß ihre Mutter davon nichts hielt. Nur die Oma erzählte ihr manchmal davon. In ihren Geschichten ging es um die verstorbene Großtante Meduna, Omas Zwillingsschwester, die ein Medium gewesen sein sollte. Ihre Oma selbst gab manchmal zu, das zweite Gesicht zu haben. Aber Tinas Eltern lachten über solcherlei Hokuspokus und erklärten ihr, daß Meduna Hirngespinste gehabt hätte und Omas Alter für deren Verrücktheiten verantwortlich wären. So oder so, Tina hatte sich angewöhnt, nur das zu glauben, was sie selber sah. Und sie *hatte gesehen,* wie Oma geguckt hatte, als sie in der Zeitung von dem verschwundenen Mädchen las und wie sie weinte und sagte, das arme Kind sei von seinem wahnsinnigen Vater entführt worden. Genauso, wie sie später im Fernsehen berichteten.

Ihren Eltern erzählte sie nichts davon. Papa hatte immer auswärts oder in der Wäscherei zu tun und Mama in der Buchhaltung oder beim Wäscheausfahren. Sie hätten ihr ohnehin nicht geglaubt, das stand so fest wie der Hungerturm von Arl, der zwei Weltkriege und mehrere Bauernstürme ausgehalten hatte. Sagt man in Arl.

Alles das erzählte Tina dem Pusselchen, während sie vorsichtig einen zweifingerdicken Ring um das zarte Pflänzchen freilegte. Dann hielt sie inne und lächelte. „Und nun kommst du nach Arl, das freut mich echt. Dich auch?" Sie nahm das scharfkantige Schippchen zur Hand und begann zu graben. Zuerst wollte sie nachsehen, wie weit die Wurzel sich verzweigte und ob es ungefährlich wäre, einfach einen Spatenstich zu tun und die Pflanze mitsamt des Wurzelballens und der Erdscholle drumherum herauszuheben. Aber die Wurzel verzweigte sich gar nicht. Sie hatte sich pfeilgerade in den Boden gebohrt, so gerade und so *starr* wie ein Pfeil. Keine Krümmung und kein Wachsen um Steinchen oder ähnliches herum, wie es Wurzeln gewöhnlich tun. Tina hatte einmal eine Möhre gesehen, die rund um eine Glasscherbe herumgewachsen war und sie dabei fest umschloß. Nein, diese Wurzel *war* ein Pfeil! Tina wagte sich einfach nicht, den Spaten anzusetzen und zuzustechen. Vielleicht teilte sie die Wurzel in der Mitte durch und das Pusselchen starb dabei? Nein, das würde sie nicht ertragen, irgendwie hatte sie das Gefühl, das würde ihr das Herz brechen.

Tina grub weiter. Der Ring um die Wurzel wurde breiter und tiefer; immer breiter und immer tiefer. Tina vergaß die Zeit und weil ihre Eltern die Koffer packten und den alten Stall putzten, vergaßen sie Tina.

Es wurde Nachmittag, Tina verspürte einen leichten Hunger, obwohl sie eigentlich Grund gehabt hätte, sehr hungrig zu sein. Sie zog ihren Arm aus dem Schacht. Setzte sich auf ihre Fersen und bestaunte ihr Werk.

Zum Schluß hatte sie bäuchlings neben dem Pusselchen gelegen und mit dem ausgestreckten Arm tief unten in der braunen Erde gearbeitet. Weiter herunter konnte sie nicht langen, aber die Wurzel schien einfach kein Ende zu nehmen. Sie verjüngte sich nicht einmal. Irgendwie sieht sie aus, wie ein Trinkhalm aus Stahl, dachte sie. Es fühlte sich auch so an. Und wer weiß, kam ihr in den Sinn, vielleicht zapft es damit irgend etwas an? Eine Pipeline mit Erdöl, dachte sie; oder sogar das flüssige Innere der Erde? Tina lachte zaghaft.

Dann wurde sie sehr traurig und sagte leise: „Dann mußt du eben hier bleiben, Pusselchen." Eine einzige salzige Träne kullerte aus ihrem linken Auge, und als sie am Rand der Lippe angekommen war, stahl sich die Zunge aus dem Mund und leckte sie auf.

2.

Am nächsten Morgen, dem Donnerstag in aller Frühe, hatte die Zunge mehr zu tun. Die Tränen kullerten mit solcher Geschwindigkeit und in Rinnsalen über Tinas Gesicht, daß auflecken allein nichts half. Anfangs wischte Tina sie mit dem linken Ärmel ihres Sweatshirts weg, dann mit dem rechten und zu guter Letzt, als beide Ärmel naß waren, holte sie ein Paket Papiertaschentücher aus ihrem Rucksack und begann eine wahre Heulorgie. Laut schluchzend, schniefend und winselnd versuchte sie, die Tränenflut, die in reinen Sturzbächen über ihr aufgequollenes Gesicht lief, zu stoppen. Eigentlich *wollte* sie gar nicht mehr weinen, eigentlich hatte sie sich bereits damit abgefunden, ohne ihr Pusselchen nach Arl und seinen zugegebener Maßen schmerzlich vermißten Annehmlichkeiten zurückzukehren. Niemand sollte denken, ein zehnjähriges Kind wüßte Fernseher und Videorecorder, Kühlschrank und Tiefkühltruhe, Mikrowelle und Telefon nicht zu schätzen; geschweige denn es gegen ein Pflänzchen im Gemüsebeet einzutauschen um damit zu all jenen technischen Freunden und Freuden des modernen Lebens zurückzukehren, selbst *wenn* es, wie jedes Kind bereit war, Bauernhöfe und Tiere und alles Drum und Dran für eine gewisse Zeit zu lieben.

Nun saß sie auf der Rücksitzbank des etwas klapprigen Opel Astra und heulte sich die Seele aus dem Leib, obwohl sie überhaupt nicht weinen wollte. Lena drehte sich schon längst nicht mehr um, um ihre Tochter zu trösten. Nachdem sie versucht hatte, Tina in der mütterlichsten Art abzulenken, die ihr einfiel, indem sie ihr ein neues Pflänzchen versprach, wurde Tina direkt ungehalten. „Ich will kein blödes Pflänzchen", hatte sie gebrüllt, „ich weiß überhaupt nicht, warum ich heule! Ich kann nichts dagegen tun!"

Lena schob diesen Anfall von Hysterie auf die beginnende Pubertät, und wie sie gehört hatte, sollte die Zeit davor noch zehnmal schlimmer sein. Na Prost Mahlzeit, dachte sie, das kann ja heiter werden! Hoffentlich bleibt's beim Weinen, wenn auch noch Bauchschmerzen und Kopfweh dazukommen, bin ich überfordert!

Wie auf Kommando hörte Tina in diesem Augenblick auf zu Weinen. Es hatte den Anschein, als seien alle Tränen vergossen, die sie besessen hatte. Sie schluchze noch ein letztes Mal und dann war es vorbei. Tina schlief ein. Ihre Eltern unterhielten sich in gedämpftem Ton.

Leise Musik wiegte Tina hinüber in eine andere Welt, und das Getuschel ihrer Eltern zauberte ihr die Illusion eines wogenden Meeres herbei. Das schaukelnde Auto und der vibrierende Motor versetzten sie an Bord eines Schiffes, das langsam am Strand entlang tuckerte. Tina stand, in merkwürdige Kleider gehüllt, an der Reling und blickte hinüber an Land. Was sie sah, paßte zu dem, was sie trug. Ein langes rotes Kleid mit Spitzen und Rüschen, Puffärmel und ein hochgeschlossener Kragen aus feiner Spitze. Sie sah sehr elegant aus und gar nicht wie ein Kind. Sie trug hochhackige Schuhe und viel Schmuck. Unter einem Strohhut fiel ihr Haar in weichen hellbraunen Locken auf ihre Schultern. Und obwohl sie nicht in das Gesicht sehen konnte, denn sie hatte keinen Spiegel in der Hand, wußte sie, daß der Körper, in dem sie steckte (den sie ganz deutlich *fühlen* konnte) mindestens zwanzig Jahre alt war. Aus den Augen dieser ganz bestimmt sehr hübschen jungen Frau schaute Tina an Land. Dort sah sie einen weißen Sandstrand und dahinter, in der brütenden Hitze flimmernd, weiße und hellgrün gestrichene Häuser. Große Häuser, Palästen ähnlich, von Mauern und Hecken umgeben. Frauen und Mädchen in ähnlichen Kleidern, wie sie eines trug, wandelnden mit Sonnenschirmen über den Köpfen in der Mittagssonne.

Dann drehte sie den Kopf und schaute über das andere Ende des Schiffes hinweg. Dort sah sie einen Bauern in zerrissenen Kleidern. Er humpelte über den Sand, indem er immer einen großen Schritt machte und das andere Bein langsam hinterher zog. Mittels dieser Technik zog er Furchen in den weißen Sand, und das muß er schon eine ganze Weile getan haben, denn es breitete sich bereits ein Feld von ungefähr zehn Furchen, jeweils in der Länge eines Hauses, am Strand aus. Als er nun am Ende dieser letzten Furche angekommen war, drehte er sich um und zog etwas aus seiner Jackentasche. Er zog und zog, aber das Ding nahm kein Ende. Dann endlich gab es einen Ruck - der Bauer hatte Mühe, das Gleichgewicht zu halten - und heraus war es. Es entpuppte sich als ein Bauchladen wie ihn Straßenverkäufer auf dem Jahrmarkt in alten Filmen hatten. Oder im Zirkus, fiel Tina ein, worauf sie Popkorn und Colabecher und Hot Dogs balancieren.

Als der Bauer den Bauchladen umgehängt hatte, zog er aus der anderen Jackentasche eine spitze Papiertüte, die er öffnete und deren Inhalt er in den Bauchladen schüttete. Und wieder staunte Tina über die seltsamen Illusionen, die im Traum möglich waren. Das, was aus der Tüte rieselte, schien gar kein Ende zu nehmen. Die Tüte wanderte, von der Hand des Bauern geführt von einer Seite zur anderen, und immer weiter ergoß sich daraus ein Strahl feinrieselnder... Späne? Wieso Späne? wollte Tina fragen, aber das Wort schien aus irgendeinem Grund schon richtig zu sein. Feinklimpernde, silberfarbene, gläsern klingender Späne.

Plötzlich gab es einen Aufprall. Tina wurde gewaltsam an die hölzerne Reling geworfen, konnte sich gerade noch festklammern und wurde, wie durch ein Wunder, nicht über Bord geschleudert. Sie wollte schreien, aber der Schlag auf den Magen ließ sie nur ein dumpfes *aärrörpp* ausspucken, dem ein heiseres Husten folgte. Das Schiff ist entweder aufgelaufen oder irgendwas hat es angerempelt, dachte Tina verwirrt, als sie aufwachte. Sie hielt die Hände auf den Bauch gepreßt und atmete so stoßweise, daß Lena sich umdrehte und entsetzt bemerkte, daß ihre Tochter kreidebleich war und zitterte. Die Hände auf dem Bauch und die Knie angezogen, standen ihr Schweißperlen auf der Stirn. Dem erschrockenen Blick ihrer Mutter erwiderte Tina leise und mit zusammengekniffenen Lippen: „Es ist wohl...auf...gelaufen. Ich...ich...bin...nicht...über Bord..." Dann schloß sie die Augen und fiel in einen traumlosen dunklen Schacht.

Lena schrie auf und beinahe hätte Heiner vor Schreck die Kurve zu spitz genommen und wäre den Hang hinunter gefahren.

Heiner wollte Lena anschnauzen, seiner Wut über den Schrecken, der ihm eingejagt wurde, Luft machen. Aber als er Lenas Gesicht sah, sagte er nichts, sondern fuhr rechts auf den Grünstreifen neben der Fahrbahn. Er würgte den Motor ab, zerrte die Handbremse soweit es ging nach oben und stieg aus. Lena stürzte ebenfalls aus dem Auto, und starrte hilflos und mit tränenfeuchten Augen auf ihr Kind. Heiner öffnete die hintere Tür des Opels. Er öffnete sie und spürte sofort das Gewicht seiner Tochter dahinter. Er wußte, wenn die Tür ganz geöffnet war, würde der leblose Körper Tinas herausrutschen. Also schob er einen Arm in den offenen Spalt und sein Knie darunter, dann, während er mit dem Kinn die Tür weiter zu öffnen versuchte, den anderen Arm ebenfalls hinein. Er hatte sie. Matt, schwer, flach atmend. Inzwischen war Lena um das Auto herumgelaufen und half ihm, Tina nach draußen zu heben.

3.

Noch nie hatte Luise so sehr auf einen Tag gewartet wie auf diesen. Vor gut einer halben Stunde waren die Grabbels abgefahren und nun konnte sie damit beginnen, ihr neues Heim auf Vordermann zu bringen. Sie begann damit, daß sie sämtliche bewegliche Gegenstände heraus räumte: zwei Schalensessel und ein Nierentisch in verblichengrün, wobei die Kunstlederhaut der Sessel schon eher ins graugrün spielte. Die drei Senfgläser auf dem Bord über dem Waschbecken und zwei Nachttischlampen, mit in Trichterform zusammengenähten Schirmen, in den ehemaligen Modefarben orange und türkis. Dann waren da noch die beiden Nachtschränkchen in finnischer Birke, die einst zu einem kompletten Schlafzimmer gehört hatten, welches aber nie den Weg zu Johann und Luise Kater fand. Aber beide träumten sie von solch einem Schlafzimmer, und hofften, wenn sie sich die Nachtschränkchen kauften, würden sie irgendwann einmal auch die Ehebetten und den Wäscheschrank und die Frisierkommode kaufen können. „Besser Stück für Stück, als nie." dachten sie damals. Leider aber war dieser Traum nicht in Erfüllung gegangen. Und obwohl Luise manchmal noch schimpfte, wenn Jens und Sophia etwas anschafften, was sie sich im Moment vielleicht nicht leisten konnten, dachte sie verstohlen an das Schlafzimmer aus finnischer Birke und gab ihnen heimlich recht.

Als sie dann auf das Altenteil umziehen mußten, die kleine Wohnung über dem Vorratskeller einräumten, und keinen Platz mehr für die wuchtigen Preßspanmöbel der siebziger Jahre hatten, warf Luise den ganzen Kram auf den Sperrmüll. Mit Freuden hätte sie ein Freudenfeuer daraus entfacht, aber wer weiß, dachte sie, am Ende vergiften wir uns damit noch. Nun schliefen sie seit zwei Jahren in einem Kiefernbett, naturbelassen und rundgeschliffen, und Luise hatte beim Kauf mit Bedacht auf Nachtschränkchen verzichtet.

Jetzt saß sie da auf den Gästebetten, und streichelte über die gerundeten, lackierten Oberflächen der finnischen Birke. Die kämen nach dem Umbau des alten Stalls wieder ins Schlafzimmer, und ob Birke oder Kiefer, lackiert oder naturell, ganz egal, es würde sowohl ihr erstes, wie auch ihr letztes Schlafzimmer sein.

Später schaffte sie noch Besen, Eimer, zwei Küchenstühle und den Sprelakardtisch heraus, nahm ein Bild von der Wand und raffte die abgezogenen Federbetten zusammen. Das alles trug sie hinaus, um dem vorzuarbeiten, das jetzt kommen würde. Sie erwartete die Maler, genauer gesagt den Meisterbetrieb Kabelau (nicht Kabeljau, sie wissen schon, ha, ha) aus Junkersried.

Wenige Minuten nur mußte sie warten, dann bog der bunt lackierte Lieferwagen Marc Kabelaus in die einzige Straße des Örtchens ein. Die Kabelaus hatten Marc adoptiert, als er drei Jahre alt war, und entgegen aller Prophezeiungen der es nur gut meinenden Verwandten und Bekannten, wurde er ein ungemein liebenswerter Junge, junger Mann, geschickter Geselle und schließlich Meister, der den Betrieb seiner Eltern vor kurzem übernahm.

Luise wartete, bis der Lieferwagen auf Verständigungsnähe herangekommen war und wies den Fahrer ein.

Hinter dem Lieferwagen fuhr ein dunkelroter Kleinbus, der vor dem zweiten Haus auf der gleichen Straßenseite anhielt.

4.

Malermeister Kabelau und seine Männer hatten in wenigen Minuten die Gästebetten zusammengeklappt und hinaus geschafft; ebenso das Vertico, das unten als Wäscheschrank und oben als Geschirrschrank diente. Der Vorhang zwischen Wohn- und Schlafabteil war schnell herunter genommen. Dann folgten die eigentlichen Veränderungen. Die Tür, die versteckt hinter dem Vertico die letzten zehn Jahre verschlafen hatte, wurde geöffnet und erblickte das Licht der Welt von Neuem, als man sie ebenfalls vor den alten Stall schleppte. Die andere Hälfte des Stalles, der einer Gruft mehr ähnelte als einer zukünftigen Küche, mußte erst einmal grundgereinigt werden. Zu diesem Zweck zog Luise ihre Gummischürze an und bewaffnete sich mit dem Gartenschlauch, den sie am Wasserhahn nebenan angeschlossen hatte. In der Mitte der zukünftigen Küche befand sich ein Abfluss zwischen den zentimeterdick verdreckten Steinfließen, aber Luise hatte das Gefühl, daß nach gründlichem Abschrubben etwas ganz Hübsches zum Vorschein kommen würde. Aber zunächst einmal müßten mehrere Hektoliter Wasser die Wände hinab laufen. Die Maler nebenan begannen schon, die Tapete herunter zu reißen und den Bodenbelag zu entfernen.

Plötzlich erschien Heiner Grabbel in der Tür.

Tina stand hinter ihm und fragte: „Und wo sollen wir jetzt wohnen?"

5.

An jenem Tag probierten die Grabbels noch mehrmals erfolglos die Rückreise. Im Fond des Opel saßen Lena und Tina, die Tochter in den Armen der Mutter darauf hoffend, nun endlich unbeschadet die Strecke zu überstehen. Aber alles Hoffen nützte nichts, sobald sich die drei weiter als fünfzig Kilometer von Ennes Ruh entfernten, fiel Tina in einen komaähnlichen Zustand. Heiner wendete schließlich und fuhr zurück.

Als Tina dann die Augen aufschlug und fragte: „Mama, sind wir bald zu hause?", brach Lena in Tränen aus und sagte nein, sie wären bereits wieder zurück in *diesem verdammten Kaff*. Nun weinte auch Tina, diesmal freiwillig und in der wahrhaftigen Überzeugung, sie wolle nie wieder in diesem Kuhstall schlafen, sondern zu hause in ihrem Bett in Arl.

Nach ihrer dritten Niederlage suchten die Grabbels einen Arzt auf. Der Doktor stellte fest, daß Tina völlig gesund sei, im Höchstfall etwas nervös. Allerdings befand sich die Praxis innerhalb des kritischen fünfzig-Kilometer-Zirkels; um genau zu sein: bei dreiunddreißigeinhalb. Zwischen den einzelnen

Fahrten erholten sich die rat-und rastlosen Grabbels bei Sophia Kater, die sofort anbot, Tina bei sich aufzunehmen, damit sie sich ein paar Tage erholen und eventuell später die Heimreise antreten könnte. Und obwohl Tina noch vor einer Woche nichts freudiger begrüßt hätte als dieses Angebot, weinte sie bitterlich bei dem Gedanken, die kleine Stadtwohnung über der Traditionswäscherei noch länger entbehren zu müssen. Sie hatte genug von Kühen, genug von den Geräuschen der erntenden Mähdrescher und Traktoren, genug von den Gerüchen nach Gülle und Kuhfladen, und genug von den ständig nervenden Fliegen. Sogar genug von Pusselchen; sie weigerte sich, auch nur einen Fuß vor die Tür zu setzen, sollte sie dableiben müssen. Aber es blieb ihr nichts anderes übrig, nach einem letzten Versuch kehrte der verzweifelte Wäschereibesitzer samt seiner Familie nach Ennes Ruh zurück, um die sehr schwache und todtraurige Tina in Sophias Obhut zu geben.

6.

Als die Sonne untergegangen war und eine weißglühende Mondsichel den schnell dahinziehenden Wolken hinterher schielte, tauchte eine Gestalt aus dem Nebel auf. Hüpfte zwischen Nebelfetzen, balancierend einen unsichtbaren Federstock schwenkend. Ein tanzender Derwisch, der leichtfüßig den schmalen Grad zwischen Licht und Schatten entlang schwebte...
Tina sah den Mond und streckte die Arme nach ihm aus. Dann erreichte sie Pusselchen und begoß es mit aller Liebe, die sie hatte.
Kalter Mond...fernes Scheinen...
Am nächsten Morgen wußte sie nichts mehr von ihrem nächtlichen Ausflug, allerdings schien sie die Müdigkeit aller Wanderer der ganzen Welt in ihren Knochen zu spüren, als sie zum Frühstück gerufen wurde.

Letitias Geschichte
1.
Den schönsten Raum ihres kleinen Hauses hatte sie zum Schlafzimmer gemacht, denn im Bett liegen war für sie fast ein Hobby. Im Bett lesen, im Bett Musik hören, Tagträume träumen. Leider aber kam sie nicht mehr allzuoft dazu, viel Freizeit ging in den Sommermonaten für die Arbeit im Garten drauf. Und obwohl sie immer glaubte, daß Gartenarbeit müde und träge macht, schlief sie in letzter Zeit unruhiger und kürzer als früher. Manchmal machte es ihr Angst, so daß sie keine Kraft hatte, die Augen zu schließen und weiterzuschlafen.

Ab und zu öffnete sie dann mitten in der Nacht ihr Tagebuch, um Kraft zu tanken, um sich zu vergewissern, daß die Entscheidung, sich von Berthold zu trennen, richtig war.

Als Letitia Berthold kennenlernte, war sie unheimlich verliebt. In Berthold und in die Vorstellung, daß sie sein „Einundalles" war. Er trug sie auf Händen, las ihr fast jeden Wunsch von den Augen ab und gab vor seinen Freunden damit an, daß er sie hatte. Diese Monate (fast ein ganzes Jahr) waren ein Traum, und jeden Morgen dankte sie dem Schicksal für diesen Mann. Das ging solange gut, bis Berthold ihr eines Tages eröffnete, er wolle endlich eine Familie gründen. Heiraten, ein Kind anschaffen. Und dann noch eins. Drei Kinder hatte er bereits geplant. Letitia wußte keine Antwort darauf, sie hatte noch nie darüber nachgedacht und niemals ernsthaft erwogen, eine Familie zu gründen. Dieser Lebensabschnitt lag für sie in weiter Ferne; sie wollte erst einmal das Leben und ihre Unabhängigkeit genießen.

In mancher schlaflosen Nacht blätterte sie in ihrem Tagebuch bis zu der Seite, die mit pinkfarbenen, scheinbar pulsierenden Herzchen bemalt war. Kitschig und peinlich, dachte sie oft, während ihre Finger doch über das abgegriffene Papier streichelten.

2.

Im August

Wir erleben unseren ersten gemeinsamen Urlaub (zum Camping), wohnen inzwischen zwei Wochen in einem gemieteten Wohnanhänger und haben schon fast unser ganzes Geld verjubelt. Essen, Tanzen, Trinken, Spielen, Schlafen, Schwimmen, und immer wieder Feten bei wildfremden Leuten. Berthold lernt quasi jeden Tag neue Leute kennen und weil er einen schier unerschöpflichen Vorrat an Witzen, Geschichtchen und Einfällen hat, kann ihn auch jeder gut leiden.

Ich werde mich immer daran erinnern...

An ihrem letzten Abend hatte Letitia bereits die Koffer gepackt, die Schränke ausgewischt und den Kühlschrank geputzt; sozusagen alles erledigt bis auf das Wenige, das sie am nächsten Morgen tun würden. Glücklich und zufrieden mit sich und der Welt setzte sie sich in die Abendsonne. Mit geschlossenen Augen nahm sie Abschied von diesen Tagen der Wonne. Dann legte sich ein Schatten auf ihr Gesicht. Sie blickte auf und sah Berthold in der Sonne strahlend vor sich stehen. Sie blinzelte ihn an und wollte gerade ein: „Wenn du wüßtest, wie sehr ich dich liebe!" hauchen, als er sie beiläufig fragte: „Wo sind eigentlich deine Tabletten?"

„Welche Tabletten? Hast du Kopfschmerzen? ...Warte, ich hol' dir eine."

„Nein Schatz, ich hab' keine Kopfschmerzen. Ich dachte nur, wir machen jetzt Nägel mit Köpfen. Und weil heute unser letzter Tag hier ist, wäre das ein guter Anlaß, um..." Berthold lächelte ein gewinnendes Das-kannst-du-mir-nicht-abschlagen-Lächeln und während er Letitia den Oberschenkel streichelte, beendete er seinen Satz: „...also wäre es genau der Anlaß, um unsere Verlobung zu feiern und sozusagen als Unterpfand unserer Liebe diese...äh...Anti-Baby-Pillen wegzuwerfen."

Letitia sagte nichts.

„Schatz? Wo sind sie?" Berthold streichelte immernoch.

„Das geht nicht." Letitia bekam kaum einen Ton heraus. Sie war schockiert. *So* hatte sie sich das Ganze nicht vorgestellt. Nicht mit dieser Eile. Und ohne Verlobung. Nicht ab jetzt und für immer.

„Das geht nicht, ich muß die Packung zuende nehmen, sonst kommt der ganze Zyklus durcheinander. Verstehst du?"

Sie schob seine Hand weg und stand auf. Warum wird alles kompliziert, wenn es am Schönsten ist, fragte sie sich.

„Nein, verstehe ich nicht. Wo steht das?" fragte Berthold trotzig und stellte sich hinter sie.

„Lesen Sie die Packungsbeilage und fragen Sie ihren Arzt oder Apotheker!" flüsterte Letitia und verschwand im Wohnwagen.

„Willst du mich verarschen? Kein Arzt kann dir vorschreiben, wann du ein Kind bekommst!" rief er ihr hinterher. Dann stieg er auch in den Wohnwagen und fuhr besänftigend fort:

„Liebling, Baby, hör zu. Ich will doch nur, daß wir beide glücklich werden. Heiraten, Kinder kriegen, ein Häuschen bauen... Verstehst du, was ich meine?"

„Ja schon." brummte Letitia. „Nur noch nicht gleich. Ich will jetzt noch nicht den Weg meines restlichen Lebens bestimmen. Hab' noch etwas Geduld, ja?

„Ja, zieh dich aus."

„Wie bitte?"

„Zieh dich aus."

„In einer Stunde kommen Frank und Angela, ich muß noch einiges vorbereiten."

„Da sind wir längst fertig." sagte Berthold und schlüpfte aus seinen Jeans.

„Ich mag das aber nicht, so kurz bevor jemand kommt. Warte bis hinterher."

„Hinterher kann ich nicht mehr. Ich will mich heute zulöten." Ohne ein weiteres Wort zog er ihr das T-Shirt über den Kopf. Deshalb sagt man also 'Liebe machen', fiel ihr ein. Aber sie sagte nichts und dachte daran, daß der Morgen meist klüger sein soll als der Abend.

Der Morgen war tatsächlich klüger. Letitia schrieb vor der Abreise in ihr Tagebuch:

Ich habe Mr. Hyde kennengelernt.

Zehn Tage später bekam Berthold einen Korb von ihr und rastete förmlich aus. Er war sich vollkommen sicher, daß Letitia sein Signal am letzten Urlaubstag verstanden hatte. Er hatte angenommen, daß Letitia kapiert hatte, was *er* unter *wir* verstand. Sie hatte ihn also betrogen, belogen, gekränkt und verachtet, ihn lächerlich gemacht und benutzt. Er wollte sie doch nur fester an sich binden, sie heiraten, ein Nest bauen und Junge füttern. Nach der Arbeit nach hause kommen und das Leben außerhalb der Familie einfach vergessen. Berthold liebte nichts mehr als Letitia. Von ihm aus konnte sie ruhig dick werden nach dem Kinderkriegen, er würde jedes Pfund an ihr lieben. Er wollte sein ganzes Leben auf ihre Wünsche einstellen, sie sollte sein Mittelpunkt sein. Und nun hatte sie ihn so enttäuscht! Er tobte, schrie, weinte und schwor, ihr nicht nachzugeben. Letitia machte diese Vorstellung reichlich Angst und sie bat Berthold in aller Form, ihr etwas mehr Zeit zu lassen.

Berthold wurde mißtrauisch. Er nahm Urlaub und verfolgte sie, wenn sie durch die Stadt ging, wenn sie zur Arbeit fuhr. Kein Anderer war in ihrem Leben aufgetaucht. Dann verlegte er sich aufs Betteln. Später folgte eine Phase, in der er sie ständig in Spielzeugläden und Babyausstatter schleppte. Dann fragte er sie, ob sie seine Frau werden wolle.

Letitia war damals 21 Jahre alt. Sie lehnte höflich, aber bestimmt ab.

3.

Seit diesem Tag sah sie Berthold nicht mehr. Zwei Jahre später stand dann der Nachlaßpfleger vor der Tür, der ihr erklärte, ein Mann namens Berthold Rupp wäre mit seinem Wagen verunglückt und weil er keine Verwandten gehabt habe, hätte man ihn, den Nachlaßpfleger, dazu bestimmt, das Erbe zu beschauen.

Der freundliche Mann mit der abgeschabten Aktentasche erklärte Letitia weiter, daß im Amtsgericht ein notariell beglaubigtes Testament gefunden worden wäre, das sie, Letitia Aden, als Verlobte des Herrn Rupp auswies und damit zur Erbin eines kleinen Einfamilienhauses auf dem Lande. Ennes Ruh.

Über Schenkungssteuern und dergleichen würde sie informiert werden, falls sie sich bereit erklärte, das Erbe anzunehmen.

Letitia Aden nahm das Erbe an.

In ihrem Tagebuch notierte sie letztlich:

Das hat er immer gewollt. Ein Häuschen im Grünen. Ich weiß nicht, ob ich das will, aber ich werde es tun. Irgendwie bin ich es ihm schuldig.

Letitia Aden fühlte sich sehr wohl in ihrem neuen Domizil, endlich konnte sie ihre kleine Einraumwohnung in der Stadt aufgeben; und nachdem sie eine Stelle als Versicherungskauffrau in Junkersried bekam, war sie bereit für einen neuen Lebensabschnitt. Die schlaflosen Nächte und die Einsamkeit, die sie dennoch manchmal in diesem Häuschen verspürte, machten sie empfänglich für die guten Ratschläge der Nachbarn. Sie begann einen Garten anzulegen, wo sich bisher satter grüner Rasen ausbreitete. Eines Tages schaffte sie sich einen Hund an und nannte ihn Cäsar. Noch etwas später entschied sie sich, mit ihrem Vorgesetzten und guten Freund Robert Sperling eine mehr oder weniger feste Bindung einzugehen, um nicht jeden Nachmittag allein verbringen zu müssen. Ein gutes Jahr später erkannte sie in Sperling, wenn sie ihn ohne Schlips-und-Charme-Out-Fit im Jogginganzug über der Wochenendausgabe der Auger Landeszeitung brüten sah, den Berthold vom Campingplatz wieder und hatte regelrecht Angst, daß er aufsehen und sagen könnte: „Was hälst du von Jasmin? Oder sollte die Kleine Annelie heißen?" Diese Momente wiederholten sich, und Letitia Aden beschloß, Herrn Sperling ein klein wenig weiter von sich zu schieben und sich lieber etwas mehr ihrem Garten zu widmen.

Und als nach einer unruhigen Freitagnacht am Samstag, so gegen vier Uhr nachmittags, ein Brief durch das Küchenfenster flog, schnappte ihn sich der Terrier und legte ihn, gleich einem Wink mit dem Zaunspfahl, seinem Frauchen zu Füßen.

4.

„Jetzt mußt du dem Kerlchen nur noch einen Namen geben."

„Wie heißt denn deins?"

„Gurkenkind. Es ist schließlich eine Zucchini, oder?"

„Glaubst du wirklich?"

„Naja, inzwischen nicht mehr. Aber ich dachte mal, es wär' eine."

Letitia hockte neben der Pflanzstelle und legte kleine Steinchen rund herum. Dann sah sie zu Sophia hoch und fragte: „Hab' ich dir mal von Berthold erzählt?"

„Flüchtig. Du hast gesagt, du redest nicht so gerne darüber."

„Hmm. Vielleicht sollte ich aber...Hey!" rief sie und sprang auf.

„Darf ich vorstellen: Sophia: Bertie. Bertie: Sophia!"

Jos Geschichte

1.

Am einem Sonntagvormittag vor nunmehr sieben Jahren klingelte in der *Pension Stern* am alten Markt in Kolburg das Telefon. Niemand schien es zu hören. Die Räumlichkeiten der Pension erinnerten an eine Art Heimatmuseum; dunkles Holz an Wänden und Decken, gebohnerte Böden und geblümte Tapeten. Die gediegene Einrichtung wirkte schwer, beinahe erdrückend. Lavendelsäckchen verströmten beim Öffnen der Schranktüren einen seifigen Geruch. Es gab fünf Einzelzimmer, zwei Privaträume und ein Appartement, das aus zwei kleinen Räumen mit einem 'Durchgangsbad' bestand. Eine große Küche diente als Eß- und Fernsehzimmer, das Gemeinschaftsbad teilte man sich mit Hilfe eines Benutzungsplanes. Alles in allem strotzte die Pension vor Intimität.

Frau Stern saß mit ihren Schützlingen in der geräumigen Fernsehküche am Frühstückstisch. Drei der Einzelzimmer waren beinahe dauerhaft vermietet, ebenso das Appartement, das von einer alleinstehenden Dame bewohnt wurde, die sich Davina nannte und Klavier- und Gesangsunterricht gab. Die anderen Mieter waren ein Reisender in Sachen Kücheneinrichtungen, Spezialgebiet Großküche, der sein Einzugsgebiet von diesem 'Stützpunkt' aus versorgte (seine Mietwohnung hatte er untervermietet); ein Beamter, der als öffentlich bestellter Schätzer tätig war und sich hier in Ruhe seiner geliebten Schmetterlingssammlung widmete (seine Familie war der Meinung, Schmetterlingsleichen aufzuspießen, sei mindestens pervers); und ein Rentner aus Wilhelmshaven, der das Haus seinen Kindern überlassen hatte, damit er endlich in Frieden leben konnte. Einmal im Monat besuchte er sie und machte drei Kreuze, wenn er am Abend wieder gemütlich mit der Sternischen, der Dame Davina und den gerade anwesenden Herren plaudernd und eine Zigarre rauchend fernsehen durfte.

Das Telefon klingelte bereits zum vierten Mal, als Davina ihre Stimme erhob und sang: „Es lo-häu-tet, es lo-häu-tet..." und zum Telefon eilte. In der Küche sangen die anderen den Refrain : „wie-de-rallala, wie-de-ral-lalla, wie-de-ral-lal-lal-la-laaaa". Durch den vierstimmigen Gesang hindurch rief die Dame

Davina nach Jo Tölles, der sich beizeiten von der etwas schrulligen Versammlung zurückgezogen hatte.

2.

Langsam trottete Jo nach dem Gespräch in die Küche und setzte sich. Die fröhliche Gesellschaft sang gerade einen Kanon vom Hans, der entweder über Oberammergau oder Unterammergau kommt. Als endlich der letzte Ton verstummt war, schenkte man ihm Beachtung. Der Vertreter schaute ihn an und sagte dann: „Na, Sternchen, da haben wir wohl ein neues Sorgenkind in unsrer Mitte."

Die anderen lachten und Jo versuchte ein Grinsen. Der Beamte meinte, er müsse ihre Singerei nicht überbewerten, aber am Sonntag gab es kein Mittagessen bei der Sternischen und deshalb dehne man das Frühstück solange aus, wie es ginge. Frau Stern selber bemerkte, das Zimmer könne er durchaus haben, für den Tag am Abend zahlbar und für die Woche im Voraus; und die Dame Davina gab an, man erwarte als 'Einstand' zumindest eine Torte und ein Pfund Kaffee. Willie, der Rentner, amüsierte sich über Jos verblüffte Miene und stellte eine Ähnlichkeit mit seinem unlängst verstorbenen Dackel fest. Jo hatte nicht umsonst das Gesicht eines Dackels. Traurige Augen, eine feuchte Nase. Er hatte es vergeigt. Hatte spekuliert, alles auf eine Karte gesetzt und verloren. Gerade war ihm von seinem Versicherungsvertreter mitgeteilt worden, daß das abgebrannte Gartenhäuschen (seine Zockerbude, Wohnung und Schlupfloch) nicht ausreichend (Beiträge verzockt?) versichert war. Nun war er auf einen Schlag absolut mittellos, ohne festen Wohnsitz und ohne Job, denn bisher lebte Jo recht und schlecht von den Prozenten, die er auf das in seinem Häuschen verspielte Kapital erhob.

Er brauchte jetzt eine Wohnung, ein Sparbuch, ein Auto und einen Bürgen. Einen Menschen, der ihm vertraute und ihm Ruhe bot, auf den er sich verlassen konnte. Vielleicht schaffte er es sogar, irgendwann seine Spielsucht zu besiegen, aber davon ging er lieber nicht aus. Sein Vater hatte es auch nie geschafft; er war erst an dem Tag davon losgekommen, an dem er sich im Stadtwald erhing. Die letzten fünfzig Mark, die ihm geblieben waren, nachdem er von seinem Gewinn die Gläubiger bezahlt hatte, schienen ihm zum Leben zu wenig, aber zum Sterben nicht zuviel. Als man ihn damals abschnitt und untersuchte, fand man den Schein in der linken Jackentasche. Zusammen mit einem Zettel, auf den er mit geübter Hand die Worte:

Für den, der mich findet, und entschuldigen Sie den Anblick.
Ich hatte keine Wahl.

geschrieben hatte. Sein Leben lang hatte er vergeblich gehofft, daß eines Tages alle seine Mühen belohnt werden würden und einer seiner beiden Herzenswünsche in Erfüllung gehen würde: Entweder zöge er das große Los und würde endlich vermögend, oder er könnte eines Tages aufhören zu spielen und ein ganz normales Leben führen. Statt dessen starb seine Frau, die acht Jahre älter war als er und die er auf seine Art von Herzen liebte, an einem Nierenleiden und ließ ihn einsam zurück. Jo war damals schon längst aus dem Haus und auf eigenem Kurs unterwegs. Niemals hatte er seinem Vater gebeichtet, daß er nicht nur dessen Physiognomie, sondern auch dessen krankhafte Leidenschaft geerbt hatte.

Mit all diesen Gedanken ging Jo vom Telefonapparat, der in der dunklen Diele hing, zurück in die Küche. Zurück zu den liebenswerten Frühstückern. Irgendwie wußte er, daß es nicht ganz fair war, sich bei Tante Klara zu melden. Aber andererseits war sie seine M-Figur. Sein Mittelpunkt, der einzige, den er je hatte. Die Ruhe, die er finden mußte, lag in ihren Händen. Das war es doch, was man ihm bei der Spieler-Selbsthilfegruppe gesagt hatte: „Finde deine M-Figur und bemühe dich, durch *sie* den Ausgang aus dem Labyrinth zu finden." Die Gruppe hatte er bald wieder verlassen, er stand nicht auf Selbstkritik und wollte von ihrer Spieler-sind-kranke-Menschen-Mentalität nichts wissen. In seinen eigenen Augen war er ganz und gar nicht krank; er hatte lediglich keinen festen Willen, kein Rückgrat. Außerdem hielt er seine Spielernatur manchmal sogar für eine Gabe, die ihn befähigte, viele Dinge unkonventionell anzupacken und mit dem Leben leichter fertig zu werden. Die Augenblicke, in denen er so dachte, waren seine glücklichsten, wenn auch nicht erfolgreichsten.

3.

An jenem Abend stand der achtundzwanzigjährige Jo Tölles am Fenster und schaute auf den kopfsteingepflasterten Marktplatz. Einige Spaziergänger flanierten vorüber. Er atmete tief und schüttelte bekümmert den Kopf. *Jetzt* mußte er eine Entscheidung treffen. Hier und heute. Dann fuhr er sich mit den Fingern in die Haare und raufte sie sich, als könne er so den furchtbaren Gedanken verscheuchen. Langsam kamen die Bilder. Er begriff wieder einmal, daß er sich sein *Glück* erkämpfen mußte. Gegen seinen eigenen Willen. Seine Vorstellung von Glück ging nämlich in den meisten Fällen kilometerweit an dem vorbei, was man gemeinhin mit Glück assoziiert. Aber auf keinen Fall wollte er den Weg seines Vaters gehen.

Einzig Tante Klara, die Schwester seines Vaters, verstand ihn. Sie war immer bereit gewesen, ihm zu helfen, und er war fest davon überzeugt, daß er es diesmal schaffen wollte. Er würde endlich ihr Angebot annehmen, nach Ennes Ruh ziehen und sich dort endgültig zur Ruhe setzen. Das schlecht laufende Tabakwarengeschäft seines Onkels am Bahnhof in Junkersried wieder in Form bringen. Zu Anfang hatte Klara Früchtchen Bedenken, ihren Neffen mit dem Lottogeschäft zu betrauen, aber es passierte überhaupt nichts. Plötzlich hatte der Sohn ihres Bruders das Interesse an der Selbstzerstörung verloren.

4.

Nun, fünfunddreißigjährig, zwanzig Kilo schwerer, mit schütterem Haupthaar und kräftigem Bart, war Jo ruhig, gesetzt und *glücklich*. In den vergangenen Jahren hatte er gelernt, daß Glück nichts Spektakuläres sein mußte.

Am Mittwoch, den 11.9., reichte ihm Tante Klara einen Brief, als er abends gegen 21.30 Uhr nach hause kam. Letitia habe ihn abgegeben, sagte sie lächelnd. Jo öffnete ihn und las vor. Tante und Neffe sahen sich verdutzt an und brachen dann in Gelächter aus.

„Oh, nein, warum denn ich? Ich bin doch so was von ungeschickt!" Vorsichtig und beinahe zärtlich nahm er das Blütenblättchen aus dem Umschlag.

„Du könntest es gleich machen. Dann wärme ich dir inzwischen die Suppe noch mal auf."

„Meinst du das geht gut? Aber ich kann's probieren. Wer nicht wagt...stimmt's?"

„Geh' buddeln, mein Junge!" Klara schickte ihn kopfschüttelnd in den Garten. Es würde ihr schon gefallen, wenn Jo sich einmal mit einer jungen Frau treffen würde. Und warum denn nicht Letitia? Daß die beiden sich mögen, wußte sie. Noch einmal steckte Jo den Kopf zur Tür herein und rief: „Wie ist denn das gemeint gewesen, das mit *Liebe gießen*?"

Klara rührte scheinbar unbeteiligt im Suppentopf, aber sie schmunzelte: „Nun, wenn du ein Kind hättest, dann würdest du doch auch kein Wasser draufgießen, oder? Du würdest irgendwas machen, damit es merkt, daß du es lieb hast."

„Ich würde mit ihm Indianer spielen, glaube ich." sagte er grinsend.

5.

„Weißt du, eigentlich hätte ich schon gerne eine Familie, eine Frau und ein Kind. Aber ich hab Angst, daß es dieselben Probleme bekommt, wie ich. Wie mein Vater. Wie mein Urgroßvater. Meine Eltern haben nie vor mir von ihm gesprochen, weißt du, aber ich hab's gehört. Auf einer Beerdigung. Da saßen sie alle mit traurigen Gesichtern herum und haben darüber gesprochen, wie schlimm es meinen Urgroßvater erwischt hatte. Er war wohl Leutnant. Sicher war er Leutnant, ja, auf der Kadettenschule war er auch; ich glaube, das war's. Dann hat er angefangen zu spielen. Poker und Roulette, alles, was angeboten wurde. Pferderennen, Hunderennen, Boxen. Zum Schluß nahm keiner mehr seine Wetten entgegen. Dann fing er an zu trinken, er soll sogar Opium geraucht haben. Aber ich weiß nicht, ob da die Phantasie mit meinen lieben Verwandten durchgegangen ist.

Weißt du, ich habe unheimliches Glück -Glück, hörst du- daß ich Tante Klärchen habe.

Mein Uropa hatte jedenfalls keins. Er ist stockbesoffen aus einem Bordellfenster gefallen. Aus dem dritten Stock. Er war sofort tot, aber er hatte im Laufe des Abends noch die Dame bezahlt, bei der er war. Auf ein Stück Papier hat er ihr einen Schuldschein geschrieben, den sie bei meiner Urgroßmutter einlösen sollte. Und weißt du was, die hatte sogar den Mut dazu! Meine Uroma soll sie aber rausgeschmissen haben.

Sie hieß Philomena. Mein Opa, der Sohn von Uroma Philomena, ist gefallen, ich habe ihn nie kennengelernt. Er war wohl zu jung, um Spieler zu werden. Vorher hat er aber noch geheiratet, mit gerade mal achtzehn Jahren. Kriegshochzeit, sagte man dazu. Das war damals wohl so, wenn ein Kind unterwegs war. Meine Oma bekam einen Sohn, meinen Vater. Als sie dann wieder geheiratet hat, kam meine Tante zur Welt. Wenn ich einen Sohn bekäme...mit dieser Scheiß-Veranlagung... Weißt du, da denke ich, daß ich vielleicht die Reihe abbrechen sollte. Wer weiß, was *vor* meinem Uropa war? Nee, lieber kein Tölles mehr."

Eine Studie entsteht

1.

Obwohl Sonntag war, saß Berit am Tisch und machte Hausaufgaben. Nicht ihre eigenen, die hatte sie am Freitagnachmittag schon fertig, als sie sich zum Essen an den Tisch setzte. Berit machte die Hausaufgaben ihres Bruders. Dafür mußte er ihr versprechen, sie das nächste Mal, am Mittwochnachmittag, zum Schachclub mitzunehmen. Berit spielte noch nicht lange Schach, aber sie begriff die Dinge irgendwie schneller, als die meisten anderen Kinder. Deshalb nahm Tönjes sie auch nicht gerne irgendwohin mit. Es war ihm peinlich, das seine kleine Schwester alles konnte, was er auch konnte. Zum Beispiel Mathe. Seine Hausaufgaben mit der Bruchrechnung. Aber sie konnte es nicht nur, es machte ihr sogar Spaß. Und das war etwas, was Tönjes niemals begreifen würde: wie Mathe Spaß machen kann!

Berit liebte alles, was mit Lernen zu tun hatte. Fachbücher lesen, Geschichten schreiben, Knobelaufgaben lösen, Lieder texten und laienhaft komponieren. Sie würde gern ein Instrument spielen, aber der Weg in die Stadt (die einzige größere Stadt, wo sich Gymnasium, Musikschule und Krankenhaus befanden, nannten alle nur *Stadt*) war weit und zu umständlich. Berit war erst acht Jahre alt und besaß noch keinen Schülerfahrausweis. Dann könnte sie täglich nach Kloster Aux fahren, aber bis dahin würden noch zwei Jahre vergehen.

Plötzlich knatterte draußen Jos Moped vorbei, und Berit dachte gerade daran, daß Jo versprochen hatte, mit ihr Schach zu spielen. Er wollte ja nicht so recht, aber Berit konnte ihn mit kindlicher Logik davon überzeugen, daß Schach so wichtig wie die Mathe-Hausaufgaben war. Während sie darüber nachdachte, hörte sie das Moped zurückkommen, vor dem Haus wenden (den Briefkastenschlitz klappern) und weiterfahren. Schnell legte sie den Stift weg und lief zur Tür. Neugierig war sie nämlich auch. Furchtbar neugierig, alles mußte sie wissen, herauskriegen, erklären und verstehen. Und dann lag da dieser Brief. Vorsichtig hob sie ihn auf und las:

Maria Poppen, persönlich.

„Blödsinn, warum sollte denn Jo der Mama einen Brief schreiben?" flüsterte sie nachdenklich, während sie ihn vor ihrer Nase hin und her schwenkte. Logisch, der meint mich, dachte sie. Ich hab' ja gesagt: schreib' mir'n Zettel, wenn du Zeit hast. „Da hat er glatt den Namen verwechselt." Sie schüttelte lachend den Kopf und riß den Brief auf. *Liebe Berit* stand da. „Na bitte, sag ich doch." Berit war erleichtert, denn so ganz wohl war ihr dann doch nicht bei dem Gedanken, es könnte *wirklich* ein Brief für Maria sein. Nicht nur, weil sie dann erklären müßte, warum sie den Brief geöffnet hatte, und ihre Erklärung hätte eine bessere Geschichte sein müssen als die von vermutlich verwechselten Namen. Nicht, daß ihr *das* Probleme bereitet hätte. Aber wer weiß, was drin gestanden hätte? Da könnte die Phantasie beinahe mit ihr durchgehen! Aber keine Frage, dieser Brief war für sie. Sie las ihn durch und dachte: meine Güte, ich bin doch kein Baby mehr. Wie kann man als Erwachsener nur so einen albernen Brief schreiben!

Trotzdem nahm sie das Blütenblatt-Samenkorn und pflanzte es ein. Hier von ihrem Platz aus konnte sie hinübersehen in Letitias Garten. Letitia hatte ein Ding mit drei ebensolchen Blütenblättchen dran, das war schon zwanzig Zentimeter hoch. Es glänzte metallisch, und stand auf einem Stengel, der so starr war wie ein Dirigentenstab. Und bei Hinni-Jimmi drüben stand eins mit einem fünfzig Zentimeter hohem Stämmchen. Seine Blütenblättchen erinnerten Berit an eine Kinderwindmühle. Nur die Mühle drehte sich nicht. Berit schaute intensiv in die Nachbargärten und überlegte. Dann erhellte sich ihr Gesicht und sie sagte: „Sie dreht sich *noch* nicht! Das ist die Lösung. Sie ist nämlich *noch nicht reif*!"

2.

Berit glaubte, der eigentlichen Lösung damit recht nahe gekommen zu sein, und fühlte sich in der richtigen Stimmung, ein Referat und/oder eine Reportage über das Wachstum des von ihr benannten *Buxus metallus* zu schreiben. Berit war ganz aufgeregt. Buxus metallus, das klingt richtig wissenschaftlich, dachte sie.

Eine halbe Stunde später stand sie mit der Polaroid im Garten und machte ein Foto von der Pflanzstelle. In ein Heft notiert sie:

Brief erhalten am: 15. September

gepflanzt am: 15. September, 15.23 Uhr

Name: Buxus metallus

geschätzte Endhöhe: 50 cm

Später, nachdem sie gerechnet und alles durchdacht hatte, änderte sie die geschätzte Endhöhe in: 1,00 m

Darunter klebte sie das Foto, auf dem nur ein wenig aufgeworfene Erde inmitten üppigen Rasens zu sehen war.

Am Abend hatte sie bereits einen Beobachtungsfahrplan entworfen, den sie folgendermaßen auf der hintersten Heftseite festhielt:

1. Datum: Abkürzung   1D
2. Zeit: 2Z
3. Dauer d. Beob.   3D
4. Höhe   4H
5. Farbe   5F
6. Besonderheiten   6B

Auf Seite zwei entwarf Berit einen Wachstums(mit-Liebe-gießen)reim, der sich wie eine Beschwörungsformel anhörte.

Dreiblättrig Kraut, silbrige Haut.

Wachs in meinem Blumengarten, laß mich nicht so lange warten.

Ich will dich mit Liebe gießen,

dann kannst du bis zum Himmel sprießen.

Bist du reif und bläst der Wind, drehn deine Flügel sich geschwind.

Drehn deine Flügel sich im Wind!

Dieser letzte Satz bereitete ihr dennoch einige Sorgen. Denn angenommen, der Buxus metallus wäre dazu bestimmt, sich im Wind zu drehen wie eine Windmühle, dann müßte er erheblich größer werden als nur einen Meter. Denn dort unten, zwischen Heckenrosen, Johannisbeeren und Rhododendron, ist *ein* Meter genauso gut wie ein halber. Dort unten herrscht Flaute. Weiter angenommen, er würde erheblich größer werden als einen Meter, dann müßten seine Flügel sehr viel breiter und länger werden, als sie es bei Hinni-Jimmis Buxus sind. Angenommen, sie werden es. Angenommen, der Stamm wird größer und kräftiger. Angenommen, der Wind bläst in ein derart riesiges Windspiel, nur angenommen...

Berit bekam beinahe keine Luft mehr vor Aufregung. Eine irre Vision hatte sich in ihrem Kopf breitgemacht. Wenn genau das passierte, was sie sich vorstellte, würde das heißen, das etwas in ihrem Garten (und dem Letitias und Hinni-Jimmis) wachsen würde, das genauso aussah, wie die Windräder, die Strom erzeugen konnten. Aber: ihres hier wuchs aus eigener Kraft. Ohne Kran und LKW, die Einzelteile heranschleppten und aufstellten. Gerade wollte sie aufspringen und „Mama!" rufen, da schlug sie sich in letzter Sekunde die Hand vor den Mund. Sie fragte sich, ob ihre Phantasie nun tatsächlich mit ihr durchging.

Augenblicklich befand sie sich in einer Zwickmühle, saß zwischen zwei Stühlen: der eine Stuhl war bequem, ein Studiersessel; von dem aus sie gemütlich beobachten und ihren Wissensdurst stillen konnte. Sich Anerkennung erwerben, Können und Gespür beweisen. Den ewigen Nörglern und Zweiflern beweisen, daß sie nicht abschrieb und nachplapperte, sondern ihren Kopf benutzte. Dieser Stuhl hieß Triumph.

Der zweite Stuhl war ein Notsitz; von dem man jederzeit aufspringen konnte, der zu ungemütlich war, um einzuschlafen und den man zusammenklappen und als Waffe benutzen konnte. Vielleicht aufrütteln, einen Fehler zugeben (das Ding gepflanzt) und kämpfen müssen. Dieser Stuhl hieß Angst.

Sie blätterte noch einmal zurück und machte einen Zusatz bei geschätzte Endhöhe: 1,00 m / wahrscheinlich höher-> 20 Meter! Etwas ungläubig starrte sie
auf das Geschriebene.

Zwanzig Meter! Oder höher! Lebendig oder nicht, Tier oder Pflanze, wieviel
Macht würde es haben? Und über wen? Und vor allem: Wofür?

Das verwirrende an ihren Gedanken war aber, daß nicht der zweite Stuhl ihr
Angst *machte*, sondern der erste. Aufspringen und weglaufen war vielleicht
unmöglich, wenn man zu fest (im Sessel) schlafen würde. Aber: Fiele ihre
Wahl auf Nummer 2, würde sie Bedenken äußern und ihre Fragen andeuten,
dann würde man sie wieder vorlaut, altklug und hochnäsig nennen. Die Erwachsenen würden meinen, nur weil sie selbst nicht drauf gekommen sind,
gäbe es das Problem nicht. Wie in der Schule, dachte sie ärgerlich, wenn ich
ein Ergebnis auch ohne hundert Zwischenschritte zustande bringe, denkt der
Lehrer, ich habe irgendwo abgeschrieben. All diese Gedanken jagten wie ein
Schwarm zänkisch schwatzender Spatzen durch ihren Kopf.

Sie blieb sie also zwischen den Stühlen sitzen und schwor sich, wachsam zu
sein.

3.

„Berit, wenn du mitkommen willst, dann mach hin! Hol' dir von Mama Bus-
geld! Uuund maaach jetzt!"

„Ich komm nicht mit!"

„Bist du blöd? Wieso denn nicht? Erst nervst du dauernd und dann..." Plötzlich hielt Tönjes den Mund. Wie dumm! Das war doch das beste, was ihm
passieren konnte, und was tat er hier? Er hatte nichts besseres zu tun, als Berit
zu überreden, mitzukommen. Schnell schnappte er seine Jacke und verschwand.
Seine etwas pummelige Schwester saß an ihrem Schreibtisch und las die Noti-
zen: 1D18/9 - 2Z13.00 - 3D5min - 4H9cm - 5Fs.h. - 6B Morgen ist es so weit!
Es hat eine Spitze, wie eine Tulpenknospe, hart, glatt, glänzend, metallisch.
Nebenan (L.) genauso 4H30, (H.-J.) wächst weiter 4H60!
Sie klappte das Heft zu und überlegte, was als nächstes an der Reihe war. Und
plötzlich wußte sie es. Sie würde einen solchen Brief schreiben und an jeman-
den einen Buxussamen abgeben. Nachdem sie ihn gerupft hatte. Aber an wen?
Da waren mehrere Punkte zu bedenken: 1. Gab es ein Verteilungssystem? 2.
Wenn ja, wie funktionierte es? Berit glaubte, daß das System existierte, und
zwar innerhalb des Dorfes. Wenn Hinni-Jimmi einen Buxus hatte und Letitia
auch, dann bestimmt auch andere. Denn: Berit hatte noch nie gesehen, daß *die*

beiden miteinander gesprochen hätten. Letitia und Jo, das schon. Dabei kam ihr die Idee, daß, wenn es zwischen ihrem Buxus und dem von Jo eine Verbindung gab, eine zwischen Jos und Letitias, und Letitia hatte ihres zweifellos nicht von Hinrichsen. Letitia und Sophia. Sophia und Hinrichsen. *So* war es. Jetzt brauchte sie nur noch herauszukriegen, wer noch keinen Ableger hatte. Sie würde bestimmt niemanden brauchen, der ihr half herauszukriegen, wer als nächster an der Reihe war.

4.

Zwei Stunden später war sie mit genaueren Informationen zurück. Sie notierte Namen und machte eine Zeichnung.

Im Moment war sie sich nur nicht ganz im Klaren, ob Sophia zwei solcher Ableger hatte oder einer Luise gehörte; wahrscheinlich schon, obwohl *die* nicht genau in ihr sonst so klar entworfenes Bild paßte. Eines allerdings war ihr klar, daß Benjamin den Vater oder die Mutter der Bäumchen in seinem Garten beherbergte, das hatte ihr Rundgang ergeben. Aber woher...logisch, auch ein Brief! Bliebe das Warum und das Wohin.

Berit legte den Stift weg und ging hinaus. Eine Frage hatte sie noch zu klären. Wer sollte Nummer 7 bekommen? Aber das war leicht. Es waren nur noch zwei Familien übrig: Devries und Müllerjohans. Damit war die Entscheidung für Berit auch schon gefallen.

Kontraste

1.

Als Fenna Devries am Donnerstag Abend aus dem Fenster in den Garten sah, wurde sie etwas ungehalten. Jan und Tim standen mit einem Spaten hinten am Zaun im Garten. Und dieses widerlich vorlaute Poppen-Mädchen war auch da. Warum mußten ihre Söhne ausgerechnet mit *der* spielen? Fenna Devries warf die Zeitschrift auf den Boden und ging ebenfalls hinaus.

„Oh, Mist, eure Mutter kommt." flüsterte Berit Jan und Tim zu. Erschrocken drehten sich die beiden absolut synchron um. „Guten Tag, Frau Devries." flötete Berit nun höflich.

„Na, was treibt ihr hier?" fragte Fenna ihre Söhne. Berit beachtete sie nicht. Dieses Kind war ihr ein Dorn im Auge. Alles, was ihre Jungs im Laufe der ersten zwei bis vier Jahre lernten, konnte Berit schon eher, obwohl sie ein Jahr jünger war. Schreiben und lesen beherrschte sie schon mit fünf Jahren. Nur ihre Eltern, diese eingebildeten Trottel, merkten nichts davon. Als Jan und

Tim in der ersten Klasse waren, hat dies schreckliche Kind den beiden beim Lesen geholfen. Man stelle sich das vor! Ein wütender Blick streifte Berit nun von der Seite. „Also, was soll die Graberei? Hat Fräulein Neunmalklug ihren Wellensittich umgebracht? Soll das ein Grab werden?"

„Mama! Wie kannst du..." begann Tim den Satz und Jan beendete ihn, wie gewöhnlich. *„nur so was denken!"*

„Ich habe keinen Wellensittich, sondern einen Hund. Aber für ihn wäre das Loch nicht groß genug." konterte Berit.

„Wir haben nur etwas ausgesät... *Ein Experiment im Heimatkunde* ...Unterricht bei Frau Tiegel." erklärten die Zwillinge.

„Ach nee, und Fräulein Neunmalklug geht wohl in eure Klasse?" bohrte Fenna weiter.

„Nein, aber so ein Experiment ...muß doch von viel mehr Kindern gemacht werden...*als nur von einer Klasse."*

„Genau, sonst ist es nicht repräsentativ." Fennas Kopf fuhr herum. „Habe ich dich gefragt?" herrschte sie Berit an. Dann ging sie, ohne ein weiteres Wort zu sagen, zurück zum Haus.

„Oh, nein, das wäre...*beinahe schief gegangen!"*

„Die kann mich nicht leiden." Berit schüttelte den Kopf. „Manchmal denke ich, die haßt mich."

„Mach dir nichts draus...*Mama haßt beinahe jeden."*

„Wie haltet ihr das nur aus? Mann, ihr könnt einem leid tun."

„Halb so schlimm." Jan schüttelte den Kopf, und Tim grinste breit, dann sagte er: „Uns liebt sie, verstehst du?"

„Meint ihr eure Mutter könnte die Tiegel anrufen?"

„Nö, für die Schule...*interessiert sie sich nicht."*

„Könnt ihr eigentlich nie normal reden? Einer nach dem anderen?"

Tim und Jan guckten sich verdutzt an und dann lachten sie laut los. „Nein Nein!" Sie brüllten so laut, daß ihre Mutter vom Sofa aufstand und aus dem Fenster sah. Liebevoll strich ihre Hand über die Fensterscheibe. Meine Zwillinge, dachte sie. Meine. Und dieses Gör von nebenan soll nur aufpassen!

2.

Fenna Devries hatte manchmal Probleme, die Dinge so zu sehen, wie sie wirklich waren. Sie ärgerte sich über Berit, weil sie glaubte, das Mädchen würde nur deshalb so schlau sein, weil sie intelligentere Eltern hatte. Eltern, die ihr mehr Intellekt vererben konnten. Da sie nicht wußte, daß das eine mit dem andern nichts zu tun hatte, gab sie sich selbst die Schuld daran, daß ihre Söhne nicht genauso schnell im Begreifen waren. Sie hatte wenig Vergleichsmöglichkeiten mit anderen Kindern, denn sonst hätte sie bemerkt, daß Berit schneller als die meisten anderen Kinder war. Berit selbst *wußte* das auch nicht, aber sie hatte so ihre Vermutungen. Jan und Tim waren ganz vernarrt in Berit, weil sie immer neue Ideen hatte und viele Dinge auf ganz selbstverständliche Art und Weise beherrschte. Wenn Fenna einmal das Spiel der drei Kinder aufmerksam beobachtet hätte, ohne den ohnmächtigen Haß auf Berit, wäre ihr inzwischen aufgefallen, daß ihre Jungs sich gar nicht daran störten.

Für Fenna Devries spielten solche Überlegungen jedoch keine Rolle. Sie war sich auf beinahe selbstzerstörerische Art bewußt, daß sie selbst ungebildet war. Sicher, clever genug war sie, sich einen Mann zu angeln, der schon relativ schlau war; jedoch dumm genug, sie zu heiraten. Diese ihre Meinung über sich ließ sie niemals eine ruhige Minute finden. Immer war sie auf der Flucht vor Entdeckung, Mitleid und Belehrung. Wenn jemand eine harmlose Unterhaltung mit dem Satz: „Wissen Sie eigentlich..." begann, dann fühlte sich Fenna sofort angegriffen. Allerdings gab es Dinge, die sie wirklich nicht wußte, und die sie sich auch nicht erklären konnte. Da wäre zum Beispiel Volkers Liebe zu ihr. Sicher, ihr Kennenlernen war so eine Art Konfusion gewesen. Jeder der beiden hat versucht, den anderen beziehungsweise *einen* anderen zu betrügen. Dabei müssen wir uns irgendwie gefunden haben, dachte Fenna einmal. Trotzdem war sie sich seiner Liebe sicher, und sicher war sie sich auch, daß sie diese Liebe erwiderte. Nur *zeigen* konnte sie sie nicht richtig. Das war bei ihren Söhnen ganz anders. Die liebte sie echt, aufrichtig, unaufdringlich, aber nachdrücklich. Eigentlich wollte sie nie Kinder haben, und wenn, dann ein Mädchen. Aber als Jan und Tim erst einmal da waren, war sie so vernarrt in die Zwillinge, daß sie andere Kinder nicht ausstehen konnte. Und Mädchen erst recht nicht, diese rüschenbesetzten zartbesaiteten Ungeheuer fand sie zum Kotzen.

Wenn allerdings Tim und Jan unbedingt mit Mädchen spielen wollten, mußte sie es ertragen. Sogar dieses Mädchen.

3.

Fenna Devries hatte sich vorgenommen, ihre Emotionen und Ausbrüche besser unter Kontrolle zu haben. Ja, auch sie hatte ihre Geschichte, genauso wie Letitia und Jo. Wie alle im Dorf, und sie hoffte, daß niemand davon erfahren würde. Jedermann wußte, daß Letitia Aden, diese kleine Hure, wie sie sie nannte, irgendwas daran gedreht hatte, daß sie zu diesem Haus kam. Volker hatte ihres gemietet, und die kleine Hure sollte genug Kohle haben, eins zu kaufen? Niemals. Außerdem, so hatte sie einmal gehört, soll es einem jungen Mann gehört haben, der es von der Gemeinde kaufte. Und der Fettwanst, der bei seiner Tante wohnt, dachte sie schlecht gelaunt, der hat auch Dreck am Stecken.

Fenna saß auf dem Sofa und hielt die Zeitschrift so fest umklammert, daß ihre Fingerknöchel weiß hervortraten. Nur die Ruhe, sagte sie sich, alles halb so schlimm. Aber das stimmte nicht. Sie wußte ganz genau, daß es nicht halb so schlimm, sondern mindestens doppelt so schlimm war. Oh, sie wußte sogar noch mehr. Zum Beispiel, daß sie langsam verrückt würde, wenn sie sich nicht jeden Tag mehrmals einreden würde, daß Tim und Jan sie dringend bräuchten. Wenn sie erkennen würde, daß die beiden alleine zurecht kämen, Hausaufgaben mit Fräulein Neunmalklug, essen bei der alten Schlampe und dem Fettwanst, und zum Schlafen hätte die kleine Hure Platz genug...dann würde sie ausrasten.

„Neiiiin!" brüllte sie entsetzt und sprang auf. Rannte zum Fenster und suchte ihre Kinder...Da! Schnell atmete sie tief durch und versuchte sich zu beruhigen. Jan und Tim spielten allein draußen im Garten. Bauten einen Zaun aus kleinen Zweigen um das bescheuerte Heimatkunde-Experiment.

Sie war immer in Sorge um die Kinder. Damals, als sie ihren großen Aussetzer hatte, war das auch so. „Es war nur die Sorge, ich könnte zu spät kommen", hatte sie dem Polizisten erklärt. Der war auch kein richtiger Bulle, dachte sie, der war vom psychologischen Dienst. Trotzdem hatte er sie festgenommen. Oder nur mitgenommen? Manchmal konnte sie sich nicht richtig erinnern. Nicht an Einzelheiten wie Anlässe für ihr Durchdrehen oder Gründe für manche Schwierigkeiten. An diese eine Sache damals konnte sie sich aber ganz genau erinnern. Da gab es auch nichts zu beschönigen. Nur zu erklären vielleicht. Und natürlich hatte sie recht gehabt, auch *wenn* sie vor Gericht so tun mußte, als ob es ihr leid täte.

Im Grunde fing es damit an, daß Volker unterwegs war mit seinen Türklingeln und sie die Kinder aus dem Kindergarten abholen mußte. Es war aber nichts mehr zu trinken im Haus, und es war so heiß! Schwül und trocken gleichzeitig. Also fuhr sie los, um im Getränkemarkt Wasser und Saft einzukaufen. Dummerweise hatten aber hunderte von Menschen den gleichen Einfall zur gleichen Zeit. Die Straßen waren verstopft, Parkplätze nicht vorhanden und der Markt voll. Das war die Ausgangssituation. Fenna hatte es äußerst eilig. Während der Fahrt hatte sie das Fenster herunter gekurbelt und schrie wild um sich. Vor dem Getränkemarkt fuhr sie zwei Runden auf dem voll besetzten Parkplatz. Dann fand sie endlich, schwitzend und fluchend, eine Parklücke im Parkverbot. Ein älterer Mann sprach sie darauf an, und es fehlte nicht viel, daß sie ihm ihre Handtasche ins Gesicht geschleudert hätte. Statt dessen schrie sie ihn an, er solle das Maul halten und seine Finger in den eigenen Arsch stecken. Hochrot und sprichwörtlich wütend wie ein Stier raste sie in den Markt. Ein Blick auf die Uhr sagte ihr, daß sie (nur) noch 45 min Zeit hatte, um einzukaufen und zum Kindergarten zu fahren. Fenna ergriff einen Wagen, bahnte sich einen Weg zu Wasser und Saft, fand was sie suchte und schob die Karre hinüber zur Kasse. Und dort war sie die Letzte in einer nicht enden wollenden Reihe. Nervös schaute sie auf die Uhr. Die Zeiger begannen zu rasen. Sie konnte das Klicken des Minutenzeigers direkt hören. Klack-klack-klack- immer im Takt. Noch etwas hörte sie, etwas, das gar nicht da war. Sie hörte einen Reim, einen bösen Reim, der ihr den Verstand raubte.

Mietz und Mautz, die Katzen, erhoben ihre Tatzen.
„Tim und Jan, die beiden, müssen derbe leiden.
miau, mio, miau, mio, brennen beide lichterloh!"

Tief in ihrem Inneren wußte sie, daß das nicht stimmte. Beide waren im Kindergarten gut aufgehoben. Sie versuchte, den Reim unten zu halten, unter der wahren Bewußtseinsebene. Er durfte nicht an die Oberfläche kommen. Trotzdem versuchte sie, schneller zu sein und sprach die Frau vor ihr an. Erklärte ihr, daß sie schnell zum Kindergarten müsse.
„Natürlich, gehen Sie nur vor."
„Danke schön."
Die erste Hürde war genommen. Nur noch eins..zwei..sieben..dreizehn Leute vor ihr. Auf dieselbe ruhige und freundliche Weise schaffte sie es bis zu Nummer neun. Der Herr an der achten Stelle war bereits zur Seite getreten, da schob sich von hinten eine andere Kundin in die entstandene Lücke. Fenna war empört. Sie hatte sich diese Lücke erbettelt, obwohl betteln sonst nicht gerade ihr Ding war.
„Gestatten Sie bitte", tippte sie der Frau auf die Schulter, „ich habe es besonders eilig. Meine Kinder sind im Kindergarten, ich muß...“
„Ja, ja, wer muß schon nicht, nicht wahr?" Die schnelle Kundin drehte sich nicht einmal um.

„Bitte entschuldigen Sie, ich finde das nicht richtig." beharrte sie.

Keine Antwort.

Langsam, ganz langsam, spülte ein innerer Ozean weiße Gischt an die Oberfläche. Auf den Schaumkronen der Wellen sangen unsichtbare Sirenen böse Worte. *Mietz und Mauz, die Katzen.*

Weg, dachte sie, weg, verschwindet! *...erhoben ihre Tatzen.*

Nein, ich höre das nicht. N e u n u n d n e u n z i g S c h n e i d e r , d i e w i e g e n h u n d e r t P f u n d, sinnierte sie.

Wie ging das Weiter? Verdammt, den blöden Reim habe ich den Jungs doch andauernd aufgesagt. Aufgesagt.

Fenna wußte den Schneiderreim nicht mehr. Statt dessen miauten die Katzen weiter:

Jan und Tim die beiden, müssen derbe leiden.

„Bitte, ich muß in den Kindergarten..." wimmerte sie. Daß sie den Wagen nur stehenlassen bräuchte, kam ihr nicht in den Sinn. Ihr Denken war komplett erstarrt. Es war nur noch die Angst um ihre Kinder übriggeblieben. Blinde Angst. Ohnmächtige Angst. Alles verzehrende Angst.

Miau, mio, miau, mio, brennen beide lichterloh.

Fenna Devries packte ihren Wagen mit beiden Händen, atmete ein, hielt die Luft an und dann...schoß der Wagen mit Gewalt in die Fersen der Kundin vor ihr. Die Mittvierzigerin schrie auf. Sie war schreckensbleich. Ihre Fersen brannten wie Feuer. Ohne nachzudenken griff sie ihrer Gegnerin an die Brust und riß ihr die Hemdtasche heraus. Fenna schnappte sich daraufhin eine der Mineralwasserflaschen und schlug sie der Brünetten über den Kopf. Die Frau, die die abgerissene Hemdblusentasche noch in der Hand hielt, ging wortlos zu Boden. Bei den Umstehenden kam es zu heftigen Wortwechseln. Die Polizei mußte gerufen werden, der Krankenwagen, der Verkaufsstellenleiter. Es floß Blut aus einer klaffenden Kopfwunde. Die Zuschauer waren schockiert. Manche von ihnen machten das Wetter dafür verantwortlich, andere die Medien, dritte sprachen vom Ende der Vernunft auf Erden. Nur Fenna dachte an nichts, sie kämpfte mit den Wogen des Wahnsinns.

Mietz und Mauz die Katzen, erhoben ihre Tatzen

N e u n u n d n e u n z i g S c h n e i d e r , d i e w i e g e n h u n d e r t P f u n d .

Jan und Tim, die beiden, müssen derbe leiden, miau, mio, miau, mio

U n d w e n n s i e d i e n i c h t w i e g e n , d a n n s i n d s i e n i c h t g e s u n d .

brennen beide lichterloh!

Noch Stunden später saß Fenna im Polizeiwagen und sprach nichts anderes als den Reim von den neunundneunzig Schneidern. Jan und Tim hatte sie aufgegeben. Sie glaubte ihre Jungs tot, verbrannt, und hielt sich mit aller noch verbliebener Kraft an dem Reim fest, den sie ihnen, seit sie Krabbelkinder waren, aufgesagt hatte. Mietz und Mauz waren verschwunden, hatten ihre Hiobsbotschaft überbracht und waren auf dem Weg, jemand anderes verrückt zu machen.

4.

Jan und Tim hatte die Kindergärtnerin mit zu sich nach hause genommen. Eine Krankenschwester kümmerte sich darum, daß der Vater der Kinder informiert wurde und sie abholen kam. Er kam spät in der Nacht und trug die schlafenden Kinder ins Auto.

Im Krankenhaus, genauer gesagt in der Neurologischen Abteilung, auf einer Station, die durch eine verschlossene (Panzer) Glastür von der Außenwelt abgeschnitten war, kam Fenna Stunden später wieder zu sich. Sie erfuhr, daß die Frau, mit der sie diese Auseinandersetzung hatte, ebenfalls im Krankenhaus lag. Mit einem Schädelbasisbruch lag sie noch im Koma. Fennas Rechtsanwalt riet ihr, der Familie ihr größtes Bedauern zu übermitteln und zumindest Blumen in das Krankenzimmer zu schicken. Während der folgenden Verhandlung wurde auf Schuldunfähigkeit plädiert und Fenna zu einer Therapie „verurteilt".

Als sie aus dem Krankenhaus entlassen und wieder zu hause war, meldete sie die Jungs vom Kindergarten ab.

Von nun an wollte sie sie nie mehr aus den Augen lassen. Fenna hockte wie eine Glucke mit ausgebreiteten Flügeln über ihren Jungen. Tag und Nacht las sie ihnen jeden Wunsch von den Augen ab, umsorgte und verwöhnte sie. Schwierig wurde es erst, als Jan und Tim in die Schule kamen. Jeden Tag brachte sie die beiden in die Schule, damit sie nicht mit dem Schulbus fahren mußten. Anfangs wartete Fenna Stunde für Stunde auf dem Schulhof, damit sie während der Pausen aufpassen und mit ihnen zusammen sein konnte. Bis sie eines Tages der Direktor der Grundschule darauf aufmerksam machte, daß die Jungs darunter leiden würden, wenn die anderen Kinder sie „Muttersöhnchen" nannten, weil ihre *Mama* täglich in den Pausen kam und sie behütete. In Wahrheit waren Jan und Tim zum Direktor gelaufen und hatten ihm erklärt, sie würden solange nicht mehr in die Hofpause gehen, bis ihre Mutter sie in

Ruhe ließe.

Im Laufe der drei Schuljahre, die Jan und Tim jetzt schon absolvierten, mußte Fenna ihnen immer mehr Freiheiten zugestehen. Bastelnachmittage, Korbball- oder Fußballspiele, Kindergeburtstage. Und immer wieder Berit Poppen.

5.

„So, der Brief...*ist fertig, Berit.*" Jan faltete ihn zusammen und schob ihn in den Umschlag. Tim ließ die kleine Pinzette und das Blütenblättchen, das er am Mittag herausgezupft hatte, ebenfalls hineinfallen.

„Einer von euch muß den Brief jetzt zu Brutus Frauchen rüber bringen." erklärte Berit.

„Aber ich nicht...ich kann das auch nicht." Beide schüttelten die Köpfe.

„Vielleicht kann eure Mutter das machen?" Berit fiel die Bemerkung der Jungs ein, daß ihre Mutter *alles* für sie tun würde.

Am gleichen Abend ging Fenna Devries mit dem Brief in der Hand über die Straße. Sie warf ihn in den Briefschlitz der Eingangstür. Jan und Tim hatten ihrer Mutter erklärt, dieser Brief hätte fälschlicherweise in ihrem eigenen Brief- kasten gelegen, in der Tierfreunde-Zeitschrift, die beide abonniert hatten.

Der zweihundertsechsunddreißigste Tag des Jahres
1.

Der zweihundertfünfunddreißigste Tag des Jahres endete mit einer kleinen, sehr privaten Party. Marlene und Heinard hatten etwas zu feiern. Den Ab- schluß eines Geschäftes. Heinard sprach nicht oft über seine Geschäfte; ei- gentlich sprach er gar nicht darüber. Dieses Mal jedoch gestattete er sich die kleine Freude, seinem Stolz Luft zu machen. Er kam mit mehreren Tüten aus seinem Lieblingsrestaurant nach hause. Chinesisch a la carte. Im Keller stan- den mehrere Regale mit ordentlich sortierten und reichlich verstaubten Fla- schen Weißwein, Sekt und Champagner, aber in der Mehrzahl Rotweine aller Art.

Nach dem Essen erzählte er Marlene von seinem Tag. Er schilderte seine Ein- drücke von dem Anwaltsbüro *Müller, Stukensaal und Mott (Rechtsanwälte und Notare).*

Heinard ließ sich von der prachtvollen Ausstattung des Entrees schon ein we- nig beeindrucken. Kunstdrucke, Grafiken und Fotografien zierten die Wände. Blumen und Grünpflanzen- Arrangements füllten die Nischen zwischen den Türen. Glaskästen mit Marionetten und kunstgewerblichen Objekten verlie-

hen dem Ganzen einen musealen Charakter. Für Heinard erzeugte die würdevolle Stimmung, die über der Szenerie hing, ein gewisses Kribbeln in der Magengegend. Das Geschäft fesselte seine Gedanken. Dann kam einer der Anwälte aus seinem Arbeitszimmer und betrat kurz danach ein anderes. Kam wieder heraus, öffnete die Tür zu einem weiteren Raum und verschwand darin. Wenige Minuten vor dem festgelegten Termin erschien endlich Heinard Müllerjohans' Vertragspartner. Einer der Notare kam aus einem Raum am Ende des langen Flures, gefolgt von Kaffeeduft und einer recht dichten Qualmwolke, und bat die beiden Herren in sein Arbeitszimmer. Ein Mahagonitisch und ebensolche Stühle, lederbezogen und schnitzereiverziert. Der Notar schob seine Brille auf die Nasenspitze und begann ohne Vorrede, den Text vorzulesen. Zwischendurch schaute er über die oberen Brillenglasränder und fixierte seine Klientel. „Erschienen sind zu Eins: Dr. Franz Scharf. Doktor der Medizin, verheiratet. Erschienen zu Zwei: Heinard Müllerjohans, Selbstständiger, ebenfalls verheiratet. Gegenstand der Verhandlung ist das Grundstück ...."
Heinard erwähnte Marlene gegenüber die Einzelheiten nicht. Grundstücknummer, -größe, -wert, -lage. Gemarkung, Flurstück. Das war für Marlene nicht wichtig. Die Kopie auf dem Mahagonitisch zeigte Striche, Kreise, Zahlen, gestrichelte Linien, schraffierte Flächen. Seitlich lag ein riesiger Pfeil. Auf dem Aktendeckel stand: Auszug aus dem Liegenschaftskataster -Flurkarte- (Rahmenkarte).
Grinsend dachte Heinard an die schnell vorgetragene Rede des Notars.
„Die Erschienenen baten um die Beurkundung eines Nutzungsvertrages, der im beiderseitigen Einverständnis notariell beglaubigt und somit rechtswirksam ist. Dieser Vertrag garantiert dem Erschienenen zu Zwei die unentgeltliche Nutzung des hier verhandelten Eigentums des Erschienenen zu Eins, in Klammer Wiese, auf Flurstück 75.
Die einzelnen Punkte der vorgenannten Vereinbarung werden im Nachfeld mündlich erarbeitet und zu einem späteren Zeitpunkt festgehalten. Festgehalten zum Zeitpunkt des Vertragsabschlusses wird nur Punkt eins der Vereinbarung wie folgt:
Alle Einkünfte aus der Nutzung des Grundstücks werden zu fünfunddreißig Prozent an den Eigentümer- erschienen zu Eins- übertragen. Soweit zu Erstens. Zweitens: Der Erschienene zu Zwei beantragt und der Erschienene zu Eins bewilligt... *die* Eintragung der entsprechenden Nutzungsberechtigung und die Möglichkeit *der* Aufnahme eines Hypothekendarlehens *im* Rahmen der gewerblichen Notwendigkeiten in Absprache mit *dem* Eigentümer."

Herr Mott atmete tief durch. Das letzte Stück des Textes ratterte er herunter und Heinard glaubte, nicht alles ganz verstanden zu haben. Verstanden im Sinne von hören. Aber er wußte, was in solchen Verträgen gewöhnlich stand, es war nicht sein erster derartiger Handel.

2.

Der zweihundertsechsunddreißigste Tag des Jahres begann ganz anders, als es der Abend davor versprach.

Marlene öffnete die Augen. Die Sonne schien durch die Spalten der Jalousie herein und ließ Staub auf ihren Strahlen tanzen. Sie wollte den Arm heben, um das Rollo weiter herunter zu lassen, aber er bewegte sich nicht. Zu schwer. Dann versuchte sie, sich auf die andere Seite zu drehen. Marlene stöhnte. Auch zu schwer. Sie schloß die Augen. Gelbe Schatten bewegten sich träge in Richtung Stirn. Tränen schossen ihr in die Augen, und eine riesige eiskalte Hand griff nach ihr. Sie fror ganz fürchterlich. Mit einer gewaltigen Anstrengung packte sie ihr Federbett, zog es bis an den Hals und drehte sich auf die rechte Seite. Geschafft, dachte sie erleichtert. Dann bemerkte sie den säuerlichen Geruch, der ihr von Boden entgegen stieg. Mein Gott, wie widerlich, waren ihre letzten Gedanken, bevor sie wieder in einen traumlosen alkoholschweren Schlaf fiel.

Stunden später wachte sie von einem bohrenden Schmerz in der Magengegend auf. Sie schleppte sich bis zur Zimmertür. Vorsichtig drückte sie die Klinke herunter und blinzelte durch den Türspalt. Als sie sich sicher war, alleine zu sein, tappte sie vorsichtig ins Bad. Sie ertastete mit der rechten Hand den Weg, vorbei an Schuhschrank und Kleiderständer. Den linken Arm preßte sie an ihren Bauch. Sie hatte das Gefühl, sonst würden ihr alle Eingeweide herausfallen. Ihr Magen hatte vor, sich umzukrempeln und in ihrem Hals saß etwas, das da nicht hingehörte. Ihr Kopf hatte die Größe eines Hüpfballes, und er bewegte sich auch so.

Endlich hatte sie das Bad erreicht und verriegelte die Tür von innen. Alles Weitere ging wie von selbst.

Unsicher kletterte sie dann in die Badewanne, um zu duschen. Das Wasser war schrecklich hart auf der Haut. Sie drehte den Hahn ab. Auf der Waschmaschine lag ein sauberes Laken auf einem Stapel Bettwäsche, gerade frisch gewaschen und zusammengelegt. Marlene wickelte sich darin ein. Es roch nach Waschmittel. Der erste normale Geruch, den sie heute wahrnahm. Vorsichtig schlich sie sich wieder zurück ins Schlafzimmer. Sie setzte sich auf die Bettkante. Jetzt erst bemerkte sie, daß sie ganz allein im Hause war. Im Moment fühlte sie sich noch zu schwach, um darüber nachzudenken, warum es *ihr* so schlecht ging und Heinard offensichtlich schon wieder unterwegs war. Jetzt wollte sie nur schlafen. Marlene suchte nach einer Decke. Auf dem Sessel, unter einem Haufen Wäsche lag ein kariertes Plaid. Sie schob den Wäscheberg zur Seite, kroch auf den Sessel und deckte sich zu. Noch ein Stündchen schlafen, dachte sie sich, aber es funktionierte nicht. Tief in ihrem Inneren tobte sich ein Schmerz aus. Mit spitzen Lanzen hieb er um sich, mit scharfen Schwertern schnitt er ihre Organe in kleine Stücke. In ihrem Kopf dröhnten Bässe, die bei den Ohren als ultraschallhohe Schwingungen herauskamen. Sie zog die Knie an und vergrub den Kopf zwischen Oberschenkeln und Armen. So konnte sie den Schmerz für ein paar Minuten bezwingen. Aber dann bekam sie keine Luft mehr und mußte den Kopf nach hinten werfen und die Beine strecken. Irgendwann, Marlene kam es vor wie eine Stunde, obwohl es nur knapp zehn Minuten waren, hatte sich ihr Körper damit abgefunden, daß der Magen leer blieb und der Kreislauf erschöpft war. Marlene konnte endlich schlafen.

Als sie am Nachmittag im Sessel erwachte, wußte sie nicht so genau, welcher Tag war. Sie zog sich an und ging in die Küche. Auf dem Tisch lag ein Zettel von ihrem Mann.

Wenn du bis in die Küche gehen konntest, wird es dir sicher besser gehen. Ruh dich aus, ich komme gegen fünf Uhr.

P.S. Übermut tut selten gut! H.

Oh, ja, so ist er, dachte Marlene, väterlich autoritär und kaltschnäuzig. Wahrscheinlich hatte sie seine Warnung, die letzte Flasche stehen zu lassen, in den Wind geschlagen. Er konnte natürlich aufhören zu feiern, wenn es am Schönsten war. Das letzte halbe Glas stehenlassen, die Whiskyflasche zuschrauben und wegstellen. Sogar aufräumen und Zähne putzen brachte er um zwei Uhr morgens noch fertig. Und er stand früh um sieben Uhr wieder auf und fuhr zur davon, wohin auch immer. *Das* haßte sie so an ihm.

3.

Abends, gegen sieben Uhr, sah Heinard Müllerjohans, als er eines unbestimmten Geräusches wegen zur Tür ging, einen Brief auf dem Boden liegen. Ohne Absender. „Marlene Müllerjohans" stand da in einer ihm unbekannten Handschrift. Er hob den Brief auf und brachte ihn seiner Frau. Marlene saß, in eine Decke eingewickelt, vor dem Fernseher. „Für dich."

„Danke." Sie öffnete den Umschlag und nahm den Brief heraus. Nachdem sie die erste Seite überflogen hatte, zerriß sie das Papier und ließ die Fetzen auf den Boden segeln.

„Was stand drin?" fragte Heinard über den Rand seiner Zeitung.

„Müll."

„Was für Müll?" Für ihn gab es nichts wirklich Unwichtiges.

„Lies doch mal vor."

„Kann nicht. Schon kaputt." Marlene sank in die Sofaecke.

Heinard schüttelte den Kopf. „Kind, Kind, du siehst schlimm aus." murmelte er mitleidig. Dann ging er hinüber und hob den zerrissenen Bogen auf. An seinem Schreibtisch klebte er die Teile wieder sorgfältig zusammen und begann zu lesen.

„Lieber Heinz-Arend!" Er stutzte. Auf dem Umschlag stand Marlene. Er ging noch einmal zum Sofa und fand ihn unter Marlenes Decke. Marlene Müllerjohans, stand da. Und der Brief war an ihn gerichtet. Komisch. Heinard setzte sich an den Schreibtisch und las den Brief. Marlene zog verächtlich einen Mundwinkel hoch und dachte: Muß er sich wieder wichtig machen. Dann sagte sie: „Müll, stimmt's?"

„Nicht unbedingt. Nicht direkt wichtig, das stimmt, es wird wohl ein Spaß sein. Außerdem ist der Brief an mich gerichtet."

„Na und, du hast ihn mir gegeben."

„Ich weiß." Er ging mit dem Umschlag in der Hand hinaus. Marlene hörte ihn erst in der Kammer herumkramen, dann schlug die hintere Tür zu. Sie drehte sich ein wenig um und sah durch das Wohnzimmerfenster in den Garten. Ganz hinten stand er, grub in der Erde, stampfte sie fest, lief in winzigen Schritten drum herum. Dann nahm er eine Harke und harkte im Kreis um die Pflanzstelle. Marlene begann zu lachen. Sie lachte so sehr, daß sie beinahe wieder Bauchschmerzen bekam. Tränen kullerten über ihre Wangen. Als sie sich gefaßt hatte und wieder hinaus sah, war Heinard damit beschäftigt, vier große runde Steine, die er wohl von dem Haufen am Feldrand genommen haben mußte, in einem nur ihm bekannten Muster auf dem Beet zu verteilen. Später fragte sie ihn, was das sein sollte, und er behauptete, sich einen Steingarten nach japanischem Muster anlegen zu wollen. Zuerst müsse er aber wissen, was für ein Baum daraus werden würde. Seine abschließende Bemerkung zu diesem Thema waren die Worte:

„Siehst du, mein Kind, nicht alles ist Müll, was einem so ins Haus flattert."

Ihre Schlußworte waren: „Nenn mich nicht *mein Kind* !"

4.

Spät am Abend, es war schon fast nachts, saß Heinard immernoch am Schreibtisch. Er dachte über den Brief nach und über die Worte: mit Liebe gießen. Wenn dies der Fruchtstand eines Baumes ist, und ich diesen Baum zum Leben erwecke, dann schaffe ich etwas, das Zeit und Geschichte überdauert. Der Mensch lebt nicht ewig, und egal, was er tut und warum er es tut, es ist nicht mehr als ein Wimpernschlag in der Ewigkeit, dachte er. Dieser Baum könnte länger leben. Und er könnte als fossiler Brennstoff *beinahe* ewig leben.

Er steckte den zusammengeklebten Brief in einen neuen Umschlag und legte die Pinzette, die er, wie im Brief beschrieben, zum Pflanzen der Samenhülse benutzt hatte, mit hinein. Dann adressierte er den Brief an

E.v.Momwarfen,

E.W. IG KEIT

1.9.9.6., auch wie im Brief angegeben.

Bevor er zu Bett ging, nahm er noch einmal sein Notizbuch zur Hand und schrieb auf die Seite des (inzwischen) zweihundertsiebenunddreißigsten Tag des Jahres sechsundneunzig:

Der Mensch mit all seiner Geschäftigkeit ist doch nur ein kurzer Hauch im Atem der Ewigkeit.

3. Einkehr
Ennes Ruh*briken*

1.
Der Kloster Aux Stadtanzeiger berichtete in der Rubrik *Lokales*:
Der Gesundheitszustand der zehnjährigen T. G. aus A., die nach einem drei-
wöchigen Urlaub in Ennes Ruh, Gemeinde Auger Land, mit schweren Kreislaufstörungen im Kreiskrankenhaus stationär behandelt wird, ist beunruhigend.
Nach Angaben der Klinikleitung liegt sie im Koma. Zur Zeit konnte noch kein
spezifischer Krankheitsherd ausgemacht werden. Die behandelnden Ärzte bitten alle Eltern, Erzieher und Lehrer, denen Kinder mit offensichtlich schlagartig auftretenden Kreislaufstörungen auffallen, diese sofort im Kreiskrankenhaus Kloster Aux untersuchen zu lassen.

2.
Die Auger Landeszeitung berichtete in einen Artikel in der Rubrik *Reise und
Erholung*:
Sind Sie auf der Suche nach einem Land voller Romantik? Suchen Sie ein
Land, wo Menschen noch Menschen und Tiere noch Tiere sind? Möchten Sie
Wiesen und Felder riechen können? Wünschen sie sich, in einem Meer von
Düften und Stimmen der Natur aufzugehen? Dann suchen Sie ihr Glück nicht
in der Ferne, sondern bereisen Sie das Auger Land mit dem Fahrrad oder zu
Fuß. Saftige Wiesen laden zur Erholung ein, und Landgasthöfe sorgen für Ihr
leibliches Wohl.
Und zum Schluß noch ein Geheimtip: Unsere Reporterin hat das Auger Land
mit dem Fahrrad bereist und ein Fleckchen Erde entdeckt, das sich hinter
einem hundertjährigen Vorhang vor der Welt versteckt hat. Es wurde bisher
noch nicht aus seinem Dornröschenschlaf geweckt. Gehen Sie hin und küssen
Sie es wach!
Informationen erhalten Sie über den Fremdenverkehrsverein Auger Land,
Rathausgasse, Kloster Aux

3.
Die Zeitschrift Parapsychologie-heute druckte in der Rubrik *Zuschriften* folgenden Leserbrief ab:
Bereits im achtzehnten Jahrhundert sind die Mönche aus dem Kloster Aux,
die sich der Apothekerei und der Medizin verschrieben hatten, in verschiede-

nen Situationen auf Phänomene dieser Art gestoßen. In einem hier recht beliebten Sprichwort heißt es: Dagegen ist kein Kraut gewachsen, nicht mal ein geisterhaftes!

Auch im ausgehenden neunzehnten Jahrhundert berichtete der Volksmund von Geisteraktivitäten in der Gegend um das Auger Land. Die hier ansässigen Bauern und auch die Durchreisenden erzählten von hüpfenden Wesen, sogenannten Wechselwichten, die sich hüpfend und richtungswechselnd über Moor und Sumpf bewegten und damit viele Unachtsame in den Tod lockten.

Einer der Schreiber im Bürgermeisteramt der Stadt Aux im Jahre 1903 hat sich in einem Brief an seinen Vorgesetzten darüber beschwert, daß immer wieder, zu verschiedenen Anlässen von ihm geschriebene Worte an den jeweils folgenden Tagen gänzlich andere seien. Er machte dafür betrügerische Kollegen verantwortlich und wurde wegen Trunkenheit entlassen.

Zum Schluß darf ich allen Interessierten noch eine kleine sprachkundliche Besonderheit anbieten: Das Wort Auger (Auger Land) rührt von einem alten Brauchtum her. So wurden (alten Überlieferungen zufolge) einem Verstorbenen Silbermünzen, wenn vorhanden, auf die Augen gelegt. Wurde dies, aus welchen Gründen auch immer, versäumt, konnte der Geist des Verstorbenen zu den Augen austreten. Diesen nun wandelnden Geist bezeichnete man dann als *Auger*.

3. Kapitel

Ich hab ein bös Schätzle, wenn's immer so bleibt,
stell ich's in den Garten, daß es Vögel vertreibt.

1.

Die vierzigste Kalenderwoche beginnt

Am Ende der neununddreißigsten Kalenderwoche war das kleine Knöpfchen
siebzig Zentimeter groß, und jedes seiner drei Blütenblätter maß ungefähr fünfundzwanzig Zentimeter. Sie steckten an einer hühnereigroßen Fruchtkapsel
fest, die mit ihrer spitzen Mitte gerade nach oben schaute. So, als beobachte
sie den Flug der Vögel, die sich langsam, aber sicher, zum Zug gen Osten
formierten.

Der gipsbeinige Postbote Benjamin Hinrichsen saß zum letzten Mal am Fenster und schaute zu, wie die grauweißen, schiffchenförmigen Blätter auf dem
Mastbaum von einem Blütenstengel hockten und sich sowenig rührten, wie
ein Kirchturm. Der Wind blies recht stark und er beugte Büsche, Bäume und
Gräser dahin und dorthin. Nur das metallene Pflänzchen aus dem Briefumschlag tat so, als gäbe es keinen Wind. Hinni-Jimmi hatte oft in den letzten
Tagen darüber nachgedacht und er war sich sicher, daß es damit etwas auf sich
hatte. Auch er war, später und auf anderem Wege als Berit, doch zu dem
gleichen Ergebnis wie sie gelangt. Er stellte sich dieselbe Frage: „Was, wenn es
nur noch nicht reif ist?" Wann wäre es reif? Würde es anfangen, sich im Wind
zu drehen? Würde es wie der Samen einer Pusteblume davonfliegen? Nein,
wohl eher nicht. Aber wenn nicht, was dann?

2.

Am Morgen des folgenden Tages wurde Hinni-Jimmi schon um sieben Uhr
von einem Kollegen abgeholt, der ihn zum Gipsentfernen in das Krankenhaus
nach Kloster Aux mitnahm.

Am Sonntagabend hatte er dem kleinen Knöpfchen davon erzählt und war
dann über die Frage, ob es eines Tages davonfliegen würde, unweigerlich auf
sein Lieblingsthema gekommen: das Fliegen. Dieses Mal flog er über die Basi-
lius Kathedrale am Roten Platz in Moskau. Er fand, daß die Basilika das schönste
Bauwerk war, das er jemals überflogen hatte. Wenn nicht sogar das Schönste
der ganzen Welt. Der Rote Platz war tief verschneit, weiß glitzernd saßen Häub-
chen auf den steinernen Böllern, die oben auf der Mauer am Rande des Platzes standen. Durch den Schnee zogen sich Fußspuren, die die weiße Pracht

aufgewühlt hatten. Aber es war sehr kalt und deshalb blieb das Weiß trotzdem weiß und wurde nicht zu braunem Matsch. Leute überquerten das weiße Feld; ein großer Mensch und ein ganz kleiner mit lustigen Zöpfen passierten es genau im Zentrum. Nachdem sich Benjamin an den bunten Kuppeln der Basilius-Kathedrale satt gesehen hatte, an ihren märchenhaften Zwiebeltürmen, an Bogen und Spitzen, an Farben und Gold; als er sicher war, alles in sich aufgenommen und fest in seinem Gedächtnis eingeprägt zu haben, machte er sich an den Rückflug. Er drehte noch einmal eine Abschiedsrunde, flog über die Brücke, welche die Moskwa überspannt, hinein in den winterlichen (Gorki) Park und erwartete fast, hier dem langbärtigen Väterchen Frost zu begegnen...

...als ihm schmerzlich bewußt wurde, daß die Schwere des Gipsstiefels ein weiteres Herummanövrieren fast unmöglich machte. So schenkte er dem bitterkalten Moskau ein Abschiedslächeln und versprach sich, bald wiederzukommen.

Nun, bei all der Herrlichkeit dieses Winterfluges hatte er doch nicht vergessen, daß er das alles noch niemals so real erlebt hatte, wie in den letzten Wochen. Seit er hier, an den Stuhl gefesselt, gesessen hatte, nahmen seine Erlebnisse auf beinahe erschreckende Weise authentische Züge an. Die Dinge *stimmten* auf seltsame Art. Und das war etwas Neues. Es war ein Unterschied, ob er etwas wußte, weil er es gelesen oder gehört hatte, oder ob er es wußte, weil er es *gesehen* hatte. Außerdem war es neu, daß er ganz *normale* Sachen wußte, sah und sich daran erinnerte. Zum Beispiel die Sache mit dem kleinen Kind und den Handschuhen. Daran erinnerte er sich, als er im Warteraum saß und darauf wartete, daß seine Nummer aufgerufen wurde. Nummer 27, und das um sieben Uhr dreißig montagmorgens. Gerade kam diese Frau mit dem Kind um die Ecke, als es ihm wieder einfiel. Besser gesagt, das deja-vù traf ihn wie ein Hieb in den Magen.

Das Kind war ungefähr vier Jahre alt, wie das Kind auf dem Rotem Platz. Ebenso pummelig, wobei das auch durch die dicke Winterkleidung täuschen konnte. Dieses hier trug nur eine einfache Jacke. Aber die Farben stimmten. Blaue Jacke hier und blaue (fellgefütterte) Jacke dort. Hier ein gelbes Käppi und dort eine gelbe (Tschapka) Mütze mit Ohrenklappen. Hellbraune Zöpfe fielen über des Mädchens Schultern. Hier und da. Und an den Enden der Zöpfe beider Mädchen blühten weiße Riesenschleifen aus Tüll.

Danach unterschied sich die Szenerie. Hier im Warteraum lief alles so ab, wie immer. Patienten kommen, setzen sich, lesen Zeitschriften und werden aufgerufen.

In Moskau, auf dem winterlichen Roten Platz, zog das Mädchen seine Hand-schuhe aus. Die Mutter, die in jeder Hand einen Beutel trug, bemerkte das nicht. Das kleine Mädchen blieb stehen und begann, Schneebälle zu formen. Die Mutter ging weiter. Plötzlich blieb sie stehen und sah sich um. Stellte die Beutel ab und lief zurück, um das Kind zu holen. Sie schimpfte, weil es die Handschuhe ausgezogen hatte und begann, sie ihm wieder anzuziehen. Das Mädchen wollte keine Handschuhe. Die Mutter sagte (twoji...ruki...cholodno), seine Händchen seinen kalt. Aber Kinder wollen manchmal lieber mit kalten Händen im Schnee spielen als Handschuhe anziehen, dachte Benjamin. Dann wendete er und flog eine Schleife über den Köpfen der beiden. Die Mutter hatte ihren Willen durchgesetzt und beide Beutel in eine Hand genommen, um das Kind an der anderen hinter sich her zu ziehen. Dann blieb sie wieder stehen und holte etwas, das wie ein Lutscher aussah, aus einem der Beutel und gab es dem Mädchen. Benjamin lachte. Die Kleine hopste wie ein blauer Hüpf-ball neben der Mutter her. Die Schneebälle schienen vergessen, ebenso wie die Handschuhe über ihren kalten Fingern.

Hinni-Jimmi schaute den Leuten zu, die draußen auf dem Gang hin und her liefen, den Schwestern, die grüne Mappen unter dem Arm trugen oder Kran-kenbetten herum schoben. Er lauschte der Musik aus den Lautsprechern, die leicht rostig klang. Die Melodie ging süffig ins Ohr, sie war ohrwurmverdäch-tig. Benjamin summte mit, die Worte wiederholten sich rhythmisch. „Ruki cholodno, ru-hu-ki chooo-lo-hod-no, ruki cholodno..."

Die Musik wurde unterbrochen. „Nummer 21, Nummer 21, bitte in Untersu-chungsraum 3!"

Die Musik setzte wieder ein. „Oh, Baby...don't cry...oh, baby..." Benjamin steckte den linken Zeigefinger ins linke Ohr und rüttelte ordentlich daran. Dann klang die Musik wieder normal. „Ruki...cholodno, ruki...cholodno" <Karascho> sinnierte seine innere Stimme. <Echt geiler Flug>

3.

Nachdem der Lautsprecher klar und vernehmlich die Nummer 25 ins Unter-suchungszimmer rief, bat die freundliche Schwester, die ihm ihre Stimme lieh, die übrigen Patienten, sich bis nach der Frühstückspause des Personals zu ge-dulden.

Punkt 10.41 Uhr stand der Postbote Hinrichsen mit einem Rezept in der einen Hand und den nun nutzlos gewordenen Krücken (Gehhilfen, wie der Doktor sagte; obwohl er damit nicht gehen, sondern sich nur wie mit Krücken vorwärts schwingen konnte) in der anderen vor dem Klinikum. Um elf Uhr holte Jens Kater ihn wieder ab und um 11.30 Uhr stand der noch etwas unsicher gehende Benjamin vor dem...*riesengroßen Knöpfchen!*

„Oh, Scheiße, oh, scheiße, oh, scheiße...wa...wa...was hast du denn gemacht!" kreischte er hilflos. Seine Stimme versagte ihm beinahe den Dienst, und seine Knie schienen aus Pudding gemacht. Vorsichtig streckte er die Hand aus und tastete sich wie ein Mondsüchtiger voran. Natürlich hätte er auch völlig unbekümmert an den Mast des stählernen Dreiflüglers herangehen können, aber das wußte er nicht sicher. Dann endlich berührten seine Fingerspitzen das kühle Metall. Ein kurzer, heftiger Schauer durchdrang ihn. Seine *Angst* verflog. Er hatte tatsächlich Angst gehabt, das konnte er jetzt spüren. Aber sie war vorbei. Es war immernoch sein kleines Knöpfchen, wenn es auch gewachsen war. Augenblicklich war es mindestens fünf Meter hoch. Seine drei (Flügel) Blätter maßen beinahe einen Meter fünfzig und standen noch immer wie die Antennen einer Sonnenanbeterin zum Himmel empor gerichtet.

„Wann hast du das denn gemacht? Das muß furchtbar anstrengend gewesen sein." sagte er mitfühlend. Dann stellte er sich ganz an den Mast heran und versuchte, ihn zu umfassen. Es gelang ihm auch, allerdings mußte er den Kopf zur Seite drehen und sein Ohr an die Metallhaut pressen. Während er so stand und seine Finger ineinander zu verschränken versuchte, hörte er ein Klopfen. Ein schwaches, aber deutliches Klopfen.

Das Geräusch ähnelte dem eines Automotors, wenn er sich abkühlt.

4.

Im Kreiskrankenhaus in Kloster Aux, drei Etagen über der Unfallchirurgie im Erdgeschoß und punktgenau über dem Gipsraum, lag Tina Grabbel in einem Bett mit Seitengittern im Koma. Ungefähr zur gleichen Zeit, als Benjamin Hinni-Jimmi Hinrichsen seinen Platz auf dem Gipstisch einnahm und mißtrauisch das kreissägeähnliche Werkzeug betrachtete, das griffbereit lag; aber vollkommen unabhängig davon; schoß in Ennes Ruh ein gigantisches Stahlrohr aus der Erde, das sich wie ein Mantel um das kleine Knöpfchen legte. Es brach lautlos aus dem Erdreich hervor, während die im Gegensatz dazu zerbrechlich wirkenden Blütenblätter der Null-Serie sich zu einer Kapsel schlossen und im Inneren des Stahlrohrs verschwanden. Als es seine vorläufige Endhöhe von 5,75 m erreicht hatte, bohrte sich eine silbrig glänzende Knospe durch die Spitze und öffnete sich. Drei riesige Flügel von jeweils 1,85 m Länge glänzten nun in der Morgensonne.

In diesem Moment, aber absolut *nicht* unabhängig davon, öffnete Tina ihre Augen und sah sich im völlig leeren Krankenhauszimmer um. Niemand war da, keiner, mit dem sie sprechen konnte und dem sie ihren entsetzlichen Traum von dem mächtigen Koloss, der sich unter Stöhnen und Ächzen seinen Weg durch die Erde bahnte, hätte erzählen können. Die Geburt der Röhre ging keinesfalls so schmerzlos vor sich, wie es sich äußerlich anhörte. Im *Inneren* des Schaftes tobten Kämpfe auf Biegen und Brechen; sein Wachstum beschleunigte sich um ein unerahntes Vielfaches; und während sich die mächtige metallene Hülle auswuchs, die sich später lautlos um das Muttergewächs legte, teilten sich Milliarden winzig kleiner stählerner Zellen, wurden größer, vereinigten sich wieder, verschachtelten sich, bildeten Ringe, einen über dem anderen, entwickelten ein System von Tunneln und Stollen unter der harten Oberfläche, die sich Ring über Ring mit einer Schutzschicht aus undurchdringlichen Zellen überzog. Das *alles* sah Tina in ihrem Traum. Sie sah die *Bausteine* dieses Dinges, die sich formten, sie erlebte, wie bei ihrem Zusammenschmelzen Hitze emporstieg und die Umgebung versengte. Um die bereits erzeugten Ringe des Zylinders herum bekam das Erdreich eine glatte, heiße Struktur, ähnlich einer Glasur. Tina spürte die abnorme Hitze, und wenn ein Mitarbeiter der Intensivstation anwesend gewesen wäre, selbst wenn es einer der unterbezahlten angelernten Wochenendvertretungen gewesen wäre, dann hätte dieser sicher die Schweißperlen auf ihrer Stirn bemerkt und auf den Bildschirm des Überwachungscomputers geschaut. Dort hätte er 41,33 °C ablesen können. Aber es war keiner da.

Als der diensthabende Pfleger später die Reste des Gipsstiefels in den Mülleimer warf, Krümel aufkehrte und in Gedanken bereits bei der bevorstehenden Last-Grill-Party die Hand auf den üppigen Hüften seiner Angebeteten tanzen lies, brach in Hinni-Jimmis Garten der Acker auf und ein vollentwickeltes Ungetüm im Stahlkorsett schnellte heraus und stieg höher und höher auf. Tina riß den Mund auf, ohne etwas sagen zu können, staunend und schaudernd zugleich beobachtete sie die Szenerie von einem göttlichen Standpunkt aus: parallel von außen, wie ein Zuschauer, und von innen, wie ein Teil des Ganzen. Ein potentiell Anwesender hätte auf dem Bildschirm eine enorm beschleunigte Herztätigkeit festgestellt.

Wenige Minuten, nachdem die Säule in ihrer ganzen Länge den erdigen Geburtskanal verlassen hatte, stand sie fest und unverrückbar verankert. Die Mutter*pflanze*, das ehemalige kleine Knöpfchen, zog sich ins Erdinnere zurück und bohrte sich, mit der Fruchtkapsel voran, in das saftige Ackerland.

Tina öffnete ihre Augen. Ein innerer Schmerz breitete sich wie ein Flächenbrand in ihren Eingeweiden aus. Ihr Herz schlug gegen ihren Brustkorb; und wenn es Flügel hätte, dachte Tina einen verrückten Moment lang, würde es aus ihrem Körper herausfliegen. Dann war der verrückte Moment wieder vorbei und Tina merkte, daß ihr Herz es nicht aushalten konnte, nicht aus dem Körper herausgekommen zu sein. Sie wollte schreien, aber kein Laut entwich ihren Lippen. Sie sah sich um, doch niemand war da. In diesem Krankenhaus, diesem riesigen Klotz voll modernster Medizintechnik, war niemand da, um in den Zimmern der Schwerkranken nach dem Rechten zu sehen. Es war niemand da, weil niemand Zeit hatte. Und es hatte niemand Zeit, weil die Stellen zu knapp besetzt waren; aus Geldmangel und wer weiß, warum sonst noch. Tinas Augen wurden erst immer größer, dann immer kleiner. Dann fielen sie ihr wieder zu. Für sie gab es nur eine Rettung: zurück ins Koma. Warum auch nicht, es würde keiner bemerken, daß sie aufgewacht war, und gar nicht da zu sein war tausendmal besser, als dem Schrecken nicht entfliehen zu können und vielleicht darin zu umzukommen.

5.

Zehn Minuten danach und eine halbe Stunde, bevor er Bekanntschaft mit dem neuen großen Knöpfchen machte, stieg Benjamin Hinrichsen zu Jens Kater ins Auto, nachdem er die Krücken in den Fond des Kombis gelegt hatte. Gerade hatte er die Tür zugeworfen. Er verharrte noch einige Sekunden, einfach nur so, ohne an etwas bestimmtes zu denken, als ein Telefon klingelte. Er schaute nach oben, sah das offen stehende Fenster des Schwesternzimmers der Intensivstation und bemerkte, wie seine Gedanken um einen bestimmten Gegenstand kreisten, den er momentan nicht fassen konnte. Dann schüttelte er dieses Hirngespinst ab und stieg ein.

Oben erklärte die diensthabende Schwester der Journalistin am Telefon, daß sich natürlich nichts am Zustand der Tina Grabbel geändert hätte. Was auch? Und außerdem wären die Eltern, die ohnehin jeden Abend anriefen, die ersten, die etwas erführen. Nach dieser telefonischen Falschaussage lief die Schwester zwar zögernd, aber doch zielstrebig zu dem Krankenzimmer, wo ein zehnjähriges Mädchen fiebrig in einem feuchtgeschwitzten Bett seine Selbsthilfeaktion erfolgreich abgeschlossen hatte. Nichts ahnend öffnete sie die Tür einen Spalt breit und lugte hinein, atmete die verbrauchte Luft, ohne die Angst darin zu riechen und nickte zufrieden. Alles unter Kontrolle.

6.

Die Journalistin legte den Hörer auf. Mit Sicherheit war nicht alles in Ordnung. Mit Sicherheit war nicht alles unter Kontrolle. Diese seltsame Gefühl zwischen ihren Schulterblättern sagte ihr, daß man sich kümmern müßte. Nur wie, konnte es ihr nicht sagen. Man würde sie nicht auf die Station lassen. Jedenfalls nicht mit einem Aufnahmegerät. Imke Fink überlegte angestrengt. Sie hatte keine Ahnung, warum dieses Mädchen seit einer Stunde in ihren Gedanken herumspukte. Jetzt mußte sie erst einmal zur Redaktionssitzung, aber sie würde sich darum kümmern. Im Laufe der Woche.

Das Auge - erster Teil

1.

Fünf Meter oder mehr, dachte Luise, als sie am Pusselchen hinauf schaute. Eigentlich beängstigend, aber Luise empfand keine andere Regung als grenzenlose Bewunderung. Berit schaute aus sicherer Entfernung zu; nachdem sie schon Hinni-Jimmis Buxus bestaunt hatte, wartete sie darauf, daß ihr Buxus metallus genauso groß werden würde. Sie hatte sich inzwischen ausgerechnet, daß alle diese Metallbäumchen ungefähr 10 cm pro Woche wuchsen, bis zu einem bestimmten Punkt, dann *schossen* sie nur so. Sie hatte eine Menge über diese Gebilde herausgekriegt, durch überlegen und nachprüfen. Zum Beispiel, daß es mit Sicherheit Windmühlen waren, in welcher Art sie auch immer funktionieren würden. Bis jetzt bewegte sich noch kein einziges Teil, keiner der Flügel, aber das würde kommen, da war Berit völlig sicher. Sie waren eben noch nicht reif. Und noch eines wußte sie: daß keiner mit dem anderen darüber sprechen wollte. Das heißt, bei den Erwachsenen war das so. Mit Tim und Jan konnte sie über alles reden. Aber Erwachsene haben eben so ihre Probleme mit der Wahrheit im Allgemeinen und dem Zugeben von Fehlern im Speziellen, dachte Berit. Diese Überlegung schloß eine weitere Annahme ein, nämlich die, daß es durchaus ein Fehler gewesen sein könnte, dieses Ding einzupflanzen. Trotzdem war Berit durchaus der Ansicht, daß es ein außerordentlich interessantes Experiment sein kann, zu beobachten, was aus dem Buxus metallus (wirklich) werden würde. Daß die Wissenschaft ihre Opfer fordert, wußte sie schon lange.

Während sie nun Luise Kater zusah, wunderte sie sich, daß diese Frau, die im Allgemeinen weder als draufgängerisch noch besonders emanzipiert galt; was Berit natürlich anders ausdrückte, sinngemäß aber ebenso meinte; daß die alte Frau Kater also einfach vor diesem Monstrum von Stahlkonstruktion, das da plötzlich in ihrem Garten wuchs, stand, schaute und es einfach *akzeptierte*. Das war so ungewöhnlich. Normalerweise schrie sie schon entsetzt nach ihrem Mann, wenn Bella, Berits Hund, einen Spaziergang über die Felder machte und auf dem Katerschen Grundstück herumschnüffelte. Dann tat sie so, als wäre Bella eine Bedrohung aus dem All, die gerade eben mit einer fliegenden Untertasse gelandet war. „Johann, Johann, tu doch was, dieser Hund da...was will der denn...“

Nun, Berit hatte gesehen, was sie sehen wollte und kehrte um. Zu hause würde sie ihre Beobachtung in das Diagramm eintragen: Luise - 1D7/10 - 2Z17.00 - 3D10min - 4H3-5m - 6BFrau Kater hat keine Angst- Außerdem war sie nun endgültig davon überzeugt, daß die Reihenfolge doch anders war: Benjamin, *Luise* , Sophia und so weiter. Trotzdem stimmte noch etwas nicht, irgendwas, das mit der armen Tina zu tun hatte, die von Sophia ins Krankenhaus gebracht wurde, weil sie zwei Tage, nachdem sie heulend bei Katers einzog, ohnmächtig geworden ist, ohne wieder aufzuwachen...

2.

Die Tapezierarbeiten im alten Stall waren beendet und der neue Fußboden gelegt. Die Heizung war angeschlossen, nur die neue Küche mußte noch aufgestellt werden. Alles wirkte noch etwas provisorisch; im nächsten Frühjahr erst sollten die Fenster in den beiden Wohnräumen gegen größere ausgetauscht werden. Einzig das Küchenfenster mußte dringend erneuert werden, das war groß und zweiflüglig, aber verzogen und undicht. Luise hatte eine Maurerfirma verpflichtet, die gleich am Dienstagmorgen um sieben Uhr erschien und sich an die Vorbereitung machte. Um halb neun war der Meister bereits mit den Abmessungen für ein neues Fenster weggefahren und hatte seine Leute schon in die Frühstückspause geschickt. Ohne besondere Eile setzten sich die Zurückgebliebenen nun auf die kleine steinerne Mauer, die das Kräuterbeet stützte, und begannen, ihre Brote auszupacken. Luise war zwar der Ansicht, ein gutes Frühstück würde Leib und Magen zusammenhalten, aber eigentlich dachte sie, die Männer würden Zuhause essen, bevor sie zur Arbeit gingen und dann bis zum Mittag durcharbeiten. Aber sie nahm sich vor, nichts zu sagen und statt dessen die Viertelstunde im Garten warten. Wenige Minuten später kam sie zurück, mit einer Schaufel in der linken und einem Eimer in der rechten Hand. Damit wollte sie die Putz- und Steinbrocken einsammeln, die sie unter dem bereits herausgebrochenen Fensterrahmen vermutete. Doch das Fenster war noch intakt; das sah sie schon, als sie auf dem von Tina Grabbel angelegten Trampelpfad zum alten Stall zurückging. Sie ging nach vorn um zu fragen, ob es irgend ein Problem gäbe, bei dem sie behilflich sein könnte. Es gab kein Problem, wie Luise erfuhr, allerdings waren die Kaffeetassen noch nicht leer. „Nur Geduld, junge Frau, ohne unsern Kaffee können wir doch nicht ordentlich arbeiten. Sie werd'n schon seh'n, wie wir losrackern, wenn wir uns gestärkt haben." meinte der Geselle lakonisch und wendete sich wieder seinen Kollegen zu. Luise war ungehalten, aber da sie nichts tun konnte, um die Pause zu verkürzen, ließ sie die Handwerker gewähren. Eine paar Minuten später werkelten sie dann tatsächlich weiter. Fenster und Rahmen wurden entfernt. Rund um das riesige Loch war der Putz von der Wand gefallen. Besonders schön sieht das nicht aus, dachte Luise. Hoffentlich verputzen die Drückeberger das alles wieder ordentlich. Sie schlich vorsichtig heran und klopfte an die Wand. Putz bröckelte herab. Sie nahm die Rosenschere aus der Schürzentasche, die sie gar nicht gebraucht hatte, weil die Rosen noch zu schön aussahen, um sie abzuschneiden, und pochte damit recht kräftig auf die Putzfladen, die wie aufgeplatzter Grind von der Wand abstanden. Diese knirschten kurz und fielen einfach zu Boden. Luise arbeitete angestrengt an der Wand und als sie sich den Schweiß von der Stirn wischte, bemerkte sie, daß sie fast die Hälfte der Rückseite des alten Stalles freigelegt hatte. Zufrieden trat sie einen Meter zurück schaute sich ihr Werk an. So, dachte sie, nun ist für genug Arbeit gesorgt. Wenig später erschien Sophia mit einer Nachricht für Luise. „Ihr Chef hat angerufen und gesagt, wenn sie fertig sind, dann sollen sie schon mal Mittag machen, und danach den Mischer und den Zement und was sonst noch im Wagen ist, nach Junkersried in die Klingerstraße 5 bringen und dort abladen. Dann möchten sie bitte hierher zurückkommen, er selbst käme etwa um drei mit dem Fenster."

Luise sagte: „Das wirst du ihnen aber nicht sagen, das mache ich. Ich habe nämlich noch was anderes mit ihnen vor."

Obwohl die Handwerker recht erstaunt über die Anweisung ihres Chefs waren, ohne Mittagspause und mit dem Baumaterial des Kunden aus Junkersried die hintere Wand dieses alten Stalles neu zu verputzen, und das, bevor das neue Fenster eingebaut worden war, machten sie sich doch bereitwillig, wenn auch kopfschüttelnd an die Arbeit. „Mannomann, Jungs," sagte der Geselle, „wenn die sich mal nicht verhört hat.

Aber Anweisung ist eben Anweisung."

„Kannste denn nich anruf'n?"

„Nee, der Chef hat sein Handy verlegt, hat's schon den ganzen Morgen gesucht."

„Verlegt..." Kopfschüttelnd begannen die vier Maurer nun, den seltsamen Auftrag ihres Chefs auszuführen.

Der Einbau des Fensters wurde auf den nächsten Tag verschoben.

3.

Luise erwartete *ihre* Handwerker mit Ungeduld. Am gestrigen Abend hatte sie lange und ausführlich mit Pusselchen debattiert, was zu tun sei. Das heißt, geredet hatte sie und es hörte zu. Und dann hatte sie plötzlich eine Eingebung, von der sie glaubte, daß *es* nicht ganz unbeteiligt daran war. Eine glänzende Idee.

Früher, als Kinder, hatte Johann ihr erzählt, besorgten seine Freunde und er sich einmal ein Kuhauge, als geschlachtet wurde. Die riesigen glotzenden Augäpfel wurden sowieso weggeworfen, also sprach nichts dagegen, sich einen Spaß damit zu machen. Johann erzählte, *wie* erschrocken derjenige war, der ein solches Auge unvorbereitet vor seiner Haustür fand.

Einige Stunden später hielt Luise die Zeit für gekommen. Das neue Fenster war bereits eingesetzt worden, insofern wäre eine kurze Verzögerung der Arbeiten zu ertragen gewesen. Es war ja auch nicht mehr viel zu tun; noch das Ausschäumen des Rahmens und das Einmauern der beiden neuen Fensterbänke und ein bißchen rundrum verputzen.

Gerade war Luise mit dem Fahrrad aus Neuendeich zurückgekommen, wo sie eine gute Freundin besuchte, deren Sohn mittwochs morgens beim Schlachter aushalf. In ihrem Beutel schaukelte ein leeres Marmeladenglas herum, mit einer Überraschung drin.

Fünf vor zwölf war es soweit. Luise stellte eine Kanne Kaffee und vier Tassen auf die Kräuterbeeteinfassung, die die Männer als ihre Tafel bevorzugten. Der Geselle bedankte sich und goß allen eine Tasse voll; mit seiner stieg er dann ins Auto, um zu telefonieren. Luise kam ein zweites Mal heraus, diesmal mit einem Teller Gebäck. Darauf, geschickt zwischen Keksen und Muffins versteckt, lauerte der riesige, braunweiße, glibberig glotzende Augapfel.

Herb, der Ruhige

1.

Herbert „Herb" Klingsand war wahrhaftig der ruhigste Mensch, den man sich vorstellen konnte. Nichts konnte ihn aus der Ruhe bringen. Außer ein Lehrling, der sich *zu blöd* anstellt, oder seine Frau, weil sie immer noch keine Ahnung von den Fußballregeln hat und ständig fragt, was dies oder jenes heißt. Oder sein Sohn, der die Ligusterhecke auch nach drei Jahren noch schief schneidet, weil er einfach kein Augenmaß hat. Naja, und der Getränkehändler ums Eck natürlich, der ab und zu anstatt der Kästen mit den kleinen Flaschen, die Herb immer kauft, nur die mit den großen Flaschen am Lager hat. Sonst nichts. Kein nörgelnder Chef (Chefs müssen schließlich nörgeln), keine noch so anstrengende Arbeit (wir kriegen das schon gebacken), kein verstopftes Klo (ein Mann muß tun, was ein Mann tun muß) und auch sonst nichts. Absolut.

Herb war ein Mensch, der einem Kontrahenten ruhig ins Auge sehen konnte um ihm zu sagen, er solle sich zum Teufel scheren und sein Gift anderswo verspritzen. Herb konnte auch seinem größten Widersacher ins Auge sehen und ihm sagen, er solle sich ins Knie f..... und schnellstmöglich die Fliege machen. Und er konnte seinem ärgsten Feind gelassen gegenübertreten und ihm mitteilen, er sei ein verdammtes hinterfotziges Arschgesicht und wenn er nicht sofort dasselbe nähme und verschwände, würde er ihn mit Freude zu einer Art Fleischpaste verarbeiten, die man hinterher mittels Spritzbeutel in einen Gipsmantel füllen konnte. Alles das war Herb in freundlicher Art zu sagen in der Lage, aber er verabscheute es. Wenn er solche Dinge aussprach, dann mußte er sich förmlich dazu zwingen. Lieber sagte er gar nichts, sondern tat etwas. Herb war ein Mann der Tat. Wenn etwas getan werden mußte, dann machte er es. Er baute auf, riß ab, grub und bohrte, schleppte und buckelte. Bevor er einem dummen Lehrling einen Vortrag hielt, gab er ihm lieber eine Kopfnuß. Seiner Frau erklärte er schon lange nicht mehr, warum der Schiedsrichter ein „Abseits" feststellte oder auf Freistoß erkannte. Statt dessen schaltete er wortlos den Fernseher aus und wartete, bis Hildegard das Wohnzimmer verlassen hatte. Dann erst machte er ihn wieder an. Er verlor über die verpaßten Spielminuten kein einziges Wort. Und wenn Herb merkte, daß der Bengel die Hecke schief zu schneiden begann, nahm er ihm ruhig die Heckenschere aus der Hand und machte es selber. Wenn allerdings der Schaden schon angerichtet war, nahm er ihm ruhig die Heckenschere aus der Hand und langte zu. Kurz und kräftig. Hat noch keinem geschadet.

Die Sache mit dem Getränkehändler war eine andere Geschichte. Herb fragte dann, wenn er nur Kästen mit großen Flaschen fand: „Hast'e nur die Nullfünfer?" „Hmm. Nur die." Der Getränkehändler war ebenfalls ein Mann, der nicht viele Worte verlor. Dafür legte er auch keinen Wert auf Stammkundschaft und Herb wußte das. Ab und zu, aber nur, wenn die kleinen Flaschen über längere Zeit ausblieben, tat er dann, was getan werden mußte: Er machte sich

im hinteren Teil des Getränkemarktes, wo das Bier untergebracht war, zu schaffen; denn die teuren Spirituosen, Weine und alles, was Kinder klauen könnten, stand vorne und verdeckte die Sicht nach hinten, aber wer könnte schon
einen ganzen Kasten Bier heimlich herausschaffen; also hinten im sogenannten Bierschuppen schraubte er von Zeit zu Zeit die Glühbirnen aus den Dek-
kenlampen und drehte die altmodischen Heizkörper ab. Über die Jahre hatte
er einige kleine Schuhkartons mit sechziger Glühbirnen im Keller gesammelt.
Der Mann, dem der Getränkemarkt gehörte und der niemandes Freund war,
jedenfalls niemandes Wichtigen Freund, und dessen Vorname auch niemand
kannte, weil alle nur „Tach...Hast'e dies"...und... „Hast'e das"...und..."Tschüß
denn" sagten, der beschwerte sich nicht mal, sondern kaufte nur neue Glühbirnen und meckerte über den zu kalten Bierschuppen.
Allen in allem war Herb wirklich ein sehr ruhiger Mann.
Das kam allerdings nicht von Ungefähr. Ein Psychoanalytiker würde wahrscheinlich Herberts Kindheit unter die Lupe nehmen und dort auch fündig
werden.

2.
Herbert „Herbie" Klingsand war kein ruhiger Junge.
Ständig redete er und erzählte Geschichten. Meistens reichten diese Geschichten, um es freundlich auszudrücken, recht wenig nahe an die Wahrheit heran.
Sein Vater war ein Mann, der es niemals lange an einem Ort aushielt und
seine Familie immer wieder mit ebensolchen Geschichten über eine rosige
Zukunft an der Nase herum führte. Von Zeit zu Zeit trank er heftig, und so
kam es eben, daß er die Stellung öfter wechseln mußte, als ihm unbedingt lieb
war. Sein Sohn Herbie schämte sich begreiflicher Weise deswegen und erfand
einen Vater, der herumreiste, weil er so gefragt war, eben ein Spitzen-Fach-
mann. Als später seine Mutter seinen Vater verließ und einen wirklichen Fach-
mann heiratete, einen Doktor der Medizin, hatte er eigentlich keinen Grund
mehr, Lügengeschichten zu erzählen.
Nun ist der Mensch aber ein Gewohnheitstier, und Kinder gewöhnen sich
genauso schnell an bestimmte Gepflogenheiten, wie die Erwachsenen. Schlechte
Angewohnheiten werden dabei bevorzugt aufrecht erhalten. Herbie *mußte lü-
gen*. Er brauchte es einfach. Natürlich hätte er auch zum „Club junger Dichter"
gehen und Erzählungen oder Stücke schreiben können. Seine Phantasie hätte
dazu locker gereicht. Aber das war nicht dasselbe. Er genoß es, seinem Zuhörer in die Augen zusehen und dessen Reaktion zu beobachten. Doch mit der

Zeit bekam er ein Problem. Seine Familie, die Familie des Doktors, dessen Sohn er geworden war, zog nicht von einem Ort in den anderen. Seine Mitschüler und Freunde erkannten bald, daß die großartigen Dinge, von denen Herbie zu berichten wußte, pure Flunkerei waren. Plötzlich war alles irgendwie überprüfbar geworden. Man konnte ihn kontrollieren. Jeder konnte sagen: „Das hast du aber vor einem halben Jahr ganz anders erzählt." Damit schrumpfte seine Zuhörerschaft auf eine Handvoll Unbeirrbare, oder solche, die seines Kalibers waren.

Dann kam der Tag, an dem Herbie die Lust am Geschichtenerzählen verlor. Irgendwann verlor er sogar die Lust am Reden, denn sobald er den Mund aufmachte, fragte einer: „Ehrlich?" Herbie war der Wind so aus den Segeln genommen, daß er mehr und mehr zu einem Eigenbrötler wurde. Sicher hätte in ihm sogar das Zeug zum Schriftsteller gesteckt, wenn er es nur gewollt hätte. Aber das alte Leben, das seines Vaters, wollte er mehr. Er wurde der Mann, der nicht viele Worte machte. Er packte zu und redete nicht viel. Das Reden gehörte der Vergangenheit an. Als er Jahre später nach Neusen kam, einem kleinen Nest vor den Toren von Kloster Aux im Auger Land, lernte er Hildegard kennen. Ruhig und sachlich machte er ihr einen Antrag, ohne viele Worte. Aus dem geschwätzigen Herbie war Herb, der Ruhige, geworden.

3.

An dem Tag, als Herb morgens aufbrach, um bei dem Kunden Kater in Ennes Ruh seine Arbeit zu tun, hatte er eine unruhige Nacht hinter sich. Er hatte einen schlimmen Traum gehabt.

Darin stand er am Meer, vielleicht auf einer Düne. Das Meer tobte, meterhohe Wellen türmten sich auf und rollten auf die Küste zu. Aber er hatte keine Ahnung, warum er da stand... Er schaute dem Meer einfach zu. Dann plötzlich erkannte er am Horizont etwas. Es kam langsam näher. Wahrscheinlich ein Schiff. Es wurde wie ein Blatt im Wind getrieben...hüpfte auf Wellenbergen, tanzte auf Schaumkronen... Ja, es war ein Schiff. Es kämpfte mit dem Sturm. Der Mast war zerbrochen, aber jemand stand am Steuerrad und hielt gegen das Tosen und Wüten des Meeres. Inzwischen war das Schiff soweit herangekommen, daß er alles genau erkennen konnte. Diesen Mann, den zerbrochenen Mast, den riesigen Bug; und er spürte fast die feuchte eisige Kraft des Wassers. Die Winde schoben das Wasser immer weiter auf ihn zu, aber das Schiff kam nicht näher. Der Mann rief etwas, aber Herb verstand seine Worte nicht. Er winkte. Dann drehte er sich um und ging langsam über die Düne davon. Die Geräusche des Sturmes verebbten und er hatte das Gefühl, daß ihn eine unheimliche, drückende Stille umgab. Etwas zwang ihn, noch einmal zur Küste zurückzukehren. Er wollte das Schiff sehen, wollte wissen, was aus dem Mann am Steuerrad geworden ist. Als er zurückkehrte, sah er, wie die Wellen über dem gebrochenen Mast zusammenschlugen. Das Schiff war gesunken. Die See war glatt und ein Gefühl von Frieden und Glück stellte sich bei ihm ein. Das machte ihm Angst, noch während der Traum andauerte. Dann wachte er auf. Trotz des seltsamen inneren Glücksgefühls hatte er plötzlich kalten Schweiß auf der Stirn.

Als er erwachte, war es fünf Uhr siebzehn und er war heilfroh, daß er nicht noch mal einschlafen mußte. Wenige Minuten später hätte sein Wecker ohnehin geklingelt.

Auf dem Weg zur Arbeit überfuhr er eine rote Ampel am Ortseingang Kloster Aux, gegenüber der Esso-Tankstelle. Er hatte Glück, daß der links von ihm anfahrende Lieferwagen ihn nicht erwischt hatte.

Auf der Landstraße machte er eine Vollbremsung, weil er die alte Frau, welche die Straße überquerte, um zur Bushaltestelle zu gelangen, nicht gesehen hatte. Hinter der nächsten Kurve hielt er an und wischte sich den Schweiß von der Stirn. Gern hätte er sich bei der alten Frau entschuldigt, daß er ihr einen Schrecken eingejagt hatte, aber Herb war nun mal nicht der Mann der vielen Worte. Noch nie hatte ihn ein Traum so verwirrt, und noch nie war ein Traum länger als eine Stunde in seinem Gedächtnis haften geblieben. Dieser aber blieb.

Der Vormittag verlief ohne weitere schlimme Unfälle, wenn man mal von den kleineren Zwischenfällen absah, die ihm aus Unachtsamkeit passierten. Als Herb sich um neun Uhr zur Frühstückspause auf die Kräuterbeeteinfassung setzte, hatte er bereits einen dicken Verband um den linken Daumen. Unter dem Verband pulsierte ein dumpfer Schmerz, der von einer tiefen und häßlichen Fleischwunde herrührte, die ihm eine kaputte Glasscheibe zufügte, als er das ausgebaute Fenster vom alten Stall nach vorn zum Wagen trug. Beinahe hätte die Scherbe, die wie ein Fallbeil aus der linken oberen Ecke heruntergesaust kam, die ganze Fingerkuppe weggeschert. Zum Glück rutschte Herb nun in diesem Augenblick das Fenster aus der Hand, und so blieb nur eine bis zur Hälfte eingeschnittene Fingerkuppe am Finger hängen.

Gegen elf Uhr verlor er seine neue Armbanduhr, als er Fertigmörtel anrührte, um die äußere Fensterbank von unten zu verputzen. Sie rutschte ihm einfach vom Handgelenk und versank im Eimer. Normalerweise wäre Herb so etwas

108

nicht passiert, denn normalerweise trug er keine Uhr bei der Arbeit. Aber dies war eben kein normaler Tag. Eine Stunde später war endlich Mittag. Herb war zumute, als wäre es bereits Abend. Dann brachte die Frau des Hauses Kaffee und Kuchen. Der Geselle saß im Auto und telefonierte, als Herbert Klingsand aufschrie und mit einem Gesicht, als hätte er den Teufel persönlich gesehen, vom Rand des Kräuterbeetes kippte.

Das Auge - Ende

1.

Die drei Männer, die Herb umkippen und wie tot daliegen sahen, standen auf und starrten sich gegenseitig an. Sie hatten plötzlich vergessen, wo sie waren, so schien es. Dann sahen sie Herb an, dann auf den Teller mit dem Gebäck. Sie zuckten zusammen, aber sie taten es aus der Distanz derer, die ahnten, daß etwas auf sie zukommen würde. Der Geselle, ein umsichtiger Mensch, der Herb sofort auf die Seite lagerte und seinen Puls fühlte, war sprachlos. Keiner der herumstehenden Männer hatte eine Ahnung, wie man darauf reagieren sollte. Sie kamen überein, Herb die Entscheidung zu überlassen, falls er in den nächsten Minuten erwachen sollte.

Tatsächlich begann Herb, sich zu regen. Er schlug die Augen auf und flüsterte: „Schafft es weg. Verdammte Scheiße, schafft es bloß weg."

„Sicher, Herb, machen wir. Wie geht's dir?"

„Geht schon. Hilf mir mal aufstehen."

Als Herb etwas unsicher auf den Beinen war, hatten die anderen das corpus delicti samt Teller bereits mit lang ausgestreckten Armen, und ohne es genauer zu betrachten, in die Mülltonne geworfen. Die Mittagspause zog sich länger hin, als geplant, aber Herb war noch nicht in der Lage, zu arbeiten. Der Chef hatte ihm telefonisch den Rest des Tages freigegeben, in Anbetracht des Schrekkens und der Ohnmacht und ganz allgemein, weil heute nicht Herberts Tag zu sein schien.

Herb hatte ganz ruhig geantwortet: „Laß mich in Ruhe, Paul. Ich weiß schon, was ich mache."

Wenig später war Herbert Klingsand wieder bei der Arbeit. Er hatte wieder Mörtel angerührt und Abrißsteine von einem Haufen hinter dem Haus geholt. Bloß gut, dachte er bei sich, daß die Leute immer alles rumliegen lassen. Echt alles. Reifen, Stangen, Stahlgitter. Und Steine, die wohl vom Abbruch eines alten Gebäudes übriggeblieben waren. Grinsend war er mit der Schubkarre dorthin gegangen und hatte sie beladen, so voll es ging. Dann lief er noch ein paar mal und holte sich die Steine per Hand. Er schätzte den Haufen in der Karre ab und nickte zufrieden. „Das reicht dicke." flüsterte er.

Der Geselle und die drei anderen sahen ihm zu. „Was hat'n der vor?"

„Keine Ahnung, aber's sieht so aus, als wüßte er genau, was er vorhat."

Sie standen ein paar Meter hinter ihm und beobachteten die Szene. Es kam ein wenig Wind auf und wirbelte ein paar abgefallene Blätter an ihnen vorbei. Herbstblätter und einen Duft nach morschem Holz und feuchten Tannennadeln. Nach Pilzen. Die Sonne, obwohl sie erst vor einigen Minuten ihren Höchststand erreichte, hatte sich hinter einem Wolkenschleier versteckt und war praktisch verschwunden. Ein leichtes Frösteln bemächtigte sich der Männer und sie versuchten, es durch Bewegung loszuwerden.

„Okay, Leute," sagte einer und klatschte in die Hände, „tun wir was. Ich denke, das hier kann einer fertig machen. Wir andern fahr'n schon los, in die Klingerstraße. Wer bleibt hier?"

Die drei zuckten mit den Schultern, und einer von ihnen zeigte hinüber zu Herb. „Der räumt hier schon auf."

Sie schlenderten hinüber. „Herb, was meinst du, einer müßte hierbleiben und den Rest fertigmachen. Die anderen könnten schon in die Klingerstraße." fragte der Geselle und kramte mit der rechten Hand in der linken Innentasche seiner Jacke herum. Dann zog er eine Zigarette heraus und steckte sie in den Mundwinkel. Aus der Hosentasche zog er ein Feuerzeug und zündete sich die Zigarette an. Während der ganzen Zeit betrachtete Herb ihn, als sähe er das zum ersten Mal. Genüßlich inhalierte er den ersten Zug und stieß kräftig den Rauch aus. Er hielt die Zigarette mit Daumen und Zeigefinger und kniff das rechte Auge zu, während er wieder zog.

„Was ist los mit dir?" fragte er dann, und kleine Wölkchen verließen rhythmisch seinen Mund.

„Nichts. Ich bleibe. Haut ab. Bis morgen." sagte er und tippte zum Gruß zwei Finger an die Schläfe.

2.

Luise hatte sowohl den Schrei, als auch das Schweigen danach recht deutlich vernommen. Sie wunderte sich nur, daß die Schimpfkanonade, mit der sie gerechnet hatte, ausblieb. Dann hörte sie mehrere Wagen davonfahren und hatte schon Angst, die Maurer könnten echt sauer sein. Aber kurz darauf hörte sie fröhliches Pfeifen und das vertraute Klatschen von Mörtel. Alles in Ordnung, dachte Luise, aber trotzdem komisch, daß sie so gar nichts gesagt haben.

Kichernd ging sie in den Garten und von da ins Haupthaus zum Mittagessen. Nein, Herbert Klingsand beschwerte sich nicht, er war eben nicht der Mann, der viel sprach, sondern der, der handelte. Innerhalb kurzer Zeit hatte er das Küchenfenster zugemauert. Die Steine reichten; und als er den vorletzten Stein aus der Schubkarre nahm, ihn halbierte und eine Hälfte in das Loch einsetzte, das ihn so hohl aus der perfekt zugemauerten Fensterfront anstarrte; da grinste er und sagte: „So, das hätten wir. Auge um Auge und Stein auf Stein."

Während Luise um zwei Uhr auf dem von Tina ausgetretenen Trampelpfad vom Essen herüber kam, brach sich kein einziger Sonnenstrahl in ihrem Küchenfenster. Trotzdem die Sonne herausgekommen war und kein Wölkchen am Himmel entlang kroch. Sie schaute genauer hin, und plötzlich erkannte ihr Unterbewußtsein, was der Verstand ihrem Auge nicht glauben wollte: Das Fenster war weg! Wie besessen rannte sie zum alten Stall, denn was sie sah, konnte doch nicht wirklich sein! Das wäre doch ungeheuerlich, raste ihr Verstand, wenn dieser Idiot tatsächlich... „Das Fenster zugemauert hätte!" Den Rest des Satzes schrie sie. „Nein, nein, wieso denn...es war doch nur ein Auge, nur ein Auuugee..." Dann sank sie auf die Knie, als wolle sie beten und weinte. Sie fluchte, weinte, heulte und schrie verzweifelt nach Johann. Aber Johann kam nicht. Johann hielt einen Mittagsschlaf.

Und sie schwor, sollte ihr dieses... dieser... elende Dreckskerl noch einmal über den Weg laufen, dann würde sie dafür sorgen, daß er die nächste Postkutsche ins Nirgendwo nahm! Jawohl, sowahr sie hier kniete!

Global gesehen

1.

Global gesehen änderte dieser Fluch natürlich nichts an der Tatsache, daß eine ganze Menge Arbeit auf sie wartete, denn die Küche brauchte ein Fenster. Aber global gesehen störte es bekanntlich auch niemanden, wenn in China ein Sack Reis umfiel.

Einem fernen Beobachter, der in diesem Moment den globalen Überblick über die Erde gehabt hätte, wären allerdings eine Menge Dinge aufgefallen, die Luises Mißgeschick in den Schatten hätten stellen können.

Zum Beispiel in Hal. Einem kleinen Dorf, unweit des britischen Halcliff, das irgendwo auf der Strecke zwischen London und Birmigham lag, das aber kaum jemand anderes kannte als die fünfundzwanzig Seelen, die es ihre Heimat nannten, dem Doktor und dem Briefträger. Einer der fünfundzwanzig, nennen wir ihn Mr. Brown, stand am Küchenfenster und schaute hinaus, während er sich mit einem kühlen Bier erfrischte. Er war gerade damit fertig geworden, das kleinere seiner beiden Felder im Osten umzupflügen; und bevor er sich an das andere Feld machte, beschloß er, einen kleinen Imbiß zu sich zu nehmen. Mr. Brown schaute aus dem Küchenfenster auf die Landstraße, die sonst nur von ihm und seinen Nachbarn mit dem Traktor und im Höchstfall einmal im Vierteljahr vom Doktor mit dem Rover befahren wurde. Und natürlich vom Postboten. Seine alte klapprige Norton hüpfte ausdauernd von Pfützenloch zu Pfützenloch und über jede dazwischenliegende Grasnarbe, und ihr Seitenwagen hielt sie dabei ängstlich im Gleichgewicht, die Postzustellung dauerte länger, manchmal ewig. Seit sie den Postboten aber mit dem Jeep kommen ließen, traf die Post tatsächlich pünktlich und zuverlässig ein.

Nun aber fuhren gleich sechs Wagen, Limousinen, über die Landstraße, noch dazu in einem Tempo, das ungeheuerlich war. Vor alles deshalb, weil die Landstraße eigentlich eher ein ausgefahrener Feldweg war und das Prädikat „Erste königliche Buckelpiste" verdient hätte. Mr. Brown setzte das Glas ab und wartete, daß etwas passierte. Er wußte, das gleich etwas passieren mußte, weil die Straße hinter der nächsten Kurve zuende war. Dort, beinahe unsichtbar, aber zumindest gut verborgen durch den bewachsenen Feldrand, führte die Straße um die Biegung herum und endete genau vor der große Weide. Die aber wurde durch eine Mauer aus Feldsteinen geschützt, die ungefähr drei Fuß stark war. Mr. Brown mußte nicht lange warten, denn die Luft trug heute gut und er erhaschte ein Geräusch, das an das Umfallen einer riesigen Konservendosenpyramide erinnerte. Er ging ans Telefon und rief den zuständigen Konstabler an.

Der globale Beobachter hätte ihm vielleicht erklärt, daß im ersten, dem verfolgten Auto, ein Siebzehnjähriger saß, die Verfolger bestanden aus Rauschgifthändlern, die der junge Mann betrogen hatte und die ihn vor der Polizei zu erwischen hofften, die die zweite Verfolgergruppe stellte. Er schuldete den Dealern eine Menge Geld, die Einnahmen aus den Verkäufen von allen möglichen illegalen Substanzen. Allerdings faßten sie ihn nicht, weil er, sobald er die Mauer auf sich zu kommen sah, aus dem Auto sprang. Wie ein Stuntman bei einer gut eingeübten waghalsigen Szene zog er die Knie an und versuchte abzurollen. Dann kam er rutschend, aber dennoch sicher, auf die Beine. Er wußte wohl, daß seine Situation aussichtslos war, aber jedenfalls nicht tödlich, wenn die Guten ihn erwischen könnten. Mit beiden Armen rudernd lief er zurück, der zweiten Verfolgergruppe entgegen. Der vorletzte der Wagen scherte seitlich aus und fing den Jungen ein wie ein Cowboy ein entflohenes Kalb.

2.

Hätte sich der globale Beobachter weiter umgeschaut, dann wäre seine Aufmerksamkeit vielleicht von Afrika erregt worden. Genau dort, wo auf einer Landkarte die weißen Striche, die Somalia, Kenia und Äthiopien umgeben und ihre Grenze darstellen, aneinander stoßen; genau da hätte er es gesehen. Wieder ein ganz kleines Dorf, aber natürlich ein ganz anderes als das in Schottland. Dort sähe er einen kleinen Jungen, eine Waise, um die sich das ganze Dorf kümmerte. Joseph nannten ihn die Leute, weil alle Waisen, die jemals in der Dorfgemeinschaft aufgenommen und großgezogen wurden, Joseph hießen. So wie alle streunenden Hunde Simba genannt wurden. Ganz einfach. Joseph war einst mit seiner Familie unterwegs gewesen, Vater, Mutter und zwei Brüdern. Die Familie wollte ferne Verwandte besuchen und war schon mehrere Tage unterwegs, als er sie plötzlich verlor. Oder sie ihn verloren. So genau wußte weder er selbst es, noch ein möglicher Beobachter, denn alles geschah so plötzlich. Sie legten sich abends schlafen, und als er am Morgen erwachte, war er allein. Jetzt lebte er in diesem Dorf, man nannte ihn Joseph und er hatte etwas gefunden. Ein kleines Ding, das sich bewegte. Es war so winzig wie ein Käfer, aber es hatte Fell. Es krabbelte nicht, sondern hüpfte. Joseph buddelte ein Loch um zu sehen, wie hoch es springen konnte, wenn er es hineinfallen ließ. Ein wenig ungeschickt hüpfte es an den Rand des Sandtiegels und fiel mit den abbröselnden Sandkörnern wieder zurück. Als nächstes buddelte er eine Furche, die so breit wie seine Hand und so lang wie sein ausgestreckter Arm war. Dahinein legte er kleine Stöckchen, die Springhindernisse sein sollten. An das Ende der Sprungbahn kam wieder eine kegelförmige Mulde, aus der das Springerchen nicht heraus konnte. Der zweite Test konnte beginnen. Joseph ließ das Tierchen behutsam an den Anfang der Bahn gleiten. Erst schien es zu abzuwarten, aber als nichts weiter passierte, sprang es den Parcour entlang, wie ein folgsames geschrumpftes Pferdchen. Hinten angekommen, fiel es in den Trichter. Der Junge nahm es heraus und begann das Spiel von vorn. Immer wieder und immer wieder. Später hob er die Sprunggrube tiefer aus und stellte dabei fest, daß das Springerchen nur jedes zweite Hindernis nahm und jeweils eines riß. Nun, da das Kerlchen so leicht war, viel leichter als die Stöckchen, *riß* es natürlich nicht. Es prallte dagegen. Dann fiel es wie tot zu Boden, schüttelte sich, kam wackelig wieder auf die Beine und ...sprang wieder. Aber irgendwann war es wohl der ganzen Sache überdrüssig. Als Joseph sich flach auf den Boden legte und das winzige, felltragende Käferchen anpustete, damit es wieder auf die Beine käme, sprang es ihm auf die

Nase und biß kräftig zu. Joseph sprang auf, brüllte vor Schmerz und lief weinend davon. Der Achtjährige hatte sein neues Spielzeug vergessen, nur der unerträglich brennende Biß war geblieben. Im Dorf kamen sofort alle Großmütter zusammen, die sich rührend um den Kleinen kümmerten. Am Abend riefen sie den Medizinmann, der mit Kräutern und Salben versuchte, die eiternde Schwellung zu bekämpfen. Man machte Joseph Umschläge gegen das Fieber und gab ihm Tee gegen böse Geister zu trinken. Bis zum nächsten Morgen hielt das Fieber die Fackel, dann übernahm der rebellierende Magen. Er erbrach alles, sogar dann noch, als nichts mehr da war. Aber das war nicht das Schlimmste. Das Schlimmste war, daß er nicht mehr richtig sehen konnte. Deshalb erkannte er auch nicht, daß Mama Mataba neben ihm lag. Mama Mataba war seine Lieblingsgroßmutter, die auch gleich als erste bei ihm war und versuchte, das Gift aus seiner Wunde zu saugen. Sie war wenige Stunden nach ihm erkrankt. Mama Matabas Tochter, eine herrische Frau, die immer das Wort führte, wenn eine Entscheidung anstand, wusch mit den Händen Erbrochenes von Mama Matabas Haaren. Wenige Stunden danach lag auch sie erkrankt in der Hütte.

Der globale Beobachter hätte traurig den Kopf geschüttelt und versucht, den kleinen Springer zu sichten. Er hätte ihn in einer Tonschüssel gesehen, mit Blättern bedeckt im Arm eines Kindes viele Meilen weiter in östlicher Richtung.

3.

In China fiel ein Sack Reis um.

Mit diesem sähe der globale Beobachter einen Tisch umfallen, Töpfe von Brettern rutschten, die an der Wand als Regale angebracht waren. Sorgsam klein geschnittenes Gemüse, eine bunte Pracht kleiner Häufchen auf der Arbeitsfläche neben dem Kohleofen, fiel wild durcheinander auf den ausgekippten Reis am Boden. Ein Stück Wand brach heraus und damit fiel der Haken herunter, der die Wäscheleine hielt. Hemdchen und Jäckchen, Windeln und Söckchen, alles lag traurig am Boden wie Fetzen weggeworfener Lumpen. Ein lautes Knarren kündigte weitere Einstürze an. Erst jetzt, höchstens zwei Minuten nach Beginn dieses kleinen Erdbebens, rannte die Frau, die starr vor Schreck immernoch mit dem Messer in der Hand über ihrem Gemüse verharrte, schreiend aus der Küche. Das winzige Ding an ihrem Jackenzipfel begann zu weinen und wurde von der Mutter eilends unter den Arm geklemmt. Die beiden verließen keine Minute zu zeitig das kleine Zwei-Zimmer-Häuschen; denn kaum waren sie im Freien, ging der Hängeboden nieder, der den Platz zwischen den Köpfen der Erwachsenen und dem Dach einnahm und vollgestopft war mit Körben, Säcken, Decken und verschiedenen Vorräten. Das Dach bedeckte wenig später die Verwüstung.

Draußen auf dem Platz, der kreisrund von vielen solcher Hütten umstanden wurde, standen händeringend die Leute und schauten sich erschüttert an, was die Natur angerichtet hatte. Kleine Kinder weinten und Erwachsene weinten. Einige hatten sich auf die Erde gehockt und spielten scheinbar geistesabwesend mit den Händen im Staub. Andere begannen schon wieder aufzuräumen. Zwei Männer mit langen Stangen in den Händen stocherten in den Überresten der Häuser herum.

Der globale Beobachter hätte die Großmütter und Großväter, Urgroßmütter und Urgroßväter, Enkel und Urenkel und sämtliche Mütter und Väter gezählt und festgestellt, daß niemand fehlte. Es war ein kurzes, weniger heftiges Beben, das allerdings genug angerichtet und eine Menge Arbeit hinterlassen hatte. Aber die Häuser konnten wieder aufgebaut werden, die wenigen Dinge, die kaputt gegangen waren, konnten irgendwann ersetzt werden. Die Menschen besaßen fast nichts, und das Wenige, was für sie wertvoll war, trugen sie am Körper: ihre Kleider und ihre Kinder.

Nun bildeten sich zwei Gruppen im Dorf, eine davon war die der Alten und der Säuglinge, die zweite die der Übrigen. Die Gruppen waren ungefähr gleich groß, denn die Familienplanungspolitik der Regierung war hier noch nicht durchgesetzt worden. Es gab viele Kinder, sie waren der wahre Reichtum des Dorfes. Und so packten kurze Zeit nach dem Ende des Bebens alle, die kräftig genug zum Arbeiten waren, mit an. Sogar die kleineren Kinder halfen mit. Sie suchten heilgebliebene Schalen und Teller und klaubten den Reis auf, den sie unter dem Schutt finden konnten. Ein Mädchen brachte einen Sack, einen derer, die auf dem Hängeboden gelegen hatte. So füllten sie nach und nach den ersten Sack wieder mit Reis.

4.

All diese und andere Geschehnisse *wurden* von verschiedenen Beobachtern registriert und weitergegeben. Zentrale Nachrichtenbüros gaben ihr Wissen an Agenturen weiter, an Verlage und Sender. Am Freitag erschienen kleine Spalten unter der Rubrik „Aus aller Welt" im Stadtanzeiger Kloster Aux. Man konnte folgendes lesen:

Verfolgungsjagd

Im britischen Halcliff konnte ein siebzehnjähriger Drogendealer und seine Auftraggeber gefangengenommen und unter Anklage gestellt werden, nachdem die Polizei die Verbrecher in der Nähe einer umzäunten Schafweide stoppten. Den entscheidenden Tip erhielt das Drogendezernat vom Vater des Siebzehnjährigen.

Epidemie?

Durch dem Biß eines bislang unbekannten Reptils wurde eine Krankheit ausgelöst, an der sich bereits mehr als zwanzig Menschen infizierten. Sie äußert sich in Fieber und Erbrechen und kann im Endstadium zur Erblindung führen. Ob Todesfälle zu beklagen sind, kann bis zur jetzigen Stunde noch nicht gesagt werden.

Erdbeben

Mehrere kleine Beben wurden in der Gegend um den nur gering bevölkerten Hnjan-chu-Gürtel (China) nachgewiesen. Soweit bekannt, mußten keine Hilfsmaßnahmen eingeleitet werden, weil das Zentrum des Bebens die für Menschen kaum zugängliche und wahrscheinlich längst unbewohnte Chu-Ebene erschütterte.

Superschnell

Japanische Ingenieure testeten gestern zum ersten Mal eine neue Hochgeschwindigkeitsbahn auf einer regulären Route. Sie soll bis zu 550 Kilometer pro Stunde zurücklegen können. Ein hinterher befragter Passagier antwortete auf die Frage, wie die Fahrt gewesen sei, er hätte die Aussicht auf die Bonsai-Gärten von Koutu nicht genießen können.

Kongress

Im kanadischen Quebec tagte die Internationale Koma-Liga zum ersten Mal. Die zunehmende Zahl von komatösen Langzeitpatienten in Krankenhäusern in aller Welt hat das Entstehen dieser bereichsübergreifenden Liga angeregt, der Wissenschaftler jeder nur denkbaren Disziplin angehören.

Sobald die Lokalredakteurin des Stadtanzeigers, die den Korrekturabzug in der Hand hielt, diesen letzten Abschnitt gelesen hatte, meldete sich ihr schlechtes Gewissen. Wie hatte sie noch am Montag gesagt? *Ich werde mich darum kümmern*. Im Laufe der Woche. Nun war die Woche aber eigentlich gelaufen, und sie hatte nicht einmal angerufen! Imke Fink holte das sofort nach.

Nein, es hätte sich nichts geändert, wie beim letzten Mal. Die Mutter des Kindes käme regelmäßig, aber nicht öfter als zweimal die Woche, denn sobald sich etwas ändern *würde,* würde sie das Kind aller Wahrscheinlichkeit nach in ein Krankenhaus am Wohnort einweisen lassen. Aber weil Imke nicht lockerlassen wollte, die Schwester aber nichts sagen wollte oder durfte, beendete die Schwester das Gespräch mit der Anmerkung:

„Wenn Sie so neugierig sind, mein Gott, warum fahren Sie dann nicht dahin, wo sie sich offensichtlich irgendwas eingefangen hat und machen *die* Leute verrückt?"

Imke Fink sagte nichts, sie war sprachlos. Wieso mußte sie sich das erst sagen lassen? Dann fragte sie zögernd: „Wie hieß der Ort doch gleich?"

„Ennes Ruh. Kleines Nest an der... Moment mal, ich glaube das ist irgendeine Bundesstraße."

„Vielen Dank." - „Keine Ursache."

Die Schwester legte auf. Meine Güte, dachte sie, die will mir meinen Job erklären und kann nicht mal ihren eigenen ordentlich machen. Trotzdem ging sie den Flur entlang zu dem Krankenzimmer mit den Glaswänden, hinter denen Tina nicht ständig im Koma lag, sondern ab und zu seltsamen Träumen zusah und noch seltsameren Stimmen lauschte. Vorsichtig öffnete sie die Tür, die davorhängende Jalousette bewegte sich so gut wie gar nicht. Das Kind lag scheinbar ruhig schlafend im Bett.

(Am nächsten Tag sollte sie den Stadtanzeiger in der Hand halten und die kurze Nachricht von Joseph lesen, der gebissen wurde und sagen: „Na bitte, so was passiert doch immer wieder! Wer weiß, vielleicht war das hier auch eins von den Biestern. So 'ne Art ferner Verwandter.")

5.

Imke Fink riß ihre Jacke vom Stuhl und steckte das kleine Aufnahmegerät in die Tasche. „Computer..." flüsterte sie, als riefe sie ihren Hund zum Gassiegehen. Sie kratzte sich verstreut an der Schläfe und sagte schließlich: „...kann ich nachher fertig machen, eilt nicht..."

„Das glaube ich nicht. Es wäre wohl besser, Sie würden den Artikel *sofort* fertig machen. Ab und zu wenigstens sollte Ihr Zeitplan in meinen hineinpassen."

Die Hand, die sich während dieser drei Sätze auf ihre Schulter legte, begann einen sanften, aber unmißverständlichen Druck auszuüben. In Richtung Stuhl. Oh ja, der Chef persönlich, dachte sie. Der Artikel über das hundertjährige Bestehen des Sängervereins „Jubiliert!" aus Junkersried.

Die Reporterin des Stadtanzeigers arbeitete noch bis in die Abendstunden an diesem Artikel und fuhr nicht mehr nach Ennes Ruh.

117

6.

In jener Nacht hatten viele Menschen überall auf der Welt sonderbare Träume. Die seltsamsten Träume aber hatten wahrscheinlich die Einwohner von Ennes Ruh. Eine bestimmte Gruppe unter ihnen sah groteske Bilder, und das eigenartigste daran war, daß allen Bildern der gleiche Entwurf zugrunde gelegen haben mußte.

Ein eigenartiges Faxgerät.

Für Jan und Tim war das Faxgerät einfach ein Telefon, das ein riesiges grün leuchtendes Maul aufsperrte und versuchte, nach ihnen zu schnappen. Ihre Mutter stand hilflos zwischen ihnen und dem Freßgetüm, bis sie endlich auf die Idee kam, die Axt aus Schuppen zu holen. Jan und Tim kletterten unterdessen eine endlose Treppe hinauf; immer entstand eine neue Stufe, sobald sie am Ende der Treppe angelangt waren. Dann stürzte sich Fenna im Hexenkostüm, bitterböse lächelnd, auf das Faxgerät und schlug es entzwei. Grünes Blut quoll hervor, und kaum eine Sekunde später hetzten zwei dieser Geschöpfe hinter den Jungen her. Und wie am Tage ihre Gedanken, so ergänzten sich in der Nacht ihre Träume.

Berits Faxgerät war zurückhaltender; es begnügte sich damit Perlen zu spukken, auf denen Berit ausrutschte, als sie versuchte, sich einen Weg an ihm vorbei zu bahnen. Wie ein Handballspieler, der sein Tor verteidigt, hüpfte das Fax perlenspeiend von einer Seite zur anderen.

Im geträumten Postgolf saß das Faxgerät auf dem Beifahrersitz und fraß Briefe. Zerfetzte Werbesendungen hingen aus seinen Mundwinkeln, klebriger, farbiger Speichel tropfte daran herunter.

Heinard Müllerjohans sah ein Fax, das vor einem Computer saß und mit zwei Telefonhörern unentwegt auf die Tastatur einschlug. Aus den Hörern rieselte Sanduhrensand, der abfiel und wie die verlassene Haut einer Natter aussah, bevor sich daraus eine Wortschlange bildete:

HinemHinem Hinem Hinem ...

Als Luise Kater in ihrem Traum aus dem aus dem Garten hereinkam, schleifte sie einen Jutesack hinter sich her, aus dem ein aggressives Knurren drang. Sie schüttelte den Sack und als sich unten eine Naht öffnete, kroch ein wütendes Faxgetier hervor. Es warf den Kopf hin und her, der Papierschacht des Faxes morste grellorangene Lichtsignale.

Das liebenswürdigste Faxgerät trieb sein Unwesen in Jo Tölles Traum. Es war ein freundlicher Croupier, der Spielkarten auswarf und gleichzeitig die Roulettekugel einwarf. Jo gewann beim Baccara und setzte den Gewinn beim Roulette auf die 8. Und wieder gewann er, worauf das Spiel von neuem anfing. Doch nach jedem Sieg über die Bank wurde der Traumspieler ein winziges Stückchen kleiner, bis er zum Schluß nur noch so groß wie ein siebenjähriger war.

Letitia Aden saß im Kino und war fasziniert von einem Mantel-und-Degen-Film, in dem sie die Rolle der umschwärmten Dame (und so des Streitobjektes) spielte. Auf einer Lichtung stachen vier junge Männer in wunderschönen königsblauen Umhängen über weißen Blusen und roten und schwarzen Hosen aufeinander ein. Sie trugen hohe Stiefel, auf deren Spitzen die Sonne funkelte, während die bunten Federn an ihren ausladenden Hüten lustig auf und ab wippten. Letitia stand am Rand und brachte kein Wort heraus. Sie würgte und schnappte nach Luft. Sie trug kein Kleid, sondern ein eng geschnürtes Faxgerät.

7.

Ebenfalls in dieser Nacht klingelte im Untersuchungsraum der Intensivstation das Telefon. Es war leise gestellt, um die Patienten nicht zu stören. Nicht einmal die diensthabende Schwester hörte es; sie befand sich auf ihrem Rundgang am anderen Ende des langen Flures. Trotzdem stand Tina auf. *Sie* hatte es klingeln gehört. Ruhig kletterte sie aus dem Bett und ging hinüber ins Dienstzimmer der Station. Das Telefon/Fax hatte aufgehört zu klingeln, nun quoll, begleitet von grünen und orangenen Lichtreflexen, ein Lichtbild, das wie ein Blatt Papier ohne Substanz aussah. Tina griff danach, und sofort schwebte das Lichtpapier wie eine Feder auf einem Lufthauch davon. Es legte sich an eine der weiß getünchten Wände. Nun erkannte Tina eine Nachricht darauf. Der Kopf einer wunderschönen antiken Statue lächelte ihr zu, und eine feingliedrige marmorne Hand wies mit dem Zeigefinger auf einen Satz, der wie in Stein gehauen schien und am unteren Rand des Blattes zu lesen war: Vertrau mir.

Wetterumschwung
1.

Mitte Oktober stürmte es. Zu dieser Zeit war die Wetterpalette recht breit; von Regen bis Sonnenschein, mild bis stürmisch, von unter null bis dreizehn Grad Celsius. Allerdings überwog vor allem die Witterung, die von Tiefs mit verschiedenen wohlklingenden Namen ausging. *Carmen, Elena, Rosalind.* An manchen Tagen fegte der Wind in Orkanböen über das Land. Es regnete viel und ausgiebig. Inzwischen waren sechs der ehemals zarten, silbern schimmernden dreiblättrigen Krautgewächse zu gigantischen Konstruktionen aufgeschossen. Die ersten vier über eine Zwischenstufe von fünf Metern und fünfundsiebzig, die letzten beiden dieser sechs wuchsen sich sofort zu stattlichen fünfundsiebzig Metern aus. Gleichzeitig mit ihrer Entfaltung stockten die ersten vier auf. In den ersten darauffolgenden Nächten hatten ihre Besitzer das Gefühl, von einer fremden Hand in den Schlaf gewiegt worden zu sein. Träume in noch nie dagewesener Eindringlichkeit und Phantasie bevölkerten ihre Köpfe. Gleich früh am Morgen stampfte Berit mit ihrem Hund durch die Felder. Sie wachte immer recht früh auf und wenn es nicht gerade in Strömen regnete, nutzte sie neuerdings die einsamen Spaziergänge vor sechs Uhr, um nachzudenken. Über die seltsamen Träume und andere Dinge. In ihr Heft, das die Aufschrift *Buxus-Report* trug, notierte sie: *Ich habe eine sonderbare Erfahrung gemacht. Je schlechter das Wetter ist, um so lieber gehe ich spazieren. Die Gedanken haben irgendwie mehr Platz, sich zu entfalten, der Sturm lockt sie aus den eng verschlungenen Windungen des Gehirns.*

Die abgeernteten Felder rechts und links des Weges sehen im Herbst wie das Stoppelkinn eines schlafenden Riesen aus. Der Wald am Horizont ist das Struppelhaar.

Riese schlief am Wegesrand in tiefer sanfter Ruhe...

Sein Stoppelkinn war abgemäht
Verschleiert kichert's Morgenrot
Vorbei, mein Freund, zu spät!

Aber noch etwas stand in ihrem Heft, auf der letzten Seite mit dem Hinweis **Frage!!>> Warum sagt niemand was dazu? Alle tun so, als wäre <u>nichts passiert!</u>**

Sie malte die Buchstaben in weiter Druckschrift, und sie machte sich echte Sorgen. Jemandem, vor allen den *anderen* muß doch aufgefallen sein, daß sich hier alles verändert hat. Natürlich wußte sie, daß Erwachsene vieles nicht sehen, was Kindern auffällt. Daß sie sich schämen, Fragen zu stellen, weil sie denken, sie könnten sich blamieren. Aber: ihren Geschwistern war auch nichts aufgefallen. Ihr Bruder, der immernoch denkt, er wäre besser im Schachspielen als sie und gar nicht bemerkt, daß sie ihn manchmal gewinnen läßt, damit er überhaupt noch mit ihr spielt, *war* im Garten und hat nichts gesagt. Davon abgesehen, dachte sie, würde Katrina die Windmühlen nur sehen, wenn sie hinter ihr im Spiegel auftauchen würden. Sofort lief es Berit eiskalt den Rükken herunter. „Ach du Scheiße!" flüsterte sie. „Sie sind genau hinter Katrinas Fenster, und sie müßte sie im Spiegel sehen. Jedenfalls, seit sie so groß geworden sind."

Berit fragte sich, ob die anderen sich ebensolche Fragen stellten, konnte sich diese aber nicht zu ihrer Befriedigung beantworten.

2.

Ende Oktober stürmte es immernoch, aber Berit hatte keine Lust mehr, morgens zeitig aus dem Haus zu gehen. Sie hatte überhaupt keine Lust mehr, irgendwohin zu gehen. Alles wurde schwerer, alles wurde anstrengender. Jeden Schritt weg vom Bett mußte sie sich hart erkämpfen. Aber wie es schien, ging es den anderen nicht besser. Sie hatte es genau beobachtet. Hinni-Jimmi zum Beispiel. Früher hatte er immer mit seinem Auto gesprochen und mit seinem Haus, und mit seinem kleinen Knöpfchen, wie er seinen Metallus nannte, natürlich auch. Aber das tat er nicht mehr. Er saß nur noch griesgrämig hinter dem Lenkrad und griesgrämig am Fenster.

Jo sah auch immer traurig aus und sein Schmuckstück ließ er jetzt draußen stehen, auch wenn es regnete. Tante Klara hatte mit ihm geschimpft, aber ihm machte das nichts mehr aus.

Jan und Tim ging es gut. Sie ließen sich von ihrer Mutter verwöhnen, nein, bedienen. Die tat das gerne, denn sie hatte nichts lieber, als ihre beiden Jungs den ganzen Tag um sich. Sie schrieb ihnen sogar Entschuldigungen, damit sie nicht in die Schule gehen mußten, sie brauchten nur sagen: *„Mami, liebe Mami, wir würden* ...so gerne bei dir zuhause bleiben. Wir könnten uns Filme ansehen...*und Spiele spielen und Kuchen essen.“*

Na, und die anderen, überlegte Berit weiter, hatten auch Probleme. Letitia war seit einer Woche krank, sie hatte Berit angerufen und gefragt, ob sie mit ihrem Hündchen Gassi gehen könnte. Besonders schlimm hatte es den Herrn Müllerjohans erwischt, dachte sie. Seine Frau hatte ihr zwar nur erzählt, daß er immer nach *Hinem* fragt, und ob der noch den Speicher testet, aber das klang schon schlimm genug. Irgendwie mußte ihm was durcheinander geraten sein. Und dann war da noch Luise Kater. Berit erinnerte sich an ihr bewunderndes Staunen damals, als der zweite Stahlkoloß aus dem Boden geschossen kam. Die hatte sich vielleicht verändert! Nicht direkt krank, sondern komisch, ja böse ist sie geworden, dachte Berit. Schimpfte und zeterte den ganzen Tag; inzwischen war Johann Kater zurück ins Haus gezogen, zu seinem Sohn und Sophia. *Sophia.* Die hatte sich gar nicht verändert! Womit Berit bei ihrem Hauptproblem angelangt war: Der Klassifizierung. Sie nannte es anders: Pflanzer und Nichtpflanzer. Das folgte einer Betrachtung derer, die sich fühlen *mußten* wie sie selbst auf der einen Seite und den übrigen auf der anderen. Sophia konnte nicht zu der ersten Gruppe gehören. Sie war gut gelaunt. Sie lachte dauernd. Berit hatte schon seit Tagen keine Lust mehr zum Lachen. Irgendwie waren die Nächte Schuld daran. Mal träumte sie, mal nicht. Mal gut, mal schlecht. Manchmal schlief sie so fest, daß sie am Morgen das Gefühl hatte, keine Stunde geschlafen zu haben, und an anderen Tagen schlief sie kaum eine halbe Stunde am Stück, und war am Morgen müder als ein Murmeltier vorm Winter.

3.
Tage später, genau am 4. November um sechs Uhr abends, trafen sich Marlene Müllerjohans und Berit mit ihren Hunden Brutus mit Bella. Es stürmte und riesige Regentropfen pladderten auf die aufgeweichten Wege.

„Huuh, was für ein Wetter!" sagte Marlene schaudernd.

„Scheißwetter." antwortete Berit mürrisch.

„He, was ist denn mit dir los? Bist du sauer?" fragte Marlene lachend.

„Nee, nur müde."

„Hm, geht mir auch so."

In diesem Moment öffnete sich die Erde in zwei Gemüsegärten. Stahlgiganten schossen heraus. Standen fest und unbezwingbar da. Kaum war das geschehen, klappten alle acht Riesen ihre bisher zum Himmel gerichteten Flügel langsam herunter. Jo stand am Wohnzimmerfenster und sah hinaus in den Regen. Plötzlich bemerkte er das Kippen der Flügel und ein seltsames Gefühl beschlich ihn. Ein seltsam *faszinierendes* und *vollkommenes* Gefühl.

Genauso ging es den anderen. Egal, ob sie es sahen oder nicht, sie *spürten* es. Draußen, im Regen, kämpfte Berit mit ihren Füßen in den Gummistiefeln. Irgendwie schienen sie sich gegen sie verschworen zu haben, denn ständig stolperte sie links über rechts und dann auch noch über Bellas Hundeleine. Hilflos griff sie nach Marlenes Arm, als sie plötzlich ein warmer aufregender Schauer durchfloß.

Berit zupfte Marlene am Ärmel und schaute zum Himmel. „Da, da sind die letzten beiden." Sie war so aufgeregt, daß sie vorübergehend vergaß, mit wem sie sprach. „Sieh doch, da oben. Wie schön sie sind..."

„Was ist schön? Die Wolken?" Marlene suchte den Himmel ab. Berit zeigte auf die unübersehbaren acht *Windmühlen* und als sie ihre Köpfe herunterklappten, hielt sie die Luft in verdutztem Bewundern an. „Super! Und jetzt werden sie sich drehen..." sinnierte sie.

„Geht's dir nicht gut? Berit, was *siehst* du da?" Marlene suchte den wolkenverhangenen Himmel nach irgendetwas Spektakulärem ab. Regen tropfte in ihr Gesicht. Brutus zerrte unruhig an der Leine. Bella versuchte, einen Unterstand zu finden. Berit stand einfach da und starrte ins Nichts. Marlene erschrak und versuchte, sie fortzuziehen. In diesem Moment begriff Berit, was *wirklich* los war, was sie wirklich *sah*.

„Ich..ich sehe...diese Vögel da! Die da...schau doch!" rief sie und schielte hinüber zu Marlene.

Und tatsächlich! Dort oben, gemeinsam mit den Wolken, dem Regen trotzend und vor Schönheit strahlend unter dem grauen Schlechtwetterdach, flogen die wunderbarsten Vögel, die sie je gesehen hatte.

Und *die* sah Marlene auch.

4.

In jener Montagnacht führte Lena Grabbel ein Gespräch, das nicht für sie bestimmt war, und das sie genaugenommen deshalb auch gar nicht führte. Aber trotzdem nahm sie daran teil. Sie glaubte, soeben die Genesung ihrer Tochter miterlebt zu haben.

Tina saß, als ihre Mutter das Zimmer betrat, mit offenen Augen im Bett. Sie sprach mit der Stimme, die dem weißen Marmorkopf gehörte, der sie seit jener Nacht im Oktober immer wieder einmal besucht hatte. Die weiße Köpfin, so nannte sie ihn wegen seiner schönen weiblichen Züge, zeigte sich nicht immer, aber ihre Stimme war manchmal in Tinas Kopf. Gewissermaßen zwischen ihren Ohren, genau da hörte sie sie.

Du bin ich wieder, sagte die Stimme.

„Schön, daß du da bist." antwortete Tina.

(„Ich bin sooo froh, daß du endlich aufgewacht bist!" Lena war überglücklich aufgesprungen und versuchte, Tina über das sperrige Gitter hinweg zu umarmen. „Ja, ich bin da." Sie küßte Tina sachte auf das feuchte, vom Schlafen auf dem weichen Krankenhauskopfkissen zerdrückte Haar und bemerkte den würzigen Geruch, der ihr seit Tinas Kleinkindzeit so vertraut war.)

Ich werde einen schmerzhaften Punkt in deinen Gedanken berühren müssen, warnte die Stimme.

„Ich möchte nicht berührt werden." flüsterte Tina ängstlich.

(„Oh nein, natürlich nicht, mein Engel." Enttäuscht schrak Lena zurück. Sie hatte so gehofft, ihr Kind endlich wieder in die Arme schließen zu können. Aber sie konnte warten, und sie würde es tapfer tun.)

Du mußt daran zurückdenken, an das, was du gepflanzt hast.

„Ich denke daran zurück...“

(„Ja, denk an früher. Das ist gut.“ flüsterte Lena erwartungsvoll.)

„War es gut?“ fragte Tina.

(„Oh ja, es war gut. Und es wird wieder genauso gut sein, wenn wir wieder zuhause sind.“ Lena fuhr vorsichtig mit der Hand über Tinas Kopfkissen.) Zur gleichen Zeit antwortete die Köpfin bestürzt:

Oh nein, nein! Erinnere dich an sein Wachsen! Erinnere dich, wie es durch die Erde brach! Es kann nicht gut sein, es betört die Menschen.

Tina schüttelte heftig den Kopf. „Nein, ich will mich nicht erinnern.“

Du mußt! (Nein, du mußt nicht, später, später, hat Zeit.)

„Hilfst du mir?“

(Ja,ja, natürlich. Ich bin immer für dich da.) *Ich weiß, daß ich nicht immer für dich da sein kann. Ich weiß, daß es stärker sein kann als ich, wenn du ihm nahe bist.*

„Ich bin ihm nicht nahe.“

Noch nicht. (Wem bist du nicht nahe, Engel?)

„Ich werde ihm also nahe sein?“

Ja, das habe ich in deinen zukünftigen Träumen gesehen. (Wem **nahe sein**?)

„Wie kannst du das?“

Ich kenne die Frequenz, und du wirst sie auch erfahren. Höre nur gut auf meine Stimme. Auch dann, wenn du sie nicht erkennst. Meine Stimme darfst du nicht vergessen!

(.....)

„Ich werde deine Stimme niemals vergessen. Wie könnte ich denn?“

(Oh, Engel, ich weiß. Ich werde jetzt nicht mehr von deiner Seite weichen.)

Du könntest, wenn Du zu glauben beginnst, ich sei nicht gut.

„Du bist gut.“

(Oh, mein Baby! Lena schluchzte. Mit ihrer Fassung war es endgültig vorbei. Das, was sie noch sagen wollte, verschluckte sie bei dem Versuch, sich einen Rest Gleichmut zu bewahren.)

Wiederhol es! Wiederhol es immer, wenn du zu wanken beginnst.

Wiederhol es!

Wiederhol es!

„Du bist gut. Du bist gut.“ Dann fiel sie erschöpft in ihr Kissen und schloß die Augen.

„Bist du noch da?“ fragte Lena leise. Tina drehte den Kopf in Lenas Richtung. Und einen Augenblick lang sah sie durch einen wässrigen Schleier die Schemen ihrer Mutter vor sich. In ihrem Kopf sagte sie glücklich *Mama, Mama.* Aber über ihre Lippen kamen die Worte nicht. Sie war zu erschöpft. Zu fertig.

Zu glücklich, jemanden an ihrem Bett zu sehen, der unter dem Hals noch weiterging.

5.

Manchmal muß man auch Glück haben. Manchmal muß man seiner Intuition folgen. Und manchmal war es angebracht, das zu tun, was man nicht tun sollte.

Imke Fink hatte Glück, als an einem Dienstagmorgen der Redaktionschef ganz einfach *vergaß*, ihr einen speziellen Auftrag zu geben. Sie wollte die freie Zeit nutzen, um nach Ennes Ruh zu fahren. Natürlich war ihr klar, daß nun längst alles vergessen war, daß alles, was vielleicht wichtig oder eine Art Spur gewesen sein könnte, längst verwischt oder uninteressant geworden war. Und eigentlich war die Recherche auch gar keine Recherche mehr wert. Nun, während sie im Auto saß, gingen ihr diese Dinge durch den Kopf und sie beschloß, anstatt ins Blaue, lieber ins Weiße zu fahren. Ins Krankenhaus.

Im Entree traf sie eine hektisch rauchende, sich am ungewohnten Qualm verschluckende und hustende Frau. Gerade versuchte sie, ihre zur Hälfte gerauchte Zigarette im Ascher auszudrücken. Dabei wackelte der Ascher auf seinem einzigen Bein gefährlich hin und her. Imke sprang gerade noch rechtzeitig dazu und fing das Gestell auf. Sie sah der aufgeregten Frau ins Gesicht und hatte dabei das Gefühl, diese Frau wäre nicht besonders traurig, sondern besonders glücklich. So glücklich, daß sie ihre unbändige Freude am liebsten hinausgeschrien hätte. *Du hattest nur nicht die Gelegenheit, deine Freude mit jemandem zu teilen. Hier bin ich,* dachte sie.

„Darf ich Ihnen einen Kaffee spendieren? Ich glaube, Sie könnten einen gebrauchen."

„Ja, ich glaube, Sie haben recht." Lena Grabbel ließ sich auf einen freien Stuhl sinken.

Lena Grabbel und Imke Fink unterhielten sich über dies und das, bis endlich das Eis brach und Lena genug Abstand gewonnen hatte, um über das reden zu können, was ihr wirklich auf der Seele lag.

Sie erzählte von ihren Gespräch mit Tina, und Imke, die innerlich jubelte, hörte scheinbar gelassen zu. Sie versuchte, sich alles so genau wie möglich einzuprägen, damit sie sich später Aufzeichnungen machen konnte. Die Plauderei mitzuschneiden, hielt sie für geschmacklos.

Nach einer kurzen Pause, die auf eine lange Aufzählung von Dingen folgte, die sofort nach Tinas Genesung getan werden mußten, sagte sie nachdenklich:

„Wenn ich nur wüßte, was sie mit diesem *Du bist gut.* meinte!... Und wenn ich nur wüßte, wer die weiße Köpfin ist!"

„Die weiße Köpfin?" überlegte Imke. „Oder hat sie vielleicht *weiße Wölfin* gesagt?"

„Weiße Wölfin?" fragte Lena überrascht zurück. „Na, jedenfalls wäre mir das lieber, als weiße Köpfin."

6.

Im Grunde ihres Herzens wußte Imke, die Lokalreporterin, daß es keine Wölfin sein konnte.

Als sie am Ende dieses Tages ihren Kopf auf das Kopfkissen legte und zur Decke hinaufsah, an der ein geschnitzter balinesischer Drache sein Unwesen trieb und eine indische Prinzessin ihr schönes, aber herbes Gesicht hinter einem duftigen Schleier verbarg; da wußte sie, daß es Dinge gab, die es vielleicht nicht geben sollte.

Sie schloß die Augen und schickte ein stummes Gebet an die *weiße Köpfin: Ich weiß, daß du gut bist.*

Diese Worte wiederholte sie im Geiste so lange, bis sie einschlief.

Und sie wurde belohnt.

God save the Queen
1.

Während der Novemberwochen, wenn orkanartige Stürme das Land peitschen, sich drehen und wenden, mit ihren Flanken unachtsam herumschwirrende Vögel, die von hier nach da fliegen, einfach aus der Luft wischen; sitzen die Menschen gewöhnlich in ihren Häusern und vielleicht hinter ihren Öfen.

Auch jetzt wurde es gefährlich da draußen; es könnten sich gut verschnürte und zum Abholen bereitgestellte Kartons in tieffliegende Frisbees verwandeln. Schwere morsche Äste könnten herunterbrechen und Autos mit oder ohne Insassen zertrümmern. Der Sturm könnte winzige, federleichte, hinten angespitzte Kinderwindmühlen aus Balkonkästen reißen und sie als Dartgeschosse gegen vorwitzige Spaziergänger einsetzten. Er könnte sogar Riesenwindmühlen antreiben. Er könnte Dinge hervorlocken, von denen niemand etwas wissen wollte; und tatsächlich, er tat es!

2.

Der Sturm jaulte, er kämpfte mit sich selbst wie eine Katze, die sich in ihren Schwanz beißt.

Der Sturm schwang den Fahnenstab; seine Bizepsmuskulatur trat hervor und jedesmal, wenn er eine Wende vollzog, drohte er auszubrechen und die Standarte zu verlieren.

Der Sturm stand breitbeinig vor seiner Junkers und trieb den Propeller an. Er stemmte sich gegen den Stahl und warf ihn herum. Er schrie heulend auf und griff erneut zu.

Dann lief die Maschine.

Alle acht Propeller drehten sich, und der Sturm ritt auf diesem achtmotorigen stählernen Vogel durch die Nacht.

Die Pflanzer wurden unruhig in ihren Betten und sie schienen alle nur von einem Wunsch beseelt: die Geschöpfe ihrer Einfalt zu besuchen. Und so kam es, daß acht Einwohner von Ennes Ruh mitten in der Sturmnacht aufstanden und sich in ihre Gemüsegärten begaben. Wie Tina vor Wochen, so schienen auch sie jetzt wie Derwische mit flatternden Gewändern auf dem schmalen Grad zwischen Mondlicht und Schatten entlang zu tänzeln. Ihre Leichtfüßigkeit allerdings war Illusion, das Hüpfen vom Sturm erzwungen. Jedem von ihnen gingen Fragen durch den Kopf, die eine Antwort dringend notwendig machten. Doch die Antworten, die durch den brausenden Orkan zu ihnen drangen, waren immer wieder dieselben. Antworten, die sie *zwischen* ihren Ohren hörten und denen sie, weil sie aus dem eigenen Kopf zu kommen schienen, nicht trauten.

Geh hinaus, geh dahin, zähle acht und eins im Sinn!

Geraume Zeit später, erst, als sie keine andere Wahl mehr hatten, als der Stimme zu glauben, verließen sie ihre Gärten und folgten ihr. Diese seltsame, grunzende Stimme führte sie zusammen, bildete aus acht einzelnen Gestalten eine Gruppe, die wie ein Organismus funktionierte und schickte sie aus, ein Herz zu finden. Sie flötete zuckersüß *fein, fein, dahinein,* solange sie sich auf dem richtigen Weg befanden; und schimpfte *fort, fort, sapperlot,* sobald sie vom Weg abwichen. Auf diese Weise führte sie die Stimme zwischen den Feldern hindurch, an Weidezäunen entlang und ließ sie über Bewässerungsgräben springen. Sie ließen Junkersried zu ihrer Linken liegen und kamen zwischen dem Stadtanzeiger und der Neusener Schlößchen-Brauerei nach Kloster Aux herein. Dann stiegen sie auf die Friedhofsmauer, wobei die Männer eine Treppe für die Frauen und Kinder bildeten, und schlichen, auf der anderen Seite angekommen, wie Schatten ihrer selbst zum klinikwärts gelegenen Hinterausgang. Das hohe Tor war verschlossen, aber im schmiedeeisernen Zaun daneben war eine Stange lose, die sie zur Seite schoben und so einen schmalen, aber gangbaren Weg hindurch fanden.

An der Rückseite des Hauptgebäudes fiel mattes, kaum sichtbares Leuchten auf das Pflaster, das von einer einzelnen Glühbirne im längst unbenutzten Kohlenkeller ausging. Der Hausmeister fütterte dort heimlich die wilden Katzen, die abends durch das zerbrochene Kellerfenster herein schlüpften. Nun schlüpften acht schlafwandelnde, weder Kälte noch Erschöpfung spürende Kundschafter durch den geheimen Katzeneingang und wurden durch das Labyrinth der Heizungs- und Lagerräume gelotst. Vorbei an verschlossenen Räumen, durch düstere Flure und hohl klackende Treppen hinauf, bewegten sie sich stetig auf ihr Ziel zu.

3.

Die Eingangshalle zum Schwimmbad war in verschiedenen Blautönen gehalten, nach oben hin heller werdend abgestuft. Ganz unten, am Boden und bis in Knöchelhöhe, war das Blau so dunkel, daß es beinahe ein Schwarzblau war. Darüber leuchtete ein Streifen dunkles Marineblau, dem sich ein Preußischblau-Wellenmuster anschloß. Wasserblau folgte auf Azur und die Decke schwebte luftblau über allem.

Die Treppe, die hinauf zu den Umkleidekabinen führte, führte auch in den Panoramasaal, der eigentlich ein Warteraum mit einer riesigen Scheibe mit Blick auf die Schwimmhalle war. Die Treppe war orange. Tina, die gerade die Eingangshalle durchquert hatte, wunderte sich über den plötzlichen Farbwechsel. Eigentlich verabscheute sie Schwimmbäder und -hallen jeder Art, aber in Träumen hielt man sich gewöhnlich an ungewöhnlichen Orten auf. Vorsichtig stieg sie die orangene Treppe hinauf, immer darauf gefaßt, daß irgendetwas passieren würde. Trotzdem kam sie unbeschadet in der Wartehalle an und setzte sich auf einen der roten Stühle. Der Raum war auch hier in Blautönen gehalten. Hinter der Panzerglasscheibe erstreckten sich weiße Kacheln bis zum Becken, das mit zartgrünem, bestimmt sehr chlorhaltigen Wasser gefüllt war. Tina wußte nicht, worauf sie warten sollte, denn da hinein würde sie sicher nicht gehen. Gerade wollte sie wieder aufstehen, als sie aus dem Wasser Gitarren aufsteigen sah. Konzertgitarren in wunderschönen Erdfarben schwebten nach oben, Westerngitarren in schwarz mit elfenbeinfarbenen Einsätzen neben roten Elektrogitarren. Mandelförmige Mandolinen und tellerrunde Banjos gesellten sich ebenfalls dazu. Tina konnte nicht hören, ob die Gitarren ein Konzert gaben, aber ihren Bewegungen nach schienen sie eine schwungvolle Melodie zu spielen. Wenn Tina gewußt hätte, wie ein getanzter Walzer aussah, hätte sie vermutlich sofort einen Walzer gesummt. So aber stand sie vor der Scheibe und beobachtete fasziniert das bunte Treiben der Gitarren. Sie stand auf und trat einige Schritte zurück, weil sie mit einem Mal aus dem Bewegungsmuster der Instrumente einen Takt ablesen konnte...der Stuhl wurde scharrend zur Seite geschoben, etwas...eine Tür?...geöffnete sich...irgendwo drang Wasser ein...

Tina sprang entsetzt einen Schritt zurück. Der Raum färbte sich signalrot, die Stühle begannen wie Überbleibsel eines gesunkenen Schiffes auf der Pfütze grün schimmerndem Wassers zu schwimmen...da öffnete sich ein Spalt in der Irrealität und durch die Scheibe spazierten, zwischen den tanzenden und tatsächlich musizierenden Instrumenten hindurch, auf blutroter Seide eine Gruppe abgerissener Gestalten...

4.

Heinard Müllerjohans und Jo Tölles kamen auf sie zu und griffen nach ihr. Sie konnte nicht fliehen und um ganz ehrlich zu sein, sie hatte auch nicht das Gefühl, fliehen zu müssen. Sie trugen sie behutsam aus dem Zimmer, und als sie sich umblickte, sah sie die Instrumente wie Fische auf sich zu schwimmen. Die Saiten hatten sich gelöst und wehten wie Bärte um die langen Gitarrenhälse. Sie versuchten mit angriffslustig dröhnenden Bässen hinter der Gruppe her zu schwimmen und sie doch noch zu erreichen. Kleine Mäuler mit scharfen Zähnen öffneten und schlossen sich zu zwanghaftem Beißen. Während Tina langsam erwachte, schwanden die Farben des Traumes und es fiel ihr zunehmend schwerer, die Gitarren dreidimensional zu sehen. Und doch konnte sie die *inneren* Augen nicht ganz von den gefräßigen Gesellen abwenden. Auch die verblassenden papierdünnen Gitarren schienen ihr Ende herbeieilen zu sehen, denn sie kämpften förmlich gegen das Erwachen ihrer Schöpferin an. So kam es wohl, daß Tina, als sie bereits völlig erwacht war, immernoch den Spuk im Schwimmbad vor Augen hatte und ihre Entführer für ihre Retter hielt. Tina, die nicht wußte, warum, sondern nur, *daß* sie in Badeanstalten in Panik geriet, klammerte sich dankbar an das Vehikel, in das die Entführer sie am Ausgang setzten. Es sah aus wie ein übergroßer Kinderbuggy. Darin schoben sie sie immer weiter, folgten der Stimme in allem und brachten so ihre Königin zurück in ihr heimliches Reich.

4. Einkehr
Eine Legende

1.

Vor langer, sehr langer Zeit fuhr der älteste aller Männer mit seinem großen Kanu über das große Wasser. Das Kanu war gigantisch, denn der alte Mann war ein Riese. Er war glücklich und zufrieden, denn über ihm wölbte sich der blaue Himmel und unter ihm lag ruhig das blaue Wasser. Irgendwann während seiner Reise kam er an eine Stelle inmitten des Meeres, von der aus er nicht mehr weiterfahren konnte. Etwas hielt ihn da fest. Er rief nach dem Wind, er solle ihm helfen, sein Hemd als Segel zu blähen. Der Wind aber hörte ihn nicht. Der alte Mann kniete sich wieder ins Kanu und ruderte aus Leibeskräften. Sein Hemd, das am Bug des Kanus lag, fiel heraus und wurde vom Wasser fortgetragen. Am Horizont blieb es, wie von magischen Händen gehalten, liegen. Da sprang der alte Mann aus dem Kanu und schwamm darauf zu, so schnell er konnte.

Das Wasser begann zu schäumen; und es schäumte um so mehr, je er schneller er schwamm. Schaumflocken erhoben sich in die Luft, und nach und nach bildete sich daraus ein feiner, aber dichter Nebel. Der alte Mann schwamm unbeirrbar durch den Nebel hindurch und als er am Horizont die Insel erblickte, erkannte er zu seinem Erstaunen, daß aus dem groben Tuch seines Hemdes Land entstanden war. Nachdem er die Insel erreicht hatte, kletterte er hinauf und schlief erschöpft ein. So schlief er viele Jahrtausende, bis eines Tages Menschen von anderen Inseln mit Booten herüber kamen. Sie waren erschrocken, als sie den schlafenden Riesen fanden. Trotzdem blieben sie in der Nähe und beobachteten ihn vorsichtig. Ihr Mißtrauen verschwand, als sie bemerkten, daß er sich während vieler Monate nicht ein einziges Mal rührte. So betrachteten sie ihre Anwesenheit als geduldet und bauten ihre Hütten um ihn herum. Diese Menschen betrachteten den Schlaf des alten Mannes als heilig und bewahrten seine Existenz als großes Geheimnis.

Mit der Zeit siedelten sich neben den Menschen und ihren Tieren auch Flechten, Gräser und Moose auf der Oberfläche des Riesen an. So entstand im Laufe weiterer Jahrtausende das Gebirge auf der Insel.

2.

Weil aber der Schlaf als heilig galt, mußte auch sein Begleiter, der Traum, heilig sein. Die Bewohner dieser Insel glaubten, daß Menschen, die träumen, ihr wahres Leben führen. Sie entwickelten das Träumen zu einer Meisterschaft, indem sie jedem einzelnen Mitglied ihrer Gesellschaft die Gunst gewährten, eine gewisse Zeit im Jahr im Inneren der Traumgrotte zu schlafen und zu träumen. Dieses Labyrinth befand sich im *Kopf* des Gebirges, das im Laufe der Jahrtausende die Form einer schiefen Pyramide angenommen hatte. Vor dem Eingang versperrte eine hohe Palisadenwand den Zutritt zur Traumgrotte, die berühmte Schnitzkunstmeister der Insel mit furchteinflößenden Fratzen verzierten, um böse Geister zu vertreiben. Wurde die Tür in der Palisade aufgesperrt, dann quietschte sie in den Angeln und ein Knarren, das dem einer hölzernen Kinderrassel ähnelte, erschreckte die Eintretenden. Damit sollten schlechte Gedanken vertrieben werden, die man im Traumheiligtum nicht gebrauchen konnte. Hinter dem äußeren Tor befand sich ein kleines Pförtchen, das der eigentliche Zugang zu den Schlafräumen war. Sobald man die Schwelle dieses Pförtchens überschritten hatte, durfte nicht mehr gesprochen werden. Dort, auf dem *Stillen Weg*, der durch die einzelnen Räume führte, hörte man nichts als das Atmen der Schlafenden. In jedem der fünfzehn karg eingerichteten Räume lag eine Schlafmatte auf dem Boden. Daneben standen Schalen mit stark duftenden Blüten, und in schmalen Nischen brannten Öllämpchen. Die Räume waren miteinander durch kleine Fensteröffnungen verbunden, durch die ständig ein leichtes Lüftchen wehte, das die verschiedensten Düfte mit sich trug. Am Ende des *Stillen Weges* führte ein ebenso niedriges, hölzernes Törchen wie das, durch welches man eintrat, wieder hinaus.

Am Ende einer jeden Traumzeit, wenn diejenigen, die den Traum beendet hatten mit denen, die ihn begannen, die Rollen tauschten, wurde ein Fest gefeiert, bei welchem Träume erzählt oder aufgemalt und manchmal sogar aufgeschrieben wurden. Es wurde kräftig gegessen und getrunken, denn während der ganzen Traumzeit versorgte die Familie den Träumer jeweils nur mit einer kleinen Mahlzeit, die er manchmal gar nicht zu sich nahm. Es kam auch vor, daß an solchen Festen entsprechend der Träume Verträge ausgehandelt oder andere wichtige Geschäfte beschlossen wurden. Diejenigen Träumer, die ihre Angelegenheiten während der Traumzeit nicht befriedigend lösen konnten, oder sogar Probleme in die *Tagzeit* zurücknehmen mußten, konnten Freunde oder Verwandte bitten, in ihrem Sinne bestimmte Träume herbeizurufen, um in ihnen um eine glückliche Wendung oder eine günstige Weissagung zu bitten. Einige der Träumer, egal ob es Menschen mit besonderen Fähigkeiten waren oder nicht, konnten in ihrer Traumzeit die Geister der Verstorbenen treffen; mit ihnen über die Probleme der Lebenden reden und so helfen, diese

Probleme zu lösen.

Viele alte Menschen, die wußten, daß ihr Ende gekommen war, besprachen mit den Geistern der Verstorbenen ihr zukünftiges Leben im Jenseits, warfen so einen Blick voraus in die Welt, die sie nach ihrem Ableben betreten sollten. So war es für sie nur ein Abschied für kurze Zeit, der manchmal gar nicht so traurig sein mußte, denn sie trafen liebe Freunde, ihre Frauen oder Männer wieder, die vor ihnen gegangen waren.

So vielfältig die Träume der Menschen in den Schlafräumen der Traumgrotte auch waren, so glichen sie sich in einer Beziehung: sie waren für diese Menschen das wahre Leben. Die Jahre in der Tagzeit dienten dazu, das Traumleben zu reflektieren, für Nachkommen zu sorgen und den physischen Körper am Leben zu halten, bis seine Zeit abgelaufen war.

3.

„Ein schlechter Mensch, jemand, der mit Absicht Böses tut und seinen Mitmenschen Schaden zufügt, hat auch böse Geister", sagte man auf der Trauminsel. Um einen solchen bösen Geist zu bannen, müssen viele Träumer einen magischen Traumkreis bilden, aus dem das Böse nicht entkommen kann. Einen magischen Traumkreis zu bilden, ist nicht leicht; und niemand weiß *ganz genau,* wie man es macht, sondern nur, daß man es mit ganzem Herzen tun muß.

4. Kapitel

Schlafe nur, schlafe ein, Wind wiegt den Baum,
rauschen die Blätter sacht, kommt schon der Traum.

Adrenalin-Traum

1.

Luise saß auf einer Straße, die sich wie ein schmales Band durch ein weitläufiges Waldgebiet wand und hörte, wie sich etwas näherte. Dem Geräusch zufolge mußte es etwas sehr Großes und Schweres sein. Die Stelle, an der sie saß, befand sich ganz oben auf der Hügelkuppe. Das große Fahrzeug mußte sich den Berg hinauf quälen. Luise hörte den Motor, ein lautes, schmatzendes Geräusch, ein bohrendes und rumpelndes Gebrumm. Sie fragte sich, wie das sein würde, überfahren zu werden. Inzwischen war das Rumpeln so nahe, daß jeden Moment die Fahrerkabine über dem Asphalt auftauchen konnte. Sie rückte sich zurecht, als säße sie auf einem bequemen Polster, stützte ihre Hände nach hinten ab und spreizte die Beine leicht. So nahm sie eine optimale Position ein, dem Laster so viel Masse wie nur möglich entgegenzusetzen. Es sollte keine leichte Aufgabe für ihn sein. Dann schloß sie die Augen und wartete. Dunkelheit umfing sie. Irgendwie sah sie natürlich trotzdem, was auf dem Schauplatz, den sie für ihr Attentat auf sich selbst vorgesehen hatte, vor sich ging. Sie sah vor ihrem geistigen Auge den riesigen Laster am nahen Horizont auftauchen, die Scheinwerferaugen glotzten blöd und verständnislos auf das Hindernis, das sich unmittelbar vor ihnen befand. Im Inneren der Fahrerkabine sah Luise einen kräftigen Mann Mund und Augen weit aufreißen und sich nach hinten stemmen. Er schrie. Er schlug mit der flachen Hand mehrmals auf die Hupe in der Mitte des Lenkrades. Luise hörte ihr böses Quaken. Er trat auf die Bremse und drückte sie mit aller Kraft bis zum Boden durch. Luise war beim ersten Quietschen der blockierenden Räder ein wenig zusammengezuckt, aber sie hielt sich trotzdem tapfer aufrecht. Jetzt konnte es jeden Moment passieren. In ein oder zwei Sekunden würde der Laster über ihren Körper schlittern und ihn scheinbar zerquetschen. Aber eben nur scheinbar. Bisher war sie jedes Mal nach einem solchen, beinahe selbstmörderischen Traum wieder aufgewacht. Mit ein wenig Herzklopfen, zugegeben, aber unversehrt. Es würde ein wenig kitzeln, doch die aufregendste Empfindung würde das Einschießen des Adrenalins sein. Diese Träume fingen an, eine Sucht zu werden.
„Komm schon, kommschonkommschon!", flüsterte sie.
Das Bremsgeräusch wich einem stotternden Kratzen. Der verdammte Laster mußte doch schon längst über sie drüber sein. Dann erstarb das Geräusch. Der Motor ging blubbernd aus. Die Fahrertür wurde geöffnet und schlug klappernd an das Gehäuse. Der Fahrer sprang klatschend auf die Straße. Schwere, aber unsichere Schritte kamen auf sie zu.

134

Bevor Luise die Augen öffnete, dachte sie: Schlecht geplant. Der Dreckskerl konnte bremsen. Dann drehte sie langsam den Kopf nach oben und öffnete lächelnd die Augen. So ganz genau wußte sie nicht, was sie sagen würde, das überlies Luise gern dem Zufall. Der junge Mann zu ihrer Linken, der auf sie herabblickte, lächelte nicht. Sein Gesicht zeigte stummes Entsetzen. Als er sie ansprach, stotterte er leicht.

„W..was m..m..machen Sie hie..ier?" Das war alles.

„Ich warte auf den Bus."

Sofort hörte Luise ein blechernes Scheppern. Der Bus war gekommen. Er stand mit der Schnauze auf der heruntergeklappten Laderückwand des LKW's. Sie wandte sich wieder an den Fahrer und sagte, während sie aufstand:

„Da ist er ja. Ach, und im Übrigen werde ich Sie wegen irgendwas verklagen. Mal sehen, vielleicht Unfug im Straßenverkehr? Oder wäre Ihnen versuchter Mord lieber?"

Mit diesen Worten ließ sie den jungen Mann stehen und wandte sich der anderen Straßenseite zu. Dort erschien ein Bushaltestellenschild mit der Angabe: Haltestelle Café Lindengarten. Und ebenso erschien aus dem Nichts ein Lindenwäldchen an der Stelle, wo noch Sekunden zuvor ein Nadelwald gestanden hatte. Keiner der Anwesenden, weder der LKW-Fahrer noch die aussteigenden Busfahrgäste, schienen dies zu bemerken. Als wäre nichts weiter passiert, betraten sie das gerade im Entstehen begriffene Kaffeegärtchen und ließen sich auf Stühlen nieder, die sich eben erst materialisierten. Weißbeschürzte Kellnerinnen trugen geschäftig Tabletts mit Tassen und Kannen umher, als wäre nichts geschehen.

Luise konzentrierte sich auf die Straße. Plötzlich hatte sie Lust, das Spiel weiter zu treiben. Sie erschuf Sirengeheul und zwei dazugehörende Polizeiautos. In jedem Auto sollte ein Polizist in Lederjacke sitzen. Harte Burschen, so hoffte sie. Im Moment machte es ihr noch keine Schwierigkeiten, die Hauptpersonen im Griff zu behalten. Der LKW-Fahrer stand immernoch mitten auf der Straße und rührte sich nicht. Die Personen im Kaffeegarten benahmen sich verrückt. Sie waren aus Versehen im ungeplanten Bus gewesen und deshalb unfertig. Ohne Tiefe und Persönlichkeit.

Die beiden Polizisten stiegen aus. Langsam schlugen sie die Autotüren zu und Luise erkannte schmunzelnd einen Fehler. Auf den weiß-blauen Türen prangte jeweils ein Sheriffstern mit der goldenen Aufschrift Alabama Country Police. In welchem Film hatte sie diese Country-Schlitten wohl gesehen? Aber zum Glück trugen sie wenigstens grüne Mützen. Die beiden stolzierten mit schaukelndem Gang die Straße entlang. Nun rührte sich der junge Mann. Er drehte sich um und rannte zu seinem Laster. Mit einem Satz war er auf seinem Sitz und hatte die Tür von innen verriegelt. Die beiden Lederjacken standen unschlüssig davor. Der Größere ergriff die Initiative und rief mit tiefer Stimme:

„Du bleibst da drin, bis wir dich rausholen. Kapiert?!"
Der LKW-Fahrer nickte ängstlich. Luise lenkte den Blick des Kleineren der beiden auf
sich. Gemächlich schlenderte der herüber.
„Was ist denn hier passiert? Wir haben einen Notruf erhalten, von wegen Unfall mit
Körperverletzung...Sind Sie verletzt?" fragte er dann beinahe mitfühlend.
„Nein, junger Mann, ich konnte glücklicherweise diesem Todesfahrer dort entkommen."
Sie zeigte hinüber zum LKW.
„Ich kam aus dem Wald und wollte nur zur Bushalte..stelle..." Schluchzend hielt sie die
Hände vor's Gesicht und simulierte einen Weinkrampf. Der erfundene Polizist nahm
sie beschützend in den Arm.
„Lassen Sie das! Ja, und dann kam dieser da und ...und wollte mich...(das Weinen
wurde heftiger)...wollte mich überfahren!" Hinter den vorgehaltenen Händen beobach-
tete sie die Szene. Der Polizist, dem gerade ein Schnauzbärtchen wuchs, schrieb die
Lügengeschichte in ein schwarzes Notizbuch. Er stellte Fragen wie: Kennen Sie den
Fahrer des LKW's? und: Gingen Sie langsam oder schnell? und: Möchten Sie einen
Arzt konsultieren?
„Nein, ich möchte den jungen Mann anzeigen. Wegen versuchten Mordes."
Der Kugelschreiber brachte es zu Papier. Sein Besitzer nickte und klappte das Buch zu.
Er hatte verstanden. Der Kuli verschwand in der Jackentasche und dieselbe Hand, eben
noch schlank und geradezu zerbrechlich, wuchs sich zu einer Pranke aus. Riesige Finger;
an einem steckte ein klobiger Siegelring, in dem ein eingelassener Edelstein funkelte;
griffen ins Innere der Lederjacke und holten einen unübersehbaren Colt hervor.
Luise schüttelte den Kopf. „Falsch," dachte sie, „tausche Colt gegen Pistole." Das war
schon besser. Die riesige Faust hielt nun eine handliche Pistole. Damit bewaffnet schritt
der Kleinere gemessenen Schrittes über die Straße. Noch bevor er seinen Kollegen erreich-
te, quietschten schon wieder Bremsen. Ein roter Kleinwagen raste heran. Luise war
irritiert. Das war eindeutig nicht auf ihrem Mist gewachsen. Der Wagen hielt neben
dem LKW an. Eine Frau stieg aus. Sie schob den Großen zur Seite und stellte sich vor
der Fahrertür auf die Zehenspitzen. Während sie durch das offene Fenster flüsterte,
kratzte sich der Kleine mit seiner Waffe an der Mütze, bevor er sie zurück ins Halfter
steckte. Luise schüttelte wieder den Kopf. „Tausche Frau gegen Bernhardiner!" flüsterte
sie. Nichts passierte. „Tausche Frau gegen Bluthund! Beiß zu!" flüsterte sie nachdrück-
licher. Wieder geschah nichts. „Was ist denn los! Weiche! Verschwinde! Weiche!"

2.
„Ich bin drin. Ich bin tatsächlich drin!" jubelte Imke. Zufrieden grub sie sich
noch tiefer in ihr Kissen. Es war so einfach! Die einzige Schwierigkeit lag

darin, die richtige Traumfrequenz zu finden. Schmunzelnd machte sie weiter - Traumarbeit war zu leisten.

Imke erklärte dem großen Polizisten die Sache so gut, wie sie konnte. Er verstand nur leider nicht alles.

„Was heißt denn, die alte Frau ist abgehaun? Wo denn abgehaun? Was ist das, was Sie Klapsmühle nennen?"

„Nun, die alte Frau ist sehr krank," antwortete Imke geduldig. „Das Wort Klapsmühle bedeutet, daß sie dort,...nun, daß sie dort in der Mühle, wo sie arbeitet, unheimlich mit Töpfen klappern...also eigentlich ist es eine Klappermühle..." Oh, Scheiße, was plapper' ich denn da, dachte sie. Der Große schaute interessiert zu ihr herauf und schien ihr jedes Wort zu glauben.

„Na ja, und sehen Sie, durch das viele Klappern sind ihre Ohren kaputt und sie hört nicht mehr so gut."

„Verstehe."

„He," flüsterte der Mann neben ihr auf dem Beifahrersitz, „und warum saß sie dann mitten auf der Straße?"

„Das erkläre ich dir später," sagte Imke.

„Was flüstert ihr beiden denn?" Der Kleinere hatte seine Pistole eingesteckt und beteiligte sich am Gespräch.

„Ich sagte gerade, daß jemand die alte Frau nach hause bringen müßte, damit sie nicht wirklich noch überfahren wird," sagte Imke.

In diesem Moment zog er wieder seine Waffe und gab einen Warnschuß ab. Er stand breitbeinig vor dem Laster und hielt die Pistole mit beiden Händen über den Kopf. Dann brüllte er:

„Okay, okay, das reicht. Aussteigen. Alle beide sofort aussteigen. Ich nehme Sie fest unter dem dringenden Verdacht, einen Mordanschlag auf diese" - er drehte sich leicht um und wies mit dem Kopf auf die alte Frau - „Dame verübt zu haben. Alles was sie von jetzt an sagen, kann gegen Sie verwendet werden."

Nun zog auch der Große eine Pistole aus der Jacke.

Imke schüttelte verwirrt den Kopf.

„Nein, natürlich werden wir nicht herauskommen," sagte sie durch den Spalt zwischen Fenster und Türrahmen.

„Schauen Sie doch mal dahin!"

Ihr Finger wies in Richtung Lindenwäldchen. Die ehemaligen Busfahrgäste waren völlig außer Kontrolle geraten. Sie sprangen wie ausgeflippte Affen auf Stühlen und Tischen herum, sie grölten und johlten, einige warfen mit Geschirr und andere benutzten zusammengeklappte Sonnenschirme als Turnierlanzen. Balgereien und Prügeleien be-

gleiteten die Ausschreitungen. Die beiden Lederjacken steckten die Pistolen ein und rannten fassungslos über die Straße.

„Das muß ein Traum sein."

„Wie?" Imke grinste.

„Ich sagte, das muß ein Traum sein," resignierte der Mann neben ihr.

„Stimmt, das ist einer. Es ist ihr Traum." Imke zeigte auf die alte Frau.

„Sie heißt Luise Kater. Sie wohnt in einem kleinen Nest, Ennes Ruh. Hast du ihr irgendwas getan? Ich meine, manchmal kann man jemanden in einem Traum bestrafen, oder?"

Ihr Gesprächspartner sah sie betreten an. Dann rückte er ein Stück zur Seite, um sie besser sehen zu können.

„Bist du auch geträumt?"

„Ja, aber ich bin in meinem Traum. Das heißt, ich träume meinen Traum auf ihrer Frequenz. Das funktioniert nicht immer, aber auf diese Weise können sich Träume überschneiden. Verstehst du? Manchmal haben solche Träume, wie sie sie träumt die Kraft, jemandem Schaden zuzufügen, der in dem Traum vorkommt. Dazu muß man, glaube ich, die entsprechende Frequenz erspüren..." Imke wußte nicht, ob das so richtig war, aber sie war sicher, daß sie nahe dran war.

„Was passiert, wenn sie aufwacht?"

„Nichts. Du verschwindest aus ihrem Traum. Solange dir nichts passiert ist, weißt du nichts mehr davon. Vielleicht wüßtest du auch nichts davon, wenn dich die beiden dort erschießen würden. Aber ich würde es nicht draufankommen lassen."

„Wie heißt du eigentlich?"

„Imke Fink. Ich arbeite beim Stadtanzeiger. Die Lokalseite."

Sie streckte ihm ihre Hand entgegen, die er hastig ergriff. Imke durchzuckte ein Schauer wohligen Prickelns. Anscheinend ging es ihm auch so, denn seine Hand zitterte etwas, als er loslassen wollte. Imke packte fester zu. Wieder prickelte es.

„David Klingsand. Mein Vater hat ihr," er zeigte auf Luise, „das Küchenfenster zugemauert."

3.

„Zugemauert?"

„He, was passiert da! Paß auf, das ist eine Kreissäge!"

„Holz, Holz zum Zersägen! Viel Holz, Stämme, Äste, Kiefer, Buche, Birke..."

„Steh' auf! Schnell, steh' auf!"

„Wasser, Badewannenwasserhähne..., ja, mehr Wasser...gut!"

Imke faßte David an beiden Händen.

„*Komm, laß uns verschwinden!*"

„*Hast du nicht gesagt, ich bin in ihrem Traum?*"

„*Schon, aber ich glaube, ich habe dich jetzt auf meiner Frequenz. Willst du's probieren?*"

„*Klar. Es wird heiß.*"

4.

Während sich ihre Polizisten mit den Verrückten im Kaffeegarten abmühten, hatte Luise noch einmal versucht, etwas zu tauschen.

„*Tausche Lenkrad gegen Kreissäge.*"

„*Tausche Sitz gegen glühende Kohlen.*"

Im LKW dampfte es. Funken flogen. Die Tür wurde aufgestoßen und hunderte Liter Wasser schwappten heraus. Holzscheite purzelten hinterher.

„*Tausche Laster gegen Hochofen!*"

Mitten auf der Straße stand nun ein riesiger Hochofen, aus dessen Schlund kochender Stahl floß. Die Gäste des Cafés blieben wie angewurzelt stehen. Die Polizisten rannten zu ihren Schlitten und riefen über Funk Verstärkung. Luise lachte ein heiseres, hysterisches Lachen. Ein zweiter Hochofen erschien mitten im Lindenwäldchen. Der Wald fing Feuer. Die verrückten Fahrgäste krakeelten, Polizeiautos erschienen und Typen mit knallroten Lederjacken schossen wild um sich. Glut floß die Straße herunter und verbrannte alles, was auf ihrem Weg lag. Einer der Rotjackigen verpaßte Luise einen Streifschuß. Ein anderer schmiß ihr das leergeschossene Maschinengewehr an den Kopf. Das kam so plötzlich, daß ihr nun wirklich, oder endlich, das Adrenalin in die Adern schoß. Luise warf den Kopf herum und funkelte den Rotjackigen an.

„*Okay, Drecksack, komm her!*" *schrie sie ihn an. Er kam. Sie war glücklich. Sie griff in die Tasche ihrer Strickjacke und zog einen Degen heraus. Damit warf sie sich in die Schlacht.*

5.

Imke gähnte ausgiebig und streckte sich. Was für ein verrückter Traum.

God save the Queen - II

1.

Seit Tina wieder in Ennes Ruh war, drehten sich die Windmühlen; und sie drehten sich in jeder Nacht. Die Pflanzer erlernten das Träumen neu, und sie liebten es. Inzwischen wußten sie, daß es einerseits Windmühlen und andererseits Traummühlen waren. Die Stimme, die sie nach Kloster Aux ins Krankenhaus geschickt hatte, hatte es ihnen prophezeit. *Holt eure Königin zurück, dann werdet ihr neu erschaffen,* hatte sie gesagt.

Die Oberschwester und der Stationsarzt riefen sofort nach der Entdeckung von Tinas Abwesenheit deren Eltern in Arl an; es war fünf Uhr morgens und die Grabbels waren irritiert. Sie hatten am Tage zuvor einen Brief aus Ennes Ruh bekommen, in dem man ihnen mitteilte, daß sich die Belegschaft der Station dafür ausgesprochen hatte, daß es Tinas Zustand ganz erheblich verbessern würde, wenn sie eine Weile aufs Land zöge. Ennes Ruh und seine Bewohner würden sich glücklich schätzen, wenn sie auf diese Weise zur Genesung des Kindes beitragen könnten. Sie würden sich um Tina kümmern, als wäre sie ihr eigen Fleisch und Blut, schrieben sie. Lena Grabbel standen die Tränen in den Augen, als sie diese Nachricht las. Und sie war *mehr* als einverstanden. Im Moment hatten sie mit der Wäscherei alle Hände voll zu tun, und sie *hatte einfach keine Zeit,* öfter als einmal in der Woche hinzufahren. Die Wäscherei war ein Zwei-Mann-Betrieb geworden, seit Willi diesen Unfall an der Mangel hatte und sie seine Stelle übernehmen mußte. Und dummerweise, eigentlich glücklicherweise, aber trotzdem; dummerweise florierte der Laden gerade. Im Moment schien niemand mehr selbst zu waschen; in den beiden Hotels, die ihren Vertrag im vorigen Jahr zugunsten einer Waschmaschine beendet hatten, hatte die Technik versagt, und sie kamen reuevoll in den Schoß der **EMWA** zurück.

Lena Grabbel schrieb einen tränenreichen Dankesbrief an Luise Kater und versprach, bald einmal zu Besuch zu kommen.

Was sollte dann jetzt dieser Anruf aus dem Krankenhaus? Vor ihr, auf dem Schreibtisch im Wohnzimmer, lag der sorgfältig geschriebene Brief in dem schmalen braunen Umschlag. Auf der Briefmarke war ein Bauer auf seinem Feld zu sehen.

Lena Grabbel schrieb das Durcheinander schließlich den vielen Köchen zu, die in diesem Brei herumrührten. Nach einer ausführlichen telefonischen Erklärung dessen, was sie und wohl auch der Chefarzt, wie sie annahm, für das Beste hielten, bat sie die erregte Oberschwester, sich zu fassen und ihre Tochter als geheilt und entlassen zu betrachten.

Im Krankenhaus war man der Meinung, in einem Ort namens Arl müßten ziemlich verrückte Leute wohnen. Wer sonst würde auf die Idee kommen, sein aus dem Koma erwachtes Kind mitten in der Nacht zu entfernten Bekannten zu bringen? Nun, man schloß den Fall Tina Grabbel mit der Anmerkung -auf Wunsch der Eltern als geheilt entlassen- auf dem Krankenblatt ab und wandte sich dem Tagesgeschäft zu.

2.

Obwohl Tina damals versprochen hatte, das Bild der weißen Köpfin als Sinnbild des Guten in ihrem Gedächtnis zu bewahren, konnte sie dieses Versprechen unter dem Einfluß der sich drehenden Mühlen nicht halten. Es war, als würde jemand mit Gewalt in ihrem Denken eine Sperre aufrechterhalten. Es war, als zwänge sie jemand, um die Ecke zu denken. Vorbei an einem abgekapselten Gedanken, der mitten im Weg liegt. Mitten auf einer eingefahrenen Denkbahn, die er nun blockierte. Die Gedanken mußten einen Umweg machen, wie ein Schiff, das eine Klippe umsegelt, drumherum-denken. Tina wußte nicht, daß sie selbst es war, die die Erinnerung an die weiße Köpfin verkapselt und in ihrem Unterbewußtsein versteckt hat, um sie vor dem Einfluß des *anderen?* zu schützen.

Eine andere aber erkannte, daß es das Sinnbild des Guten gab und daß es bewahrt werden mußte, und übernahm es an ihrer Stelle. *Es kommt darauf an, daß man es mit dem ganzen Herzen tut.* Und mit dem ganzen Herzen bewahrt, dachte Imke; das wollte sie tun, und sie versprach sich, es für Tina zu bewahren.

3.

In den ersten zwei Wochen, in denen Tina wieder im Dorf war, veränderte sich nicht viel, es waren die Tage der Anpassung. Es war die Zeit, in der die Pflanzer zu begreifen glaubten, welche Macht ihnen in die Hände gegeben worden ist. Die Nächte *vor Tina* waren unruhig, voll verrückter, unverständlicher Träume. Morgens erwachten sie gemartert und müde von den rastlosen Bildern. Es fiel ihnen schwer, ihre täglichen Aufgaben zu erledigen und einigen erschienen die Tage, wie das Leben auf einem fernen Planeten, auf dem sie in einer feindlichen Atmosphäre würden atmen müssen.

In der Nacht der Entführung fielen die neun Verbündeten wie Flüchtlinge, die sich endlich in Sicherheit wähnen, in einen tiefen, traumlosen Schlaf, nachdem sie Tina in Letitia Adens Haus einquartiert hatten.

Die darauffolgenden Nächte jedoch unterschieden sich in der Qualität ganz deutlich von allen vorherigen. Das lag vor allem daran, daß jeder von ihnen von den Dingen träumte, über die er vor dem Zubettgehen nachdachte. Der Traum war in einigen Fällen eine Antwort auf die gestellte Frage, andere waren ein Freudentanz oder ganz einfach die Erfüllung eines Wunsches. Aber wie auch immer, die Träumer hatten das starke Gefühl, plötzlich in einer anderen Dimension *zu leben*. Das Wort *leben* beschrieb in ihren Gedanken die neuartige Gefühlswelt sehr genau, denn sie alle hatten beim Aufwachen den Eindruck, in einer anderen Ebene gelebt zu haben, anstatt in ihren Betten geträumt. Für sie waren die Stunden der Nacht genauso ertragreich und voller Vitalität wie die Tage. Langsam ging einer nach dem anderen dazu über, die Nächte genauso zu planen, wie die Tage.

Nachdem diese erste Phase vorbei war, änderte sich erneut etwas im Leben der Pflanzer. Es betraf sie alle gleichermaßen und so wie sich die Eigenart ihrer Träume änderte, änderte sich auch das Niveau, auf dem sie träumten. Einer nach dem anderen fand zu einer neuen Form und erkannte die Möglichkeiten, die sich ihm boten.

Und noch etwas änderte sich mit Tinas Heimkehr: Das Verhalten der Hunde. Bisher hatten Brutus, Cäsar und Bella keine Notiz von den für sie unsichtbaren Mühlen genommen, es sei denn, sie beschrieben einen deutlichen Umweg um eine bestimmte Stelle im Garten. Nun aber, seit die Mühlen sich drehten, schienen die Tiere sie zu spüren. In den Nächten schliefen sie unruhig in einem der Straße zugewandten Raum. Am Tage mieden sie die Gärten.

In den Familien normalisierte sich das Leben wieder, nachdem die Nächte nicht mehr ermüdend und maternd, sondern erfrischend und stimulierend waren. Die Augenringe der Privilegierten verblaßten, und die Angst vor der verwirrenden Leere der Dunkelheit, die sich früher zwischen den Bildern der Sinnlosigkeit und des Aberwitzes breit machte, verschwand.

Allerdings verlief es nicht überall wieder in geordneten Bahnen. Luise und Johann Kater hatten sich während dieser komplizierten Zeit häufig gestritten, und die Veränderungen, die Luise betrafen, entzweiten die beiden mehr, als sie sich jemals hätten vorstellen können.

Nachdem vor wenigen Wochen der Maurer Herb Klingsand das neue Küchenfenster zugemauert hatte, war Luise unversehens die Hutschnur geplatzt. Sie hatte das überflüssige Mauerwerk *eigenhändig* herausgehauen, wie auch immer sie das getan hatte. Ihre Wut wurde durch die zermürbenden Nächte nicht besänftigt, sondern gesteigert. Schließlich dachte sie nur noch daran, wie sie diesen *Drecksack fertigmachen* könnte. Johann billigte ihre Ausbrüche ebensowenig, wie ihr ständiges Fluchen und die Sticheleien, mit denen sie den Hausfrieden zu stören suchte. Nach einem entsetzlichen Streit, in dem Luise behauptete, daß Johann ihr Zeit ihrer Ehe ein Hemmschuh gewesen sei, den sie abzulegen plane, trennte sie sich pro forma von ihrem Mann und zog in den alten Stall. Sie schleppte alle beweglichen Teile, die ihr nützlich schienen, hinüber in ihr neues Domizil. Sie verriegelte ihre Tür und verbarrikadierte sie zusätzlich. Mit niemanden wollte sie reden, mit niemandem außer demjenigen, der ihr ein Instrument in die Hand gab, mit dem sie Unheil in der Familie Klingsand anrichten könnte. Ansonsten tat sie nichts, was sie andernfalls nicht auch getan hätte. Als Mitglied der Ortsgemeinschaft benahm sie sich zurückhaltend, als Mitglied der Pflanzergemeinschaft war sie sehr dominant. Sie kümmerte sich um Tina, während Letitia zur Arbeit ging und sie dachte viel nach. Sie hielt die Kommunikation mit Tinas Eltern aufrecht und sie fand stets die richtigen Worte, um ihnen klar zu machen, daß es ihrer Tochter gut ging und es keiner zusätzlichen Maßnahmen bedarf. Alles regelte sich so gut wie eben möglich ein; und als Luise schon beinahe glaubte, ihre Theorie, daß alles nur ein Veränderungsprozeß wäre, der bald beendet sein müsse, doch nicht stimmen würde; da geschah es.

Es war Ende November, und die Zeit der Anpassung war einfach vorbei.

4.

Eines Nachts erhielt Luise ein Instrument, mit dem sie bedingt Schaden anrichten und gleichzeitig ihr Ego beruhigen konnte.

Luise, deren Wesen sich traurig verändert hatte, erhielt an jenem Tag einen kurzen Brief von ihrer Freundin aus Neuendeich. Verfrühte Weihnachtswünsche, eine Einladung zum Kaffeekränzchen und die Frage, warum, um alles in der Welt, Luise sich nicht mehr melden würde.

„Warum, wohl, du blöde Ziege?" murmelte sie vor sich hin. „Wer hat mir denn die Scheiße mit dem Auge eingebrockt, hm?"

Wütend schob sie den Brief über den Tisch. Natürlich wußte sie, wer wirklich die Schuldige war, aber in diesem Moment fühlte sie sich bei dem Gedanken an jemandem, dem sie böse sein konnte, einfach besser. Sie pflegte dieses bittersüße Pflänzchen bis zum Abend, und als sie ins Bett ging, nahm sie den Brief mit und legte ihn unter ihr Kopfkissen, wie sie es vor sehr, sehr langer Zeit mit ihren Liebesbriefen getan hatte.

Luise schloß die Augen und hielt Zwiesprache mit...nun, mit dem, was sie vielleicht als Pusselchens Seele bezeichnet hätte, wenn sie einen Namen dafür hätte finden müssen. Aber das mußte sie nicht; keiner der Pflanzer tat das. Keiner von ihnen hatte eine Veranlassung dazu; genauso, wie längst keiner von ihnen noch in den Garten ging, um es mit Liebe zu begießen. Sie alle standen mehr oder weniger in einer Art telepathischen Kontakts mit diesen Geschöpfen. Tatsächlich aber hörten sie immer diese Stimme *zwischen ihren Ohren*, wenn sie Antworten auf Fragen suchten.

Luise schloß also die Augen und dachte angestrengt über ihre ehemalige Neuendeicher Freundin nach, als sie schließlich darüber einschlief und zu träumen begann. In ihrem Traum nahm sie an jenem Kaffeekränzchen teil, zu dem sie eingeladen worden war.

Sie gab sich betont zurückhaltend und suchte offensichtlich nach einem Augenblick, in dem sie unbeobachtet war und etwas...(Schlimmes?) tun konnte. Dann plötzlich bemerkte Luise, daß die anwesenden Frauen, über ein Fotoalbum gebeugt, dasaßen und sich niemand um sie kümmerte. Mit einem Löffelchen in der Hand starrte sie feindseelig hinüber, dann dachte sie: Wenn ich nur diesen albernen Löffel gegen etwas Schärferes eintauschen könnte... Der Löffel begann, in ihrer Hand zu wabern- er verdampfte scheinbar- und Luise wurde bewußt, daß sie sich etwas Schärferes statt seiner wünschen könnte. Ein Messer. Dieser erste Versuch mißlang ein wenig, das Messer war eher ein Pappding für einen Kindergartenkarneval. Wahrscheinlich müßte sie genauer planen, was sie meinte. Eine genaue Vorstellung davon haben, dachte sie.

„Ein langes scharfes Tranchiermesser. Ich wünsche mir ein langes scharfes Messer, damit ich... „

Wieder fehlte Luise die genaue Vorstellung davon, was sie mit dem Messer anfangen wollte. Das Messer materialisierte sich in ihrer Hand, aber Luise konnte damit nichts anfangen. Endlich hatte sie einen passenden Einfall. Hämisch grinsend flüsterte sie:

„Ich tausche mein Gesicht gegen die Fratze des Monsters, das ich in der Fernsehzeitung gesehen habe. Grünes Gesicht, ein Auge eitrig tropfend, eins blau geschwollen. Spitze Ohren, faltiger Hals, böse gefletschte Zähne, aus dem Mund rinnt Blut. Der Blick ist gierig und die Zunge, die aus dem Mund hängt, ist so schwarz, wie die Seele des Teufels!"

Luise hatte eine sehr genaue Vorstellung von dem, was sie meinte, und die Luise, die den Traum ausheckte, erschrak wahrhaftig, als sie die Traum-Luise derart verändert sah. Das Resultat der Attacke verblüffte sie allerdings noch mehr. Sie hatte erwartet, daß die versammelten Frauen schreiend und kreischend den Raum verlassen würden. Aber der Schock, auf den sie gespannt wartete, vollzog sich ganz anders. Die anwesenden Frauen, von denen Luise keine besonders gut kannte, schienen gar nicht entsetzt zu sein. Sie sahen lediglich irritiert in ihre Richtung. Nur die Gastgeberin erschrak gewaltig. So gewaltig, daß sie in stummem Entsetzen vom Stuhl kippte.

Das aber entmutigte Luise derart, daß sie sich hastig aus dem Traum zurückzog, und scheinbar traumlos bis zum Morgen weiterschlief. Erst am Nachmittag des folgenden Tages erinnerte sie sich wieder daran und rief in Neuendeich an. Was sie erfuhr, machte sie betroffen und zufrieden zugleich. Betroffen war sie, weil ihre Willenskraft(?) sie in die Lage versetzte, Dinge zu tun, die sie eigentlich nicht gewollt hatte. Sie hatte keinen Herzinfarkt provozieren wollen. Sie wollte nicht, daß jemand ihretwegen mit einem Bein im Jenseits stand. Zufrieden war sie, weil sie nun endlich das Instrument kannte, mit dem sie sich rächen und dem einen oder anderen einen Denkzettel verpassen konnte. Am Telefon hatte man ihr mitgeteilt, daß die Kranke immerfort davon sprach, einen gräßlichen Traum gehabt zu haben, in dem Luise Kater sich in ein Monsterding verwandelt hätte.

Nun hätte sie ein schlechtes Gewissen, weil sie befürchtete, daß sich dieser böse Traum negativ auf ihr Verhältnis zu Luise auswirken könne. „Wie kann ich ihr denn in die Augen sehen, ohne dieses Bild vor Augen zu haben?" soll sie immer wieder gestammelt haben, und dabei hätte sie bitterlich geweint.

5.

Jede Nacht träumte Luise Kater nun bedenkenlos Träume von Dingen, die passieren könnten, und nicht selten bezog sie ihre Mitmenschen in diese Träume ein. Sie bemerkte die angenehme Wirkung des Angstschweißes auf der Haut und das Kribbeln in den Adern, wenn das Adrenalin einschoß. Sie erfuhr unbändige Lust, wenn sie in die Nächte anderer eindrang und Angst und Schrecken verbreitete. Und schließlich erkannte sie, daß sie in jedermanns Traum eindringen könnte, vorausgesetzt, sie hatte denjenigen zumindest einmal gesehen. Dann half ihr ein Trick, den sie für sich selbst das *Herumkramen im Äther* nannte, den Schläfer aufzuspüren und in seine Träume einzudringen. Und schließlich träumte sie von David, dem Sohn des Drecksacks. Den Traum von ihrem Duell mit dem Laster, dem Hochofen und dem Degenkampf. Bis dieses widerliche Luder auftauchte und alles kaputtzumachen versuchte. Trotzdem hatte Luise in dieser Nacht noch ihren Spaß; den Kampf mit dem Degen hatte sie natürlich gewonnen und ordentlich Adrenalin getankt.

Die Zeitung des folgenden Tages las sie nur ungenau, so konnte sie nicht erfahren, daß ein städtischer Angestellter mit schwer erklärbaren Stichverlet-

zungen ins Krankenhaus eingeliefert wurde. Er beteuerte, keiner Messerste-
cherei zum Opfer gefallen zu sein, außer in diesem seltsamen Traum, den er in
der Nacht gehabt habe. Deshalb suchte man jetzt per Anzeige nach Zeugen
eines nächtlichen Überfalls.

Asphalt-Traum

1.

Als dieser Tag endlich zuende ging, war Heinard mehr als nur redlich müde.
Er hatte sich auf der Baustelle umgesehen, die einmal ein architektonisches
Meisterwerk in Stahl, Glas und Beton werden sollte. Ein großzügig angelegtes
Parkhaus mit Restaurants, Fitness-Centern und Boutiquen verschiedener No-
belmarken. Aber, und das war das Neue, hier sollte man nur herkommen,
wenn man bereit war, Geld auszugeben. Deshalb entstand das *parking lux* auch
nicht in Stadtnähe mit Anbindung an den öffentlichen Nahverkehr, sondern
(„...ganz unter uns, meine Herren, welcher Benutzer des öffentlichen Nahver-
kehrs könnte es sich schon leisten, im parking lux einen Kaffee zu trinken,
hahaha...") mitten auf der von Heinard Müllerjohans am zweihundertfünfund-
dreißigsten Tag des Jahres gekauften grünen Wiese weit vor den Toren von
Kloster Aux.
Allerdings, und das war das Ärgerliche an der Sache, kamen die Bauarbeiten
nicht in dem Maße zugange, wie Heinard es geplant hatte. Sicherlich lag es
zum Teil auch daran, daß er seit den stürmischen Herbsttagen nicht so ganz
auf dem Posten war. Doch zum Glück ging es mit seiner Gesundheit jetzt
wieder aufwärts, so wie bei den anderen auch, seit Tina wieder daheim in
Ennes Ruh war. Aber auch sie konnte die verlassen aussehende Großbaustelle
nicht wieder zum Laufen bringen. Leider. Im Moment erinnerte die Szenerie
an das Schlußbild eines Endzeitdramas, an dessen Ausklang soeben alle Dar-
steller einen symbolischen Selbstmord verübt hatten und dann abgegangen
waren.
Bevor Heinard an diesem Abend, eigentlich war es schon Nacht, ins Bett ging,
sah er noch einmal zum Fenster hinaus in den Garten. Das Rauschen der
Räder und das leise Glitzern der silberfarbenen Flügel hatte etwas unheimliches, und doch war es ihm so vertraut wie das Funkeln der Sterne. Zum Himmel hinaufstarrend flüsterte er: „Das tagtägliche Handeln eines Menschen ist
nur ein soviel wert wie das Schnalzen des Kutschers auf dem Bock der Unend-
lichkeit."
Dann wandte er sich ab und ging ins Schlafzimmer. Brutus erhob sich seuf-

zend von seinem Sessel und glitt zu Boden. Er vermied es, ins Dunkel der Nacht hinauszusehen; genauso, wie er es am Tage vermied, den Garten zu betreten, und schlich etwas unsicher hinterher.

Wenig später schliefen Hund und Herrchen, der Vierbeiner auf und der Zweibeiner unter der Decke. Beide schnappten gelegentlich nach Luft, beide träumten, aber nur einer von ihnen hatte sich bewußt in ein Abenteuer gestürzt und gemurmelt: „Mach aus meiner Baustelle ein Jahrhundertbauwerk."

2.

Als Heinard die Augen aufschlug, befand er sich in einer Art Unterschlupf. Der Boden war erdig, mit Resten alter Zeitungen oder Buchseiten übersät. Vorsichtig lugten zwei Mitbewohner von ihren Plätzen links und rechts von ihm unter der als Dach dienenden Betonplatte hervor. Sie schienen nach etwas Ausschau zu halten. Als einer von ihnen seine zittrige Hand mit dem kuppenlosen Handschuh nach draußen streckte und dann den Kopf schüttelte, wußte Heinard, wonach. In einer Ecke des gerade mannshohen Raumes lagen zwei Hunde zusammengerollt. Ihr Fell war glatt und voll, einer der beiden war dunkel, im Fell des anderen mischten sich braune Töne mit roten, und ab und zu blitzten blonde Strähnen hervor.

„Komm, gehn wir." sagte plötzlich der links von ihm sitzende in die Stille des Raumes. Beide standen auf.

„Du auch." wandte sich der andere an Heinard. Er faßte ihn grob am Ärmel und zog daran.

„Hörst du schlecht? Was meinst du, was sie mit dir anstellen, wenn sie dich hier finden!" schimpfte er.

*„Sie werden mich schon nicht gleich erschießen." antwortete Heinard betont nachlässig. Seine beiden Nachbarn begannen zu lachen. Sie lachten aus vollem Halse und hatten offensichtlich Schwierigkeiten, sich zu beherrschen. Heinard starrte sie unsicher an. Links und rechts von ihm kreischten die beiden abgerissenen Gestalten und zeigten mit Fingern auf ihn, während sie sich die Bäuche hielten. Dann endlich schluckte **Links** den letzten Rest Übermut herunter und fragte trocken: „Hast du Killerratten schon mal schießen gesehen?"*

***Rechts** kriegte sich auch ein und antwortete darauf: „Nee, die rufen erst: Achtung! Killerkommando! Rattet sich, wer kann!"*

„Killerratten?" fragte Heinard nun ungläubig, stand aber trotzdem schnell auf.

„Oh, ja, mein Freund, vom Feinsten."

„Und jetzt wird's langsam dunkel, da sollten wir nach oben."

Heinard wollte gerade den Mund aufmachen und eine weitere, scheinbar überflüssige

Frage stellen, da griff Links nach seinem Arm und zog ihn ins Freie.

*„Schluß jetzt! Ich habe keine Lust, wegen dir den Anschluß zu verpassen. Wenn das Scheißgesetz nicht lauten würde -**niemanden zurücklassen**-, dann hätten wir dich längst irgendwo abgelegt. Aber die Bürgerwehr ist noch schlimmer als die Ratten."*
Diesen letzten Satz murmelte er leise vor sich hin, nicht ohne sich vorsichtig umzuschauen. Nun griff er wieder nach Heinards Ärmel und zog ihn hinter sich her. Die drei gingen ohne Eile, wie es schien recht bedächtig, eine schiefe Ebene hinauf. Diese Schräge bestand ebenfalls aus Beton, der an einigen Stellen schon grün bemoost und an anderen bröckelig geworden war. An beiden Seiten des ungefähr vier Meter breiten Plattenweges ging es steil hinab. Keine Leitplanken säumten ihn, und außer ähnlichen Auf- und Abwegen, anderen Betonruinen und wie tote Riesenkäfer aussehenden, stillgelegten Baumaschinen war nichts zu erkennen. Heinard mutete das Ganze grotesk an, aber manchmal, so erinnerte er sich plötzlich, kann Groteske auch schnell ins Gegenteil umschlagen. Das bereits im Entstehen begriffene Grinsen auf seinem Gesicht fror auf der Stelle ein, als sich wie eine Antwort darauf ein riesiges Stahltor am Ende der schräg ansteigenden Brücke öffnete. Ein schwarzes Loch gähnte ihnen entgegen, wo vorher noch nicht einmal ein Tor gewesen war. Heinard blieb abrupt stehen.
„Kriegst du schon wieder deinen Raumkoller?" fragte Rechts. „Eigentlich müßtest du inzwischen wissen, daß du nur durch diese Schleuse laufen sollst..." Er schüttelte verständnislos den Kopf.
Die drei Personen gingen bis zum Ende des Weges und traten dann in das Schleusentor ein. Ein schwerer, süßlicher Duft umfing sie. Die Augenlider wurden ihnen schwer, und Heinard, der vermutete, daß die Groteske genau in diesem Moment zu kippen drohte, griff zur gleichen Zeit nach Links und Rechts. Er packte sie an den Jacken und riß sie zu sich heran. Er hielt sie fest und die Augen krampfhaft offen, trotzdem ließ die Kraft in seinen Händen beinahe augenblicklich nach. Seine Augen schlossen sich. Die Knie wurden ihm weich und um nicht zu fallen, setzte er sich auf den Boden. Seine beiden Gefährten saßen neben ihm auf dem unvermutet weichen Grund, und als sie sich nach hinten umfallen ließen, legte er sich bereitwillig zwischen ihnen nieder.

2.

Als Heinard und seine Gefährten wieder erwachten, saßen sie vor einem ebenfalls riesigen, silberfarbenen Stahltor. Wahrscheinlich, so fiel ihm ein, sitzen wir hinter dieser Schleuse. Er blickte vorsichtig nach unten, dorthin, wo die schräge Brücke, auf deren höchster Stelle sie saßen, wieder den Boden berühren würde. Aber seltsam, da war kein Ende zu erkennen! Die schiefe Ebene zog sich wie eine unendliche Autobahn immer weiter in Richtung Horizont, immer weiter wie ein schmaler grauer Pinselstrich aus dem Wasserfarbkasten. Ein wenig holperig, ein wenig krumm, ein wenig blaß.

Rechts und Links streckten sich und gähnten. Sie standen auf und drehten sich zu Heinard um.

„Was ist denn mit euch passiert?" fragte er teilnahmsvoll. „Habe ich irgendwas verpaßt?"

Muß ich wohl, dachte er dann schuldbewußt, eine rüde Antwort von einem oder beiden erwartend. So, wie die beiden aussehen, habe ich mindestens ein ganzes Jahr geschlafen. Mann, sind die aber alt geworden.

Tatsächlich schienen die beiden Männer älter geworden zu sein. Ihre Züge hatten sich tiefer in die Gesichter gegraben, ihre Augen sahen ein wenig stumpfer aus und einige Haare schienen sie ebenfalls verloren zu haben. Ihre Rücken wirkten gebeugter und ihre Statur kraftloser. Nein, dachte Heinard nun, nach ausgiebiger Begutachtung der Männer, ich habe wohl eher fünf Jahre verpaßt, nicht eines.

„In der Schleuse hat noch niemand was verpaßt." antwortete Rechts patzig, und er fügte hinzu: „So ist das mit euch Paradoxen: Kommt ungebeten hierher und findet euch ewig lange nicht zurecht. Wir schleppen dich jetzt schon zum Kotzen lange mit uns rum und du kapierst immer noch nichts. Dabei ist es so einfach. Tag unten, abends hoch, nachts Schleuse, morgens runter, und so weiter und so weiter undsoweiter." Er schüttelte resigniert den Kopf.

„Was ist mit der Autobahn?" fragte Heinard unbeirrt, während er mit dem Finger auf die Asphaltschlange zeigte.

„Autobahn?" fragten Links und Rechts wie aus einem Mund. „Keine Ahnung, was du meinst. Das da is das da, und basta! Komm jetzt, runter."

3.

Nach einem Vormittag unten, den sie mit Anstehen am Nahrungskontor, mit Essen und Trinken und dem anschließenden Anstehen am Verwaltungskontor und dem Entgegennehmen ihrer Leistungskarten verbrachten, machten sie sich auf den Weg zur Arbeit. Bis zum Abend arbeiteten sie dann gemeinsam an der besagten Autobahn, die von der Nähe eher wie ein eingeebneter Steinbruch aussah. Schleppten Steine und schachteten Gräben, schoben Karren mit Dreck und Schutt von hier nach dort und Karren mit anderem Dreck und Schutt von dort zurück nach hier. Als es zu dämmern begann, holten sie sich wieder Essen und gingen dann die schiefe Ebene zur Schleuse hinauf. Heinard fühlte sich matt, aber er versuchte, es nicht zu zeigen. Trotzdem mußte er kurz vor dem Ende der Brücke stehenbleiben, um nach Luft zu schnappen.

„Wieder Koller?" fragte Links mürrisch.

„Nee." Heinard suchte nach Worten. Als er sie endlich hatte und sie aussprach, klangen

sie ebenso sinnlos wie alles andere, was er tagsüber gehört oder gesprochen hatte.

„Da haben wir wohl gestern nicht gearbeitet?" fragte er.

„Gestern war Regen, Blödmann."

Dann waren sie, und mit ihnen fast ein Dutzend andere, am Eingang zur Schleuse angekommen und als das Tor sich öffnete, traten sie ein.

4.

Eine weitere Nacht in der Schleuse und ein weiteres Erwachen davor. Wieder waren Links und Rechts gealtert, von den anderen konnte er es nicht mit Gewißheit sagen. Die Hunde, die in seiner ersten Nacht mit in der Schleuse gewesen waren, schienen bereits Greise zu sein. Ihr ehemals glänzendes Fell war stumpf geworden und wies an einigen Stellen kahle Flecken auf.

Das Apshaltband war wieder länger geworden, etwas weniger krumm, etwas breiter, weniger buckelig.

Plötzlich begann es zu regnen. Die Leute um ihn herum sprangen auf, als säßen sie auf glühenden Kohlen und stolperten davon, um einen Unterschlupf zu finden.

5.

Wieder Abend. Ein Tag ohne Speis und Trank, in einem Unterschlupf ohne Licht und immer in der Angst, es könnte nicht zeitig genug aufhören zu regnen; nicht zeitig genug, um trockenen Fußes zur Schleuse zu kommen. Nicht zeitig genug, um den Killerratten zuvor zu kommen.

6.

Wieder Morgen. Rechts und Links konnten vor Schwäche kaum aufstehen, waren mürrischer als je zuvor. Rechts griff sich an den Hinterkopf, um sich dort zu kratzen, wo früher üppig dunkelbraunes Haar wuchs. Er stolperte und konnte kaum sein Gleichgewicht halten. Heinard stützte ihn und bemerkte dabei, daß Rechts' Hand zitterte. Aus einem Mundwinkel troff schaumiger Geifer.

Er ließ ihn los und wandte sich Links zu. Dieser hatte einen Ärmel verloren und war auf einem Auge erblindet. Das Aufstehen hatte ihm große Probleme bereitet, die Knie hielten das Gewicht des Körpers nur mit Mühe aufrecht. Die Arme des Mannes, der noch vor zwei Tagen Schubkarren mit Bauschutt geschoben hatte, waren ausgemergelt.

„Komm, hilf mir zum Kontor." sagte er leise. „Wenn wir nicht bald losgehen, müssen wir ohne Essen zur Arbeit."

„Ihr könnt unmöglich arbeiten, ihr seid zu...alt..." entgegnete Heinard zögernd.

„Hast du 'ne Ahnung." Rechts schüttelte den Kopf, und Links stimmte ihm zu. „Diese

Paradoxen... "

Heinard folgte den beiden dahinschlurfenden Gestalten mit einer Spur Trauer und Mit-
leid. Dann blieb er stehen und starrte auf die Autobahn. Aus dem wasserfarbengrauen
Holperweg war eine tiefgraue, glänzende, schnurgerade und spiegelglatte Fläche gewor-
den, die sich bis zum fernen Horizont ausdehnte. Und vielleicht noch darüber hinaus,
dachte er.

Plötzlich konnte er nicht länger hinsehen, dieses Menschenkraft verzehrende Machwerk
nicht mehr ertragen. Deshalb drehte er sich um, legte die Hand über die Augen und...sah
die Hunde. Zwischen seinen dünnen Fingern hindurch bemerkte er sie, wie sie dalagen.
Wie tot, vor dem Schleusentor. Heinard stürzte hinzu, wäre beinahe gefallen. Er stol-
perte und berührte aus Versehen einen der kalten Leichname.

Er schrie auf. Wischte sich hektisch die Hand an seinem Hemd ab. Seine magere Hand.
An seinem zerfetzten Hemd. Und in seinen trüben Augen wuchs eine Träne. Dann fiel er
auf die Knie und betete: „Laß mich aufwachen. Bitte, laß mich aufwachen."

Winteranfang

1.

Ohne darüber nachzudenken, was er tat, stürmte Heinard aus dem Haus. Eine
Minute später betrat er polternd Letitia Adens Wohnküche. In einem zerrisse-
nen Hemd, mit Schuhen, die aussahen, als hätte er sie vor sieben Jahren vom
Flohmarkt mitgebracht, stand er in dem verlassen geglaubten nächtlichen Raum.
Seine Hand tastete an der Wand entlang, während er leise einen Namen rief.

„Tina, Tina verdammt noch mal! Tina, was hast du mir angetan!"

Zitternd begann die Neonlampe über der Spule anzuspringen. Schemenhaft
wirkende Gestalten drehten sich zu ihm um, hielten ihre Hände schützend
über die ans Dunkel gewöhnten Augen.

„Licht aus!" befahl ihm eine heisere Stimme.

Sofort langte er wieder zur Wand und beendete den leise klickernden Enthül-
lungsversuch der Leuchtstoffröhre.

Wieder im Dunkel, begannen sofort alle Anwesenden zu schimpfen.

„Wir dachten schon, es wäre ein Einbrecher."

„Mensch Heinard, kannst du nicht anklopfen?"

„Anklopfen?" Diese Frage schien ihm die absurdeste Frage zu sein, die ihm je
gestellt wurde. Dann, sehr langsam, aber stetig, verzogen sich die bunt leuchtenden Ringe um seine Augen und machten Platz für Luise Kater, Benjamin
Hinni-Jimmi Hinrichsen und Letitia Aden.

„Was macht ihr denn hier?" fragte er verwundert, während er auf die Gruppe zuging und sich zu ihnen an den Tisch setzte.

„Was machst du denn hier?" fragte Letitia zurück.

„Ich wollte mit Tina reden."

„Um diese Zeit?"

„Wann denn sonst?"

„Morgen früh..., pardon, ich meine natürlich heute früh."

„Wie siehst du eigentlich aus?" mischte sich Hinni-Jimmi nun ein. „Oder besser gesagt, wo kommst du denn her?"

„Aus dem Bett. Ich hatte einen Traum."

„Den hatten wir alle, mein Junge." warf Luise ein.

„Nein. Nicht so einen, wie ich hatte."

„Oh, und was meinst du, warum wir hier sind?" Luise starrte ihn böse an. Doch ganz plötzlich schien sie etwas zu bemerken und ihr Gesicht nahm einen überraschten Ausdruck an. Sie stand auf und trat näher an Heinard heran, nahm seinen Kopf in ihre Hände und sah ihn sich genau an.

„Du bist alt geworden. Grau. Was hast du geträumt?"

„Von meiner Baustelle. Von einer anderen Zeit. Irgendwann später. Die Leute dort kannten mich, sie nannten mich einen...einen Paradoxen." Heinard zögerte. Was war dann?

„Wir mußten in einer Schleuse übernachten, aber jedesmal, wenn wir herauskamen, waren die anderen um Jahre gealtert."

„Du offensichtlich auch." flüsterte Letitia.

„Und die Autobahn wurde immer perfekter."

„Die Autobahn!" riefen die anderen wie aus einem Munde. Dann ergriff Luise das Wort, und machte den Versuch, sich selbst und den anderen etwas zu erklären.

„Wir haben auch von der..., nun jedenfalls von einer Autobahn geträumt."

„Genau, das muß deine Autobahn gewesen sein."

„Richtig", sagte Luise und tätschelte Letitias Arm dabei, „das wollte ich damit sagen. Es kann deine Autobahn gewesen sein. Wir alle drei haben immer nur die Autobahn gesehen, und konnten nichts, aber rein gar nichts, daran ändern. Keinen einzigen Menschen konnten wir dazuholen, und wir konnten nichts tauschen und auch nicht abbrechen. Dann sind wir plötzlich aufgewacht und hatten den Gedanken, sofort hierher zu kommen und auf jemanden zu warten. Wir dachten erst, es wäre was mit Tina, aber Letitia hatte ja die Türen offengelassen, und nichts gehört. Dann dachten wir, wir sollten herkommen, um einen Überfall zu vereiteln..."

„Naja, oder so was in der Art. Klingt ziemlich bescheuert, was? Oh Mann, du siehst wirklich aus wie mein Opa mit siebzig." meinte Hinni-Jimmi und schüttelte den Kopf. „Was hast du denn vorgehabt? Ist irgendwas schief gegangen?"
„Keine Ahnung", sagte Heinard nachdenklich, dann schien ihm ein Licht aufzugehen und er wurde augenblicklich blaß. „Es kann gar nicht anders sein..." flüsterte er, „ich war wohl wirklich dort. All die vielen Jahre."
Dann brach er in Tränen aus und wischte sie an seinem zerrissenen Hemd ab.
„Und Brutus auch. Den hab ich scheinbar mitgenommen."
Nach einer kurzen Pause, in der die anderen darüber nachdachten, was er damit gemeint habe, brach Letitia das Schweigen.
„Aber warum sollten wir uns treffen? Um ihn zu sehen? Oder als eine... Warnung?"
„Träumt nie von einer Baustelle- hütet euch vor Autobahnen!" witzelte Hinni-Jimmi mit verstellter Stimme.
„Blödsinn. Heinard hat eben irgendwas falsch geplant, das könnte die Warnung sein."
„Ich hatte überhaupt nichts geplant. Ich hatte lediglich daran gedacht, daß mir ein Traum vielleicht einen Ausweg aus dieser beschissenen Situation auf der Baustelle zeigen könnte. Und dann hatte ich das Bild vor Augen, wie die Baustelle zur Zeit aussieht...das war alles."
„Es könnte aber auch sein, daß er selbst seinen Traum durch diese Intensität auf uns übertragen hat und deshalb hatten wir nichts als die belämmerte Autobahn auf dem Schirm."
Die anderen nickten zustimmend; ihnen war diese Erklärung hundert mal lieber als der Gedanke an eine Warnung, von wem auch immer sie gekommen wäre. Die Stimme in ihren Köpfen, die in der letzten Nacht Tinas Namen rief, hatten sie längst wieder vergessen.

2.
Am Mittag des selben Tages fuhr bei Müllerjohans' ein dunkelroter Kleinbus vor, der weiße Schriftzüge trug. Auf der einen Seite stand zu lesen:
Putzen-Richten-Ordnen
und auf der anderen prangte der Slogan:
Entfernen-Beseitigen-Auslöschen
Der athletische Fahrer stieg aus und ging langsam um das Auto herum, bevor er die hintere Doppeltür öffnete. Er schwang sich hinein und zog die Türen von innen wieder zu. Ein wenig später stieß er sie wieder auf und sprang hin-

aus. Nun trug er über Hose und Jacke einen türkisfarbenen Overall mit der Aufschrift *Service* und hatte Arbeitshandschuhe an den Händen.

Mit einer blauen Plastikplane unter dem Arm klingelte er bei Marlene und Heinard Müllerjohans. Marlene öffnete die Tür und fiel dem Mann mit dem Overall schluchzend in die Arme. Vorsichtig ließ der Servicemann das blaue Plastikbündel zu Boden gleiten und bückte sich gleichzeitig, um Marlene aufzufangen. Er bewegte sich mit der Anmut eines Tänzers, die so gar nicht zu seinem schmutzigen Geschäft passen wollte. Dann wankte Marlene mit seiner Hilfe zum Kleinbus, öffnete die Beifahrertür und setzte sich hinein. Ihr Blick richtete sich starr geradeaus, als wolle sie unter allen Umständen vermeiden das zu sehen, was gleich passieren würde. Es war tatsächlich ein sehr trauriger Anblick, wie der Servicemann die blaue Pastikplane wieder aufhob und durch die offenstehende Tür das Haus betrat. Die Szene hatte etwas so Endgültiges an sich, daß man versucht sein könnte, den Atem anzuhalten, um nur das Echo der letzten, zugeschlagenen Tür nicht zu verpassen. Ein wenig später, etwa so lange, wie jemand braucht, um einen großen, ausgewachsenen, an Altersschwäche gestorbenen Hund behutsam in eine Plane zu wickeln, trat der Servicemann mit seiner Last wieder auf die Straße. Hinter ihm fiel die Tür ins Schloß. Während er dann den Kleinbus belud, aus dem Overall kletterte und diesen samt den Handschuhen ins Wageninnere warf, wurden im Haus alle Jalousien herunter gelassen. Es sah aus, als wollte das Haus in seiner Trauer von niemandem gestört werden. Auch die Sonne, die gerade erst hinter ihrem Wolkenschleier hervorgekommen war, zog sich hinter graue Berge in der Luft schwebender Wassertröpfchen zurück.

3.

Kaum war der rote Lieferwagen davongefahren, breitete sich in Ennes Ruh eine Atmosphäre trauriger Gelassenheit aus. Die Pflanzer, jedenfalls diejenigen, die sich in den frühen Morgenstunden des sechsten Dezembers getroffen hatten, versuchten, die Geschehnisse zu ignorieren. Jeder von ihnen legte sich seine eigene Interpretation dessen zurecht, was da passiert war. Sie alle wußten, daß ihre Träume sehr realistische Momente hatten, daß Dinge geschahen, die sich nicht allein auf die Traumwelt auswirkten. Luise Kater hatte feststellen müssen, daß die Menschen, die sie in ihren Träumen traf, auch in der reellen Welt zuhause waren. Sie konnte sich in die Träume derer einschleichen, denen sie begegnen wollte. Sie konnte Dinge und Wesen erschaffen und tauschen, agieren und verschwinden lassen. Heinard Müllerjohans, der alles plante, nichts dem Zufall überließ, was er selbst vorbereiten konnte, der gern grübelte und philosophierte, hatte die Nächte für eine neue Leidenschaft entdeckt: das Abenteuer. Normalerweise stürzte er sich nur in eine Unternehmung, wenn sie gut organisiert war. Der Zufall war eines von den beiden Dingen, die er für gefährlich hielt. Das andere war die Überraschung. Doch im Traum, so hatte er geglaubt, könne er bis zu einem gewissen Grad selbst Regie führen, und deshalb auch Zufall und Überraschung kontrollieren und sogar für seine Unternehmungen nutzen. Ganz anders verhielt sich Benjamin Hinrichsen, der tagsüber seine Verrücktheiten abgelegt hatte. Er nutzte die Nächte, um zu fliegen; an Wettbewerben teilzunehmen, Flugschauen anzusehen und ab und zu übernahm er die Rolle eines Detektivs in einem seiner Lieblingsfilme. Aber auch die übrigen hatten ihre eigene Art, mit den Fähigkeiten, die ihnen in der Nacht zu eigen waren, umzugehen. Jo Tölles suchte nach dem Sinn des Lebens; Berit Poppen forschte auf den Gebieten der Parapsychologie und der Magie; Jan und Tim Devries spielten irre Computerspiele und Letitia Aden ließ sich Nacht für Nacht auf neue Abenteuer mit Federhut und Degen ein.

Doch obwohl sie alle unglaublich virtuos auf den Instrumenten der Nacht zu spielen verstanden, kam keinem von ihnen der Gedanke, daß alles auf der Welt seinen Gegenwert hat. Und daß man irgendwann zur Kasse gebeten wird, früher oder später. Dieses Mal hatte die Rechnung einer bezahlt, der unfreiwillig an diese Stelle treten mußte; sollte dieser Treffer ein Warnschuß gewesen sein?

4.

Nur wenige Stunden später hielt der Winter in Ennes Ruh Einzug. Gegen zwanzig Uhr, als Hinni-Jimmi wie jeden Abend das Kalenderblatt des zur Neige gehenden Tages abriß, fielen die ersten Schneeflocken.

„Der sechste Dezember ist vorbei, und schon schneit's." sagte er zu sich. Dann streckte er sich und sah hinaus in den Flockenwirbel. Sein Blick wanderte hinüber zu dem Haus mit den heruntergelassenen Jalousien, und während er es betrachtete, murmelte er vor sich hin: „Dummer alter Mann. Hast du gedacht, du wärst so schlau und könntest einen Weg finden, deine Probleme zu lösen, ohne einen Handschlag zu tun? Nur mit deinem Willen? Hast du wirklich gedacht, du könntest dein Luxus-Parkhaus im Traum bauen und dann nur noch den Rahm abschöpfen? Hast du gedacht, du hättest es in der Hand?"

Benjamin Hinrichsen schüttelte den Kopf. Früher hätte seine innere Stimme bestimmt etwas zu diesem Selbstgespräch beigesteuert, aber seit einiger Zeit schwieg sie. Genauer gesagt schwieg sie, seit Benjamin einen anderen Ratgeber bevorzugte. Er grübelte oft und lange, sprach nicht mehr mit seinem Haus und seinen Sachen, er sammelte keine mißhandelten Metallgegenstände mehr. Statt dessen führte er lange Gespräche mit der Stimme in seinem Kopf, die, anders als seine innere Stimme, mit ihm stritt, böse und herrschsüchtig war und ihn zu Dingen aufzustacheln versuchte, die ihm allein gar nicht eingefallen wären. Auch seine Träume hatten sich verändert, und statt der ausgiebigen Rundflüge über Postkartenstädte und Ruhe ausstrahlende Landschaften, war es ihm nun möglich, an Flugschauen teilzunehmen und Wettkämpfe zu gewinnen. Morgens erwachte er mit dem Hochgefühl des Siegers oder der Niedergeschlagenheit des Letztplazierten. Und obwohl er wußte, daß alles nur ein Traum war, so wußte er doch auch, daß es nicht nur ein Traum war. Er wußte, daß er dieser Stimme nicht trauen durfte und hatte doch das Gefühl, daß sie ihm irgendwas schuldig war. Er glaubte sich noch auf der sicheren Seite; und immer, wenn er des Abends seine Augen schloß, sah er einen Flecken Erde, auf dem ein zartes Pflänzchen wuchs. Wenn er seinen inneren Blick dann über die Weite des Feldes schweifen ließ, sah er ab und zu einen Bauern, der sein Feld am Rande des Meeres bestellte. Immer wieder durchzog er sein Land mit Furchen, säte oder jätete. Und jedesmal, wenn Hinni-Jimmi ihn bei der Arbeit beobachtete, schien er ein wenig älter geworden zu sein. Manchmal hatte Benjamin aber auch das Gefühl, beobachtet zu werden. Dann suchte er mit seinem inneren Auge die Umgebung ab, er konnte hinter Bäume und um die Ecke sehen, genauso, als säße er mit einem Feldstecher auf dem Arm eines Riesen, der ihn in jede nur gewünschte Position trüge. Fand er ihn, so wurde der Bauer böse und schimpfte sein „...fort, fort, sapperlot"; erwischte er ihn aber nicht, dann konnte er noch lange in den Traum hinein das ewig frohlockende „...waserlei Narretei" hören.

Hinni-Jimmi kratzte sich nachdenklich hinterm Ohr und schaute in das Schneetreiben hinaus. Als er schließlich im Bett lag, hoffte er inständig, dem Bauern diesmal nicht zu begegnen. „Mit dir würde ich nicht mal um Erdnüsse würfeln." flüsterte er. Dann schloß er die Augen und blickte auf das wunderbare Land am Rande eines fernen Meeres, und wie im Kino zog dieses Bild schließlich an seinem Auge vorbei und machte Platz für ein anderes. Und wenn er auch für diese Nacht keinen Wunsch äußerte und es ihm am liebsten gewesen wäre, von Träumen jeglicher Art verschont zu bleiben, so wußte er doch, daß es kein Entrinnen gab und der Traum kommen würde.

Würfel-Traum

1.

Nachdem das sandige Land an seinem inneren Auge vorbei gezogen war, entstand an gleicher Stelle die Illusion einer Straße. Diese Straße war weder eng noch breit, weder besonders lang, noch besonders kurz. Die Häuser, die sie säumten, waren nicht so hoch, daß sie die Straße verdunkelten, aber auch nicht so niedrig, daß sie keinerlei Schatten warfen. Auf den Gehwegen standen Schilder, die zum Verweilen in Teestuben einluden. Gastwirtschaften schenkten durch kleine Fensterchen heiße Getränke aus und eine Blumenfrau hatte ihren Stand entlang der wärmenden Hauswand ausgebreitet. Ein Friseur schnitt die Haare seines Kunden hinter verschlossenen Fensterläden; aber durch die Glastür konnte man vom Gehweg in den Laden hinein sehen, wo einige alte Männer auf Klappstühlen in einer Reihe entlang der Wand saßen. Auf der Straße fuhren Lastwagen und Pkws, Motorräder und Fahrradfahrer. Mütter schoben Kinderwagen und Kinder stampften in dicken Schneestiefeln hinterher. Aus irgendeinem geöffneten Fenster drang Musik und schwebte auf den schweren Düften eines Gänsebratens über Benjamin hinweg. Er sah sich um und versuchte, irgendeine Ähnlichkeit mit einer ihm bekannten Gegend, einem Viertel in einer Stadt vielleicht, festzustellen. Aber er mußte zugeben, daß ihm diese Straße unbekannt war. Schließlich bemerkte er ein Straßenschild, welches die Aufschrift „Schlüppe" trug. Benjamin schaute sich weiter um, fand aber nichts, was ihn darauf hinwies, warum er sich hier befand. Schließlich suchte er nach einer Bekanntmachung, einem Plakat an einer Hauswand; etwas über einen Wettbewerbs im Kunstfliegen oder ähnliches. Weil er aber nichts derartiges sah, beschloß er, den kleinen Frisiersalon zu betreten und sich dort die Unterhaltung der alten Männer anzuhören. Benjamin ging auf die Glastür zu, von der ihm ein fesch frisierter junger Mann entgegen lächelte. Er blickte darüber hinweg und sah hinter der Reihe alter Männer zwei jüngere in langen Trenchcoats und grauen Schlapphüten stehen. Diese Aufmachung erinnerte ihn irgendwie an ein Kinoplakat, also sah er an sich herunter und verschaffte sich mit einem flüchtigen Gedanken ein ebensolches Aussehen. Dann öffnete er die Tür und trat ein. Der Gong gab ein müdes „Klong..ng..long" von sich und wie auf Kommando zog der Türschließer die Ladentür wieder heran und sperrte die Kälte aus. Die riesige Türklinke in Form einer zusammengeklappten Schere stieß ihn in den Rücken und schubste ihn einen Schritt in das Ladeninnere hinein. Rechts von ihm plauderten tiefe Männerstimmen und rauhe Kehlen lachten heiser. Nun schienen die Trenchcoats Benjamin endlich gesehen zu haben, denn mit freudestrahlenden Mienen kamen sie auf ihn zu und umarmten ihn. Er versuchte, sich gegen diese stürmische Begrüßung zu wehren, aber die beiden bemerkten seinen Widerstand nicht. Mit den Worten: „Alter Junge, mensch, altes Haus, haha, haha!"

klopften sie ihm auf die Schulter und wußten sich vor Wiedersehensfreude kaum zu fassen.

Der Friseur drehte sich um und schüttelte mißbilligend den Kopf. Benjamin zuckte die Schultern. Der Friseur machte eine knappe Kopfbewegung in Richtung des blaugeblümten Flanellvorhangs, der den vorderen Ladenteil von einem wahrscheinlich vorhandenen hinteren Teil abteilte. Benjamin konnte nur ahnen, was sich dort verbarg. Vielleicht Diebesgut? Vielleicht eine gute Stube? Vielleicht wartete eine schöne Frau auf ihn im Schutz eines dämmrigen Separees? Oder stand dort hinten der Würfeltisch einer ehrenwerten Gesellschaft? Damit er das erfuhr, mußte er die beiden Trenchcoats loswerden. Der Blick des Friseurmeisters hatte es ihm zu verstehen gegeben. Um die Begrüßungszeremonie zu beenden, fragte er den Trenchcoat mit Schnauzbart:

„Habt ihr mir was mitgebracht?"

Die beiden sahen sich entsetzt an.

„Habt ihr es hier, oder draußen?"

„Woher weißt du das?" flüsterte der glatt rasierte andere Trenchcoat.

„Ihr müßt mir doch was mitgebracht haben, sonst wärt ihr doch nicht hier!" schimpfte Benjamin plötzlich. Erschrocken sahen sich Schnauzbart und der Glatte an. Dann tuschelten sie miteinander.

„Jaja, klar, komm mit. Wir haben's draußen!"

„Ja, draußen, draußen. Im...im...Auto."

„Genau, im Auto. Im Lastwagen!"

„Okay, dann laßt uns mal nachsehn, was da im Wagen ist." sagte Benjamin mit tiefer Verschwörerstimme und rieb sich geschäftig die Hände. Als die drei den Salon verließen, sah er noch einmal zum Tresen, wo der Friseur gerade den Lohn für seine Arbeit kassierte. Er erwiderte den Blick und tippte mit dem Zeigefinger auf eine imaginäre Uhr an seinem Handgelenk. Benjamin formte als Antwort ein O aus Daumen und Zeigefinger. Das „Klong..ng..long" ertönte und gleich darauf zog sich die Tür schmatzend ins Schloß. Auf der Straße vor dem Laden parkte ein dunkelroter Kleinlieferwagen mit der seltsamen Aufschrift „Beseitigungen aller Art".

„Der da?"

„Hmm. Cool, was?"

„Naja. Beseitigungen...was soll'n das heißen, Jungs?" Ihm schwante etwas, aber er versuchte, nicht daran zu denken.

„Was soll's schon heißen? Komm hinten rum, dann zeig ich's dir." antwortete der Glatte. Schnauzbart war schon dabei, die Tür zu öffnen. Er legte zwei Bügel um und zog nun erst den linken, dann den rechten Türflügel auf.

„Na wenn das keine Überraschung ist!" rief der Glatte und stieß Schnauzbart mit *seinem Ellenbogen in die Seite. Benjamin schaute den beiden über die Schultern und hatte plötzlich das Gefühl, sein Magen wolle auch sehen, was für eine Überraschung im Laderaum lag. Tapfer schluckte er den Schrecken und das flaue Gefühl herunter und sagte im Befehlston:*

„Gut gemacht, Jungs. Und jetzt einsteigen. Wir machen eine kleine Reise." Er schob Schnauzbart und den Glatten in den Lieferwagen zu den vier blauen Plastiksäcken, die wie Sardinen in der Dose eng nebeneinander lagen. Dann schlug er die Türen zu und verschloß sie schnell. Auf dem Weg um den Wagen herum erschuf er einen weiteren Trenchcoatmann, der den Lieferwagen wegfahren sollte. Er klopfte an die geschlossene Scheibe auf der Fahrerseite und als der Neue ihn fragend ansah, formte er die Hände zu einem Trichter und rief ihm zu: „Hau ab! Fahr nach hause!"

Ein fragender Blick zurück. „Ins Hauptquartier! Schnell!" Der Neue nickte. Er hatte verstanden und fuhr quietschend davon.

2.

„Klong..ng..long", die schwatzenden alten Männer verstummten. Eine richtungsweisende Kopfbewegung in Richtung Vorhang. Benjamin schob sich daran vorbei. Einen Augenblick später stand er in einem Raum, der von einer nackten Glühbirne spärlich erleuchtet wurde. Das schwache Licht kämpfte sich durch dicke Rauchschwaden. Als sich seine Augen daran gewöhnt hatten, als er die Tränen abgewischt hatte, die ihm der beißende Qualm in die Augen trieb, erkannte er den Raum. Es war Letitia Adens Wohnzimmer. Am runden Tisch saßen vier Männer, die ein seltsames Spiel spielten. Drei von ihnen hielten Karten in einer Hand. Der vierte, der eine Tiermaske über das Gesicht gezogen hatte, hielt die Würfel.

Er sah kurz auf und sagte, wie zu sich selbst: „Wird Zeit, daß du kommst."

Dann spielte der Maskierte die Würfel jeweils einem der Kartenspieler zu, der sie mit der freien Hand auffing und geschickt zurückspielte. Danach legte derjenige eine Karte ab oder bekam eine ausgeteilt. Benjamin sah ein Weilchen zu. Schließlich fragte ihn der Maskierte, ob er mitspielen wolle. Nein, im Moment nicht, war die Antwort. Der Maskierte schnippte mit den Fingern.

Eine Tür im Hintergrund öffnete sich und eine (wunderschöne?) Frau trat ein. Sie trug ebenfalls eine Maske. In der Hand hielt sie ein Tablett mit einer riesigen Auswahl an Armbanduhren.

„Such dir eine aus. Und dann laß uns reden."

Benjamin lachte. Er lachte vor Erleichterung. Plötzlich hatte er verstanden. Die gute Stube, das Diebesgut, die Frau und die Würfler. Alles das hatte er sich vorhin vorgestellt. Vielleicht geplant. War das alles? Er dachte und damit schuf er? Mehr nicht?

Hatte er umsonst Bedenken gehabt, jemand könnte ihm gefährlich werden? Dann riß er sich zusammen und sagte geschäftig: „Ich laß mich nicht bestechen!"

Wie erwartet warnte der Maskenmann: „Vorsicht! Geh' nicht zu weit!" Schließlich fügte er noch etwas Unerwartetes hinzu:

„Den Schlüssel zum Fahrstuhl habe ich!"

Benjamin schaute ihn einen Moment irritiert an, dann begann er wieder zu lachen! Welch ein Irrwitz, dachte er.

Mitten in sein Lachen hinein wurde der Vorhang zur Seite gerissen. Drei Männer mit Masken hielten Maschinengewehre in den Händen, feuerten in die Luft und kommandierten die Anwesenden an die Wand. Sie lieferten eine filmreife Vorstellung. Dann rissen sie ihre Masken vom Gesicht und Benjamin erkannte den Glatten, Schnauzbart und den Neuen.

„Hey, Jungs, ihr solltet doch zum Hauptquar..."

„Mann, du hast uns vielleicht reingelegt!" rief der Glatte.

„Hier ist doch das Hauptquartier!" fiel Schnauzbart ein.

„Nur der Neue hatte keine Ahnung, der hat uns in der ganzen Stadt rumgefahrn!" schimpfte der Glatte.

„Was ist...?"

„Mit der Ladung?"

„Ja."

„Die ist hier."

„Hier?"

„Genau."

„Mach den Vorhang auf."

„Nein."

„Doch." Damit erhob Schnauzbart seine Waffe und winkte Benjamin damit zum Vorhang. Benjamin gehorchte und griff nach dem Vorhang. In diesem Moment rief die Frau hinter ihm, er solle es nicht tun. Der Würfelspieler riß seine Maske vom Gesicht und brüllte: „Tu es endlich! Du elender Feigling, sieh mich an und tu es dann!" Der entlarvte Bauer lachte. Nun riß die Frau ihre Maske herunter und schrie: „Nein, um Gottes Willen, nein!" wimmerte sie beinahe. Benjamin erkannte sie nicht, aber sie schien ihn zu kennen. „Benjamin, tu es nicht. Es wird dir wehtun, doch du wirst es nicht ändern können."

„Ist schon gut. Keine Bange." sagte er und wurde das komische Gefühl nicht los, daß diese Frau es ernst meinte. Aber schließlich war es ein Traum. Benjamin konnte nicht anders, er mußte den Vorhang zur Seite nehmen.

Dahinter saßen vier (ver)Wesen(de) auf den Stühlen, auf denen vorhin die schwatzen-

den Männer gesessen hatten.

Ein Mann. Eine Frau. Ein Kind. Ein Hund.

Und wahrscheinlich hatten sie noch vor einer Stunde in blauen Plastiksäcken gelegen.

Benjamin schnappte nach Luft, dann übergab er sich.

Der Bauer lachte rauh. „Das ist der Fahrstuhl. Steig ein." Damit schubste er Benjamin in den plötzlich steril wirkenden Frisiersalon und zog den Vorhang vor. In diesem Moment schlossen sich unsichtbare, aber spürbar vorhandene Türen rund um ihn herum. Er hörte das saugende Geräusch zusammengepreßter Luft, das gierige knappe Schnalzen sich treffender Magnete. Eine Sekunde später sauste der Fahrstuhl mit ihm in die Tiefe. Unten angekommen, rasteten nicht vorhandene Relais ein und er raste wieder in die Höhe. Irgendwann, nach mehrmaligen Richtungswechseln, hielt er auf halber Höhe. Über sich sah Benjamin die vier Beseitigten auf den Stühlen der schwatzenden Männer und unter sich etwas, das aussah, wie die von Lava zerfressenen Überreste einer Straße. Genau gegenüber stand der Bauer. Er hielt einen Würfelbecher in der einen Hand und eine Tüte Erdnüsse in der anderen. Er grinste schief und fragte: „Würfelst du jetzt mit mir?" Im gleichen Moment warf er die Würfel durch die unsichtbare Glasscheibe auf Benjamin zu. Der fing sie auf und spürte sie in seiner Hand brennen. Und doch hielt er sie fest, bis er es nicht mehr ertragen konnte. Mit letzter Kraft, mit einem Schrei, der ihm selbst so unnatürlich schrill klang, daß er ihm durch Mark und Bein ging, warf er sie zurück. Sie landeten wieder im Würfelbecher des Bauern. Dampf stieg auf. Der Fahrstuhl fuhr in die oberste Position und kam krachend zum Stehen. Benjamin wurde ausgespien und blieb regungslos liegen.

Dann wurde es dunkel um ihn herum.

3.

Als Benjamin Hinrichsen um vier Uhr morgens am Samstag, den siebenten Dezember neunzehnhundertsechsundneunzig endlich erwachte, bestellte er sich ein Taxi, packte einen einzigen Koffer, hockte sich vor sein Haus und wartete. Stunden später, als die übrigen Ennes Ruher erwachten, war er bereits soweit von Auger Land entfernt, wie man mit Beinen, Rädern und Düsentriebwerken nur kommen konnte.

4.

Um vier Uhr dreißig erwachte Imke Fink schweißnaß und weinend vor Enttäuschung und Erschöpfung.

Während Benjamin in einem gläsernen Fahrstuhl den Weg zwischen Himmel und Hölle erforschte, hatte sich der Maskenmann ihrer angenommen. Er hatte sicher gespürt, daß sie weder von Benjamin erträumt, noch zufällig in seinen Traum hineingeraten war. Irgendwie mußte er gewußt haben, daß sie geschickt worden ist.

In dem Moment, als sich die Fahrstuhltüren schlossen, griff der Entmaskierte nach ihrer Hand. Seine Finger brannten an ihrem Handgelenk wie flüssiges Wachs. Dann, als der Fahrstuhl seine rasende Yo-Yo-Manie unterbrochen hatte, formte er einen Becher aus ihren Händen und spuckte drei seiner Zähne hinein. Imke konnte vor Entsetzen kaum begreifen, was nun vor sich ging. Der Mann, der vorhin die Maske über seinem Gesicht trug, hatte ihre Hände als Würfelbecher in seinen Händen und würfelte mit seinen Zähnen. Sie konnte nicht glauben, was sie sah; aber sie sah es und spürte es trotzdem. Ihre Hände brannten wie Feuer in seinen Klauen; und jedesmal, wenn seine Zähne an ihre Handflächen stießen, glaubte sie, den Schmerz und den Ekel nicht mehr länger ertragen zu können. Dann schleuderte die Bestie die Zähnewürfel hinein in den Fahrstuhl. Während Benjamin sie festhielt, wurde er abwechselnd dunkel und durchsichtig, er pulsierte und Imke hatte Angst, er könnte zerbersten. Trotzdem hoffte sie flehentlich, er möge sie niemals loslassen. Als er die Zähne dann mit einem letzten dunkelblauen Aufleuchten zurückwarf, verschmolzen sie mit einem weißglühenden Gleißen mit ihren Fingern. Plötzlich hatte sie ihre Hände wieder und obwohl schmerzend, so konnte sie sie doch wieder willentlich reiben und schütteln und sich endlich endlich endlich von hier weg wünschen.

Nachdem Imke zu sich gekommen war und die letzten Fetzen Böses aus ihren Gedanken zu vertreiben versuchte, hörte sie ein leises wimmerndes Flüstern. Weit weg, am anderen Ende einer langen schlimmen Nacht, hörte sie ein Weinen von jemandem, der alles verloren glaubt.

Advent, Advent

1.

Letitia Aden, noch nicht zurückgekehrt von ihrem Ausflug in die unendlichen Weiten der unterirdischen Gefilde, die sie in dieser Nacht erkundete, hörte dieses leise Weinen in ihrem Gästezimmer nicht. Die beruhigenden Worte, die gesprochen wurden, die einschläfernde Melodie, ebenso wenig.

„Ich hab mein Kind schön schlafen gelegt,
ich hab es mit roten Rosen besteckt.
Mit roten Rosen und weißem Klee,
das Kindlein soll schlafen bis morgen früh.
Ich habe mein Kind seiner Mutter gestohl'n,

162

und niemals soll sie es wieder sich hol'n.
Mein Kindchen soll schlafen bis zum Ende der Zeit
wenn kein Wasser mehr fließt und kein Kuckuck mehr schreit."
Mit einem großmütterlichen Seufzer erhob sich Luise von der Bettkante, die sich schmerzhaft in ihren Oberschenkel eingegraben hatte. Tina schien sich während ihres Singsangs beruhigt zu haben.
„Ja, mein Kind", sagte Luise zu sich selbst, „so ist das. Hier bist du und hier bleibst du. Da beißt die Maus kein' Faden ab. Und wenn ich schon mal dabei bin, dann kann ich auch gleich noch deinen einfältigen Eltern einen schönen Adventsgruß schicken. Soll'n mal bleiben wo sie sind, damit ihre gammelige Wäscherei nicht Schließen muß. Dann hätten wir die beiden Versager auch noch auf'm Hals, das fehlte gerade noch. Na am besten, ich kümmer' mich persönlich darum."
Noch einmal ging sie zurück zu ihrem Pflegekind und strich ihm vorsichtig über die Stirn.
„Ausgemergelt siehst du aus, deine Eltern würden einen Schrecken bekommen. Aber du ißt ja auch nichts, liegst immer nur im Bett und schläfst. Gestern hab ich versucht, von dir zu träumen, damit du was zu essen bekommst. Ich bin aber nicht bis zu dir durchgedrungen. Manchmal denke ich, daß du gar nicht schläfst oder träumst, sondern daß du einfach immer noch im Koma liegst. Aber ich rede und rede, und du hörst gar nichts. Mein Schlaflied hast du aber gehört, nicht wahr?" fragte sie und begann, während sie beinahe auf Zehenspitzen zur Tür tippelte, wieder zu summen, und schließlich flüsterte sie dazu:
„Ich weiß es, mein Kind liegt nun aller Tag,
in seinem ewigen gläsernen Sarg.
Winde die rauschen, Mühlen sich drehn
im Tal der Unsterblichen sollst du bald stehn."
Kopfschüttelnd schaute sie noch einmal hinüber auf das Bett, wo Tina zur Ruhe gekommen war und schlief. Diese Sätze gingen ihr so schnell von den Lippen, daß sie kaum ihr Gedächtnis streiften. Luise war zumute, als hätte jemand diese Worte in ihren Mund gelegt, und sie hätte sie nur ausgespuckt. Aber sie gefielen ihr, und sie nahm sich vor, Tina in Zukunft viel öfter vorzusingen, um dahinter zu kommen. Wo hinter? Egal, dachte sie, unterhaltsam ist es allemal. Dann ging Luise auf Zehenspitzen aus dem Zimmer, aus dem Haus und hinüber in den alten Stall.
In ihren vier Wänden angekommen, durchwühlte sie Kästchen und Schach-

teln auf der Suche nach Weihnachtskarten vom vorigen Jahr.

Wie anders alles geworden ist, dachte sie nicht ohne eine Spur von Wehmut. Vor einem Jahr um diese Zeit hätte sie wahrscheinlich noch im Bett gelegen und dem rauhen Schnarchen Johanns zugehört. Schlafen konnte sie damals auch nur bis um sechs in der Früh, aber aufgestanden wäre sie nicht. Sie hätte dem Mann beim Schlafen zugeschaut, an dessen Seite sie die schönste, glücklichste, beschwerlichste und längste Zeit ihres Lebens verbracht hatte. Vielleicht hätte sie ihm die weißen Schläfen gestreichelt, ihm die Decke über die hagere Schulter gezogen. Vielleicht hätte sie gestöhnt, wenn sie sich umgedreht und sich dabei in ihrem Nachthemd verfangen hätte. Dann hätte Johann im Schlaf gefragt, ob es ihr gut ginge und sie hätte geantwortet, daß sie schon klar käme. Er war immer so besorgt um sie gewesen, sein ganzes Leben lang, auch, wenn sie kratzbürstig oder gehässig war. Immer hat er geschlichtet, wenn sie mit Jens oder Sophia gestritten hatte. Stets wußte er, wie er sie um den Finger wickeln konnte, damit sie von ihrem Tun abließ. Und wenn sie jetzt so dasaß, eine Hand im Schoß und die andere verstohlen unter den Augen wischend, dann saß sie eigentlich zwischen zwei Stühlen. Links Johann, rechts ihr neues Leben. Links ein Lehnstuhl, gemütlich bis zum Ende ihres Lebens, das beschützt und umsorgt sein würde; und rechts ein hölzerner Hocker inmitten eines Abenteuerspielplatzes, der auf ihren Befehl jede nur erdenkliche Wandlung erfährt.

Eine Adventsdrohkarte hatte Luise schreiben wollen, und nun saß sie da und war beinahe in Friede-Freude-Eierkuchen-Stimmung versunken? Heile Welt oder was? Plötzlich wurde sie wütend. Über sich selbst, weil sie es zugelassen hatte, daß ihr dummer alter Kopf in längst vergessenen Erinnerungen schwelgte. Fahrig wischte sie sich die grauen Strähnen samt Hirngespinsten von der Stirn. „Schluß jetzt!" murmelte sie, griff zu Stift und Karte und schrieb.

2.

„Nun hör dir das an, Heiner. Hier schreibt uns eine Frau Luise Kater aus einem Ort, wo wir irgendwann mal Urlaub gemacht haben, eine Weihnachtskarte. Woher die nur unsere Adresse hat? Ich meine, natürlich wird sie unsere Adresse haben, ich meine nur, warum schreibt sie uns eine Weihnachtskarte?"
Lena Grabbel setzte sich an den Frühstückstisch und sah ihren Mann verständnislos an. Ganz hinten in ihrem Verstand hatte sich für den Bruchteil einer Sekunde ein Spalt in einer unscheinbaren Wand geöffnet, durch den ein fernes Leuchten drang. Dann aber verschwand es wieder und Lena schmierte

die Risse um diese Stelle sorgsam mit Geplapper zu wie die Poren ihres Brotes mit Butter.

„Oh, weißt du, ich werde heute in die Stadt fahren und ein paar Geschenke besorgen. Der Willi arbeitet zwar nicht mehr, aber ein kleines Präsent sollte er doch haben, findest du nicht? Ich dachte an warme Socken und Handschuhe und eine Schachtel Pralinen oder so, was meinst du?"

„Hm, schon in Ordnung. Hast du eigentlich schon Karten geschrieben?"

„Wem sollte ich denn schreiben?"

"Weiß nicht, deiner Mutter?"

„Meiner Mutter? Oh, mein Gott, das ist doch nicht dein Ernst! Erst letzten Sonntag hat sie angerufen und schon wieder gefragt, was mit dem Kind wäre. Als ob ich nicht andere Probleme hätte! Ich bin froh, daß ich den ganzen Kram aus dem alten Kinderzimmer rausgeschafft habe, ich weiß gar nicht, warum deine Mutter die ganzen Sachen aufgehoben hat! Und warum ich nicht längst ein vernünftiges Büro daraus gemacht habe."

Dann klackte der Toaster und spie zwei gestreifte, dampfende Weißbrotscheiben aus. Lena griff gedankenverloren zu.

„Ich kann ja verstehen, daß Mama Enkelkinder haben will, aber, mein Gott, muß das denn jetzt sein? Und dann hat sie mich allen Ernstes gefragt, ob ich verrückt geworden wäre; ausgerechnet ich, ha, ob ich mich denn nicht mehr an mein Kind erinnern könnte!" Mit einem Seufzer des Unverstandenseins biß sie von ihrem Toast ab.

„Wie kommt sie denn darauf?" fragte Heiner Grabbel, nachdem er die Sportseite der Morgenzeitung überblättert hatte.

„Keine Ahnung. Aber du weißt ja, sie glaubt, sie hätte das zweite Gesicht, wie ihre verrückte Schwester Medusa."

„Hieß die eigentlich wirklich Me-du-sa?"

„Nee, das war ihr Künstlername. In Wirklichkeit hieß sie Holda. Schrecklich, nicht? Und Mama heißt Borga, und nicht Liesbeth, wie sie sich immer nennen läßt. Liesbeth hieß meine Großmutter. Die hatte aber auch so wirre Dinge im Kopf. Zum Glück", Lena Grabbel machte eine Pause, um einen Schluck Kaffee zu trinken, bevor sie weitersprach, „zum Glück kommt Mama nicht mehr so oft aus ihrem Altenstift heraus, und kann diesen Unsinn nicht herumtratschen. Man macht sich ja lächerlich."

Heiner Grabbel, der Wäschereibesitzer, nickte zustimmend.

„Was hat sie denn geschrieben?" fragte er dann.

„Wer?"

„Na, die da!" zeigte er auf die Karte aus Ennes Ruh.

„Ach, nichts Besonderes." Lena nahm die Karte zur Hand, faltete sie auseinander und begann zu lesen.

„ wünscht Ihnen, liebe Familie Grabbel, Ihre Luise Kater aus dem schönen Auger Land.

Leider muß ich Ihnen an dieser Stelle mitteilen, daß ich Ihnen während Ihres geplanten Urlaubs keine Unterkunft zur Verfügung stellen kann, da wir einige dringende Umbaumaßnahmen durchführen müssen. Sollten Sie dennoch vorbeischauen wollen, dann bitte ich Sie um eine telefonische Voranmeldung. Und dann noch bla-bla-bla." Lena zerriß die Karte und legte sie zur Seite.

„Was soll denn das? Hatten wir etwa Urlaub geplant?" fragte Heiner.

„Keine Ahnung. Vielleicht haben wir aus Höflichkeit gesagt, daß wir gerne wiederkommen würden. Aber, um ganz ehrlich zu sein..." kicherte Lena und zwinkerte Heiner zu, „ich weiß überhaupt nicht, wo dieses Auger Land sein soll. Und an einen Urlaub in irgendeinem Kaff an Ende der Welt kann ich mich ehrlich gesagt auch nicht erinnern."

"Ach, wir haben einfach zu viel um die Ohren. Ich kann mich auch nur an die Arbeit erinnern. Und mal ehrlich, das Geschäft läuft wirklich gut, was?"

"Genau, und weil du gerade davon sprichst, du mußt jetzt los. Das Hotel *Kaiserkrone* hatte gestern eine Doppelhochzeit. Da kommt was auf dich zu. Also mach dich auf die Socken, Schatz!"

3.

Als Lena Grabbel die Weihnachtskarte zerriß, fiel Luise Kater 297 km entfernt ein Stein vom Herzen. Sie hatte in diesem Moment ein Gefühl, daß sie früher Glück genannt hätte. Oder Jetzt-wird-alles-gut-Gefühl. Heute hieß es Schwein-gehabt, aber sie hatte nicht die geringste Ahnung, warum sie sich so fühlte. Wenig später allerdings kam ihr so eine Vermutung.

Immer wieder waren ihr am Samstag morgen, als sie dasaß und die Adventsdrohkarte zu formulieren versuchte, Worte durch den Kopf gegangen; wie ein Ohrwurm, das man noch nicht einordnen kann. Die Worte aus dem Lied, die sie nicht fassen konnte. Dann, mit einem Mal, wußte sie, daß genau das passieren würde, was notwendig war. Daß sie eigentlich gar keinen Brief schreiben müßte und sich auch keine Sorgen zu machen bräuchte. Alles würde kommen, wie es kommen muß. Wie in ihrem Lied, und plötzlich hatte sie die Zeile wieder im Kopf.

„Ich weiß es, mein Kind liegt nun aller Tag,

in seinem ewigen gläsernen Sarg."

Ein wenig neugierig war sie schon, wie *er* es anstellen würde, aber wer weiß, vielleicht würde sie es ja bald erfahren. Luise entschied sich aber dafür, trotzdem eine unverfängliche Karte zu schreiben. Mit einer Sicherung für den Fall, daß noch nicht alles *geklärt* war.

4.

Spätdienstagabends stand der volle Mond über dem Haus mit der Traditionswäscherei in Arl. In der kleinen gemütlichen Wohnung unter dem Dach strich Lena Grabbel die Wände des einstigen Kinderzimmers in einem zartgelben Ton. Ihr Mann war noch immer mit dem Lieferwagen unterwegs; seit Cord Schorrele kündigen mußte, weil er eine Waschmittel-Allergie entwickelt hatte, machte Heiner praktisch alles selbst. Ein paar Halbtagshelfer hatten sie für die Mangel und die Buchhaltung und den Laden. Lena half überall aus, arbeitete immer am Nachmittag, wenn die Helfer gegangen waren. Vor ungefähr drei Wochen hatten die Grabbels begonnen, einen Feierabendservice einzurichten, so daß die Kunden ihre Wäsche morgens bringen konnten oder abholen ließen, und nach Feierabend wurde sie ihnen wieder gebracht. Das Ganze ohne Aufschlag, deshalb kamen auch immer mehr Kunden; es sprach sich schnell herum, daß man bei Grabbels ein breiteres Leistungsangebot für denselben Preis haben konnte, als woanders.

Arl war eine mittelgroße, quirlige Stadt und die Grabbels unscheinbare Leute, so fiel es niemanden recht auf, daß Tina nicht mehr da war. Tina hatte die Grundschule gerade verlassen und, aus welchen Gründen auch immer, hatten die Grabbels es vor Ferienbeginn versäumt, sie auf einer weiterführenden Schule neu anzumelden. Niemand vermißte das Kind, den wenigen Freunden, die sie vielleicht hatte, schien sie auch nicht zu fehlen. Nachdem Lena und Heiner Grabbel ihre wöchentlichen Besuche im Kreiskrankenhaus in Kloster Arl aus Zeitgründen einstellen mußten und das Ärzteteam Tina für absolut nicht transportfähig erklärte, igelten sich die beiden in ihrer Wäscherei ein. Sie wurden depressiv, einsilbig, manchmal mürrisch, eben ein bisschen wunderlich, meinten die Leute. Das lag wohl an den Kopfschmerzen, die die Grabbels plagten, egal was sie dagegen taten. Ob sie Tabletten einnahmen, Kräutertees tranken, im verdunkelten Schlafzimmer lagen und zu schlafen versuchten oder ihre Arbeit machten, dieses bohrende Hämmern hinter ihren Schläfen war allgegenwärtig. Schließlich fiel es Lena und Heiner Grabbel immer schwerer, irgendeinen -Tina- Gedanken zu fassen. Erinnerungen hervorzukramen. Herzschmerzen zu nähren. Bestimmte Namen nicht zu vergessen. Bis eines Tages, in einer stürmischen Nacht, ihre Köpfe zu brummen aufhörten und die Erinnerung an alles Vergangene nur noch Bilder aus einem alten kalten Film zu sein schienen. Sie wischten die dummen Fetzen weg und begannen ein neues Leben. Tatsächlich fühlten sie sich wie neugeboren, und da niemand sie fragte, was gewesen sei, brauchten sie auch niemandem zu antworten. Wenn aber doch einer etwas andeutete, so schrieb Lena das dem verrückten Geschwätz ihrer Mutter zu und nahm sich vor, den Kontakt zu ihr so weit als möglich zu schmälern. Den ganz neugierigen Leuten hätte sie vielleicht von einem Internat erzählt, aber es interessierte sich ja niemand wirklich.

5.

Derselbe Vollmond, der Lena beim Malern zusah, schien auch in die kleine Mansarde im Marienstift zu Herlingen, wo Borga Liesbeth Laduque über Tarot-Karten gebeugt saß und ihre Enkelin suchte. Die Karten sagten ihr, Tina sei im Hause und doch nicht zuhause. Tina atme dieselbe Luft wie sie und doch sei sie nicht am Leben. Die Karten sagten ihr: sorge dich. Und die Karten sagten: rufe nach dem Vogel.

Das war sehr verwirrend; und obwohl die alte Dame wußte, daß sie ihre Tochter, ihre geistig umnachtete oder wahnsinnig gewordene oder kaltblütig Menschen beiseite schaffende Tochter nicht damit behelligen sollte, weil es sie unter Umständen ihre freiheitlichen Rechte kosten könnte, nahm sie trotzdem das Telefon zur Hand und wählte.

„Lena..." sagte sie kühl, berechnend. „Lena, ich weiß, du möchtest mit mir nicht über Tina reden."

„Mutter, wer zum Henker ist Tina?" fragte Lena Grabbel unbeteiligt, während sie den Hörer mit zwei ihrer farbeverschmierten, gummibehandschuhten Finger ein Stückchen vom Ohr entfernt hielt und zufrieden ihr Werk betrachtete.

„Tina, mein Kind, ist deine Tochter."

„Mutter, ich mache mir ernsthaft Sorgen... Um wen? Um dich...Moment mal, ja?" Plötzlich hatte sie an einer Stelle einen Fleck entdeckt, der die Farbe nicht so recht annehmen wollte. Sie tunkte den kleinen runden Pinsel in das sonnige Gelb und ging hinüber, um die Stelle erneut zu streichen. Ja, nun sah das ordentlich aus...

„So, Mama, da bin ich wieder. Und eines sei dir gesagt,... ja, ich verstehe dich. Ja, wirklich. Gerade heute habe ich überlegt, daß es tatsächlich gar keine schlechte Idee wäre, ein Baby zu bekommen. Ich bin vielleicht schon etwas älter, aber

mein Gott, vierzig ist ja eigentlich auch noch kein Alter...Das Büro könnte
dann ein Kinderzimmer... Aber ehrlich, du darfst mich nicht so drängeln...Tina
wäre schon ein ganz hübscher Name, und...Mama, was redest du da die ganze
Zeit?" Selbstvergessen hatte Lena geschwatzt, ohne ihrer Mutter zuzuhören.

„Was ich rede? Nichts was wichtig wäre. Schön Abend, mein Kind." Kurz
angebunden legte Borga Laduque auf.

„Holga, du fehlst mir jetzt. Du konntest viel mehr, als ich je verstanden habe.
Du hast immer die versteckten Hinweise gefunden."

Dann sah sie aus ihrem Dachfenster hinauf zum Vollmond. Sie zog die Strickjacke enger um ihren gerade aufgerichteten Oberkörper, verschränkte die Arme
und starrte bösen Blicks auf den Mond, als verweigere er ihr die Antwort.
Schließlich stampfte sie mit dem rechten Fuß auf, und in ihren Jeans und den
roten Locken sah sie mit einem Mal gar nicht mehr aus wie eine pflegebedürf-
tige alte Dame, sondern eher wie ein trotziger Halbstarker.

„Mond, sprich wenigstens du mit mir." flüsterte sie verbittert.

6.

Der Mond sprach zu ihr, nur leider auf mondisch, das Borga Liesbeth nicht
verstand.

Aber er hing voll und schön am Himmel wie ein Lampion. Er hatte sogar ein
Gesicht. La Luna, die weiße Köpfin. Alabasterfeine Züge verrieten ihr Alter,
marmorne Weisheit umspielte ihre Mundwinkel.

Imke Fink staunte in die weiße Dunkelheit hinaus, und flüsterte: *„Du bist gut.*
Du bist gut. „

Sie wollte nicht schlafen gehen, sie hatte Angst, wieder in die Hände dieses
Bösen zu fallen. Und doch hatte sie eine Aufgabe, nicht umsonst sagte der
Mond- die Mondin: *„suche das Kind-suche-suche"*

„WO ? Wo denn nur?"

„Träume!" war die knappe Antwort, dann verlosch das Gesicht und das alte
Gestirn faselte weiter in mondischen Phrasen.

Handy-Traum

1.

Am Morgen des sechsten Dezembers hatte der Nikolaus den Zwillingen Handys in die Stiefel gesteckt. Keine wirklichen, aber solche, die es im Aussehen
und innerhalb von einhundert Metern durchaus mit echten aufnehmen konnten. Das erste Mal seit langem spielten sie an diesem Tag wie richtige Kinder,

draußen im Garten und weiter hinten auf den gefrorenen Feldern, im Schutze des allgegenwärtigen *Schulexperimentes*. Sie tobten und lachten, und es schien, als könnte nichts auf der Welt dieses Spiel beenden. Tatsächlich spielten die beiden jeden Tag und waren abends so müde, daß sie in einen beinahe traumlosen Schlaf sanken. Ab und zu erschien ihnen das fremde Land am Rande der weiten See, doch bevor es für eine andere Szenerie Platz machen konnte, versank es in tiefen Dunkel einer empfindungslosen Nacht. Erst Tage später war die Langeweile wieder ihr täglicher Begleiter, und so begannen sie erneut, ihre Nachmittage mit Computerspielen und Comicheften zu füllen. Als Jan und Tim am Freitagabend zu Bett gingen, waren sie noch lange nicht müde und so erzählten sie sich im Halbdunkel des Nachtlichtes die Dinge des Tages. Nach und nach gelangte der schwere Atem der Nacht an ihre Schläfen und floß in dicken Strömen um ihre Köpfe, bis sie in einen irreal wachen Schlaf sanken.

Traum-Jan und Traum-Tim verließen das Land der Dünen und wandten sich dem zu, das in verlockend grellbunten Farben am vermeintlichen Horizont blinkte. Von der Ferne sah es aus, als hüpften dort Häuser und Straßen, und wohl auch alles andere herum. Obwohl die seltsame Gegend weit entfernt schien, waren die Zwillinge mit wenigen Schritten am Ziel. Inmitten einer gezeichneten Stadt, deren Straßen in mehreren Ebenen verliefen; wo Häuser mitten auf den Straßen standen, so daß man sie durchqueren mußte, um vorwärts zu kommen.

„Hey, weißt du, wo wir sind?"

„Na, ich kann's mir jedenfalls vorstellen. In so 'nem beknackten Baby-Computerspiel."

„Wolltest du davon träumen?"

„Nö, ich hatte eigentlich Lust auf Autorennen."

„Sind wir in deinem oder in meinem Traum?"

„Keine Ahnung, vielleicht sind wir in beiden. Was fragst du denn dauernd?"

„Nur so, weil ich nämlich heute gar nicht träumen wollte. Verstehst du?"

„Hm. Ich eigentlich auch nicht. Aber es nützt ja nichts. Wir müssen träumen. Aber als wir das Handy gekriegt haben..."

„...das war cool!"

„Guck mal, da drüben...da steht einer!"

Tatsächlich stand auf der „gegenüberliegenden" Straße ein Mann im dunkelblauen Pluderhosenanzug mit einem Handy am Ohr. Er schien sich hinter einer Hausecke zu verstecken. Er flüsterte aufgeregt in das Handy, dann schob er die Antenne zurück und steckte das Telefon ein. Plötzlich rannte er los. Bis zur nächsten Ecke, die gar keine richtige Ecke war, weil die grüne Straße, auf der der Mann stand, an dieser Stelle aufhörte und etwas versetzt in blau in die andere Richtung führte. Kaum stand er da,

170

klingelte auch schon sein Telefon. Er griff in die Jacke, nahm sein Handy, zog die Antenne heraus und begann fürchterlich zu zittern. Er zitterte so schlimm, daß er ständig links und rechts neben sich zu stehen schien. Hin-her, hin-her. Dann erstarrte er, hielt das Handy ans Ohr und...erschrak. Erschöpft, entmutigt oder warum auch immer ließ er das Handy fallen. Das Handy fiel und fiel immer schneller, sank immer tiefer, bis es ganz unten auf der pinkfarbenen Ebene von einem Mann im pinkenen Anzug aufgefangen wurde. Jan und Tim beugten sich vorsichtig vornüber, um dem Handy mit den Blicken zu folgen. Der Mann in Pink hatte den Anruf angenommen und nickte beflissen. Dann rannte er los, unter einem Halbkreis aus blinkenden Glühlämpchen hindurch...und versteckte sich hinter einem Haus! Wie der Mann in Dunkelblau! Jan und Tim staunten. Plötzlich schienen sie Spaß an der Sache zu haben. Sie sahen sich an -hatten denselben Gedanken- lachten vergnügt auf und...sprangen!

„Cool...wie Segelfliegen ohne Flugzeug!"

„Hey, gleich sind wir unten...was ist das?"

„Paß auf, da kommt einer angeflogen!"

„Mann, ist der aber schnell!"

Ssst...schon war der von oben Gekommene an den Zwillingen vorbeigezischt. Er fiel durch das Innere der verschiedenfarbigen Straßen-Ebenen und knallte ohne Vorwarnung inmitten der rosa Basis auf. Wie eine reife Melone, die aus den achten Stockwerk eines Wohnhochhauses geworfen wurde, blieb nach seinem Aufprall wenig von ihm übrig. Er zerfloß förmlich in allen Farben der Spielebenen. Wie in einem Kaleidoskop brachen und doppelten sich die Farben und Formen dessen, was von ihm übrigblieb. Dann öffnete sich genau unter diesen Überresten eine Luke und saugte Mr. Melone auf. Als sich die Öffnung wieder schloß, war nichts zu sehen, außer einer spiegelglatten, pinkfarbenen Fläche. Dort landeten nun sanft die Zwillinge Devries. Ein wenig schaurig war ihnen schon zumute, als sie wohlbehalten aufsetzten. Ganz leise kam ihnen der Verdacht, daß Mr. Melone vielleicht der Verlierer des Spieles gewesen sein könnte, das sie zu spielen beabsichtigten.

„Komm, laß uns hier verschwinden." rief Jan.

„Ich weiß nicht, wohin...da entlang vielleicht." Tim zeigte auf eine niedrige Holztür, die aussah, als gehöre sie eigentlich an einen Stall. Darüber leuchtete ein grünes Schild mit einem Männchen, das einen Pfeil vor sich her schob.

„Notausgang, oder?"

„Möglich. Komm." Vorsichtig gingen sie über die blankpolierte Fläche, auf der sie sich beinahe wie auf einer Eisbahn vorkamen. Schritt für Schritt mußten sie sich vorwärts tasten, um nicht auszurutschen. Sie waren noch zwei Meter von dem vermeintlichen Notausgang entfernt, als eine kunterbunt gekleidete Spielfigur auf sie zu kam. Sie be-

wegte sich wie auf Schlittschuhen, glitt behende um Jan und Tim herum hatte anschei-
nend die Macht, sie in ihrer Bewegung zu hemmen. Denn obwohl die beiden Jungen
weiterliefen, kamen sie nicht voran. Die kleine Hintertür konnten sie nicht erreichen.
„Na, wer will denn entrinnen?" kicherte die Spielfigur. „Hier gibt's was zu gewinnen.
Hier ist Handy-Town. Ich bin Handy-Clown." erklärte sie mit ausschweifenden Bewe-
gungen und schon hielt sie in jeder Hand ein Handy, reichte es den Zwillingen und
befahl:
„Wenn es klingelt, geht ihr ran.
Was euch gesagt wird, tut ihr dann.
Werft and're raus, kommt ihr ins Haus.
Folgt ihr dem Reigen, dürft höher ihr steigen.
Seid immer schnell, dann bleibt ihr hell.
Verliert ihr eure Telefone, folgt ihr sofort Mister Melone!"
Ein irres Kichern beendete den Reim, und plötzlich standen Jan und Tim in pinkfarbe-
nen Spielanzügen vor dem halbkreisförmigen Tor mit den vielen Glühlämpchen, die
immerfort ein -START-START-START- blinkten. Tim's Handy klingelte zeitgleich
mit dem seines Bruders. Ein erschrockener Aufschrei Jans trieb ihm Tränen in die Au-
gen. Dann wurde er geschubst.
„Hast du gehört? Wir sollen fünf Schritt vorwärts gehen."
Der erste Schritt führte sie durch das blinkende Tor, das Spiel hatte begonnen. Die
Spielstraßen waren in Felder aufgeteilt, die jeweils mit einer Nummer, einem Zeichen
oder Buchstaben gekennzeichnet waren. Zwischendrin standen ab und zu Häuser, die sie
schon bei ihrem Eintreffen gesehen hatten. Mit Schritt Nummer fünf gelangten Jan und
Tim auf ein Spielfeld mit einem Fragezeichen. In diesem Augenblick erklang eine Fan-
fare, die Spielfigur schwebte mit einem Megaphon vor dem Mund inmitten des dreidi-
mensionalen Spielfeldes und deklamierte:
„Werft and're raus, kommt ihr ins Haus!"
Die Telefone klingelten.
-Zwei Schritt bis ins Haus, dann werft ihr ihn raus- sagte die Stimme.
Jan und Tim schauten sich an, dann höhnte das Handy:
-Schnell, schnell, bleibt ihr hell-
Obwohl die Zwillinge nicht recht wußten, was das zu bedeuten hatte, rannten sie doch
kurz entschlossen los. Zwei Schritte weiter öffneten sie die Tür des roten Hauses und
erblickten einen weiteren Mitspieler in einem blauen Anzug an einem Tisch sitzen. Sie
sahen sich an, nickten und gingen unbeirrt hinüber. Sie hakten den Blauen unter und
schleppten ihn zur gegenüberliegenden Tür. Öffneten sie und stießen ihn auf die Straße.
Dort klingelte das Handy des anderen. Er nahm den Anruf entgegen und...begann zu

172

rennen. Die Straße entlang bis zur Ecke, über die Ecke kletterte er auf eine Straße darüber. Von rot auf orange. Von orange auf gelb. Dabei verlor er sein Handy. Alles ging rasend schnell. Handy weg, Handy-Clown erscheint mit einer Fanfare:

„-tata-tata- Kein Telefone, Mister Melone? -tata-tata-"

Sturz, Aufprall, Luke auf, Luke zu, ein neuer Mitspieler erscheint in Pink.

Nun klingelte wieder bei Jan und Tim das Telefon. Vier Schritte vor, schnell, schnell, acht Schritte vor, schnell, schnell, drei zurück, wieder sechs vor. Suche den Mann mit dem Handy, hieß es. Sie schauten sich um. Plötzlich standen überall Männer mit Handys. Auf allen Straßen, hinter allen Häusern. Tim fragte, welchen Mann er suchen solle. Tata-tata- suche schnell, bleibst du hell, war die Antwort. Jan und Tim begannen zu laufen. Der erste Mann, dem sie sich näherten, verblaßte zusehends, und als sie bei ihm waren, war er nicht mehr zu sehen.

„Scheiße, was sollen wir denn jetzt machen?"

„Schnell, weiter, los. Zum Nächsten!"

Wieder liefen sie. Sie klapperten alle Häuser der roten und orangenen Straße ab, aber kein Mann mit Handy blieb greifbar. Erschöpft und entmutigt kletterten sie auf die gelbe Ebene hinauf. Dort stand ein Haus auf dem achtzehnten Feld. Auf Feld Nummer sechzehn wurden sie von einem Feuerwehrmann gestoppt. Außer Atem blieben sie stehen. Der Feuerwehrmann holte einen Schlauch aus seinem Gürtel und spritzte sie ohne Vorwarnung naß. Die Telefone klingelten und verblüfft hörten sie den Clown sagen:

„Ich weiß es genau, jetzt seid ihr blau!"

„Blau?" schrien die beiden entsetzt und sahen an sich herunter.

„Jawohl, meine Herren, jetzt muß ich euch einsperren!" reimte der Spielclown und winkte mit einer schwarz-weiß-karierten Flagge. Nun materialisierte sich in Sekundenschnelle ein gelbes Haus um sie herum. Jan und Tim saßen plötzlich auf gelben Stühlen an einem Tisch in einem verdunkelten gelben Häuschen. Es war still geworden. Draußen klingelten Telefone, drinnen klang das Treiben vor dem Haus wie der Fernsehapparat ihrer Eltern hinter der geschlossenen Wohnzimmertür.

„Was meinst du, was jetzt passiert?"

„Was meinst denn du, was jetzt passieren wird?"

„Da kommt gleich ein Kerl im rosa Anzug reinspaziert und will uns rausschmeißen."

„Was er aber nicht schafft, weil wir zu zweit sind. Wir sind immer zu zweit. Zum Glück."

Plötzlich hatten sie wieder so etwas wie Mut. Zumindest schauten sie ihrer unmittelbaren Zukunft nicht mehr ganz so hoffnungslos entgegen, wie noch vor wenigen Minuten. Dann klingelte Tims Handy. Die Stimme fragte, ob Tim wieder rot werden wolle. Ja, natürlich, antwortete er. Prima, sagte die Stimme, dann schmeiß deinen Bruder von der gelben Straße.

„Tata-tata- Rot trägt der Stenz, du hast die Lizenz -tata-tata-" frohlockte sie.

„Nein, nie mach' ich das!"

„Was?"

„Ich soll dich runterschmeißen...Aber das mache ich niiicht!" schrie Tim verzweifelt in das Handy.

„Ich würde es machen." sagte Jan und zwinkerte Tim zu. Dann zeigte er auf sein Handy und zählte mit den Fingern. Eins-zwei-drei...schon klingelte es.

„Tata-tata- Du bist mutig, bald trägst du blutig. Schmeiß ihn runter, dort ist er bunter" witzelte die Stimme am Telefon.

„Aber er ist stärker als ich, schick mir einen anderen zu Hilfe." flüsterte Jan ins Handy. Im nächsten Moment ging die Tür auf und ein dümmlich grinsender rotgekleideter Junge stand in der Tür. Jan lächelte, ging auf ihn zu, hakte ihn links unter, wie vor kurzem den Blauen, und ging zwei Schritte auf Tim zu. Dieser sprang ebenfalls auf, hakte den Roten rechts unter und zusammen traten sie eilig aus dem gelben Haus. Bevor der Rote begriff, was passieren würde, warfen die Zwillinge ihn von der Straße. Sein Handy rutschte aus der Jackentasche und vollführte eine Pirouette. Eine Welle warmer Farben schwappte herüber, der Rote wurde blau und die zwei Blauen Devries' trugen wieder pink.

„Tata-tata- Den habt ihr gelinkt, seid wieder pink. Böse ist gut, ich liebe Blut-" schwatzte der bunte Clown, und unvermittelt wußten Jan und Tim, woher sie den Typen mit den buntkarierten Pluderhosen kannten. Es war die Figur auf ihrem Nachtlicht, das sie abends immer in die Steckdose steckten, damit sie im Dunkeln den Lichtschalter finden konnten.

„Scheiß Nachtlicht. Das fliegt raus, ehrlich." schimpfte Tim ärgerlich.

„Tata- das war nicht umsonst! Ich bin das Scheiß Nachtlicht, das ehrlich bald rausflicht?" reimte es wütend und etwas holprig.

„Zitter, zitter, das wird bitter. Sturm sich erhebt, Leben verlebt! Klingelt das Telefon, bezahlst du die Rechnung schon. Bye, bye Telefone, hallo Freund Melone!"

In diesem Augenblick erhob sich ein Sturm, der Jan und Tim beinahe von der gelben Spielstraße gefegt hätte. Sie flüchteten zurück in das gelbe Haus, aber schon hatte der Sturm es gepackt und schüttelte es wie eine Rumbakugel. Jetzt klingelten beide Telefone, und wie aus Reflex griffen die beiden in ihre Jackentaschen. Kaum hatten sie die Handys herausgeholt, packte der Sturm zu und wirbelte sie davon. Der Megaphon-Clown erschien.

„Tata-tata- Kein Telefone, Mister Melone? -Tata-tata- tata-tata- Kein Telefone, Mister Melone?" Seine Freude schien unbändig, da brach unerwartet mit lautem Krachen

174

das ganze Spielfeld auseinander. Rote, gelbe, orangene Felder purzelten übereinander,
grüne und blaue gingen darüber nieder. Die Häuser fielen um, als wären sie aus Spiel-
karten gebaut. Wie ein Wirbelsturm drehte sich alles im Kreis; die bunten Plättchen,
die einmal Spielfelder waren, die farbigen Rechtecke, aus denen die Häuser bestanden
haben, die Zwillinge und der Handy-Town-Clown. Der Blaue, der vorher rot war und
bisher sein Ende -tata-tata-Sturz, Aufprall, Luke auf, Luke zu- noch nicht erreicht
hatte; drei Handys, die drei neuen Pink-Men zugeteilt werden würden, wenn die drei
Herumwirbelnden ihr Ende -tata-tata-Sturz, Aufprall, Luke auf, Luke zu- erreicht
hätten. In diesem Durcheinander erschien den Zwillingen dieser Traum realistischer,
als dies jemals der Fall gewesen ist. Aber Realitäten muß man nicht anerkennen, wenn
man sie nicht ertragen kann. Man kann sie verdrängen, richtig? Man könnte sie igno-
rieren, man könnte aussteigen und sein Bewußtsein auf die Stufe herunterfahren, auf
der Tina- Tina- Tina- existiert.
Diesen Gedanken zu fassen war für Jan und Tim im Freiflug durch die Manege der
Groteske der einzig mögliche Ausweg. Und es schien ihnen, als würde ihnen der Gedan-
ke aufgedrängt. Eingegeben. Jan und Tim hielten sich an den Händen und schrien
gemeinsam:
„Es gibt überhaupt keinen Clown! Es gibt keine Nachtlämpchenfigur! Ich bin wach!
Wach! Kein Traum! Wach!"

2.

Volker Devries stürmte, aufgeschreckt durch das Geschrei aus dem Kinderzimmer, durch das dunkle Haus. Er verzichtete darauf, Licht anzumachen, es
schien ihm unnötig; er mußte so schnell als möglich ins Kinderzimmer kommen. Das Wort „Nachtlämpchen" machte ihn stutzig. Wieso gibt es das nicht?
Keine Ahnung, dachte er, eine Sekunde später stand er im Schlafzimmer seiner Söhne. Er griff an die Wand machte das große Licht an und riß mit ver-
zweifelter Sicherheit, das einzig Richtige zu tun, das Nachtlicht aus der Steckdose. Es schien ein Sturm darin zu toben, die Figur wurde förmlich hin und
her geschleudert. Dann sah er seine Söhne Hand in Hand in seltsamen roten
Anzügen mit Pluderhosen und Clownsjacken mitten im Zimmer stehen und
zittern. Ihre Zähne klapperten, sie zitterten, als kämen sie direkt aus der Arktis. Volker Devries schloß sie in die Arme und flüsterte immer wieder: „Kein
Lämpchen, kein Lämpchen, keine Angst, es ist schon weg. Ihr seid zuhause.
Wo immer ihr wart, jetzt seid ihr zuhause." Dann setzte er sich auf eines der
Betten und schaukelte jeden seiner Jungen auf einem Bein im Takt seines auf-
geregten Herzens. Langsam, sehr langsam, beruhigten sich alle drei.

„Was war denn los? Was hat euch denn so aufgeregt?"
„Es sind die Träume Papa...diese Träume." flüsterten Jan und Tim an seinem Hals.
„Ich weiß..." wollte er einlenken.
„Nein, das weißt...du nicht, Papa." beendeten sie das Gespräch.

3.

Stunden später lagen Vater und Söhne immernoch in einem der Kinderbetten; ruhig, sprachlos und damit beschäftigt, einen Weg aus dieser Situation zu finden. Jan und Tim hatten ihrem Vater alles das erzählt, von dem sie glaubten, daß es ihm genügen würde, einen Ausweg zu finden. Sie hatten daran gedacht, wegzugehen, ins Auto zu steigen und zu verschwinden. Wie Hinni-Jimmi. Aber der ist allein, meinte Volker Devries, nicht zu viert, wie wir.
„Und ich habe meine Arbeit in der Nähe. Aber eigentlich ist das auch kein Problem, denn ich könnte ja trotzdem für Barkovitsch und Tattell arbeiten...ich müßte nur einen Tag dranhängen. Einen halben zum Abholen und einen halben zum Fahren."
„Was machen wir mit Mama?"
„Wir müssen ihr erzählen, daß ihr hier nicht bleiben könnt, weil ihr schlecht träumt."
„Sie wird wissen wollen...warum wir schlecht träumen."
„Hmm."
Die drei schwiegen.
„Wir können es...ihr nicht erzählen. Sie wird verrückt...und sie würde Berit umbringen."
„War das schon immer so, mit den Träumen?"
„Nein, erst seit dieses Ding in unserem Garten steht."
„Und das habt ihr nicht nur geträumt?"
„Papa, wir haben es ja...selbst gepflanzt."
„Und es ist unsichtbar, richtig? Warum? Warum kann ich es nicht sehen?"
„Weiß nicht. Vielleicht weil du dich nicht darum gekümmert hast."
„Wieviele gibt es noch, außer Berits und Hinni-Jimmis?"
„Es sind acht insgesamt."
„Papa?"
„Ja?"
„Mama darf nichts erfahren. Versprichst du...daß du ihr nichts sagst?"
„Ich schwöre. Und ich hab eine Idee."

Noch bevor der Vater seinen Söhnen von seiner Idee erzählen konnte, stand Fenna in der Tür.

„Ich hab auch eine Idee! Wißt ihr was? Wir vier fahren heute irgendwohin. Ins Museum, oder ins Kino, oder essen gehn. Was meint ihr dazu!"

Jan und Tim sehen sich an, dann sprangen sie auf und tobten im Bett herum. Volker lächelte. Dann klatschte er in die Hände und rief: „Zieht euch an, wir fahren in zehn Minuten. Zuerst gehen wir Frühstücken, am besten auf der Autobahn. Danach suchen wir uns ein riesiges Museum, mit mindestens drei Etagen. Anschließend Mittagessen vom Feinsten, mit mindestens drei Gängen. Nach einem Verdauungsspaziergang von mindestens drei Runden um irgendeinen zugefrorenen Parkteich suchen wir uns ein Kino mit..richtig, mit mindestens drei Kinosälen. Und dann gehen wir in ein schnuckeliges kleines Hotelzimmer..."

„Mit mindestens drei Betten!" beendeten Tim und Jan den Satz.

„Okay, trödelt nicht und packt ein paar Sachen ein. Ihr wißt schon."

Volker nahm seine überraschte Frau an der Hand und zog sie aus dem Zimmer.

„Haben wir im Lotto gewonnen?" fragte sie lächelnd.

„Nö, aber warum sollten wir denn nicht mal was unternehmen? Komm, wir packen auch was ein."

Fenna war's zufrieden, und so stieg eine Viertelstunde später eine beinahe glückliche Familie in einen Kombi voller BA-TA's und fuhr heimlich, still und leise davon.

4.

Das Museum war vollgestopft mit Kutschen und Gemälden, Waffen und Hausrat, Bestecken und Tischwäsche aus der Zeit um die Jahrhundertwende. Das Mittagessen war reichlich und der Parkspaziergang entpuppte sich als Stadtbesichtigung. Im Kino lief die traurigschöne Liebesgeschichte zwischen Pocahontas und Käpt'n Smith. Das Abendessen zog sich in die Länge und als die Devries' gegen 23.00 Uhr müde in ihre Betten sanken, schliefen die beiden Jungs zufrieden und traumlos ein. Für ihren Vater begann, nachdem Fenna neben ihm sachte vor sich hinsäuselte eine selbstauferlegte Pflicht. Er hatte eine Idee gehabt, und die wollte er jetzt in die Tat umsetzen. Ob es funktionieren würde, wußte er nicht; aber schließlich hatten Jan und Tim ihm erzählt, daß irgendjemand oder irgendetwas ihnen einen Gedanken zu Hilfe geschickt hatte. Derjenige würde ihm jetzt helfen müssen. Und noch eines stimmte Volker optimistisch: das weite Land, das Meer, der Bauer...alles das kam ihm ganz entfernt bekannt vor. Er konnte sich nicht direkt an einen solchen Traum erinnern, aber das *Gefühl*, das er dabei hatte, sagte ihm, daß er sich erinnern *sollte*. Die Erinnerung lag ihm quasi auf der Zunge, wie der Name eines Schauspielers, den er einfach nicht herausbringt, wenn Fenna ihn danach fragt.

Volker stand vorsichtig auf und zog um auf das Sofa, die als eine Art Platzhalter unter dem Fenster im Zimmer der Kinder stand. Niemand würde auf diesem recht kurzen Kanapee sitzen können, denn seine Lehne paßte genau unter das breite, marmorne Fensterbrett, und Volker vermutete, daß entweder das Fensterbrett herauszubrechen drohte und das Kanapee eine Stützfunktion ausübte, oder die Wand darunter einen gehörigen Schandflecken hatte. Liegen allerdings konnte man darauf, wenn auch nicht besonders bequem. Das war aber auch gar nicht nötig, denn Volker Devries beabsichtigte, den Traum *heraufzubeschwören*. Er wollte derjenigen Macht gegenüberstehen, der es gelungen war, seine Jungs aus dem Kinderzimmer heraus zu holen und in ein imaginäres und doch realistisches Computerspiel zu versetzen. Ihre Schlafanzüge gegen Pluderhosenanzüge zu tauschen. Ihre Identität zu verändern. Mit einem Mal erschrak er gewaltig. Entsetzt fuhr er in die Höhe. In diesem Moment sträubten sich ihm alle Haare im Nacken. Eine Vermutung, die nicht länger als eine Tausendstel Sekunde seine Gedanken streifte, hatte ihm das wahre Ausmaß des Unheils vor Augen geführt, das hier angerichtet worden war. Und zwar nicht von Berit oder Hinni-Jimmi, sondern von irgendeinem Wesen, das weitaus mächtiger, älter und vor allem böser war, als man sich überhaupt vorstellen konnte. Die Vermutung, dieser herumirrende Gedanke, war ein Hund. Ein junger freundlicher Boxer, der von niemanden auf der Welt etwas Böses zu erwarten hatte, weil er niemandem etwas getan hatte. Der wahrscheinlich nur mit *seinem Herrchen* ein Schläfchen gemacht hatte. Seinem um Jahrzehnte gealterten, greisenhaft herumschleichenden, todgeweihten Herrchen. Einem neuen Jünger der Trinkergemeinde. Einem, der auszog, das Fürchten zu verlernen. Volker Devries wußte jetzt, daß das ganze Dorf infiziert war. Heinard Müllerjohans war schon fast erledigt, Luise Kater auf dem besten Weg dahin. Daumen und Zeigefinger seiner linken Hand. Mittelfinger- Berit Poppen. Ringfinger- Benjamin Hinrichsen, der schlaue Fuchs, der sich (hoffentlich) beizeiten davon gemacht hat. Ringfinger- seine beiden Jungs. Kleiner Finger- ein unschuldiges Opfer, einer, dem sein ganzes Leben in einer einzigen Nacht gestohlen wurde. Wie alt wird so ein Boxer? Neun, zehn Jahre? Dann schaute er sich die Finger seiner rechten Hand an. Wie heißt ihr, fragte er sie, und ballte die Hand zur Faust. Keine Chance. Aber eines war ihm klar geworden, eine Traumexpedition vorzunehmen, konnte Selbstmord bedeuten. Und noch eines erkannte er, daß er nämlich seine Söhne niemals wieder nach Ennes Ruh bringen dürfte.

Nachdem er diesen Entschluß gefaßt hatte, weckte er seine Frau.

5.

„Es ist gut. Sie *sind* davongekommen. Sie sind in Sicherheit."

Seine beruhigenden Worte machten auf Fenna wenig Eindruck. Immernoch lag sie weinend, schluchzend in seinen Armen. Sie konnte sich gar nicht vorstellen, wie ihre Babies, ihre kleinen Jungen diesem mörderischen Inferno entkommen konnten. Aber sie hatten es geschafft, und sie stimmte ihrem Mann zu: NIEMALS wieder würden ihre Söhne auch nur einen Fuß nach Ennes Ruh setzen. Aber in einem Punkt hatte er nicht Recht, und dieser Punkt betrifft die Rache. Nichts, aber auch gar nichts hatte er davon verstanden. Wer immer ihr oder ihren Söhnen auch nur ein Haar krümmt, bezahlt dafür. Aber das würde ihr Schlappschwanz von Ehemann nie verstehen. Es hätte auch keinen Sinn, ihn damit zu behelligen, denn er ist zwar ein guter Versorger, ein liebevoller Vater, ein rücksichtsvoller Ehemann, aber eben ein Schlappi.

„Okay, alles in Ordnung." sagte sie und wischte sich mit dem Ärmel ihres Bademantels die Tränen von den Wangen. „Gehen wir schlafen. Und morgen fangen wir ein neues Leben an."

Fenna stand auf und ging ins Bad. Als sie zurückkam, war sie frisiert und geschminkt.

„Hast du heute Nacht noch was vor?" fragte Volker grinsend.

„Eigentlich nicht, aber das gibt mir irgendwie ein gutes Gefühl. Gute Nacht, Liebling."

„Schlaf schön. Und Fenna, tu mir einen Gefallen...probier nichts. Die Jungs brauchen dich."

Und zwar mehr, als du dir vorstellen kannst, dachte Fenna, während sie sich ins Bett legte.

„Natürlich nicht." antwortete sie darauf, täuschte ein Gähnen vor und drehte sich um.

5.Einkehr
Ennes Ruhe*los*

1.

Ennes von Momwarfen war frei und mit der Zeit auch in der Lage, überallhin zu kommen, wenn er sich nur den Strömungen der Lüfte überließ. Eigentlich hätte er damit zufrieden sein können, wenn...ja, wenn die Langeweile nicht wäre. Für ihn entstand Langeweile aus dem Unvermögen, jemandem Böses zu tun. So verlegte sich Ennes von Momwarfen auf das Poltergeistern. Überall im Niedern Land geisterte er herum und erschreckte, versteckte, zerbrach und verwirrte, steckte an und überschwemmte. Die Menschen waren nicht mehr die Herren ihrer Häuser. Sie machten sich Gedanken, woher das Unheil kommen mochte, das sie traf. Warum das wertvolle Mehl verschüttet war, warum sie die Milch umgestoßen und die Eier aufgeschlagen fanden. Warum der Bauer mit fliegenden Holzscheiten aus der Scheune gejagt wurde und die Katze hoch über dem Haus schwebte.

Eines Tages hatte der verstorbene Ennes von Momwarfen einen besonders grausamen Einfall. Als in einer Mühle unweit seiner einstigen Ländereien ein Kind geboren wurde, zwängte er sich in den kleinen Körper und ließ das winzige Gesichtchen seine Züge annehmen. Die Mutter erschrak heftig, als sie ihr wenige Tage altes Baby mit den Zügen eines bösen alten Mannes sah. Da dieses Einschleichen Ennes von Momwarfen sehr viel Kraft abverlangte, hielt die Erscheinung nicht sehr lange an. Und doch sah für die geplagten Eltern das weinende Antlitz wie ein schäbiges verzerrtes Grinsen aus. Der arme Müller glaubte, daß der böse Geist eines schlimmen Verstorbenen in seinem Kinde wiedergeboren wurde und daß aus diesem Wechselbalg selbstverständlich nichts Gutes werden könne. So packten die erschrockenen Müllersleute den Säugling in ein Spankörbchen und setzten es weitab in einem Kiefernwäldchen aus.

Ennes von Momwarfen saß unterdessen schon in der Schankstube und hörte dem Geschwätz der Mannsleute zu, die darüber kauderwelschten, wessen böser Geist wohl in das Kind gefahren wäre. Wie staunte er aber, als er bemerkte, daß sie der Lösung des Problems recht nahe kamen. Um so näher, als sie die Umtriebe des vor langer Zeit verstorbenen Deichgrafen in diesen Rahmen mit einbezogen und darauf stießen, daß sie die ganze Angelegenheit durchaus einem und demselben Bösen zu verdanken hätten. Eines Abends während der Palaver, als der greise Tjark Oden die Pfeife aus dem Mundwinkel nahm und seinen willigen Zuhörern eine Geschichte erzählte, die davon handelte, daß in der alten Zeit das Ausfahren des bösen Geistes aus dem Leichnam gebannt wurde, indem man Silbermünzen auf den toten Augen des Unmenschen legte und mit einer Augenbinde befestigte.

„In der alten Zeit hat das immer geholfen." schloß er seine kurze Erzählung.

„Und wenn sie keine hatten, Silbermünzen, meine ich." warf einer seiner Zuhörer ein.

„Oder wenn alles zu schnell gegangen ist?" fragte ein Zweiter.

„Dann," zögerte Tjark Oden und sog an seiner Pfeife, „dann zischte er durch die Augen ab und dann gehörte das Land ihm. Dann war er der Auger."

Während er diese Worte sprach, kullerten weiße Rauchwölkchen aus seinem Mund und tänzelten gehorsam um den Pfeifenkopf, bevor sie als dünnes Fähnchen zur Decke entwichen. Fasziniert schauten seine Zuhörer auf den faltigen Mund, der solche Weisheiten von sich gab, und sicher war nicht einer darunter, der die Schönheit und Grazie der gischtfarbenen Wolkenkinder beobachtete. Denn wie mit einem Paukenschlag war ihnen allen klar geworden, wer ihr Land regierte.

Nicht mehr das Niedern Land, sondern das *Auger Land.*

2.

Das Kind im Spankörbchen wurde von einem Bediensteten des Schlosses zu Neusen gefunden und von ihm und seiner Frau, die keine eigenen Kinder bekommen konnte, an Kindes Statt angenommen. Der Zufall wollte es, daß der Junge, dessen Zieheltern weder dem Kind noch anderen von seiner unbekannten Herkunft erzählten, seine leibliche Schwester kennenlernte. Das geschah zu der Zeit, als der inzwischen halbwüchsige Findelknabe im Dorf Majories beim Hufschmied in die Lehre ging. Weil der junge Mann recht fleißig war und es nicht schwerfiel, ihn gern zu haben, gaben ihm wenige Jahre später die Eltern seiner Liebsten gern ihre Tochter zur Frau. Daß dieses Mädchen seine leibliche Schwester war, erfuhr er niemals. Allerdings gab es so manches trunkene Geschwätz, nachdem die Ähnlichkeit der beiden jungen Leute und das Alter des Jungen, der genau zwei Jahre vor der Geburt Adas ausgesetzt wurde, miteinander ins Verhältnis gesetzt wurden. Doch Geschwätz vergeht. Übers Jahr bekam das junge Paar zwei Söhne -Zwillinge- und ein Jahr später wieder Zwillinge, dieses Mal zwei Mädchen. Im darauf folgenden Jahr waren es wieder zwei Jungen und ein weiters Jahr danach wiederum zwei Mädchen. Doch obwohl die Leute die junge Frau, Ada Finnen, dafür bewunderten, bemitleideten sie sie auch wegen ihres Schicksals, jedes Jahr gleich zwei Kinder auf einmal zur Welt zu bringen. Ada Finnen sah das anders. Sie wurde mit jeder Doppelgeburt stärker. Hatte stärkere Arme, stärkere Ideen und stärkere Gefühle. Sie sah Dinge, die erst später passieren würden, wußte von Geschehnissen, denen sie und ihre Mitmenschen aus dem Weg gehen sollten und erfuhr von Geheimnissen, welche andere zu verbergen suchten. Sie hatte eine gewisse salomonische Weisheit, die sie geschickt für sich und die Ihren nutzte und sie hatte einen Ehemann, der sie liebte und beschützte.

3.

Adas Enkeltöchter setzten die Reihe der Zwillingsgeburten fort, und auch jede von ihnen erlebte nach einer Zwillingsgeburt das sich Entladen körperlicher und geistiger Kräfte. Von nun an folgten die Zwillingsgeburten der weiblichen Linie der Familie ebendieser Gesetzmäßigkeit, und zwar immer eine Generation überspringend. Die letzte Zwillingsgeburt in dieser Reihe, die auf die Ahnfrau Ada Finnen zurückging, war die der Mädchen Holda und Borga Laduque. Borga Laduques Tochter Lena heiratete und führte den Namen Laduque nicht weiter, da er für die übersinnlichen Fähigkeiten ihrer Mutter Borga und ihrer Tante Holda sowie deren Großmütter und Großtanten bekannt war. Die Damen Laduque verzichteten großzügig auf eine Heiratsurkunde und zogen ihre Töchter ohne die Mithilfe der Väter in ihrem ganz speziellen Sinne groß. Lena Laduque allerdings hatte eine gänzlich andere Sicht der Dinge. Trotz oder gerade wegen dieser Tradition wollte sie sich dort nicht einreihen. So war es für ihre Mutter und die Tante, die berühmte Medusa, auch kein Wunder, daß Lena nur ein einziges Kind zur Welt brachte, Tina!
Doch obwohl Lena Laduque Grabbel die Reihe der Seherinnen und Medien unterbrochen glaubte, war es doch nicht an dem.

5. Kapitel

Ene, mene, Tintenfaß, komm zu mir, ich sag dir was.
Ene, dene, desse, ich hau dich in die Fresse.

Kutschen-Traum

1.

Zwei Stunden, nachdem Fenna Devries ihrem Mann versprochen hatte, nichts zu probieren, sich nicht einzumischen, war sie bereits auf der Autobahn. Vier Stunden später lag sie in ihrem Bett in Ennes Ruh. Sie hatte lange dagestanden und aus dem Wohnzimmerfenster in den Garten gesehen, wo sie das Monstrum vermutete. Dann war sie zu Bett gegangen und ließ vor ihrem inneren Auge alles auferstehen, was Volker ihr erzählt hatte. Sie morste ihre Wut in den Äther, sie betete und drohte.

Und am Ende eines lange währenden, ermüdenden Kampfes wurde ihrem Zorn nachgegeben.

Mit dem Schlaf kam schließlich die Ruhe und es erschien das Land am Meer.

Ein Geräusch tauchte in die friedliche Stille hinter den Dünen ein. Ein fernes Hufeklappern, das von einer unweit vorbeiführenden Straße herüberdrang. Traum-Fenna erkannte sicher zwei Hufschlagmuster übereinander. Eine Verfolgungsjagd zu Pferde? Warum kein Computerspiel? Das Meer ist da, und warum ändert sich jetzt nichts?

„Hey, ist da jemand?" rief sie verzweifelt. Sie hatte schon beinahe die Vermutung, daß irgendwas schief gegangen ist, als das Hufeklappern in ein müdes Sandklatschen überging. Fenna drehte sich um. Langsam, wie in Zeitlupe. Hinter einer landwärts sich hinziehenden Düne kam eine Kutsche mit zwei Braunen hervor. Diese Kutsche hatte Fenna im Museum bewundert. Die vergoldete Krone eines Herzogtums prangte auf der Tür. Innen war sie mit rotem Samt ausgeschlagen.

„Verdammt, ein stinknormaler Traum." flüsterte Fenna. Dann rief sie wütend: „Du elender Feigling! An meine Kinder machst du dich ran, aber vor mir kneifst du!"

Die Kutsche kam knirschend zum Stehen. Eine der niedrigen Türen öffnete sich, ein Vorhang wurde zur Seite geschoben, eine Hand winkte. Fenna ging gelassen hinüber. Plötzlich sah sie einen Mann und sich selbst -Fenna Nr.3- darin sitzen. Jeder der beiden hielt ein Baby im Arm. Der Mann trug eine venezianische Vogelmaske; aber der Statur nach könnte es Volker sein, dachte sie. Noch einmal winkte er mit seiner behandschuhten Linken und sagte:

„Steig ein, das Fest beginnt in einer halben Stunde."

Fenna Nr.3 hatte ein weites, höfisch anmutendes Kleid an. Traum-Fenna stieg vorsichtig in die Kalesche und nahm inmitten Fennas Nr.3 Platz. In diesem Augenblick fühlte sie sich völlig losgelöst von allem Irdischen, der Schwerkraft und ihren Gedanken. Sie wurde tatsächlich eine andere, hielt glücklich lächelnd ein Baby im Arm und schaute erwartungsvoll in die Augen hinter der Maske.

2.

Fenna, die im Bett lag und träumte, erschrak gewaltig, als sie spürte, wie sich ihr Traumebenbild von ihrem wirklichen Sein löste. Sie wollte schreien, als Traum-Fenna in die Kalesche stieg. „Nein, tu das nicht! Tu das bloß nicht!" Aber sie konnte nicht schreien, sie konnte gar nichts machen. Als sie vorhin am Strand wartete; als die Kutsche kam, als sie noch wütend war, weil das Computerspiel nicht erschien; zu diesem Zeitpunkt konnte sie willentlich ihren Kopf drehen, schreien, wütend werden...
Doch seit ihr Abbild einen Fuß auf das Trittbrett dieser Kutsche gestellt hatte, spürte sie keine Verbindung mehr zu ihm. Keine Möglichkeit, einzugreifen. Keine Handhabe, gegen niemanden...ausgeliefert. Diese verdammte Kutsche muß verhext sein, dachte sie, das ist zwar absoluter Schwachsinn, aber es kann gar nicht anders sein.

3.

Die Kutsche hielt vor dem großen Haus, das das Ende eines unendlich langen Kiesweges markierte.
Der Mann mit der Vogelmaske stieg aus. Das Baby in seinem Arm drehte den Kopf herum. Es hatte die Augen geschlossen, und Fenna glaubte, Tim in seinen Zügen zu erkennen. Das Baby in ihrem Arm nahm nun die Züge Jans an und Fenna war darüber so entzückt, daß sie völlig vergaß, auszusteigen. Sie lehnte sich zurück, betrachtete das schöne Gesicht des Kindes und begann vor Glück zu weinen.
„Vogelgesicht, sieh doch, wie schön er ist. So vollkommen. So ohne jeden Makel..."
Sie seufzte, dann wischte sie die perlenden Tränen fort und folgte ihrem Mann ins Haus. Obwohl Vogelgesicht vor wenigen Minuten von einem Fest gesprochen hatte, war das Haus leer. Bis auf die Musik. Ganz leise erklangen Melodien, die von weit her zu kommen schienen und verebbten, sobald sie den Boden erreichten. Ebenso wie der Schnee, der sachte fiel, jede einzelne Flocke tänzelnd, sich mit den Tönen wiegend, leise, leise, und ehe sie den Boden berührten, schon vergangen. Die Wiese vor dem Haus blieb trotz des Schnees saftig grün und sommerlich frisch.
Fenna betrat die große Halle, die für ein Fest wie gemacht schien. Weil die Halle gänzlich leer war, schienen die Wände bei genauerem Hinsehen nach hinten zu weichen. Immer größer wurde der Saal, und Fenna, die entrückt in die Weite des Raumes sah,

185

vergaß die Welt um sich. Schließlich fühlte sie Nässe unter ihrem Ärmel. Die Windeln des Babys waren undicht, und weil weder Tische noch Bänke vorhanden waren, mußte sie das Kind auf den Boden legen, wenn sie es wickeln wollte. Sie hielt das Baby an die linke Schulter gedrückt und kniete sich vorsichtig hin. Nun löste sie behutsam den kleinen Kopf, den sie mit der linken Hand umfaßte, von ihrer Schulter. Mit der Rechten stützte sie das Windelpaket, das sie nun langsam auf dem Boden ablegte. Das Köpfchen war nur wenige Zentimeter von ihrem Gesicht entfernt, als sie einen liebevollen Kuß auf die zierliche Wange hauchen wollte. Plötzlich erschrak sie. Schrie auf. Ließ das Kind fallen und schlug die Hände vor die Augen. Sie hatte das Baby von der Nähe gesehen und unter der feinen weißen Haut die Züge einer unmenschlichen Kreatur entdeckt. Ein Monster, ein Scheusal, eine grinsende Fratze mit verwesender Miene. Trotz der unsanften Landung feixte es höhnisch.

Zaghaft nahm sie ihre Hände wieder von den Augen. Das Baby weinte nun und streckte seine dünnen Ärmchen nach ihr aus. Entschlossen schluckte Fenna die Furcht herunter, bückte sich, und griff nach dem Kind. Sie wollte es zu Boden werfen, sollte sich die Fratze noch einmal zeigen. Aber nichts passierte, das hübsche Gesichtchen des Kleinen veränderte sich nicht. Nun gab Fenna dem Baby den versprochenen Kuß und rief nach Vogelgesicht. Dieser trat mit dem anderen Zwilling aus einer Tür, die sich hinter einem Spiegel verbarg. Sie gingen zusammen in die Mitte des Saales und suchten nach einem Weg, der sie weiterführen würde. Ganz allmählich erkannten sie im hinteren Teil eine Treppe. Eine riesige Wendeltreppe, die nach oben führte, ohne je aufzuhören. Fenna und Vogelgesicht liefen darauf zu und stiegen empor. Irgendwann endete die Treppe auf dem Dach, das ebenso groß war, wie der Tanzsaal unten. Fasziniert von der Weite legten sie die Babys auf den Boden, wo die beiden gleich anfingen, herumzukrabbeln. Vogelgesicht nahm Fenna in den Arm und tanzte mit ihr zu der Musik, die auch hier oben auf dem Dach ganz deutlich zu hören war. Dann sah Fenna aus den Augenwinkeln, wie eines der Kinder auf den plötzlich sichtbar gewordenen Rand des Daches zukrabbelte. Sie versuchte, sich aus den Armen ihres Mannes zu befreien, aber er ließ sie nicht los. Immer schneller drehten sie sich im Kreis. Fenna bekam Angst, und es schienen unendlich viele Minuten zu vergehen, bis er endlich auf ihr Schreien reagierte. Nun sah auch er, daß der Zwilling den Rand des Daches beinahe erreicht hatte und ließ seine Frau los. Panisch rannte er hinüber und...konnte nur noch zusehen, wie das Kind fiel. Zu Tode erschrocken erstarrte er. Fenna kam jetzt ebenfalls angelaufen. Zusammen standen sie vorsichtig über den Abgrund gebeugt. Sie sahen das Kind noch fallen, es fiel...und fiel...vom hundert Meter hohen Dach...dann hatte es den Boden erreicht. Mit einem zarten -PING- schlug es auf.

4.

Fenna Devries lag in ihrem Bett und schrie. Hysterisch, rasend, jenseits aller Vernunft. Das fallende Kind brach ihr das Herz.

Sie hatte das Kind von ihrem Blickwinkel aus schon viel eher in dieser Gefahr gesehen und gehofft, die Traum-Eltern würden es ebenfalls rechtzeitig bemerken. Da sie nicht eingreifen konnte, blieb ihr nur diese vage Hoffnung. Inzwischen aber hatten sich ihre alten Feindinnen eingestellt, die Schwestern des Wahnsinns. Sirenen mit Katzenstimmen, die ihre bösen Lieder sangen.

Miau, mio, miau, mio,

wo bleiben nur die Eltern, wo?

Fenna schrie. „Nein, still. Nein, bitte, bitte, keine Katzen! Verschwindet doch endlich!" Doch die Sirenen sangen unbeirrt weiter:

Miau, mio, ihr Katzen, erhebet eure Tatzen!

Miaut, miot, miaut, miot, gleich fällt das Kind, dann ist es tot!

Dann fiel das Baby, und in ihrem Weinkrampf bemerkte Fenna gar nicht, daß bereits die ersten schwarze Limousinen vorfuhren.

5.

Von allen Seiten kamen große schwarze Wagen angefahren. Elegante Limousinen, die von den beiden Gestalten auf dem Dach dieses turmhohen Hauses fasziniert beobachtet wurden. Die Autos hielten an, Leute in Trauerflor stiegen aus. Sie holten Blumengebinde und Kränze aus den Kofferräumen ihrer Wagen. Dann zeigte Vogelgesicht nach Westen. Von dort näherte sich eine ebensolche Kutsche, wie sie hierher gebracht hatte. Mehrere Männer kamen in der Mitte des gepflegten Rasens zusammen, als warteten sie gemeinsam auf die Kutsche. Einige hatten einen Spaten mitgebracht, und so begannen sie schließlich, die Erde aufzubrechen. Sie schaufelten ein Loch, das angesichts des winzigen Babys, das ein Stückchen entfernt auf der Wiese zu schlafen schien, um einiges zu groß geraten wirkte. Die Kutsche war nun bis auf wenige Meter an die Gruppe der Männer herangekommen und hielt mit gewaltigem Schnauben und lebhaften Wiehern der Pferde an.

Fenna und Vogelgesicht starrten immernoch gebannt auf das Schauspiel, daß sich dort unter ihnen abspielte. Gerade hatten die Männer ihre Spaten abgelegt und ein riesiges, schwarzseidenes Tuch über die Öffnung gelegt, als der Kutscher vom Bock sprang und um die Kutsche herumging. Dort öffnete er einen für die beiden Beobachter unsichtbaren Wagenschlag und zog einen weißen Sarg hervor. Er trug ihn scheinbar ohne Kraftanstrengung hinüber an die Stelle, wo das Baby lag. Wie verabredet, kamen jetzt auch die anderen Trauergäste in der Mitte des Rasens zusammen. Sie hielten immernoch ihre

Kränze und Gebinde in den Händen, doch sie unterhielten sich nicht mehr, sondern sahen alle hinauf zum Dach des Hauses, als erwarteten sie die Vorstellung eines Seiltänzers. Fenna und Vogelgesicht wunderten sich darüber so sehr, daß sie völlig vergaßen, was gerade passiert war. Sie faßten sich an den Händen und winkten berauscht der versammelten Gemeinde.

„Die Leute dort unten sind so nett...was erwarten sie von uns, Vogelgesicht?" fragte Fenna.

„Ich weiß es nicht. Winke einfach weiter, es gefällt ihnen." antwortete Vogelgesicht unsicher.

Die Trauergäste hatten ihren Grabschmuck auf den Boden gelegt und klatschten. Immer stärker und schneller, daß das Klatschen fast zu einem Beifallssturm wurde. Währenddessen kamen neue Wagen vorgefahren, andere schwarz Gekleidete stiegen aus und begannen noch im Gehen zu klatschen. Mittlerweile war auch das zweite Baby zum Rand des Daches gekrabbelt und schaute ebenso fasziniert nach unten, wie seine Eltern. Seine Ankunft wurde von den Beifallspendenden mit einem regelrechten Freudensturm gefeiert. Einige waren so außer sich, daß sie ihre Jacken auszogen und sie über ihren Köpfen kreisen ließen.

Dann riß die Vorstellung jäh ab. Aufmerksame Ruhe breitete sich aus. Starr standen die Figuren auf dem Rasen, als wären sie Schaufensterpuppen. Keine noch so kleine Regung war zu erkennen. Fenna und Vogelgesicht nahmen die Arme herunter.

„Was ist los? Mögen sie uns nicht mehr?" Vogelgesicht war irritiert.

„Nein, das ist es nicht." Fenna war seltsam zu mute. Sie spürte etwas, das von außen auf sie einzuwirken versuchte. Dann schüttelte sie das Gefühl ab...und doch... etwas hatte sie vergessen...

„Das Baby!" schrie sie. „Halt es fest! Halt...haalt eees!"

Zu spät. Das andere Baby fiel vom Dach, begleitet von einem begeisterten Klatschen und Rufen der Fangemeinde. Ekstatisch jubelten die Wartenden, während das Kind fiel. Dann breitete sich plötzlich Schweigen aus. Eisige Stille, nur unterbrochen vom leisen haltlosen Wimmern der Eltern auf dem Dach. Mitten hinein in die Stille am Fuße des turmhohen Hauses erklang ein zartläutendes -PING- beim Aufschlagen des Kindes.

6.

Fenna Devries war am Ende ihrer Kräfte. Sie jammerte, schlug wild um sich, bis sie sich schließlich hinkniete, als wolle sie über den Bettrand in die Tiefe blicken. Die Augen weit aufgerissen, starrte sie entsetzt auf den Teppich vor dem Bett. Wie der Kutscher hatte sie das Geschehen mit angesehen. Nur nicht so ruhig, sondern brüllend, Tränen vergießend, hilflos verbittert, blindwütig.

Dann stieg der Kutscher...

...von seinem Kutschbock herunter, um aus dem Wagenschlag einen weiteren weißen Sarg zu holen. Nachdem er diesen neben den anderen gestellt hatte, ging er zurück zur Kutsche und fuhr davon.

Die Gesellschaft war aus ihrer Reglosigkeit erwacht und so begannen die Frauen, Blütenblätter über die Kinder zu streuen. Sie stimmten sogar einen Gesang an, der unter anderen Umständen eine Einladung zum Tanz hätte sein können. Dann öffneten sie die Särge und legten die unversehrten Kinderleichen hinein. Sie standen da, als wären sie sich nicht sicher, ob sie sie schließen sollten oder...

„...nicht schießen! Nein, nein, laßt meine Babys in Ruhe! Nicht schließen, bitte, bitte, tut ihnen nichts! Ich will meine Babys wiederhaben!" Von ihrem Bett aus sah Fenna ganz deutlich, wie die Frauen die beiden Särge schlossen. Die Männer...

...brachten sie hinüber zu der vorbereiteten Stelle und ließen sie an langen Stricken herunter. Dann schlugen sie das schwarzseidene Tuch zusammen, warfen es mit Blütenblättern und Gebinden hinunter in die Grube. Schließlich griffen die Männer wieder zu den Spaten und schaufelten das Grab zu. Die Frauen sangen Schlaflieder. Am Horizont näherte sich gemächlich, wie das immer wiederkehrende Thema eines Alptraumes, die Kutsche.

Für Fenna klangen diese Schlaflieder so absonderlich wie die Gesänge ihrer Sirenen.

Schlaf, Kindlein schlaf.

bist drunten nun im Grab.

Mütterlein folgt sicherlich

schön ist der Tod und ewiglich.

Schlaf, Kindlein schlaf.

Die Kutsche hielt an. Die Männer legten ihre Spaten ab und liefen dorthin. Der Kutscher gab ihnen Anweisungen. Vier von ihnen gingen um die Kutsche herum und öffneten den Wagenschlag. Dann zogen sie einen langen roten Sarg hervor und trugen ihn dorthin, wo das frisch geschmückte Grab blühte. Alle zusammen, Männer, Frauen und der Kutscher stimmten nun ein weiteres Lied an. „Kommt ein Vogel geflogen, setzt sich nieder auf mein Grab. Hat ein Zettel im Schnabel, den das Mütterlein gab...

...Lieber Vogel, fliege weiter, nimm ein' Gruß mit und ein' Kuß, denn ich kann dich nicht begleiten, weil ich hierbleiben muß." sang Fenna schluchzend mit. Nein, sie würde ihre Kinder nicht allein im kühlen Grab lassen, sie würde kommen und bei ihnen bleiben.

„Ich weiß, für wen der rote Sarg bestimmt ist." flüsterte sie, in ihr Schicksal ergeben. Die Gesänge verstummten, und wieder begann das Klatschkonzert. Erst langsam...

...dann schneller, immer schneller. Vogelgesicht hielt Fenna fest, er wollte sie nicht loslassen. Er hatte ihren letzten Satz genau verstanden. „Das kannst du nicht tun! Das holt sie auch nicht zurück." Fenna sah ihn an. Ließ ihre Spannung verebben. Ließ die Arme hängen und gab sich scheinbar geschlagen. Die Menge unter ihnen tobte. Blumen flogen in die Luft, jubelnder Beifall täuschte ein Volksfest vor. Im Hintergrund näherte sich eine Blaskapelle. Vogelgesicht starrte den Musikern fassungslos entgegen. „Verdammt, was wollen die denn hier? Das ist doch nicht zu fassen!" Wütend ließ er Fenna los und fuchtelte mit den Händen in der Luft herum. „Weg, weg, haut alle ab!" schrie er. In diesem Moment verstummte die Schar der Wartenden. Vogelgesicht drehte sich um und sah mit Entsetzen, wie Fenna vom Rand des Daches flog.

Post Scriptum

1.

Der Zettel auf Fennas Bett beunruhigte Volker mehr, als er zugeben wollte. >>Bin gleich zurück<<, stand da, und ein P.S.: >Macht euch bitte keine Sorgen, ich muß nur ein bisschen rumfahren, nachdenken. Bringe frische Brötchen mit.<

Nach dem Frühstück im Hotel wußte Volker, daß irgendwas schiefgelaufen war. Frische Brötchen, und einen frischen Traum vielleicht, dachte Volker gereizt. Die Jungs fragten nach ihrer Mutter, und was sollte er ihnen erzählen? Ein Märchen, vielleicht sogar das Märchen vom Gevatter Tod? Bei diesem Gedanken lief ihm ein heißkalter Schauer über den Rücken. Plötzlich wußte er, wo seine Frau war. Er mußte sofort nach Ennes Ruh zurück, koste es, was es wolle. Nur die Jungs, die müßten hierbleiben. Unbedingt. Was sollte er nur mit den beiden machen? Sie hatten sich halbwegs von diesem nächtlichen Spuk erholt; nun blieb ihm nichts weiter übrig, als sie noch einmal zu schokkieren, indem er ihnen erzählte, daß sie allein zurückbleiben müßten, weil er ihre (wahrscheinlich verunglückte) Mutter suchen mußte? Schweren Herzens bereitete er sich darauf vor, seinen Jungs reinen Wein einzuschenken. Märchen erzählen wollte er nicht. Nicht, nachdem sie soviel durchgemacht hatten. Keine falsche Hoffnung in Kinderherzen säen, sagte er sich. Aber Volker Devries machte sich ganz umsonst Gedanken. Tim und Jan kamen ihm sogar einen Schritt entgegen.

„Du brauchst dich nicht so anzustrengen. Wir wissen schon, was du meinst."

„So, was meine ich denn?"

„Mama ist fort. Wir glauben, sie ist nach hause gefahren."

"Du hast ihr alles erzählt, nicht wahr?"

„Du hast dein Versprechen nicht gehalten, Papa."

„Ich konnte es nicht halten." erwiderte er kopfschüttelnd.

„Ich hatte beschlossen, euch für immer von dort wegzubringen. Ich habe noch einmal ganz genau darüber nachgedacht, über alles, was ihr erzählt habt. Und über einiges, was ich selbst beobachtet habe. Benjamin ist weg, Müllerjohans Hund Brutus ist tot, er selbst ist um Jahre gealtert. Frau Kater hat ihren Mann verlassen. Ich wollte etwas unternehmen, aber ich hatte die Befürchtung, daß etwas Unvorhersehbares passieren würde. Daß ihr dann allein dastehn würdet. Deshalb mußte ich vorher mit eurer Mutter darüber sprechen. Wir sind schließlich nach reiflicher Überlegung übereingekommen, daß wir erst einmal gar nichts tun, sondern euch in Sicherheit bringen. Ein neues Leben anfangen..."

„Aber Papa, das ist doch gar nicht so einfach..."

„Aber es hätte funktioniert!" brüllte Volker unter Tränen. „Es hätte funktionieren können, wenn eure Mama dageblieben wäre! Wenn sie nicht immer ihren verdammten Dickschädel durchsetzen müßte!" Dann brach er in haltloses Schluchzen aus.

„Wenn sie noch lebt, dann..." versuchte Jan einzulenken. Sein Vater schluckte, packte Jan an den Schultern und schüttelte ihn wütend.

„Was sagst du da? Wenn sie noch lebt? Wenn sie noch leeebt?" Dann ließ er ihn los und fiel in einen Sessel.

„Tut mir leid, Papa. Es ist nur, wir kennen ihn..."

2.

Auf dem Weg nach unten spürte Fenna mehr, als sie für möglich gehalten hätte.

Sie hatte immer geglaubt, wer beispielsweise aus dem zehnten Stock eines Bürohochhauses spränge, würde im Höchstfall zwei Etagen tiefer sein Leben an seinem inneren Auge vorbeiziehen sehen. Dann möglicherweise im Vorbeiflug in Höhe des vierten Stockwerkes einen Herzinfarkt oder Schlaganfall erleiden. Ins Fenster der Teeküche im Erdgeschoß würde er gar nicht mehr sehen können, denn zu diesem Zeitpunkt wäre er lediglich noch eine verstorbenen Hülle, von der sich die Seele bereits getrennt hätte.

Auf dem Weg nach unten spürte Fenna mehr, als sie für möglich gehalten hätte.

Sie spürte, wie ihre Haare nach oben gerissen wurden; an jeder einzelnen Haarwurzel spürte sie das. Sie empfand die Erdanziehungskraft als beinahe unerträglich, als diese an ihr zog und zerrte. Die Luft pfiff unter ihrem Kleid entlang, daß es sie an den Seiten hinauf bis zu den Achselhöhlen fröstelte. Die Haut bildete Millionen kleiner Winzigberge, als sie die Härchen aufstellte. Der Druck in ihren Ohren veränderte sich schmerzhaft, und als sie zu schlucken versuchte, hatte sie den Eindruck, der Kehlkopf wollte ihr dabei aus dem Hals hopsen. Auch das Atmen bereitete ihr Probleme, weil ihre Atmung schnappend ging, und sie meist zuviel Luft einholte und sich zu verschlucken drohte. Die Gleichgewichtsorgane im linken und rechten Innenohr meldeten ständig: -Inkonstant-Konstant- Inkonstant- Konstant, jeweils im schnellen Wechsel. Ihr Magen wollte dem nicht tatenlos gegenüberstehen, er versuchte das Gleichgewicht der Kräfte wieder herzustellen, indem er ebenfalls von einer Seite zur anderen schwebte. Fenna wollte die Hände auf den Bauch drücken, denn sie fürchtete, sich zu übergeben. Sie mußte das unter allen Umständen verhindern, aber diese einfache Bewegung gelang ihr nicht gegen die Stärke der Strömung, die ihre Arme zur Seite zwang. Doch auch die Blutgefäße, bemerkte sie, konnten dem immensen Druck nicht entgegenarbeiten. Statt sich zusammenzuziehen, damit das Blut trotzdem alle Bereiche ihres Körpers versorgen könnte, gaben sie wohl nach. Zumindest hatte sie das ungute Gefühl, als wären ihre Füße unförmige Klumpen voll heißer Flüssigkeit und als hinge an ihrem Hintern, warum auch immer, eine gewaltige Blutblase, die alle Reserven aus den übrigen Bereichen aufgesaugt hatte. Ihre Augen begannen, den Blutverlust zu spüren, denn obwohl Fenna versuchte, sowohl Vogelgesicht über ihr als auch die erstarrte Menge unter ihr zu sehen, verschwammen die Bilder in schwarzem Teig. Eine letzte, sehr kurze Empfindung gehörte eindeutig in den deduktiven Bereich, denn in diesem Augenblick empfand Fenna mit absoluter Gewißheit, daß Vogelgesicht sie zurückzuholen versuchte, metaphysisch an ihr zog, wie seine Arme wuchsen und er aus einem Übermaß geistiger und körperlicher Kraftanstrengung ihren Sturz aufzuhalten versuchte. Sie wußte dabei auch, daß es nur nötig war, sich emotional so flach zu machen wie eine Briefmarke, und ihre Hirntätigkeit für den Bruchteil eines Momentes einzustellen, um ihm zwischen den geistigen Fingern hindurch zu schlüpfen. Denn eines wollte sie ganz bestimmt nicht: Gerettet werden.

Also schloß sie die ohnedies schon blinden Augen, hielt den ohnehin nervig schnappenden Atem an und befahl ihren Ohren, nichts mehr zu hören. Ihre Lippen lächelten, und als Vogelgesicht, wie immer er es angestellt haben mag, zu ihr vordrang und seine langen bangen Arme um sie schloß, befahl sie ihrem Herzen, sich auszuruhen.

3.

Die sterbenden Lippen flüsterten:

„Der Zaun wird geflochten, mein Herz bricht entzwei!

Willst du mir helfen flechten? So komm und brich mit ein!"
Hilflos wanderten die bleichen Hände zwischen...
den reichlich verstreuten Blütenblättern herum. Noch immer standen die schwarz gekleideten Frauen um sie herum, die Bläser pusteten die letzten Töne aus ihren Instrumenten und die Männer begannen, gleich neben dem frischen Grab eine neue Grube auszuschachten. Fenna beobachtete die Szene genau genommen durch ihre geschlossenen Lider hindurch, und obwohl sie nicht mehr atmete, war sie noch in der Lage zu erkennen, daß man ihre letzte Ruhestätte neben der ihrer Kinder bereitete. Nun konnte ihr Herz seinen noch übriggebliebenen Sprung tun.

4.

„Ich will dir ja helfen, so mach doch die Augen auf! Fenna! Liebling, komm doch zurück!" flüsterte Volker Devries, aber in seinem Innersten wußte er, daß sie nicht kommen wollte. Sie hatte einen Frieden gefunden, den sie immer zu finden gehofft hatte. Es klang zwar schizophren, aber so sehr er gehofft hatte, sie rechtzeitig zu finden und retten zu können, so genau wußte er, daß sie von dem Betrug, dem sie erlegen war, nichts wußte. Für sie war es seit der Geburt ihrer Kinder nur wichtig gewesen, bei ihnen zu sein, ihnen zu helfen, sie zu beschützen und mit ihnen das Zeitliche zu segnen, sollte es einmal dazu kommen.
Nun hielt er sie im Arm und nickte, als bestätige er sich diesen Gedanken noch einmal. Damals, als seine Söhne knapp zwei Jahre alt waren, hatte er sie einmal mit genommen, als er einem Kunden eine bestellte BA-TA nach hause brachte. Fenna war zu jener Zeit oft erschöpft, die Erziehung der beiden Rabauken war keine leichte Aufgabe. Als er an jenem Nachmittag nach hause kam, lag sie noch im Bett, und Jan und Tim hatten wohl ebenfalls geschlafen. Er war schon zeitiger zurückgekommen, um sich bei Fenna bis zum späten Abend hin abzumelden, da standen die Jungs in ihren Betten auf und krähten nach ihrer Mama. Die allerdings schlief so fest, daß sie Tim und Jan nicht hören konnte, und so beschloß Volker kurzerhand, sie mitzunehmen. Er schrieb Fenna einen Brief, sie solle sich keine Sorgen machen, er würde vorsichtig fahren und rechtzeitig wieder da sein.
Als er an jenem Abend das Auto vor dem Haus abstellte und seine Frau heraustholen wollte, damit sie ihm half, die schlafenden Kinder ins Haus zu bringen, erwartete ihn eine Furie.
Fenna zog ihn am Jackett durch die schon geöffnete Tür, hieb ihm einen Holzscheit in den Magen, schlug dann den Scheit in seine Rippen und zog ihm

schließlich mit ihren zur Keule gefalteten Händen einen Nackenhaken über. Bis dahin konnte er sich erinnern. Alles weitere blieb seiner Phantasie überlassen, aber die Schwester in Krankenhaus erklärte ihm, er hätte drei gebrochene Rippen, eine Gehirnerschütterung und massenhaft Prellungen gehabt, von den Würgemalen gar nicht gesprochen. Auf die Frage, ob er wisse, wer ihm das angetan habe, antwortete er damals mit Kopfschütteln.

„Dein Herz ist gebrochen, aber es hatte schon immer einen Sprung. Und du hast gedacht, du könntest ihn mit allzuviel Liebe zukitten. Und die Jungs wußten das. Sie hatten bestimmt keine Angst, du könntest Berit etwas antun, nein, sie hatten Angst, du könntest dir selbst nicht nahe genug stehen, um die Gefahr in deinen Augen zu sehen...

In deinen Augen, Liebling, war immer Gefahr...Hast du sie wieder gehört, die Katzen? Miez und Mauz, die Katzen, erhoben ihre Tatzen...Der Psychologe hatte mir damals geraten, nur ja keine dieser klassischen Kinderbücher ins Haus zu bringen...das könnte in deinem Verstand den entscheidenden Funken überspringen lassen, um das schwelende in ein loderndes Feuer zu verwandeln. Und weißt du, das Schlimmste ist, daß ich das gewußt habe. Und daß ich feige war. Ich schätze, ich wußte ganz genau, daß du einen Weg finden würdest, etwas zu unternehmen. Irgendwas. Ich schätze..." schluchzte er jetzt und wischte sich die Tränen aus den Augen, „... ich schätze, daß ich wohl in meiner Eitelkeit glaubte, daß es besser wäre, wenn dir etwas passieren würde, als mir. Besser für die Jungs, meine ich. Auf lange Sicht, ganz lange Sicht, meine ich..."

Mit einem Mal kam ihm die ganze Sache schrecklich idiotisch vor.

Unerträglich töricht.

Volker Devries hielt für einen Moment die Luft an und versuchte, sein Hirn allen Denkens zu entleeren. Sich ein Vakuum zu schaffen, das all seine Trauer aufnehmen konnte, damit er sich einen Rest Verstand bewahren konnte.

Dann plötzlich änderte sich etwas in seinem Kopf.

Seine Augen sahen so, als sähen nicht seine Augen, sondern die eines anderen. Für einen Augenblick spürte er seine Sinne fremde Eindrücke aufnehmen, er roch...

...frisch aufgeworfene Erde, den Saft frisch geschnittener Blumen, den Duft von verstreuten Blüten. Er konnte sogar erkennen, von welchen Blumen sie gerupft worden waren. Rosen, Freesien, Wicken, Lilien. Maiglöckchen vervollständigten das tödliche Bukett. Die Geräusche, die an sein Ohr drangen, klangen wie eine verhallende Parade zum Ausklang des Karnevals. Er sah Frauen und Männer im Trauerflor in schwarze Limousinen einsteigen, er sah eine Kutsche davon fahren und er sah einen Mann mit

Vogelmaske vor drei Gräbern stehen und seine Hände ringen. Dazu dachte er intensiv: Nimm die Maske ab, nimm die Maske von deinem Gesicht! Er erwartete nicht, daß Vogelgesicht das tatsächlich tun würde, und er behielt recht. Aber Vogelgesicht (woher kannte er plötzlich diesen Namen) tat etwas anderes: er drehte sich um, und zeigte Volker Devries seinen Rücken, an dem ein Zettel hing, wie sie ihn früher an die Rücken ihrer Mitschüler hefteten:
P.S.
Willst du mir helfen, so flicht dich mit ein!
Dann drehte er sich wieder zurück und begann, Steine aufzusammeln, die er sich in die Taschen seiner Jacke stopfte. Volker sah ihm dabei zu. Mit der Zeit wurden seine Taschen immer voller und schwerer, und Volker vermutete schon, daß die ersten Risse auftauchen würden. Aber Vogelgesicht gelang es sogar, einen Berg auf den Taschen aufzuschichten, indem er die Steine erst in seinen Armen barg und dann vorsichtig verteilte. Die restlichen behielt er in den Händen. So dastehend, den Rücken den Gräbern zugewandt, die Beine leicht gespreizt und den Kopf angestrengt spähend nach vorn gerichtet, verharrte er plötzlich. Beinahe schien es, als sei er zu Stein geworden. Eine Skulptur. Ein steinerner Soldat.

Volker war sich nicht sicher, was er da gesehen hatte, und vor allem, wen. Aber es hatte ihn zweifelsfrei fasziniert. Er machte eine Anstrengung, um..., nun, um irgendeine Berührung körperlicher oder geistiger Natur zu ermöglichen. Er preßte etwas aus sich heraus...ein Gefühl, eine Aura, einen unsichtbaren Armvoll Irgendwas...

und es gelang ihm. Schließlich war dieses Etwas in der Lage, den körperlichen Zustand Vogelgesichts auf ihn zu projizieren. Es fühlte sich steinern an, aber doch lebendig; wie gefangen in einer undehnbaren, aber eben auch unzerstörbaren Hülle. Fest verankert mit dem Boden, und doch so beweglich, wie nötig. Eine Trutzburg mit Vogelgesicht, ein Trojanisches Pferd im Karnevalskleid.

Schnell, fast angeekelt, zog Volker diesen Armvoll Irgendwas zurück.

Er wußte, daß dieser vogelgesichtige Krieger dasein würde, wenn die jenseitige Fenna in Gefahr wäre. In dieser Welt, wo die Träume andauern, selbst wenn der Träumer nicht mehr atmet.

Obwohl dieser Gedanke dazu gemacht schien, ihn zu beruhigen, versetzte er ihn in Wahrheit in helle Panik.

5.

Maria Poppen hörte diesen unmenschlichen Schrei, als sie unter der Dusche stand. Obwohl das heiße Wasser an ihren Ohren vorbei den Körper herunter

brauste und Maria dazu mit geschlossenen Augen den Hochzeitsmarsch summte, hörte sie ihn. In diesem Augenblick dachte sie gerade darüber nach, welche
Melodie sie da so inbrünstig summte, als ihr plötzlich, inmitten des Schreies
die Worte -kommt die Braut- einfielen. Oder andersherum, während sie -kommt
die Braut- dachte, schrie etwas in ihrem Kopf. Oder ihrem Herzen. Denn den
Schrei hörte sie nicht zuerst mit den Ohren, sondern dem Gefühl.

Maria Poppen vermutete schon lange, daß irgendwas mit ihren Gefühlen nicht
stimmte. Das erkannte sie an einer ganzen Reihe von Beobachtungen und
Gedanken, mit denen sie sich herumschlug. Erstens- ihr Verhältnis zu ihrer
Tochter Berit. Ihr Mann und die beiden anderen Kinder, Katrina und Tönjes,
waren froh, daß Berit nicht mehr „nervte". Sie selbst aber vermißte diese Fragen, bei denen man das Lexikon hervorholen mußte. Dieses Infragestellen
aller Antworten, die sie ihr gab. Berit war ein stilles Kind geworden, ein zu
stilles, einsilbiges und zurückgezogenes Kind. Und Maria hatte echt Angst um
sie, und darum, daß sie nicht mehr von ihr gebraucht würde. Zweitens- ihr
Verhältnis zu ihrem Mann. Das Rumpelstielzchen, das ihre Tage und Nächte
vergoldete, kam immer seltener zum Vorschein. Nicht, daß sie sich ein Verhältnis wünschte oder ihr etwas ähnliches angetragen worden wäre, nein. Aber
immer wieder ertappte sie sich dabei, daß sie in ihren Tagträumen oder Gedanken das Gesicht ihres Mannes durch das ihres Nachbarn ersetzte. Nicht,
daß dieser ein ausgefallen schöner oder bewundernswerter Mensch war, das
konnte sie auch gar nicht beurteilen; aber er hatte genau das gewisse Etwas,
wenn er sie grüßte und sie miteinander plauderten. Und das machte Maria echt
Angst, weil sie bemerkte, daß ihr Mann ihr egal war. Sowas von egal. Das wäre
dann auch schon der dritte Punkt. Ihr Verhältnis zu Volker Devries. Sie ertappte sich nicht nur bei Tagträumen, sie bemerkte auch, daß sie am Fenster
stand und auf die Straße starrte, wenn sie annehmen mußte, daß er nach hause
käme. Daß sie sogar nachdrücklich auf die Uhr schaute, wenn er nicht kam.
Angst davor, daß er ihre Gefühle nicht erwidern würde, wenn, wenn es einen
Moment der Gefühle zwischen ihnen geben könnte. Oh ja, Angst davor. Aber
weil sie normalerweise kein ängstlicher Mensch war, ganz und gar nicht, machte
sie sich vor allem darüber Sorgen, daß sie nun vor Angst erschauerte, wenn
das eine oder andere Gefühl sie bewegte.

Dann dieser Schrei! Während des Hochzeitsmarsches. War das nun eine neue
Macke oder ein echter Schrei, überlegte sie.

Plötzlich - mit absoluter Gewißheit - erkannte sie die Stimme. Volker Devries'
Stimme. Sie wickelte sich in ihr Badetuch, schlüpfte in ihre Schlappen. Im

Schlafzimmer tauschte sie das Handtuch gegen Jeans und Pulli; dann ohne Socken in die Schlappen, Anorak drüber. Schnell schrieb sie einen Zettel, darauf stand: *Bin nebenan, Maria P.S: Notfall!*
Zwei Minuten später stand sie vor einem Häufchen Unglück mit mehr Angst im Gesicht, als sie es sich jemals hätte vorstellen können, das eine leblose Gestalt in den Armen hielt, die so selig lächelte, wie nur überhaupt jemand selig lächeln konnte.

Teich-Traum

1.

Berit stand in ihrem Traum am Fenster und sah hinaus. Sie hatte einen weißen Kittel an. Er war wie für sie gemacht, weder zu weit, noch zu lang. Von der Ferne hätte man kaum bemerkt, daß sie erst einen Meter zweiundvierzig groß war. Das Fenster war für sie zu hoch, das Fensterbrett ebenfalls, und so machte es Berit einige Mühe, hinauszuschauen, ohne sich auf die Zehenspitzen zu stellen. Nur, wie lange konnte man schon auf Zehenspitzen stehen? Berit hatte die Zeit vergessen, denn das, was sie da draußen beobachtete, hatte ihre ganze Aufmerksamkeit in Anspruch genommen. Im Garten der Universität, die während Berits Träumen zu ihrem Refugium geworden ist, befand sich ein großer Teich. Am besten war er von den Fenstern des langen Flurs im obersten Stockwerk zu sehen, denn von dort hatte man einen guten Blick über die Sträucher und Bäume hinweg, die vor den unteren Flurfenstern den Blick versperrten. Überhaupt hielt sich Berit am liebsten hier oben auf. Im vierten Stockwerk lagen, über den Hörsälen und Seminarräumen, hoch über Sekretariat und Schreibstube, weitab von den lärmenden Ringaufgängen mit seinen Sitznischen und Kaffeeautomaten, die von Studenten, Professoren und Assistenten bevölkert wurden, die Labore und Forschungsräume und...die Bibliothek der Wissenschaftler.
Berit hatte ein Forschungsstipendium erhalten, und weil sie mit Abstand die jüngste unter den forschenden Wissenschaftlern war, sogar einen eigenen Raum, in den sie sich zurückziehen konnte. Seitdem sie hier ein und aus ging, hatte sie keinen Grund mehr, ihre Mitmenschen während des Tages mit Fragen und Beobachtungen zu nerven. Hier wurde sie nämlich geachtet, man übertrug ihr Aufgaben und fragte sie nach ihrer Meinung. Die Zeit, die sie wach verbrachte, wurde mehr und mehr zur Nebensache, die sich auf völlig banale Dinge konzentrierte, wie das Essen und Trinken, zur Schule gehen und duschen zum Beispiel. Wirklich wichtig war für Berit nur noch die Nacht.
Nun stand sie hier und betrachtete den Teich. Die Oberfläche war grün von Entengrütze. Grün gepünktelt, mit schleimigen braungrünen Wirbeln, die wie glotzende Fettaugen

auf der dicken Grützsuppe schwammen. Ab und zu waberte die Grütze, worauf sich eine der untertassengroßen Fettaugen blasenförmig erhob und mit einem müden „BLLOBB" zerplatzte. Im Laufe der Zeit aber waren alle Fettaugen verschwunden und die Grütze vertiefte sich in stures Schweigen. Berit starrte in beinahe stoischer Ruhe auf das Grün des Teiches, in Wahrheit aber wartete sie auf ein Ereignis. Sie wußte, daß etwas passieren würde. Da sie eine Menge Traumerfahrung gesammelt hatte, vor allen Dingen hier in der Universität, war sie sich sicher, daß dieses Schweigen etwas zu bedeuten hatte. Nicht von Ungefähr stand sie gerade hier am Fenster, eigentlich hätte sie arbeiten sollen. Aber statt in ihrem Forschungslabor oder ihrem Zimmer den Traum zu beginnen, stand sie auf diesem einsamen Flur mit den hohen Wänden.

So ein Abweichen vom normalen Hergang muß einen Grund haben, dachte sie, das folgt sicher einem Plan.

Plötzlich kam Bewegung in die Stille des Gartens. Das Privat-Tier der Uni, das einzige Exemplar dieser hier erfundenen -oder mutierten- Rasse betrat den Ausschnitt des Rasens, den Berit durch das hohe Fenster sehen konnte. Vorsichtig und zaghaft hob die weiße Stute ihre Hufe und bewegte sich dabei so monoton und sacht, als glitte sie auf Luftpolstern vorwärts. Aber Berit wußte es besser. Die Stute war kein physisches Pferd, sondern ein psychisches. Der Körper des Tieres existierte nur als holographische Hülle um einen Laserprojektor, der sich tatsächlich auf einer Art Luftpolster bewegte. Soweit war das noch keine bedeutende Erfindung. Diese steckte in der Seele des Geschöpfes. Zur Steuerung der Projektionsanlage, die ursprünglich für eine Filmproduktion fabriziert wurde, war ein lernfähiger und unabhängig von Energiequellen steuerbarer Computer nötig. Die Programmierer der Uni schufen ein Programm, das diesen Anforderungen gerecht wurde. Dann fütterten sie es mit allen Daten, die weltweit über Pferde erhältlich waren. Und plötzlich, über Nacht sozusagen, glaubte der Computer, ein Pferd zu sein. Das „Tier" nahm pferdische Verhaltensweisen an und war für den Film, für das es erschaffen wurde, nicht mehr zu gebrauchen. Pferdsein war fortan für das Computerding so normal, wie Fliegen für einen Vogel. Es bewegte sich anmutig, wenn es Schritt ging, es galoppierte kräftig und schwungvoll, trabte ausdauernd und rhythmisch. Trotzdem wog es aber fast genauso viel wie ein ausgewachsenes Vollblut.

Die Stute -Arabica- betrat nun den mit Kiesel aufgefüllten Ringwall, der den Teich umgab. Sie schwebte über die Unebenheiten der Steine hinweg, allerdings bemerkte Berit, daß einige der kleineren Steinchen vom Druck der ausgepreßten Luft davongeschleudert wurden. Fasziniert beobachtete Berit dieses Wegspringen der Kiesel nach links und rechts, links-rechts,links-rechts, links-rechts...Beinahe in hypnotischer Starre nahm sie dennoch war, daß Arabica sich der Wasseroberfläche mehr und mehr näherte. Dieser Gedanke ließ sie aufschrecken. Laut rufend rannte sie die steile Nottreppe, die vom

Forschungstrakt im obersten Stockwerk direkt in den Garten führte, hinab.
„Warte! Brrr, Arabica...Brrr! Braves Mädchen, nicht aufs Wasser...Brrr!"
Atemlos stand sie dann vor dem Teich und konnte gerade noch mit ansehen, wie die
weiße Stute am anderen Ufer des Teiches von der Grütze auf die Kiesel überwechselte.
„Also konntest du auf dem Wasser gehen? Wieso bist du nicht untergegangen? Die
Druckluft hätte dich wie in einem Sog herunterziehen müssen...dachte ich jedenfalls.
Oder ist die Entengrütze hart, gefroren?"
Vorsichtig kniete sich Berit auf die Kiesel am Rande des Wassers und berührte mit den
Fingerspitzen die grüne Oberfläche. Ein Schauder des Ekels durchzuckte sie augenblick-
lich, als sie den schleimigen Film betastete.
„Uhh, wie ekelhaft. Na, kann ja auch gar nicht gefroren sein. Hier ist schließlich noch
Herbst." schimpfte sie mit sich selbst, während sie ihre Fingerspitzen säuberte. Aber das
Phänomen interessierte sie doch. Sie suchte nach einem flachen Kiesel, so einen, wie sie
in den Spielfilmen immer übers Wasser hüpfen lassen. Ihr Bruder hatte es auch einmal
probiert, aber mehr als zwei müde Hopser waren dem Stein nicht gelungen.
„Da bist du ja." sagte Berit erfreut zu einem hervorragend geeignetem Steinchen, nahm
es in die rechte Hand, die sie locker zu einer Tasche geformt hatte. Der Kiesel lag lose in
dieser Tasche, nur ein wenig gehalten vom Daumen, damit es nicht vor der Zeit herun-
terfallen könne. Dann ging Berit in die Knie. Den weißen Kittel hatte sie links und
rechts zurückgeworfen, damit er sie nicht in ihrer Bewegung hemmen konnte. Ihr linker
Ellenbogen stützte sich auf ihrem linken Knie ab, das rechte Knie berührte beinahe den
Boden. Der rechte Unterarm führte bereits waagerecht schwingende Bewegungen aus,
um das Gelenk zu lockern. Dann nahm Berit richtig Schwung, zog den Arm ganz heran
zur Brust und ließ ihn mit einer weit ausholenden Bewegung nach vorn fliegen. Der
Kiesel rutschte aus der lose gefalteten Hand und patschte in einem sehr spitzen Winkel
auf der Entengrütze vor zwei großen glibberigen Fettaugen auf. Von dort machte er
einen Satz in das erste, dann einen Abstecher in das zweite und schließlich blieb er auf
einem Buckel von lose übereinandergestapelten welken Herbstblättern sitzen. Berit klatsch-
te sich Beifall. Aber trotzdem war die Frage, wie Arabica über den Teich „gehen" konn-
te, ohne zu versinken, noch nicht geklärt.
„Da muß ich wohl noch einen suchen..." überlegte sie laut. Wieder ging sie in die Hocke,
diesmal, um genauer hinsehen zu können. Plötzlich fühlte sie ein Kribbeln im Rücken,
genau auf der Wirbelsäule zwischen ihren Schulterblättern. Sich schüttelnd stand sie
auf und wollte sich umdrehen, als ein Schnauben aus dem Teich drang. Dann ein
Plätschern, als schüttele sich ein nasser Hund. „Was..." -was machst du denn hier,
Bella,- lag Berit auf der Zunge, doch in diesem Moment hatte sie sich schon soweit
herumgedreht, daß sie sehen konnte, wer wirklich hinter ihr war. Oder was.

Das, was aus dem Teich ragte, hatte zwei glotzende Fettaugen und darüber ein Horn,
auf dessen Spitze ein flacher Kiesel saß. Es schaute verdutzt und wütend zugleich, wäh-
rend es ein gewaltiges Loch unterhalb der Augen öffnete. Grüner Schleim troff an den
Seiten des Kinnes? herab, der quallig glänzte und in klebrigen Batzen abzufallen drohte.
Berit war starr vor Schrecken und konnte sich noch nicht entscheiden, ob sie dieses Ding
geweckt hatte und sich dafür entschuldigen müßte oder ob es ratsam wäre, einfach da-
vonzulaufen. Nun bewegte sich das Grüne, indem es mit den Armen? ruderte. Berit sah,
daß es Mühe hatte, seine Arme aus dem Gallert der Entengrütze zu lösen, immer wieder
schnalzte die Masse und zog mit einem schlickigen Japsen die durchaus fleischigen Ex-
tremitäten zurück. Das Ding stöhnte, dann zog es sich in sich selbst zurück und machte
anscheinend angestrengte Befreiungsversuche. Berit rannte los. Sie hatte plötzlich das
Gefühl, daß das Ding aus seinem Teich herausspringen könnte, wenn es sich genug
anstrengte. Unterwegs zur Nottreppe überschlug Berit, wie groß es sein könnte und wie
schwer. Welchen Schaden es anrichten könnte. Dann rutschte sie aus. Stand auf, rannte
los und rutschte. Irgendwie kam sie auf diesem schleimigen grünen Weg nicht vorwärts.
Sie fiel hin und fing sich mit den Händen auf. Grüne Entengrütze pappte daran. Ent-
setzt schrie Berit auf und drehte sich um. Der Teich stand hinter ihr. Grün, tropfend,
grinsend und über und über mit Fettaugen bedeckt, die wie Soßenflecken auf einem
Entengrützepailettenkleid aussahen. Berit schlug die Hände vor die Augen, drehte sich
um und lief. Stolpernd, hetzend, weinend. Immer wieder sah sie sich um, aber der Teich
war da. Hinter dem Teich gähnte ein erdiges Loch wie ein frisch ausgehobenes Grab.
Schließlich erreichte Berit die Treppe, die auch schon von grünen Spritzern bedeckt war.
Ein letzter Blick hinauf zu den Fenstern des Flures im Forschungstrakt ließ sie erschau-
ern. An den Fenstern standen ihre Kollegen, allesamt mit grünpockigen Gesichtern über
grüntriefenden Kitteln. Dann sah sie auf ihre Hände. Grün. Der Kittel grün. Dann
schließlich wurde die ganze Welt um sie herum grün. Nur durch ein kleines Loch, das
aussah, als wäre es mit dem Handballen in den (grünen) Dreck einer verkrusteten
Fensterscheibe gerieben, konnte sie die Dinge außerhalb des Grünen sehen. Wenn das da
außerhalb ist, dachte sie ruhig, dann bin ich innerhalb...
„Neiin! Nein, nein, ich will nicht hier drin sein! Nein, nein...neeeiiin!" kreischte sie.
Sterbensangst bemächtigte sich ihres Denkens. Sie fuchtelte mit den Händen und ver-
suchte, einen Ausweg zu finden. Aber es gab keinen. Ein letzter Schrei drang aus ihrer
Kehle, bevor ihr für ein paar Sekunden die Sinne schwanden. Als sie die Augen wieder
aufschlug, war sie in der Lage, die Dinge, die passiert waren, aus einiger Distanz zu
sehen: Der Teich war einfach über sie hinweggerollt. Hatte sie in sich aufgenommen. Sie
war ein Teil des Teiches geworden.
Langsam wurde Berit die Luft knapp. Die Welt außerhalb des Teiches, die sie durch

eines der Fettaugen sehen konnte, verblaßte. Sie spürte, wie Entengrütze die Poren ihrer Haut verstopfte. Sie nahm angewidert war, daß der grüne Gallert sich ihrer bemächtigte.

Berit krümmte sich zusammen und versuchte, Mund und Nase mit ihren Händen zu schützen. Aber ihre Hände waren nicht mehr ihre Hände. Sie schrie auf. Zog hektisch ihren Kopf in den Kittel, in den Pullover, den sie darunter trug. Für einen Moment konnte sie das beruhigen. Sie atmete ihren eigenen Körpergeruch ein, ihren Schweiß, ihre aus den Drüsen freigesetzte Angst. Das beruhigte sie. -Angst kann man riechen- fiel ihr ein, sie hatte es einmal gelesen. Und noch ein Satz fiel ihr dazu ein: Wenn du deine eigene Angst riechen kannst, bist du noch am Leben - solange du genug Angst hast, gibst du dich nicht auf -.

2.

Die weiße Köpfin hatte Imke Fink den Auftrag gegeben, nach Tina zu suchen. „Träume!" war ihre Antwort auf die Frage nach dem Wie. Aber träumen war nicht so einfach. Sicher, Imke hatte ein Hilfsmittel von ihr bekommen, einen Leitfaden, einen roten Pfeil. Imke mußte auf einem bestimmten Weg - imaginären Gedankenweg, fiktiven Geistesstrom - wie auch immer, träumen. Sie mußte eine Frequenz finden, auf der Träumen möglich war. Alle Menschen träumen, und jeder benutzt einen anderen Weg, eine eingefahrene Privatstraße sozusagen. Ältere Menschen haben einen tiefer eingefahrenen, abgenutzteren Traumpfad, jüngere einen beinahe noch neuwertigen. Wenn Imke einen noch frischen Pfad gefunden hatte, schwärmte sie ihn entlang, bis sie den Traum erreicht hatte. Dort sah sie sich um, und manchmal konnte sie den Träumer erkennen, wenn er sich selbst im Traum sah. Diese Fähigkeit, so glaubte Imke, hatte etwas mit der speziellen Aufgabe zu tun und damit, daß sie der weißen Köpfin ihre Hilfe angeboten hatte.

Nun lag sie im Bett, und spürte im Gedankenäther einem Pfad nach. *Es war ein junger Pfad. Nicht ganz so jung wie der eines Kleinkindes, zart und fast durchsichtig, fein gewunden, biegsam und schmal. Der Traumpfad eines kleinen Mädchens konnte aussehen, wie ein Seidenbändchen, das, vom lauen Frühlingswind davongetragen, durch die Lüfte flattert. Der Traumpfad, den Imke jetzt fand, hatte etwas an sich, daß die Reporterin sicher sein ließ, es handle sich um ein Kind mit sehr viel Traumerfahrung. Ein gewundener Pfad, an den Rändern kräftig ausgefranst, mit dicken Krusten an einigen Stellen, die eine häufige Wiederholung bestimmter Stellen symbolisierte. Ein wenig erinnerte sie die Struktur dieses Pfades an die desjenigen von Luise Kater. Der wahnsinnigen Degenfechterin. Auch dort war der tief eingefahrene Pfad an den Rän-*

dern völlig zerschlissen. In engen Kurven hatten sich Seen gebildet, in denen es brodelte, oder die von einer changierenden Haut überzogen waren. Wie Milch, die bereits eine Haut gebildet hatte, mit bunten Zuckerkrümeln bestreut. Die Krümel zerlaufen auf der noch heißen Haut und zurück bleibt eine milchigbunte Schlierenschwarte. An den Krusten, die übereinandergelagerte Bilder zu sein schienen, häufige Wiederholungen, ständige Rückkehr erwartende Archive, gab es bröckelnde Risse und tiefe Krater. Und mit einem Mal war Imke plötzlich durch eine Art Tor gegangen. Von einem bestimmten Abschnitt an wandelte sich das Aussehen des Pfades. Er wurde zu einer Furche, einem ausgetrocknetem Flußbett gleich, an den zackigen Rändern wie Mauern aufgetürmte Stapel von wiederverwendbarem Filmmaterial. Dieselbe Mutation des Traumpfades hatte sie bei Benjamin Hinrichsens Pfad bemerkt, kurz bevor sie in seinem Würfeltraum auftauchte.

Auch jetzt fiel ihr ein solcher Wandel auf. Sie schien durch ein illusionäres Tor getreten zu sein, von dem ab der Pfad ein völlig verändertes -künstliches?- Aussehen hatte. Ein gewöhnlicher Pfad sieht NORMAL aus, das war es. Hier schien nichts NORMAL zu sein, sondern FREMD. Wie bei Luise Kater und Benjamin Hinrichsen. Deshalb nahm Imke Fink an, daß es sich hier um ein weiteres Mitglied der Träumergemeinde handelte. Ein träumendes Kind. Ein schon wochenlang träumendes Kind vielleicht? Imke war so aufgeregt, als sie den Pfad entlang huschte, daß sie nicht darauf achtete, wie der Pfad immer dunkler wurde. Dunkler, dabei aber weniger scharf. Plötzlich bemerkte sie, daß er sich beinahe verlor. Wenn sie nicht genau hinsah, konnte sie gar keinen Pfad mehr erkennen, sondern nur noch ein schmales fahlgraues Rinnsal in dem dunkelgrauen Meer einer wollartigen Substanz.

„Wenn es einen Stoff gibt, aus dem die Träume sind, dann ist das hier der Musterblock für die Alpträume. "flüsterte sie. Trotzdem war ihre Neugier geweckt und sie folgte dem Pfad, solange sie ihn ausmachen konnte. Schließlich endete das blasse Bändchen in einem Knäuel grauen Stoffes, das aussah, wie eine Körperzelle beim Teilungsvorgang, durch ein Mikroskop betrachtet. Die Pforte.

„Widerlich!" , schüttelte sich Imke, denn sie mußte sich trotz allem auf diesen Weg machen. Dort hinein mußte sie sich zwängen, um den Träumer zu entlarven. Hinter dieser Barriere lief der Traum ab, das wußte sie. Sie war schon in so manchen fremden Traum eingedrungen, und die Pforte sah jedesmal anders aus. Doch noch nie so dunkel, in Auflösung begriffen, faulig beinahe. STERBEND.

„Sterbend?" Imke erschrak. Sie suchte nach einem Ausweg, aber es fiel ihr keiner ein.

„Hilf mir doch, weiße Köpfin, wo steckst du denn? Ich habe sie gefunden! Ich habe ein Kind gefunden, " verbesserte sie sich, „aber es ist in Gefahr! Ich fürchte, es stirbt. Sieh doch, wie tot der Pfad aussieht, wie verwest die Pforte!"

Der schwache Hauch eines Gedankens streifte Imkes Verstand.
-Zerstöre die Pforte!-
Zerstöre die Pforte, dachte Imke, natürlich, so könnte ich vielleicht...Sie wußte nicht,
wie sie es fertigbringen sollte, ein rein abstraktes Gedankenbild zu zerstören, aber sie
wußte, daß man, wenn überhaupt, einen sehr festen Willen brauchte.
„Wut- ich bin wütend- ich zerstöre die Pforte- kaputt- ich zerbreche die Pforte - Zorn!"

3.

Auch ihre eigene Angst konnte Berits Hunger nach Luft nicht stillen. Der Sauerstoff, der
noch unter ihrem Pullover verblieben war, immer und immer wieder in die Lungen
gepumpt, war kaum noch wahrnehmbar. Berit versuchte, nicht zu atmen, nicht zu hu-
sten, wenn der Hals kratzte, aber sowohl das eine wie das andere war unmöglich. Sie
hatte alles versucht, auch aufzuwachen. Aber Aufwachen war ein Vorgang, den man
ausführen mußte, und zum Ausführen egal welcher Angelegenheit war Berit einfach zu
müde. Ihre Gedanken schwirrten herum wie ein zielloser Falter. Sauerstoffmangel, schluß-
folgerte sie. Müdigkeit durch Sauerstoffmangel. Prima. Schlafen. Verbraucht schlafen
mehr oder weniger Sauerstoff? Blöde Frage, antwortete sie sich selbst, schlafen ver-
braucht den ganzen Sauerstoff. Alles was da war. Aber dann brauchst du gar keinen
Sauerstoff mehr. Gutes Wort, Sauerstoff. Du glaubst ja gar nicht, wie das hier stinkt.
Sauer! Hahaha, sauer, mein Freund...Das stinkt wie Füße nach Jogging. He, sauer
macht lustig. Haha, sehr lustig, an Sauerstoffmangel zu sterben. Von der Seite hab ich
das noch gar nicht betrachtet. Sterben, ja? Weil ich nicht aufwachen kann? Quatsch. In
diesem Moment gähnte sie ein riesiges, langgezogenes Gähnen unter ihrem Pullover und
schoß ihre Augen fest und nachdrücklich.
Plötzlich gähnte sie erneut, diesmal, weil ein Impuls von außen -ein Luftzug- sie hell-
*wach gemacht hatte. Das **Atmen** fiel ihr leichter! Etwas, das Sauerstoffzufuhr sein*
konnte, bewegte ihre Atemorgane. Ein ganz unwillkürlicher Vorgang. Das hieß, daß
irgendwas passiert sein mußte! Berit zog den Kopf aus dem Pullover, um sich umzuse-
hen. Alles Grün, dachte sie, da kann noch nicht viel passiert sein.

4.

„Zerstört- durchlöchert-zerbrochen-zerschlagen- überall Löcher...ja, überall Löcher! Sieh
nur- ich habe es geschafft!"
Der Traum floß ab, wie ein See, den man angestochen hat, um ihn umzuleiten. Und
tatsächlich floß er hier in diese Rinne, in das ausgetrocknete Flußbett grüner Glibber,
mit einer dampfenden Schicht brodelnden Schaums. Wenig später lagerte sich an eini-
gen Stellen der Ränder, die inzwischen wieder kräftig gezackt aussahen, grüner Schaum

ab und erstarrte sofort zu einer Kruste. An anderen Stellen lagerte sich nichts ab, der
Fluß wurde nicht gestoppt, er schwappte einfach zurück und versiegte irgendwann.

5.

Berit wachte auf. Ein kleiner, kurzer Schrei quetschte sich aus ihren sauerstoff-
gefüllten Lungen.

Sie stand auf und sah ihre Hände an.

Ganz normale Hände.

Nur der Pullover, den sie noch unter ihrem Kittel trug, roch sauer.

6.

Imke Fink schlug die Augen auf. Sie wußte, daß das Kind gerettet worden war.
Der Traum war durch die zerstörte Pforte entwichen und das Kind wahrscheinlich aufgewacht. Nur welches Kind, das heißt, ob es Tina war oder nicht, diese
Frage konnte Imke nicht beantworten. Es war noch nicht einmal drei Uhr in
der Früh, aber irgendwas mußte sie tun. Eigentlich war sie sich sicher, daß es
nicht Tinas Traumpforte gewesen ist, die sie zerstörte, aber wissen...nein, wissen konnte sie es nicht. Reflexartig ging sie hinüber zu ihrem Schreibtisch,
betrachtete das Telefon und nahm den Hörer ab. Sie streckte einen Finger aus,
um die Nummer von Tinas Oma zu wählen. Dann legte sie den Hörer wieder
auf. War das richtig, jetzt anzurufen?

Wenn das stimmte, was die alte Dame ihr über das Kartenlegen und die Aufforderung: Suche den Vogel! erzählte, und wenn es weiterhin so war, daß
Borga Liesbeth Laduque mit Hilfe des Pendels erfahren hatte, daß sie einen
Vogel namens Fink suchen müsse und besonders auf die Federn des Finks zu
achten hätte; und daß sie so auf die Lösung des Rätsels gekommen ist, weil
bekanntlich Federn ein Symbol für die schreibende Zunft sind und es da einen
Journalisten namens Fink geben könnte...und so weiter und so weiter. Wenn
das so war, und daran zweifelte Imke in keiner Sekunde, dann müßte die
Großmutter des Kindes auch in ihren Karten lesen können, ob sie auf dem
richtigen Weg war.

Drei Uhr hin oder her, dachte Imke schließlich, ich rufe jetzt an! Entschlossen
griff sie nach dem Hörer und hob ihn ab. In diesem Moment fiel langsam ein
zähflüssiger grüner Tropfen aus der Sprechmuschel auf den Boden. Ein haar-
feiner grüner Faden hielt die Verbindung zum Hörer. Der grüne Tropfen auf
Imke Finks Teppichboden wurde immer dicker. Plötzlich quiekte sie erschrok-
ken auf. Sie knallte den Hörer auf das Telefon und holte eine Decke. Damit

deckte sie das Telefon zu. Dann rannte sie entsetzt hinüber zum Bett, setzte sich ans Kopfende und starrte das Bündel auf ihrem Schreibtisch verwirrt an. Eine halbe Stunde später war sie darüber erschöpft eingeschlafen.

Sonnenaufgang

1.

Wieder einmal ging die Sonne auf. Die glühende Scheibe war schon zur Hälfte zu sehen. Im Moment steckte sie noch hinter Wolkenbergen fest und sah aus wie die goldene Taschenuhr, die immer ein wenig aus der Uhrentasche der dunkelgrünen Samtjoppe des alten Antiquars schaute, der sein Geschäft - Ankauf-Verkauf- schon in der fünften Generation in der Apotherkerstraße in Kloster Aux führte. Und obwohl sie schon ...zig-milliarden-mal so aufgegangen ist, schien sie heute dabei ein besonderes Vergnügen zu haben. Die goldglänzende Scheibe sah aus, als lächle sie. Sie lächelte ihr gütigstes, lebenerwekkendes und zeitweise regenbogenmalendes Lächeln, während sie in ihrem Alkoven aus Wolkensamt und Nebelseide saß und zwischen den stählernen Leibern der Windmühlen zusah, wie dieser neue, unendliche, ohnmächtige Tag im spärlichen Leben der Tina Grabbel begann.

2.

Die Journalistin beim Stadtanzeiger erwachte aus einem ganz normalen Schlaf und konnte sich, Gott sei Dank, an keinen weiteren Traum erinnern. Gut gelaunt streckte sie sich, gähnte noch einmal ausgiebig und stand schwungvoll auf. Während sie ans Fenster trat, zerwuschelte sie sich ihre Haare und kratzte sich lustvoll die Kopfhaut, bis sie das Gefühl hatte, ganz munter zu sein.

Wie fast jeden Morgen schaute sie dann hinaus, in die geschäftige Welt zu ihren Füßen. Dort unten liefen Leute herum, die zur Arbeit gingen, vielleicht von der Arbeit kamen, Zeitungen austrugen; den Stadtanzeiger zum Beispiel. Kinder mit Schulranzen stiefelten durch den Matsch, der einmal Schnee war und hofften auf die nahen Weihnachtsferien. Menschen mit Hunden drückten sich am Rande des -Parks am Rathaus- herum, um ihren vierbeinigen Freund schnell und vorfallsfrei in die grüne Mitte der Stadt zu führen. Die Stadtväter hatten eigens zu diesem Zweck einen 2,5 m breiten Grasring um die Einzäunung des Parks am Rathaus anlegen lassen, wovon sich 1,25 m Ringbreite außerhalb und ebensoviel innerhalb der Einzäunung befanden. Kinder und andere Menschen waren gut beraten, diese Kackmeile zu meiden.

Von ihrem Fenster im dritten Stock der Kolonnaden, wie das massige Haus genannt wurde, hatte sie einen guten Blick nach allen Seiten. Unter ihrer, der dritten und obersten Etage, befand sich ebenfalls eine Wohnetage. Darunter, versteckt hinter laubenartigen Überdachungen, eine Boutique für Übergrößen, ein Musikalienhändler, ein Bücherladen und ein Lädchen mit dem vielversprechenden Namen *-Schnick und snack-*. Das war etwas ganz Neues und ermutigte den Besucher, während er verschiedene Snacks zu sich nahm, in den Auslagen herumzuschnüffeln und davon zu kaufen. Man servierte Havai-Toast auf neckischen Palmeninsel-Tellern oder Milchshakes in Pinguingläsern. Eis gab es aus Iglu-Schälchen mit Ski-Löffelchen, dazu saß man wahlweise auf Erdbeeren- oder Mickymaus- oder Weißes-Haus-Hockern. Und das alles konnte man auch kaufen.

Gegenüber der Kolonnaden stand das Rathaus mit seinem Park, links daneben das hohe Gebäude des Stadtanzeigers, in dem auch die öffentliche Bibliothek untergebracht war. Sah Imke aus ihrem Schlafzimmerfenster nach rechts, sah sie Straßen, die die neue Siedlung durchschnitten, die sich lückenbüßerklein zwischen die ausgedehnte Innenstadt und den nahen Stadtrandstreifen hockte, hinter dem sofort die ebenso neue Umgehungsstraße den schweren LKW-Verkehr und die Überlandreisenden an Kloster Aux vorbei führte. Außerdem verband diese Umgehungsstraße durch kleinere Zubringer auf geradem Weg Kolburg, Junkersried, Kloster Aux und, ganz im Norden, den Ölhafen und die Raffinerie miteinander. Das war ein Kunststück, das bisher nur Zauberer Eisenbahn hingekriegt hatte.

Wie immer am Morgen hielt Imke nun nach der Rathausuhr Ausschau, deren lange Zeiger sorgfältig das ganze Zifferblatt abschritten; zackigen Schrittes wie ein General, der die Parade abnimmt. Auch heute waren die Zeiger unterwegs, aber das war nicht alles. Noch etwas bewegte sich zeigergleich immer in der Runde. Imke sah riesige propellerförmige Gebilde um den Rathausturm tanzen. Transparente Flügel mutierter Libellen. Die Bilder überlappten sich und zwischen den keuleschwingenden Turnerinnen tauchte die goldleuchtende Sonnenscheibe auf. Sie erinnerte Imke in erster Linie an ihr Gespräch mit dem Mond, das sie vor einer Woche oder so führte; und erst in zweiter Linie an die Taschenuhr des Antiquars. In dritter Linie aber zeigte sie Imke einen Weg, eine Richtung. Imke Fink, die Lokalreporterin beim Stadtanzeiger, hatte die Idee, daß es sich möglicherweise um eine Spiegelung handelte. Und welcher Ort lag östlich von Kloster Aux? *Ennes Ruh. Ennes Ruh. Ennes Ruh.*

Was auch immer diese Spiegelungen hervorrief, es sah aus wie eine Unmenge Zeiger, die die Richtung wiesen. Wie ein Verkehrspolizist aus den alten Schwarz-

Weiß- Filmen, der mit seinem Verkehrsregelstab immerfort Kreise um seinen Körper beschrieb, die den Turnübungen glichen, die von den Schulkindern Mühle genannt wurden. Und tatsächlich, dachte Imke und schlug sich mit der flachen Hand an die Stirn, das sind Windmühlen! Jetzt sah sie genauer hin, wollte die einzelnen Elemente von einander unterscheiden, aber schon war die Spiegelung verschwunden. Einzig die Sonne saß noch wie ein Ponpon auf einer Zipfelmütze oben auf dem Rathausturm und lächelte ihr seltsames Wassagst-du-jetzt-Lächeln.

Imke rieb sich die Augen, als müsse sie den letzten Schlafsand noch herauswischen und ging ins Bad. Von den sich drehenden Propellern war sie ganz benommen, sie nahm sich vor, nach dem Duschen noch einmal genauer darüber nachzudenken. In diesem Augenblick fiel ihr auch die nächtliche Attacke des Telefons wieder ein. Sie ging zum Schreibtisch und entfernte die Decke mit den Fingerspitzen. Nichts zu sehen. Sie nahm den Hörer ab. Alles normal. Der Teppichboden? Kein einziges grünes Pünktchen.

Schließlich schrieb Imke das ihrer Übernächtigung zu; zuwenig Schlaf wegen des Kampfes an der Traumpforte. Das hatte sie ihre ganze Kraft gekostet. Träume können nicht in die Realität hineintropfen. Oder? Und Windmühlen tanzen auch nicht in der Luft über dem Rathausturm. *Oder* werden nicht zugelassen. Es gab kein Oder. Oder?

3.

Diese lächelnde Sonne leuchtete auch in das Wohnzimmer der Devries'. Jetzt, fast einen Tag nachdem der Hausarzt der Familie den Tod Fennas durch Herzversagen festgestellt hatte, das „Beerdigungsinstitut am Schloß" in Neusen ihre leblose Gestalt in einem Designersarg aus dem Haus getragen hatte, saßen Volker Devries und Maria Poppen Hand in Hand auf dem Sofa. Für Volker hatte es in diesen vergangenen 48 Stunden *zu viele* Dinge gegeben, die er verarbeiten mußte. Da waren die Träume seiner Jungs, die offensichtlich von fremder Hand gesteuert wurden, soviel war ihm jetzt klar. Als nächsten Schock hatte er das Verschwinden seiner Frau und deren -Tod wegen Herzversagenzu verkraften. Der dritte -unverständliche- Punkt war die Tatsache, daß seine Frau, die unverbesserliche, geheimnisvolle Fenna, schon seit zwei Jahren einen Designersarg im Speicher des Beerdigungsinstituts am Schloß sozusagen deponiert hatte.

Der Mensch vom Institut im dunkelblauen Anzug erklärte ihm quasi im Vorbeigehen, daß einmal jährlich, meist im späten September im Hinblick auf die höhere Sterberate in den dunkleren Jahreszeiten, wie er sich ausdrückte, eine kleine Ausstellung von besonders edlen Stücken stattfände, und daß sich meist jüngere Leute -Frauen- spontan in den einen oder anderen verliebten. Särge aufzubewahren, bis das doch recht vorhersehbare Ereignis einträte, wäre heutzutage kein elementares Problem mehr, schloß er.

Maria Poppen stand die ganze Zeit daneben, sah dem grausigen Schauspiel zu und dann, als alle gegangen waren (Ich erwarte Sie im Laufe des morgigen Tages.), kam sie herüber zu ihm und nahm seine eiskalte erstarrte Hand in ihre. Mit sanftem Druck zog sie ihn aus dem Zimmer, wo er den Blick immer noch nicht von der Stelle lösen konnte, wo *„die teure Verblichene"* gelegen hatte. Sie ging mit ihm ins Wohnzimmer und dort setzten sie sich aufs Sofa. Hand in Hand. Sie saßen viele Stunden lang einfach so da, bevor er überhaupt von ihrem Dasein Kenntnis nahm. Plötzlich drehte er den Kopf und sah in ihre erschöpften Augen. Maria versuchte zu lächeln, aber ihre Gesichtszüge gerieten mehr zu einem traurigen Besänftigen.

„Wie lange sind Sie schon hier?" versuchte er mühselig eine Konversation.

„Lange genug." antwortete sie. Dann fügte sie hinzu: „Aber wir müssen nicht reden."

„Oh...danke. Aber ich dachte, vielleicht...müssen Sie nicht rüber?" Volker machte eine Kopfbewegung in Richtung Poppensches Anwesen.

„Scheinbar vermißt mich niemand. Meine Kinder hätten sonst schon geklingelt."

Auf einen fragenden Blick ihres Sofanachbarn antwortete sie lächelnd: „Ich habe gestern abend zuhause angerufen und Bescheid gesagt, daß ich über Nacht hier bleibe. Zur Beobachtung...ich bin Krankenschwester."

„Nett von Ihrem Mann. Und vor allem vom Ihnen. Ich schätze, ich habe Sie gebraucht?" fragte er.

„Eigentlich nicht." murmelte sie. Er sah sie überrascht an, denn er hatte erwartet, sie würde von Haareraufen und Schreien und Wüten zu berichten wissen. In seinem Kopf befand sich ein Vakuum, das auf die Frage: Was war los? nur mit leeren Sprechblasen antwortete. Dann beugte er sich ein Stückchen nach vorn und entdeckte eine kleine silberne Träne über ihre Wange kullern.

„Was ist denn los?" fragte er wahrhaft fassungslos und kniete vor ihren Füßen nieder.

„Sie haben mich überhaupt nicht gebraucht. Ich hatte es... tut mir leid, ehrlich," sagte sie schuldbewußt und sah ihm direkt in die Augen, „ich hatte es nur gehofft. Weil ich ... oh, es ist furchtbar, das ist wirklich peinlich..." schimpfte sie und schaute weg.

Er setzte sich wieder neben sie.

„Sie müssen nicht darüber reden." lenkte er ein und dachte, daß es eigentlich nicht unbedingt peinlich war, so nebeneinander zu sitzen. Hand in Hand. Wie ein Liebespaar, aber ein komisches. Ein verklemmtes, unerfahrenes. Plötzlich mußte er lachen. Ganz gegen seine Absicht, denn eigentlich saß ihm der Horror der letzten Stunden noch im Nacken.

„Was ist?"

„Ja, es ist vielleicht peinlich. Aber das macht nichts." lachte er und drückte Marias Hand.

„Sie müssen das alles vergessen, auch das, was ich Ihnen jetzt sage." flüsterte sie.

„Was denn?" lachte er immernoch. „Ich glaube, ich drehe gerade durch."

„Das ist der Schmerz, den Sie erlitten haben." sagte sie ernsthaft.

„Nein, ist es nicht. Das ist der Horror, den ich erlebt habe."

„Ich glaube, ich habe mich in Sie verliebt. Nicht erst heute." fügte sie zaghaft hinzu.

„Wie bitte?" Plötzlich hörte er auf zu lachen. Er sah sie an. „Was haben Sie gesagt?"

„Ich sagte, ich habe mich verliebt. Deshalb sitze ich hier. Ich kann nicht anders."

Er sah wieder starr geradeaus. Dann flüsterte er: „Scheiße."

Maria erstarrte auf ihrem Platz. Plötzlich wollte sie aufstehen. Nur raus hier, dachte sie. Nur RAUS hier! Aber sie hatte keine Kraft dazu. Wie festgeklebt saß sie da und spürte ihre Hand in seiner brennen.

„Weißt du," begann er und versuchte, sie nicht anzusehen, „ich glaube, mir - ging es genauso. Seit ich dich kennenlernte. Ich habe Fenna immer mit dir verglichen... Und jetzt..."

„Und jetzt?" fragte Maria.

„Ich habe sie verraten. Trotzdem habe ich sie geliebt. Auf diese... andere... Art. Ich bin ein Idiot."

„Ja." flüsterte Maria mit erstickter Stimme. Nun erst ließ Volker Devries Maria Poppens Hand los. Statt dessen nahm er sie in den Arm und wischte die - inzwischen hervorgekommenen - Schwestern der kleinen Träne ab.

„Hey," sagte er, „*du* wolltest *mich* trösten. Schon vergessen?"

Maria mußte lachen. „Ich bin so müde." seufzte sie schließlich.

„Ich auch. Komm, wir hau'n uns 'ne Stunde aufs Ohr. Dann muß ich, oder wir?, zu dem Menschen nach Neusen. Weißt du, wie der hieß?"

„Meier."

„Meier? Nicht zu fassen. Okay, willst du links oder rechts?"

„Mir egal." antwortete Maria. Dann legte sie sich auf eines der beiden Sofas im Wohnzimmer und schloß die Augen. Volker nahm das andere Sofa und bevor er die Augen schloß, sah er noch einmal hinaus und bestaunte das, was für ihn den vierten Punkt auf seiner 48-Stunden-Horror-Skala ausmachte: Das riesige, stählerne Monstrum, das da im Garten zwischen erfrorenen Stachelbeersträuchern und blattlosem Ginster stand. Und tief in seinem verängstigten Kern wußte er, daß das etwas zu bedeuten hatte.

4.

Jan und Tim sahen und merkten nichts von einer wie auch immer aussehenden Sonne, sie schliefen tief und traumlos in einer Stadt, die weit entfernt vom Auger Land inmitten hübscher Felder, Dörfer und Wälder lag, idyllisch in einem Tal unweit der frühen Ausläufer eines Gebirgszuges. Sie schliefen in den Gästebetten ihrer Großmutter, die gerne bereit war, die Stelle ihrer verunglückten Schwiegertochter zu übernehmen. Und wie Volker Devries seinen Söhnen versprochen hatte, müßten sie niemals wieder nach Ennes Ruh zurück. Er hatte ihnen aber nicht versprochen, sofort zu nachzukommen. Nach den letzten Eindrücken aus der Ennes Ruh-Horror Show war er sich auch gar nicht mehr so sicher, ob das überhaupt funktionieren würde. Vielleicht würde er sich den Dingen stellen müssen, dachte ihr Vater.

5.

Letitia Aden bemerkte den Sonnenaufgang, aber sah darin nichts Besonderes. Sie stellte lediglich fest, daß sie verschlafen hatte und nun von ihrem Vorgesetzten Sperling eine seiner beliebten Selbstgespräche zu hören bekommen würde. Etwa so: „Verschlafen? Ich kann mir das nicht leisten, mit mir steht und fällt das Geschäft. Wann habe ich zum letzten Mal verschlafen, wann war ich zum letzten Mal krank?"

Sie hatte entschieden keine Lust dazu und sowieso keine Lust, arbeiten zu gehen. Montag ist Schontag. Wahrscheinlich, überlegte sie, wird er anrufen und fragen, was los ist. Bis dahin konnte sie ja noch schlafen, wenn Sperling dann am Telefon war, würde ihr schon die richtige Ausrede einfallen. Krank, Fieber, irgendwas. Bei dieser Kälte auch keine Frage.

Letitia bemerkte gar nicht, daß diese Gedanken falsche Gedanken waren, denn ihre eigenen gingen meist andere Wege. Nicht die des geringsten Widerstandes.

6.

Wieder einmal ging die Sonne auf. Die glühende Scheibe war schon zur Hälfte zu sehen. Im Moment steckte sie noch hinter Wolkenbergen fest und sah aus wie eine reife Apfelsine, die aus einer Tüte mit Einkäufen herausschaut. Als läge sie weich gebettet auf einem flauschigen Wollschal und wartete darauf, daß man sie herausnähme und ihre fleischige, großporige, sonnenverwöhnte und duftige Schale abpellte. Berit lief bei diesem Gedanken das Wasser im Munde zusammen. So müde sie auch war, so hungrig war sie auch.

Nach ihrem letzten Traum, den sie in der Nacht vom Samstag auf den Sonntag träumte, beschloß sie, etwas gegen das Träumen zu unternehmen. Anfangs war das Träumen ja eine tolle Sache gewesen, sie konnte sich so sehen, wie sie es sich immer vorgestellt hatte. Sie erhielt ein Forschungsstipendium an einer berühmten Universität, forschte, erfand und amüsierte sich köstlich über die verdutzten Gesichter der Erwachsenen in ihren Träumen. Aber immer öfter schlichen sich Dinge -Wesen- in ihre Träume ein, die *sie* nicht geträumt hatte. Wer auch immer dafür verantwortlich war, er überschritt die Grenze zwischen Spaß und Ernst in bedenklichem Maße. Dann dieser entsetzliche Traum vom Monsterteich. Nun wußte Berit genau, daß diese Träume nicht von ihr ausgingen. Irgendwie hatten sie sich verselbständigt. Während sie am Sonntag Nachmittag, dem dritten Advent, in ihrem Zimmer saß und nervös in ihren Sachen herumstöberte, hielt sie plötzlich ganz unbewußt eine kleine Graspuppe in den Händen. Diese Graspuppen hatten Tina und sie im Sommer gebastelt und dann vergessen. Sie wußte, daß Tinas Anwesenheit in Ennes Ruh ein Geheimnis der Gruppe war und es auch bleiben mußte. Allerdings machte sie sich ihre eigenen Gedanken...verbotene Gedanken. Luise Kater würde es gar nicht schätzen, wenn sie sich in die *interne* Chefsache einmischen würde. Und trotzdem, die Gedanken waren nun mal da...

Dann hatte sie plötzlich eine Idee. Sie schlug alle Vorsicht in den Wind und hängte einen Zettel an ihre Zimmertür: Schlafe schon, bitte nicht stören! Normalerweise wurde in der Familie eine solche Bitte respektiert. Nun verließ sie eilig das Haus und tauchte wenig später bei ihrer Nachbarin wieder auf. Letitia Aden war entweder nicht zu hause oder wollte nichts hören, aber die Gartentür war unverschlossen und so betrat Berit vorsichtig Tinas neues Zuhause. In dem kleinen Gästezimmer war das Fenster verschlossen, aber trotzdem hatte die Luft einen schneefrischen, mondlichtfarbenen Geschmack. Das beruhigte Berit, weil sie jetzt wußte, daß Luise ihren Teil für heute beendet hatte. Sie setzte sich zu Tina aufs Bett und sah sie an. Tinas Augen waren geschlossen und völlig unbewegt. Kein Rollen der Augäpfel, kein flüchtiges Öffnen der Lider. Auch der Mund blieb die ganze Zeit still geschlossen. Keine tieferen Atemzüge verrieten einen festen Schlaf. Plötzlich hatte Berit Angst, Tina könne am Ende...nicht mehr leben? Vorsichtig berührte sie die kalten Hände. Dann strich sie über die Wange des Mädchens, sie konnte aber keine Reaktion auf diese Berührung feststellen und... gab ihr eine Ohrfeige. Sie selbst erschrak über den harten Klang, das kesselschlagähnliche Geräusch beim Aufklatschen ihrer Hand auf die Wange. Tinas Kopf folgte dem Schlag und blieb auf der Seite liegen. Aber ihr Atem zog *hörbar* die Luft in die Lungen.

„Tut mir leid, Tina." flüsterte sie. Beruhigt über diesen geringen Erfolg ihrer Behandlung stieg Berit zu Tina ins Bett.

„Vielleicht muß ich nur hierbleiben, um nicht zu träumen. Aber wach bleiben kann auch nicht schaden." sagte sie zu sich selbst.

Als dann am nächsten Morgen die Apfelsinensonne hinter ihren Wolkenbergen hervorgekrochen kam und so seltsam lächelte, wußte Berit, daß sie in Tinas unmittelbarer Nähe relativ sicher war. Und wenn sie es geschafft hatte, sich zu helfen, warum sollte sie nicht versuchen, auch Tina zu helfen? Wenn sie Luise und ihren Eltern so gut wie möglich aus dem Weg ginge, sich Freiräume schaffen könnte und wieder etwas klarer zu denken vermochte...wenn sie Hilfe bekäme. *Dann* vielleicht.

7.

Im Hause der Familie Poppen begann dieser Montag, der 16. Dezember beinahe wie immer, und es schien niemand zu bemerken, daß Maria nicht wie üblich in der Küche stand und Kaffee trank. Ulfert Poppen, der Notar, begab sich zur Kanzlei, noch bevor die Sonne ihren Auftritt hatte. Katrina und Tönjes, die es gewohnt waren, sich morgens das Frühstück allein fertig zu machen, taten das, während sie gähnten und sich den Schlaf aus den Augen wischten. Dann gingen sie wie immer aus dem Haus zum Schulbus, ohne auf ihre jüngere Schwester zu warten. Diese würde normalerweise eine halbe Stunde später mit einem anderen Bus in die entgegengesetzte Richtung fahren. Berit und Bella schliefen gern so lange, bis jemand sie wecken würde. Normalerweise tat das ihre Mutter, sonst erwachte Bella vom Klappen der Haustür und weckte ihre Bettnachbarin. Denn, obwohl es nicht so gern gesehen wurde, schliefen

Berit und Bella gemeinsam auf der Bettcouch im dritten Kinderzimmer. An diesem Morgen sprang die Hündin beim Zuknallen der Haustür vom Bett und öffnete mit der Pfote die Tür von Berits Zimmer. Sie suchte in den anderen Zimmern nach jemandem, der ihr das Frühstück in den Napf füllte. Dann kehrte sie zurück ins Kinderzimmer zerrte an Berits Bettdecke. Die Decke rutschte schließlich von Berits unbenutztem Bett. Bella lief zur Haustür und begann zu kratzen. Erfolglos. Dann lief sie ins Wohnzimmer. Beinahe jedenfalls; vor der Tür allerdings stoppte sie und bellte nur einmal kurz. Nun durchsuchte sie die übrigen Zimmer. Weil scheinbar niemand zuhause war, legte sie sich mit einem unzufriedenen Gähnen vor die Wohnungstür. Wer jetzt hereinkäme, würde sie zur Seite schieben müssen.

Jos Traum
1.
Jo Tölles saß am Schreibtisch und arbeitete hart. Er hatte endlich die Erlaubnis erhalten, der hoch geschätzten Kommission eine Dissertation vorlegen zu dürfen. Diese Studie beschäftigte sich mit dem Sinn des Lebens, eine gewagte Ausarbeitung, die ein ganz besonders tiefgründiges Anfertigen des Aufsatzes erforderte. Das Gremium stand unter Verdacht, seine Vorzugsschüler auch bevorzugt zu behandeln. Alle anderen, zu denen Jo sich zweifellos auch zählen konnte, mußten mehr als das Doppelte leisten, um zu bestehen. Aber auch noch ein zweiter Punkt machte die Angelegenheit quasi zu einem Gang auf des Messers Schneide: man sprach davon, daß die Herren Begutachter rachsüchtig sein sollten, und das in einer Weise, die das falsche, ungenügende oder sinnverfälschende Ausarbeiten der Schrift geradezu lebensgefährlich werden ließ. -Sagte man- aber Jo Tölles ließ sich noch nie so leicht ins Bockshorn jagen. Er wußte, wenn er diese Dissertation erfolgreich verteidigte, und daran gab es für ihn keinen Zweifel, dann hätte er es geschafft. Dann hätte er endlich die Familientradition der Tölles-Männer gebrochen und könnte eine Familie gründen. Vielleicht würde er dann die Kraft haben, erhobenen Hauptes und offenen Blickes die Dorfstraße herunter zu gehen und, vorüber am Küchenfenster der ewig präsenten, treusorgenden Mutter, zwischen dem Haus des ewig unzufriedenen Nörglers Poppen und dem Haus mit den sich nicht mehr öffnenden Rolläden hindurch, und mutig heran an das kleine Häuschen der bewunderten jungen Frau mit der armen, leblosen Untermieterin, der man unter Umständen auch helfen könnte, wenn man... Nun, wenn man den Mut besäße, einer Luise Kater entgegenzutreten und ihr die Meinung zu sagen. Aber das eben war sein Problem, er konnte es mit Männern aller Couleur aufnehmen, aber mit Frauen? Nein. Noch nicht. Wann immer er sich diesem Haus nähern würde, hätte er es mit mindestens drei weiblichen Wesen zu tun. Da sollte

man gewappnet sein.

*Diese und andere Gedanken gingen ihm durch den Kopf, als er sich entschlossen hatte,
die Arbeit aufzunehmen.*

*Er hatte ein Thema bekommen, dem er sich stellen mußte: „Der Sinn deines Lebens
stellt sich überall dar. Begründe diese These anhand des folgenden Verses:
„Unverblümt strahlt grünes Licht schwindender Tage vor Seegras müden Feges, doch
dies lacht nur hüpfend Wolkenbergen gleißender Gischt des Weges."*

*Als Jo dieses Thema in den Händen hielt, hatte er Lust zu schreien. Er wollte sofort
abbrechen und die ganze Sache vergessen, aber abbrechen galt nicht. Abbrechen hatte die
sofortige Disqualifizierung zur Folge.*

*„Hey," sagte jemand, „wenn du nicht mal im Traum deinem Mann stehen kannst, wie
willst du dann erhobenen Hauptes und so weiter? Wie?"*

*Erschrocken drehte sich Jo um und sah seinen Vater an der Tür stehen und in seltsamer
Art von oben auf sich herab schauen. Er konnte sich zwar nicht erinnern, daß sein Vater
so ausgesehen hatte, aber er wußte es in dem Augenblick, als er da stand. Vielleicht lag
es daran, daß der Mann an der Tür einen Strick um den Hals trug und das abgeschnittene Ende wie eine Hundeleine in der linken Hand hielt; vielleicht auch nicht.*

„Vater?" fragte er unsicher. „Warum schaust du so?"

„Weil ich dich zu mir holen muß. Traurig, nicht?"

„Wieso mußt du das? Wer sagt das?"

*„Nun, das ist ganz einfach. Ich erzähle dir eine Geschichte. Stell dir vor, du gehst deines
Weges und denkst an nichts Schlimmes, da begegnet dir der Sensenmann. Er sieht dich
verwundert an und sagt nichts. Du erschrickst, und weil du glaubst, er sei hinter dir her,
machst du dich eilig auf den Weg, ihm zu entkommen. Du steigst in dein Auto und
fährst zum Flughafen, kaufst ein Last-Minute-Ticket nach New York und bist innerhalb von zehn Stunden in einer gänzlich anderen Welt. Glaubst du. Dort, in Manhatten
zum Beispiel, steigst du auf das Empire State Building und hast den Grund deiner
Reise beinahe vergessen. Du bewunderst die Aussicht und in einer Zehntelsekunde der
Unachtsamkeit schleicht sich jemand von hinten an dich heran und legt dir seine Hand
auf die Schulter. Das gibt dir den Rest. Den Schrecken kann dein armes überarbeitetes
ruheloses Herz nicht aushalten und setzt kurz aus. Die Person hinter dir entschuldigt
sich für das Entsetzen, das sie dir eingeflößt hat und wendet sich ab. Währenddessen
öffnet sich die Fahrstuhltür und der Sensenmann tritt heraus. Das läßt dein Herz endgültig aussetzen. Die Sekunden, die dir noch bleiben, nützt du dazu, die Ungewißheit zu
beenden. Du fragst den Sensenmann, warum er so verwundert geschaut hatte, heute
morgen in Junkersried; denn dieser Blick war schließlich der Auslöser für deine Flucht.
Da antwortet er: 'Ich war so verwundert, dich an diesem Nachmittag in Junkersried zu*

214

sehen, weil ich in meinem Abrufkalender gelesen habe, daß du heute vormittag hier auf der Aussichtsplattform des Empire State Buildings an Herzversagen sterben wirst und ich deine Seele hier in Empfang nehmen soll. Mir war gar nicht bewußt, daß man heutzutage so schnell von einem Kontinent zum anderen kommen kann, wenn man nicht gerade ein höheres Wesen ist, wie ich zum Beispiel.'

'Heißt das, es war so geplant, daß ich hier sterben soll, in Manhatten? Wo ich noch nie zuvor im Leben war? Wohin ich nie im Leben wollte? Wo ich nur zufällig aus Angst vor deinem Blick gelandet bin?'

'Das heißt es.' sagt der Sensenmann.

Dann stirbst du endlich.

Das stell dir vor."

„Und was hat das mit mir und dir zu tun.?"

„Denk nach!"

„Keine Ahnung." sagte Jo betont nachlässig.

„Es ist ganz einfach. Deine Zeit ist um. Diese Arbeit da," sagte er und zeigte mit dem abgeschnittenen Ende des Strickes auf den Schreibtisch, „diese Arbeit da wird nichts daran ändern. Besser gesagt, du mußt sie natürlich erst schreiben, sonst gilt der Handel nicht. Aber sie wird nicht bestehen können, unter den strengen Blicken der Herren Gutachter. Siehst du, ich habe eine Ausnahmegenehmigung erwirkt, sozusagen. Sie," sagte er mit einem bedeutungsvollen Blick nach oben, wobei sein Kopf bedenklich zu schwanken begann, als sei er oberhalb des strangulierten Males nicht ganz fest, „sie meinten, du bräuchtest dir ohnehin nicht so viel Mühe mit der Schreiberei geben. Dir könne so vielleicht eine Menge Arbeit erspart bleiben, und du fändest noch etwas Zeit für die schöneren Seiten des Lebens. In deinen letzten Stunden...Aber wie ich vorhin gehört habe, hast du gerade damit ein Problem. Du weißt schon, erhobenen Hauptes und so weiter..."

Dabei wackelte er wieder so mit dem Kopf, daß es Jo beinahe den Magen umdrehte, und er versucht war, hinzu zu laufen und ihn festzuhalten. Aber der Ernst der Sache ließ ihn stehenbleiben.

„So einfach ist das aber nicht. Wenn ich die Arbeit gut schreibe...sehr gut...ich weiß, daß ich es kann..." sagte er mehr zu sich selbst, „dann haben sie keinen Grund, mich abzulehnen. Und außerdem: Herzversagen wegen Ablehnung meiner Arbeit..." Dabei tippte er sich mit dem Zeigefinger dreimal an die Schläfe und winkte dann ab. „Hab ich noch nie gehört."

„Du hast meine Geschichte nicht verstanden."

„Doch."

„Nein. Du bist so oder so dran. Wenn du sie schreibst, dann aus diesem Grund, wenn du die Arbeit nicht schreibst, dann aus anderen Gründen. Wie auch immer. Nur, ehrlich

gesagt, als ich hörte, du beendest dein Leben über einer Arbeit, den Sinn des Lebens betreffend , da mußte ich das mit eigenen Augen sehen."

„Jetzt hast du's gesehn."

„Du sagst es."

„Und wie machen sie's? Weißt du das auch schon?"

„Nee. Aber das ist letztlich egal. Gesetz ist Gesetz. Und zwar das einzige Gesetz, das zählt. Das Naturgesetz."

Damit warf er sich das Ende des Strickes genauso über die rechte Schulter, wie ein anderer seinen Schal um den Hals schlingt, und entschwand.

Jo schüttelte benommen den Kopf. So viel Quatsch hatte er noch nie gehört. Wer weiß, wahrscheinlich war das gar nicht mein Vater, dachte er. Dann setzte er sich wieder hin und schrieb weiter.

Er schrieb viele Stunden lang, denn im Traum gab es so etwas wie ein Raum-Zeit-Kontinuum. Obwohl er nur wenige Stunden schlief, hatte er schon mehrere Tage an der Arbeit geschrieben und nahezu einhundert Seiten bearbeitet. Nun schrieb er die letzten Sätze und war sich sicher, daß er es geschafft hatte, genau das auszudrücken, was er auszudrücken beabsichtigte. Dann legte er den Stift beiseite und las noch einmal die letzten Sätze.

...Der Sinn meines Lebens besteht zusammenfassend darin, die Verknüpfung meiner Ausführungen mit dem folgenden Vers „Unverblümt strahlt grünes Licht schwindender Tage vor Seegras müden Feges, doch dies lacht nur hüpfend Wolkenbergen gleißender Gischt des Weges." als nicht relevant zu erkennen. Dieser Vers hat keinerlei Auswirkung, noch überhaupt eine Verbindung zu meinem Leben oder dem Leben eines anderen. Der Sinn dieses Verses liegt darin begründet, keinen Sinn zu haben und daher auch keine, wie auch immer geartete Konsequenz auf irgendein Leben."

Damit schloß Jo den Aktendeckel und schob die Arbeit von sich.

2.

Wenige Minuten später erschien ein Diener der Lehranstalt und holte das Manuskript ab. Er nahm es vorsichtig, ja beinahe andächtig, mit beiden Händen vom Tisch und trug es wie ein Serviertablett vor sich her. Nachdem er durch die Tür davongegangen war, erschien ein weiterer Diener der Fakultät und baute sich wie ein Holzsoldat vor der noch geöffneten Tür auf.

„Was machen Sie da?" fragte Jo ihn belustigt.

„Ich passe auf, daß du nicht verschwindest."

Jo lachte. „Ich könnte aufwachen."

„Nicht, wenn du nicht durch diese Tür gehen kannst."

Jo grinste ungläubig. Dann schaute er an dem Holzsoldaten vorbei, durch den schmalen Spalt, der noch geblieben war. Und erschrak. Dahinter, wo eigentlich der kleine Flur war, der von seinem Zimmer zur Treppe und dem Oberstubenbad führte, war noch einmal sein Zimmer zu sehen. Wie in einem Spiegel; nur seltsam, daß er in diesem Spiegel sich selbst im Bett liegen sah, auf dem Rücken, mit gefalteten Händen.

3.

Nach einer langen, langen Zeit des Wartens erschien wieder der Mann, der seinem Vater ähnlich sah. Er trat einfach durch die geöffnete Tür und durch den Wachsoldaten hindurch. In der einen Hand hielt er wieder das Ende seines Strickes, in der anderen einen Zettel. Jo mußte nicht lange überlegen, er wußte, was darauf stand: Für den, der mich abschneidet, und entschuldigen Sie den Anblick. Ich hatte keine Wahl.

„Der ist für dich." sagte er einfach.

„Was soll ich damit? Ich habe ihn schon einmal gesehen." antwortete Jo trotzig. Ihm war plötzlich speiübel geworden.

„Das ist nicht meiner. Das ist deiner. Du solltest ihn bei dir haben, wenn sie dich finden." Dann griff er in seine Jackentasche und holte einen Hundertmarkschein heraus. Diesen reichte er seinem Sohn.

„Und das hier auch. Tja, mein Junge, die Preise sind gestiegen. In jedem Geschäft."

Jo schaute ihn ungläubig an. Sein Gesicht wurde fahlgrau, und er müßte eigentlich zur Toilette laufen, merkte er in seinem Magen, aber hinter seiner Zimmertür befand sich ja nicht mehr der Flur, sondern...

„Genau, sondern das Totenbett." brachte der Mann mit dem Strick den angedachten Satz zuende.

Tapfer schluckte Jo, hielt den Mageninhalt unten.

„Und wenn ich mich weigere?"

„Wenn ich mich weigere, wenn ich mich weigere?" äffte der Strangulierte ihn nach. „Wie im Film. Immer diese blöden Fragen. Was meinst du, würde ich antworten? Na gut, dann eben nicht, dann wachst du einfach auf? Blödsinn. Dann eben das!" schimpfte er los und reichte Jo einen weiteren Zettel, den er in der Innentasche seines Jacketts verwahrt hatte. „Dann eben so!"

Der Zettel war mit einem ausgerissenen Zeitungsausschnitt beklebt worden. Darauf stand:

Das Gremium begann mit der Auswertung der Dissertation am Montagmorgen. Gegen Mittag waren die Meinungen noch wohlwollend. Gegen Abend schwankte die Stimmung unergründlich. In der Nacht holte man den Dissertanten und bat ihn, gewisse Aspekte seiner Ausführungen näher zu erläutern. Leider brachte auch dies keine bedeutende Änderung in der Einstellung der beurteilenden Herren. Der Dissertant wurde in den frühen dienstägigen Morgenstunden erschossen.

Jo wendete den Zeitungsausschnitt ungläubig hin und her.

„Dienstagmorgen? Meinst du wirklich, daß ich die nächste Nacht wieder träumen werde, wenn ich erschossen werden soll? Glaubst du das?"

„Mein Sohn, laß dir sagen, daß du schon fast einen ganzen Tag lang schläfst. Meine geliebte Schwester versucht schon seit dem Mittag, dich wachzurütteln. Vergebens. Du atmest zwar noch, aber das ist auch alles."

Jo hörte verwirrt zu. Dann ging er zur Tür und schaute durch den Spalt, den der Diener frei ließ. Da stand seine Tante und klatschte ihm ins Gesicht. Er konnte ihre Worte nicht hören, aber er erkannte an ihren Bewegungen, daß sie von Panik ergriffen war.

4.

Klara Früchtchen hatte wirklich Angst um das Leben ihres Neffen. Wie sollte sie ihm denn nur helfen? Sie hatte ihn mit Wasser benetzt, ihm ins Gesicht geschlagen, seine Arme bewegt, an den Ohren gezogen. Sie hatte ihn angeschrien, japanisches Heilpflanzenöl unter seine Nase gerieben, mit zwei Radios einen Höllenlärm im Zimmer veranstaltet und ihm ins Ohrläppchen gebissen. Sie hatte ihn mit Nadeln in die Fußsohlen gestochen. Aber Jo wachte nicht auf. Es war inzwischen fünfzehn Uhr dreißig, und Klara Früchtchen glaubte, sie müsse tatsächlich einen Arzt holen. Aber irgendetwas hielt sie bisher davon ab. Ein Gedanke, der davon sprach, daß es dann zu spät wäre. Weil sie ihn ins Krankenhaus brächten und dort könne ihm keiner mehr helfen. Rastlos lief Klara von einem Zimmer ins andere. Dann schaute sie aus dem Oberstübchenbad und sah, wie Letitia ein Fenster öffnete. Schnell lief sie die Treppe herunter, schlüpfte aus den Hausschlappen in die Gartenschlappen und hastete die Straße entlang. Beim Adenschen Haus angekommen, klingelte sie gar nicht erst, sondern ging gleich durch den Garten ins Wohnzimmer. Außer Cäsar, der sie freudig kläffend begrüßte, war niemand da. Sie rief Letitia, aber bekam keine Antwort. Sie schaute ins Schlafzimmer, aber Letitia war nicht darin.

Wahrscheinlich duscht sie, deshalb hört sie mich nicht, dachte Klara und entschied sich zu warten. Sie ging zurück ins Wohnzimmer. In diesem Moment huschte etwas durch die Küche. Cäsar horchte auf und flitzte hinterher. Klara sah ganz deutlich, daß dieses Huschende ein Kind war. Sie folgte der schattenhaften Gestalt bis zum Gästezimmer. Dort schaute sie durchs Schlüsselloch und sah etwas, das ihr Herz schneller schlagen ließ. Sie öffnete die Tür und flüsterte:

„Aber Berit, was machst du denn hier? Ist das nicht die kleine Tina, die im Sommer so krank geworden ist?"

Berit mußte die Fragen beantworten. Sie wollte die Fragen beantworten und sie war froh, daß ihr jemand diese Fragen stellte. Deshalb erzählte sie Klara Früchtchen alles, was sie wußte, von Anfang an, bis zu dem Tag, als sie bemerkte, daß sie in Tinas Nähe nicht träumen mußte.

Der kleine Hund legte sich zusammengerollt aufs Fußende des Bettes und schlief augenblicklich ein.

5.

Währenddessen schaute Jo zu, wie sein toter Vater einen Strick an einem Balken in der Zimmermitte befestigte. Jo hatte diese drei Querbalken immer gemocht, weil er alles Mögliche daran befestigen konnte. Da hingen Segelflugzeuge und ein Zeppelin aus seiner Modellflugphase und ein Efeu von Letitia, den sie Tante Klärchen zum Pflaumenkuchenessen mitgebracht hatte. Nun hing inmitten dieser lebendigen Zeitzeugen ein Strick mit einer Schlinge. Widerlich.

„Das ist ganz einfach..." hörte er seinen Vater sagen, „ du mußt jetzt nur auf einen Stuhl klettern, dann steckst du den Kopf durch die Schlinge, Bruder John...na und dann, springst du. "

„Nein. Ganz bestimmt nicht. "

„Du entfliehst deinem Schicksal nicht. "

„Nein, aber ich kann es verzögern. "

Tief verborgen, noch unter der Oberfläche des Unterbewußtseins, so tief im Inneren seines Herzens, daß niemand ihn lesen konnte, stand ein Satz in hoffnungsgrünen Lettern: TANTE KLARA WEISS, WAS ZU TUN IST. HOL HILFE!

„Klar, kannst du. Bis Dienstag früh. Hast du ja gelesen. "

„Ja. "

„In den dienstägigen Morgenstunden erschossen!" witzelte der Tote.

„Jaa!" brüllte Jo ihn an. „Ich weiß!"

„Willst du, daß ich gehe?"

„Ja, verdammt. Das will ich. Verschwinde. "

„Na klar, Sohn." antwortete der Mann mit dem Strick um den Hals lässig und verschwand.

6.

„Was meinst du, Berit, wenn wir Jo auch hierher brächten, in Tinas Nähe, ob er dann aufwachen könnte?"

„Ich kann mir das vorstellen. Aber Tante Klara, wie sollen wir das denn machen?"

„Ich habe keine Ahnung." resignierte diese.

Dann saßen die beiden da auf dem Bettrand und waren beinahe entmutigt. Plötzlich sprang Berit auf und rief:

„Ich hab's, ich hab's! Schnell, wir wickeln Tina schön warm ein und nehmen sie mit. Es wäre viel einfacher, Tina zu euch rüber zu bringen. Du kannst sie bestimmt tragen, sie ist schon so dünn. Bestimmt ist sie ganz leicht." fiel Berit ein.

„Meinst du, das geht?"

„Klar. Für Tina ist das egal, wo sie liegt. Sie ist doch so was wie ein Medium, hier in Ennes Ruh kann ihr nichts passieren, egal in welchem Bett sie liegt."

„Du bist wirklich ein ganz schlaues Kind, Berit. Und du meinst nicht, daß das für Tina zu gefährlich werden kann?"

„Nö. Glaube ich nicht."

„Komm, beeilen wir uns. Ehe es für Jo zu spät ist."

Machtspiele

1.

„Einen Schritt zurück, Mann!" befahl der Soldat an der Tür.

„Ich will doch nur hinaussehen..." murmelte Jo.

„Da gibt's nichts zu sehen!" antwortete der Türsteher, aber Jo wußte es besser. Er sah, daß es etwas zu sehen gab.

Etwas Gewaltiges. Tante Klärchen schleppte mit Hilfe von Berit ein Bündel herein, das aussah, wie eine Federbettrolle, in der etwas eingewickelt war. Das legte sie neben den schlafenden Jo ins Bett. Sie richtete sich auf und sah sich um, als suche sie nach einem Einfall. Dann verschwand sie aus Jos Sichtfeld und als sie wieder erschien, schob sie das schwere, große Sofa von der Fensterseite neben Jos Bett heran. Ganz heran, und schließlich rollte sie mit Berits Hilfe das Bündel auf das Sofa. Als sie es entfaltete, erkannte Jo das Mädchen Tina.

2.

Etwa zur gleichen Zeit kam Letitia Aden, die nicht im Bad, sondern im Keller war, um nach etwas Eßbarem aus der Dose oder nach eingeweckten Vorräten von ihrer Mutter zu suchen, zurück in ihr Schlafzimmer. Dieses Zimmer war das Schönste im Haus, sogar noch schöner als das Wohnzimmer mit den großen Fenstern zum Garten. Ihr Schlafzimmer war ein mittelgroßes Erkerzimmer, und dort, im halbrunden Erker stand ihr Bett, wo bei anderen Leuten meist der Eßtisch mit sechs Stühlen um einen runden ausziehbaren Tisch stand. Sie hatte ein Glas Erdbeeren, eine Dose Champignons und eine Büchse Corned Beef gefunden. Nun legte sie die Vorräte aufs Bett und lief in die Küche, um einen Dosenöffner zu holen. Im Flur hörte sie ein leises Jaulen. „Cäsar?" rief sie. Das Jaulen wurde lauter.

„Cäsar? Wo bist du?" Plötzlich Stille.

„Leckerli!" lockte sie. Nun erklang ein aufgeregtes Bellen, das heißen sollte: Hier bin ich, hol mich raus, na mach schon!

Letitia lief zum Gästezimmer. Öffnete die Tür gerade so weit, daß der kleine Hund hindurch schlüpfen konnte und schimpfte flüsternd: „Still, sie soll doch nicht aufwachen!"

Dann schloß sie die Tür vorsichtig und nachdrücklich.

„Die bleibt zu, mein Lieber! Ich weiß zwar nicht, wie du da hineingekommen bist, aber noch mal passiert das nicht. Klar?"

Der Hund schaute sie zweifelnd an. Das *Blaa-bla-bla-bla* hatte er nicht verstanden, aber das Wort -Klar- in Verbindung mit dem unduldsamen Tonfall kannte er genau. Irgendwas hatte er falsch gemacht. Er folgte seinem Frauchen und wußte, es würde nicht wirklich ein Leckerli geben. Wahrscheinlich würde sie sich einfach wieder ins Bett legen, wie immer. Ohne ein Fressen für ihn hinzustellen. Und wie immer würde er sich dann im Haus auf die Suche danach machen. Und weil sein Frauchen immer vergeßlicher und nachlässiger wurde, würde überall etwas herumliegen. Wurst auf dem Fernseher, der auf dem Fußboden im Schlafzimmer stand, Kekse im Bad auf dem Toilettendeckel, ein Tetra-Pack Milch vor dem Schuhschrank.

Letitia Aden hatte die Tür zum Gästezimmer geschlossen, ohne hineinzusehen. Irgendwie hatte sie eine Abneigung gegen dieses kranke Kind. Nicht, weil es krank war, sondern weil sie das Gefühl hatte, in ihrem Haus mit einer noch lebenden Leiche eingesperrt zu sein. Das gefiel ihr gar nicht. Sie würde alles darum geben, wenn ihr jemand dieses Problem abnehmen würde. Aber Luise Kater hatte angeordnet, daß Tina hierbleiben sollte und um Gottes Willen nicht gestört werden dürfe; und was Luise Kater anordnete, war Gesetz. Jedenfalls in Ennes Ruh. Das Gesetz der Pflanzer.

3.

Ein Bote brachte eine Karte. Sie sah aus, wie eine Visitenkarte.
Darauf stand: Sie werden um 22.45 Uhr vor dem Gremium zur Verteidigung ihrer
Dissertation erwartet.
Jo schaute auf seine Uhr, es war 22.40 Uhr.

4.

Letitia Aden legte sich ins Bett, nachdem sie die erste Hälfte Champignons
mit Corned Beef als Hauptgang gegessen hatte und das Glas Erdbeeren als
Nachtisch. In den letzten Tagen hatte sie sich krank gemeldet, und sie hatte
nicht vor, vor Beginn des neuen Jahres noch einmal zur Arbeit zu gehen. Robert Sperling mochte zetern wie ein Rohrspatz, egal. Es gab doch nichts Schö-
neres, als einen Tag im Bett zu verbringen, und Tage oder sogar Wochen im
Bett konnten das Leben zu einer angenehmen Sache machen. Nun döste sie
vor sich hin, denn ein kleines Nickerchen vor dem Abendessen -zweite Hälfte
Doseninhalt- und einer Flasche Sauerkirschsaft -von Muttern selbstgepreßt-
konnte nicht schaden, dachte sie schläfrig. Aber kaum war Letitia eingeschlum-
mert, holte sich Cäsar sein versprochenes Leckerli.
Zwei Stunden später flog ein kleines jaulendes Fellbündel aus der Adenschen
Haustür, setzte unsanft auf, schüttelte sich, drehte um und lief zur Tür zurück.
Es sprang immer wieder bellend und kläffend an der Tür hoch, rannte ums
Haus herum zur Gartentür, wieder nach vorn und versuchte, einen Durchlaß
ins Haus zu finden. Weil die Suche jedoch erfolglos blieb, kroch der kleine
Hund unter die Holzbank mit den Blumentöpfen, die längst vergangen und
erfroren die braunen Köpfe hängen ließen.
Wenig später nahm er eine Bewegung wahr, er war sofort auf den Beinen und
konnte gerade noch erkennen, daß Berit mit Bella das Haus nebenan verließ.
Er lief sofort hinterher, und Berit, die ein patschendes Hopsen hinter sich
hörte, blieb stehen.
„Na, was machst du denn hier? Bist du abgehaun? Oder hat Letitia dich rausgeschmissen?" fragte sie den Hund. Dann machte sie sich mit den beiden auf
den Weg. Am Abend würde sie noch eine Menge zu erklären und zu klären
haben, dafür brauchte sie einen klaren Kopf und mußte sich vorbereiten. Sie
mußte ihren Eltern, oder besser nur ihrer Mutter klarmachen, daß sie die nächsten Tage, -oder Jahre- dachte sie trübsinnig, bei Tante Klara schlafen müsse.
Dafür brauchte sie eine stichhaltige Erklärung. Mit der Wahrheit wollte sie es
eigentlich nicht versuchen. Dabei mußte sie so clever vorgehen, daß ihre Mut-

ter sich eine Erklärung für ihren Vater und die Geschwister einfallen ließ. Im Notfall müßte sie Tante Klara selbst einschalten, damit diese ihr Vorhaben unterstützen konnte. Dann würde sie den Kleinen hier zurückbringen, sie war sicher, daß Letitia ihn später suchen würde. Ansonsten, entschied sie kurzerhand, würde sie Cäsar mit zu Tante Klara nehmen. Warum auch nicht, früher oder später, sinnierte sie, werden wir alle bei Tante Klara bleiben müssen. „Na klar, alle bei Tante Klara, das ist überhaupt die Lösung!" schrie sie in die Dunkelheit. Dann hielt sie sich schnell die Hand vor den Mund und flüsterte aufgeregt: „Wenn wir uns alle bei Tante Klara versammeln, um Tinas Bett herum, ganz nahe, dann kann niemand mehr träumen, und vielleicht gehen sie dann kaputt. Vielleicht gehen sie dann echt kaputt, wenn sie keiner mehr braucht..."

Aufgeregt hüpfte das Licht ihrer Taschenlampe durch die anbrechende Nacht. Es war zwanzig Uhr, drei Stunden früher als in Jo Tölles Traum, der gerade dabei war, einige Aspekte seiner Ausführungen vor den beurteilenden Herren zu erläutern.

5.

„Wir hören uns nun schon circa fünfzehn Minuten diesen von Ihnen verzapften Unsinn an. Entschuldigen Sie den harten Ton, den wir Ihnen gegenüber anschlagen müssen, aber es läßt sich ganz einfach nicht anders ausdrücken." erklärte der links außen sitzende Herr im grauen Anzug, mit grauen Schläfen und einem ebenso grauen Teint, der offensichtlich die Leitung der Ausschusses inne hatte.

„Nun Herr Kollege, da bin ich nicht ganz Ihrer Ansicht." unterbrach ein glatzköpfiger Greis, der Mühe hatte, seine schwache Stimme zu erheben. „Dies hier ist durchaus kein Schwachsinn. Es ist eine durchaus respektable Arbeit, ...nur hätte die Frage, die zu dieser Art der Ausarbeitung führte, eine gänzlich andere sein müssen."

„Heißt das..." fragte der erschrockene Jo dazwischen, und wurde brüsk unterbrochen.

„Ja, das heißt es. Thema verfehlt. Ganz einfach." antwortete ein weiteres, eher unscheinbares Mitglied der Prüfungskommission.

„Hätte man Ihnen die Frage gestellt, wie an diesem wundervollen Reim der Sinn des Lebens zu erklären sei, dann, ja dann..."

„Aber das war die Frage!"

„Wenn das die Frage gewesen wäre, dann hätten Sie ja bravourös bestanden. Wären sozusagen ein Meister des Wortes..." bestätigte der jüngste der Herren. Doch schon erhob sich ein böse dreinblickender, schwarzgewandeter Herr.

„Aber weil nicht sein kann, was nicht sein darf, muß also die Frage eine andere gewesen

sein." Dann setzte er sich wieder.

Das Gremium schwieg. Jo starrte zuerst den bösen Schwarzen an, dann den greisen Glatzkopf. Sein Blick wanderte gehetzt zu seinem jungen Befürworter und von dort über den blassen Mittleren, der ein etwas weibliches Alabasterlächeln hatte, nach links außen, hin zu der grauen Eminenz, die sein Schicksal in den Händen hielt.

„Was nicht sein darf?" fragte er dann mutig, wenn auch zurückhaltend.

„Nun, sehen Sie," versuchte der Greis zu erklären, „jeder hat seinen Platz im Leben. So, wie der Sinn des Lebens für einen jeden von uns unter den gleichen Bedingungen ein gänzlich anderer sein kann. Verstehen Sie?"

„Nein..."

„Dann will ich es Ihnen erklären." sagte der jüngste der Herren. „Es ist ganz simpel. Unverblümt

Es strahlt das müde Licht

schwindender Tage auf Wolkenberge,

doch grünes Seegras lacht nur,

auf gleißender Gischt seines Weges hüpfend.

Ferdinand Feges."

„Geschüttelt und gerührt, mein Lieber." lächelte der unscheinbare Herr.

„Und was ist der Sinn?"

„Der Sinn ist, daß es so keinen Sinn hat, nur in der ursprünglichen Form. Zum Sinn des Lebens Irgendjemandes hat es keine Beziehung, ergo...sind Ihre Ausführungen völlig richtig." antwortete der Jüngere freundlich.

Jo atmete auf. Nun hatten sich die schlauen Herren selbst im Kreis gedreht.

„Aber Ihr Leben hat in der derzeitigen Form keinen Sinn. Für Sie nicht, weil für uns nicht. Weil Sie hier sind, muß Ihr Leben einen Sinn für uns ergeben. Aber wir brauchen Sie nicht lebend, Sie verstehen?"

„Nein, ich verstehe nicht! Meine Arbeit ist völlig richtig!"

„Natürlich!" brüllte der schwarzgekleidete Richter zurück. „Natürlich ist sie's, aber sie darf es nicht sein! Und damit verliert die Arbeit ihren Sinn und mit der Sinnlosigkeit Ihrer Arbeit wird die Sinnlosigkeit Ihres Lebens bestätigt!"

„Und ein Leben ohne den geringsten Sinn, mein Lieber, ist so nutzlos wie ein geschütteltes Gedicht."

Der Herr in Grau erhob sich und verließ den Raum durch eine Tür im Hintergrund, und ihm folgten die anderen in gebührendem Abstand. Als Letzter ging der unscheinbare Beisitzer. Bevor er die Tür durchschritt, drehte er sich noch einmal um und sagte:

„Soviel ich weiß, hat Ihr Vater Sie besucht und Ihnen ein Angebot gemacht. Es ist kein Ausweg, ich weiß; aber eine unbedeutende Verzögerung, wofür auch immer Sie diese

nutzten, wäre möglich, wenn Sie es selbst täten. Sonst erscheint im Morgengrauen der
Scharfrichter, wie Sie wissen." Damit drehte er sich um und verschwand.
Kurz darauf befand sich Jo wieder in seinem Zimmer. Sein verstorbener Vater saß
bereits auf dem Sofa, das im wirklichen Leben schon längst an der Seite seines Bettes
stand, von einem schlafenden Mädchen bewohnt.
„Hast du dich entschieden."
„Ja. Aber ich will allein sein."
„Nur zu, ich war auch allein. Das macht vieles leichter. Vergiß nicht den Zettel und den
Schein."
„Hm."
„Auf bald, Sohn." hauchte der Strangulierte und verschwand.
Jo ging zur Tür und schaute durch das Schlüsselloch.
Neben ihm selbst, der nicht aufwachen konnte, und der schlafenden Tina waren jetzt
noch Tante Klärchen, Berit, Cäsar, der Hund und Maria Poppen im Zimmer. Außer-
dem sah er einen Schatten, aber er wußte nicht genau, wem dieser gehörte.

6.

Leises Flüstern erfüllte den Raum. Einzelne Worte brannten sich in sein Gedächtnis, die fortan wie Nachtfalter in seinem Kopf umher spukten. Schlierige
Farbkreise drehten sich wie Sonnenstrahlen in Öllachen. Dunkelheit wurde
zurückgedrängt. Licht konnte noch nicht endgültig durchbrechen.
Worte hockten wie Grillen auf Grashalmen und zirpten ihr nervendes Lied in
die Welt. Das Lied der ständigen Wiederholung, bis es von einem seiner Brüder abgelöst wurde. Neues Wort, gleiches Lied.
Er versuchte, die Wortgrillen abzuschütteln. Warf den Kopf hin und her. Verscheuchte sie mit den Händen. Aber jedesmal, wenn er sie außer Hörweite
glaubte, kamen sie in einem weiten Bogen zurück. Manchmal brachten sie
ihre Schwestern mit den langen spitzen Saugrüsseln mit, die wie Nadeln in
seine Nervenenden stachen und ihm einfach keine Ruhe ließen.
Er wünschte sich mit aller Kraft, wenn man von Kraft sprechen konnte, zurück in jenen Nebel ruhiger Gelassenheit, aus dem man ihn zu reißen versuchte. Ja, er merkte es genau. Jemand oder etwas versuchte, seine Aufmerksamkeit zu erlangen. Aber mit unlauteren Mitteln, wie ihm schien. Man ließ ihm
nicht die Möglichkeit, selbst zu wählen. Er wußte nicht genau, wohin er sollte
oder woher er kam, noch was vorher war. Seine jetzige Situation war ihm
schleierhaft, sie interessierte ihn nicht.
Ganz in der Ferne, romantisch umkränzt, reichte ihm ein anderer das Ende

eines Taues. *Faß zu, faß zu, laß dich herausführen aus der Dunkelheit!* raunte er
ihm zu. Aber schwer, ein Tau zu fassen, mit verschwommenen flossengleichen
Händen, irgendwie ohne Daumen.

Komm doch, komm, ich führe dich hinaus in die Welt des Staunens!

Ich bin's, dein Vater, ich bin's!

So reich mir deine Hand, Bruder John. Kopf durch die Schlinge, Bruder John, ganz
einfach...

Geh, geh schon!

Dann plötzlich hatte er das Tau, hielt es fest, mit Händen und Füßen, mit denen er auf
einem Höckerchen stand. So einem, wie er früher benutzte, als er noch ein kleiner Junge
war; wenn er Zähne putzen sollte. Wenn er im Bad war. Manchmal schaute er auch
hinein ins Bad, ob einer drin war. Er fragte nicht gerne: „Ist besetzt?" Das war ihm
peinlich. Er schaute lieber durchs Schlüsselloch hinein. Das war nicht peinlich. Nur
lustig. Naja, und manchmal hinterher ärgerlich. Einmal hatte er eine Ohrfeige bekom-
men, weil er seine Mutter beobachtet hatte, wie sie saß und sich furchtbar anstrengte.
Seine Großmutter hatte ihn erwischt und ihm ins Gesicht geklatscht. Dann wollte sie
wissen, warum er geguckt hatte.

„Mir gucken auch immer alle zu." hatte er trotzig geantwortet.

„Aber deine Mutti möchte alleine sein, wenn sie beschäftigt ist." schimpfte die Groß-
mutter.

„Ja, aber ich will auch allein sein." sagte Jo.

...Kopf durch die Schlinge, Bruder John, ganz einfach...

„Ja, aber ich will allein sein."

„Nur zu, ich war auch allein. Das macht vieles leichter. Aber vergiß den Zettel nicht
und den Schein."

„Hm."

„Auf bald, Sohn."

Jo nahm das Ende des Seiles in die Hand, das der Strangulierte ihm zum Abschied
entgegen hielt.

„Kommst du zurecht? Dann verschwinde ich jetzt. Und..."

„Was?"

„Schau nicht durchs Schlüsselloch. Du weißt, deine Tante mag das nicht."

„Nein."

„Nein. Nein."

In diesem Moment hatte er das Gefühl, das Ende des Taues würde immer
heißer werden. Glühend heiß.

Es schmolz vor seinem geistigen Auge dahin und roch wie verbrannt. Wie ein lange nicht angefeuerter Ofen, auf dessen Oberfläche der Staub der letzten Monate verbrennt.

Er ließ es fallen, das heiße Tau, dann griff er wieder zu und schwang es wie ein Lasso durch die Luft. Verscheuchte damit die zirpenden Grillen und die stechenden Schwestern.

Dann platzte die Seifenblase, in der sein Kopf zu stecken schien. Plötzlich sah er Luft. Er roch Luft. Er spürte Luft. Er stieg auf. Aus dem Dunkel. Der Tiefe. An die Oberfläche. Dann schlug er die Augen auf.

„Da bist du ja." sagte Tante Klärchen. „Mein Gott, bin ich froh!"

„Das war die Probe aufs Exempel, und wenn wir jetzt einen vernünftigen Plan ausarbeiten, dann könnten wir's packen." sagte Volker Devries. „Oh, ja, das könnten wir."

Letitias Traum beginnt

1.

Eine weiße Zimmerdecke zeigte sich Letitia, nachdem das Land am Meer an ihrem inneren Auge vorübergezogen war. Ein kleiner Raum schien es zu sein, mit mindestens drei weißen Wänden, einer Tür, einem Fenster mit Milchglasscheiben und Gitterstäben davor. Draußen wachten sich drehende Mühlen, die dunkle Schattenstreifen verursachten.

Letitia lag auf dem Rücken und spürte, wie Fesseln ihre Handgelenke einschnürten. Sie versuchte, ihren Kopf zu heben, aber ein breites Band um ihre Stirn hinderte sie daran. Sie wollte nach jemandem rufen, aber ihr Mund fühlte sich trocken und irgendwie pelzig an, als wäre ihr innendrin ein Fell gewachsen. Trotzdem verspürte Letitia keine Angst. Sie hatte das Gefühl, einfach warten zu müssen, bis irgendjemand kommt. Dann schloß sie die Augen und schlief ein.

Als Letitia von ihrem Nickerchen erwachte, befand sie mitten in einer Auseinandersetzung zweier Ärzte.

Anfangs konnte sie dem geflüsterten Streitgespräch der beiden Männer nicht folgen, aber sie beobachtete sie, während sie ihr den Rücken zuwandten. Einer der beiden war groß und kräftig, breitschultrig und hatte einen Pferdeschwanz, der tief im Nacken saß. Die dunklen Haare schienen sich zu sträuben, von einem Knoten gehalten zu werden. An seinem rechten Ohr glitzerte ein winziger Stein an einem zarten Ring. Die Hände hatte er -wahrscheinlich zu Fäusten geballt- in den Taschen seines weißen Kittels stecken. Sein gerader Rücken machte oben zwischen den Schulterblättern einen Knick, was wohl daher kommen mochte, daß er immer mit Menschen sprechen mußte, die kleiner als er waren. So oder so, er war ihr allein von seiner äußeren Erscheinung her unbekannt. Der andere Weißkittel war kleiner und recht zart. Wenig Kopfhaar, dafür einen Bart, der schon als Backenbart von hinten zu erkennen war. Der Kittel war ihm scheinbar um eine Nummer zu groß, die Ärmel reichten ihm bis zu den Fingerspitzen. Ständig fuchtelte er mit den Händen in der Luft herum, um seine Worte in Formen zu hüllen. Doch auch diese Gestalt war ihr gänzlich unbekannt. Während sie so lag und schaute, spürte Letitia wieder die trockene Kehle und den pelzigen Belag auf Zunge und Zahnfleisch. Sie räusperte sich. Wie auf Kommando drehten sich die beiden um und starrten sie an. Nun erschrak Letitia doch. Der große, kräftige hatte die Physiognomie Robert Sperlings, der kleinere das Gesicht von Berthold Rupp. Als sie nun ihren Mund aufmachten und Letitia ihre Stimmen hörte, bestätigte sich ihr erster Eindruck: völlig unbekannt.

„Soso, da ist sie also, unsere Patientin. Wieder erwacht, gut, gut." sagte der kleinere freundlich, wenn auch mit einem etwas albernen Unterton.

„Das ist eben nicht gut, Herr Kollege. Haben wir nicht gerade ausführlich darüber debattiert?" schimpfte der Große dagegen.

„Seien Sie nicht so streng. Sie ist doch noch gar nicht lange hier. Sie wird sich noch eingewöhnen." lächelte der kleine Arzt.

„Eingewöhnen? Daß ich nicht lache!" hielt der mit dem Pferdeschwanz dagegen und lachte ein künstliches Ha-ha-ha. „Die letzte Nacht hat sie gebrüllt, die davor randaliert und geschrian. Wenn wir sie nicht ruhiggestellt hätten, dann wäre sie womöglich durchgebrochen!"

„Durchgebrochen? Jetzt übertreiben Sie nicht! Haben Sie schon mal gesehen, wie jemand durchbricht, der an Händen und Füßen und sogar am Kopf gefesselt ist und seit zwei Tagen keine Nahrung zu sich genommen hat? Blödsinn, Kollege." Dann kam er näher ans Bett heran und streichelte Letitias Wange. „Ja, braves Mädchen, feines Mädchen. Immer schön schlafi-schlafi machen."

„Schlafi-schlafi, Herr Kollege?" Ein breites Grinsen zog über das Gesicht des Robert-Arztes. „Da gibt's nur eins, und das ist eine Handkante!" Seine linke Hand zischte haarscharf und pfeilschnell knapp an Letitias Ohr vorbei, so daß ihr trotz ihrer trockenen Kehle einen pfeifenden Schrei entwich. „Ah, wollen wir wieder Theater machen?" fragte der Angreifer scheinheilig.

Letitia beeilte sich, mit den Augen zu wackeln, weil sie ja den Kopf nicht schütteln konnte.

„Glauben Sie tatsächlich, daß der Frau Doktor diese Art der Behandlung gefallen würde?" fragte feixend der Berthold-Arzt.

„Sie würden es nicht wagen..." erschrak der andere.

„Doch, vielleicht würde ich. Sagen Sie mal was Nettes zu der Kleinen." trumpfte Bert-hold-Arzt jetzt auf.

„Äh...was Nettes? Äh...mal sehen...guutes Mädchen, feines Hündchen...etwa so?"

„So ähnlich. So, und jetzt binden Sie ihr mal den Kopf los. Damit wir dem Hündchen was zu trinken geben können. Jaaa."

Mit einer beruhigende Geste strich er ihr über die gefesselten Handgelenke. In diesem Moment ging die Tür auf und eine um Jahre ältere Letitia im weißen Kittel betrat den Raum. Sofort stürmten die beiden Ärzte unterwürfig auf sie zu und murmelten Höflich-keitsfloskeln. Ein paar Minuten hörte die Frau Doktor andächtig zu, dann unterbrach sie das Geraune mit einer klaren abschneidenden Handbewegung. Sofort war Stille. Die Doktorin hatte die Hände auf dem Rücken verschränkt und schritt um das Krankenbett herum. Dann blieb sie am Fußende stehen und befahl:

„Abschnallen!"

Berthold-Arzt begann sofort, die Handfesseln zu lösen. Er grinste schadenfroh. Robert-Arzt tat dasselbe, nur mürrischen Blicks.

Sie lächelte die Kranke an und befahl weiter:

„Frühstück!"

„Auf der Stelle, Dr. Aden." antwortete Berthold-Arzt und verließ den Raum. Robert-Arzt schlich ihm wortlos hinterher, wobei der Knick in seinem Rücken an Deutlichkeit zunahm.

Letitia setzte sich auf und sah die Frau, die wie eine ältere Schwester aussah, fragend an. Diese nickte, und so schob die Letitia im Bett ihre Beine zur Seite und hing sie aus dem Bett heraus. Ein seltsames Gefühl kroch ihre Beine hinauf und hinab. Erst ein Kribbeln, dann ein schweres Saugen. Schließlich stützte sie sich mit beiden Händen hinter dem Rücken ab und spannte ihren Körper durch. Dann kam der kleinere der Ärzte wieder herein und brachte ein Tablett mit Essen. Saft, Brot und zwei kleine Näpfchen, in denen sich Butter und Marmelade befand. Gierig schnappte Letitia nach dem Glas und trank einen kleinen Schluck, dann einen größeren und schließlich trank sie das ganze Glas leer.

„Danke." sagte sie. Dabei bemerkte sie, daß ihre Stimme seltsam klang. Irgendwie fremd. Sie räusperte sich. „Danke." sagte sie nochmals. Aber ihre Stimme klang immer-noch so fremd.

„Keine Ursache." sagte die Doktorin. „Sie haben sich diese Nacht ganz gut benommen. Ich habe keine Klagen gehört außer die von Dr. Sperling, aber wie Sie bereits bemerkt haben dürften, klagt er immer. Ganz im Gegensatz zu Dr..."

„Rupp...?" flüsterte Letitia fragend.

„Wie bitte?"

„Ich meinte," Letitia räusperte sich noch einmal, weil ihr ihre „neue" Stimme so fremd
war. „Ich meinte, Dr. Rupp."

„Kenne ich nicht. Dieser heißt Dr. Jekyll. Und weil wir einmal beim Vorstellen sind,
nennen Sie mir doch gleich Ihren Namen." Die Doktorin lächelte freundlich. Letitia
lächelte zurück, reichte ihre Hand hinüber und stellte sich vor:

„Letitia Aden."

Das Lächeln der Doktorin gefror auf ihren Lippen.

„Hören Sie, meine Liebe. Wie immer Sie heißen, Dr. Letitia Aden ist mein Name.
Nicht der Ihre."

Die Doktorin lächelte wieder, diesmal aber mir einer Spur Sadismus gespickt. Die Frau
im Bett spürte, daß eine falsche Antwort gefährlich werden könnte. Plötzlich wünschte
sie sich einen Spiegel, um zu sehen, wessen Gesicht sie trug.

Dr. Aden wollte nicht warten. „Nun?"

In aller Schnelle durchforschte Letitia ihr Gehirn nach Namen. An der gegenüberliegenden Wand hing ein lila Waschlappen; zu klein, um sich damit aufzuhängen, an einem
Noppenhaken aus Gummi, der, falls man ihn von der Wand abzureißen vermochte, zu
weich war, um sich damit die Pulsadern aufzuritzen.

„Lilo Wachs." Ängstlich schaute sie hinüber zu der Doktorin, die ihren Namen trug.
Diese nickte zufrieden.

„Schön, schön, meine Liebe. Sie sind recht schlau. Nun, hier zahlt es sich aus, schlau zu
sein. Aber Vorsicht!" warnte sie kurz mit erhobenem Zeigefinger. „Übertreiben sie's
nicht. Nichts ist so, wie es scheint."

Damit nahm sie die Hände, die sie am Ende ihres kleinen Vortrages auf der runden
Bettstange am Fußende des Krankenhausbettes ruhen ließ, herunter und stopfte sie nachdrücklich in die tiefen Taschen ihres weißen Kittels. Dann verließ sie den Raum.

2.

Wieder schlug Lilo-Letitia Wachs die Augen auf. Diesmal erfaßten ihre Augen nicht
die Zimmerdecke, sondern das vergitterte Fenster. Ihr Körper signalisierte Seitenlage.
Scheu blickte sie sich um. Sie war ganz allein. Zufrieden schnaufend krabbelte sie ans
Kopfende des Bettes, schob ihr Kopfkissen zurecht und setzte sich auf. Plötzlich wurde in
ihrem Kopf eine Tür aufgestoßen, hinter der sich lautes Wortgeplänkel erhob. Dieses
Mal erkannte sie die Stimmen genau.

>Was hast du mit ihr gemacht?<

>Nichts habe ich gemacht, gar nichts.<

>Oh doch, du hast ihr etwas gegeben, ich habe es bemerkt.<

>Wenn du es eh schon weißt, was fragst du dann so dumm? Sie mußte etwas haben,

sonst wäre sie verrückt geworden.<

>Auf Entzug wird man eben verrückt oder stark, so ist das. Basta!<

„Entzug?" fragte Lilo-Letitia jetzt laut die Stimmen in ihrem Kopf.

>Halt den Mund!< antworteten ihr Robert und Berthold wie aus einem Munde.

*Es blieb still. Letitia hatte innendrin ein ungutes Gefühl. So ein das-darf-doch-nicht-
wahr-sein-Gefühl. So ein Gefühl, bei dem man sich im Wachen fragt, ob das augen-
blickliche Geschehen nicht ein Traum sein muß. Das Gefühl, daß der Magen bereits in
den Kniekehlen angekommen ist und man das Wasser nicht länger halten kann. Der
Moment, in dem man aus dem Traum zu entfliehen versucht, weil der Druck zu groß ist.
Letitia versuchte, aufzuwachen. Wie sie es auch anstellte, es wollte ihr nicht gelingen.
Das Aufwachen, glaubte Letitia bisher, ist nicht immer ein willkürlicher Vorgang,
manchmal ist es mehr eine Blase, die platzt, weil man sie quetscht. Oder eine Membran,
die immer dünner und dünner wird, bis sie ohne Substanz ist und auch vom Schein
nicht mehr zusammengehalten wird. Nur: es wollte auf diese Art nicht funktionieren.
So saß sie im Bett und quälte sich, als die Robert-Stimme in ihrem Kopf sagte:*

>Hast du schonmal eine Kuh rückwärts kotzen gesehn?<

>Natürlich nicht. Wie meinst du denn das?< fragte die Berthold-Stimme.

>Trotzdem probiert sie's. Schau sie dir doch an. Das rote Gesicht, der verkniffene Mund.<

>Du solltest nicht so reden.<

*>Ich möchte bitte eine Tablette.< mischte sich nun eine dritte Stimme in das Gespräch
ein. Die Stimme eines kleinen Mädchens. Die Antwort der beiden anderen kannte sie
schon. >Halt den Mund.<*

Trotzdem versuchte Letitia-Lilo, eine Frage loszuwerden.

„Warum kann ich nicht aufwachen?"

Die Stimmen lachten drauflos. Als sie sich wieder beruhigt hatten, sagte Bertholds Stimme:

>Weil es kein Traum ist, mein Kind.<

>Ich möchte bitte eine Tablette."<

>Halt den Mund!"<

*„Warum ist es kein Traum? Es muß ein Traum sein. Ich weiß es bestimmt!" schmetterte
Letitia-Lilo zurück.*

>Psst! Wenn du so schreist, kommen sie zurück!<

„Die Ärzte?"

>Ja, die, die unsere Gesichter tragen. Ist dir das schon aufgefallen?<

„Natürlich. Wer sind sie?"

*>Sie sind nur Handlanger. Aber die Frau, die dein Gesicht trägt, die ist wirklich
gefährlich. Wenn du nicht aufpaßt, stiehlt sie dir noch mehr.<*

„Aber sowas gibt's doch nicht! Das muß doch ein Traum sein. Ich bin ins Bett gegan-

gen," überlegte sie laut, „nachdem ich Cäsar aus dem Haus geworfen habe."
>Armes Hündchen.< witzelten die Stimmen. >Das muß wohl in einem anderen Leben gewesen sein.<
„Nein! Es ist ein verdammter Traum. Wie sollte ich denn hierhergekommen sein?" fragte sie recht laut.
>Man nennt es: eingeliefert.<
>Ich möchte bitte eine Tablette.<
>"Halt den Mund!"< riefen Letitia und die Stimmen wie aus einem Mund. Diejenigen, die hinter der Tür standen, hörten nur Letitia. Sekunden später standen sie in der geöffneten Tür. In den Händen hielten sie Bänder mit Schnallen dran. Ängstlich rutschte Lilo-Letitia in ihrem Bett immer höher.
>Siehst du, da hast du's. Wir hätten ihr doch was geben sollen. Sie ist noch nicht so weit.<
>Sie muß sich beherrschen lernen. Das ist in ihrer Lage das oberste Gebot.< stritten die Stimmen weiter. Letitia fuhr sich mit der Hand über die Stirn, um die Stimmen zu verscheuchen. „Still!" flüsterte sie schließlich.
„Was ist denn los, wollen wir wieder schreien?" fragte Berthold-Arzt.
„Nein. Ich bin schon still."
>Ich möchte bitte eine Tablette.< Letitia seufze. **Bitte, bitte, sei doch still,** dachte sie.
>Ich möchte bitte eine Tablette.<
>Halt den Mund.<
„Du wirst still sein, oder..." sagte Robert-Arzt und machte eine schnittige Handbewegung. Letitia nickte eifrig.
„Ganz still."
>Das ist kein Benehmen für einen Arzt.< meinte die Robert-Stimme.
>Natürlich nicht, er ist ja auch kein Arzt. Genauso wenig, wie das hier ein Krankenhaus ist.< bestätigte die Berthold-Stimme.
„Was ist es denn?" flüsterte Letitia hinter vorgehaltener Hand und tat so, als würde sie sich räuspern.
„Was ist was?" horchte Robert-Arzt auf.
„Nichts. Ganz still." wimmerte Letitia.
>Die Ewigkeit, mein Kind.<
>Ich möchte bitte eine Tablette.<
>Amen.<

232

3.

„Ich glaube, ich habe einen Plan." deutete Berit an. Klara Früchtchen nickte ihr aufmunternd zu. „Na los, wir können jede Idee gebrauchen."

„Wenn wir uns alle bei Tante Klara versammeln, alle, die einen Brief gekriegt und so einen Samen eingepflanzt haben, alle um Tinas Bett herum, ganz nahe, dann kann niemand mehr träumen, und vielleicht gehen sie dann kaputt. Vielleicht gehen sie dann echt kaputt, wenn sie keiner mehr braucht..."

„Benjamin ist schon fast vierzehn Tage weg, und das Ding in seinem Garten ist immernoch da. Es dreht sich sogar noch." entgegnete Volker Devries. „Sonst ist der Plan hervorragend, nur wahrscheinlich würde es ewig dauern, bis..."

„Oder es ist noch da, weil es sozusagen von uns anderen lebt. Versteht ihr?" flüsterte Berit.

„Wenn es so wäre, käme es auf einen Versuch an." Volker Devries klatschte in die Hände. „Kommt, holen wir die anderen."

„Jetzt? Ohne Vorbereitung?"

„Wen willst du denn auf sowas vorbereiten?" fragte er Maria. „Und wie?"

„Er hat recht. Am besten, man stellt sie vor vollendete Tatsachen und nimmt sie einfach mit. Hoffentlich gelingt es." Klara Früchtchen war vom Bett ihres Neffen aufgestanden. „So, und dir mache ich jetzt was zu essen, damit du wieder auf die Beine kommst!" wandte sie sich an Jo.

„Nee, laß mal, Tantchen, mir geht es gut. Ich glaube, ich möchte nur genau wissen, wie ihr die Aktion starten wollt. Einfach hingehen und sie abführen? Überreden? Locken? Was?" fragte er, während er von einem zum anderen schaute. Dann stockte er.

„Moment mal, es müßte jetzt mindestens Mitternacht sein..."

„Ach was, es ist genau...19.53 Uhr."

„Was? Schon so spät?" erschrak Maria Poppen. Berit sah erstaunt zu ihrer Mutter. Dann sagte sie: „Wir müßten wohl erstmal Papa bequatschen, stimmt's?"

„Nun, wo ich doch so krank bin...brauche ich vielleicht eine Hilfe..." künstelte Tante Klara und ließ sich in einen Sessel fallen. Die anderen lachten. Irgendwie würde es schon gehen, überlegte Maria. Berit meinte, sie könne ja von hier aus zur Schule gehen, wenn sie abends alles Notwendige herüberbrächte.

„Und außerdem brauchen wir noch Betten." schloß Berit die Beratung ab.

„Wir haben ein Gästezimmer mit zwei Betten und noch unten zwei Sofas, das wird reichen." erklärte Tante Klara.

„Nein, eben nicht!" Berit war ganz aus dem Häuschen. „Eben nicht. Denkt doch mal nach! Denkt doch mal an Letitia! Sie träumt doch auch, obwohl

Tina in ihrem Haus gewohnt hat. Wir müssen alle ganz nahe an Tina heran. Um sie herum. So ist das."

"Da hat sie recht. Na, dann ziehen wir ins Gästezimmer und räumen noch ein paar Liegen oder ähnliches um. Wird schon gehen." schloß Klara Früchtchen.

Aber da brannte Berit schon wieder eine andere Sache unter den Nägeln.

„Wißt ihr, was mir gerade einfällt? Daß Letitia jetzt ganz allein da drüben ist."

„Und?" Die anderen konnten ihren Gedanken noch nicht folgen.

„Ganz einfach. Bisher war Tina bei ihr. Nicht genau bei ihr, aber irgendwie in ihrer Nähe. Vielleicht hatte sie deshalb nur ganz normale Träume, und nun, wo sie allein ist, werden die Träume anders, weil sie ihnen so ausgeliefert ist..."

„Vielleicht hast du recht. Dann fangen am besten bei ihr an. Los, gehn wir!"

Volker Devries faßte Maria und Jo jeweils an einem Arm und schob sie vorwärts.

„Ich gehe erst mal nach hause, gut Wetter machen." sagte Maria. „Dann komm ich noch mal rüber. Berit, du kannst schon mitgehen. Ich sehe zu, daß ich euch noch helfen kann. Bis später." entschuldigte sie sich.

Berit Poppen, Volker Devries, Jo Tölles und Klara Früchtchen brachen auf, um die übrigen Träumer um Tina zu versammeln.

4.

„*Was soll das heißen, Ewigkeit?*"

>*Ewigkeit, Unendlichkeit, Endlosigkeit, alles ein und dasselbe.*< *sagte die Berthold-Stimme.*

>*Ewig ist etwas, wenn es niemals aufhört. Dieses hier wird für alle Zeit so bleiben.*< *fügte die Robert-Stimme hinzu.*

„*Quatsch, es ist ein Traum. Ein beschissener zwar, aber es ist einer. Ich habe noch nie gehört, daß die Ewigkeit eine Klapsmühle ist. Das hier ist doch eine, oder? Ein Krankenhauszimmer mit Stangen vor den Fenstern.*"

>*Es hat eben noch niemand mit einem gesprochen, der aus der Ewigkeit zurückkam.*<

>*Weil man aus der Ewigkeit nicht zurückkommen kann, sonst wäre es ja keine Ewigkeit.*<

>*Eben.*<

„*Die Ewigkeit ist ein Krankenhaus? Sogar eine Klapsmühle?*" *fragte Lilo den leeren Raum.*

>*Ja.*<

>*Ich möchte bitte eine Tablette.*<

>*Halt den Mund.*<

234

„Moment mal. Wer bist du eigentlich?"

>Ich? Ich bin Letitia Aden.< antwortete die Kinderstimme.

„Nein. Ich bin Letitia Aden."

>Blödsinn. Die Ärztin ist Letitia Aden. Das solltest du nicht vergessen.<

>Du bist Lilo Wachs.<

„Und wer ist sie dann? Dieses Mädchen, das immer eine Tablette haben will?"

>Ich möchte bitte eine Tablette.<

>Haalt deen Muund!<

„Wer ist sie denn?" fragte Lilo ungeduldig.

>Unwichtig. Jemand anderes eben.<

„Aber sie kann doch nicht unwichtig sein, wenn sie in meinem Kopf ist. Ihr seid in meinem Kopf, weil ich euch kenne. Aber sie?"

>Sie ist absolut unwichtig.<

„Warum sagt ihr mir nicht, wer sie ist!" schrie Lilo plötzlich. Sie war wütend. Hilflos wütend. „Warum nicht? Redet vernünftig mit mir! Ich will verdammt noch mal wissen, was hier eigentlich los ist!"

Die drei Stimmen in ihrem Kopf schrien ebenfalls. >Haalt deen Muund, Liloo!<

Aber ihr Befehl kam zu spät. Inzwischen hatten die beiden Ärzte mit den gestohlenen Gesichtern das Zimmer aufgeschlossen und waren mit einem Spritzenwagen hereingestürmt. Ohne langes Federlesen packten sie Lilo, zwangen sie trotz ihres anhaltenden Schreiens und Sträubens auf die Kissen und gaben ihr eine Injektion. Sekunden später fiel sie in einen betäubten Schlaf.

>Hey, hörst du das Klopfen?<

>Ja, aber das ist kein Klopfen, das ist ein Hämmern. Dieser Lärm müßte verboten werden.<

>Ich will sofort eine Tablette.<

>Oh Mann, ich glaube, wir geben ihr besser was.<

>Jjo.<

5.

Nachdem die vier mehrmals um das Adensche Haus herumgelaufen waren, alle Türen überprüft und verschlossen gefunden hatten, standen sie wieder auf der Straße und berieten, wie sie in das Haus kommen konnten. Plötzlich wurden sie angesprochen.

„Guten Abend. Was ist denn hier los? Eine Volksversammlung zu nächtlicher Stunde?"

„Ach, die Frau Kater. Guten Abend! Na, machen Sie einen Abendspaziergang?" antwortete Klara Früchtchen spitzbübisch.

Luise Kater überlegte. Dann erwiderte sie, daß sie jeden Abend einen solchen Spaziergang mache, das täte ihrem Herzen gut. Aber wenn es hier irgendwelche Schwierigkeiten gäbe, wäre sie selbstverständlich gern bereit, zu helfen.

„Nein, Schwierigkeiten gibt es nicht, aber wir würden gern mit Letitia sprechen, nur leider macht sie nicht auf." schnatterte Berit nun los. Sie hatte die Befürchtung, einer der anderen könnte etwas über Tinas neuen Aufenthaltsort sagen. Und das, so war sie sicher, würde Ärger heraufbeschwören. Am besten ist es, dachte sie, wenn wir Luise Kater vor vollendete Tatsachen stellen.

„Haben Sie schon probiert, durch den Hintereingang..." fragte Luise Kater vorsichtig, während sie Berit geflissentlich übersah.

„Na klar, haben wir. Alles verriegelt. Da kommt niemand rein ins Haus."

„Habe ich dich gefragt?" entgegnete Luise Kater scharf. „Wenn sich Erwachsene unterhalten, haben Kinder den Mund zu halten!"

„Ich hatte den Eindruck, Sie unterhielten sich mit Berit..." murmelte Klara Früchtchen lächelnd.

„Ach was! Ich gehe jetzt nach hause. Gute Nacht allerseits!" Mürrisch drehte sie sich auf dem Absatz um und ging davon.

Berit lief ihr hinterher und fragte sie, ob sie denn einen Schlüssel für das Haus habe. „Sie kommen doch jeden Tag hierher, deshalb dachte ich..." Luise Kater schaute das Mädchen mißtrauisch an. Dann schüttelte sie den Kopf. „Wir hatten eine Vereinbarung, daß sie die Gartentür immer unverschlossen lassen würde. Keine Ahnung, was in sie gefahren ist."

Als Luise Kater endlich im alten Stall verschwunden war, begannen die Vier wieder, an die Tür zu klopfen. Es war aussichtslos, Letitia so wecken zu wollen, aber falls sie gar nicht schlief, sondern nur nicht öffnen wollte, könnte Beharrlichkeit vielleicht helfen, dachten sie einige Minuten lang. Dann entschieden sie sich, die Gartentür mit Hilfe eines Dietrichs zu öffnen. Während Volker Devries in seine Garage ging, um sein Werkzeug zu holen, warteten die anderen zähneklappernd und kaltfüßig. Festgetretener Schnee, der an der Oberfläche getaut und wieder überfroren war, machte das Laufen und sogar das Stehen schwierig. Um das Haus herum lag beinahe unberührter, verharschter Schnee. Gefrorene Eiskristalle glänzten im fahlen Licht, das spärlich aus der Katerschen Hoflaterne tröpfelte.

„Ob wir dieses Jahr ein weißes Weihnachten erleben?" seufzte Klara Früchtchen. „Das würde ich mir wirklich wünschen."

„Hoffentlich erleben wir überhaupt eins." erwiderte ihr Neffe sarkastisch.

Ewigkeit

1.

Wenig später betraten die Ärzte mit den gestohlenen Gesichtern das Zimmer, in dem Lilo Wachs noch immer schlief. Die Ärztin, die sowohl den Namen als auch das Aussehen Letitia Adens trug, stand draußen auf dem Flur und kommandierte.

„Beeilen Sie sich etwas, meine Herren, damit wir in der Geschlossenen ankommen, bevor Ihre Injektion unwirksam ist. Einen Aufruhr hier draußen kann und will ich mir nicht leisten. Es ist ohnehin laut genug. Ich weiß zwar nicht, was es mit diesem Lärm auf sich hat, aber er könnte durchaus für ein Mißlingen unserer Mission verantwortlich sein, wenn wir es dazu kommen ließen. Also, hurtig, hurtig, raus aus dem Zimmer und hinein in den Fahrstuhl!" befahl sie.

Ihre Befehle wurden prompt ausgeführt.

>Geschlossene Abteilung?< sinnierte die Robert-Stimme.

>Sieht nicht gut aus.< antwortete die Berthold-Stimme. >Gar nicht gut.<

Das Bett wurde bis zum Ende des Ganges geschoben. Dort hatte sich bereits eine doppelte Tür geöffnet, die einem Scheunentor recht ähnlich war. Groß, breit, oben abgerundet. Dahinter war der Fahrstuhlschacht zu sehen, nicht die Fahrstuhlkabine. Der Schacht leuchtete in allen Regenbogenfarben, aber das Leuchten hatte etwas Lebendiges. Es ähnelte dem Strahlen eines Scheinwerfers, dem von Zeit zu Zeit farbige Filter vorgesetzt werden. Das Leuchten schien von irgendwoher zu kommen und nach irgendwohin zugehen. Es war nicht einfach da, es lebte und bewegte sich. Es lockte mit dem Zeigefinger, es sang ein honigsüßes Lied, das verführte. Es zog in seinen Bann und kaperte die Seele.

Die drei weißbekittelten Gestalten näherten sich schnell dem geöffneten Schacht und schoben das Bett hinein in das Leuchten des Abgrunds, während sie außerhalb des Fahrstuhlschachtes stehenblieben. Ihre Mission war beendet.

Das Bett fiel aber nicht in die Tiefe, es wurde von dem Strahlen getragen, wie von einem gläsernen Tablett. Dann schloß sich dieses Tor hinter dem Bett und kurz darauf öffnete sich ein zweites davor. Als würde es von Geisterhänden geschoben, bewegte sich das Bett vorwärts, aus dem Schacht heraus in einen endlos erscheinenden Saal, erfüllt von ebendiesem Leuchten. Dann schloß sich die zweite Tür und das Leuchten verlosch.

>Hey, wach auf! Lilo! Wach endlich auf! Die haben uns verkauft!<

>Verkauft? Blödsinn. Verarscht. Aber ich sag dir was. Hier ist echt die Ewigkeit.<

>Nee, die Geschlossene.<

>Richtig. Hier ist geschlossen. Aus. Fertig. Nichts. Tote Hose.<

>Ich wußte gar nicht, daß es zwei Ewigkeiten gibt. Die vor dem Fahrstuhl und die danach.<

>Vor dem Leuchten und danach, meinst du.<

>Von mir aus.<

„Hat mal jemand eine Kopfschmerztablette für mich?“

>Bist du das?< fragte die Robert-Stimme.

„Ja. Ich habe ganz furchtbare Kopfschmerzen.“

>Ich möchte bitte eine Tablette...< äffte die Berthold-Stimme die dritte Stimme der vergangenen Stunden nach.

„Ach hör doch auf.“

>Das warst doch du. Du selbst. Die Zeit hat nur ein bisschen verrückt gespielt.<

„Ich möchte bitte eine Tablette. Wirklich.“

>Woher soll ich die nehmen? Ich bin doch nur in deinem Kopf.<

„Berthold!“

>Robert!<

>Lilo?<

„Haltet den Mund!“

Vorsichtig stieg Lilo aus dem Bett. Ihre Augen hatten sich ein wenig an das fahle Licht gewöhnt, und sie begann, ihre Umgebung schemenhaft wahrzunehmen. Langsam ging sie Schritt für Schritt vorwärts. Da waren mehrere Betten, hintereinander entlang der Wände aufgereiht, alle leer. Die Luft wirkte unecht, irgendwie verzerrte sie die Dinge, oder umhüllte sie mit einer Aura. Sie war schwer einzuatmen. Es war so, als bräuchte Lilo mehr Kraft als sonst, um ihre Lungen damit zu füllen. Über den Betten, die bei ihr den Eindruck erweckten, als würden sie nach Mitternacht ihre wahre Gestalt annehmen; als seien sie verwandelte Särge; hing tiefe Traurigkeit. Traurigkeit, die man beinahe anfassen konnte. Schweres dunkles Tuch, leichenstaubbedeckt, grabeshauchmodrig. Lilo zuckte zusammen bei diesen Gedanken. Sie drehte sich um, wollte nach ihrem Bett sehen, daß sie um Meter weiter hinten vermutete. Doch nun stand es genau hinter ihr. Sie spürte einen Gedanken, doch allein diesen Gedanken anzurühren, tat ihr unheimlich weh. Diesen Gedanken zu **denken**, brachte sie nicht über sich. Es war, als würde allein bei diesem Vorhaben ihr Kopf zerbersten müssen.

„Ich möchte bitte eine Tablette.“ stöhnte sie.

>Halt den Mund.< antworteten die Robert-Stimme und die Berthold-Stimme zusammen.

„Was machen wir denn jetzt?“ fragte sie weiter.

>Lauf. Lauf einfach.< schlug die Berthold-Stimme vor.

>Nein, nicht doch. Versuch, in den Leuchtschacht zurückzukommen.< entgegnete die Robert-Stimme.

>Da ist keine Tür mehr, Idiot.<

>Scheiße.<

>Du sagst es. Weißt du, wo wir hier sind, Lilo?<
„Nein. Wo denn?" fragte sie zögerlich zurück.
>In der Ewigkeit. Und ich schätze, auf der bösen Seite. Diese Betten da drüben sehen alle aus, als wären sie sowas wie Särge in veränderter Form. Und wenn du gut hinsiehst, dann erkennst du bestimmt noch das ein oder andere Skelett unter dem Leichentuch.< hauchte die Berthold-Stimme boshaft.
„Hör auf!" Der gestreifte Gedanke begann, Gestalt anzunehmen. „Ich möchte bitte eine Tablette." winselte Lilo.
>Halt den Mund. Denk lieber nach.<
„Ich will nicht nachdenken. Ich habe Angst davor."
>Hör zu. Könnte es nicht sein, daß du diesen Weg entlang gehen **mußt,** um auf die gute Seite zu gelangen? Kann es eine Prüfung sein, um herauszukriegen, wie stark du bist?< lenkte die Robert-Stimme ein.
„Weiß ich nicht."
>Könnte es nicht auch sein, daß, wenn du aus irgendwelchen Gründen steckenbleibst, weil du Angst hast, dein Bett sich da drüben einreiht?< warf die Berthold-Stimme ein.
„Oh, meine Beine! Sie sind so schwer, sie kleben am Boden!" erschrak Lilo.
>Toll, Berti, du hast es geschafft!< schimpfte die Robert-Stimme. Dann wandte sie sich an Lilo: >Keine Angst, das kommt nur von seinem dummen Geschwätz. Du schaffst das. Geh einfach weiter.<
Lilo ging weiter. Sie ging wie im Nebel. Vor sich sah sie sechs, höchstens zehn Meter, und hinter sich ebenfalls. Wenn sie einige Schritte gegangen war, tauchten vor ihr neue Betten auf, während diejenigen hinter ihr verblaßten. Sie erkannte ihre Fortbewegung nur daran, daß die vorne auftauchenden Betten eine leicht veränderte Form hatten. Ihre Oberflächen waren irgendwie aufgeworfen, während die der hinteren eingefallen wirkten. Der Unterschied war in etwa so, wie der zwischen einem frisch gemachten Bett, auf dem nur einer gesessen hatte auf der einen Seite und einem Bett, in den ein zugedeckter Schläfer lag, auf der anderen.
Lilo ging. Dieser Gedanke ließ ihr keine Ruhe. Ich habe Kopfschmerzen, dachte sie. Er begann sich zu entfalten.
„Ich möchte bitte eine Tablette." stöhnte sie.
>Nein. Denk nach.<
„Was soll ich denn nachdenken?" weinte sie lautlos. Tränen kullerten unbeachtet auf ihren Wangen herab.
>Über die Ewigkeit.<
>Über diese Art von Ewigkeit!<
„Ich möchte bitte eine Tablette."

>*Haalt deen Muund!*< *schrien die beiden Stimmen im Chor. Lilo verstummte entsetzt.*
All das hatte sie schon einmal gehört.

„*Wenn ich hier weitergehe, heißt das wirklich, daß ich am Ende auf der guten Seite*
ankomme? Oder heißt das, das ich dem Ziel nur näher komme, egal welchem Ziel?"
versuchte sie logische Schlußfolgerungen zu ziehen.

>*Gut gedacht. Weiter.*< *spornte die Robert-Stimme an.*

„*Wäre es so, daß die Betten der Bösesten leer sind, weil ihre Körper schneller vergehen*
als die der weniger Schlechten und gar die der Guten?"

>*Möglich wär's.*<

„*Oder eher umgekehrt?"* *Der Gedanke lag vor ihr, sie mußte ihn nur noch lesen. Aber*
während sie lief und lief, pochten ihre Schläfen. Die schlechte, dünne Luft verdrehte ihr
den Kopf.

„*Ich möchte eine Tablette."*

>*Nein! Du mußt denken!*<

„*Ich kann nicht. Später."*

Keine Antwort.

„*Ich will sofort eine Tablette!"* *brüllte Lilo jetzt. Sie war wütend und sie hatte das*
Gefühl, überhaupt nicht mehr denken zu können, wenn die Kopfschmerzen nicht endlich
aufhörten.

>*Oh Mann, ich glaube, wir geben ihr besser was.*< *resignierte die Robert-Stimme.*

>*Jjo.*<

Die beiden Stimmen in ihrem Kopf begannen zu summen. Ihr Summen wurde immer
stärker, bis es zu einem ultrahohen Ton wurde. Dann war es nicht mehr zu hören, nur
der Druck auf ihre Ohren war noch da. Und plötzlich war der Kopfschmerz weg. Lilo
hatte ein befreites, ein weites Gefühl im Kopf. Es war, als hätte der Druck, den die
Stimmen erzeugten, den Druck, den der Schmerz verursachte, neutralisiert. Weggepu-
stet.

„*Er ist weg."*

Keine Antwort.

„*Hört ihr mich?"*

Stille.

Lilo ging wieder los. Unbeschwert und ohne nachzudenken. Niemand hinderte sie dar-
an. Keiner sprach mit ihr. Der Gedanke lag offen vor ihr, aber sie übersah ihn. Sie hatte
ihn einfach vergessen.

2.

Der Dietrich paßte, die Gartentür ließ sich problemlos öffnen. Hinter der Tür fanden sie eine geheime Mülldeponie. Dort lagen ausgeleckte Dosen und Joghurtbecher, ein paar zerfetzte Zeitungsseiten, zwei einzelne Schuhe, ein Ball, der Rest eines Kauknochens. Daran vorbei führte eine Spur -ein Löffel, Kekstütenschnipsel und der Deckel einer Vanilleeispackung- in das Schlafzimmer. Dort, neben dem leeren Bett lag ein Berg schmutziger Wäsche, Geschirr und anderem Allerlei.

Nachdem sie dieses Zimmer verlassen hatten, suchten sie im übrigen Haus nach Letitia. Sie fanden niemanden und keinen Hinweis darauf, wohin sie gegangen sein könnte.

Berit, Jo Tölles und Volker Devries ahnten, wo sie sich aufhielt, oder aufgehalten wurde.

3.

Lilo ging. Je weiter sie dem Gang zwischen den Betten folgte, um so dunkler wurde der Nebel und um so dichter auch. Plötzlich konnte sie nur noch zwei Meter vor sich sehen, höchstens. Die Betten selbst konnte sie kaum erkennen, weil sie sich aus Unsicherheit genau in der Mitte des breiten Ganges hielt.

Lilo ging. Dann blieb sie stehen. Inmitten einer stinkenden Qualmwolke, die sich nicht von den Stelle rührte, selbst als Lilo heftig mit den Armen ruderte. Der teigige Nebel füllte ihre Lungen, aber atmen konnte sie so nicht. Sie begann zu husten, doch der Husten blieb ebenfalls irgendwo auf dem Weg nach draußen stecken. Das Krächzen, das ihr in der Kehle steckengeblieben war, ließ sie fast ersticken. Wie ein Pfropfen in einer umgekippten Flasche die Flüssigkeit am Auslaufen hindert, hielt es die Luft in der Luftröhre gefangen. Mit beiden Händen umklammerte Lilo ihren Hals, wollte das Husten herauszwingen. Sie schlug sich auf die Brust, sie ging in die Knie und drückte ihren Brustkorb zusammen. Nichts wollte gelingen. Mit letzter Kraft zog sie sich am Boden zurück, dahin, wo sie ihr Bett vermutete und so den Rückweg. Das Bett war weg. Obwohl es bisher beharrlich hinter ihr geblieben war, konnte sie es jetzt nicht mehr sehen. In diesem Moment kroch sie mittenhinein in den offenliegenden Gedanken, den sie vorhin mit einer Mauer aus Kopfschmerzen abgeschirmt hatte. Den sie nicht denken wollte. Dieser Schritt flößte ihr die nötige Angst ein, daß es ihr wieder möglich war, sich noch ein, noch zwei, ja sogar noch drei Schritte vorwärts zu schleppen. Dann endlich löste sich der Krampf und sie konnte die steckengebliebene Luft heraushusten. Hastig atmete sie ein. Ein und aus. Sie sah sich um. Das Bett war verschwunden. Und nun konnte sie auch den Gedanken lesen, und aussprechen.

„Das alles ist die falsche Seite. Die Böse, Berthold. Beinahe wäre es zu spät gewesen. Es
wird immer aussichtsloser, je weiter man hinter geht. Ich muß zurück, schnell. Aber
dann wäre ja, dann wäre...“
>Dann ist die andere Seite die beste Ewigkeit, die du kriegen kannst.< *beendete die*
Robert-Stimme den Satz.
>Yea-Baby. Die Klapsmühle.< *lästerte die Berthold-Stimme.*
„Wo wart ihr denn die ganze Zeit? Ihr hättet mir helfen können!“
>Nein. Wir mußten dir deine Medizin geben. Schon vergessen?<
„Nein. Vielleicht hätte ich lieber keine kriegen sollen.“
>Richtig.<
Dann schwiegen sie wieder. Lilo ging zurück.
Zum zweiten Mal wurde die Luft dick und dunkel. Lilo drehte sich um. Das dunkeltrü-
be Gewölle näherte sich. Einige Zipfel der dunstigen Suppe leckten wie Zungen an ihren
Kleidern. Umgarnten sie mit kriechenden Rauchfähnchen. Mit übelriechenden Rauch-
fähnchen. Wieder begann Lilo zu husten. Für eine Sekunde zögerte sie. Berthold in
ihrem Kopf begann zu schreien.
>Lauf, Lilo! Lauf um dein Leben! Die bösen Wolken kommen näher und näher!<
>Böse Wolken? Du Idiot! Der Tod kommt näher! Das ist der TOD!< *brüllte nun auch*
die Robert-Stimme.
Lilo hetzte vorwärts.
„Wie...soll...ich...“ versuchte sie zwischen Husten und Verschlucken zu fragen. „Wie soll
ich...denn...das Tor finden!“
>Ich weiß nicht, keine Ahnung, lauf! Lauf, das ist die Hauptsache!<
>Lauf! Vorwärts...schneller!< *trieb Robert-im-Kopf sie an.*
Lilo lief. So schnell sie konnte, raste sie vorwärts, den nebelgefüllten Gang entlang.
Eigentlich, so dachte sie ratlos, müßte ich schon längst am Tor angekommen sein. Vor-
hin bin doch nur gegangen, und jetzt renne ich. Warum ist da nichts? Gar nichts!
Lilo lief beharrlich weiter. Ihre Füße konnte sie nicht mehr sehen. Die dunklen Nebel-
schwaden bedeckten inzwischen den ganzen Gang, soweit sie sehen konnte knöchelhoch.
Sie konnte sich nicht daran erinnern, daß es vorhin, auf dem Weg nach hinten, ins
Dunkel, genauso gewesen wäre. Im Gegenteil, sie hatte das Gefühl, auf sehr glattem
Boden zu gehen und ging wohl auch deshalb langsam und vorsichtig. Nun, auf dem
Rückweg, hatte sie mit zwei neuen Bedingungen zu kämpfen. Einmal, und das war
unerklärlich, wurde der Weg immer weiter, egal wieviel sie davon zurücklegte. Zum
Zweiten: Der Bodennebel, der teigig an ihren Schuhen klebte und sie kaum die Füße
heben ließ. Robert- und Berthold-im-Kopf stritten sich im Flüsterton darüber, wo das
Tor sein könnte. Dann plötzlich erschien am fernen Horizont, so weit weg, daß Lilo es

kaum erkenne konnte, ein leuchtender Strich.

>Da!< Berthold- und Robert-im-Kopf beendeten ihre Diskussion.

„Ich sehe es."

>Lauf!<

„Ich kann nicht mehr. Das...schaffe ich...nie." resignierte Lilo und blieb stehen. Sie stützte ihre Hände in die Seiten und beugte sich nach vorn.

>Nicht stehenbleiben! Lauf zu!<

„Nein."

Nebel kroch an ihren Beinen hinauf bis zu den Knien.

Lilo erschrak. Dieser Schreck war stark genug, sie weiterlaufen zu lassen. Wieder blickte sie nach vorn. Der leuchtende Strich war zu einem Spalt herangewachsen. Immer schneller versuchte sie zu laufen. Dem Leuchten entgegen. Nun begannen die Stimmen in ihrem Kopf wieder zu summen. Kein dröhnendes Summen, das wie Medizin wirkte, sondern ein aufmunterndes, anfeuerndes, auf- und abschwellendes Läuten. Es klang beinahe fröhlich, wie Kirchenglocken, die an einem sonnigen Morgen das Brautpaar begrüßen. Lilo bemerkte, daß ihr die Füße leichter wurden.

Adrenalin schoß in ihre Blutgefäße. Sie spurtete vorwärts. Das Leuchten am Ende des Dunkels wurde immer kräftiger und begann zu pulsieren. Lilo wußte, gleich würde sich die breite Tür öffnen. Gleich würde alles hier in lebendiges Licht getaucht werden. Sie wußte nicht, wie sie noch schneller werden konnte, um den Schacht zu erreichen. Sie wußte nicht, ob sie in den Schacht gelangen konnte. Oder wie sie es verhindern sollte, darin nicht in die endlose Tiefe hinab zu fallen.

Die Türen am Ende des Ganges öffneten sich. Das regenbogenfarbene Licht explodierte förmlich. Lilo lief darauf zu. Plötzlich bewegte sich etwas im Schacht. Ein Bett, in dem eine reglose Gestalt lag, fuhr, wie von Geisterhand geschoben, heraus. Das Bett glitt geradeaus, ihr entgegen. Lilo wollte schauen, wer diese Gestalt war. Vielleicht jemand, den sie kannte? Einer von den anderen?

>Nicht! Laß das!< befahl die Robert-Stimme. Lilo schrak zurück. Richtig. Nicht schauen, dachte sie. Nur laufen.

>Beeil dich! Die Türen, schau zu den Türen!< rief die Berthold-Stimme aufgeregt.

Die Türen begannen sich bereits wieder zu schließen. Immer enger wurde der leuchtende Spalt. Immer dämmriger wurde das Licht um Lilo herum. Sie wußte, gleich würden sich die Türflügel mit einem Ruck zusammenziehen. Dann wäre es wieder stockduster. Tiefdunkel. Dann käme wieder der Tod gekrochen. Und wahrscheinlich würde er sie dann kriegen. Lilo steigerte ihre Geschwindigkeit um das Wenige, um das eine Steigerung überhaupt noch möglich war.

Lilo sprang. Mit einem einzigen, mutigen, zu allem bereiten Satz hechtete sie sich in den

Schacht. Sekundenbruchteile später schlossen sich die Türflügel mit einem irgendwie endgültigen Laut.

4.

„Das dauert ja eine Ewigkeit."

„Vielleicht ist er schon im Bett. Oder immernoch."

„Vielleicht ist er betrunken."

„Oder sieht fern."

In diesem Moment steckte ein sehr müder, sehr alter Heinard Müllerjohans seinen Kopf aus der Tür.

„Ja?" fragte er verwundert. Schon lange hat keiner mehr an seiner Tür geklingelt.

„Wir möchten Sie bitten, mit uns zu kommen." ergriff Volker Devries ohne lange Vorrede das Wort.

„Wir glauben, daß es richtig wäre, wenn wir alle zusammenkämen und etwas besprechen würden." fügte Klara Früchtchen hinzu.

„Ich wüßte nicht, was wir alle..." lehnte Heinard Müllerjohans ab, aber Berit fiel ihm ins Wort.

„Sie wissen es ganz genau. Wir träumen und Sie träumen. Das haben wir gemeinsam."

„Ich träume nicht mehr, ich saufe." war seine barsche Antwort. Dann wollte er die Tür schließen. Jo Tölles stellte seinen Fuß dazwischen.

„Nein. Sie träumen nur jetzt solange nicht, wie Sie saufen. Aber Sie wissen nicht, was passiert, wenn er sich an Ihre Sauferei gewöhnt. Dann träumen Sie vielleicht doch wieder."

Heinard Müllerjohans sah ihn entsetzt und ungläubig zugleich an. Dann ließ der Druck auf die Tür nach. Seine Lippen formten das Wort *ER*, aber sein Mund blieb stumm.

„Ja, der Bauer. Am Rande des Wassers. Der diese glänzenden Samen aufs Feld wirft..." erklärte Volker Devries.

In diesem Moment rutschte ihm der Magen in die Kniekehlen. Unvermutet, mit einem Mal, fiel ihm der erste Traum nach dem Urlaub wieder ein. Von damals, als ihn in brütender Vormittagshitze die Fliegen in den Wahnsinn trieben, als er den Traum verlor, der ihm so ein seltsames Gefühl der Unruhe bescherte. Erst jetzt, als er dem gealterten Mann an der Tür klar machen wollte, was der gerade gerettete Jo meinte; als er die Szene schilderte, die seine Söhne ihm mehrmals geschildert hatten; erst jetzt fiel es ihm mit der Wucht eines Paukenschlages wieder ein. Plötzlich wußte er, daß er den Bauern schon einmal selbst gesehen hatte. Das alles war ihm eingefallen, weil er versucht hatte, Worte aus der Erinnerung zu holen. Aber warum ist er dann nicht derjenige gewesen, der träumen mußte?

„Geht es ihnen nicht gut?" wurde er in seiner erschreckten Grübelei gestört.

„Doch, doch...geht schon wieder. Mir ist nur was eingefallen."

„Was?"

„Später. Wir sollten sofort gehen. Kommen Sie mit?" fragte er noch einmal den Mann in der Tür.

Heinard Müllerjohans war noch immer unsicher. Dann trat er einen Schritt zurück, griff ins Innere des Hauses und zog eine Jacke hervor.

„Einverstanden. Ich hoffe, Sie wissen, was Sie tun." murmelte er.

„Nein, das wissen wir nicht. Wir sind alle Spieler." beantwortete Jo lächelnd diese Frage.

5.

Lilo fiel. Wie ein Fallschirmspringer kugelte, drehte und wendete sie sich in den Lüften des Schachtes. Luftströme verschiedener Temperaturen und Geschwindigkeiten füllten den grell leuchtenden Schacht aus. Sie verlor sich beinahe darin. Immer wieder wechselte sie von einer Seite auf die andere. Einmal erwischte sie einen starken Wind, der ihren Fall bremste; der hielt jedoch nicht lange genug vor, er verebbte plötzlich und dafür schob sich eine laue Brise an seine Stelle. Wieder fiel Lilo schneller. Das Fallen machte ihr nicht direkt Angst, vielmehr war sie unschlüssig, wie sie sich verhalten sollte. Es gab keinerlei Anhaltspunkt für einen Ausweg, in keine Richtung. Inzwischen war sie nach ihrer Einschätzung auf dem Weg zur Hundert-Meter-Marke, ohne daß unter ihr ein Ende sichtbar wurde.

Unvermittelt hörte der leuchtende Sturm auf zu toben.

Lilo fiel schneller. Und schneller.

Dann wurde ihr Fall gestoppt. Urplötzlich. Lilo hing in der Luft wie von unsichtbaren Seilen aufgehalten. Sie wippte ein wenig auf und ab, das war alles.

„Oh, verdammt, mir tut alles weh." fluchte Lilo.

>Aber du lebst noch. Ist das nichts?<

„Doch, doch. Und was passiert jetzt?" fragte sie niedergeschlagen.

Wie eine Antwort auf diese Frage begann der Schacht noch stärker zu leuchten. Eine doppelflügelige Tür öffnete sich und Lilo wurde ausgespien. Verblüfft lag sie auf dem hellgrauen Krankenhausflur vor der wieder geschlossenen Fahrstuhltür, hinter der sich gar kein Fahrstuhl befand. Um sie herum wuselten die Ewigkeits-Krankenschwestern

und Ewigkeits-Ärzte, die alle, da war sich Lilo sicher, ihre Gesichter gestohlen hatten.
Aus den Gedanken der Leidenden. Aus den Erinnerungen der...Verstorbenen...Aus den
Memoiren der noch Lebenden.
Eine Schwester mit einer Kladde in der Hand kam auf sie zu. Sie blieb genau vor Lilos
Füßen stehen und schlug ihre Kladde auf. Blätterte darin herum und fragte schließlich:
„Sind Sie die Rebellin?"
„Rebellin?" lachte Lilo. „Vielleicht."
„Reden Sie kein dummes Zeug. Rebellen werden bei uns nicht besonders geachtet." schimpf-
te sie und sah Lilo herausfordernd an.
„Nein, ich bin's nicht."
„Hoffentlich. Folgen Sie mir. Wenn Sie nicht die Rebellin sind, dann sind Sie die
Verwechslung."
„Oder der 'Hohe Blutdruck' mit Heimweh." flüsterte Lilo witzelnd.
„Ihnen wird das Lachen schon noch vergehen." kündigte die Schwester an. „Warten Sie
nur bis zur Visite, dann kommt doch heraus, wie hoch Ihr wahrer Wert ist."
„Wie meinen Sie das? Wahrer Wert?" fragte Lilo überrascht.
„Bei der Visite wird die Aura des Patienten mit seiner Vitalkraft -dem Mana- vergli-
chen. Bestehen hohe Differenzen, sind Sie ein Rebell und werden per Luftfracht zurück-
geschickt."
„In den...Fahrstuhl?" fragte Lilo vorsichtig.
„Ganz richtig. Nun, wenn alles übereinstimmt, sind Sie die Verwechslung und können
gehen."
„Wohin gehen?"
„Wohin auch immer." war die knappe Antwort.
„Woran erkennt man denn, ob Aura und Mana übereinstimmen oder nicht?"
"Fragen Sie mir keine Löcher in den Bauch...So, da wären wir. Zimmer 583."
Die Schwester öffnete eine Tür und schob Lilo sanft hinein. Dann verschloß sie sie von
außen, und Lilo hörte nur das sich entfernende Klappen ihrer Schuhe.
„Habt ihr das gehört?" flüsterte Lilo in sich hinein.
>Sicher. Uns jetzt sollen wir dir helfen, daß dein Mana zu deiner Aura paßt?<
„Könnt ihr das denn?"
>Nöö. Aber wir können dir einen Tip geben.< schlug Robert-im-Kopf vor.
>Manche Menschen...< begann Berthold-im-Kopf.
>Priester zum Beispiel...< unterbrach ihn Robert-im-Kopf.
>Rede ich oder du, Idiot?<
>Du Idiot.<
>Also: Es gibt Priester, von uralten Volksstämmen, die können eine Aura sehen. Mit

bloßem Auge. Und die können Mana herstellen; oder sich damit aufladen. Dabei tun die fast nichts weiter als tief atmen.<

>Sehr tief atmen. Lange tief atmen. Im Rhythmus. Ein-aus, ein-aus. Ein-aus.<

„Mehr nicht?"

>Doch schon, aber für dich wird das anstrengend genug. Mehr kannst du in der kurzen Zeit ohnehin nicht tun.<

„Stimmt. Also atmen?"

>Hm. Los!<

Lilo atmete. Sie holte soviel Luft wie nur möglich, pumpte ihre Lungen auf und achtete darauf, daß sie alle Luft auch wieder ausatmete. Jedes letzte Quentchen. Dann wiederholte sie den Vorgang. Bis ihr plötzlich schwindlig wurde. Benommen stützte sie sich auf der runden Bettstange am Fußende des Krankenhausbettes ab.

>Zuviel Ozon im Kopf, was?<

„Quatsch. Naja, vielleicht habe ich zu schnell geatmet. Wann ist denn Visite?"

In diesem Moment ging die Tür auf. Dr. Sperling, Dr. Jekyll und Dr. Aden betraten den Raum.

„Jetzt ist Visite, armes Hündchen." sagte Dr. Jekyll.

„Husch, husch ins Körbchen!" befahl Dr. Sperling.

Lilo gehorchte. Dann verdunkelten sie den Raum und zogen riesige runde Brillen mit dicken weißen Fassungen aus ihren Kitteltaschen. Sie sehen aus wie Fliegen..., dachte Lilo entsetzt. Dr. Aden reichte Lilo nun mit der Bemerkung: „Damit Sie nicht glauben, wir machen Ihnen etwas vor." ebenfalls eine solche Brille. Was Lilo nun sah, war unglaublich.

Um die drei Gestalten in den weißen Kitteln hingen eine Art glitzernde Säcke, in denen sie sich bewegten, wie Embryos in der Fruchtblase. Das Glitzern, erkannte Lilo, war die Reflexion einer Lichtquelle. Wie ein Spiegel, der das Funkeln von brennenden Kerzen zurückwirft. Aber wo war die Lichtquelle?

Mit einem Mal wußte Lilo, wo sich die Lichtquelle befand. Auf ihrem Bett. Sie selbst war dieses Licht. Vorsichtig hob sie eine Hand vor ihre Brille. Um die gespreizten Finger tanzten Ringe leuchtenden Lichts. Sie pulsierten, wie das Licht im Fahrstuhlschacht. Wenn sie die Augen ein wenig zusammenkniff, verwoben sich die Ringe zu einem glänzenden Schleier, der sie einhüllte wie Badeschaum.

„Oh mein Gott, ist das schön!" rief Lilo begeistert. Während sie sprach, traten Wolken feurigen Lichts aus ihrem Mund. Wie Seifenblasen tanzten sie davon und vergingen schließlich. „Die reine Energie!" staunte Lilo entzückt.

„Sie ist die Verwechslung." flüsterte die Ärztin ihren Kollegen zu.

Die beiden Gestalten in den weißen Kitteln legten die Brillen ab. Dann griffen sie mit jeweils einer Hand unter ihr Kinn, während sie mit der anderen ihren Haaransatz an der Stirn packten. Mit einem Ruck rissen sie sich die gestohlenen Gesichter von den Köpfen. Darunter war nichts. Feine weiße Haut, glatt wie ein Ei. Sie hatten tatsächlich Eierköpfe.

Lilo staunte. Sie wußte nicht, ob sie lachen oder weinen sollte. Schließlich nahm sie ebenfalls ihre Brille ab. Die Ärztin faßte in eine ihrer Kitteltaschen und holte eine kleine Flasche heraus.

„Das mußt du trinken. Dann kannst du gehen."

„Ich möchte das nicht trinken." sagte Lilo.

„Trink." verlangte die Ärztin.

>Trink.< verlangten Robert-und-Berthold-im-Kopf.

Lilo überlegte. Dann trank sie.

6.

Gerade hatte sich Jo den Schnee von den Schuhen geklopft, als er noch einmal zum Adenschen Haus hinüber sah. In diesem Moment bemerkte er, wie jemand die noch geöffnete Haustür eilig heranzog.

Fünf Minuten später traten drei Männer aus Klara Früchtchens Haus und gingen die kurze Dorfstraße entlang, um nachzuschauen, wer zu später Stunde die verschollene Letitia Aden besuchen wollte.

6. Einkehr
Am Ende einer anderen Legende

1.

Dr. Frithjof Lunderland hatte während seiner ersten Expedition, die ihn in jungen Jahren in den Pazifik führte, eine Farnpflanze, die *rote Scheinträne,* entdeckt, beschrieben und gezeichnet. Dann war er nach hause gekommen, nach Kloster Aux und hatte sich als Professor am hiesigen Gymnasium niedergelassen. Doch das Fernweh blieb, und obwohl es ihm viel Freude bereitete, seine Schüler zu unterrichten und mit ihnen zu arbeiten, so vermißte er doch die Forschung und die fernen Länder. Deshalb brach er eines Tages wieder auf. Eine kleine Insel hinter einem dichten Nebelschleier, die von ihren Bewohnern *waketautai* genannt wird, was soviel heißt wie „Boot, das die Küste nicht erreicht", wurde für einige Jahre Lunderlands zweite Heimat. Bald hatte er sich durch seine freundliche und fröhliche Art das Vertrauen seiner neuen Nachbarn erworben und wurde als vollwertiges Mitglied der Dorfgemeinschaft angesehen. Die *waketaa* nahmen ihn mit allen Ehren in ihr Volk auf und eines Tages schließlich wurde der Forscher ohne jede Zeremonie in die Geheimnisse seines neuen Volkes eingeweiht.

Damals saß er vor seiner Hütte, so, wie seine Nachbarn auch vor ihren Hütten saßen. Der Schein des großen Feuers, das in der Mitte des von Hütten umgebenen Platzes brannte, ergoß sich flackernd über sein Notizbuch, das er auf den Knien hielt. Plötzlich trat ein großer Mann in einem unscheinbaren Kapuzenmantel vor ihn hin. Lunderland bot ihm einen Platz zu seiner Linken an. Der Gast nickte dankend und warf seinen Mantel ab. Zum Vorschein kam der Federumhang des Weihepriesters. Lunderland hielt den Atem an, niemals hätte er geglaubt, daß ihm eine solche Ehre zuteil werden würde. Er wagte es kaum, die Augen von dieser Pracht abzuwenden. Schließlich nahm der Akintho auf dem ihm angebotenen Höckerchen Platz und begann mit einer tiefen Stimme zu summen. Auch die übrigen Dorfbewohner kamen nun herbei und scharten sich um ihren Priester. Gebannt lauschten sie der Stimme, die sie so gut kannten und der zu folgen sie jederzeit bereit waren. Die Töne hallten in ihnen wider, und so wiegten sie sich in ihrem Rhythmus. Lunderland hatte das deutliche Gefühl, ferne Trommeln und Muschelhörner zu hören. Schließlich beendete der Weihepriester seinen Gesang und sprach zu seinen Zuhörern, während er in die Wärme der Flammen sah:

„Vor langer, sehr langer Zeit fuhr der älteste aller Männer mit seinem großen

Kanu über das große Wasser.

Das Kanu war gigantisch, denn der alte Mann war ein Riese.

Er war glücklich und zufrieden, denn über ihm wölbte sich der blaue Himmel und unter ihm lag ruhig das blaue Wasser.

Seine Fahrt auf den Wassern dauerte schon so viele Tage, wie er noch Haare auf seinem alten Kopf hatte.

Da kam er an eine Stelle inmitten des Meeres, von der aus er nicht mehr weiterfahren konnte.

Etwas hielt ihn dort fest.

Er rief nach dem Wind, er solle ihm helfen, sein Hemd als Segel zu blähen.

Der Wind aber hörte ihn nicht.

Der alte Mann kniete sich wieder ins Kanu und ruderte aus Leibeskräften.

Sein Hemd, das am Bug des Kanus lag, fiel heraus und wurde vom Wasser fortgetragen.

Am Horizont blieb es, wie von magischen Händen gehalten, liegen.

So sprang der alte Mann aus dem Kanu und schwamm darauf zu, so schnell er konnte.

Das Wasser begann zu schäumen; und es schäumte um so mehr, je schneller er schwamm.

Schaumflocken erhoben sich in die Luft, und nach und nach bildete sich daraus ein feiner, aber dichter Nebel.

Der alte Mann schwamm unbeirrbar durch den Nebel hindurch und als er am Horizont die Insel erblickte, erkannte er zu seinem Erstaunen, daß aus dem groben Tuch seines Hemdes Land entstanden ist.

Müde geworden schleppte er sich an Land und schlief erschöpft ein."

Der Akintho sprach die Worte so sorgsam und andächtig aus, daß sie für Lunderland wie Musik klangen. Wie das Rauschen des Meeres und das Schlagen der Arme im Wasser. Dann machte der Akintho eine Pause, um wieder von Neuem einzusetzen. Er erzählte dem jungen Forscher die ganze Geschichte seines Volkes, die Geschichte der Traumpyramide, der Traumzeit und davon, daß man die Geister anrufen und um Hilfe bitten kann. Schließlich beendete er seine Erzählung mit den Worten: "Unsere Ahnen helfen uns immer. So, wie deine Ahnen dir helfen werden. Aber die Ahnen helfen nicht ohne Eigennutz, sie wollen deine Ehrfurcht, deinen Glauben und deine Ergebenheit. Deshalb wünschen sie, daß du deine Kraft, dein Mana vervielfältigst, indem du mit den Menschen, die dir und der Sache am Nächsten stehen, einen magischen Traumkreis bildest. Das ist das Wichtigste."

Er nickte noch einmal zur Bestätigung seiner Worte. Dann stand er auf, um zu gehen. Die Worte aber, die er Lunderland anvertraute, sollte dieser niemals wieder vergessen.

2.

Fast zehn Jahre nach diesem bedeutsamen Abend begann Dr. Frithjof Lunderland, seine Sachen zu packen. Der nahende Abschied machte ihn traurig, aber nichts desto trotz war es an der Zeit, seine Forschungen zu Ende zu bringen und natürlich auch zu Papier. Die Sonne hatte die längste Zeit des Tages am Himmel gestanden, und die vorsichtig anbrechende Dämmerung brachte Kühle mit. Plötzlich erhob sich in der Ferne ein Geschrei, laute Rufe drangen zu ihm vor und so legte er die Wäsche, die er in den Händen hielt, um sie wieder einmal von einer Stelle des Tisches auf eine andere zu sortieren, achtlos zur Seite. Draußen wurde er sofort von einer Menschenmenge umringt, die drei verstörte Personen in seine Arme drängten. Er solle sich um sie kümmern, sagten die Dorfbewohner, er wisse am besten, wie man mit *Diesen* umgeht. Die *waketaa* kannten kein Wort für Ausländer, Andersfarbige oder Fremde. Lunderland nahm die drei Europäerinnen -Mutter und zwei Töchter- mit in seine Hütte, damit sie ihm in Ruhe erzählen konnten, was sie zu ihm führte und wie er helfen konnte. So erfuhr er, daß sie von einer benachbarten Insel herüber gekommen waren, um einer von ihnen zu helfen. Das jüngere der beiden kleinen Mädchen war krank, sie lebte in sich selbst zurückgezogen und war unfähig, mit ihrer Außenwelt in Kontakt zu treten. Selbst die Eltern, ein Missionar und seine Frau, konnten diese Mauer um ihr Selbst nicht durchbrechen. Einzig und allein die Schwester der Kleinen durfte Mittlerin zwischen deren starren Wesen und der Welt sein. Ihr schien sie zu vertrauen, und umgekehrt schien die kranke Persönlichkeit der Schwester die wichtigste und einzige Aufgabe im Leben der Älteren zu sein.

Die mit dieser Sorge alleingelassene Mutter erhielt nun eines Tages unter dem Siegel der Verschwiegenheit den Rat einer Frau, die dem neuen Glauben, den der Missionar auf der Insel verbreiten wollte, nicht ganz traute. „Warum willst du zu einem fernen Gott weinen, wenn deine Ahnen dir viel näher stehen?" fragte sie und erzählte der Missionarsgattin von der Insel hinter dem Nebel. Auch von ihrem Volk hat es immer wieder den einen oder anderen gegeben, der so die Möglichkeit fand, mit Hilfe der Ahnen sein Leben neu zu ordnen. Der Frau des Missionars schien diese Möglichkeit so außerordentlich erfolgversprechend, weil es der erste vernünftige Ansatz zu dem seelischen Leiden ihrer Tochter zu sein schien, daß sie es *nicht* über sich brachte, nichts zu sagen. Und obwohl sie wußte, daß es ein Fehler sein würde, bat sie ihren Mann um die nötige Mithilfe. Sie wollte einen magischen Traumkreis bilden, um darin die Geister der Verstorbenen zu bannen und sie anzuflehen, den Fluch von ihrem Kind zu nehmen oder ihm neues Leben einzuhauchen. Ranga, ihre Freundin im Geiste, hatte ein solches Wunder schon erlebt und war sicher, daß es wieder geschehen konnte.

Der Missionar allerdings war entsetzt. Er sah sich hintergangen, aller Hoffnungen beraubt und verraten. Vor allem verraten. Sich und seinen Gott. Er hatte die Krankheit seiner Tochter als Strafe akzeptiert, die ihm auferlegt worden ist. Er hatte es akzeptiert, daß er seiner Familie die nötige Liebe versagen mußte, samit er seinem Gott noch mehr Liebe geben konnte. Noch mehr. Und nun kam seine Frau mit abtrünnigen Gedanken heim! Mit Tränen des gebrochenen Herzens in den Augen drehte er sich um und verließ das Haus, nicht ohne ihr zu sagen, daß er sie frei gäbe und sie ziehen könne, wohin sie wolle. Ohne die Kinder; denn eines fernen Tages, so glaubte er, wenn er endlich bewiesen hatte, daß sein Herz niemandem gehöre als seinem Gott, dann würde dieser den Mund des Mädchens öffnen.

3.

Jetzt saßen die Mädchen und ihre Mutter hier, in Lunderlands fast aufgegebener Wahlheimat und flehten ihn an, zu helfen.

Der Akintho glaubte nicht daran, daß ein Traumkreis geschlossen werden könne, ohne die Anwesenheit des Vaters der Kinder. Die Geister seiner Ahnen würden ihren Teil nicht beisteuern können, das Wunder würde nicht geschehen.

Dr. Frithjof Lunderland konnte nur in einer einzigen Hinsicht helfen. Er versprach, die drei mit nach Kloster Aux zu nehmen, um das kleine Mädchen seinem engen und alten Freund, Dr. Emanuel Zirsus, vorzustellen.

6. Kapitel

„Dreh dich um, ich kenn dich nicht, bist du's oder bist du's nicht?
Scher dich fort, dich mag ich nicht!"

Sturmnacht

1.

„Sie hatten also doch einen Schlüssel." stellte Volker Devries fest, nachdem er die Haustür geöffnet hatte und der verdutzten Luise Kater gegenüber stand.
„Das geht Sie gar nichts an." entgegnete sie. Dann wandte sie sich an Heinard Müllerjohans und Jo Tölles. „Das Kind ist weg."
„Sie ist bei uns drüben. Kommen Sie, wir müssen miteinander reden." erklärte Jo und faßte Luise Kater am Ellenbogen.
„Ich denke gar nicht daran."
„Bitte. Wir müssen der Sache ein Ende machen. Es wird immer gefährlicher."
„Ach Unsinn. Ihr seid alle zu weich. Laßt euch doch nicht so gehen. Vor allem nicht vor so einem..." sagte sie ärgerlich und zeigte auf Volker Devries. „Einem Uneingeweihten."
„Irrtum. Ich sehe die Mühlen. Seit meine Frau aus einem Traum nicht zurückgekehrt ist."
„Ihre Frau? Was hat die denn damit zu tun?"
„Später können wir auch darüber reden. Kommen Sie. Es muß etwas geschehen."
„Letitia ist nämlich verschwunden." gab Jo zu bedenken.
„Verschwunden? Nicht daß ich wüßte. Die liegt im Bett und schläft." antwortete Luise Kater ruhig.
„Im Bett und schläft?" fragten die drei Männer wie aus einem Mund.
„Ja, wenn ich's doch sage. Ich war gerade oben und wollte sie wecken, wegen Tina, aber sie schläft so fest, da ist nichts zu machen."
Bei diesen Worten sahen sich Volker Devries und Jo erschrocken an. Heinard Müllerjohans wußte nichts von den neueren nächtlichen Attacken, denen die Träumer ausgesetzt waren und sah die beiden fragend an. „Was ist?"
„Wir müssen sie mitnehmen. Schnell. Bei ihm..." erklärte Volker Devries und zeigte auf Jo, „bei ihm war es vielleicht auch Rettung in letzter Minute. Wir bringen Letitia in die Nähe des Mädchens. Kommen Sie, holen wir sie aus dem Bett!"
Jo Tölles schob Luise zur Seite und ging voran in Richtung Erkerzimmer. Hinter der geschlossenen Tür hörten sie eine Stimme.

„Na sieh mal an. Jetzt sind wir ja in deinem Schlafzimmer. Wie bist du denn hierhin gekommen?"

„Hey, Baby, wach auf! Lilooo!" rief eine zweite Stimme.

„Wahrscheinlich war das ein Schlafmittel, was die ihr gegeben haben. Die kleine Flasche, klar?"

„Genau. He, Idiot, du hast gesagt, sie soll sie trinken!"

„Blödmann, du doch auch."

„Hoffentlich war das nicht falsch."

„Ich möchte bitte eine Tablette." mischte sich eine dritte Stimme ein.

„Das halte ich nicht aus. Die schon wieder. Ich dachte, wir hätten das Thema beendet."

„Ich möchte bitte..."

„Halt den Mund!" Die beiden Männerstimmen schnitten der Kinderstimme das Wort ab.

Dann wurde es still. Leise klopfte Jo an die Tür und betrat gleich darauf das Schlafzimmer. Tatsächlich lag Letitia im Bett und schlief. Aber sie war allein. Keine Spur von irgendjemandem.

Schnell wickelten die beiden älteren Letitia in ihr Federbett und luden sie Jo auf die Arme.

„Geht's so? Oder wollen wir sie zusammen tragen?"

„Laß mal lieber. Ich hab sie ganz gut. Gehn wir."

Plötzlich öffnete Letitia den Mund ein klein wenig und eine Männerstimme sagte: „Laß sie sofort los, Idiot!"

Jo erschrak, aber hielt sie fest. Volker schob ihn vorwärts. „Geh! Um so schneller wir draußen sind, um so eher sind wir den Spuk vielleicht los."

„Das habe ich gehört, Idiot!" antwortete die Stimme, die Letitia als die Berthold-Stimme bezeichnen würde.

„Laß sie, Blödmann. Denk an die Flasche von Dr. Aden. Denk an Lilo." lenkte die Robert-Stimme aus Letitias Mund ein.

Dann schwiegen sie wieder.

2.

Als sie aus dem Haus traten, erhob sich ein Sturm mit solcher Plötzlichkeit, als wäre er in einer Flasche gefangen gewesen und würde nun aus dem engen Flaschenhals hervorschießen. Instinktiv drückte Jo Letitia enger an sich heran, um sie vor dem kalten Wind zu schützen. Die beiden anderen Männer gingen voran, um Jo mit seiner Last in ihrem Windschatten Schutz zu bieten. Luise

Kater sah ihnen verwundert hinterher. Die ganze Zeit war sie im Haus geblieben und hatte den Dingen, die sich ereigneten, nur verdutzt zugesehen. Sie war zur Seite getreten, um das Trio vorbei zu lassen und sie hatte sogar die Haustür geöffnet. Jetzt stand sie immernoch dort und überlegte, ob sie sich ihnen anschließen sollte. Natürlich wußte sie, was die drei gemeint hatten. Aber bislang konnte sie sich in ihren Träumen noch selbst behaupten. Bislang hatte sie noch niemand gezwungen, oder genötigt oder ihr zugesetzt. Und um ganz ehrlich zu sein, dachte sie, will ich doch gar nicht, daß das vorübergeht. Ganz ehrlich war sie da denn doch nicht, das wußte sie. Ganz ehrlich würde heißen, daß sie manchmal schon gern ihr altes Leben in der Familie wieder hätte, mit Johann und Jens und sogar mit Sofia; aber dann müßte sie sich womöglich ändern, wieder wie früher werden, und auch zugeben, daß sie vieles nur aus Sturheit und Neid getan hatte. Aus Neid den Jüngeren gegenüber, und auch aus Verzweiflung, wenn sie sah, daß die Alten immer älter wurden und einfach nicht mehr so konnten oder durften wie sie wollten. Ihr jetziges Leben, losgelöst von allen Verpflichtungen, lebte sie nachts und fühlte sich dabei so unglaublich jung.

Jung und frei und unendlich leicht.

Genauso.

Nein, dachte sie jetzt lächelnd, ihr altes Leben konnte ihr gestohlen bleiben. Wer will schon alt sein?

Sie sah den drei gegen den Sturm kämpfenden Gestalten mit dem Bündel auf den Armen nach und plötzlich rief sie in den Sturm:

„Wagt es nicht! Wagt es bloß nicht! Und wenn doch, dann habt ihr es mit mir zu tun! Hört ihr? Gegen *mich* müßt ihr antreten!"

Dieser Schrei hatte ihre Lebensgeister auf den Plan gerufen. Sofort spürte sie Kraft, Mut, ja Wagemut und vor allem schonungslose Freiheitsliebe in sich erwachen. Dann lief sie schnell nach hause, hinüber zum alten Stall.

„Ich finde euch in euren Träumen. Ich werde dafür sorgen, daß eure Träume noch schöner werden." flüsterte sie. „Und dann hole ich mir das Kind hierher. Hier soll sie bleiben, in meiner Obhut."

Vor dem alten Stall leuchtete die Laterne. Davor war eine kleine Pfütze zugefroren. Auf ihrer Oberfläche glitzerten tausende zarter Eiskristalle, die eine Winterlandschaft von graziler Schönheit wie auf einer Ansichtskarte schufen. Im Schein der Laterne funkelten die Muster des eisigen Überzugs wie die Lichter einer nächtlichen Stadt, die vom Schnee bedeckt in den Tiefen eines Tals auf den Frühling wartet.

Luise Kater stand davor und betrachtete dieses Wunderwerk des Frostes. Dann hob sie einen Fuß und trat mitten hinein. Die Eisschicht zerbarst. Unter den gebrochenen Eisschollen schaute schwarze Erde hervor. Das Wunder war vorbei.

Zufrieden grinsend öffnete sie die Tür und trat ein in ihr Reich. Den warmen Mantel legte sie auf den Küchentisch und ging hinüber zum Bett. Sie wollte keine Zeit verlieren. Sie hatte vor, den feigen Schläfern eine Lektion zu erteilen.

3.

Im Gästezimmer standen zwei Betten, ein Sofa zum Ausklappen und eine Gästeliege nebeneinander. Im linken Bett lag Tina, bleich und irgendwie traurig anzusehen. Daneben, auf der Gästeliege, saß Berit, ein Buch in der Hand. Zum Schlafen hatte sie noch keine Lust.

Die Tür ging auf. Klara Früchtchen kam herein, gefolgt von Jo, der Letitia trug. Heinard Müllerjohans und Volker Devries kamen hinterher. Vorsichtig legten sie die schlafende junge Frau in das andere Bett neben Tina.

Nun fehlten nur noch zwei Personen aus dem Kreis der Pflanzer: Luise Kater und Benjamin Hinrichsen. Benjamin war weit, weit weg. Niemand wußte, wo er sich aufhielt und alle hielten es für sein Glück. Luise Kater würde nicht freiwillig kommen.

In jener Nacht schlief kaum einer im Zimmer um Tina Grabbel, nur Berit schloß einmal für knapp zweieinhalb Stunden die Augen. Als sie aus diesem erholsamen, traumlosen Schlaf erwachte, hatte sie eine Idee, die sie den anderen zu erklären versuchte. In dem Buch, das sie vor dem Einschlafen gelesen hatte, waren fünf Freunde unterwegs, um ein Geheimnis zu lösen. Diese fünf Freunde gingen alle Unternehmungen gemeinsam an, sie trennten sich nur voneinander, um in der gleichen Sache verschiedenen Spuren nachzugehen, die sie dann gemeinsam auswerteten. Ihnen gelang stets, was sie sich vornahmen, wenn sie zu fünft waren. In einer Episode des Buches allerdings waren sie nur zu viert und schon mißlang das Unternehmen.

„Dabei kam mir der Einfall," schloß sie ihre Erklärung ab, „daß wir vielleicht vollzählig sein müßten, um die Traummühlen anzuhalten!"

„Vollzählig?" fragten die anderen fast einstimmig. Berit hatte sie aus ihren Gedanken gerissen.

„Ja natürlich!" plapperte Berit aufgeregt. „Wir alle neun! Die anderen müssen sofort herkommen!"

„Nein! Auf gar keinen Fall!" widersprach Volker Devries. „Auf gar keinen Fall. Aber ich schätze, das wird auch nicht nötig sein, denn ich bin ja da. Ich sehe diese verdammten Mühlen und ich nehme an, ich würde auch so verrückte Träume haben, wenn ich in meinem Haus schliefe."

„Ein Ersatzmann ist so gut wie dasselbe." murmelte Heinard Müllerjohans, während er die Augen geschlossen hielt.

„Und was machen wir mit Hinni-Jimmi?" fragte Berit.

„Keine Ahnung. Aber mach dir mal keine Sorgen, *falls* das, was du sagst, stimmen sollte, dann fällt uns mit Sicherheit auch dafür eine Lösung ein."

„Warum sollte das nicht stimmen? Ist doch irgendwie logisch."

„Logisch?"

In diesem Moment klopfte es an der Tür.

„Herein?" Klara Früchtchen stand auf und ging aus dem Raum, weil der davor Stehende nicht hereinkam. Drinnen hörte man nur Getuschel, dann ein Trap-Trap-Trap treppab, das trockene Klacken einer Zimmertür, die ohne große Vorsicht ins Schloß fällt.

„Das ist sicher Stanislaus. Tantchens Freund." bemerkte Jo Tölles. Nach einer kurzen Pause fügte er hinzu: „Berit, du hast ganz recht. Wir haben hier ein magisches Spiel zu spielen. Hier geht einiges nicht mit rechten Dingen zu. Ich meine, noch mehr, als wir ohnehin schon wissen."

„Sag's mir."

„Ich habe den Brief nicht an dich geschrieben, Berit. Sondern an deine Mutter."

„Ich weiß. Auf dem Umschlag stand Maria, und im Brief stand Berit."

„Richtig." warf Heinard Müllerjohans ein, während er angestrengt seine Fingernägel betrachtete. „Wie bei mir. Auf dem Briefumschlag stand Marlene, im Brief mein Name. Marlene hatte ihn zerrissen und runterfallen lassen. Sie sagte, es wäre Müll. Aber ich konnte das nicht ertragen. Das Abwertende in ihrer Stimme...und in ihrer Stimmung." Den letzten Satz sagte er mehr zu sich selbst.

„Ich glaube, daß wir irgendwie selbst entschieden haben, daß wir es pflanzen wollen. Deshalb."

„Was heißt deshalb?"

„Na, ich meine, wenn Sie zum Beispiel den Brief nicht aufgehoben hätten, sondern die Schnipsel verbrannt hätten oder so, dann...wäre..., dann...hätte sich der Kreis womöglich nicht geschlossen!" schlußfolgerte Berit nach und nach.

„Du könntest recht haben. Könntest! Denn andererseits hätte der Brief einfach woanders auftauchen können. Richtig?"

„Richtig."

„Aber wenn es stimmt, was Berit sagt," fügte Jo hinzu, „dann hat sie auch recht mit der Vollzähligkeit. Wenn wir alle zusammen, wenn auch nacheinander, entschieden haben, daß wir es wollen, dann müssen wir auch selbst entscheiden, daß wir es nicht wollen. Und zwar alle zusammen."

„Hoffentlich stimmt dann die Ersatzmann-Theorie noch."

„Wißt ihr was ich glaube?" wandte sich jetzt Jo Tölles an die übrigen, „wir sollten einen Pakt schließen, einen richtigen Pakt. Wir sollten Aufgaben verteilen und wir sollten vor allem ganz cool bleiben. Ich glaube nämlich, ich könnte bei dem Gedanken an eine mächtige...Macht...blöd, nicht wahr? Bei dem Gedanken an ein Etwas, das uns beherrschen könnte, das sich vielleicht an uns sättigt, dabei könnte ich in Panik geraten."

Seine Zuhörer nickten. Dann streckte Heinard Müllerjohans ihm seine Hand entgegen und sagte:

„Gut, schließen wir den Packt. Ich bin Heinard."

„Auf du und du. Jo." Er nahm die Hand und schaute in die Runde.

„Volker." Volker Devries legte seine Hand obenauf, als wolle er so den Bund besiegeln.

„Berit." Ihre Wangen glühten, aber ihre Hand war trocken und stark.

Die vier sahen zu Letitia hinüber. Ohne zu zögern nahm Berit eine von Tinas Händen und Jo griff kurzerhand nach der Rechten Letitias.

Plötzlich legte sich noch eine Hand auf den Händestapel in der Mitte des Kreises. Die vier sahen sich um.

„Stan? Wir haben dich gar nicht gehört."

„Ich war ganz leise, ich wollte euch nicht unterbrechen. Könnt ihr Hilfe brauchen?"

„Schon, aber ich weiß nicht, ob du uns helfen kannst. Wir brauchen einen Ersatzmann für Benjamin, aber der müßte schon..., dazugehören, irgendwie." überlegte Jo.

„Ich müßte diese Mühlen sehen, von denen Klara erzählt."

„Richtig."

„Aber ich weiß was Besseres. Ich könnte euer Berater sein. Ich weiß nämlich vielleicht wirklich etwas, das wichtig sein könnte."

Dann drückte er noch einmal die oberste Hand des Stapels und sagte nachdrücklich:

„Stanislaus."

Schon wieder ging die Tür auf. Die Hände verharrten übereinander, keiner wagte seine heraus zu ziehen, auch wenn die Haltung, die sie einnahmen, alles andere als bequem war. Berit und Jo sahen aus wie versteinerte Ballerinen, die ihre Pirouetten noch nicht ganz beendet hatten.

Klara Früchtchen schob eine Person in den Raum.

„Darf ich vorstellen? Imke Fink, sie sucht nach Tina. Und wenn ich sie richtig verstanden habe, ist sie diejenige, die ihr braucht. Sie hatte auf dem Rathausturm eine Spiegelung von Flügeln gesehen, die sich drehten."

„Guten Abend." Imke Fink starrte auf die Betten in der Mitte des Zimmers. „Das ist sie, nicht wahr?" flüsterte Imke und zeigte auf die schlafende Tina. Dann erwachte sie aus ihrer Reglosigkeit. Gemessenen Schrittes ging sie auf das Bett zu. Tante Klara zog die Tür heran. Die fünf Verbündeten schauten sich an. Sie rührten sich nicht und sie sagten nichts. Plötzlich wußten sie ganz genau, daß das kein Zufall sein konnte. Kein Zufall konnte die junge Frau um drei Uhr morgens hierher geführt haben. In der Luft lag ein Knistern. Man konnte es fast greifen. Gespannte Ruhe lag auf den Gesichtern der Sitzenden. Die zwei stehenden Frauen schauten konzentriert auf die Szenerie herab. Imke beobachtete den Händeturm intensiv und schien sich noch nicht entscheiden zu können. Dann aber streckte sie die Hand aus und packte entschlossen zu.

4.

„Ich bin Imke."

Sofort spürten alle Verbündeten einen elektrischen Schlag. Für den Bruchteil einer Sekunde hatten sie das Bedürfnis, die Hände voneinander zu lösen. Statt dessen aber hielten sie sich noch fester aneinander fest. Aus dem Händeturm stieg Hitze auf. Der Turm begann zu zittern.

„Was passiert denn jetzt?" flüsterte Berit.

„Warte!"

Berit wartete. Nichts passierte. Die Hände wurden ruhig. Der Turm kühlte sich ab. Aber die Handflächen waren feucht geworden. Nun hatte jeder von ihnen den Wunsch, seine Hand zurückzuziehen. Der Turm brach auseinander.

„Puhh." stöhnte Imke.

In diesem Moment hob Stanislaus den Zeigefinger. „Nix Puhh. Hört mal...Jetzt geht's erst richtig los!"

Von draußen hörten sie ein starkes Rauschen. Der Wind hatte zugenommen, und innerhalb weniger Sekunden erhob sich übergangslos ein Sturm. Ein

Unwetter ging über Ennes Ruh nieder. Hagel prasselte gegen die Scheiben. Instinktiv rückten alle näher zusammen.

Plötzlich übertönte ein lautes pfeifendes Stürmen. Das stählerne Geräusch tat den Ohren weh. Dann wandelte sich das Pfeifen zunehmend in ein Kreischen. Schreien. Lautes Heulen, ohrenbetäubendes, marterndes Kreischen. Berit hielt sich die Ohren zu, aber das Geheul wurde nicht gedämpft.

„Wahnsinn! Was sollen wir jetzt machen?" brüllte Imke gegen dem Krach an.

„Was ist denn los? Warum schreien Sie denn so?" Klara Früchtchen erschrak. Wieder so ein Phänomen, das nur die erleben, dachte sie.

„Hörst du das nicht?"

„Den Sturm. Sonst nichts." antwortete sie ihrem Neffen kopfschüttelnd. Dann nahm sie den kleinen weißen Hund vom Fußende des Bettes und verließ den Raum.

„Den Sturm nicht. Die Schreie. Schreie..." rief er. Dabei schaute er die anderen an. „Das ist die erste Reaktion!" schrie er gegen das Geheul in seinem Kopf an.

„Richtig! Die Mühlen heulen. Sie schreien. Etwas hat sich geändert. Etwas Gewaltiges." erklärte Volker.

„Sie haben Hunger."

„Was hast du gesagt?" Imke sah Berit scharf an.

„Ich habe gesagt, sie haben Hunger. Hunger nach unseren Träumen."

„Oder vielmehr sind sie hungrig auf die Angst, die wir in unseren Träumen hatten." warf Heinard ein.

Berit schüttelte den Kopf. „Ich hatte aber nicht immer Angst. Manchmal schon, aber nicht immer. Eigentlich eher weniger."

„Trotzdem könnte es stimmen. Adrenalin."

„Was meinst du?"

„Wenn das Adrenalin einschießt, ist es schließlich egal, warum es das tut. Aus Angst oder Freude, vor Streß oder Aufregung. Vielleicht sind unsere Freunde da draußen adrenalinsüchtig?" fragte Stanislaus die anderen und steckte sich seine Zeigefinger in die Ohren. Dann nahm er die Finger wieder aus den Ohren und meinte bedauernd: „Das hilft auch nichts."

„Merkt ihr was?" flüsterte Berit.

„Was denn?" flüsterte Jo zurück.

„Er..." sie zeigte auf Stanislaus, „er hört es auch. Er gehört auch dazu."

Die Verbündeten sahen Stanislaus an. „Schau aus dem Fenster, Stan. Da draußen siehst du das Ungetüm."

„Jetzt stehen wir im Krieg, glaube ich." sagte Heinard lakonisch. „Von mir aus."

Stanislaus trat ans Fenster und versuchte, durch den Hagel etwas zu erkennen. Dann drehte er sich wieder um und starrte fassungslos in die Runde. „Zum Teufel damit."

5.

Der Sturm heulte. Die dreiflügligen Sirenen sangen ihr kreischendes „Schraahh, schraahh, schraahh". Die Verbündeten saßen, so ruhig sie es fertigbrachten, auf dem Boden und massierten sich die Schläfen. Dabei versuchten sie, die Schreie durch eine Art Ruhe-Meditation aus ihren Köpfen zu verdrängen. Es gelang immer nur für wenige Minuten, aber die reichten meist aus, um Kraft für die nächste Attacke zu sammeln.

Außerhalb ihres Kreises begann ein Murmeln. Zuerst bemerkten die sechs es nicht, weil es aus einem der Betten kam und irgendwie weit entfernt zu sein schien. Doch schließlich wurde einer nach dem anderen darauf aufmerksam.

„Du mußt sie unterdrücken."

„Ich kann sie aber nicht unterdrücken. Sie hocken genau in meinen Synapsen, Idiot. Und da stören sie. Ich kann mich nicht konzentrieren."

„Blödmann. Du hast gar keine Synapsen. Du bist eine." Dann brach die Stimme in haltloses Kichern aus.

„Ha,ha,ha. Halt mal, die da unten machen das richtig. Weck Lilo!"

„Nein. Weck sie selbst." Die Stimme, die Letitia als die Robert-Stimme bezeichnen würde, konnte kaum aufhören zu lachen. Immer wieder quickte sie los, und entlockte der Berthold-Stimme, die ebenfalls aus Letitia Adens Mund zu hören war, ein müdes:

„Witzig. Lach nur."

Stanislaus war aufgestanden und zum Bett gegangen. „Was ist das? Eine Bauchredner-Nummer? Wie macht sie das?"

„Keine Ahnung, aber ich glaube nicht, daß sie das schon lange macht." überlegte Jo.

„Sie bewegt nicht mal die Lippen. Und dieses Kichern kommt irgendwie von innen." stellte Berit nun fest.

Inzwischen hatten sich alle um das Bett versammelt.

„Letitia? Hören Sie mich?" fragte Imke nahe an Letitia Adens Ohr.

„Ich...höre...dich..." antwortete die verstellte Berthold-Stimme. Dann war es ganz still. Imke schaute die anderen fragend an und bekam zur Antwort ein fünffaches Schulterzucken.

„Wer bist du?" fragte sie vorsichtig weiter.

„Er ist 'ne Synapse!" antwortete nun die Robert-Stimme und bekam sofort wieder einen Lachanfall.

„Okay. Bleib ruhig, Junge. Ich bin Berthold, er ist Robert. Wir sind in Lilos Kopf."

„Lilo?"

„Lilo. Lilo Wachs. Die Tante, die hier liegt und schläft. Lilo."

„Letitia Aden?"

„Neiin! Sag das bloß nicht. Das kann gefährlich werden. Letitia Aden ist der Name der Ärztin."

„Welche Ärztin?" fragte Volker.

„Die Ärztin aus der Ewigkeit. Und soll ich dir was sagen? *Die* hat ihr Gesicht nicht abgenommen. War wohl echt." konstatierte die Berthold-Stimme.

„Ich versteh nur Bahnhof." murmelte Imke.

Plötzlich flüsterte eine dritte Stimme aus Letitias Mund.

„Ich möchte bitte eine Tablette."

„Na bitte, da ist sie ja wieder. Komm, rufen wir sie!" forderte die Berthold-Stimme Robert-im-Kopf auf. Die Zuschauer dieses merkwürdigen Schauspiels gerieten ins Staunen, als die beiden Männerstimmen aus Letitias Mund nach Lilo riefen. Die junge Frau im Bett schien nichts von dem zu bemerken, was in ihr vorging. Die Stimmen wechselten sich untereinander ab. Zuerst riefen die Männerstimmen vereint nach Lilo, dann wieder bat eine Mädchenstimme um eine Tablette. Doch mit einem Mal verstummten die Stimmen und Letitia-Lilo setzte sich im Bett auf. Sie machte große Augen, als sie die vielen Leute um ihr Bett herum sah. Dann fragte sie: *„Bin ich* hier, oder *seid ihr* hier?"

„Du bist bei Tante Klärchen im Haus." antwortete Berit schnell.

„Oh. Nicht mehr in der Ewigkeit." bemerkte sie. „Die Verwechslung."

„Verwechslung. Ganz recht. Hey, laß uns hier abhaun." sagte die Berthold-Stimme in ihrem Kopf.

„Genau. Der Krach geht mir auf die Synapse." Robert-im-Kopf schnappte hörbar nach Luft.

„Habt ihr eine Tablette für mich?" fragte Letitia nun die anderen.

„Ja, haben wir. Nur sie wird dir nichts helfen." Jo kam näher heran. „Weißt du, wir haben einen Pakt geschlossen, um die Mühlen zu vernichten, wenn man das so sagen kann. Genau in dem Moment fingen sie an zu heulen."

„Einen Pakt gegen die Wächter der Ewigkeit?" erschrak Robert-im-Kopf.

„Du hast es ja gehört." flüsterte Letitia.

„Dann verschwindest du jetzt besser." forderte die Berthold-Stimme.

„Ich soll verschwinden?" fragte sie leise zurück.

„Hier verschwindet niemand,....Letitia" rief Heinard aus einiger Entfernung. Er lehnte an der Tür und massierte sich halb abwesend seine Schläfen. Letitia schnitt ihm das Wort ab.

„LILO!" brüllte sie. „Sag Lilo, ich bin Lilo."

„Willst du denn so genannt werden?" mischte sich jetzt wieder Berit ein.

„Lilo. Sagt Lilo..." beruhigte sie sich wieder. „Und warum darf ich nicht nach hause gehen?"

„Weil du den Pakt mit uns geschlossen hast. Ich habe deine Hand gehalten, als es passiert ist." erklärte Jo.

„Dann hast du es nicht aus freien Stücken getan, Lilo. Du kannst gehen. Niemand kann dich zwingen." Die Robert-im-Kopf- Stimme klang endgültig. „Los jetzt."

„Ihr könnt mich nicht zwingen." sagte Lilo jetzt barsch.

„Ich kann dich zwingen. Und ich werde es tun." erklärte Volker ruhig.

„Spring aus dem Fenster, Idiot." Berthold-im-Kopf klang wütend. Lilo hielt die Hände an die Schläfen. „Sei still!" flüsterte sie.

„Lilo, ich möchte, daß du uns in aller Ruhe erklärst, was du erlebt hast." sagte Jo.

„Ja, ich glaube, das wäre das Beste." meinte Lilo und setzte sich auf. „Also gut."

Plötzlich war der Raum erfüllt von knisternder Stille. Selbst die Sirenen in ihren Köpfen waren ein wenig zur Ruhe gekommen.

Indianer-Spiele

1.

„Wißt ihr, warum die Indianer sich immer im Kreis hinsetzen, wenn sie etwas zu besprechen haben?" fragte Berit in die Stille des Augenblicks, und ohne eine Antwort abzuwarten erklärte sie: „Weil dann jeder jeden sehen kann und jeder jeden ansprechen kann. Wenn man sich beim Reden ansehen kann, kann man sich besser verstehen, weil man in den Augen seines Nachbarn lesen kann."

Sie wartete, ob irgendeiner dazu etwas zu sagen hatte, und als niemand auf ihre Worte reagierte, kletterte sie vom Bett, auf dem sie gekniet hatte und setzte sich im Schneidersitz auf den Fußboden. Einer nach dem anderen kamen nun die Verbündeten, setzten sich zu ihr und bildeten einen Kreis. Dann begann Lilo zu erzählen. Während sie versuchte, sich auf das Wesentliche zu konzentrieren, hörten die anderen gespannt zu, um vielleicht etwas in ihren Worten wiederzuerkennen.

2.

„Irgendwann muß er sich doch wiederholen, niemand hat eine unbegrenzte Fantasie." überlegte Stanislaus, während seine Gedanken um Muster kreisten. „Wißt ihr," sagte er und massierte dabei seine Schläfen, „wir haben bei uns verschiedene Therapiemodelle ausprobiert. Dazu gehört unter anderem die Kunsttherapie. Bei der Auswahl der möglichen Angebote hatte eine Mitarbeiterin die Idee, ein Patchworkstudio einzurichten. Das ist mittlerweile der Renner, weil viele der Patienten einfach Spaß daran haben, mit Mustern zu arbeiten. Und da wären wir auch schon wieder beim Thema." Stanislaus schaute in die Runde.

„Weiter." war die knappe Antwort darauf.

„Also gut. Unsere Frau Knauer schnitt seitdem jeden Tag massenhaft Quadrate, Dreiecke und Streifen aus verschiedenen Stoffen zu. Verschieden in Muster, Farben und Qualität. Diese Stoffe ordnete sie auf einem großen Tisch an. Links die Quadrate, in der Mitte die Streifen und rechts die Dreiecke. Oben die dunklen Stoffe, unten die hellen. Immer zuerst die dickeren und zuletzt die dünnsten." Er machte eine Pause. „So. Es kommen die ersten Kursteilnehmer. Sie kommen an den Tisch und schauen. Wenn sie sich etwas ausgesucht haben, holen sie sich einen Briefumschlag und legen Stoffteile hinein. Mit ihrem Umschlag gehen sie zu ihrem Tisch und beginnen, ein Muster zu legen. Frau Knauer sieht sich diese zusammengelegten Kompositionen mit ihnen zusammen an. Wenn nun einer unserer Bewohner mit seinem Bild zufrieden ist, dann näht Frau Knauer es zusammen. Manche Bewohner kommen täglich zum Schneidern," sagte er und machte in der Luft Gänsefüßchen um das Wort, „und wählen immer die gleichen oder ähnliche Stoffe und lassen sie auf gleiche oder ähnliche Weise zusammennähen. Als ich gestern mit Frau Knauer darüber sprach -denn deshalb komme ich jetzt darauf-, erzählte sie mir, daß sie vorgestern absichtlich ganz andere Stoffe ausgesucht hatte und sie anders sortierte und diesmal Sechsecke statt Quadrate, Rhomben statt Dreiecke und Trapeze statt Streifen ausgeschnitten hätte."

Stanislaus legte den linken Zeigefinger an die Nasenspitze und baute mit ihm eine Brücke über die Lippen. Sein Daumen stützte das Kinn.

Plötzlich sah er aufgeregt in die Runde.

„Was ist nun passiert?" fragte er die anderen.

„Keine Ahnung. Vielleicht konnten eure Patienten damit nichts anfangen?" antwortete Jo.

„Zunächst richtig. Sie standen und schauten. Sie fragten Frau Knauer, wo denn die *richtigen* Stoffe seinen. Frau Knauer erzählte mir, sie habe darauf geantwortet, daß das die richtigen Stoffe wären, man müßte nur genau hinsehen."

„Und, haben sie richtig hingesehen?" fragte Lilo.

„Einige schon. Und jetzt kommt's: Sie versuchten, aus den anders geformten Teilen dasselbe Muster zu legen wie sonst auch. Aber: sie benutzten gänzlich andere Farben! Statt rot-weiß-blau zum Beispiel ordneten sie ihr spezielles Muster in Grün-lila-gelb. So blieben sie trotz veränderter Ausgangssituation ihrem Muster beinahe treu und schufen doch etwas Neues."

„Das heißt?" fragte Jo.

„Ist doch klar." ließ sich Heinard ruhig vernehmen. „Es wäre möglich, daß er seinem Muster treu bleibt, auch wenn sich die Ausgangssituation geändert hat. Er wird einige Farben ändern, sprich andere Orte für uns erfinden, aber er wird uns in seiner Welt treffen. Im Traum. Das ist sein Muster."

„Richtig. Aber..." Volker stockte und sah die anderen erschrocken an, „das bedeutet, daß wir träumen müssen, wenn wir ihn besiegen wollen. Verdammt noch mal, wir müssen träumen..."

„Aber kontrolliert! Das ist der Punkt." sagte Stanislaus.

„Wie willst du das denn machen?" fragte Imke. Darauf wußte Stanislaus keine Antwort und zuckte mit den Schultern.

„Ich weiß es nicht. Aber uns muß was einfallen. Und uns fällt was ein. Wir müssen nur darüber reden."

„Still! Eine Sekunde!" Volker massierte seine Schläfen mit der Heftigkeit eines Motors. Dann hörte er abrupt damit auf und sagte: „Meine Jungs hatten damals auch einen gemeinsamen Traum. Dadurch konnten sie ihm entkommen. Er versuchte sie zu entzweien, aber sie hielten zusammen, so, wie sie es immer getan haben..."

„Und sie halten immer zusammen. Sie kennen sich so gut, daß einer immer einen Satz anfängt und der andere ihn zuende spricht." warf Berit ein. Volker nickte zustimmend.

„Und weil sie sich so gut kennen, können sie sich auch hundertprozentig auf einander verlassen. Und sich vertrauen."

„Wir müssen uns genauso vertrauen. Hundertprozentig. Sonst..."

„Ich weiß was. Moment mal!" rief Berit und sah sich im Zimmer um. Sie entdeckte das Telefonbuch und stand auf, um es zu holen.

„Brauchst du das noch?" fragte sie Jo.

„Ja, warum?"

„Ich möchte es zerreißen."

„Was?"

„Ich möchte es zerreißen. Zerstören, wenn du willst. Kaputtmachen eben." sagte sie triumphierend. Heinard grinste und nickte. „Du bist gut, weißt du das?" fragte er sie. Berit lächelte zufrieden. „Ja." sagte sie. Dann wandte sie sich den anderen zu.

„Also, ich mache es kaputt." Dann setzte sie sich wieder hin, schlug die erste Seite auf und zerriß das Deckblatt. Dann die zweite Seite. Die dritte. Vierte. Fünfte.

„Ganz einfach...Und jetzt, probier du mal." Sie stand auf und reichte das Telefonbuch an Volker weiter. Dieser nahm eine weitere Seite und riß sie entzwei.

„So nicht! Alle zusammen! Reiß das ganze Telefonbuch auf einmal durch!"

„Das geht doch gar nicht." sagte Volker und um es zu beweisen, stand er ebenfalls auf und versuchte, es vom Rücken her auseinander zu reißen. „Nee, geht nicht." Berit grinste zufrieden. Dann setzte sie sich wieder auf ihren Platz und sagte leise:

„Eben."

3.

Die Verbündeten kamen überein, ab sofort keine Geheimnisse mehr vor einander zu haben. Sie wollten solange zusammen bleiben, bis die Sache gewonnen sei. Berits kleine Demonstration hatte ihnen gezeigt, wie wichtig es war, gemeinsam zu handeln.

„Wißt ihr, ich hatte mal einen Indianerfilm gesehn, da hatte der Häuptling genau dasselbe gemacht. Aber mit Pfeilen. Jeder Pfeil symbolisierte einen Stamm, und jeder Stamm einzeln war leicht zu zerstören. Aber alle Stämme zusammen nicht."

„Er wird versuchen, uns gegeneinander auszuspielen. Er wird tricksen, was das Zeug hält. Wir müssen genau erkennen, wenn er uns in zwei Parteien zu spalten versucht. Immer dann, wenn wir nicht einer Meinung sind, müssen wir genau überlegen, was wirklich richtig ist." meinte Jo.

„Und warum das richtig ist. Was passiert, wenn wir uns falsch entscheiden." fügte Imke hinzu. „Und: wir müssen jede Entscheidung gemeinsam treffen.

Keine Alleingänge. Keine Trennung." resümierte Heinard.

„Aber wie kommen wir zusammen zu ihm?" fragte Lilo schaudernd.

„Ich weiß es nicht. Aber wenn wir immer zusammen sind, ist die Chance, daß wir gemeinsam auf ihn treffen höher, als wenn jeder für sich ist." antwortete Heinard.

„Meine Frau..." sagte Volker nachdenklich, „hatte niemals die Mühlen gesehen. Aber sie konnte immer ihren Kopf durchsetzen. Vielleicht hat sie ihn provoziert. Vielleicht konnte er nicht anders, als sie in seine Welt zu holen."

„Das Muster..." überlegte Berit.

„Ja, das könnte einem Muster folgen." murmelte Jo.

„Nein, das meine ich. Ich kenne das Muster." flüsterte Berit.

„Du kennst es?" erschrak Imke.

„Alle kennen es. Ausgenommen du und Stanislaus." Sie sah Volker an und sagte: „Du kennst es auch, Jan und Tim haben dir davon erzählt. Es ist der Bauer auf seinem Land."

„Zeit zum Säen."

„Bitte?" fragte Imke.

„Zeit zum Säen. Bei ihm ist immer die richtige Zeit zum Säen." antwortete Heinard.

„Ich kenne ihn auch. Persönlich sozusagen. Im Sommer, als wir aus dem Urlaub kamen, hatte ich so einen Traum. Ganz kurz, ich hatte ihn sofort wieder vergessen. Vielleicht," sagte er und wandte sich an Berit, „vielleicht, wenn deine Mutter den Brief geöffnet hätte, wie es auf dem Umschlag stand, hätte sie ihn an mich weitergegeben. Vielleicht war es so geplant. Ein weiters Muster vielleicht. Aber du hast das Muster durchbrochen. Dadurch kamen meine beiden Jungs zu dieser Ehre und nicht ich."

„Das kann sein." sagte Berit nachdenklich.

„Bloß gut." bemerkte Heinard. „Sie ist nämlich zum Glück ein schlaues Kerlchen, das einen guten Indianerfilm von einem schlechten unterscheiden kann. Und nicht nur das. Sie kann daraus ein neues Muster stricken."

Berit lächelte verschmitzt, dann fragte sie: „Kann ich das?"

„Bestimmt. Da wäre das Vollständigkeits-Muster, das Ersatzmann-Muster und das Einigkeits-Muster."

„Na wenn du das so siehst..."

„Genauso. Und nicht zuletzt das wichtigste Muster, nämlich seine Fährte."

„Es ist Zeit zum Säen. Richtig. Vielleicht können wir das Muster umdrehen." überlegte Volker.

Imke machte den Mund auf. Ein schwacher Laut entschlüpfte ihren Lippen. Dann schloß sie ihn wieder und schüttelte den Kopf.

„Na sag's schon." forderte Jo.

Sie schüttelte immernoch den Kopf. Schließlich öffnete sie ihn wieder und sagte: „Ich weiß nicht, ob das jetzt richtig ist. Ich dachte gerade an meine Oma...Meine Oma hat für ihr Leben gern gestrickt. Vorm Fernseher, im Bus, einfach nur so und natürlich im Bett. Wenn die einen Pullover für mich strikken wollte, und hatte nicht die richtige Wolle, ich meine genau die Farbe, die sie sich vorgestellt hatte, dann suchte sie in der ganzen Wohnung nach einem brauchbaren Stück. Und weil sie alles selbst strickte, hatte sie Unmengen von Wollresten, gestrickten Jacken, Pullis, Decken, Kissenbezügen, und so weiter. Wenn sie das passende Teil gefunden hatte, troddelte sie es auf. Wißt ihr, was ich meine? Sie zog an dem Fädchen, mit dem der Bund unten zugeknotet war. Dann brauchte sie nur noch zu ziehen, und der ganze Pullover ribbelte sich auf."

Die anderen lächelten. Jeder von ihnen hatte bei Imkes Erzählung andere Gedanken, aber sie empfanden dasselbe. Geborgenheit gehörte dazu, Weihnachtsduft und Geschichten vorlesen. Imke erzählte weiter. Sie spürte, daß das, was sie dachte, ausgesprochen werden mußte, damit man es fassen konnte.

„Sie zog immer ein Stückchen, dann rollte sie den Faden zu einer Kugel zusammen. Zuerst machte sie ein kleines Knäuel, und dann rollte sie den Faden ringsherum. Sie hielt den linken Daumen am obersten Punkt des Knäuels und während sie mit der rechten Hand den Faden herum wickelte, drehte sie mit den Fingern der linken Hand das Knäuel in die entgegengesetzte Richtung." Dabei fuhrwerkte Imke mit beiden Händen so schnell und gewandt in der Luft herum, daß den anderen schon vom Zusehen schwindlig wurde. „Wenn sie damit fertig war, hielt sie eine gleichmäßig runde Rolle in der Hand. Diese Gebilde faszinierten mich damals sehr, weil sie ein Muster von unendlich vielen Lagen gleicher und trotzdem ungleicher Struktur bildeten. Wenn sie die Wolle wieder verstrickte, enthielt der Pullover mehrere Strukturen übereinander. Einmal das Muster, das meine Oma gestrickt hatte. Dann war aber quasi darunter noch ein anderes Muster, unsichtbar und doch sichtbar."

„Ich weiß, was du meinst." sagte Lilo. „Wenn man einen Pulli aufribbelt, dann hat der Faden lauter Maschenbögen. Der Faden ist nicht mehr gerade, sondern gelockt. Wir haben diese Wolle immer für Wollpuppen benutzt, für die Haare. Die Puppen hatten dann eine ganz tolle Lockenmähne."

„Genau. Das meine ich. Wenn du diese gelockte Wolle wieder verstrickst, dann sind die Locken immernoch irgendwie sichtbar. Das ist das zweite Muster. Und das dritte Muster, das wir hier haben, ist das, das tatsächlich vorhanden ist. Es entsteht aus dem, das meine Oma bewußt gestrickt hatte und dem, das bereits in der Wolle war. Meine Oma konnte sich also anstrengen wie sie wollte, es wurde nie ein so glattes und genaues Muster, wie sie vorgehabt hatte...So, das war's, was ich sagen wollte."

„Cool." Berits Augen funkelten. Heinard grinste. Dann sagte er: „Sie läuft auf Hochtouren. Laßt sie mal machen."

Berit bekam von seinen Worten nichts mit. Sie sah in die Ferne, ihr Mund stand ein wenig offen und ihre Augen funkelten immernoch.

4.

„Ja, so meine ich das. Wir sind der Pullover, den die Oma zuerst gestrickt hat. Den hat sie aufgetrennt. Weil die Wolle nicht reichte, hat sie noch einen anderen aufgemacht. Der erste war dunkelblau, der zweite auch dunkelblau. Der andere sind Lilo, Volker und Stanislaus. Sie hat an das Ende des ersten Fadens den Anfang des Zweiten geknüpft. Dadurch entsteht ein einziger langer Faden. Den strickt sie jetzt zu einem neuen Pullover. Aber wir alle hatten ein Muster. Dieses Muster sind unsere Träume und das, was wir glauben. Das wir uns vorstellen können. Damit, glaube ich, macht er unsere Träume. Jetzt strickt die Oma mit unserem Faden einen neuen Pullover. Da sind unsere Muster drin und das neue Muster, das sie für uns erfindet. Zwei Muster übereinander. Wenn unser altes Muster sehr kräftig war, dann sieht ihr neues Muster viel unregelmäßiger aus, als wenn sie einen glatten Faden nehmen würde. Unser Faden läßt sich dann vielleicht schwerer stricken.

Wenn wir stark sind, muß ihr Muster schwächer ausfallen. Dann entsteht daraus ein neues Muster, mit dem sie nicht gerechnet hat. Wenn wir uns verknoten, kann sie nicht weiterstricken.

Vielleicht schmeißt die Oma das Strickzeug in die Ecke. Vielleicht versucht sie auch, den Knoten herauszuschneiden. Vielleicht schneidet sie uns in der Mitte entzwei, und fängt noch mal von vorne an. Wir müssen genau aufpassen, wenn sie die Schere in die Hand nimmt. Ganz genau." sagte sie.

In diesem Moment breitete sich Stille über den Verbündeten aus. Die Mühlen hatten aufgehört, in ihren Köpfen zu schreien. Die Sonne war am Horizont erschienen, dunkelorange, rund und schön. Eine Wintersonne.

„Fassen wir noch einmal zusammen." resümierte Volker. „Wenn wir gemeinsam träumen wollen, was bedeutet, daß wir gemeinsam einschlafen müssen, dann müssen wir alle gemeinsam seiner Fährte folgen. Wir müssen an den Bauern denken, der sät. Nicht nur denken, sondern genau dieses Bild vor Augen haben. Imke und Stanislaus müssen wir einweisen...“

„Ja, sogar einweihen. Wir müssen ihnen dieses erste Bild so genau erklären, daß sie es gar nicht falsch sehen können, versteht ihr?“ sagte Lilo. Dann überlegte sie und fragte: „Berit, was hast du vorhin gesagt? Das, was wir uns vorstellen können, daraus macht er unsere Träume, stimmt das so?“

„Ich glaube, das das so ist. Es könnte so sein.“

„Also, wenn wir annehmen, daß das so ist, dann müssen wir sogar mehr als das tun. Wir brauchen eine gemeinsame Vorstellung...“ überlegte Lilo weiter. Jo lachte. Dann sagte er: „Wißt ihr, was ich mir immer vorstellen kann? Ich kann immer vom Essen träumen, vom Essen reden und ich kann mir Essen in jeder Lebenslage vorstellen. Also warum stopfen wir uns nicht alle zusammen den Magen voll, bis wir an nichts anderes mehr denken können? Dann legen wir uns hier hin und reden über Restaurants und Kellner und Delikatessenläden und Kochbücher und wieder über Restaurants...bis wir einschlafen. Was haltet ihr davon?“

„So machen wir's. Ich finde die Idee prima.“ rief Lilo begeistert. Jo sah von einem zum anderen. Berit nickte. Imke leckte sich die Lippen und Heinard nickte ebenfalls.

„Soll mir recht sein.“ sagte Volker. „Wohin gehen wir?“

„Was haltet ihr von der Alten Apotheke?“

„Ja gut. Wir könnten danach bei mir schlafen...“ schlug Imke vor.

„Nein. Besser nicht. Wir sollten vielleicht lieber hier bleiben.“ entgegnete Jo.

„Wieso? Hier in Tinas Nähe können wir vielleicht gar nicht träumen.“ meinte Berit.

„Und wenn wir nur etwas zu lange weg bleiben, könnte sich die Gegenseite möglicherweise um Tina kümmern.“ warf Heinard ein. Volker schlug sich mit der flachen Hand an die Stirn. „Natürlich, die alte Frau Kater. Die haben wir ganz vergessen. Sollen wir nach ihr sehen?“

„Ich glaube nicht, daß ihr was passiert. Sie gehört zu den Bösen.“ murmelte Berit, worauf die anderen lauthals lachten. Nur Lilo lachte nicht. Sie horchte in sich hinein. Dann, als das Lachen, das ihnen so gut getan hatte, verstummt war, flüsterte sie:

„Sie gehört zu den Wächtern. Sie gehört ganz bestimmt zu ihnen. Robert sagt, sie hätte mir was gestohlen.“

„Was?"

Darauf zuckte Lilo mit den Schultern.

„Ich habe eine Idee." ließ sich Klara Früchtchen vernehmen. Alle drehten sich zu ihr um. Niemand hatte sie kommen gehört oder gesehen. „Ihr habt doch nicht etwa die ganze Nacht hier auf dem Boden gelegen und geredet?" fragte sie.

„Doch, Klara. Gelegen, gehockt, gesessen, gekniet und gekauert. Aber immer im Kreis herum. Alter Indianerbrauch." erklärte Stanislaus grinsend. Er stand auf und nahm sie in den Arm. „Und was ist deine Idee?"

„Ich dachte mir, daß ich ja hier bei Tina bleiben könnte. Ihr geht rüber zu Herrn Devries..." sagte sie und zeigt auf Volker. „Da seid ihr auch nicht so weit weg, wenn irgendwas sein sollte."

„Wir werden nur gar nicht da sein, falls etwas sein sollte. Lilo war nicht da. Ich war da, aber Lilo war weg." gab Jo zu bedenken. Stanislaus klatschte in die Hände, stand auf und sagte: „Wißt ihr was, ich hab Hunger und ich bin müde. Was haltet ihr von Frühstück und schlafen gehen? Ein paar Stunden. Nicht lange. Und heute abend starten wir die Aktion Alte Apotheke. Einverstanden?"

„Einverstanden. Ob wir da sein werden oder nicht, können wir eh nicht vorhersagen. Wir müssen uns so gut vorbereiten, wie wir können. Alles andere müssen wir dem Zufall überlassen." sagte Volker.

„Laßt uns nur nicht hängen. Erklärt uns nur alles ganz genau. Dann geht bestimmt nichts schief. Oh Mann, hab ich einen Hunger!" Imke streckte sich und folgte den anderen hinunter in die Küche.

Nach dem gemeinsamen Frühstück fütterte Klara Früchtchen Tina, die die kleinen Häppchen, die ihr in den Mund gesteckt wurde, ganz mechanisch kaute und schluckte. Löffelchen mit Tee trank sie schlafend und hin und wieder sperrte sie von selbst ihren Mund auf wie ein Vogeljunges im Nest. Immer mehr kleine Mengen konnte Klara Früchtchen ihr zu essen geben, und sie hatte das Gefühl, daß nicht nur der Appetit des Mädchens größer wurde, sondern in gleichem Maße ihr Wunsch zurückzukommen und die Augen aufzuschlagen, von Stunde zu Stunde zunahm. Imke, die eigentlich vorgehabt und auch versprochen hatte, sobald sie Tina gefunden habe, deren Großmutter Borga Laduque anzurufen, konnte dieses Versprechen nicht halten. Seit sie den Pakt geschlossen hatte, glaubte sie, daß nur Tinas Nähe ihnen einen Weg bot, die Mühlen zu besiegen.

5.

Am Abend desselben Tages trafen sich sieben sehr hungrige und nicht weniger aufgeregte Abenteurer vor der Alten Apotheke.

Das bejahrte Haus hatte erst im letzten Sommer einen neuen Anstrich bekommen, der die einstige Pracht des Gemäuers wieder neu aufleben ließ. Die Front war in einem frischen Grün gestrichen, die Seiten des Hauses eine Schattierung dunkler. Fenster und Türen erhielten einen zartgelben Rahmen, ebenso die Brüstung, die den Freigang über dem ersten Stockwerk einfaßte. Dieser offene Gang führte einmal um das ganze Haus herum und war von jedem Zimmer aus durch eine große Glastür zu betreten. Links neben dem Haupteingang führte eine schmale gewendelte Treppe, die von der breiteren Treppe, dem Hausaufgang abzweigte, ein Stückchen um die Ecke herum. Dort befand sich ein kleines Törchen, durch das man von außen diesen Wandelgang betreten konnte. Von vorne sah man lediglich dieses Treppchen und zwei griechische Säulen, die das Dach über dem Gang trugen. Rechts neben dem Haupteingang glänzten von jeher vier große Fenster in der Morgensonne. So war das Haus von außen optisch dreigeteilt, links der offene Blick durch die Säulen, in der Mitte die zweiflügelige weiße Holztür, in die vier Scheiben eingelassen waren. Rechts vier hohe Fenster mit Oberlichtern. Der offene Gang endete hinter dem oberen rechten Fenster, das dort wohl nur eingesetzt worden war, um dem Haus seine Symmetrie zu erhalten. Da das Dach ganz sacht geschwungen war und trotzdem kaum einen Überstand hatte, sah es unheimlich leicht und ein wenig keck aus, als wäre es ein Frühlingshut auf dem Kopf eines hüpfenden kleinen Mädchens.

Dieses Haus mit der eigenwilligen Architektur baute sich vor über hundert Jahren ein Apotheker, der sicher ein guter Architekt geworden wäre, wenn er nicht einen pillendrehenden und salbenrührenden Vater gehabt hätte. Da in der damaligen Zeit der Apfel noch gern in der Nähe des Baumes fiel, wurde der Sohn Apotheker wie der Vater. Als es an der Zeit war, sein Geschäft zu übernehmen, ließ er nach eigenen Plänen dieses wunderschöne Haus bauen und verlegte die Apotheke seines Vaters hierher. Da diese aber *Apotheke am Tor* hieß, weil sie am Tor zur Neusener Schloßbrauerei lag, nun aber weit genug davon entfernt, daß der Name nicht mehr stimmen konnte, mußte nach Ansicht der Klosteraner ein neuer Name her. Deshalb nannte der Volksmund sie kurzerhand in *Neue Apotheke* um. Einige Jahre später fiel die Klosterapotheke am anderen Ende der Apothekerstraße einem Brand zum Opfer und an dieser Stelle wurde eine neue Klosterapotheke errichtet. Der Neubau, welcher der Kürze wegen statt Neue Klosterapotheke nach nicht allzulanger Zeit nur Neue Apotheke genannt wurde, trug diesen Namen nun zurechter als der alte Neubau des Apothekers mit der Architekturpassion. Das rief den Ordnungssinn der Klosteraner auf den Plan. Nach kurzer Zeit des Grübelns und der Uneinigkeit verfielen die Leute darauf, die bisherige Neue Apotheke schlicht *Alte Apotheke* zu nennen. Ein funkelnagelneues Schild über dem Eingang bestätigte schließlich, was die Klosteraner eingeführt hatten.

So, wie der alte Apotheker hatte auch dessen Sohn einen Nachkommen, der sich für die Apothekerei nicht ausschließlich interessierte. Als der Vater eines Tages seinen weißen Kittel an den Nagel hängte, schloß der Sohn die Apotheke ab und verhüllte den Eingang. Es wurde umgebaut und ausgebaut und viele Wochen später verschwand das Tuch vor dem Eingang. Über diesem hing wieder ein neues Schild, diesmal mit einer für die Klosteraner zunächst unverständlichen Aufschrift: *Zur alten Apotheke*. Nach und nach erfuhren die Neugierigen, was dahintersteckte: eine Gaststätte war hier eröffnet worden. Aber die Klosteraner waren damit unzufrieden, und sie wären nicht die Klosteraner, wenn sie nicht auch für dieses Lokal einen geeigneten Namen gefunden hätten. Sie blieben einfach bei demjenigen, den sie dem Haus schon einmal gegeben hatten und nicht lange nach der Ein-Jahres-Feier hing ein neues altes Schild über dem Eingang. Es war das funkelnagelneue Schild von damals mit der Aufschrift *Alte Apotheke*.

Seit diesen Tagen des Jahres 1903 war das Gasthaus ein beliebtes Kleinod der Stadt. Zuerst war es ein Stadtlokal, als diese noch in abschbaren Grenzen leb te. Für einen Spaziergang um die jetzige Altstadt, den die Leute „einmal rund um'n Pudding" nannten, brauchte man in gemütlichen Schritten nur eine knappe Stunde. Am Ende des Rundgangs erwartete die Klosteraner ein feines Essen und bei Sonnenschein ein Kuchen im Kaffeegarten. Später, als sich Kloster Aux ausdehnte und noch später, als die Siedlung zwischen der beachtlich großen Innenstadt und dem so immer näher rückenden Stadtrand gebaut wurde, hinter dem sich die Umgehungsstraße wand, wurde die *Alte Apotheke* zu einem Geheimtip. Nun mußten die Hungrigen in die Stadt hinein fahren, einen Parkplatz finden und dann durch den Park am Rathaus spazieren, um in die Apothekerstraße zu gelangen. Das Tor an der Schloßbrauerei und das Tor zur Post auf der anderen Seite der langen Apothekerstraße waren seit Jahren für den motorisierten Verkehr gesperrt. Die einstige Verbindungsstraße zwischen den Dörfern Neusen im Osten und Torm im Westen von Kloster Aux, die einmal am südlichen Innenstadtrand lag, war heute eine Fußgängerzone im Herzen der Altstadt.

Heute besaß das beliebte Restaurant einen großen und zwei kleinere Gasträume, die an eine alte Apotheke erinnerten. Im Keller war eine kleine Kellerbar eingerichtet worden, dort wurden ausschließlich feurig gegrillte Snacks angeboten; das rauchige Kellergewölbe bot so eine anheimelnde Atmosphäre für Leute, die ungezwungen reden, diskutieren und lachen wollten.

Am Mittwoch, dem achtzehnten Dezember neunzehnhundetsechsundneunzig stand auf einem der großen Tische im Keller der *Alten Apotheke* ein Schild mit der Aufschrift: **Reserviert** für 19.00 - Volker Devries (7 Pers.).

Alte Apotheke

1.

Ulfert Poppens Arbeitszimmertür schlug mit einem lauten Krachen auf. Der Notar stand breitbeinig in der offenen Tür und stützte sich im Türrahmen ab. Er machte einen verstörten Eindruck, der aber möglicherweise gespielt war, denn in seinen Augen blitzte blanke Wut. Nun öffnete er den Mund und schrie: „Wie soll ich das verstehen? Wo ist meine Tochter?"

Maria Poppen atmete tief durch und schüttelte energisch den Kopf. Nein. Diesmal würde er keine Antwort bekommen.

„Wo ist sie?" brüllte er abermals.

Hoffentlich in Sicherheit, dachte Maria. Als Volker vorhin anrief und ihr erklärte, die sieben Don-Quijotes, wie Maria sie insgeheim nannte, würden zusammen essen gehen, um sich *mental* auf ein gemeinsames *Muster* vorzubereiten, war ihr nicht ganz wohl bei diesem Gedanken. Aber sie vertraute Volker. Ulfert würde sie in diesem Fall nicht vertraut haben, das wußte sie mit Bestimmtheit. Ulfert neigte und neigt noch zu Jähzorn, der in wahre Raserei ausarten konnte. In solchen Momenten war er irgendwie nicht ganz zurechnungsfähig.

„Wie oft soll ich dich noch fragen? Wann ist die gnädige Frau endlich bereit, mir zu antworten?"

Gar nicht. Überhaupt nicht, dachte Maria. Dann hörte sie, wie eine weitere Tür geöffnet wurde. Eine schläfrige Stimme fragte:

„Was'n hier los?" Maria sagte nichts, und so ging Tönjes zurück in sein Zimmer. Die Tür wurde sanft herangezogen und griff trocken ins Schloß. Eine Sekunde später schloß auch der Notar wortlos seine Arbeitszimmertür.

Maria schaute auf die Küchenuhr. Es war bereits kurz vor einundzwanzig Uhr,

Maria hatte vor zehn Minuten bei Klara Früchtchen angerufen, und sich mit ihr verabredet. Sie wollten zusammen bei Tina bleiben und auf die Don-Qui- jotes warten, von denen ihr zwei ganz besonders am Herzen lagen. Im Mo- ment konnte sie nicht mal genau sagen, welcher von den beiden. Natürlich war Berit ihr Kind, und als Mutter liebte sie ihr Kind selbstverständlich über alles,...aber, ihr Herz schlug bei dem Gedanken an Volker ganz besonders heftig.

Leise ging Maria in die Diele, um ihre Schuhe anzuziehen. Dann verließ sie wachsam das Haus.

Klara Früchtchen erwartete sie bereits ungeduldig. Irgendetwas stimmte mit Tina nicht, fürchtete sie. Einmal sie war so unruhig, daß Klara meinte, sie würde gleich zu sich kommen und wenig später schien sie im Tiefschlaf zu liegen und von ihrer Umwelt nichts mitzubekommen.

„Wenn ich nur wüßte, ob die Mühlen sich drehen, dann...ach was. Das würde uns auch nicht helfen." resignierte sie schließlich.

„Hoffentlich kommen sie bald zurück. Ach, ich habe irgendein komisches Gefühl. So, als würde etwas nicht stimmen." Maria rieb sich die Schläfen.

„Mit Tina? Oder mit dir?"

„Ich weiß nicht... Beides vielleicht."

„Sag jetzt nur nicht, daß du diese Schreie hörst, von denen die anderen gespro- chen haben!"

„Nein. Noch bin ich kein Quijote."

Die beiden Frauen lachten. Dann schluckte Klara und sagte stöhnend: „Ich hoffe auch, daß ich davon verschont bleibe. Und ich hoffe, daß sie sie bald los sind... Sag mal, hattest du schon mal so was wie eine Erscheinung? Irgendwas Abnormales?"

„Doch einmal. Das ist noch nicht so lange her." antwortete Maria. Dann schaute sie Klara mit an und erzählte ihr die Episode, die sie in der Küche erlebte, als noch heißer Hochsommer war.

„So genau weiß ich nicht mehr, wie das damals überhaupt angefangen hatte." sagte sie nachdenklich. „Ich schloß die Augen, und als ich sie wieder öffnete, war auf einmal die Küche weg und alles war dunkel. Ich dachte, ich würde in einem Schacht oder einem Tunnel sitzen, ohne Licht am Ende. Plötzlich dach- te ich, ich wäre blind. Fast bekam ich Panik. Doch zum Glück fiel mir meine Hebamme ein, die immer sagte: 'Konzentrier dich auf deine Atmung, dann hast du keine Zeit, Angst zu haben.'

Nach einer Weile konnte ich dann doch wieder sehen. Schemenhaft, aber eindeutig. Ich zählte sieben hockende Gestalten, wie durch eine Nebelwand hindurch. Dann heulte eine Sirene. Die Gestalten auf der anderen Seite der Dunstwand kamen in Bewegung, sie schlurften herum und ich befürchtete schon, sie könnten zu mir herüber kommen...Ich hatte so eine komische Befürchtung." sagte Maria und kicherte. „Ich dachte: Was, wenn die Sirene der Freßruf ist und ich die Mahlzeit? Aber sie blieben alle auf ihrer Seite und liefen so seltsam herum. Mit einem Mal ging irgendwo ganz weit oben eine Tür auf, ein Lichtpünktchen erschien und dann kam richtig Bewegung auf. Sie steuerten alle darauf zu wie Mönche, die, in Kutten gehüllt, um Mitternacht ihr Kloster durch ein kleines Törchen verlassen..." beendete Maria ihre Erzählung nachdenklich. Dann sagte sie. „Komisch, dasselbe habe ich vor ein paar Tagen Volker erzählt, als er mir die Windmühlen da draußen geschildert hat. Ich hatte keinen bestimmten Grund dazu, aber ich hatte das unbestimmte Gefühl, daß ich es erzählen müßte. Aber jetzt habe ich ein anderes Gefühl..."

„Welches?"

„Schwer zu sagen. So, als würde ich dieses Gespräch schon einmal geführt haben. Ich weiß auch, was du jetzt sagen wirst."

„Hattest du das beim letzten Mal auch, als du Volker davon erzählt hattest?"

„Genau, genau das war deine Frage. Wie im Drehbuch."

„Und?"

„Was? Äh, nein. Nein, hatte ich nicht."

Plötzlich raschelte es hinter ihnen. Klara und Maria drehten sich um und sahen in Tinas Augen. Das Mädchen richtete sich ein wenig auf und fuhr mit der Hand über das Bettlaken.

„Kind! Da bist du ja wieder. Tina...!" rief Maria und ergriff Tinas tastende Hand. Tina verdrehte die Augen, schloß die Lider und fiel ins Kissen zurück. Dann atmete sie ruhig und gab ein leises Säuseln von sich.

„Sie schläft. Das gibt's doch nicht! Gerade war sie munter, nicht? Sie hat mich angesehn! Und jetzt schläft sie!" Lächelnd strich Maria der schlafenden Tina über die zerwuschelten Haare. „Siehst du, bald ist alles wieder gut. Dann geht das Leben weiter, wie es früher war. Aufstehen, Frühstücken, Haare flechten, Schule, Mittagessen, Hausaufgaben..." sinnierte sie.

„Weihnachten..." sagte Klara.

„Hoffentlich."

„Wir müssen ihre Großmutter anrufen, wenn sie aufwacht."

„Was machen wir, wenn es so bleibt? Nichts? Ich meine, wir dürfen doch gar nichts machen, wenn sie noch nicht zuhause sind. Ach, es ist so vertrackt.

Wenn Tina aufwacht, sind die sieben ohne Schutz und wenn sie nicht hier sind...und nicht träumen, dann wacht sie vielleicht auf... weil..."

„Weiter...führe diesen Gedanken weiter, Maria." flüsterte Klara.

„Keinen Zweck, Frau Lehrerin, ich hab' mich verhaspelt." entgegnete Maria traurig. „Aber wie schon gesagt, irgendwas stimmt nicht ganz."

2.

Die sieben Verbündeten lehnten sich zurück. Sie hatten gegessen und ausführlich über das Land am Rande des Meeres geredet; über den Bauern, wie er seine verhängnisvolle Saat auswirft und immer wieder ihre Träume manipuliert. Sie hofften, alle gut vorbereitet zu sein. Dann fiel Stanislaus ein, daß er den anderen von der Geschichte mit der Perlenkette erzählen wollte. Das war es, was er die ganze Zeit vorgehabt hatte. Kurz bevor sie gestern den Pakt geschlossen hatten, deutete er an, daß er etwas wisse, was von Bedeutung sein könne.

„Bevor wir gehen," sagte er nun und beugte sich nach vorn, „will ich euch noch eine Geschichte erzählen. Ich glaube, daß sie ganz gut hierher paßt. Wenn sie nicht sogar...von gewisser Bedeutung ist." Seine wurden Zuhörer neugierig und steckten ihre Köpfe zusammen.

„Am Besten, ich fange ganz von vorne an. Vielleicht könnte ich mich kürzer fassen, aber ich glaube, wir haben noch ein wenig Zeit. Also, ich schätze, die Geschichte fängt an, bevor ich geboren wurde. Damals lebten zwei kleine Mädchen mit ihren Eltern auf einer kleinen Insel im Pazifik. Das ältere der beiden hieß Theresia, die jüngere Johanna. Johanna war ein sehr in sich gekehrtes Kind. Sie sprach nicht, sie spielte nicht, sie aß nicht in Gesellschaft und sie ließ sich von niemandem berühren."

„War sie autistisch?" fragte Imke.

„Nicht unbedingt. Denn eine Ausnahme machte sie bei ihrer größeren Schwester. Mit Theresia war alles anders. Theresia durfte sie berühren, in den Arm nehmen; ihr flüsterte Johanna sogar zu, was sie bewegte. In ihrer Gegenwart aß sie und mit ihr war in geringen Umfang sogar spielen möglich. Die Eltern allerdings hatten keinen Kontakt zu ihrer jüngsten Tochter, ebenso wie alle Hausangestellten, Freunde und Bekannte der Familie. Das arme Mädchen wurde jeden Morgen von ihrem Vater gefragt, ob es denn heute reden wollte. Weil es nicht antwortete und in ihr Zimmer lief, sobald ihr Vater versuchte, sie am Arm zu fassen und heranzuziehen, mußte sie den ganzen Tag in diesem Zimmer verbringen. Das heißt, Johanna kam nur aus dem Zimmer heraus, wenn die Mädchen mit der Mutter allein waren und man so den Willen des Familienoberhauptes umgehen konnte. Eines Tages nun meldete sich eine Frau bei der Mutter der Mädchen an. Die Eingeborene hatte Mitleid mit ihr und vertraute ihr ein Geheimnis an. Zuvor ließ sie die verzweifelte Frau schwören, niemandem davon zu erzählen. Zumindest aber keinem Weißem. Dann erzählte sie ihr von der Nachbarinsel, auf der ein Volk von Traummenschen wohnen würde. Diesen Menschen war es möglich, durch ihre Träume, durch ihre Handlungen in den Träumen die Gegenwart zu verändern. Oder: durch Anrufung der Ahnen einem Geheimnis auf die Spur zu kommen, das man im normalen Leben nicht lösen konnte. Für die Mutter der Mädchen klang das nach einer Möglichkeit, ihrem Kind zu helfen. Sie hatte ihr Versprechen, niemandem davon zu erzählen, wohl in dem Moment vergessen, als sie eine Reise dahin tatsächlich erwog. Johannas Mutter besprach also ihr Vorhaben mit ihrem Mann. Der war aber..."

„Ich ahne es. Geistlicher oder so?"

„Ja, und als solcher war er natürlich zutiefst abgeneigt, seine Tochter in die Hände eines Eingeborenenpriesters zu geben. Das war aber noch nicht alles. Er ging sogar noch einen Schritt weiter und trennte sich von seiner Frau. Das heißt, er annullierte selbst die Ehe und verstieß sie."

„War das denn rechtmäßig?"

„Keine Ahnung, aber es soll sich so zugetragen haben. Anschließend verließ er das Haus und befahl seiner Ex-Frau, ihren Koffer zu packen und zu verschwinden. Die Kinder solle sie nicht mitnehmen, aber er sei so großzügig, und ließe sie noch von einander Abschied nehmen. Wenn er wiederkäme, sagte er zu den Mädchen, dann wünsche er, sie mit Handarbeiten beschäftigt in ihrem Zimmer vorzufinden. Damit meinte er natürlich Theresia, denn Johanna schien nichts von der ganzen Sache mitzubekommen."

„Woher weißt du das denn alles?" fragte Berit erstaunt. „Das klingt, als ob du dabei gewesen bist."

„Nein, bin ich nicht. Aber ich kannte alle sie gut. Dazu komme ich gleich. Zuerst einmal mußte die Frau weg, und zwar ganz schnell. Sie nahm Theresia beiseite und fragte sie, ob sie das alles verstanden hätte. Das Kind nickte. Nun wurde das Mädchen gefragt, ob es denn tun wolle, was der Vater befohlen hätte. Das Kind nickte noch einmal. Jetzt fragte die Mutter, ob es denn auch dem Willen des Vaters zuwider handeln und mit der Mutter kommen würde, um Johanna zu helfen. Theresia nickte zum dritten Mal. Dann ging alles sehr schnell. Frau Brandel, wie sie sich von da an wieder nach ihrem Mädchennamen nannte, nahm ihre beiden Töchter und verließ ohne Gepäck das Haus. Die Frau, die ihr am Morgen von der Nachbarinsel erzählt hatte, half ihr, ein Boot und einen Mann zu finden, der sie dorthin bringt.

Auf der Insel wurde sie von den Einheimischen stürmisch begrüßt und zu einem anderen Europäer gebracht, der zufällig auch ein Deutscher war. Und nun dürft ihr raten, wer das war."

„Gib uns einen Tip."

„Er war eine hiesige Berühmtheit."

„Ich weiß es." sagte Berit und lachte. „Meine Schwester ist auf dem Lunderland-Gymnasium. Stimmts?"

„Stimmt genau. Lunderland war gerade dabei, seine Koffer zu packen, weil er am Abend sein Schiff erwartete. Wenig später hatten Lunderland und Frau Brandel eine Unterredung mit dem Priester, der davon sprach, daß es länger als nur eine Nacht dauern könne, um einen Traumkontakt zu den Ahnen herzustellen."

„Traumkontakt? Klingt ja nicht besonders mystisch."

„Magischer Traumkreis. Richtig, so heißt es genau. Der Priester meinte also, daß es sehr viel länger dauern könne, weil man ja nicht wisse, wo sich die Ahnen aufhalten. Und sicher nicht unbedingt im pazifischen Raum."

"Und bestimmt hatte sie Bedenken, daß ihr Ex drauf kommt, wo sie mit den Kindern ist."

„Genau. Nun mußte sie eine schnelle Entscheidung treffen, denn sie befürchtete in der Tat, daß er recht schnell nach den Mädchen suchen würde. Lunderland war ein Gentleman und bot der Dame mit den Kindern selbstverständlich seinen Geleitschutz an, falls sie mit ihm und auf seine Kosten nach Europa zurückreisen wollte. Frau Brandel nahm sein Angebot an. So kam die Familie Brandel nach Kloster Aux. Hier mietete Lunderland eine Wohnung für die drei. So, und jetzt dürft ihr raten, wer nun ins Spiel kommt."

„Ich ahne es. Der alte Doc Zirsus?" fragte Heinard.

„Ja. Lunderlands väterlicher Freund Dr. Emanuel Zirsus. Lunderland erzählte ihm von Johanna und weckte natürlich sein Interesse für diesen Fall. Zirsus nahm Johanna als Privatpatientin auf und damit die Schwester und die Mutter trotzdem bei ihr sein konnten, lud er die Familie ein, in seinem Haus auf dem Gelände der Zirsus-Anstalten zu wohnen. Dabei kamen sich Zirsus und die Mutter Brandel so nahe, daß sie eine Art Lebensgemeinschaft eingingen, die bis zu seinem Tod anhielt. Auf diese Art wurde er Theresias und Johannas Ziehvater und sorgte sich sehr um sie. Erst als er und die Brandel verstorben waren, kriegten die Leute mit, daß sie gar nicht verheiratet waren."

„Konnte er Johanna denn helfen, beziehungsweise behandeln?"

„So kann man das nicht sagen, aber hört nur zu. Der Doktor war ja nicht nur Neurologe und Psychiater, sondern auch Traumforscher. Er hatte sehr revolutionäre Ideen über Träume und Traumdeutung, und nachdem er vieles von seinem Freund Lunderland darüber gehört hatte, wie Träume unter bestimmten Umständen die Realität beeinflussen können, war er ganz versessen darauf, selbst einmal an einem magischen Traumkreis teilzunehmen. Da er glaubte, Johanna damit helfen zu können, bereitete er sich jetzt lange und gründlich darauf vor, einen solchen Traumkreis mit allen Beteiligten zu bilden und sozusagen als Ältester die Leitung zu übernehmen. Dabei wollte er die Stelle des Vaters einnehmen und Lunderland sollte als eingeweihter Helfer sehen, ob alles seine Richtigkeit hatte."

„Konnte er das denn?"

„Ich nehme an, daß er damals auf dieser Insel schon einmal an einem Traumkreis teilgenommen hatte, denn als Wissenschaftler war das für ihn sicher eine riesige Herausforderung. Na, was meint ihr, konnten die zwei Europäer einen richtigen magischen Traumkreis bilden?"

Stanislaus beobachtete seine Zuhörer. Fünf von ihnen sahen gebannt auf seine Lippen, als erwarteten sie, die Antwort dort in Leuchtbuchstaben blinken zu sehen.

Jo sah auf seine Uhr. „Es ist schon recht spät. Was meint ihr, sollten wir nicht langsam aufbrechen? Tante Klara und deine Mutter..." sagte er, wobei er Berit ansprach, „...werden sich Sorgen machen, wenn wir nicht bald auftauchen. Und du..." nun sah er Stanislaus an, „...kannst uns den Rest unterwegs erzählen."

Alle waren einverstanden und so zahlten sie und machten sich auf zum Devriesschen Wohnmobil, das in einer Nebenstraße auf sie wartete.

3.

Langsam, beinahe träge stiegen sie die Treppe von der Kellerbar herauf. Die Treppe schien ihnen diesmal, beim Hinaufsteigen viel länger und steiler zu sein, als beim Abstieg. Doch noch bevor die Sieben das Ende der Treppe erreichten, bemerkte Volker, daß er sein Jackett in der Bar vergessen hatte.

„So'n Mist!" rief er. „Wollt ihr hier warten, oder schon vorgehen? Ich hab meine Jacke hängen lassen, blöd sowas!"

„Wir warten." mummelten die anderen, und Volker nickte während er sich umdrehte, um die Treppe wieder herunter zu steigen. Lilo und Imke setzten sich auf die Stufen und stöhnten. Ihnen war die Puste ausgegangen. Plötzlich schrie Berit auf. Erschrocken blieb Volker stehen und schaute zurück. Heinard packte das Kind am Arm und hielt es fest.

„Was ist los?" fragte er.

„Die Schere!" rief Berit. „Volker soll nicht gehen, es ist eine Schere!" Mit diesen Worten riß sie sich los und stürzte Volker hinterher. Dann drehte sie sich kurz um und rief den verdutzten Fünf zu: „Kommt schnell, beeiiilt Euch!" Schon hatte sie Volker erreicht und sah den anderen entgegen. In dieser Sekunde spürte sie die fünf Personen unwirklich werden, verblassen. Sie schrie aus Leibeskräften, Tränen rollten ihre Wangen herab. Ihre Beine gaben nach und so kniete sie sich auf die kalten Stufen. Beinahe hysterisch versuchte sie, die anderen zu greifen, einen Zipfel ihres Hosenbeines zu erwischen. Winselnd wischte sie mit dem Ärmel über ihre wässrigen Augen. Als sie den Arm herunter nahm, standen sie Fünf erschrocken und atemlos vor ihr. Sie hatten weniger als eine halbe Minute Zeit benötigt, um Berit zu erreichen. Für Berit allerdings war die Zeit unendlich lang gewesen. Volker hinter ihr war blaß geworden. Auch er hatte diese Beobachtung gemacht, aber für ihn kam die Wahrnehmung, die damit verbunden war, viel später als für Berit.

„Was war denn los?" fragte Lilo nun vorsichtig und nahm Berit in den Arm. Berit schluchzte vor Erleichterung.

„Ihr wart beinahe unsichtbar. Irgendwie in einer anderen Sphäre, glaube ich." antwortete Volker. „Und soll ich Euch was sagen? Ich glaube, auf der Treppe hat er sowas wie eine Schleuse für uns...äh,...eingerichtet; könnte man sagen."

„Scheiße. Ich hatte gehofft, wir hätten mehr Vorbereitungszeit." stöhnte Imke.

„Und wenn ihr euch getäuscht habt? Vielleicht ist die Luft weiter oben auch nur verqualmter. Klar, der Rauch steigt nach oben..." dachte Lilo laut. Dann fragte sie: „Wieso gehen wir denn nicht einfach durch den Küchenaufgang? Die haben doch bestimmt eine Verbindung nach oben zur Küche. Oder glaubt ihr etwa, daß alles, was es hier unten gibt, außen herum runtergebracht wird?"

„Genau so ist es. Außerdem haben sie hier eine eigene Küche. Hier unten." erklärte Volker.

„Na gut, aber was ist mit den anderen? Für die müßte das mit der Schleuse doch auch gelten, oder?" überlegte Lilo.

„Tut es auch. Aber wahrscheinlich benutzt er einen Trick. Und zwar so, daß er die anderen vorne rein und hinten raus gehen läßt. Nur uns nicht. Wenn wir vorne rein gehen, dann macht er die Schleuse hinten dicht. So einfach ist das."

meinte Heinard.

„Hast du einschlägige Erfahrungen mit Schleusen?" fragte Imke.

„Da kannst du Gift drauf nehmen." grinste Heinard. Dann zwinkerte er seltsam und wischte sich mit den Fingern etwas aus den Augen. „Ach verdammt." fluchte er.

Volker klopfte ihm beruhigend auf den Rücken. „Hey, sag uns, was wir machen sollen."

„Wenn ihr mich fragt, dann gehen wir zusammen runter in die Bar, holen deine Jacke und gehen die Treppe wieder rauf. Wir werden ihn treffen, so oder so. Hauptsache," und nun nahm er Berit an die Hand und lächelte ihr zu, „Hauptsache, wir bleiben zusammen und sehen die Scheren und die schwarzen Löcher. Faß euch an, damit wir immer in Kontakt sind." sagte er abschließend, wobei ihm ganz ungewollt ein kalter Schauder über den Rücken lief.

Die Sieben faßten sich an den Händen und stiegen ganz vorsichtig die letzten Stufen zur Bar herunter. Stanislaus hatte die Aufgabe übernommen, am Schluß der Reihe zu gehen und Ausschau nach dem Rückweg zu halten. Seine Geschichte hatte er im Moment schlicht vergessen.

Als Volker die Tür zur Kellerbar öffnete, schlug ihm ein von Rauch und Verbrutzeltem gesättigter Qualm entgegen. Die graubläulichen Schwaden hingen schwer über dem mit Worten, Lachen und Zischen gefüllten Raum. Während sie noch in der geöffneten Tür standen, versuchte Volker seine Hand aus der Berits zu lösen. „Nein!" flüsterte sie bestimmt.

„Doch. Nur mal schnell." flüsterte er zurück. Inzwischen waren auch die anderen hereingekommen und Stanislaus hatte die Tür hinter sich zugezogen.

„Laß mich einmal kurz los, bitte. Die Leute werden sich ziemlich wundern, wenn wir alle Hand in Hand durch den Raum laufen." Berit schüttelte den Kopf. „Nein. Ich schreie, wenn du mich losläßt!" sagte sie mit Bestimmtheit.

Volker wollte gerade wieder den Mund aufmachen, als ein Kellner näher kam und fragte, ob er irgendwas helfen könne. Schnell zeigte Volker auf den Tisch, an dem die Sieben gerade gegessen hatten. „Ja, ich habe da irgendwo mein Jackett hängen lassen. Ich glaube, ganz hinten. Wenn Sie so freundlich wären..."

„Kein Problem. Bin gleich zurück." sagte der beflissene Kellner und verschwand. Eine Minute später war er wieder da.

„Bitte sehr. Einen schönen Abend noch, die Herrschaften." sagte er und verschwand im Inneren der Bar.

4.

„Danke!" rief Volker ihm nach, aber der schnelle Ober bediente bereits wieder andere Gäste.

„Okay. Gehen wir." Stanislaus drehte sich um und öffnete die Tür zur Treppe. Er trat einen Schritt über die Schwelle, dann noch einen und schließlich einen dritten. Die anderen schlossen auf und Volker zog als Letzter die Tür heran. In diesem Moment erwischte sie ein feuchtkalter Luftzug, der ihnen fast den Atem nahm.

„Iihh!" quiekte Berit auf. „Wie ekelhaft!"

Es begann widerlich zu stinken. Der Raum, der sie noch von der Treppe trennte, war vor dieser Veränderung nur etwa anderthalb Quadratmeter groß gewesen. Jetzt plötzlich schien er die Größe eines Klassenzimmers zu haben. Sie standen auf festgestampfter Erde, die vorher dagewesenen Steinplatten waren scheinbar verschwunden.

„Zurück!" sagte Stanislaus. „Ich glaube, wir sollten zurück gehen."

„Gut." antwortete Volker und drehte sich zur Tür um. Er ergriff die Klinke, wollte sie gerade herunter drücken, als Berit fragte:

„Lichttherapie? Was soll denn das heißen?"

Volkers Hand zuckte reflexartig zurück. „Wo denn?"

„Dort, an der Tür von der Kellerbar!"

Tatsächlich hing an der Tür, die nun nicht mehr aus rustikaler Eiche gezimmert, sondern vor langer Zeit in inzwischen vergilbtem Weiß gestrichen schien, ein Pappschild an einer Reißzwecke. Darauf stand LICHTTHERAPIE.

„Wißt ihr, was das bedeuten soll?" fragte Volker mehr sich selbst, als die anderen. Einer der Sieben antwortete ihm mit einem erschrockenen Krächzen. Dann räusperte Lilo sich und sagte: „Das ist die Ewigkeit. Ich kann es spüren."

Die Sieben beratschlagten, was sie in dieser Situation tun sollten. Sie hatten nicht mehr als zwei Möglichkeiten. Erstens: sie könnten die Treppe hinaufsteigen und hoffen, daß sie dort oben etwas vorfänden, das ihnen sympathischer wäre, als Lilos Ewigkeit. Zweitens könnten sie die Tür zur Lichttherapie öffnen. Eines allerdings mußten sie schnell tun: diese Vorhölle verlassen. Der Gestank war widerlich und Jo vermutete grinsend, daß hier wohl schon zu viele zu lange gewartet hätten.

Sie erwogen das Für und Wider; schließlich kamen sie zu der Überzeugung, daß sie, falls sie die Tür zur Lichttherapie öffneten, wenigstens zum Teil wüßten, worauf sie sich einließen.

„Dann öffne ich jetzt die Tür, alle einverstanden?" fragte Volker.

Darauf nickten die anderen.

Volker legte die Hand auf die Klinke und drückte sie herunter. Nichts. Noch einmal.

Wieder bewegte sich die Klinke keinen Millimeter.

„Na, wir haben noch eine Möglichkeit." sagte er. Stanislaus sah die steile Treppe hinauf. „Dann gehn wir jetzt besser los... Und haltet euch schön fest. Immer einen Fuß vor den anderen." ordnete er an. Berit kicherte.

Stanislaus sah sich um. Dann grinste er. „So'ne Angewohnheit. Also los."

5.

Luise Kater fand nun doch endlich Schlaf. Es hatte lange genug gedauert, dachte sie. Schon gestern wollte der Schlaf nicht kommen, wie sonst. Dann begann dieses Heulen in ihrem Kopf, dieses Weinen und Klagen. Sie wußte, daß es aufhören würde, wenn sie endlich schliefe; wenn sie träumte. Aber der Schlaf hielt sich fern und mit ihm auch der Traum, es war, als hätte er Besseres zu tun, als ihr den Weg in die ferne Welt am Rand des Meeres zu weisen.

Als sie nun endlich im Land der Träume angekommen war, stand sie vor einem riesigen Gebäude, ja, einem Gebäudekomplex. Wie Schuhkartons stapelten sich die Etagen übereinander, von außen nicht nur durch die unterschiedliche Anordnung von Fenstern zu unterscheiden. Seltsam sah das aus, hohe schmale Fenster über breiten flachen, oder einmal vier winzig kleine nebeneinander. Dann wieder einige mit Gittern und andere ohne, unten Mauerwerk aus behauenem Stein, darüber Klinkerwerk, dann Etagen mit Rauhputz und schließlich Mosaikverkleidung und dazwischen stellenweise Holzblenden. Alles durcheinander. Es sah beinahe aus, als hätten verschiedene Bauherren nacheinander in der Mode der jeweiligen Zeit aufgestockt...und angebaut. Denn mit einem Mal sah Luise noch viel mehr von diesem merkwürdigen Bau, sie sah Anbauten aus Lehm und solche aus Blech, sie sah blockhausähnliche Seitenflügel neben Gebäudeteilen, die einem mittelalterlichen Schloß vergleichbar wären. Und plötzlich wußte sie, wo sie war. Sie hatte es nur deshalb nicht erkannt, weil sie es noch nie von außen, sondern immer nur von innen gesehen hatte. Innen war es auf jeder Etage gleich weiß, oder vergilbt, mit pastelligen Ölsockeln oder Leimanstrichen. Eben, wie es im Krankenhaus immer aussieht. Unpersönlich.

Und rund herum um den riesigen Gebäudekomplex, der die Ewigkeit beherbergte, standen seine Wächter. Windmühlen, die sich trotz der absoluten Windstille in dieser Sphäre unablässig drehten. Für einen verrückten Moment lang hatte Luise das Gefühl, daß die Mühlen durch ihre Bewegung die ganze Ewigkeit ein fingerdünnes Endchen über dem Boden schweben ließen.

Als hätte die Ewigkeit abgehoben.

Fremdes Land

1.

Das erste, was Stanislaus wahrnahm, als er die Tür am Ende der Treppe öffnete, war die seltsam laue Luft. Kein Winter, keine eisige Kälte schlug ihm entgegen, sondern eine Luft im indifferenten Bereich. Weder warm noch kalt, weder feucht noch trocken. Er öffnete mit der linken Hand seine Jacke, denn an der Rechten hielt er nach wie vor Lilo. Nun trat er ganz ins Freie. Hinter ihm trat Lilo heraus und atmete tief durch. Sie schob ihn ein Stückchen vorwärts und zog Imke hinter sich her. Imke hatte Heinard an der Hand und dieser hielt Berits kleine, feuchte Hand beschützend in seiner Pranke. Volker war das Schlußlicht, er griff, als er mit beiden Beinen auf dem frischen grünen Rasen stand, nach der Tür und warf sie zu.

„Meinst du, das war gut?" fragte Stanislaus.

„Soll ich sie wieder aufmachen?"

„Ich glaube, mir wäre dann wohler." gab Stanislaus zu.

„Okay." Volker drehte sich um und wollte die Tür wieder öffnen, aber sie war verschlossen, wie die Tür zur Lichttherapie. „Tja, ich glaube, er hat uns jetzt da, wo er uns hinhaben wollte. Die erste Runde geht an ihn...Moment mal!" rief er plötzlich und lief mit Berit an der Hand ein paar Schritte nach vorn. „Hier war ich schon mal... Also hier war ich natürlich nicht, aber ich habe es schon gesehen. Als Fenna starb...Mir ist, als wäre das alles schon eine Ewigkeit her."

„Ja, die Ewigkeit...Hier gehen die Uhren anders. Komisch, ich hab' die Ewigkeit noch nie von außen gesehen, aber genauso hätte ich sie mir vorgestellt, wenn ich sie mir vorgestellt hätte..." flüsterte Lilo vor sich hin. Den anderen war ihre leise, versonnene Stimme aufgefallen. Einer nach dem anderen drehte sich zu ihr um und sah, was sie sah: die unglaublichste Architektur, die sie sich je hätten ausmalen können.

Heinard aber hatte Volker zugehört. „Wie meinst du das genau?" fragte er jetzt.

„Das war ungefähr so, als würdest du einen Film sehen und plötzlich fühlst du dich, als wärst du mitten drin. Nur, daß ich keinen Film gesehen habe, sondern...wohl in den Gedanken meiner Frau...die gerade gestorben war...gelesen habe." Volker kam ins Wanken, als er versuchte, Heinard zu erklären, auf welche Art er diese Sphäre kennengelernt hatte.

„Makaber." antwortete Heinard. „Und was genau hast du...gesehen?" wollte er jetzt wissen.

„Was genau? Frische Gräber, Blumen, und warte mal, diesen steinernen Soldaten. Vogelgesicht. Er hatte sich wie ein Wachposten vor Fennas Grab aufgestellt, hielt einen Haufen Steine in den Armen und dann versteinerte er, glaube ich."

„Er versteinerte?"

„Ja. Ich weiß es noch genau. Ich habe einen Versuch gemacht. Dabei habe ich mich, das heißt meine Psyche, wenn man so sagen kann, ausgedehnt. Für zwei, drei Sekunden hatte ich eine Berührung...geistiger Art mit der Aura um ihn herum...ich konnte seine Gefühlswelt auf mich übertragen. Es fühlte sich steinern an, aber doch lebendig; wie gefangen in einer undehnbaren, unzerstörbaren Hülle. Ich weiß noch genau, was ich dachte: Er ist eine Trutzburg mit Vogelgesicht- ein Trojanisches Pferd im Karnevalskleid.

Es war so abartig, daß ich mich sofort zurückzog." Volker schüttelte sich.

„Kann ich mir vorstellen. Meinst du, daß er hier noch irgendwo steht?" fragte Heinard jetzt.

„Ja, ganz bestimmt sogar. Ich weiß zwar nicht wo, aber ich bin mir sicher, hier irgendwo."

Die anderen hatten interessiert zugehört. Nun fragte Imke nachdenklich: „Sag mal, vielleicht ist dir ja irgendwas aufgefallen, das man von der Ferne sehen kann. Als Orientierungspunkt sozusagen. Ein Schornstein, eine riesige Tanne, ein Schiffsmast." Während sie das sagte, sah sie sich um und stellte fest, daß man von ihrem Standpunkt aus unmöglich die ganze Umgebung ausmachen konnte, weil sich hinter ihnen dieser eigenartige Bau breit machte und links von ihnen ein kleines Wäldchen im Weg stand.

„Kannst du dich an dieses Wäldchen erinnern?" fragte sie Volker.

„Nein. Ich habe aber auch nicht darauf geachtet. Aber warte mal! Ich weiß! Fenna ist von einem Dach gefallen- gesprungen. Dieses Haus muß riesig gewesen sein. Irgendwie hatte ich das Gefühl, daß dieses Haus alles überragte. Dieses Haus hatte eine immense mentale Kraft."

„Ich weiß, was du meinst. In meinen Träumen war ich oft in einer Universität. Wenn ich manchmal tagsüber daran zurück dachte, dann stellte ich mir die Uni als Gebäude vor. Ich habe sie aber nie von vorn gesehen. Einmal von hinten, vom Garten aus. Das war aber erst im letzten Traum. Vorher war ich immer nur drin. Wenn ich sie mir dann bildlich vorstellte, hatte ich manchmal so einen Druck im Magen, als wäre da ein Stein drin. Und irgendwie wußte ich dann, daß ich sie mir genau richtig vorgestellt hatte." erzählte Berit. Stanislaus nickte zustimmend. „Der Druck wurde von der Macht ausgeübt. Nein falsch. Du erkanntest die Macht, du hast sie gespürt, und das Wissen um diese Macht bescherte dir dieses Stein-im-Bauch-Gefühl."

„Vielleicht ist es hinter dem Wäldchen?" Lilo stellte sich auf die Zehenspitzen und versuchte, zwischen den Baumwipfeln hindurch etwas zu erkennen.

„Nein, das glaube ich nicht. Wenn es so riesig gewesen ist, dann würden wir..."

„Seht doch mal!" rief Lilo jetzt aufgeregt. „Dort hinten, seht durch die Mühlen durch und durch die Häuser! Sieht der Turm da hinten nicht so aus?" Sie stand immernoch

wie ein kleines Mädchen auf Zehenspitzen. Sie hatte Imke losgelassen, um besser sehen zu können. Imke übertrug dieses Signal auf alle anderen. Im nächsten Moment standen die sieben Personen händereibend umeinander und versuchten, Lilos Blick zu folgen. Und tatsächlich war hinter der Ewigkeit ein schemenhafter Turm zu sehen.

2.

Der Weg, der die sieben Ennes Ruher um die Ewigkeit herum führte, war kürzer, als sie erwartet hatten. Der riesige Komplex sah von jeder Stelle, von der aus sie ihn betrachteten, größer und unbezwingbarer aus, als er wohl tatsächlich war. So konnten sie in recht kurzer Zeit, es waren nicht mehr als fünfzehn Minuten, auf seine Rückseite gelangen. Dorthin, wo sie den Turm vermuteten. Als sie sich umdrehten und zurück schauten, schien es ihnen beinahe, als hätten sie sich auf der Stelle bewegt und die Illusion wäre an ihnen vorbei geflogen. Es war ein ganz unwirkliches Gefühl und jeder von ihnen dachte bei sich, daß das ganz natürlich so wäre, wenn man plötzlich der Ewigkeit gegenüberstehen und um sie drumherum gehen konnte.

Der Turm, den sie hier fanden, entpuppte sich als turmhohes Haus. Ein Oval, dessen Stirnseite sie vorhin als Turm wahrgenommen hatten, und vor dessen breiteren Vorderseite sie nun standen. Ein langer geschwungener Kiesweg führte zum Haus hin und wieder von ihm weg, davor breitete sich eine unwirklich leuchtend grüne Wiese aus. Mitten auf dieser Wiese blühten zwei Gräber in üppiger Pracht, eine Skulptur schien das Ensemble zu vervollständigen. Volker wußte genau, was er da sah. Er hatte es den anderen erzählt und um das zu finden, was sie hier sahen, hatten sie sich auf den Weg gemacht. Trotzdem war er von diesem Anblick überwältigt. Ein stöhnte leise auf, gequält und doch zufrieden.

„Ich wünschte, ich hätte meinen Jungs mehr Märchen vorgelesen." murmelte er vor sich hin.

„Wieso das?" fragte Imke.

„Weil ich dann vielleicht wüßte, wie man ein versteinertes Wesen erlöst."

„Wachküssen." sagte Berit. „Oder du mußt denjenigen finden und töten, der ihn verzaubert hat."

„Tja, das Problem ist, daß er das selbst getan hat. Aus freien Stücken."

„Dann kann er auch aus freien Stücken aufwachen." schlußfolgerte Berit.

Vorsichtig näherten sie sich Vogelgesicht. Weil sie von hinten an ihn herantraten, konnten sie die Inschrift auf seinem steinernem Hemd lesen: Willst du mir helfen, so flicht dich mit ein!

Wieder stöhnte Volker. „Stimmt genau. Auf seinem Rücken hing ein Zettel, darauf stand dieser Spruch. Damals wußte ich noch nicht genau, was er bedeuten sollte. Das heißt, ich konnte es mir denken, aber ich hatte nicht damit gerechnet, daß das so schnell passieren würde." Er ging um den versteinerten Krieger herum und betrachtete das Vogelgesicht. Dabei sagte er:

„So, mein Freund, da bin ich. Ich flechte mich ein, und meine Freunde auch. Wir können jede Hilfe brauchen, und zusammen schaffen wir's vielleicht eher."

Hinter dem Krieger mit Vogelmaske standen die Freunde und warteten. Volker betrachtete aufmerksam das steinerne Gesicht, ob er eine Veränderung darin erkennen konnte. Nichts. „Er hat mich nicht gehört." sagte er schließlich.

In diesem Moment fing Imke an zu singen. Mit einer sehr hohen, sehr leisen Stimme, die einem Kind zu gehören schien, sang sie:

„Der Zaun wird geflochten, o Herzliebstes mein, willst du mir helfen flechten, so komm und flicht dich ein." Dann holte sie tief Luft, und sah Jo durchdringend an. Jo, der zwar wußte, was sie jetzt von ihm erwartete, aber weder den Reim, noch die Melodie kannte, improvisierte, so gut er konnte.

„Der Zaun, der wird geflochten, o Herzliebstes mein, ich will dir helfen flechten, drum flecht ich mich ein."

Während er sang, griff Jo links nach Imkes Hand, rechts nach der Lilos, die beiden faßten ebenfalls die Hände ihrer Nachbarn und zusammen gingen sie um das Blumenmeer herum und nahmen Volker in ihre Mitte. Als der letzte Ton aus Jos Mund verklungen war, begann es plötzlich zu knacken. Es knirschte in der Steinhülle Vogelgesichts und wenig später zersprang sie wie eine Eierschale. Langsam bröckelte Stückchen für Stückchen herunter. Die sieben Verbündeten liefen vor Freude im Kreis herum und beglückwünschten sich gegenseitig. Dann hielten sie inne und sahen sich um. Da stand der Mann im Karnevalskostüm und sah ihnen bei ihrem Freudentanz zu. Schlagartig hörten sie auf, sich im Kreis zu drehen. Volker räusperte sich.

„Hallo." sagte er.

„Was wollt ihr?" fragte Vogelgesicht. „Wenn ihr zu denen gehört..." sagte er böse und zeigte auf den fernen Horizont, wo er vor wenigen Tagen die Musikkapelle gesichtet hatte.

„Nein, nein," wehrte Volker ab und zeigte auf die Gräber. „Wir gehören zu denen."

Vogelgesicht schüttelte fragend den Kopf und so berichtete Volker in Kürze von den Dingen, die sich ereignet hatten.

3.

Luise Kater hatte die Ewigkeit durch den Haupteingang betreten. Es gab sicherlich etliche Nebeneingänge und Hintereingänge, aber der eigentliche war der mit den griechischen Säulen und dem verzierten Portal. Es sah ganz außergewöhnlich aus, und Luise fand, daß dieses Tor der Ewigkeit angemessen sei. Als sie in die riesige Halle trat, war sie etwas enttäuscht. Sie hatte hier wesentlich mehr Prunk erwartet, oder anders herum, überhaupt etwas. Hier war nichts. Ein paar Schilder wiesen den Weg zu verschiedenen Stockwerken, eines wies links zur Umkleide und rechts zur Lichttherapie. Luise Kater entschied sich für die Umkleide.

Der kleine Raum war vollgestopft mit Spinden, die so schmal wie ein Gästehandtuch waren. An jeder Spinttür hing ein kleines Namensschild mit Namen, die Luise noch niemals gehört hatte. Namen, die unaussprechlich waren. Dr. Whdslozneh Nmajmjurfeu. Dr. Pakdjklena Lisekildloln. Dr.Letitia Aden. Dr.Gahadada Fridolil. Dr.Pa Hnöväm. Luise Kater stutzte. Was war das? Diesen einen Namen konnte sie lesen. Den kannte sie genau, sie hatte ihn sogar schon einmal benutzt. Sie lächelte böse und öffnete den Letitia-Aden-Schrank. Da hing der weiße Kittel und die komischen Gummischuhe standen darunter. Das Stethoskop hing an einem Haken an der Tür neben einem Gummiding. Luise Kater dachte zuerst, das wäre eine Art OP-Haube, aber als sie sie in den Händen herumdrehte und dabei von innen nach außen umstülpte, bemerkte sie, was es wirklich war. Mit einem leisen Aufschrei ließ sie das Ding angeekelt fallen. Sie sah es von oben an und schüttelte den Kopf. „Dumme Kuh." schimpfte sie schließlich und bückte sich, um es wieder aufzuheben. Sie packte es und suchte in der Umkleide nach einem Spiegel. Endlich entdeckte sie einen im hintersten Winkel neben dem letzten Spint. Er war angelaufen und hatte die Ecken bereits verloren, aber kein Problem, dachte Luise, Hauptsache, ich setzte sie nicht schief auf. Dann faßte sie das Gummiding mit so beiden Händen, daß die Daumen die Kinnpartie links und rechts abstützen konnten. Ein wenig umständlich war das schon, aber wie oft setzt man schon ein zweites Gesicht auf? Sie zog den Mund über den Mund und bemerkte sofort, daß sie ihren eigenen öffnen und schließen konnte, ohne den falschen zu spüren. Nun mußte sie das Kinn loslassen, denn die Zeigefinger-Daumen-Spanne reichte nicht, um das Gummiding bis zur Nase zu ziehen. Das Kinn saß exakt auch ohne Halten. Ganz von allein glitt nun der Gummi über Nase und Wangen, über Augen und Stirn. Luise wollte im Spiegel noch einmal schauen, ob die Übergänge von der Maske zu den Ohren den auch glatt anlägen, aber es waren keine Übergänge da. Straff wie Haut spannte sich das hübsche Gesicht vom Hals bis zum Haaransatz. Dieses Gesicht hatte sie schon sehr oft im Spiegel gesehen, erinnerte sie sich nun plötzlich, aber noch niemals, nachdem sie es angezogen hatte. Egal. Es gehörte hierher und sie gehörte hierher. Dr. Aden schnappte sich ihr Stethoskop und folgte dem Ruf aus der Sprechanlage, der sie dringend auf Station vier verlangte.

4.

„Kannst du diese Maske denn nicht abnehmen?" fragte Berit nun in die Stille des Augenblicks.

„Nein, leider nicht. Hier ist das etwas anders als dort, wo ihr herkommt. Hier kannst du durch einen Gedanken manchmal eine Sache ändern. Eintauschen. Aber hüte dich davor, etwas anzuziehen. Was du dir anziehst, wirst du nicht wieder los. Und wenn du es mit Gewalt ausziehst, bekommst du keinen Ersatz. Dann wirst du vielleicht sterben."

„Dann sind Dr. Jekyll und Dr. Sperling tot?" fragte Lilo.

„Das ist möglich."

„Aber woher hatten sie die Gesichter von Robert und Berthold?"

„Aus deinen Gedanken vielleicht."

„Aber du sagst, sie müssen sie angezogen haben. Wie denn?"

„Ich weiß es nicht. Vielleicht haben sie sie gefunden. Oder von jemandem bekommen. Ich habe dieses Vogelgesicht auch in meinem Garten gefunden. Es hing an einem Baum, und bevor ich wußte, was ich tat, hatte ich es aufgesetzt. Sie passen immer wie eine zweite Haut. Sie sind eine zweite Haut." sagte Vogelgesicht resigniert und zupfte wie zum Beweis an seinem gefederten Kinn herum.

„Wenn du hier wohnst, dann kennst du dich hier sicher aus." wechselte Heinard das Thema. „Mich würde nämlich interessieren, ob du die Autobahn kennst."

„Die Autobahn?"

„Ja, und die Arbeiter, die Killerratten, das Nahrungskontor und die Schleuse. Die verdammte Schleuse, wo sie mir meinen Hund und meine Jahre geklaut haben."

„Vielleicht kenne ich sie, vielleicht auch nicht." antwortete Vogelgesicht leichthin. „Alles ändert sich ständig. Nur die Ewigkeit nicht. Die bleibt, wird immer größer und größer. Das, was ihr Paradoxen hier seht, sieht vielleicht ganz anders aus, wenn ich es sehe. Für euch ist alles immer anders...ihr solltet nicht hier sein."

„Paradoxe? So haben sie mich auch genannt. Was meinst du damit?"

„Ihr springt in der Zeit. Ihr seid Zeitreisende."

„Meinst du von der Gegenwart in die Zukunft?" fragte ihn Imke.

„Nein, so nicht. Ich meine die parallele Zeit. Die Parallese."

„Nein, wir haben nur geträumt!" widersprach Berit.

„Das ist dasselbe, Kind." schloß Vogelgesicht das Gespräch. Er stand auf, klopfte sich das Gras von den Hosenbeinen, das er während des Gespräches gerupft und darüber gestreut hatte. Lilo stand ebenfalls auf und packte ihn am Ärmel. „Wirst du uns helfen? Die Windmühlen müssen aus Ennes Ruh verschwinden. Sie haben alles kaputt gemacht. Alles ist durcheinander. Sie beherrschen uns."

„Vielleicht. Vielleicht nicht." antwortete er.

„Kannst du einmal eine konkrete Antwort geben? Kannst du einmal JA sagen?" fragte Volker jetzt aufgebracht.

„Kannst du begreifen, daß du hier bist und nicht ich dort?" fragte dieser zurück, und sah Volker funkelnden Blicks an.

„Entschuldige. Tut mir leid." sagte Volker zu Vogelgesicht und zu den anderen gewandt: „Kommt Leute, ich schätze, wir müssen jetzt langsam irgendwas tun. Wo gehen wir hin? Da hinein?"

„Das würde ich nicht tun. Da drin ändert sich alles." meinte Vogelgesicht zögerlich.

„Dann gehen wir wieder zurück, wie wir gekommen sind und sehen zu, daß wir in die Ewigkeit hinein kommen." sagte Jo.

„Ja, ich glaube auch, daß wir da drin irgendwas finden. Hey, ich hab' ne Idee!" rief Imke lachend. „Wir marschieren zur Verwaltung und kürzen die Stellen des Wachpersonals!"

„Ich geh da nicht gerne rein." flüsterte Lilo.

„Aber wir dürfen uns nicht trennen!"

„Nein Berit, das ganz bestimmt nicht." beruhigte Lilo sie. „Ich komme ja mit. Du auch?" wandte sie sich an Vogelgesicht.

Dieser sah von einem zum anderen und sagte schließlich zu. Der kleine Trupp bewegte sich langsam zurück zu seiner Ausgangsposition. Nach wenigen Minuten war die Hälfte des Gebäudekomplexes umschritten. Er schwebte millimeterbreit über der Erde. Plötzlich sah Jo ein Funkeln, das wie ein Sonnenstrahl auf einer Glasscheibe aussah. Genauso, wie das Funkeln, nach dem Luise Kater vor unendlich langer Zeit Ausschau hielt, als sie den kleinen Trampelpfad vom Haupthaus zum alten Stall herüber gelaufen kam. Jo stoppte den Trupp. Er zeigte ihnen die Stelle, wo er eben noch das Funkeln bemerkte. In diesem Moment war allerdings nichts zu sehen. Und dann, plötzlich, blitzte es wieder auf. Dann verschwand das Blitzen wieder und etwas später blendete es sie von Neuem.

„Das ist ein offenes Fenster." sagte Berit.

„Ja, oder eine offene Tür mit Oberlicht." fügte Heinard hinzu. „Wollen wir?" fragte er die anderen.

Alle stimmten zu und Vogelgesicht erklärte ihnen, daß er schon einmal dort hinein gelangte, als er, von einem Unwetter überrascht, einen Unterschlupf suchte. Dort sei nichts Besonderes. Ein kleiner Flur mit Schildern. Wegweiser zur Ärzte-Umkleide und zum Röntgen.

„Was hast du da drin gemacht? Hast du dich umgesehen?"

„Ich folgte dem Schild und stand schließlich in diesem Raum voller schmaler Schränke. Ich ging daran entlang bis zum Ende und dort sah ich mein Gesicht...zum ersten Mal. Es war furchtbar."

„Und schon wieder ist die Tür offen. Seltsam, nicht?"

„Als ob es Absicht wäre..."

Wenig später erreichten sie die Tür und betraten die Ewigkeit. Genauso, wie von Vogelgesicht geschildert, hingen hier zwei Wegweiser. „Wohin?" fragte Heinard in der Runde. „Versuchen wir's mit dem Röntgen?" Die Gefragten murmelten zustimmend. Zum Röntgen führte ein schmaler Steg, der auf beiden Seiten von Geländern begrenzt wurde. Die acht Personen liefen hintereinander darauf entlang, bis sie zu einem kleinen halbrunden Flur gelangten, von dem nun drei Türen abgingen. An der mittleren Tür stand mit großen Buchstaben **RÖNTGEN**, *an der Tür links daneben stand:* **Aufgang**, *rechts lasen sie das Wort:* **Fahrstuhl**, *Lilo streckte den Zeigefinger nach dieser Tür aus und sagte leise: „Das ist sicher der Lichtschacht, von dem ich euch erzählt habe."*

„Da müssen wir ja nicht hinein. Wie wäre es mit dem Röntgen?" meinte Imke. „Vielleicht hilft uns da irgendwas weiter."

„Wobei, Imke?"

„Gute Frage. Ich glaube, wir müssen zwei Dinge tun. Erstens müssen wir einen Weg zurück nach Kloster Aux finden, und zweitens wäre es gut, wenn wir gleichzeitig etwas gegen dieses...Phänomen tun könnten."

„Was hast du gegen die Ewigkeit?"

„Nichts. Aber glaubst du wirklich, daß das die Ewigkeit ist?"

„Ja."

„Ich glaube, das alles hier dient einem Zweck. Es nährt die Mühlen mit Emotionen, davon erhalten sie sich. Davon lebt dieser Bauer, oder was immer er ist. Ich könnte mir sogar vorstellen, daß wir alle uns das hier nur einbilden."

„Kollektiver Wahnsinn, meinst du das?"

„Warum nicht? Vielleicht haben wir unten im Apothekenkeller eine Droge verabreicht bekommen, und in Wahrheit sind wir immer noch dort und..."

„Und das hier ist gar nicht die Ewigkeit sondern das Große Delirium?"

„So etwas in der Art, ja. Und ich will euch auch sagen, warum ich das denke: Aus dem einfachen Grund, weil ich noch nie gehört habe, daß sich Menschen in Luft auflösen und plötzlich mitten auf einer Kellertreppe verschwinden."

„Aber es war so!"

„Das gibt es aber nicht."

„Warum bist du dann hier?"

„Keine Ahnung." Imke zuckte mit den Schultern.

„Erinnert ihr euch noch an die Geschichte, die ich euch in der Kellerbar erzählt habe?" fragte Stanislaus plötzlich. „Ich fragte euch, ob ihr euch vorstellen könntet, daß Zirsus und Lunderland es schafften, einen magischen Traumkreis zu bilden."

Seine Zuhörer nickten und Heinard sagte: „Ja, ja sie konnten es.“

5.

„Stimmt. Sie machten es wie wir. Sie hielten sich an den Händen und begaben sich gemeinsam auf ein höheres geistiges Level. Ich weiß nicht, wie sie es gemacht haben, ich denke, wir haben es mit einer Art Selbsthypnose gemacht. Fest steht, wir sind quasi über uns hinausgewachsen.“

„Du vergißt die Schleuse.“

„Nicht unbedingt. Ohne unser bestimmtes Level wären wir vielleicht gar nicht transparent genug für die Schleuse gewesen. Wie klingt das?“

„Möglich. Wie sind wir sonst hierher gekommen?“

„Genauso. Dasselbe Level durch Träume. Heute haben wir das Level durch unsere gemeinsame Phantasie erreicht. Ähnlich der Massenhypnose. Theresia erzählte mir eines Tages die Geschichte, jedenfalls einen Teil davon. Auch sie waren in eine andere Welt...Dimension...übergetreten. Sie befanden sich plötzlich in einer Gegend, die Theresia als urwüchsig, urwaldähnlich bezeichnete. Sie liefen auf ausgetretenen Wegen durch Unterholz, bis sie schließlich auf einer Rodung wieder ans Licht kamen. Dort saßen um ein niedriges Feuer viele Gestalten herum, die sie nicht kannten. Eine von ihnen erhob sich und kam auf sie zu. Sie ergriff Johannas Hand und sagte, sie freue sich, endlich mit Johanna sprechen zu können. Sie warte schon so lange darauf, daß Johanna käme. Dann umarmte sie Johannas Mutter und bedankte sich, daß diese ihre Töchter zu ihnen gebracht habe.“

„Oh. Na, dann schätze ich, daß wir hier keinen magischen Traumkreis haben.“ unterbrach Imke ihn.

„Nein. Wahrscheinlich nicht. Aber laß mich noch etwas erzählen. Zirsus' Haushälterin berichtete ihm später, daß sie während der Sitzung sein Arbeitszimmer betreten hätte. Das Zimmer allerdings wäre leer gewesen, und, da es keinen zweiten Ausgang hatte, vermutete sie, sich verhört zu haben, als Zirsus ihr von der Sitzung berichtete. Das heißt also, daß sie sich nicht nur subjektiv, sondern auch objektiv in dieser anderen Dimension befanden.“

„Das wiederum ähnelt unserer jetzigen Situation.“ sagte Heinard.

„Ja, das wollte ich euch eigentlich erzählen. Aber noch etwas anderes, nämlich, daß es da, so wie ich das sehe, tatsächlich noch eine andere Ebene geben könnte. Ich würde sie als übergeordnet bezeichnen.“

„Wie ging es aus?“ fragte Lilo gespannt.

„Es ging so weiter: Theresia berichtete mir später, daß Johanna nach dem Willen ihrer Ahnen nicht auf der Erde hätte bleiben sollen. Johannas Seele sei noch unfertig gewesen, *als sie in den Körper des Phötus einzog. Noch vor ihrem sechsten Lebensjahr hätte sie wieder ins Reich der Ahnen zurückkehren sollen. Weil aber die Liebe ihrer Schwester zu ihr so stark war, daß es auch deren Tod bedeutet hätte, wäre Johanna nicht am Leben geblieben, ließen die Ahnen das Kind gewähren. Sie beauftragten Theresia, immer gut auf Johanna aufzupassen, sich um sie zu sorgen und sich schützend vor sie zu stellen. Das tat Theresia wirklich. Als Johanna im Alter von einundfünfzig Jahren an einem Tumor starb, brach für Theresia eine Welt zusammen."*

„Das kann ich mir vorstellen."

„Wie sind sie denn zurück gekommen? War es schwierig?"

„Es ging wohl sehr plötzlich. Von einer Sekunde zur anderen. Die Ahnen hatten Johanna eben noch eine Kette aus blauen Steinen umgelegt, und im nächsten Moment waren sie wieder in Zirsus' Arbeitszimmer."

„Still!" unterbrach Vogelgesicht nun das Gespräch der anderen, dem er mit nur mäßigem Interesse gefolgt war. „Ich höre ein Geräusch. Es rollt von da hinten auf uns zu..."

„Es rollt?"

„Ja, und es rollt schnell...wir müssen...hier weg." Lauschend hatte sich Vogelgesicht auf den Boden gelegt, nun sprang er behende wieder auf und schob die sieben ungläubig wartenden vorwärts.

„Gut!" sagte Heinard und öffnete die Tür zum Röntgen. „Dann hier herein. Wollen wir hoffen, daß hier drin nichts Ungewöhnliches passiert. Ich hätte lieber vorher noch einen Blick..."

Bei diesem Wort machte er einen unsanften Satz nach vorne, weil sich hinten Vogelgesicht als Letzter gegen die nicht weiter rückenden Paradoxen warf, um auch noch im Röntgen in Sicherheit zu kommen, bevor das bedrohliche Rollen die schiefe Ebene herunter kam. Kaum hatte er die Tür geschlossen, erstrahlte im Dunkel des Raumes ein pulsierendes Leuchten. Lilo schrie entsetzt auf. Sie meinte im ersten Moment, daß Heinard die falsche Tür geöffnet und sie nun alle im Fahrstuhlschacht gelandet waren. Aber Sekundenbruchteile später erkannte sie, was das Leuchten wirklich war. Sie selbst waren das Leuchten, ihre Auren erstrahlten im Innern dieses Raumes.

„Seht euch das an! Seht, das sind wir!" rief sie.

„Als du uns davon erzählt hast, hätte ich nie gedacht, daß es sowas Schönes gibt!" schwärmte Berit begeistert. Instinktiv griff sie nach den beiden ihr am nächsten stehenden Personen. Der Impuls wurde von diesen beiden weitergegeben und plötzlich, als sich der Kreis schloß, loderten ihre Auren auf wie bloßes Feuer.

Begegnungen

1.

Im dem Augenblick, in dem Vogelgesicht im Fremden Land die Tür zum Röntgen heftig zuzog, wurde in Ennes Ruh die Tür zu Klara Früchtchens Gästezimmer gewaltsam geöffnet. Ulfert Poppen war kurz nach ein Uhr morgens nach einer unruhigen halben Nacht aus dem Haus getreten, um nach seiner Familie zu suchen. Nach seiner Frau und Berit. Nur im Haus Klara Früchtchens brannte noch Licht und so schlich er sich ins nicht verschlossene Haus um der vermeintlichen Orgie ein Ende zu machen. Vor seinem geistigen Auge sah er bereits die verwerflichsten Dinge vor sich gehen, und hatte vor, den Beteiligten dieses Exzesses persönlich die Leviten zu lesen. Als er wenige Minuten später die Tür zum kaum beleuchteten Gästezimmer aufbrach, schraken Klara Früchtchen und seine Frau aus ihrem seichten Schlaf auf. Beide waren in ihren Sesseln eingeschlafen, denn sie hatten es nicht übers Herz gebracht, sich in die Betten zu legen, während ihre Lieben in gefährliche Abenteuer verstrickt waren. Klara hatte Maria die Geschichte der Kette aus den blauen Steinen erzählt, die sie vor langer Zeit von Stanislaus gehört hatte. Nicht alle Einzelheiten hatte sie behalten, aber als Maria gegen zehn Uhr abends unruhig wurde und sich sorgte, da fiel Klara das Wichtigste wieder ein. Sie erzählte Maria von dem Traumkreis des Dr. Zirsus und versuchte sich selbst davon zu überzeugen, daß die Ahnen wohl irgendwie helfen würden, die Sache zum Guten zu wenden. Mit einem einigermaßen beruhigten Gewissen schliefen die beiden Frauen schließlich ein, bis sie kurz darauf unsanft geweckt wurden.

Ulfert Poppen machte sich nicht einmal die Mühe anzuklopfen, oder, bevor er zu drastischen Maßnahmen griff, die Tür einen Spalt zu öffnen und hindurch zu spähen. Nein, der Notar plante einen Überfall. Er vernahm vor der Tür nur das leise Säuseln aus Klaras Kehle, sonst nichts; aber seine blinde Wut über Marias nächtliches Wegbleiben und Berits Verschwinden machten weitere Indizien auch gar nicht nötig. Er nahm einen kurzen Anlauf über die Breite des Flures und warf sich mit der Schulter gegen die Zimmertür. Die Tür hatte ein leichtes Blatt und das Schloß war längst so leichtgängig, daß ein Luftzug gereicht hätte, um die Tür zu öffnen. Das wußte der Notar freilich nicht, und in Erwartung gewaltiger Widerstände warf er sich mit größtmöglicher Heftigkeit dagegen. In dem Moment, in dem er mit der Wucht eines Schützenpanzers gegen die leichte Tür prallte, fiel sie auch schon samt seiner Last ins Zimmer. Die Türscharniere waren ausgebrochen. Die Türlinke auf der zimmerinneren Seite hielt dem Druck noch Stand, die äußere Klinke bohrte sich schmerzhaft unter die letzte Rippe Ulfert Poppens. In diesem Augenblick war ihm die Situation im Zimmer bereits egal. Einzig die schmerzenden Rippen, die unerträglich stechende Pein seiner Schulter, der möglicherweise gebrochene Unterarm waren plötzlich von Bedeutung.

Maria und Klara fuhren entsetzt auf. Zuerst sahen sie die schwarz gähnende Öffnung der Tür, und nachdem sich ihre Augen an die Dämmerung im Zimmer gewöhnt hatten, sahen sie auch, was da so leise wimmerte.

„Ulfert?“ fragte Maria trotzdem ungläubig. „Was machst du denn hier?“

„Hnnhnnn, hnnn...“ jammerte ihr Mann leise. Bei einem Stöhnen, das wohl heraus mußte, schrie er gequält auf.

„Ach, du Armer.“ sagte Maria und kniete sich nieder.

„Na, Moment mal!“ kam jetzt auch Klara zu sich. „Was heißt denn hier, ‚du Armer‘? Sieh dir das mal an! Dein Armer hat gerade meine Tür herausgebrochen!“

Maria stand auf und machte das Licht an. Erst jetzt sah sie die ganze Bescherung. „Sag mal, was soll denn das? Was hattest du denn vor? Die Tür geht doch ganz leicht aufzuklinken!“ schimpfte sie jetzt. „Das darf doch nicht wahr sein!“

Nun war es wieder Klara, die den Notar bemitleidete. „Laß mal, Maria, der hat seine Strafe schon gekriegt. Komm, wir rufen den Krankenwagen.“

Eine halbe Stunde nach seinem Unfall lag Ulfert Poppen im Krankenwagen und war bereits an allen möglichen Stellen geschient und in Luftpolster verpackt. Der Notarzt bescheinigte ihm geistige Abwesenheit im Moment des Ausrastens. Maria fuhr nicht mit ins Krankenhaus, obwohl ihr Mann in der Gewißheit, fremden Händen ausgeliefert zu sein und vielleicht noch heftigere Schmerzen zu erleiden, recht gern eine tröstende Seele um sich gehabt hätte. Marias Hoffen und Sorgen aber galt Berit und Volker.

2.

Der strahlende Kreis der Sieben im Röntgen der Ewigkeit erhob sich vorsichtig. Die Füße der Sieben hatten den Boden verlassen. Langsam, aber unaufhaltsam stiegen sie auf. Trotzdem jedoch fühlten sie sich mit dem Boden verhaftet. Jeder einzelne von ihnen hatte dieses seltsame Schmetterlingsgefühl, das einen beschleicht, wenn sich die Seele frei macht von allem Irdischen. Doch nicht allein das war es, was sie Glauben machte, noch am Boden zu sein. Es war vor allem die Schwere ihrer Füße. Die Füße hingen ihnen wie mit Bleischuhen ummantelt an den Beinen; so, als hätte sich alles Blut ihres Körpers

darin gesammelt. Plötzlich, mit einem kurzen ploppenden Ruck verloren sie diese Blei-
schuhe und waren frei. Sich immer fester an den Händen haltend stiegen sie nun auf.
Wie in einem Fahrstuhl fuhren sie höher und höher, von einer Etage der Ewigkeit zur
anderen. Sie ließen das Röntgen unter sich, durchquerten einen Raum voller Betten,
einen Raum voller Stühle und einen leeren Flur. Dann folgten zwei Zimmer mit jeweils
einem belegten Bett, eine Küche, in der vielleicht sogar gekocht werden konnte. Schließ-
lich waren sie über der Ewigkeit, sahen sie unter sich dahinfliegen und erschraken dar-
über.

„Habt keine Angst, ich bin mir sicher, das ist jetzt ein richtiger Traumkreis!"
rief Stanislaus gegen das lauter werdende Rauschen an.

„Davon hast du uns aber nichts erzählt!" schrie Imke ihm ins Gesicht.

„Davon habe ich auch nichts gewußt!" rief er lachend zurück. „Aber es ist
herrlich!"

Plötzlich war ihre Reise zuende. Unvermittelt standen sie still. Die Auren waren verschwunden. Um sie herum war graues Licht der Dämmerung. Zögernd
ließen sie einander los.

„Kommt, gehen wir diesen kleinen Pfad entlang. Vielleicht finden wir in der
Nähe jemanden."

Behutsam setzten sie nun einen Fuß vor den anderen, seltsam leicht fiel ihnen
das Gehen, als hätten sie Watte unter den Füßen. Der schmale Weg schlängel-
te sich zwischen Bäumen und Büschen entlang, sie mußten über ein Rinnsal
trüben Wassers springen und schließlich eine kleine Anhöhe ersteigen. Dann
traten sie aus dem Dunkel hinaus ins Licht und sahen die kleine Lichtung vor
sich, ähnlich jener, von der Stanislaus ihnen erzählt hatte. In diesem Augen
blick füllte sich ihr Herz mit Freude. Es war ihnen zumute, als schwappe das
Glück in ihnen über. Eine unendliche Seligkeit stand in ihren Gesichtern geschrieben. Während sie standen und schauten, erkannten sie im Schutze eines
Busches am Rande der Lichtung eine Gruppe Menschen sitzen. Einer von
denen stand nun auf und schritt gelassen auf sie zu. Lilo flüsterte: „Oh, mein
Gott, das muß meine Uroma sein."

Die alte Frau kam auf Lilo zu und umarmte sie. „Ja, mein Kind, ich bin's."
sagte sie ruhig.

Dann nahm sie Lilo an die Hand und führte sie über die Lichtung. Volker und
Imke, Berit und Heinard, Jo und Vogelgesicht folgten ihnen. „Ich hätte nie
gedacht, daß sowas möglich ist. Dabei hätte ich es wissen müssen, die weiße
Köpfin hatte mich ja schon auf die seltsamsten Spuren geführt." sprach Imke
mit sich selbst.

„Du kennst die weiße Köpfin?" fragte die Ahnin über ihre Schulter, ohne dabei ihren Schritt zu verlangsamen. „Darauf kannst du stolz sein."

„Oh, das bin ich auch." entgegnete Imke. Plötzlich schämte sie sich, daß sie so lange nicht mehr an die weiße Köpfin gedacht hatte. Du bist gut, dachte sie schließlich und fühlte sich dabei, als sähe sie das Bild ihrer glücklichsten Kindertage vor sich. Es war ein gutes Gefühl.

Schon hatten sie die kleine Lichtung überquert und wurden von ihren Ahnen begrüßt. Es war für sie alle ein seltsam berührendes, aber auch wehmütiges Erlebnis, den Menschen gegenüber zu stehen, die sie vor langer Zeit gekannt und geliebt haben. Zaghaft begrüßten sich die einen, stürmisch und tränenreich die anderen. Nur Vogelgesicht traf keinen Vorfahr an, er hielt sich ein wenig abseits und sah dem merkwürdigen Gebaren der Paradoxen mit einem mitleidigen Lächeln zu. Dann setzten sie sich und sprachen über die Dinge, die sich im Laufe der Monate ereigneten. Die Ahnen hörten aufmerksam zu und nachdem jeder für sich über das Problem nachgedacht hatte, zogen sie sich für einen Moment zurück, um gemeinsam zu einer Lösung zu kommen.

Sie ließen ihre Gäste nicht lange warten, nach wenigen Minuten waren sie wieder bei ihnen. Nun ergriff Lilos Urgroßmutter das Wort: „Meine Lieben," sagte sie und sah in die Runde, „es gibt nur eine Lösung für euer Problem. Tina muß erwachen. Und zwar hier, bei uns. Wenn sie unten erwacht, kann das zu einer Gefahr für euch werden. Tina ist das Medium, das der Bauer braucht, um seine Saat am Leben zu erhalten. Wenn Tina nicht mehr für sie da ist, können sie eure Träume nicht mehr aufzehren."

Sie machte eine Pause und sah ihre Urenkelin an. „Du bist Letitia Aden. Nicht Lilo. Du bist Letitia. Vergiß das nicht. Wenn du diese andere triffst, die dein Gesicht benutzt, um sich zu verstellen, dann sage ihr, sie sei die Verwechslung. Sage ihr, sie soll das Gesicht abnehmen."

„Aber da wird nichts darunter sein!" rief Vogelgesicht dazwischen.

„Sage es ihr." schloß die Ahnin, ohne Vogelgesicht zu antworten.

„Wie können wir Tina hierher bringen?" fragte Jo jetzt.

„Ihr müßt zurück in die Ewigkeit. Dort hat sich vieles zum Schlechten verändert, seit sie Mühlen Wache halten. Ihr müßt einen Weg finden, durch die Ewigkeit zurück in euer Dorf zu kommen. Wir können euch leider nicht zurück bringen, denn ihr seid durch die Ewigkeit hierher gekommen. Dann haltet euch nicht lange auf, nehmt Tina in die Mitte und ruft die weiße Köpfin an."

Die Ahnin lächelte Imke an und diese nickte. „Ja."

„Kommt zurück und wir werden Tina hier erlösen. Aber vorher habt ihr noch eine Aufgabe zu erfüllen! Findet den Auger und drückt ihm diese Silbermünzen auf die toten Augen!" Sie streckte ihre Hand aus und legte Lilo-Letitia zwei abgegriffene Silbermünzen auf die ausgestreckte Handfläche, bog die Finger zur Faust und drückte sie ausdrücklich zu. „Das...ist das Wichtigste. Nur so könnt ihr ihn bannen."

„Den Auger?" fragte Berit leise.

„Das ist der Bauer." flüsterte Heinard Berit zu.

„Ist er denn hier?" fragte Lilo-Letitia die Ahnin.

„In der Ewigkeit hält er sich versteckt."

„Wir finden ihn. Ganz bestimmt." sagte Volker und erhob sich. „Ich glaube, dann gehen wir jetzt besser. Wir danken euch für die Hilfe."

„Dankt uns erst, wenn alles überstanden ist. Wenn Tina die Augen aufgeschlagen hat. Und beeilt euch. Ihr Schlaf ist sehr leicht."

Die Ahnen erhoben sich ebenfalls und wandten sich dem nahen Wald zu. Plötzlich drehte sich Berits Großvater um und fragte sie:

„Hat dir deine Mama einmal davon erzählt, was sie an jenem Morgen im August sah, als ihr die Sinne schwanden?"

„Nein, keine Ahnung." antwortete sie.

„Ich weiß es." sagte Volker heiser. „Sie hat es mir gesagt, als ich ihr von den Windmühlen erzählte, die ich plötzlich sah."

„Gut. Dann weißt du jetzt den Weg, den ihr zurückgehen müßt. Sie sah euere glückliche Heimkehr vorher..." Mit diesen Worten verschwand er in der Blätterwand.

Lilo-Letitia ließ die Silbermünzen in ihre Hosentasche rutschen. Die Sieben faßten sich an den Händen und schlossen die Augen. Plötzlich ergriff sie ein warmer Wind und noch bevor sie, wie bei ihrer Reise hierher, etwas von schweren Füßen oder körperlosem Fliegen spürten, befanden sie sich, von leuchtenden Auren umflossen, im Röntgen der Ewigkeit.

3.

Vogelgesicht löste seine Hände als erster von denen der anderen. „Ich will nachschaun, ob das Rollen aufgehört hat." Vorsichtig öffnete er die Tür. Ein fahles Licht fiel zur Tür herein. Kaum hatte er seinen Kopf zur Tür herausgestreckt, winkte er die sieben zu sich heran. „Seht euch das an!"

Vor der Tür des Röntgens lag ein riesiger roter Ball. Vogelgesicht versuchte die Tür aufzudrücken, aber der Ball war so schwer, daß es ihm allein nicht gelang, ihn beiseite *zu schieben. Erst mit vereinten Kräften konnten sie schließlich einen Spalt schaffen, durch den sie den Raum verließen. Sie wandten sich nach links und öffneten die Tür zum **Aufgang**. Einer nach dem anderen stieg die marmorne Treppe hinauf, bis sie endlich einen Treppenabsatz erreichten, von dem wiederum zwei Türen abgingen. Links befand sich die Station vier, rechts die Station acht.*

„Wohin?" fragte Imke Vogelgesicht. Dieser streckte seine Hand aus und berührte die Tür zur Station vier. „Kalt." sagte er.

Dann ging er hinüber zur anderen Tür. „Heiß." quietschte er und zog schnell seine Hand zurück. „Mir wäre bei der 'Vier' wohler."

„Dann nehmen wir die 'Acht'." beschloß Heinard.

„Warum, traust du mir nicht, Paradoxer?"

„Doch, aber wir müssen den Auger finden. Und ich habe das Gefühl, daß er im Kalten nicht ist. Wollen wir abstimmen?"

„Gut. Ich bin für die 'Vier'." antwortete Vogelgesicht und stellte sich Heinard gegenüber. Jo trat ohne zu zögern hinter ihn.

„Warum denn das?" fragte Heinard verwundert.

„Ganz einfach, weil ich glaube, daß Tote eher kalt als heiß sind."

„Das klingt logisch." sagte Lilo-Letitia und trat hinter ihn. Jo nahm sie bei der Hand und grinste.

„Logisch schon, aber Gefahr ist in meinen Augen heiß." Imke stellte sich auf Heinards Seite.

„Heiß oder kalt ist mir egal." überlegte Berit laut. „Ich denke, daß er uns herausfordern will. Und jetzt sind wir acht. Bestimmt ist das eine Eselsbrücke. Ich bin für die 'Acht'." Berit stellte sich an Heinards Seite.

„Ich weiß es nicht, Leute. Ich werde mich der Mehrheit anschließen. Vielleicht ist das dumm, aber ich kann mich einfach weder für die 'Vier', noch für die 'Acht' entscheiden. Du wirst das Zünglein an der Waage sein müssen, Volker." sagte Stanislaus und stellte sich abseits der beiden Lager auf.

„Kein Zünglein an der Waage, Stan." seufzte Volker. Dann ging er zielstrebig auf die Tür mit der acht zu. „Berit hat recht. Und dabei fällt noch etwas anderes ein. Die Erfahrung der letzten Stunden sagt mir, daß sich nur die richtige Tür öffnen läßt. Wie seht ihr das?"

Zur Antwort bekam er ein vielstimmiges Murmeln. Vogelgesicht nickte ebenfalls. Wie zur Bestätigung Volkers Worte ging er auf die Tür mit der 'Vier' zu und klinkte. Nichts passierte. Dann ging er hinüber zur 'Acht' und klinkte noch einmal. Die Tür sprang auf. Vogelgesicht trat vorsichtig über die Schwelle. In diesem Moment erfaßte ihn eine Windhose und stürmte mit ihm davon. Schreiend und kreischend kugelte er im Sturm herum.

Heinard streckte seine Hand aus und wollte ihn fassen, zurückziehen. Er tat einen kleinen Schritt und hätte beinahe die Schwelle übertreten, als Jo blitzartig die Tür zuschlug und Heinards Arm darin einklemmte.

„Auu! Spinnst du jetzt?" Heinard fuhr herum und packte mit dem noch freien Arm Jos Hals. Jo ließ die Tür ein wenig los und befreite so Heinards Arm. Kaum hatte dieser beide Hände zur Verfügung, begann er, Jo zu würgen. „Das machst du nie wieder!" brüllte er wütend und ließ ihn los, um seinen Arm zu reiben.

„Wolltest du auch wegfliegen?" fragte Jo ruhig.

„Scheiße. Natürlich nicht." brummte Heinard erschrocken. Dann sagte er versöhnlich: „Danke, mein Freund... Ich habe ihn schon splittern gehört." meinte er entschuldigend.

„Was jetzt?" Betroffen sahen die sieben zur Tür.

„Einfach weg. Warum haben wir denn nur nicht schneller reagiert?" fragte Imke niedergeschlagen.

„Weil es so geplant war. Und wenn Jo nicht so schnell gewesen wäre, wäre ich ihm hinterhergeflogen. Verdammt, das war wieder eine Schere, Berit." schimpfte Heinard. „Los, anfassen!" kommandierte er.

Sofort faßten sie sich an den Händen. Ein warmer Impuls durchfloß die Händekette, der wie ein Regen bloßen Glücks auf ihre Gemüter wirkte. Plötzlich fühlten sie sich stark und furchtlos. Die Müdigkeit, die sie bis hierhin auf ihrem Weg durch das fremde Land begleitet hatte, war verschwunden. Keiner von ihnen hätte angesichts ihrer Aufgabe über den Druck auf seinen Ohren, die brennenden Augen und schweren Lider gesprochen, aber als sie die Kette bildeten und der warme Schauer niederging, stand ihnen allen die Erleichterung in den Gesichtern geschrieben.

4.

Beim zweiten Mal ging die Tür ganz sacht auf. Kein Sturmwind zerrte an ihr, überhaupt wehte kein Lüftchen. Trotzdem, oder besser deshalb hielten die sieben Verbündeten einander fest, um nur ja durch keine Finte des Augers getrennt zu werden. Sie durchstreiften den Flur, sahen in alle Nischen und Ecken in der Hoffnung, Vogelgesicht wiederzufinden. Obwohl er kein 'Paradoxer' war, ein wenig seltsam in seiner Art, war er ihnen in dieser kurzen Zeit ihres Zusammenseins ans Herz gewachsen. Er hatte ihnen ein wenig von seiner Welt, von seiner Art zu leben erzählt; ein Lebenswandel, der von dem ihren so verschieden war, wie der einer Eintagsfliege von dem eines Krokodils. Hier im Fremden Land lebten die Geschöpfe in den Tag hinein, jeder für sich allein, manchmal schlossen sie sich zusammen wie Vogelgesicht und Traum-Fenna, und ab und zu erschufen sie sich Gespielen durch Wünschen und Täuschen. Ihr ganzes Leben schien ein einziges Wünschen und Täuschen zu sein; ohne Regeln, wenn man von den wenigen absah, die, seit es die Wächter gab, vorschrieben, wovor man sich zu hüten hatte: - Zieh niemals etwas an, das du findest - und: - niemanden zurücklassen - und: - du bist so oder so dran - und: - es zahlt sich nicht aus, schlau zu sein - und: - Kein Telefone, folgst du Mister Melone - und, und, und...

Inzwischen hatten sie die ganze Station abgesucht, aber außer leeren Zimmern nichts gefunden.

„Hier ist er nicht."

„Haben wir denn wirklich überall nachgeschaut?"

„Ich glaube schon."

„Na gut, dann kehren wir um." Enttäuscht drehten sie am Ende des Ganges um und gingen zurück. Ungefähr auf der Hälfte der Strecke hörten sie ein Geräusch. Wie auf Kommando blieben sie stehen. Wie selbstverständlich drehten sie um und folgten dem leisen Scharren, das hinter ihnen zu hören war. Und dort, wo noch vor wenigen Minuten eine Wand den engen Flur begrenzte, befand sich nun eine Tür. Heinard blieb stehen und sah sich fragend um. Hinter ihm nickten sechs Köpfe. Er streckte die Hand aus und öffnete die Tür. Ganz leicht. Die Tür schwang auf, sie erblickten ein Bett, auf dem ein alter Mann lag und schlief. Das leise Scharren, das sie gehört hatten, war sein Schnarchen.

„Ist er das?" fragte Imke.

„Das soll er sein...Ich glaube es nicht." antwortete Stanislaus.

„Oder: er ist es und wähnt sich in Sicherheit." sagte Volker. „Oder auch nicht." fügte er hinzu.

„Er ist es und glaubt, wir halten es für eine Täuschung von ihm." meinte Lilo-Letitia und betrat als Letzte den Raum. Hinter ihr fiel die Tür ins Schloß. Erschrocken drehten sich die Verbündeten um.

„Und wieder einmal hat er uns da, wo er uns haben wollte." sinnierte Volker. „Gleich wird er aufwachen."

„Ich habe Angst." Berit rollte eine Träne die Wange herunter.

„Ich auch. Los, tun wir's einfach. Drücken wir ihm die Münzen auf die Augen." sagte Imke.

In diesem Moment regte sich die Gestalt. Der alte Mann öffnete die Augen.

„Oh, schön, daß ihr mich gefunden habt. Ich weiß gar nicht, wie ich hierher gekommen bin..." sagte er lächelnd und wollte sich aufsetzten.

„Liegenbleiben!" herrschte Heinard ihn an. Erschrocken tat er, wie befohlen.

„Warum? Erkennt ihr mich nicht? Ich bin's, Vogelgesicht!" erklärte der alte Mann freundlich.

„Nein. Das bist du nicht. Du bist der Auger."

Der alte Mann fuhr sich mit den Händen über sein Gesicht. Tastete es ab. Berührte sein Kinn und seine Haare. „Was ist das?" fragte er schließlich. „Wie sehe ich aus?" „Alt und böse." erwiderte Berit zitternd.

„Nein! Das bin ich nicht!" schrie er plötzlich. „Jemand hat mir ein anderes Gesicht übergezogen!" Seine Stimme klang panisch. Sie klang echt. „So glaubt mir doch!"

„Dann nimm es ab!" forderte Heinard.

„Nein, das kann ich nicht!" rief er entsetzt.

„Tu es trotzdem!" sagte Jo.

„Willst du, daß ich sterbe?" hauchte der alte Mann.

„Ich will, daß du dich zu erkennen gibst. Ich will, daß die Scheiße hier ein Ende hat!" brüllte Heinard nun seinerseits. Der alte Mann warf den Kopf nach hinten und lachte. „Wer soll ich denn sein, wenn nicht Vogelgesicht? Wenn ich der wäre, für den ihr mich haltet, hätte ich schon längst kurzen Prozeß mit euch gemacht!"

Während er lachte und sprach, machte Heinard Lilo-Letitia ein Zeichen, zu ihm zu kommen. Sie war die Letzte in der Reihe. Nun schob sie sich vorsichtig hinter den anderen zu Heinard vor. Kaum war sie bei ihm, griff er in ihre Hosentasche und holte die Münzen heraus. Nicht vorsichtig genug, denn als ein leises Klimpern, ein einziges, flaches Ping zu hören war, erschrak der alte Mann. „Was habt ihr vor?" fragte er und stützte sich auf seine Ellenbogen. Dann lächelte er wieder. „Es wird euch nichts nützen. In dem einen Fall, wenn ich nämlich der wäre, für den ihr mich haltet, wären die Münzen wirkungslos. Das hätten die tun müssen, die den Toten begraben hatten. In dem anderen Fall tötet ihr euern Freund Vogelgesicht." wimmerte er die letzten Worte.

Die Verbündeten überlegten.

„Na gut, dann..." sagte Heinard beschwichtigend.

In diesem Moment riß sich Jo aus der Händekette los. Er warf sich aus einem Impuls höchster Gefahr über das Fußende des Bettes und landete genau auf dem alten Mann. Mit einem überraschten 'Pfft' entwich die Luft aus seinem Mund.

„Münzen! Schnell, die Münzen!" kreischte er.

Heinard erwachte aus seiner augenblicklichen Starre und, in jeder Hand eine Münze haltend, hechtete er sich über die Brust des vermeintlichen Augers und drückte ihm auf jedes Auge eine Münze. Er drückte mit aller Kraft solange, bis seine Daumenkuppen weiß und gefühllos waren. Dann erst ließ er los.

Nichts passierte. Kein Qualm, kein Zischen, kein In-Luft-auflösen oder ähnliche Phänomene, von denen sie sich mindestens eines hätten vorstellen können. Heinard und Jo krochen erschöpft vom Bett.

„Wenn es wirklich Vogelgesicht war, dann ist er jetzt hinüber." sagte Volker und ging vorsichtig um das Bett herum.

„Er war es nicht." stöhnte Jo. „Als ich auf ihm lag, hatte ich das Gefühl, mit einem Grizzly zu kämpfen. Er war heiß und tierisch...Wild. Ich glaube, ich muß mindestens tausend Kalorien dabei verbraten haben."

„Warum hat er dann nicht kurzen Prozeß mit uns gemacht, wie er es behauptete hatte?" fragte Berit.

„Ich glaube, weil wir einen für ihn undurchdringlichen Schutz hatten. Wißt ihr noch, als wir uns vorhin an den Händen faßten? Seitdem haben wir uns nicht losgelassen und er konnte nicht an uns heran. Deshalb lockte er uns hierher."

„Warum hat er sich dann so gezeigt, wie er war?"

„Ich weiß es nicht. Und wißt ihr was? Es ist mir völlig egal." schloß Jo die Betrachtungen ab.

Volker kam wieder heran und sagte: „Jetzt müssen wir uns beeilen. Wißt ihr noch, was Berits Großvater sagte? Wir müssen zurück zur Lichttherapie. Das ist der richtige Weg. Dort, wo es so schrecklich stank, kurz bevor Berit die erste Schere entdeckte."

„Die Schleuse."

„Die Schleuse wird nicht mehr da sein. Wir kommen durch die Lichttherapie in den Kellerraum und über die Treppe nach Kloster Aux."

„Was wird aus Vogelgesicht geworden sein?" fragte Imke leise. „Irgendwie habe ich ein schlechtes Gewissen."

„Da unten ist er!" rief Stanislaus, der während der Unterhaltung der sechs ans Fenster getreten ist. Die anderen kamen ebenfalls heran und folgten seinem Blick über die Gebäude der Ewigkeit. Unter ihnen, auf einer Wiese zwischen den skurrilen Bauten des Komplexes sahen sie den jungen Mann mit dem Vogelgesicht Blumen pflücken. Scheinbar hatte er die abenteuerlichen Geschehnisse schon vergessen und ging gedankenverloren seinem üblichen Leben im Fremden Land nach.

Ein wenig schauten sie ihm noch zu, dann drehten sie sich um und gingen zur Tür. Sie interessierten sich nicht für den alten Mann, der mit Silbermünzen auf den Augen im Bett lag. Erst Stanislaus, der als letzter den Raum verließ, drehte sich noch einmal nach ihm um. Er ging zurück zu ihm, nahm die Decke vom Fußende des Bettes und zog sie über das tote Gesicht. „Wollen wir hoffen, daß du jetzt für alle Zeit in diesem Körper bleiben mußt." Er zögerte einen Moment, dann griff er in seine Hosentasche und holte ein kleines Verbandspäckchen heraus.

„He, wartet mal einen Moment!" rief er den sechs Vorausgegangenen hinterher.

„Beeil dich!" rief Letitia zurück. Jo trat hinter ihn. „Kann ich helfen?"

„Ja. Ich habe vor, noch einen modernen Zauber anzubringen." sagte er grinsend. „Zum Glück habe ich in meiner Branche immer Verbandszeug dabei."

Wenige Minuten später hatten sie dem Toten eine perfekte Kopfbandage verpaßt, die

Augen, Nase, Mund und Ohren sorgfältig verschloß. „Soviel Zeit..." sagte Stanislaus und klopfte auf das hölzerne Fensterbrett, „...muß einfach sein."
Dann verließen auch die letzten beiden das Zimmer.
Kaum hatte sich die Tür hinter ihnen geschlossen, bäumte sich der Körper zu einem letzten Befreiungsversuch auf. Der Eingeschlossene bemühte sich mit schwindenden Kräften, seinem Kerker zu entkommen. Auch als die Leichenstarre schon einsetzte, dauerte der ausweglose Kampf noch an.

5.

Nichts hatte sich in der Ewigkeit verändert, seit der Auger gebannt war. Dem konnten die Verbündeten sogar folgen, denn die Ewigkeit war eben schon ewig da. Nur daß die Mühlen, die hier Wächter der Ewigkeit genannt wurden, sich auch weiterhin drehten, das verstanden sie nicht. Die gab es erst, seit die Enneser sie gepflanzt hatten. In Ennes Ruh. Das hatte ihnen Vogelgesicht bestätigt.
„Das heißt, einer träumt noch. Und zwar sehr intensiv."
„Wir träumen." Diese zwei Worte wirkten auf die Sieben wie ein Signal. Schnell beeilten sie sich, die Station zu verlassen.
Eben hatte Volker die Tür zum Treppenaufgang geöffnet, trat hinaus und stand Dr. Letitia Aden gegenüber. Er drehte sich um, sah zurück in Lilo-Letitia Augen und...plötzlich dämmerte es ihm. Er schloß die Tür und flüsterte: „Sie ist da draußen."
„Wer?"
„Doktor Aden!"
„Nein!" quietschte Lilo-Letitia erschrocken. „Ich will sie nicht sehen."
„Du mußt ihr das falsche Gesicht herunterziehen! Es ist dein Gesicht!" sagte Jo.
„Nein, ich kann das nicht." resignierte Lilo-Letitia.
„Du mußt. Du bist Letitia. Nicht die da draußen." Jo hielt sie an den Schulten und sah ihr fest in die Augen. „Geh' da raus, bevor sie weg ist."
„Soll sie doch gehen..." Schließlich rief sie wütend: „Geh doch endlich! Geh doch!"
Hinter der Tür toste ein schallendes Lachen. Haltlos kreischendes Gelächter, das Sieg bedeutete. Lilo-Letitia kamen die Tränen. Sie war so furchtbar enttäuscht, deprimiert, sie weinte so haltlos, wie das Gelächter vor der Tür haltlos war. Tränen, die Niederlage bedeuteten. Jos Schulter, an der sie sich festhielt und die ihren schweren Kopf stützte, was tränennaß. Heiße Rinnsale liefen in seinen Nacken und unter seinem Hemd entlang. Und plötzlich ergriff ihn blanke Wut. Er drückte die junge Frau an seiner Schulter noch einmal herzlich an sich und flüsterte ihr ins Ohr: „Warte einen Moment."
Dann schob er sie von sich und nahm Volker die Klinke aus der Hand. „Gestattest du?"
„Was hast du vor?"

„Ich mach sie kalt. Jetzt reicht mir die Scheiße hier. Ein für alle Mal!"
Damit riß er die Tür zum Treppenaufgang auf und griff mit einer gezielten Bewegung
unter das Kinn der Frau mit Letitias Gesicht. Sie versuchte, ihn abzuwehren. Mit
beiden Händen griff sie in seine und bemühte sich, seine Finger auseinander zu spreizen.
„Das gefällt dir nicht, stimmt's?" lachte er nur.
„Laß mich sofort los. Ich bin Dr. Letitia Aden, du hast kein Recht, mir das anzutun!"
schrie sie.
„Wozu habe ich kein Recht? Dir das falsche Gesicht abzunehmen?"
„Blödsinn! Es gibt kein falsches Gesicht. Du hast kein Recht, mich anzufassen!"
„Doch!" Jo hatte genug vom Reden. Er faßte ihre linke Hand, drehte sie um und riß
ihren Arm auf den Rücken. Dann griff er nach ihrer anderen Hand und zwang sie
ebenfalls nach hinten. Er rief nach Stanislaus, der solle ihm den Rest des Pflasters
bringen, das sie vorhin benutzt hatten, um den Kopfverband zuzukleben. Stanislaus
klebte die beiden Handgelenke der falschen Ärztin schnell zusammen.
„Wir nehmen sie mit. Wie heißt es so schön im Film?" fragte Jo und antwortete sich
selbst mit verstellter Stimme: „'Vielleicht kann sie uns noch nützlich sein.' Los, kommt
jetzt."
Er packte die verschnürte Frau am Oberarm und zerrte sie gewaltsam die Treppe runter.
Unten, nach mehreren Stockwerken Abstieg befanden sie sich endlich wieder an ihrem
Ausgangspunkt. Der rote Ball lag unverrückt an derselben Stelle. Nun gingen sie wieder
im Gänsemarsch auf der schiefen Ebene mit den beidseitigen Geländern entlang, dies-
mal aufwärts. Sie gelangten schließlich zu diesem ersten kleinen Flur, der lediglich die
Wahl zwischen Ärzte-Umkleide und Röntgen ließ. Und dem Ausgang.
„Was machen wir mit ihr? Müssen wir sie denn mitnehmen?" fragte Volker, als sie
schließlich draußen im Freien standen. In dieser Luft, die keine war. Ohne Wärme und
Kälte.
„Zuerst zeigt sie uns den Weg zur Lichttherapie, dann kann sie von mir aus gehen."
„Kein Problem, den Weg zeige ich euch." erklärte die Ärztin aufatmend. „Wir müssen
außen herum gehen, zum Hauptportal." „Also hier herum. Wenn ich mehr wissen will,
dann frage ich schon." herrschte Jo sie an und schubste sie einen Schritt voran. „Geh!"
Beim nächsten Schritt fiel die Gestoßene auf die Knie. Sie schrie und jammerte und
weigerte sich aufzustehen. Die Sieben standen hilflos neben der schreienden Frau. Jo und
Volker packten sie schließlich und zogen sie auf die Füße.
„Nein! Ich gehe nicht! Ihr seid alle Rebellen, euch schicke ich dahin, wo es kein Zurück
mehr gibt. Ihr seid reif für den Fahrstuhl, wartet's nur ab!" Dann lachte sie wieder ihr
böses, hämisches Lachen. Wütend schlug Imke ihr ins Gesicht.
„Helft mir, Wächter der Ewigkeit!" rief sie erschrocken, zum farblosen Himmel blik-

kend. „So helft mir doch! Vernichtet sie, Wächter der Ewigkeit!" und zu Imke gewandt sagte sie: „Sie werden euch vernichten! Haha, vernichten!"

Jo und Volker packten die Schreiende erneut und schleppten sie zurück ins Gebäude.

„Was nun?"

„Besser, wir bleiben hier drin. Wer weiß, was an der Geschichte mit den Wächtern dran ist. So, und wohin jetzt?"

„Da wir ja schon im Röntgen waren, werden wir uns wohl in der Ärzte-Umkleide umsehen müssen." Imke schritt zielbewußt in die angegebene Richtung. Als sie an der Kurve, die der Korridor hier machte, angekommen war, rief sie die anderen zu sich. „Hier sind wir richtig. Dort ist die Umkleide."

Die Tür ließ sich ganz einfach öffnen, kein Sturm tobte und niemand stand drohend dahinter. Sie gingen an den Spinden mit den seltsamen, schwer lesbaren Namen entlang, bis sie ganz am Ende eine weitere Tür erreichten. Imke, die die Gruppe anführte, öffnete diese Tür und sah hinaus. Hier war ebenfalls nichts zu sehen als ein paar Schilder. Aber was für welche! Stationen 1-3, 4-8, 9-11 und **Lichttherapie!**

„Bingo!" quiekte Imke entzückt.

„Was ist da?"

„Die Lichttherapie! Zumindest ein Wegweiser dahin!"

„Gut, besser geht's nicht. Dann lassen wir unser Gepäck jetzt hier." Die zwei Männer ließen die falsche Ärztin zu Boden gleiten.

„Gehen wir?" fragte Volker. Ein vielstimmiges „Jawoll!" antwortete ihm. Zügig verließen die Sieben den mit Spinden vollgestopften Raum. Draußen, unter den Schildern, nahm Letitia Jos Hand. Sie drückte sie. Jo blieb stehen. Ihm war zumute, als sei ihm gerade ein Eiswürfel am Rücken herunter gerutscht. Er ließ die schmale Hand los und sagte: „Moment mal."

„Was hat er denn jetzt wieder vor?" fragte Berit. „Ich will endlich nach hause."

„Geben wir ihm drei Minuten." sagte Stanislaus und sah auf die Uhr.

Jo brauchte keine drei Minuten. Er öffnete die Tür zur Umkleide, fand die falsche Ärztin vor einem der Spinde stehen, sprang hinter sie, griff unter ihr Kinn und zog mit einem Ruck das gestohlene Gesicht herunter. Ohne sie auch nur noch eines Blickes zu würdigen, ohne etwas überhaupt wahrzunehmen, verließ er die Umkleide wieder. Eine Minute, mehr nicht.

Draußen nahm er Letitia an die linke Hand und mit der rechten stopfte er im Gehen das Gummiding in seine Hosentasche. Niemand sagte ein Wort. Alle liefen, so schnell sie konnten, in Richtung Lichttherapie. Sie fanden die Tür, betraten den kahlen, weiß getünchten Raum, in dessen Mitte ein Gestell mit ungefähr zwanzig Neonröhren nur noch als Raumteiler fungierte, und verließen ihn durch eine zweite Tür mit der Auf-

schrift: Notausgang. Zum zweiten Mal standen sie nun in dem bunkerähnlichen, klassenzimmergroßen Raum unter der Erde. Wieder stank es hier so unerträglich, daß sie zwanghaft bemüht waren, nicht zu atmen. Die festgestampfte Erde, auf der sie standen, war feucht. Das Dunkel so undurchdringlich, daß sie instinktiv enger aneinander rückten. Jo hielt Letitia im Arm, Berit drängte sich an Heinard, Imke und Volker standen Schulter an Schulter. Nur Stanislaus, der bei ihrem ersten Aufstieg die Gruppe anführte, stand auch diesmal vorn. „Das verstehe ich nicht." zweifelte er. „Als wir das letzte Mal da hinauf geklettert sind, kamen wir nicht nach Kloster Aux. Und jetzt soll das klappen?"

„Die Schleuse, Kumpel." antwortete ihm Heinard.

„Na hoffentlich hast du recht."

Plötzlich lärmte eine Sirene los. Erschrocken faßten sich die Sieben an den Händen.

Volker sagte ruhig: „Gleich geht da oben eine Tür auf, dann gehen wir die Treppe rauf."

Tatsächlich öffnete sich oben die Tür. Licht fiel herunter. Der Gestank war verschwunden. Lachend und lärmend kamen mehrere Leute die Treppe herab. Eilig hasteten die Sieben die Treppe hinauf, ihnen entgegen, an ihnen vorbei, hinaus ins Freie, ins dämmernde Kloster Aux. Klirrende Kälte empfing sie, frischer Wind, Schneeflockenwirbel über die Straße treibend. Weihnachtsdekorationen in den Fenstern ließen die Verbündeten vor Erleichterung weinen. Tränen der Freude rollten auf ihren Gesichtern herab. Sie lachten weiße Wolken, schlugen wärmend mit den Armen um sich. Dann faßten sie sich an den Händen und rannten zum Devries'schen Wohnmobil, das immernoch auf dem Parkplatz auf sie wartete. Fast einen ganzen Tag lang.

Kommen und Gehen

1.

Langsam bog das Wohnmobil in die einzige Straße von Ennes Ruh ein. Das erste, was den Heimkehrern auffiel, war die merkwürdige Stille um sie herum. Ein Blick zu den Mühlen bestätigte ihre Vermutung: die Mühlen hatten aufgehört, sich zu drehen. Lautes Juchzen erfüllte den eng besetzten Wagen. Die Müdigkeit, die sie während der Fahrt so bedrängend verspürten, fiel von ihnen ab wie eine alte Haut. Plötzlich hatten sie die notwendige Tatkraft, die sie brauchten, um gemeinsam mit Tina noch einmal einen Traumkreis zu bilden. Diese Aufgabe wollten sie auch sofort anpacken; gleich, nachdem sie sich erfrischt und ihren Hunger gestillt hatten, den sie während der ganzen Zeit im Fremden Land nicht wahrnahmen. Erst als Klara Früchtchen den Tisch deckte, Brot, Käse, Rührei und allerlei Obst und Gemüse auftafelte, knurrten ihre

Mägen. Plötzlich konnten sie vor Schwäche kaum noch gerade am Tisch sitzen. Innerhalb weniger Minuten waren alle Gespräche verstummt, lediglich das Klappern von Besteck und das Abstellen von Gläsern auf dem Tisch waren zu hören. Sonst war es still.

Und mitten in diese Stille hinein fragte ein leises Stimmchen: „Mama? Mama, wo bist du?"

Sofort sprangen die Esser von ihren Stühlen auf und stürmten zur Treppe hinauf. Dort, im Gästezimmer im ersten Stock, saß Tina mit offenen, klaren Augen im Bett. Kaum hatten sich alle um ihr Bett versammelt, klingelte es unten an der Haustür. Klara lief die Treppe wieder herunter und öffnete Borga Laduque die Tür.

2.

„Ich wünschte, ich hätte dir nicht davon erzählen müssen, mein Kind. Ich wünschte, ich könnte irgendwas tun, um das alles rückgängig zu machen." schloß Borga Laduque ihren langen Bericht. Tina hatte die ganze Zeit zugehört, wie versteinert dagesessen und kein einziges Wort gesagt. Dann sagte die Großmutter entschlossen: „Aber das lassen wir so nicht durchgehen! Deine Mutter wird sich wieder an dich erinnern, dafür werde ich sorgen."

„Na klar. Die nächsten Tage bleibt ihr erst einmal hier, und wenn du kräftig genug bist, daß du wieder verreisen kannst, dann bringen wir dich alle zusammen heim." sagte Klara Früchtchen. Klara stand am Fenster und sah hinaus ins dunkle Ennes Ruh. „Daß es immer so zeitig dunkel werden muß." sagte sie und wischte sich eine Träne aus den Augenwinkeln. „Aber das hat auch etwas Gutes. Man kann es sich so richtig gemütlich in der warmen Stube machen. Bilder malen, Tee trinken und Märchen vorlesen...Vom schönen Schneewittchen in seinem gläsernen Sarg...Vom Froschkönig und der goldenen Kugel...Von Schneeweißchen und Rosenrot. Hast du ein Lieblingsmärchen, Tina?" fragte Klara, die das Thema wechseln wollte, und drehte sich zu Borga, Tina und Berit um. Die anderen hatten das Gästezimmer bereits verlassen und aßen unten weiter. Nur für Berit war der Tag zuende. Sie lag neben Tina im Bett und schlief erschöpft einen traumlosen Schlaf. Tina sah Klara an. Dann flüsterte sie: „Schneewittchen im gläsernen Sarg."

„Schön. Dieses Märchen habe ich auch besonders gern."

„Nicht das Märchen. Ich bin das."

„Du bist Schneewittchen?" fragte Borge erstaunt.

„Nein. Aber als ich noch geschlafen habe, da hat mich jemand gerufen... Nein,

gesungen. Sie hat ein Lied gesungen, vom gläsernen Sarg." Plötzlich hatte
Tina einen Ohrwurm. Eine Melodie stellte sich ein und drehte sich wie im
Kreis in ihrem Kopf. Immer wieder von vorn, als hätte sie ihr Ende verschluckt.
Tina summte bis zu dieser Stelle mit, aber darüber hinaus kam sie nicht. Das
Ende war der Anfang. Nun versuchte sie die Worte, die zu den Tönen gehör-
ten, zu singen.

„Ich weiß es, mein Kind liegt nun al-ler Tag, in sei-nem e-wi-gen glä-ser-nen
Sarg.

Win-de die rau-schen, Müh-len sich drehn, im Tal der Un-sterb-li-chen sollst
du bald stehn...So war es."

„Dieses Lied muß eine Sadistin gesungen haben." empörte sich Klara.

„Sie hat mir zu essen gegeben. Sie hat immer 'mein Kind' zu mir gesagt."

„Was soll das wohl heißen, Tal der Unsterblichen?"

„Ich fürchte, ich weiß es. Moment, ich werde die Experten rufen."

Noch einmal sang Tina das Lied für die Verbündeten. Das Tal der Unsterblichen, so stimmten sie überein, sei nichts anderes als die Ewigkeit. Aber wer
sollte Tina in die Ewigkeit mitnehmen wollen? Jemand, der in der Ewigkeit
zuhause war. Jemand, der hier und in der Ewigkeit zuhause war. Und außer
ihnen gab es nur eine Person, die beide Sphären kannte und die trotzdem
nicht zu ihnen gehörte.

„Luise Kater." sagte Letitia. „Sie hatte sich um dich gekümmert, als
ich...abwesend...war. Um genau zu sein, hatte ich ein bisschen Angst davor,
mich ganz allein um dich zu kümmern. Ich habe ja gar keine Erfahrung...und
es war mir...naja, schaurig, irgendwie. Ich wußte ja auch nicht, was eigentlich
mit dir los war. Luise hat uns alle...sie war die Chefin, sozusagen. Und wenn
ich genau drüber nachdenke, war sie auch echt böse manchmal." schloß sie
ihren stockenden Bericht. „Tut mir leid, daß sie so..."

Sie schüttelte bedauernd den Kopf.

„Und wo ist Luise jetzt?" fragte Tina.

„Ich weiß es nicht."

„Doch, das wissen wir." sagte Volker. „Entweder im Bett, aber das glaube ich
nicht. Sie drehn sich nicht mehr. Oder in der Ewigkeit."

„Scheiße!" rief Jo, der am Fenster stand und hinaussah. „Sie haben sich zusammengeklappt!"

„Wieso stört dich das? Das ist doch prima!" fragte ihn Letitia.

„Weil ich das dumpfe Gefühl habe, daß wir nicht mehr in die Ewigkeit zurück
können."

„Na und?"

„Und auch niemand mehr hierher zurück kann."

„Luise Kater?" fragte Volker nun. „Sie war die Ärztin, denkst du."

„Ganz genau. Wir haben ihr den Rückweg abgeschnitten."

„Aber Vogelgesicht hat gesagt, wenn du jemandem das Gesicht abziehst, dann stirbt er." warf Letitia ein.

Einem Impuls folgend griff Jo in die Hosentasche, in welcher er das Gummiding mit Letitia Gesichtszügen verstaut hatte. Er stellte fest, daß es verschwunden war.

„Möglich. Er sagte: es ist möglich, daß sie sterben müssen."

„Das wollte ich nicht. Ich wußte ja auch gar nicht, daß sie das war. Nur gerade, da hatte ich so'n Gedanken." überlegte Jo. „Ich möchte mir Gewißheit verschaffen, ob ich sie...umgebracht habe."

„Umgebracht ist hier das falsche Wort, Jo. Du wolltest mir helfen, daß ich wieder ich sein kann."

Letitia nahm seine Hand und drückte sie fest. „Dafür danke ich dir."

3.

Die Gestalt auf dem Boden der Ärzte-Umkleide -schrie- aus Leibeskräften. Ihre Schreie hallten in ihrem Kopf wider, als kämen sie von dort. Der Schmerz in ihrem Gesicht war unerträglich. Sie wand sich und hielt die Hände schützend über ihre Augen. In ihrer Phantasie waren ihre Wangen blutüberströmt. Rote Rinnsale liefen über ihren weißen Kittel und Blutstropfen fielen auf den Boden um sie herum.

Schließlich, nach unendlich langer Zeit beruhigte sie sich. Atmete langsam und gleichmäßig. Öffnete die Augen -Augen!- und sah sich um. Immernoch war sie in der Umkleide. Sie stand auf und betrachtete ihre Hände. Kein Blut. Nichts. Auch der Fußboden und ihr Kittel waren sauber. Dann erinnerte sie sich endlich an den Spiegel am anderen Ende des Raumes. Sie ging nach vorne und sah hinein. Aber sie sah nicht sich, nur ein weißes Ei mit so komischen kleinen Pünktchen an den Stellen, wo Augen, Nase und Mund sein sollten. Plötzlich wurde es schwarz um sie herum, hilflos sank sie zu Boden. Als sie wieder zu sich kam, nur Sekunden später, lag sie in einem Bett. Um sie herum standen Geräte und Ständer mit Infussionsbeuteln, alle bereit, sofort an ihren Körper angeschlossen zu werden. An der Tür lehnte ein Weißkittel, sah auf die Uhr und murmelte: „Gut. Ich begrüße Sie unter den Lebenden. Aber was heißt das schon in der Ewigkeit, nicht wahr? Nun, zumindest haben Sie hier ein zweites Zuhause gefunden. Das ist doch auch schon was."

Luise sah ihn aus einem stark eingeschränkten Gesichtsfeld an. Er lächelte irgendwo in der Mitte zwischen Schadenfreude und Mitleid. Sie versuchte den -Mund- zu öffnen; aber jenes aberwitzig kleine Löchlein an dieser Stelle gab gerade soviel Raum, daß sie ein winziges Quentchen Luft einsaugen konnte.

>Wie Sperling und Jekyll das wohl überstanden haben?< fragte sich Luise jetzt. >Die beiden habe ich nie wieder gesehen.<

„Die beiden waren auch nicht echt, meine Liebe."

>Wie machen Sie das? Können Sie Gedanken lesen?<

„Das muß ich können, wie sollten wir uns sonst verständigen? Jetzt, wo sie sozusagen..." er kicherte ein irres Lachen, „sozusagen...mundtot sind?"

>Unverschämtheit!< dachte Luise.

„Mitnichten. Nur ehrlich."

>Heißt das, ich muß mit diesem Eierkopf auskommen? Für den Rest meines Lebens? <

„Nun..."

>Das heißt, ich kann nicht zurück? Wo ich hergekommen bin?<

„In die Parallese? Nein. Oder sagen wir: beinahe nein. Es gibt immer eine Ausnahme."

>Ich verstehe nicht.<

„Das wundert mich nicht. Bevor sie sich aufregen..." sagte er und hob abwehrend die Hände in Luises Richtung, „die Sache ist nicht hundertprozentig sicher. Das heißt, Sie könnten unterwegs..." er malte mit der Hand wehende Kreise in die Luft, „...verloren gehen."

>Aber versuchen könnte ich es...nein. Nicht mit diesem Gesicht...< resignierte sie.

„Oh, da kann ich Sie beruhigen. Für Paradoxe gibt es sozusagen eine Sondergenehmigung zum zeitweiligen Gebrauch von Fremdgesichtern während des Aufenthaltes in der Parallese. Nur!" rief er und hob drohend den Zeigefinger, „dafür gelten natürlich gesonderte Gesetze."

>Weiter!<

„Gut. Erstens: Paradoxe, die in die Parallese zurückgeschickt werden, nachdem sie hier...nun, gewirkt haben, und das haben Sie in außerordentlichem Maße, denken Sie nur an die Sache mit dem..."

>Ja, ich weiß, ich weiß. Natürlich habe ich hier gewirkt. Ich schäme mich auch nicht dafür. Nur Johann...wird...ich kann nicht einfach ver...< unterbrach sie ihn mit einem kräftigen Gedankenwirbel.

„Also. Für Sie, die Sie hier gewirkt haben, gilt erstens: Nur ein Jahr zurück in die Parallese. In dieser Zeit dürfen Sie ein Gesicht Ihrer Wahl tragen. Selbstverständlich nur eines, das wir auch am Lager haben.

Zweitens: Wenn Sie zurückkommen, hierher zurück, geben Sie dieses Gesicht ab und erhalten ein Zimmer im Recycling-Trakt. Dort warten Sie, bis wir eine neue Verwen-

dungsmöglichkeit für Sie haben. Sehen Sie, ich habe auch eine Zeitlang dort gewohnt und bin nun Koordinationsassistent. Solche Jobs können sie nur ehemaligen Paradoxen überantworten, weil die Hiesigen einfach kein Durchhaltevermögen und keine Verantwortungsbewußtsein haben... Sperling und Jekyll, wie sie sie genannt haben, turnen heute noch als eierköpfige Narren durch die weite Welt...Aber weiter. Drittens: Sollten Sie vorher das Zeitliche segnen, ist unser Vertrag hinfällig. Kein Weiterleben in der Ewigkeit. Tot ist tot. Noch Fragen?"

>Ich weiß nicht. Also nur ein Jahr. Oder vorher sterben. Wie sieht das denn aus, wenn ich nach einem Jahr zurück muß?<

„Das sieht gar nicht aus. Sie verschwinden. Lösen sich in Luft auf."

>Oh. Das könnte Johann Angst machen...<

„Nun stellen Sie sich nicht so an. Dann müssen Sie ihn eben vorbereiten. Sie müssen schon selber wissen, was Sie wollen."

>Ich will es. Ich will für ein Jahr zurück. Ich habe so viel wieder gut zu machen...<

„Das klingt aber nicht nach der Dr. Aden, die wir kennen. Aber Sie haben eben Ihr Gesicht verloren...Na, dann wolln wir mal. Ich bringe Sie jetzt runter zur Lichttherapie."

>Was...<

„Aber vorher bekommen Sie ein neues Gesicht. Was hätten Sie denn gern? Alt, jung, sinnlich, herb, lustig, traurig, sportlich oder mondän..." leierte er die möglichen Varianten herunter. Luise schluckte hart. Dann antwortete sie in Gedanken:

>Alt, herb, und wenn Sie haben, nur ein bisschen traurig...<

„Na dann sehn Sie ja beinahe aus, wie vorher. Wollen wir's nicht ein wenig aufpeppen? Für Johann?"

>Nein.< dachte sie ganz entschieden.

„Gehen wir?" fragte der Weißkittel, schlug die weiße Bettdecke zurück, reichte ihr eine Hand, um ihr das Aufsetzen zu erleichtern und wartete, bis sie in ihre Schuhe geschlüpft war. Dann ging er voraus zur Tür, öffnete sie und ließ Luise auf den Flur treten.

„Kommen Sie. Gehen wir zuerst in die Umkleide. Dort finden wir, was wir suchen."

In der Umkleide lief er an den Spinden entlang und las die Aufschriften. Luise stand hinter ihm und las ebenfalls: Dr. Whdslozneh Nmajmjurfeu. Dr. Pakdjklena Lisekildloln. Dr.Gahadada Fridolil. Dr.Pa Hnöväm. Dr. Luise Kater. Dr.Minja Kohdn.

>Halt! Halt, hier ist es. Ich habe ihn gefunden.< dachte Luise angestrengt und tippte dem Weißen auf die Schulter.

„Bitte? Ach so, natürlich. Luise Kater. Wie traurig. Dr. Minja Kohdn wäre eine weitaus bessere Wahl. Nicht mehr ganz taufrisch, aber knackig, kann ich Ihnen sagen. Und so was von sexy."

>*Nein. Öffnen Sie meinen Schrank. Wenn ich wiederkomme, können Sie mir verpassen, was Sie wollen.< dachte sie energisch.*

„Des Menschen Wille und so weiter." sagte er und öffnete den schmalen Spint.

„Na, dann nehmen Sie diese." sagte der Koordinationsassistent und reichte ihr ein Gummiding, das hinter der Tür hing. Außerdem zog er eine Handtasche und eine Jacke heraus. „Da, wo Sie hingehen wollen, aus welchen unverständlichen Gründen auch immer, ist es sehr, sehr kalt. Dezember...hu!"

Luise hatte ihr Gesicht bereits angezogen. Sie zog sich die Jacke über und nahm die Tasche. „Danke." sagte sie. Dann fragte sie den ehemaligen Paradoxen: „Wieso finden Sie, daß meine Gründe unverständlich sind? Sie sind doch selbst ein Mensch, wenn ich richtig verstanden habe."

„Ach wissen Sie, man vergißt im Laufe der Jahrhunderte. Mensch oder nicht, in der Ewigkeit sind eben alle gleich alt und die Zeiten sind lang...So, nun gehen Sie in die Lichttherapie, einfach hier raus und gegenüber wieder rein. Dann verlassen Sie den Raum durch den Notausgang. Warten Sie auf die Sirene. Sobald Sie wieder in der Parallese sind, beginnt unser einjähriger Vertrag."

Ohne ein weiteres Wort drehte er sich um und ging. Luise stand da und sah ihm hinterher. Plötzlich erfüllte sie etwas wie Heimweh. Tiefes Verlangen danach, wieder in ihrem Lehnstuhl zu sitzen und darin einzuschlafen. Tiefe Müdigkeit. Sie seufzte und schritt schweren Herzens zur Tür. Nur ein Jahr!

Aber immerhin ein Jahr.

4.

Jo, Letitia und Volker verließen das Haus. Die Gewißheit, die Jo brauchte, konnte er nur auf eine einzige Art erlangen: er mußte Luise Kater sehen. Mit ihr reden. Vor dem Haus trafen die drei Maria Poppen, die eben auf dem Weg zu ihnen war. Am Nachmittag hatte sie sich für einige Stunden zurückgezogen, um die nötigsten Dinge zu erledigen und war schließlich durch ihre Sorge wieder herausgetrieben worden. Ihre Freude, die Heimgekehrten gesund wiederzusehen war grenzenlos. Weinend vor Erleichterung fiel sie Volker um den Hals. Er drückte sie fest an sich, dann sagte er leise: „Dein Mann schaut bestimmt aus dem Fenster."

„Nein. Der ist im Krankenhaus."

„Was ist passiert?"

„Das ist eine längere, ruhmlose Geschichte. Erzählt mir lieber, wie ihr zurückgekommen seid. Was habt ihr erlebt?"

„Das ist auch eine ruhmlose Geschichte." sagte Jo. Letitia schüttelte den Kopf.

„Das stimmt nicht. Du hast es gut gemeint."

„Wir wollen rüber zu den Katers. Kommst du mit? Unterwegs erzähl' ich dir in Stichworten, was passiert ist." sagte Volker und nahm Maria an die Hand. Die Vier waren gerade am Nachbarhaus vorbei gegangen, da bog hinter ihnen ein Taxi in die Dorfstraße ein. Es fuhr langsam an ihnen vorbei und hielt schließlich vor dem Haus der Familie Kater. Die Tür ging auf und eine Frau stieg aus.

„Ist sie das nicht?" fragte Maria. „das sieht doch ganz so aus, ob sie das wäre." Dann tat sie etwas, das sie früher nie getan hätte. Sie lief ein paar Schritte weiter vor und rief, während sie heftig mit den Armen in der Luft herumruderte:

„Hallo! Frau Kater, sind Sie das?"

Luise Kater blieb stehen. Maria lief schneller. Als sie ihr fast gegenüber stand, fragte sie: „Möchten Sie nicht mit uns mitkommen? Wir sind alle bei Klara Früchtchen, wir reden über diese Dinge, die sich hier im Dorf zugetragen haben..."

Luise Kater schüttelte den Kopf. „Nehmen Sie's mir nicht übel, aber ich möchte nur noch zu meiner Familie." Wenn sie mich noch wollen, setzte sie in Gedanken dazu.

„Oh, natürlich. Viel Glück." sagte Maria und ging zurück. Sie gab Luises Worte wider und sagte dann zu Jo: „Vielleicht hast du sie nicht umgebracht, sondern geheilt. So, und jetzt will ich meine Tochter friedlich schlafen sehn."

Luise Kater drehte sich noch einmal nach den vier Personen um, die eilig wieder zum Haus Klara Früchtchens zurück liefen. Wie die Dinge sich geändert haben, dachte sie. Hoffentlich kann ich auch noch etwas ändern. Vor zwei Monaten bin ich ausgezogen, ob sie mich wohl wieder aufnehmen werden? Dann ging sie auf das Haus zu, um zu klingeln. Sie wollte nicht einfach hinein gehen, irgendwie hatte sie das Gefühl, sie müßte dazu aufgefordert werden. Sie fragte sich, was sie tun würde, wenn alle dastünden und sie ansähen. So, als käme sie direkt vom Mars. Luise grinste. Ich komme ja quasi auch vom Mars, dachte sie. Könnte sie einfach umdrehen und weggehen, oder würde sie Erklärungen liefern müssen, die sie nicht hatte? Quälende Fragen machten ihr die Entscheidung, ob sie klingeln sollte oder nicht, beinahe unmöglich. Wenn sie wüßte, wen sie um Hilfe bitten könnte, würde sie es tun. Aber es gab niemanden. Im Moment war sie sich nicht einmal sicher, ob es sie selbst gab. Als sie so in Gedanken versunken dastand und zu frieren begann, öffnete sich hinter ihr leise die Tür. Luise bemerkte nichts davon. Erst als eine feste Hand ihre

Schulter faßte und sie herumzog, erschrak sie darüber. Eine ihr vertraute Stimme sagte: „Komm rein, Luise. Du erkältest dich noch."

Johann, dachte Luise. „Sind die Kinder da?" fragte sie plötzlich.

Johann lächelte. „Nein. Sie sind in die Stadt gefahren, ein wenig mit Freunden feiern." Er hatte ihr inzwischen den Mantel abgenommen und aufgehängt. Dann nahm er sie wie früher am Ellenbogen und führte sie ins Wohnzimmer. In ihr kleines Wohnzimmer mit den beiden Sesseln vorm Fernseher. Er brachte sie zu ihrem Sessel und legte ihr ihr Strickzeug auf den Schoß. Luise lächelte fragend. Johann setzte sich in seinen Sessel und sagte zu ihr: „Weißt du, ich habe mir jeden Abend aufs Neue überlegt, was ich tun werde, wenn du zurückkommst. Zum Anfang, da war ich sehr, sehr wütend auf dich und wollte dich gar nicht herein lassen. Dann, etwas später, habe ich mir vorgenommen, dir heftig die Leviten zu lesen und dich zu veranlassen, dich für alles zu entschuldigen, was du mir und den Kindern angetan hast. Noch etwas später war ich mir sicher, ich würde dich sofort in eine geschlossene Station einliefern lassen, so eine Angst hatte ich vor dir."

„Aber..." fiel Luise ihm erschrocken ins Wort. Er schnitt ihren Satz mit einer Handbewegung ab.

„So, nach einiger Zeit hatte ich plötzlich die Lösung. Wenn du zurück kommst, dann fangen wir dort wieder an, wo wir aufgehört hatten. Ich hatte gelesen, du gestrickt. Wahrscheinlich bist du eingeschlafen. Ich bin eingeschlafen, und ich hatte etwas geträumt. Bitte, unterbrich mich jetzt nicht. Wenn ich fertig bin, kannst du alles sagen, was du willst. Zuerst hörst du mir zu." sagte er ein wenig scharf. Aber er lächelte dabei. „Ich träumte damals, daß Sophia weggeht. Ich sah Sophia, wie sie unter etwas stand, das wie eine schwarze Libelle aussah, die auf einem Grashalm saß und ihre Flügel in der Sonne trocknete. Sophia sprach mit der Libelle und als sie gehen wollte, schaute sie noch einmal zurück. Ich hatte das Gefühl, sie sähe mich an, wie ich in meinem Stuhl schlief. Sie winkte mir. Dann ging sie weg, über die Felder hinter dem Libellending, wurde immer kleiner und kleiner. Damals dachte ich jedenfalls, daß es Sophia sein würde, die ich sah. Inzwischen bin ich mir sicher, daß du es warst, von der ich geträumt habe. Du bist in meinen Träumen immer jung geblieben; ich weiß jetzt, daß ich dich sah. Du hattest so geschaut, als ob du wüßtest, daß du nicht wieder kommen würdest, wenn du gehst. Letzte Nacht wiederholte sich dieser Traum so ähnlich. Nur diesmal warst du nicht mehr jung. Diesmal gingst du nicht über die Felder, sondern durch die Haustür. Und diesmal war ich mir sicher, daß du niemals wiederkommen würdest." Er machte eine Pause und atmete tief durch. „Deshalb habe ich drei Fragen an dich. Ich möchte, daß du sie mir wahrheitsgetreu beantwortest... Erstens: Bleibst du jetzt hier, bei mir, oder kommst du nur...um wieder in den Stall zu gehen?"

„Ich bleibe." antwortete sie mit kratzender Stimme. Dann räusperte sie sich und sagte noch einmal: „Ich möchte hierbleiben." Johann nickte. „Zweitens: Bleibst du für immer?"

Luise rollte mit den Augen, aber die Tränen ließen sich nicht zurückhalten. „Nein, Johann."

„Könntest du, wenn du wolltest?"

„Nein, Johann."

Johann nickte wieder. Er wollte sie nicht weiter fragen, aber es mußte sein. Er mußte wissen, woran er war.

„Drittens: Wie lange bleibst du?"

Nun kullerten die Tränen unaufhörlich über Luises Wangen. „Ein Jahr, Johann. Nur ein verfluchtes Jahr, dann muß ich gehen."

„Wie gehst du denn?"

„Ich weiß nicht. Er sagte, ich werde einfach nicht mehr da sein...Oh, Johann, ich habe alles so falsch gemacht!" rief sie und fiel vor ihm auf die Knie. Dann sah sie ihm tief in die Augen und fragte: „Kannst du mir noch einmal verzeihen? Nur dieses eine Jahr, Johann?"

„Na komm, altes Mädchen, gehn wir in die Küche, machen uns'n Happen zu essen und fangen wir am besten gleich wieder an zu streiten, wie früher." schmunzelte Johann sie augenzwinkernd an.

„Nein, nicht streiten. Ich will Frieden. Es ist wirklich nur ein Jahr."

Vorbei

1.

Imke Fink, die Reporterin beim Stadtanzeiger, stand am warmen Ofen in Klara Früchtchens Bauernküche und dachte über Erklärungen nach. Über solche, die sie zum Beispiel ihrem Chefredakteur geben könnte, denn sie würde ihr Fernbleiben irgendwie entschuldigen müssen. Vielleicht Krankheit? Oder sollte sie überhaupt mit der Journalistik aufhören und ein Buch schreiben? Über Phänomene und weiße Köpfe? „Hoffentlich wache ich nicht morgen früh auf, und liege in die weiße Jacke verpackt in einem netten weißen Zimmer ohne scharfe Kanten." seufzte sie. Klara lachte. Borga, die am Tisch saß und mit Tina Karten spielte, als wäre das die normalste Sache der Welt um drei Uhr nachts, lachte nicht.

„Ich war schon sehr nahe dran." sagte sie. „Mau-Mau, mein Kind. Du gibst.-
Meine Tochter hatte schon meine Entmündigung beantragt, der Sachverstän-
dige war schon bestellt, der Staatsanwalt hatte mich bereits besucht -zwei ziehen? Na sowas!- da passierte etwas sehr Seltsames. Eines Nachmittags kam
meine Tochter in mein Zimmer im Stift und schrie plötzlich auf. Ich fragte sie,
was denn los wäre, da sagte sie, ich hätte einen weißen Kopf, der aussah, wie
aus Marmor gemeißelt. Ich sagte: Unsinn, du spinnst, mein Kind. Da brüllte
sie, sie würde mich sofort entmündigen lassen, wenn ich mit dem Quatsch
nicht aufhören würde. Als sie das nächste Mal kam, einen Tag danach, hatte
sie den Klapsdoktor schon vorgeschickt. Er sollte mit mir reden." Das Wort
reden begleitete sie in der Luft mit Gänsefüßchen. Tina nutze die Gelegenheit,
um einen flüchtigen Blick in die hergezeigten Karten zu werfen. Schnell wechselte sie die Herz-Acht gegen eine Karo-Acht aus. Ihre Großmutter mußte
eine Karte vom Stapel nehmen und so gewann Tina dieses Spiel. „Mau-Mau,
Oma!" rief sie vergnügt. „Was? Na sowas. Gibst du noch mal?- Also er kam
rein und sprach mich an, als wäre ich ein bisschen plemplem." Scheibenwi-
scherhände vor Borgas Gesicht untermalten ihre Worte. Dann sprach sie mit
verstellter Stimme weiter:
„Haaloo, ich bin der Onkel Doktor... Wissen Sie denn auch, wer Sie sind?"
„Was hast du denn gesagt, Oma?" Tina hatte aufgehört, die Karten auszutei-
len.
„Ich sagte:
'Angenehm. Mein Name ist Borga Laduque. Und wenn ich das kleine Schild-
chen auf ihrem Kittel richtig lese, dann sind Sie Professor Doktor Jürgen Maatz.
Darf ich erfahren, was Sie zu mir führt?'
Da war er ganz baff. Er sah mich an, als hätte ich nicht deutsch gesprochen.
Aber er sagte nichts. Da habe ich dann noch ein bisschen aufgedreht." sie
kicherte in sich hinein bei der Erinnerung daran. „Ich habe vielleicht ein we-
nig übertrieben, aber ich fragte ihn ganz freundlich:
'Haben Sie mich vielleicht nicht verstanden? Sprechen Sie nicht deutsch? Aber
sicher Chinesisch.'
Dann bin ich aufgestanden, habe mich ordentlich vor ihn hingestellt und mich
verbeugt." Sie stand auf, die Füße eng aneinander, faltete ihre Hände und
senkte den Kopf. Als sie ihn wieder hob, hatte sich ein chinesisch verschmitz-
tes Lächeln auf ihr Gesicht gelegt. „Ich habe gesagt:
'Wo jiao Borga Laduque. Renshi nin hen gaoxing.'
Das heißt: ich heiße Borga Laduque, ich freue mich, Sie kennenzulernen."

übersetzte sie ihren Zuhörern. „Na, und als er immer noch nichts sagte, habe ich ihn freundlich, aber bestimmt gebeten, mein Zimmer sofort zu verlassen. Was er auch getan hat. Ich rief ihm noch hinterher, wenn er chinesisch lernen wolle, dann solle er ruhig wiederkommen, denn ich würde ihn gern unterrichten. Er war wütend. Draußen brüllte er Lena an, was ihr wohl einfiele, mich als geistig umnachtet zu bezeichnen. Ich habe sie seitdem nicht wieder gesprochen. Diesen weißen Marmorkopf allerdings schon. Er war plötzlich da, wo der Mond sonst war, wenn er in diesem Viertel stand. Der Kopf sprach sogar mit mir. Er sagte, ich soll ganz schnell ein Taxi rufen und nach Ennes Ruh fahren. Ich sagte, heißt so der Ort, in dem meine Enkelin krank geworden ist? Der Kopf sagte, das sind fast dreihundert Kilometer und ich sollte mich beeilen, denn sie würde gleich erwachen. Rein ins Taxi und los. Na, und genau das habe ich getan. Sie sagte, ich solle hier in dieses Haus kommen, man würde mich erwarten. Vor einem halben Jahr hätte ich bestimmt mit keinem Kopf gesprochen, der am Himmel hängt, aber seit ich Tina gesucht habe...es hat sich alles so verändert." Sie streichelte ihrer Enkelin über den Kopf, dann klopfte sie energisch mit der Hand auf den Tisch und sagte: „Los, los, die Karten, mein Kind. Bevor uns was dazwischen kommt."

„Was soll denn jetzt noch dazwischen kommen?" fragte Imke abwesend. Sie trat ans Fenster und sah hinaus. „Ich sehe sie nicht mehr." flüsterte sie. Dann lief sie zur Treppe und rief laut hinauf. „Hey, Leute, sie sind weg! Ich kann sie nicht mehr sehen!"

Plötzlich kam Leben in das Haus. Überall, in allen Räumen liefen Klara Früchtchens Besucher von einem Fenster zum anderen. Es war tatsächlich nichts zu sehen! Gar nichts! Volker und Maria fielen sich in die Arme, und Berit, die durch den Lärm um sie herum aufgewacht ist, sah ihnen zu. Sie mochte Volker, und Jan und Tim sowieso. Sie waren ihre besten Freunde. Maria drehte sich zu Berit um und sah sie an. Dann nahm sie sie fest in die Arme und flüsterte: „Sie sind weg, Berit. Einfach weg."

Das mußte Berit mit eigenen Augen sehen. Schnell lief sie zum Fenster und sah in die sternenflimmernde Nacht. Nichts zu sehen. Vorbei. Geschafft. Wieder alles o.k.

Am Wohnzimmerfenster im Erdgeschoß standen Letitia und Jo Arm in Arm. Der große kräftige Mann neben ihr flößte Letitia ein Gefühl von Vertrautheit, Zuflucht oder einfach Heimat ein. Sie sprachen nicht miteinander. Sie genossen die Aussicht ins Nichts. Ohne diese Dinger da draußen hätten sie sich wohl nicht gefunden, dachten beide. In dieser Art glaubten sie, hatten sie Glück gehabt.

Heinard Müllerjohans und Stanislaus waren in ein Gespräch um die Dinge des Lebens vertieft. Sie sprachen über Menschen, Sterben, Ewigkeiten und fremde Welten. Aber emotionslos, wie sie hofften. Sie redeten darüber, als bereiteten sie eine Vorlesung vor. Als sie hörten, daß man nichts mehr sehen konnte, daß die Ungetüme verschwunden seien, nahmen sie dies zur Kenntnis. Vorbei. Gut.

2.

Um dieselbe Zeit, um drei Uhr nachts, wachte Lena Grabbel auf. Sie rüttelte ihren Mann wach, der selig schnarchte.

Ein, aus. Ein, aus. Lena hörte ihm ungeduldig zu.

„Heiner!" rief sie. „Heiner! Wach auf!" Heiner schlief. Lena holte tief Luft und brüllte ihm ins Ohr. „Heiiineeer!"

Sofort schreckte er hoch. „Was ist? Verschlafen? Wie spät?"

„Wie spät, wie spät! Das ist doch jetzt völlig egal. Wir haben ein Problem. Wir haben einen ganz schrecklichen Fehler gemacht. Wir haben ein Kind. Heiner, ich weiß es...

Ich weiß, daß ich im Krankenhaus war. Sie war so klein. Wie konnten wir sie nur vergessen?" schrie sie Heiner an.

„Was meinst du damit, vergessen?"

„Verdammt noch mal, was meine ich wohl damit? Wir haben eine Tochter, und warum ist sie nicht bei uns? DAS meine ich mit vergessen!" Lena hörte ihr Herz schlagen. Es raste in ihrer Brust. Ihr Magen drängte sie ins Bad. Sie übergab sich, sie duschte, zog sich an und kam zurück ins Schlafzimmer.

„Komm, fahren wir!" Heiner saß immernoch unbeweglich im Bett und kramte in Erinnerungen. „Wenn du nicht sofort deinen Hintern bewegst, bringe ich dich eigenhändig um!" schrie sie hysterisch. „Unsere Tochter ist immernoch in den Händen dieser Wahnsinnigen! Nun zieh dich endlich an!"

„Gut. Okay. Ganz ruhig. Ich ziehe mich an. Unsere Tochter ist noch da, sagst du?" fragte er zwischen Unterhose und Socken. „Wie heißt sie denn?"

„Woher soll ich denn das wissen? Mach hin, beeil dich doch." wimmerte sie.

„Sag mal, hatte deine Mutter nicht schon mal sowas gesagt? Von einem Kind?" Heiner dämmerte etwas.

„Ach, meine Mutter hat dauernd von Kindern gesprochen. Sie hatte sich sogar Namen ausgedacht." Lena machte eine wegwerfende Handbewegung.

„Das meine ich."

„Oh, Scheiße, Scheiße, Scheiße! Natürlich. Vielleicht war sie gar nicht verrückt, vielleicht war sie nur...besorgt..." Lena bekam einen Weinkrampf.

Heiner war fertig. Er nahm Lena an der Hand und fragte ruhig. „Wo fahren wir denn hin?"

Lena sah ihn verzweifelt an und schrie unglücklich: „Ich weiiß es doch nicht! Ich weiß es doch nicht!"

Heiner sah sie an. Dann ging er zum Telefon. „Ich rufe deine Mutter an."

„Heiner!" schlagartig war sie ruhig. „Heiner, das tust du nicht." sagte sie vorwurfsvoll.

„Dann gehe ich wieder ins Bett und schlafe, bis dir eingefallen ist, wo wir hinfahren sollen."

„Männer sind echt zum Kotzen! Kein bisschen Mitgefühl. Du läßt mich einfach hier stehen! Warum hilfst du mir denn nicht!"

„Weil du mich nicht läßt." sagte er ruhig und setzte sich auf die Bettkante, um seine Socken wieder auszuziehen.

Lena sah ihm verständnislos zu: „Heiner!" quiekte sie schrill.

„Lena!" quiekte er zurück. „Sag mir, wo ich hinfahren soll oder laß es...

...Tina. So hieß das Kind. Tina!"

„Welches Kind?" fragte Lena abwesend.

„Unsere Tochter, du dummes Huhn!" rief er fröhlich. „Ich weiß es wieder. Tina. Oh Lena, jetzt rufe ich deine Mutter an, ob du willst oder nicht!"

„Ich will ja."

Heiner wartete zwölf Ruftöne ab, aber Borga ging nicht ans Telefon. Deshalb rief er in der Zentrale an und hoffte, daß dort jemand ans Telefon ging. Endlich meldete sich eine gehetzte Stimme. Sie sei gerade im zweiten Stock gewesen, als sie das Klingeln hörte. Nein, Borga Laduque sei im Urlaub. Sie habe eine Last-Minute-Reise gebucht und wäre sofort abgereist. Das wäre gestern am frühen Abend gewesen. Ob sie das dürfe? Natürlich dürfe sie das. Wohin? Das müßte sie nicht angeben, schließlich habe sie die Wohnung hier gekauft, und nicht als Patientin bezogen. Ende des Gespräches.

„Vorbei." sagte Lena und fiel ohnmächtig auf ihr Bett.

Als Lena wieder erwachte, saß Heiner neben ihr und sah sich dieses seltsame Fotoalbum an, in dem die Bilder so verschwommen waren. Irgendwie, als hätte es einen Entwicklungsfehler gegeben. Oder als hätte die Kamera eigenständig einen Teil der Linse blockiert, damit nicht alles auf die Bilder kam. Zumindest kamen ihm die Bilder damals so vor, als Lenas Mutter sie damit konfrontierte und meinte, auf diesen Bildern wäre der Beweis für die Existenz eines Kindes zu finden. Was immer sie sah, Heiner und Lena sahen sich einfach in jüngeren Jahren, wie sie, manchmal in zugegebenermaßen seltsamen Positionen, beieinander standen. Aber jetzt, in diesem Augenblick, sah Heiner mit erschreckender Deutlichkeit, daß sie immer jemanden dabei hatten. Ein Baby, ein Kleinkind, ein Schulkind mit Zuckertüte und ein Mädchen, das recht gerne Eis aß. Und jedesmal hatte das Mädchen die lieben Augen Tinas, den großen, lachenden Mund Tinas und Tinas lange braune Zöpfe. Heiner saß über das Album gebeugt und konnte sich der Tränen nicht erwehren. Er drehte sich zu Lena um, die wieder zu sich gekommen war und ihm über die Schulter sah: „Das ist sie, unsere Tochter. Schau doch, die Bilder sind jetzt wieder ganz klar..."

„Oh mein Gott!" Lena sank ins Bett. Dann schob sie sich vorsichtig heran und weinte leise. „Was sollen wir denn jetzt tun?"

„Nichts. Warten. Uns muß erst noch mehr einfallen. Wir brauchen noch mehr Details. Mehr Erinnerungen, vor allem letzte Erinnerungen."

„Ich habe aber keine Letzten!" rief Lena verzweifelt. „Da, dieses Bild kommt mir bekannt vor, als sie...ein Baby war." Lena zeigte auf ein Bild, auf dem die winzige Tina in einem Babystuhl saß, von Kissen gestützt, weil sie noch nicht alleine sitzen konnte. Lena kauerte neben dem Babystuhl und sah zu der Kleinen hoch, die glücklich über diese neue Position mit den Ärmchen wedelte.

„Siehst du, das meine ich." sagte Heiner schulmeisterisch. „Sag mir, woran du dich erinnerst."

„Ich erinnere mich...wie sie da saß, und obwohl sie noch nicht sitzen konnte, wollte sie gar nicht mehr raus aus dem Stuhl...Du hattest den Stuhl mitgebracht und zusammengebaut...Und ich sagte, daß sie noch viel zu klein wäre. Du hast gemeint, dann müssen wir ihn eben auspolstern, dann könnten wir ihn ausprobieren. Ja, und dann saß sie da und ihre Augen strahlten und sie wollte plötzlich immer in diesen Stuhl hinein, obwohl ich sie so gar nicht füttern konnte. Weißt du noch, ich traf nie ihren Mund richtig, weil sie sich ständig zur Seite drehte und du hast gesagt, wenn das so weiter geht, dann werden wir sie in der Badewanne füttern müssen, damit man hinterher nicht immer auf dem Brei ausrutscht, der um den Stuhl herum flog." Heiner sah seiner Frau zu, wie sie in Erinnerungen wühlte. Ihre Augen glänzten dabei wie die des Babys. Dann tippte sie auf ein anderes Bild. „Und weißt du noch, hier konnte sie noch nicht vorwärts krabbeln. Oh, sie war so wütend, wenn es nur rückwärts ging!" Dieses 'Weißt du noch,... und hier, da...' wollte gar kein Ende nehmen. Immer mehr Einzelheiten fielen Lena und Heiner ein, während sie das Album durchblätterten. Und plötzlich, völlig übergangslos, wußten die beiden, daß sie Tina nach ihrem Urlaub nicht mit nach hause nehmen konnten, weil sie sehr krank geworden war.

Mitten in ihre Überlegungen hinein klingelte das Telefon. Am anderen Ende der Leitung war Borga Laduque. Lena hatte sich kaum gemeldet, als ihre Mutter auch schon loslegte: „Meine liebe Tochter", sagte sie in bissigem Ton, „ich habe hier deine Tochter Tina. Sie ist gesund und munter. Ich beschwöre dich, leg endlich deine Sturheit ab und tue einmal in deinem Leben etwas wirklich Vernünftiges! Setz dich ins Auto und komm hierher! Mit Heiner! Sofort."

Lena strahlte vor Freude: „Natürlich kommen wir!"

Borga, die etwas anderes erwartet hatte, fiel ihr gleich ins Wort. „Keine Widerrede! Mich interessiert nicht, was du wieder für eine Ausrede hast! Jetzt wirst du einmal tun, was ich dir sage, oder du wirst Tina und mich niemals wieder sehen!"

„Aber Mama, ich will doch kommen! Hast du mir nicht zugehört?"

„Wie, du willst kommen? Seid ihr zwei endlich geheilt? Ist der Spuk vorbei?" fragte sie ungläubig.

„Ja Mama! Vorbei! Vorbei!"

3.

An Fenna Devries' Beerdigung am späten Vormittag des 21. Dezember nahm das ganze Dorf teil. Sogar die Grabbels aus Arl waren geblieben, sie wohnten diesmal allerdings in einer Pension in Junkersried. Lena und Heiner Grabbel wären lieber sofort aufgebrochen, denn sie trauten diesem Dorf und seinen Bewohnern doch nicht ganz über den Weg. Nur Tina hielt es für sehr wichtig, bei der Beerdigung dabei zu sein. Auf Grund der traurigen Nachrichten, die sie nach und nach zu hören bekam, hatte sie eine tiefe Zuneigung zu allen gefaßt, die sich in der letzten Nacht um sie scharten. Ihrer Abreise nach Arl sah sie mit weniger Freude entgegen; schließlich gab es sie in ihrem Heimatort gar nicht mehr.

Volker hatte noch in dieser Nacht bei seiner Mutter angerufen und ihr davon berichtet, daß die Gefahr gebannt sei. Er sprach mit seinen beiden Jungs, die schon sehnsüchtig und voller Sorge auf einen Anruf von ihrem Vater gewartet hatten. Nicht ein einziges Mal hatte er sich gemeldet, seit er Jan und Tim zu ihrer Großmutter brachte. „Ich rufe an, wenn alles vorbei ist." sagte er damals. Nun, da sie mit ihm gesprochen hatten, gab es für die Zwillinge kein Halten mehr. Sie wollten zurück nach Ennes Ruh, und vor allem wollten sie von ihrer

Mama Abschied nehmen. Die Großmutter brauchte nicht zu einer nächtlichen Fahrt ins Auger Land, das nun eigentlich gar keines mehr war, überredet zu werden; denn während der Vater und die Söhne miteinander telefonierten, packte sie bereits die Koffer.

Nun waren sie alle an diesem kalten Tag im Dezember hier versammelt. Fennas Familie stand mit gesenkten Köpfen so nahe wie möglich am offenen Grab. Hinter den Zwillingen standen Berit und ihre Geschwister. Maria füllte die Lücke hinter Volker und seiner Mutter aus. Klara Früchtchen und Stanislaus, und Jo, der Letitia an der Hand hielt, schlossen sich links an. Rechts neben den Kindern gruppierten sich Tina, ihre Eltern, Imke Fink und Borga Laduque. Die Familie Kater stand ein wenig weiter hinten. Heinard Müllerjohans, der die Aufgabe übernommen hatte, den in Gips verpackten und in einem Rollstuhl sitzenden Ulfert Poppen aus dem Krankenhaus abzuholen und nach dem Ende der Trauerfeier wieder dorthin zurück zu bringen, hatte sich mit ihm ein wenig abseits postiert.

Frierend standen die Trauergäste um das blumen-und tannengeschmückte Grab. Jeder hatte einen Strauß, einen Zweig oder einen Kranz dabei. Weihnachtsschmuck glänzte eigenwillig in der mageren Sonne. Der Sturmwind heulte, trieb einen Schneewirbel vor sich her und fuhr in die Hosenbeine der Trauernden. Die Windlichter der Kinder drohten auszugehen. Als der Sarg versenkt war und händevoll gefrorene Erde hart auf das Holz klopfte, erste und letzte Tränen versiegt, Hände geschüttelt und Handschuhe schnell über eiskalte Finger gezogen worden waren, verließen die Bewohner von Ennes Ruh den Neusener Schloßfriedhof.

Sehr, sehr weit weg und doch so nahe legte bei Sonnenschein, der keiner war, in einer unendlich friedlichen Atmosphäre ein junger Mann mit einer Vogelmaske auf dem Gesicht ebenfalls Blumen auf ein Grab. Längst hatte er vergessen, was einmal passierte, diese Tage gehörten der Vergangenheit an.

Selbstvergessen pflückte er jeden Tag einen Strauß schönster wild blühender Blumen und kam dann hierher, um dieses Grab damit zu schmücken.

Nachdem die Trauergesellschaft aufgebrochen war, erledigten die Friedhofsbediensteten ihre Arbeit.

Am Morgen des vierundzwanzigsten Dezembers wurde der Grabstein aufgestellt. Seine Inschrift hob sich ein wenig von denen der umstehenden Gräber ab:

Vorbei...Vorbei
Vorbei der Schmerz
Vorbei die Ungewißheit
Vorbei die Angst

In Liebe Jan und Tim, in Liebe Volker
In Dankbarkeit Ennes Ruh
Denn in einem waren sich alle sicher: nicht einer allein konnte die unheimli-
che Saat besiegen, sie alle zusammen hatten das Werk vollbracht.

4.

Am dreihundertneunundfünfzigsten Tag des Jahres neunzehnhundertsechsund-
neunzig öffnete Heinard Müllerjohans seit langer Zeit zum ersten Mal wieder
sein Notizbuch. Dort stand als beinahe letzter Eintrag:
-Der Mensch mit all seiner Geschäftigkeit ist doch nur ein kurzer Hauch im
Atem der Ewigkeit.-
Heinard lächelte. Dann strich er den Satz aus. Auf die Seite des 24. Dezembers
schrieb er den Satz:
-Der Mensch mit all seiner Dummheit ist zum Glück nur ein kurzer Hauch im
Atem der Ewigkeit.-
Als er dieses letzte Wort geschrieben hatte, kratzte er sich nachdenklich am
Kinn. Die Ewigkeit! Verdammt noch mal! dachte er. Wieder strich er den
Satz. Er stand auf und sah aus dem Fenster, da, wo das Monstrum einmal
wuchs. Sein japanischer Steingarten. Schnee bedeckte das ganze Terrain. Und
plötzlich wußte er, wie er ausdrücken konnte, was er meinte.
-Der Mensch mit all seiner Dummheit ist glücklicher Weise vergänglich.-
Er schlug das Buch zu und warf es in das prasselnde Kaminfeuer.
Vorbei! Aus und vorbei!
Keine schlauen Sprüche mehr, hatte Marlene verlangt, als sie am frühen Morgen anrief, kurz bevor er das Haus verlassen mußte, um seinen Nachbarn aus
dem Krankenhaus abzuholen.
Jetzt, nachdem er das Haus einigermaßen gerichtet, einen äußerst mickrigen,
eben den letzten noch auffindbaren Weihnachtsbaum aufgestellt und das Notizbuch verbrannt hatte, wollte er sich auf den Weg machen, um ein Geschenk
für Marlene zu besorgen. Sie würde erst um zweiundzwanzig Uhr zehn auf
dem Bahnhof in Junkersried ankommen, bis dahin hatte er genügend Zeit, ein
entsprechendes Objekt zu finden. Er hatte bereits ganz genaue Vorstellungen

davon. Es sollte vier Beine haben, einen Peitschenschwanz, Schlappohren und dürfte ruhig ein wenig sabbern. Alles andere war nebensächlich.

5.

Die Katers saßen um den runden Tisch in der Küche. Es war nicht mehr derselbe, auf dem damals der Kettenbrief mit dem Samenkorn lag. Aber nicht nur der Tisch war ein anderer; die moderne Küchenzeile mit den Einbaugeräten war verschwunden. Sophia hatte die von Johann und Luise vor einigen Jahren modernisierte Küche in eine wunderschöne und gemütliche Bauernküche umgewandelt. „Hier sieht es aus, wie bei deiner Mutter, als ich als kleines Mädchen zum ersten Mal hierher kam." sagte Luise versonnen. „Die guten alten Zeiten sind eben immer noch eine Inspiration wert."

„Gefällt es dir?" fragte Sophia.

„Sehr gut, mein Kind. Wo kochst du denn? Doch nicht hier auf dem Kohleherd?" Luise ging hinüber zu dem Herd, der wie eine dieser Küchenhexen aussah, die damals in überall im Augerland zuhause waren.

„Doch schon. Aber, liebe Luise, das hier ist kein Kohleherd. Das ist ein Gasherd. Das Modernste, was es auf dem Markt gibt."

„Wie konntet ihr euch denn sowas leisten?" fragte Luise ungläubig. „Und dazu die ganzen neuen Möbel."

„Luise," mischte sich nun flüsternd Johann ein, „sieh doch mal genau hin. Das sind alles Mutters alte Schränke. Jens hat sie ordentlich aufgemöbelt, was?"

Luise staunte. Dann sagte sie leise: „Ich bin froh, wieder zuhause zu sein. Und ich hoffte, diese Zeit ginge nie vorbei."

6.

Klara, Stanislaus und Jo feierten Weihnachten zum ersten Mal gemeinsam mit Letitia und Cäsar.

Volker Devries und seine Söhne feierten Weihnachten zum ersten Mal allein.

Die Familie Poppen verbrachte die Feiertage größtenteils auf der Straße zwischen Ennes Ruh und dem Kreiskrankenhaus.

Heinard und Marlene feierten Weihnachten wieder zusammen, diesmal gemeinsam mit Paddington, einem jungen, schlappohrigen Boxermischling.

Am ersten Weihnachtsfeiertag schließlich bog langsam ein Taxi in die schmale Straße nach Ennes Ruh ein. Der Fahrgast sah neugierig zum Fenster hinaus und als er nichts, aber auch gar nichts über den Dächern der Häuser sah, was irgendwie dreiflügelig aussah, klatschte er in die Hände und sagte zum Fahrer: „Vorbei! Es ist endlich vorbei!" Auf die Frage, was denn vorbei sei, antwortete er nicht. Bis zum letzten Haus auf der linken Seite mußte das Taxi fahren, bevor es hielt. Der junge Mann, der mit einem großen Koffer in der Hand ausstieg, klopfte versonnen an die verblaßte Haustür. „Tagchen, altes Haus. Na, wie geht's?" Dann zog er einen Schlüssel unter dem Stein neben dem Abtreter hervor und schloß es auf. „Da bin ich wieder. Na, dann woll'n wir dir mal tüchtig einheizen."

Epilog

Ein Hochsommerabend

Der Sommer war mäßig warm und reichlich verregnet, aber den Einwohnern des kleinen Örtchens Ennes Ruh waren die Witterungsverhältnisse egal. Das lag wohl vor allem daran, daß sie gar keine Zeit hatten, sich um das Wetter zu kümmern.

In diesen Tagen, im August, freuten sich alle gemeinsam auf das berühmte Pflaumenkuchenessen bei Tante Klärchen. Natürlich waren alle eingeladen. Wie sollte es auch anders sein, denn das Dorf war im Laufe der Monate zu einer großen Familie zusammengewachsen. Sogar die Grabbels aus Arl waren wieder zu Gast im neuen Alten Stall.

Vater Heiner Grabbel saß gerade mit einer Zeitung am Gartentisch und erholte sich vom Mittagsschlaf. Mutter Lena Grabbel lag mit Strickzeug im Liegestuhl. Sie strickte an einem Pullover für Tinas kleinen Bruder, der in ungefähr einem Monat kommen sollte. Tina freute sich sehr auf das Brüderchen, und in diesem Moment war sie bei Berit, mit der zusammen sie sich ein Buch über die Geburt ansah. Katrina und Tönjes waren mit den Rädern baden gefahren, wollten aber rechtzeitig zum Kuchenanschnitt wieder zurück sein. Jan und Tim bastelten immernoch an ihrer Regenwurmfalle, denn sie hatten im Garten eine Regenwurmstadt gebaut, für die sie jetzt natürlich Einwohner brauchten. Volker sah ihnen aus der Ferne zu, er saß im Nachbargarten und trank mit Maria Kaffee. Ulfert, der Notar, hatte sich oben in seinem Arbeitszimmer verschanzt. Er wollte nicht dabeisein, wenn seine Frau mit ihrem Nachbarn und Gefährten zusammensaß. Momentan lebte Maria noch zwischen zwei Stühlen. Sie führte ihren eigenen Haushalt und umsorgte ihre Familie, und trotzdem wuchs sie täglich mehr in die Familie Devries hinein. Sie mochte sich noch nicht entscheiden, weder für die eine, noch für die andere Lösung; denn so frei, wie sie in diesen Tagen im August lebte, hatte sie sich seit Jahren nicht mehr gefühlt.

Auf der anderen Seite des Zaunes saßen Letitia und Jo, die sich ein Leben zu zweit bereits vorstellen konnten. Jo war gerade auf dem besten Weg, hier in dieses Häuschen einzuziehen, und diesmal gab es da von Seiten Cäsars zweifellos keine Einsprüche.

Hinni-Jimmi, der ehemalige Postbote, der zu Weihnachten nach Ennes Ruh zurückkehrte, war wie umgewandelt. Sicher, er sprach wieder mit seinem Haus und er sammelte auch wieder malträtierte Gebrauchsgegenstände, aber irgendwo da draußen in der Welt hatte er sein Talent für Pinsel und Farben entdeckt. Er war sogar ein wenig erfolgreich damit. Im Moment war er dabei, seine Staffelei in Klara Früchtchens Garten aufzubauen. Hinni-Jimmi hatte den Auftrag erhalten, ein Bild mit einer lustig feiernden Gesellschaft zu malen. Dieses Bild sollte ein Geschenk zur Achthundertjahrfeier der Neusener Schloßbrauerei werden. Und was eignet sich besser als Vorbild, als ein ganzes Dorf fröhlich feiernder Menschen?

Neben ihm hatten aber noch andere im Garten zu tun. Stanislaus stellte gemeinsam mit Jens Kater Tische zu einem großen Caré zusammen, Johann und Luise Kater besorgten die Stühle. Klara trug ein Tablett mit Tellern herein und Sophia brachte die Gläser. Dann kam der große Augenblick. Ein lautes Scheppern, hervorgerufen von zwei Eisenstangen, die ein Blech bearbeiteten, rief das ganze Dorf zum Kuchenanschnitt. Von allen Seiten kamen sie die Straße herunter, mit Blumen für Klara, mit Wein und guter Laune für alle. Da fehlt doch noch jemand? Ja, natürlich. In letzter Minute kamen Heinard und Marlene zurück. Sie hielten vor dem Früchtchen-Haus und marschierten, mit Paddington an der einen und einem riesigen Sonnenschirm auf der anderen Seite, in den Garten. „Der ist klasse!" rief Klara und zeigte Heinard, wo er den Schirm aufstellen sollte.

„Fehlt noch jemand?" fragte sie dann.

„Papa kommt nicht, er hat eine Pflaumenallergie, sagte er." antwortete Berit. Ein allgemeines „OH!" bedauerte dies.

„Es fehlt doch noch jemand!"

„Stimmt gar nicht, ich bin schon da!" rief Imke Fink, die natürlich auch dazu gehörte, und wurde herzlich begrüßt.

Dann kam der Augenblick, auf den alle gewartet hatten. Das erste große Blech, gefolgt von zwei weiteren, wurden herumgetragen. Der bittersüße Pflaumen-Butterduft führte die ganze Gesellschaft an der Nase herum. Nun schnitt Klara das erste Blech auf, verteilte die Stücke im Nu und baute dann aus den Kuchenstückchen der beiden anderen Bleche kunstvolle Türme. Hinni-Jimmi hielt es jetzt kaum noch auf seinem Stuhl; ihn hatte plötzlich die Muse geküßt. Und während am Tisch gegessen, geredet und aus vollem Halse gelacht wurde, bannte er diesen Tag auf die Leinwand.

ENDE

„Haben wir noch jemanden unter Vertrag?"

„Ja, Chef."

„Wann kommt..."

„...sie, Chef... Sie kommt am 20. Dezember."

„Gut. Geben Sie ihr den Job auf Station vier. Und eins von diesen neuen Gesichtern mit den Katzenaugen."

Legende
1996 wohnten in Ennes Ruh
im Haus Nr. 1 - Klara Früchtchen und Jo Tölles;
im Haus Nr. 2 - Volker und Fenna Devries mit Jan und Tim,
im Haus Nr. 3 - Marlene und Heinard Müllerjohans und Brutus.
Das Haus Nr. 4 gehörte Familie Poppen - Maria, Ulfert, Berit, Tönjes,
Katrina mit der Hündin Bella.
In Nr. 5 wohnten Jens und Sophia Kater im Haupthaus,
Johann und Luise auf dem Altenteil.
Im alten Stall, ebenfalls Nr. 5 zugehörig, die Grabbels aus Arl.
Im Haus Nr. 6 lebten Letitia Aden und ihr Hund Cäsar,
für das Haus Nr. 8 - eine Hausnummer 7 gab es noch nicht - besaß der
Postbote Benjamin Hinrichsen einen Mietvertrag.

Nachwort

Ich kenne Leute, die beginnen ein Buch von hinten zu lesen. Die letzte Zeile, das Nachwort.

Davon allerdings nur die ersten Zeilen. Manchmal gehöre ich auch zu diesen Leuten.

Trotzdem möchte ich noch einige wenige Worte an dieser - ersten oder letzten - Stelle des Buches unterbringen:

Vermutlich werden Sie sich wundern, daß den einzelnen Kapiteln des Romanes Kinderreime vorangestellt sind. Ich habe vier Kinder und lange als Erzieherin gearbeitet. Kinderreime gehören unter anderem aus diesem Grund seit sechzehn Jahren zu meinem Leben und ich mag sie ganz einfach. Solche Reime sind liebevoll, aber auch belehrend, beschwichtigend und lustig. Sie entlarven ebenso unlogische Verhaltensweisen der Erwachsenen, wie sie spotten und kritisieren. Sie lassen sich ganz einfach umformulieren, wenn Kinder sich „derb" ausdrücken wollen.

Und: Kinderreime sind unglaublich direkt, einfach und klar.

Mein Buch soll Ihnen Spaß machen, Sie auf andere Gedanken bringen und vielleicht ein wenig dazu anregen, die Dinge aus einem anderen Blickwinkel zu betrachten.

Zum Schluß möchte ich noch eine Freundin und einen Freund grüßen und ihnen für die Zeichnung danken, die das Dorf Ennes Ruh darstellt. Es sieht dort tatsächlich genauso aus!

Vielen Dank Stephanie Dessinet und Hugues Jouvin.

Ines C. Binkenstein, Mai 2000